A BRIDGE ACROSS CULTURES

跨文化之桥

乐黛云 / 著

北京大学出版社

图书在版编目（CIP）数据

跨文化之桥／乐黛云著．—北京：北京大学出版社，2017.3
（文学论丛）
ISBN 978-7-301-27862-8

Ⅰ.①跨⋯　Ⅱ.①乐⋯　Ⅲ.①比较文学—研究　Ⅳ.①I0-03

中国版本图书馆 CIP 数据核字（2016）第 310961 号

北京市社会科学理论著作出版基金资助项目

书　　　名	跨文化之桥 KUA WENHUA ZHI QIAO
著作责任者	乐黛云　著
责 任 编 辑	初艳红　严胜男
标 准 书 号	ISBN 978-7-301-27862-8
出 版 发 行	北京大学出版社
地　　　址	北京市海淀区成府路 205 号　100871
网　　　址	http：//www.pup.cn
新 浪 微 博	@北京大学出版社
电 子 信 箱	alicechu2008@126.com
电　　　话	邮购部 62752015　发行部 62750672　编辑部 62759634
印 刷 者	三河市博文印刷有限公司
经 销 者	新华书店
	720 毫米×1020 毫米　16 开本　24 印张　662 千字 2017 年 3 月第 1 版　2017 年 3 月第 1 次印刷
定　　　价	58.00 元

未经许可，不得以任何方式复制或抄袭本书之部分或全部内容。
版权所有，翻版必究
举报电话：010-62752024　电子信箱：fd@pup.pku.edu.cn
图书如有印装质量问题，请与出版部联系，电话：010-62756370

前　言

比较文学即跨文化与跨学科的文学研究，它本身就是不同文化与不同学科之间的沟通之桥。

中国比较文学学科自20世纪80年代以来已有很大发展。目前，在世界比较文学阵营中，中国比较文学研究者已是一支人数众多，能量很大，有一定学术水平的队伍。特别是在国务院、教育部的领导下，近年来全国各地设立了多个比较文学硕士点、博士点和博士后流动站，培养人才的体制已基本完善，比较文学在许多学校都已成为一门重要的必修课程。

比较文学的快速发展与当前全球文化的发展态势有关。在经济、科技全球化的不可逆转的趋势下，如何保持文化的多元发展，促进不同文化间的沟通和理解是人类共同面临的迫切问题。要解决这一问题，最重要的就是要推进不同文化间的宽容和理解，既反对文化霸权主义，又反对文化孤立主义。一方面要努力从他种文化吸取营养；另一方面，又要从与他种文化的比照中，认识和克服自己的弱点，尽量将自己的特长贡献于解决人类的共同问题。同时，在全球化趋势的推动下，人类思维方式有了很大改变，越来越琐细且相互隔离的分科研究框架正在被突破。因此，跨文化和跨学科研究成为当前一个十分重要的学科热点。

比较文学，作为"跨文化与跨学科的文学研究"，显然处于21世纪跨文化研究的前沿。因为文学在各种文化中都有自己发展的历史，它涉及人类的感情和心灵，在不同文化中有着较多的共同层面，最容易引起不同文化和不同学科之间人们的相互理解、相互欣赏和心灵共鸣，所以也最有利于发扬人类文化的多样性，改进人类文化生态和人文环境，避免灾难性的文化冲突以至武装冲突。比较文学这一学科虽然已有近一个世纪的历史，但过去多局限在以希腊和希伯来为基础的西方文化体系中，对非西方文化则往往采取征服或蔑视的态度。全球化时代提出文化多元化问题以来，这一情况有了极大的改变。西方文化需要一个完全不同的"他者"作为参照系来重新认识和更新自己;过去处于边缘,备受压抑的非西方文化也需要在与西方文化的平等交流中实现自身文化的现代化并向前发展,而文学与其他学科之间的交叉研究也正是日新月异。可以断言,在新的世纪里,西方与非西方之间的跨文化文学研究和文学与其他学科相连的跨学科文学研究势必大大超越前一世纪的比较文学,从而开辟比较文学的新纪元。

本书是笔者在 1987 年出版《比较文学与中国现代文学》后,十余年来有关跨文化与跨学科文学研究的教学和思考的结集,包括"面向跨文化、跨学科的新时代""传统,在现代诠释中""重新解读现当代文学与文化"三个部分。除有关跨学科研究的几篇写于 80 年代后期外,其余绝大部分写于 90 年代;各部分大致又按写作年代的先后编排。

最后,我要特别感谢十余年来从我攻读硕士学位和博士学位的 37 名研究生,是他们提出的各种问题和师生之间的相互讨论与切磋促成了这些文章的写成。

乐黛云

2001 年 1 月于朗润园

我的比较文学之路（代序）

比较文学在中国并不是新事物。就从现代说起，中国比较文学的源头也可上溯到 1904 年王国维的《尼采与叔本华》《红楼梦》研究，特别是鲁迅 1907 年写的《摩罗诗力说》和《文化偏至论》。另外，茅盾于 1919 年和 1920 年相继写成的《托尔斯泰与今日之俄罗斯》和《俄国近代文学杂谈》也对东欧和西欧的文学进行了比较研究。

比较文学作为一门现代学科在中国出现是 20 世纪 20 年代末、30 年代初。1929 年至 1931 年，英国剑桥大学英国文学系主任，新批评派大师瑞恰兹（Ivor Armstrong Richards）在清华大学任教，开设了"比较文学"和"比较文化"两门课。清华大学教师瞿孟生（P. D. Jemeson）还根据瑞恰兹的讲稿写成《比较文学》一书，主要是对英、法、德三国文学进行了比较研究。当时清华大学研究部文学课程分为文学专题和作家分析两类；"比较文学"是前一类课程中很重要的一支。除吴宓开设的"中西诗之比较"、温德（R. Winter）开设的"文艺复兴时期的文学"、陈寅恪的"中国文学中的印度故事的研究"外，还有"近代中国文学之西洋背景""翻译术"等课程。① 清华大学培养了一大批学贯中西的比较文学学者，如季羡林、钱钟书、李健吾、杨业治等都是那个时期的学生。不久，傅东华和戴望舒又相继翻译了洛里哀（Frederic Loliee）的《比较文学史》（1931）和保罗·梵·第根（Paul Van Tiegham）的《比较文学论》（1934），第一次在中国系统介绍了比较文学的历史、理论与方法。1934 年出版了梁宗岱的《诗与真》，作者以深厚的中国古典文学素养对西方文学进行了比较文学方法的探讨；1936 年又出版了陈铨的《中德文学研究》，全面评述了中国小说、诗歌、戏剧在德国的传播和影响。40 年代，闻一多进一步论证了以中国的《周颂》《大雅》，印度的《梨俱吠陀》，《旧约》里最早的诗篇，希腊的《伊利亚德》和《奥德赛》为代表的这四种约略同时产生的文化如何

---

① 参阅《清华大学校史稿》，中华书局 1995 年版，第 167 页。

各自发展，渐渐相互交流、变化、融合的发展过程，并指出："两个文化波轮由扩大，而接触，而交织，以至新的异国形式必然要闯进来……新的种子从外面来到，给你一个再生的机会。"① 另外，朱光潜的《文艺心理学》《诗论》，钱钟书的《谈艺录》也都在 40 年代为中国比较文学的发展作出了新的贡献。

  1979 年，出版了钱钟书的《管锥编》。《管锥编》最大的贡献就在于纵观古今，横察世界，从"针锋粟颗"之间突显出互为参照的重要文学现象。继《管锥编》之后，北京大学的四位教授相继发表了四本比较文学和比较文化论著：宗白华的《美学散步》（1981）在比较美学、诗、画、戏剧等交叉学科的比较研究方面独树一帜；季羡林的《中印文化史论文集》（1982）对中印文学关系进行了独到的深入讨论，为中国比较文学的影响研究树立了榜样；金克木的《比较文化论集》（1984）着重研究了《梨俱吠陀》与《诗经》的比较，并论及"符号学""诠释学"在中国的应用；杨周翰的《攻玉集》（1984）则以中国文学为参照系重新解释了莎士比亚、弥尔顿、艾略特等欧洲作家的作品。南京大学范存忠的《英国文学论集》、上海社会科学院王元化的《文心雕龙创作论》也都为比较文学在中国的复兴作出了重要贡献。

我如何走上比较文学之路

  我追随前辈，走上比较文学之路，是偶然，也是必然。70 年代中期，北京大学招收了一些留学生，我被分配去教一个留学生班的现代文学。我的这个班二十余人，主要是欧美学生，也有从澳大利亚和日本来的。为了给外国学生讲课，我不能不突破当时教中国现代文学的一些模式，我开始讲一点徐志摩、艾青、李金发等作家。为了让我的学生较深地理解他们的作品，我不得不进一步去研究西方文学对中国现代文学的影响以及它们在中国传播的情形。这一在学术界多年未曾被研究的问题引起了我极大的兴趣。我开始系统研究 20 世纪以来，西方文学在中国是如何被借鉴和吸收，又是如何被误解和发生变形的。

  从对早期鲁迅和早期茅盾的研究中，我惊奇地发现他们不约而同都受了德国思想家尼采很深的影响。再进一步研究，发现这位 30 年来被视为煽动战争，蔑视平民，鼓吹超人的极端个人主义者尼采的学说竟是 20 世纪初

---

① 参阅闻一多：《神话与诗》，古籍出版社 1957 年版，第 201—206 页。

中国许多启蒙思想家推动社会改革，转变旧思想，提倡新观念的思想之源。无论是王国维、鲁迅、茅盾、郭沫若、田汉、陈独秀、傅斯年等都曾在思想上受到尼采深刻的影响。事实上，尼采学说正是作为一种"最新思潮"为中国知识分子所注目。尼采对西方现代文明的虚伪、罪恶的揭露和批判，对于已经看到并力图避免这些弱点的中国先进知识分子来说，正是极好的借鉴。他那否定一切旧价值标准，粉碎一切偶像的破坏者的形象（这种形象在中国传统社会从来未曾有过），他的超越平庸，超越旧我，成为健康强壮的超人的理想都深深鼓舞着正渴望推翻旧社会，创造新社会的中国知识分子，引起了他们的同感和共鸣。无论从鲁迅塑造的狂人所高喊的"从来如此——便对么？"的抗议，还是郭沫若许多以焚毁旧我，创造新我为主题的诗篇，都可以听到尼采声音的回响。但是尼采学说本身充满了复杂混乱的矛盾，他的著作如他自己所说，只是一个山峰和另一个山峰，通向山峰的路却没有。各种隐晦深奥的比喻和象征都可以被随心所欲地引证和曲解。因此，尼采的学说在不同时期也就被不同的人们进行着不同的解读和利用。

1981年，我根据上述理解，写了一篇《尼采与中国现代文学》发表于《北京大学学报》，引起了相当强烈的反响。客观地说，这篇文章，不仅引起了很多人研究尼采的兴趣，而且也开拓了西方文学与中国文学关系研究的新空间。1986年，北京大学第一次学术评奖，这篇文章还得了一个优秀论文奖。事隔五六年，还有人记起这篇文章，我很觉高兴。后来，它又被选进好几种论文集，并被译成英文，发表在澳大利亚的《东亚研究》上。①

与研究尼采同时，我编译了一本《国外鲁迅研究论集》（北京大学出版社，1981）。由于和留学生接触，我看到了许多国外研究鲁迅的论文，我的英语也有所长进。30年的封闭和禁锢，我们几乎和国外学术界完全隔绝，我在这些论文中真像发现了一个新天地。我感到这些论文在某些方面颇具特色。例如谈到鲁迅的思想变化时，把鲁迅和一些表面看来似乎并无关联的西方知识分子如布莱希特、萨特等人进行了比较，指出他们都甘愿牺牲舒适的环境去换取不确定的未来；他们都不相信未来的"黄金世界"会完美无缺；也不想从他们正在从事的事业索取报偿；他们理性的抉择都曾被后来的批评家们误认为一时冲动或由于"绝望"，甚至是受了"现代

---

① 参阅乐黛云：《比较文学与中国现代文学》，北京大学出版社1987年版，第88—117页。

符咒——革命"的"蛊惑"！这样的比较说明了鲁迅的道路并非孤立现象，而是 20 世纪前半叶某些知识分子的共同特色。这部包括美国、日本、苏联、加拿大、荷兰、捷克、澳大利亚 7 个国家，20 篇文章，并附有《近二十年国外鲁迅研究论著要目》（270 篇）的《国外鲁迅研究论集》，对国内鲁迅研究，也许起了一些开阔视野、促进发展的作用；对我自己来说，则是使我初步预见到对并无直接关系的不同文化之间的文学作品进行"平行研究"的巨大可能性。我于 1987 年写成的一篇论文《关于现实主义的两场论战——卢卡契对布莱希特与胡风对周扬》就是沿着这样的思路来写的。这篇文章 1988 年发表于《文艺报》，同年 10 月为《新华文摘》所转载。在 1988 年国际比较文学第 12 届年会（慕尼黑）上，我提交了这篇论文，后来被选入了大会论文集。

1980 年以来，北京大学的季羡林、李赋宁、杨周翰、杨业治、金克木等教授都对比较文学表示出了程度不同的兴趣，加上当时杨周翰先生的博士生张隆溪和我，还有一些别的人，我们一起于 1981 年 1 月成立了中国第一个比较文学学会——北京大学比较文学研究会，由季羡林教授任会长，钱钟书先生任顾问；我则充当了马前卒，号称秘书长。学会生气勃勃，首先整理编撰了王国维以来，有关比较文学的资料书目，同时策划编写《北京大学比较文学研究丛书》，并出版了《北京大学比较文学研究会通讯》。

这年夏天由于一个很偶然的机会，我得到了美国哈佛—燕京学社的资助，去哈佛大学进修一年。我对哈佛大学比较文学系向往已久，这不仅是因为它的创办者之一白璧德教授（Irving Babitt）对于东西方文化的汇合曾经是那样一往情深，也不只是因为 20 年代初期由哈佛归来的"哈佛三杰"陈寅恪、汤用彤、吴宓所倡导的"昌明国粹，融化新知"为东西文化的汇合开辟了一个崭新的学术空间，还因为 1981 年正在担任哈佛东西比较文学系主任的纪延教授（Claudio Guillen）多次提到："我认为只有当世界把中国和欧美这两种伟大的文学结合起来理解和思考的时候，我们才能充分面对文学的重大的理论性问题。"他的这一思想深深地吸引了我。遗憾的是在哈佛的一年，由于我的英语不够好，我始终未能和纪延教授深入讨论我想和他讨论的问题，但我却大量阅读了比较文学的基础理论和有关资料，进一步提高了我的英语水平。

1982 年和 1983 年，我有幸被加州大学伯克利分校邀请为客座研究员，在那里，我结识了白之教授（Cyril Birch）和斯坦福大学的刘若愚教授（James Liu）。著名的跨比较文学系和东亚系的白之教授是我的学术顾问，他对老舍和徐志摩的研究，特别是对他们与外国文学的关系的研究都给了我很大的启发。我很喜欢参加白之教授的中国现代文学讨论班。印象最深的是有一次讨论赵树理的小说《小二黑结婚》。同学们各抒己见，谈谈各自对书中人物的看法。一位美国学生说，她最喜欢的是三仙姑，最恨的是那个村干部。这使我很吃惊，过去公认的看法都认为三仙姑是一个四十多岁，守寡多年，还要涂脂抹粉，招惹男人的坏女人；村干部则是主持正义，训斥了三仙姑。但这位美国同学也有她的道理：她认为三仙姑是一个无辜受害者。她也是人，而且热爱生活，她有权利追求自己喜欢的生活方式，但却受到社会的歧视和欺压；村干部则是多管闲事，连别人脸上的粉擦厚一点也要过问，正是中国传统的"父母官"的模式。我深感这种看法的不同正说明了文化和社会价值观念的不同。这种不同不仅无害，而且提供了理解和欣赏作品的多种角度。正是这种不同的解读才使作品的生命得以扩展和延续。这个讨论班给我提供了很多这类例子，使我在后来的比较文学教学中论及接受美学的原理时有了更丰富的内容。

在伯克利的两年里，我精读了执教于斯坦福大学的刘若愚教授所写的《中国诗学》和《中国文学理论》以及他关于李商隐诗的一些相当精辟的论述，并和他进行过多次讨论。他对中西诗学都有相当深的造诣，他的思考给了我多方面的启发。首先是他试图用西方当代的文学理论来阐释中国具有悠久历史的传统文论，在这一过程中确实不乏真知灼见，而且开辟了许多新的研究空间，但是，将很不相同的、长期独立发展的中国文论强塞在形上理论、决定理论、表现理论、技巧理论、审美理论、实用理论等框架中，总不能不让人感到削足适履，而且削去的正是中国最具特色、最能在世界上独树一帜的东西。其次，我感到他极力要将中国文论置于世界文论的语境中来进行考察，试图围绕某一问题来进行中西文论的对话，得出单从某方面研究难于得出的新的结论。事实上，这两方面正是我后来研究比较文学的两个重要路向。

1984年夏天我回国，中国的比较文学研究已经有了新的进展：1981年，辽宁省率先成立了全国第一个地方性比较文学研究会，并在三年内，接连开了三次学术讨论会；1983年6月，在天津召开的外国文学学会年会上，举办了一次全国性的比较文学讨论会；紧接着，第一次中美双边比较文学研讨会在北京召开（1983年8月），大会由钱钟书先生致开幕词，刘若愚、厄尔·迈纳（Earl Miner）、西里尔·白之（Cyril Birch）和王佐良、杨周翰、许国璋、周珏良、杨宪益等世界著名教授都参加了大会。看来，成立全国比较文学学会的时机已经成熟，1985年10月，由35所高等学校和科研机构共同发起的中国比较文学学会在深圳大学正式成立，大会选举季羡林教授担任名誉会长，杨周翰教授担任会长。从此，中国比较文学走上了向"显学"发展的坦途。

最重要的是要拿出实绩

有了全国性的组织以后，我深感最重要的下一步就是要拿出实绩。我当时理解的实绩一是学科建设，一是培养人才。在湖南文艺出版社的支持下，我们组织了一套比较文学丛书，丛书分三集，每集四册，包括比较文学理论、国外中国文学研究、中外文学关系三方面的内容。后来又出了《北京大学比较文学丛书》十余本、《中国文学在国外丛书》六本、《中外比较文化丛书》九本。我在北京大学和深圳大学相继开设了比较文学原理、20世纪西方文艺思潮与中国现代文学、马克思主义文论在东方和西方、中西比较诗学等课程。这些课程都是第一次开设，选课的学生很多，学生的欢迎促使我更好地准备，同时大量增进了我自己的系统知识的积累。

1987、1988年，连续出版了我的两部专著：《比较文学与中国现代文学》（北京大学出版社）和《比较文学原理》（湖南文艺出版社）。第一本书大致体现了我的思想发展过程，全书分三部分：第一部分谈我对比较文学这门学科的认识；第二部分谈中外文学关系；第三部分是试图在西方文艺思潮的启发下，重新解读中国文学，也就是所谓"阐发研究"。我关于中外文学关系的研究如果有所创新，那就是着重探讨了文艺思潮的跨文化影响。任何文艺思潮，如果真是具有普遍性，就会传播到世界各地，在那里被接受，并发生变形，得到发展。要对这一思潮全面了解，就不能不深入研究它在各地传播和发生影响的情形。例如浪漫主义，作为18世纪末、19世纪初的一种文艺思潮来看，它如何传入印度、朝鲜、日本和中国，在这一传播过程中，发生了什么变化，掺进了哪些新的内容，又如何为不同文化所接受，犹如地层中的岩系，不断向外伸展，不了解这种伸展，也就不能认识整体的来龙去脉。另一方面，作为一种创作方法，浪漫主义的很多特征又都能在许多不同文化中发现其不同表现，如屈原和李白诗歌的某些因素。它们本身并不属于浪漫主义思潮，但它们的存在必然影响浪漫主义思潮在中国的传播。我认为这是一个可以长期研究的很有趣味的课题。

我在80年代更为关注的是接受和影响的关系。我首先企图界定"影响"一词的内涵,把"影响"和模仿、同源、流行、借用等概念分别开来。我认为在比较文学研究中,所谓一个作家受到另一个外国作家的影响,首先是指一些外来的东西被证明曾在这位作家身上或他的作品中产生一种作用,这种作用在他自己国家的文学传统里和他自己的个人发展中,过去是找不到的,也不大可能产生。其次,这是一个有生命的移植过程,通过本文化的过滤、变形而表现在作品之中。两种不同文化体系之间大规模的文学影响,常发生在当一国的美学和文学形式陈旧不堪而急需一个新的崛起或一个国家的文学传统需要激烈地改变方向和更新的时候。"影响"需要一定的条件,影响的种子只有播在那片准备好的土壤上才会萌芽生根。我国三次大规模的接受外来影响都说明了这一点。影响是一个非常复杂而多样的过程。它往往首先发端于一种心理的或意识形态的启发,某种外来的东西突然照亮了作者长期思考的问题而给予一种解决的新的可能。法国诗人波德莱尔说他喜欢美国作家爱伦·坡,就因为在爱伦·坡的作品中,他自己头脑里一些模糊的、未成形的构思被完美地塑造出来。T. S. 艾略特认为他受到一些其他作家的影响,往往是因为这些作家能"逗引"起他内心想说的话。庞德所以认为中国诗"是一个宝库,今后一个世纪将从中寻找推动力,正如文艺复兴从希腊人那里找到推动力",就因为中国诗对他所痛感的"西方当代思想缺乏活力""宗教力量日益衰退"等问题提供一种解决的新的可能;而中国诗歌的简洁、含蓄对于维多利亚时代诗歌的繁言赘语、含混不清也是一种冲击而给诗人以启发。如果说这种"启发"往往是不自觉的偶然相遇,那么影响的第二步——"促进"就是有意识地寻求、理解、加强。随之而来的是一个认同和消化变形的过程。文学影响最后还要通过文学表现出来。

70年代德国接受理论的兴起对上述传统影响研究进行了全面刷新。事实上,接受和影响是一个问题的两面。播送者对接受者来说是"影响",接受者对播送者来说就是接受。过去的影响研究多研究播送者如何影响接受者,却很少研究播送者如何被接受。如今这一单向过程改变为双向过程,就为这一领域开辟了许多新的层面。首先,由于"接受屏幕"的不同,一部作品在本国和在外国被接受的状况也显然各异。通过某种成分被拒绝或接受或改造的复杂过程,我们不仅可以更多面地发掘出作品的潜能,而且也可以进一步了解不同文化体系的特点;其次,对外国作品的接受,往往可以作为一面镜子,反射出接受者的不同个性。另外,通过关于接受的研究,还可以考察时代的变化。一部作品在被接受的过程中常常因时代的不同而被强调不同的方面；再者，关于接受的"反射"也是一个很有意思的现象。五四以来，借助对西方文化的接受，反观本国文化而有新的启悟的现象屡见不鲜。例如诗人郭沫若说他从小熟读《诗经》，但"丝毫也没感觉受着他的美感"，只是在读了美国诗人朗费罗的诗后，"才感受到了同样的清新，同样的美妙"。① 这样的例子是很多的，它们都说明了"接受的反射现象"对文学发展的重大作用。最后，接受理论为比较文学研究者提供了编写完全不同于过去的体例的新型文学史的可能。一种新的文学思潮兴起后，如果它是真有价值的，就会逐渐获得世界性。如浪漫主义、现实主义、超现实主义、现代主义等等无不如此。不同文化体系在接受这些思潮时，由于"接受屏幕"和"期待视野"的不同，必然有所选择，有所侧重，并在融入本体系文学时，完成新的变形。这种变形既包含着该文化系统原来的纵向发展，又包含着对他种文化系统横向的吸取和改造而形成的新的素质；文学本身就是这样发展起来的。从比较文学的角度来重写文学史，就要着重考察各种思潮、主题、文类、风格、取材，以至修辞方式、诗歌、格律等等文学的构成因素在不同民族文学中的继承、发展、相互影响和相互接受。新的文学史将由"创造""传统继承"和"引进"三个部分组成，而对那些特殊的历史时刻予以关注。这种时刻，读者的文学观念往往可以穿越或排斥以往的界限，敏于接受外来影响，并改变自己的"接受屏幕"和"期待视野"。在接受理论的基础上还可以从读者角度出发，研究读者心态的历史。如果整理五四以来不同历史阶段，不同外国作家被中国读者所选择和接受的广度和深度，以及被强调的不同方面，就可以从一个侧面看出近百年中国社会心理的发展和变迁。总之，接受理论使人们进一步认识到潜在于作品的各种可能性，因而为局限于实证，路子越走越窄的传统影响研究带来了全面的活泼的生机。

《比较文学与中国现代文学》的第三部分是讨论阐发研究。所谓阐发研究，简而言之就是借助外国文学理论来重新解读中国文学。这曾是一个有争论的问题。我认为关键在于拿出实例说明这种阐发确实对推动中国文学发展有益。中国封闭了30年，这正是西方文学理论发展十分迅速的时期。80年代初，西方发展了数十年，经历过各种复杂阶段的文艺思潮同时涌入中国。历时性的发展变成了共时性的并存。我这本书的这一部分以

---

① 郭沫若：《我的作诗经过》，《沫若文集》第11卷，人民文学出版社1969年版，第138页。

"小说世界的外延研究"(传统小说分析),"文学是一种特殊的语言形式"(新批评派),"决定着表达方式的深层结构"(结构主义),"潜意识及其升华"(精神分析学),"作品的框架与意象挖掘"(接受美学),"事序结构和叙事结构"(叙述学),"'推末以至本'和'探本以穷末'"(阐释学)为题,企图说明在这些思潮的启发下,可能开辟的新的学术空间。其实,大量西方文学理论的传入,决不是随意的、偶然的、与本土语境无关的,恰恰相反,任何一种理论的传入,都经过了中国社会实际与文化情景的筛选,并实际有用于中国文学的改进,才能得以生存和发展。例如出于对数十年苏联文艺理论只强调社会环境和社会效用的逆反心理,新批评派的细读批评和结构主义叙述学就很容易被接受;有些西方新观念,中国文学传统中很少提及,如精神分析学和后来的女性主义文学批评,由于其新鲜,也较容易引起大家注意;另一方面,也有一些西方文学理论正是由于它们与中国传统文学观念容易找到契合点而引起广泛兴趣,如阐释学就很容易与中国的"述而不作""我注六经""六经注我"等道理相通;接受美学与中国的"作者以一致之思,读者各以其情而自得","横看成岭侧成峰,远近高低各不同"等说法也有类似之处。另外,西方马克思主义文学批评在中国也很盛行,这是由于人们急于了解数十年来作为中国主流意识形态的马克思主义在西方的发展所致。所有这些显然都有益于中国文学的发展。

《比较文学与中国现代文学》一书并不一定有什么新的发明,但在当时却是一本有用的书。正如我的老师季羡林教授在为该书所写的序言中说的:"这一部书很有用处,很有水平,而且很及时。杜甫的诗说:'好雨知时节,当春乃发生。'我很想把这一部书比做'当春乃发生'的及时好雨。"我的导师王瑶先生更是指出了我的这些最初的学术成果与我个人性格的关联,他说:"每个人如果能根据自己的精神素质和知识结构、思维特点和美学爱好等因素来选择适合自己特点的研究对象、角度和方法,那就能够比较充分地发挥自己的才智,从而获得更好的成就。乐黛云同志的治学道路显然有与她个人的知识面宽广和具有开拓精神等素质有关,但它却能给人以普遍性的启发,特别是在当前各种新学科、新方法纷至沓来的时候。"

我关于比较文学的研究首先从有实际联系的影响研究入手,这大概与我过去出身于研究现代文学史有关。但我越来越感到完全没有事实联系的不同文化体系中的文学也有非常重要的比较研究价值,这些领域深深地吸引着我。我那本《比较文学原理》重点就在于主题学、文类学和跨学科研究的探讨。

从内容方面来说，文学反映人的思想、感情和心理状态。人类共有的欢乐、痛苦和困扰往往可以从全不相干的文学体系的作品中看到。例如自古以来，大量文学作品表现了爱情与政治、社会、道德观念的冲突，当然，由于不同时代、环境、文化、民族心态的不同，共同的主题在不同的作品中有着很不相同的表现，但作者对于这一问题的基本态度——对纯真爱情的同情和对政治社会压迫的抗议——则是基本相同的。这种关于共同主题的研究曾被指责为缺乏实证的事实联系，或缺乏对文学性本身的分析。我认为作家对于主题的选择首先是一种美学决定，这种选择决定着结构的模式、题材的提炼和题材的表现。同一主题如何由于不同的艺术表现而形成不同的艺术创作，同一题材又如何由于作者思想的不同深度而提炼出感人程度不同的作品等，如果不把"文学性"的分析仅仅局限为语言分析，那么，这种主题和题材及其艺术表现的分析显然也是一种"文学性"的分析。主题学还研究不同时代、不同文化地区的人何以会提出同样的主题，同时也研究有关同一主题的艺术表现、创作心态、哲学思考、意象传统的不同并对其继承和发展进行历史的纵向研究等。会通中西文学，开展有关主题的研究应该是一个很有潜力的领域。

在文学形式方面，我对中西文体的发展进行了一些文类学的比较研究。世界各大文化体系，大致都能找到从口头创作发展为诗歌、戏剧、小说三种类型的文体的迹象，而小说都是在诗歌、戏剧之后才发展起来的。如果用长篇小说这种文体来作一些对比分析，可以看到中国长篇小说与西方长篇小说显然有不同的发展源流。西方小说从史诗发展为中古传奇（romance），再发展为长篇小说；中国小说则从大量叙事文体发展为稗史、民间演义，加上佛经故事和市井短篇小说，逐步演化为长篇小说。但是，中西小说始终保持着一种同步的发展过程。首先，中、西长篇小说的产生都是和都市文化、商业化、工业革命、印刷术发展和教育普及分不开的；其次，无论中外，长篇小说的发生发展往往以思想方面的动荡、新思想的产生作为背景；第三，无论中西小说都需要采取一种比较自由的语言媒体，以突破少数人对文化的垄断。西方小说自从但丁改用活着的意大利口语写作后，欧洲小说很快就普遍采用了明白易懂的语言来写作。中国的讲史、讲经本来就和民间口语很接近，《金瓶梅》《水浒传》都采用了远较其他作品更为自由的语文媒体。另外，中西小说在其发展的最初阶段，作品构造的小说世界大都深具批判性，法国的《巨人传》、中国的《西游记》都出现于16世纪，唐僧到西方极乐世界去取经，法国巨人到东方来寻求智慧的"神壶"，无论是前者对西方，还是后者对东方，都是一种对现存制度的不满足和对另一种人生的追求。同时，还可看到很多国家的小说都是从客观世界的描写开始，逐渐转而探求人物性格、生活经验、精神世界等复杂问题。由此可见中西小说发展的同步的趋势和许多类同的特点。

  文类学研究的另一个内容是关于文学分类的研究。我对文学分类本没有独到研究，但看到美国学者威因斯坦在进行了一系列文学分类研究之后，竟得出结论说："在远东国家中，迄今为止还没有按照类属对文学现象进行过系统分类"，不免心有不平。其实，早在两千多年前，我国第一部诗歌总集《诗经》就已经对诗歌进行了分类：风、雅、颂是以教化作用为标准分类：风，言一国之事，系一人之本；雅，形四方之风；颂，美盛德之形容（也有人说是以音乐曲调的不同分类）。赋、比、兴，也可理解为以艺术功能为标准分类：赋，敷陈之谓也；比，喻类之言也；兴，有感之辞也。东汉班固撰写的《汉书·艺文志》已按诗歌的不同风格，把赋分为《屈原赋》《孙卿赋》《陆贾赋》和《杂赋》4类；《杂赋》又按体制和题材分为12种。曹丕的《典论·论文》提出"文本同而末异"，"末"就是指不同的文体。他将流行的文体分为4科8类，陆机又将之扩大为10类，并指出"诗缘情而绮靡"，"赋体物而浏亮"等不同文体特色。这10类中至少有7类属文学范围，包括抒情文、叙事文、韵文和散文。稍后于陆机，出现了挚虞的《文章流别集》41卷和《文章流别志论》2卷。可惜两书均已亡佚，仅从残篇断简之中，尚能考见前者是一部按11类文体编排的文章总集，后者则专论各类文体特点、源流及其代表作。两书体例大体先讲文体定义、形成由来，再讲历史演变、发展趋势、与其他文体的区别，这应是中国文体论的一部重要著作。《文心雕龙》是我国文类学研究的一个高峰。刘勰不仅建立了包含34种文类的大系统，而且在《体性》篇中，特别讨论了文体风格形成与作者性格及后天涵养的关系。他指出由于"才有庸俊，气有刚柔，学有深浅，习有雅郑"，根据不同的情性、知识和习染就造成了文章的千变万化，所谓"各师其心，其异如面"，刘勰举了许多实例说明"才、气、学、习"所形成的个人才情气质如何决定了他们的不同风格。他把这些不同风格归约为"八体"，又分为相对的四组。刘勰的文体研究不仅对中国文类学而且对世界文类学都有重大意义。事实上，中国的文类学家不仅探索了划分文类的多种标准，界定了各种文类的定义，论证了各种文体的区别，研究了各种文体的相互关系，而且也探讨了各种文体的渊源及其变化，比较分析了各种文体的作家作品。中国文类学显然是一个不容抹煞的客观存在。

除了对于文学内容和形式的比较研究外，最吸引我的就是文学的跨学科研究，特别是文学与自然科学的跨学科研究。这是和文学的跨文化研究很不相同的另一种研究。19世纪，进化论曾全面刷新了文学理论、文学批评以及文学创作的各个领域。20世纪，系统论、信息论、控制论、热力学第二定律以及熵的观念对文学的影响也绝不亚于进化论之于19世纪文学。

在系统论之前，人类认识世界有两种方法：一种建立在相似、类比的基础上（如甲和乙相似，认识甲即可推断出乙）；另一种建立在差异分类的基础上（按事物的不同特点分类对比研究）。系统论与这两种方法都不同，它把对象看做一个大系统而力图从中找出把各部分联结在一起，构成统一体的"语码"（code）。正是这种语码才使符号系统具有意义。结构主义者认为人类文化本身就是一个符号系统，离开这个系统，个体的特别行动是不会有意义的，除非它按照某种"语码"组织在某个符号系统之中。结构主义者的目标就是要破译隐藏在各种系统中的语码，发现其深层结构。系统论所提供的这种结构观念为文学研究打开了许多新的层面。

信息论关于语义型信息和审美型信息的讨论，关于"最优化"信息的选择，都为文学研究提供了新的思考层面。特别是信息论的发展和电脑的出现使得用统计学方法进行文体风格和个人艺术特征的辨析成为可能。科学家们通过对不同作者用词的频率、词长、句长、词序、节奏、韵律、特征词等等的综合、分类、统计来确定难以描述和定性的不同作者的风格特色，判断作者的真伪。

另外，从热力学第二定律所引出的耗散结构和熵的观念也逐渐渗透到社会科学和文学研究领域之中。熵是混乱程度的测量标准。在一个封闭的体系中，层次较高的、较有秩序的位能作功，能量耗散，而产生层次较低的、较无秩序的位能。这是一个不可逆的、能量越来越少的过程，也是测量混乱程度的"熵"越来越大的过程。熵的增大打破了一切秩序，淹没了一切事物的区别和特点，使一切趋向于混沌、单调和统一。熵的观念在美国小说中引起很大反响，著名的美国作家，如索尔·贝娄、厄普代克、梅勒等都曾在他们的作品中多次谈到熵的问题，著名的美国后现代作家品钦的一篇短篇小说题目就是《熵》。实际上，《熵》正像他后来的许多作品的一个序言。他的作品，如《万有引力之虹》等，无不笼罩着熵的阴影。正是作家的刻意创新，不断降低熟悉度，追求陌生化使他们成为"反熵英雄"。要防止熵量的增加，就必须突破隔离封闭的体系，不断增加信息量，不断改变主体的结构，以适应新的情况。比较文学正是把文学作为一个有生命的、开放性的、动态体系来研究。它不仅研究一种文学系统与另一种文学系统之间的相互交换，互相作为参数而形成新质，而且也研究其他艺术、社会科学、自然科学对文学渗透而形成的新的状态。

除此之外，在跨学科研究的其他领域，即文学与其他人类思维表运方式的关系方面，如文学与心理学，文学与哲学、社会学，文学与其他艺术形式等，我都作了一些初步探索，在此不再一一提及。总之，我把上述出版于80年代后半叶的学术著作看做"文化热"的一种结果，因为在我看来，"文化热"的核心和实质就是酝酿新的观念。一切变革和更新无不始于新的观念。新观念固然产生于内在形势的需要，同时也产生于外界的刺激，两者相因相成。要促成我国悠久文化的转型和发展，首先要有不同于过去的新的观念。文化之所以"热"，就"热"在争相酝酿新观念。这就要求人们认真了解近年来世界发生了什么，有哪些新的东西可供参考，又如何为我所用。因此，"文化热"偏重于考察世界，研究中国文化与世界文化的接轨，并不足怪。

我的90年代

1989年后，中国进入了"后新时期"，这是全然不同于十年新时期的另一种时期。90年代的"国学热"强调从本土文化本身酝酿出新的观点和方法，似乎只有不受任何外来影响的、纯而又纯的本土文化才能对抗欧洲中心论。更有意思的是从西方最新传入的"东方主义"强调西方以其文化霸权强行诠释东方，强使殖民地或第三世界处于一种"失语状态"，只能用西方话语表述一切。因此，对于东方各民族来说，第一要义是颠覆西方的文化霸权。虽然这"东方主义"也是西方文化框架下的产物，也是舶来品，但某些强调"国学"的人们却因之更趋向于拒斥外来的东西而强调回归本土的一切。我生活在这样的潮流中，当然也不能不受其影响。为了进一步弄清问题，我回溯到作为古今中外大讨论关节点的五四时期，对在"国学热"中引起广泛重视的、被称为"哈佛三杰"的吴宓、陈寅恪、汤用彤等三位国学大师进行了重新解读和探讨。这些学者关于古今中外交汇的思考对我都极有启发。特别是陈寅恪提出的"李唐一族之所以崛兴，盖取塞外野蛮精悍之血，注入中原文化颓废之躯，旧染既出，新机重启，扩大恢张,遂能别创空前之世局"①,汤用彤提出的"(当前)新学术之兴起,虽因于时风环境,然无新眼光、新方法,则亦只有支离片段之言论而不能有组织完备之新学"②等,都十分发人深思。《学衡》杂志重要成员之一吴芳吉尖锐指出:"复古固为无用,欧化亦属徒劳。不有创新,终难继起,然而,创新之道,乃在复古欧化之外"③,更是启发了我的思考。这些理论进一步加强了我对发展比较文学的信心和决心。我接连写了《论现代保守主义——重估〈学衡〉》(《中国文化》1990年第2期)、《文化更新的探索者——陈寅恪》(《北京大学学报》1991年第4期)、《"昌明国粹,融化新知"——汤用彤与学衡杂志》(《社会科学》1993年第5期)三篇文章,坚持认为在任何情况下,中国不可能再回到拒斥外来文化的封闭状态。我不赞成狭隘的民族主义,不赞成永远保留东方和西方二元对立的旧模式,也不认为中国中心可以取代欧洲中心。在全球意识迅速发展,不同民族文化必须共存的前提下,我特别关注的是世界多种多样的文化资源正在迅速流失,这种流失必将造成难于补救的危机,因为历史早已证明不同文化之间的相互激发正是文化发展的重要动力。我感到当前比较文学的根本任务就是要在全球意识的关照下维护并促进文化的多元发展,为此,比较文学自身必须经历一个巨大的变革。

1991年新春,得到《读书》杂志的支持,我们在该杂志1991年第2期上组织了一次相当大规模的关于"比较:必要、可能和限度"的笔谈,季羡林、贾植芳和当时的国际比较文学学会主席佛克玛(Douwe Fokema)、捷克斯洛伐克比较文学家高利克(Marian Galic)、印度比较文学教授阿米雅·杰夫(Amiya Dev),还有执教于美国的张隆溪、执教于英国的赵毅衡等都参加了笔谈。我为笔谈写的文章,标题是"转型时期的新要求"。我提出:"在相互交往的全球意识正在成为当代文化意识的核心这种形势推动下,各民族多在寻求自身文化的根源和特征,以求在世界文化对话中,讲出自己独特的话语而造福于新的文化转型时期。"我认为目前文学理论的主要趋势是"总结各民族长期积累的经验,从不同角度解决人类在文学方面共同面临的问题";文学批评和文学史要更多研究"文学性"和文学

---

① 陈寅恪:《李唐氏族之推测后记》,《金明馆丛稿二编》,上海古籍出版社1980年版,第303页。
② 汤用彤:《魏晋玄学流别略论》,《汤用彤学术论文集》,中华书局1983年版,第234页。
③ 吴芳吉:《再论吾人眼中的新旧文学观》,《国故新知论》,中国广播电视出版社1995年版,第241页。

形式的发展,"研究不同文化体系的读者对同一作品的不同接受、诠释、误读和使之变形"等等。总之,"一种文化向世界文化发展,又从世界文化的高度来重新诠释、评价和更新一种文化,无疑是21世纪文化转型时期的一个极其重要的内容"。我在中国比较文学1990年第1期发表的《文学研究的全面更新与比较文学的发展》一文中曾谈到:"全球意识与文化多元相互作用的主潮必然为文学研究带来全面刷新","在这样一个无可避免的文学研究转型期,比较文学无疑是一个很重要的触媒。它的巨大触媒作用就在于促进并加速地区文学以多种途径织入世界文学发展的脉络,从而使两方面都得到发展。比较文学也将在这一进程中找到自身与其他文学研究的结合点而达到新的水平。"

然而,问题的实质在于人类是否真的可以安稳进入这个"全球意识与文化多元相互作用"的新时期呢?显然事实远非如此。要真正做到各民族文化平等对话、多元发展,目前还存在着许多阻碍。

最大的阻碍首先是各种"中心论"。反观100年来比较文学发展的历史,从1886年英国学者波斯奈特(H. M. Posnett)第一次用"比较文学"命名他的专著,到1985年中国比较文学学会成立,这100年的历史几乎就是以欧洲为中心,歧视、压制他种文化,泯灭亚、非、拉各民族文化特色的历史。在比较文学极为兴盛的20世纪20年代末,著名的法国比较文学家洛里哀就曾在他那部名著《比较文学史》中公开作出结论:"西方之智识上、道德上及实业上的势力业已遍及全世界。东部亚细亚除少数偏僻的区域外,业已无不开放。即使那极端守旧的地方也已渐渐容纳欧洲的风气……从此民族间的差别将渐被铲除,文化将继续它的进程,而地方的特色将归消灭。"① 现在看来,这当然迹近天方夜谭,但在前半个世纪,认同这种思想的比较文学家恐怕也还不在少数;今天它也还蛰伏在许多西方学者的灵魂深处。要改变这种现象远非一朝一夕之事。意大利比较文学家——罗马知识大学的阿尔蒙多·尼兹(Armando Gnisci)教授把对西方中心思想的扬弃这一过程称为一种"苦修"。他在《作为非殖民化学科的比较文学》一文中说:"如果对于摆脱了西方殖民的国家来说,比较文学学科代表一种理解、研究和实现非殖民化的方式,那么,对于我们所有欧洲学者来说,它却代表着一种思考、一种自我批评及学习的形式,或者说是从我们自身的殖民中解脱的方式。……它关系到一种自我批评以及对自

---

① 洛里哀:《比较文学史》,傅东华译,上海书店1989年版,第352页。

己和他人的教育、改造。这是一种苦修（askesis）。"① 可见先进的西方知识分子已经觉悟到在后殖民时代抛弃西方"中心论"的必要和困难。其实，也不仅是西方中心论，其他任何企图以另一种中心论来代替西方中心论的企图都是有悖于历史潮流，有害于世界文化发展的。例如有人企图用某些非西方经典来代替西方经典，其结果并不能解决过去的文化霸权问题，而只能是过去西方中心论话语模式的不断复制。

　　危害世界文化多元发展的除了各种中心论之外，更其严重的是科学的挑战。毋庸讳言，高速发展的电脑电讯、多媒体、互联网、信息高速公路正在极其深刻地改变着人类的思维方式、生活方式，以至生存方式。目前，国际互联网已联结全世界近一亿人口，并正以空前速度向前发展。网络上通行的是英文，这种以某种语言为主导的跨国信息流是否会压抑他种语言文字从而限制人类文化的多样性发展呢？更严重的是信息的流向远非对等，而是多由发达国家流向发展中国家。随着经济信息、科技信息的流入，同时也会发生意识形态、价值观念和宗教信仰等文化的"整体移入"，以至使其他国家民族原有的文化受到压抑，失去"活性"，最后使世界文化失去其多样性而"融为一体"！这将是下一世纪世界文化发展的重大危机，也是全人类在 21 世纪不得不面临的新问题。

　　由于文化多元发展遇到的种种阻碍和挫折及其远非乐观的前景，一部分有识之士感到自身民族文化被淹没以至消亡的可能，奋起突出彰显本民族文化，这对于保护和发展世界文化的多样性无疑具有极为重要的战略意义。遗憾的是在这一潮流中，封闭、孤立、倒退的文化孤立主义也随机而生。文化孤立主义无视数百年来各民族文化交往、相互影响的历史，反对文化交往和沟通，要求返回并发掘"未受任何外来影响的""以本土话语阐述的""原汁原味"的本土文化。其实，这样的本土文化是根本不存在的。如果我们说的不是"已成的"、不变的文化遗迹如青铜器、古建筑之类，而是不断发展的文化传统，那就必然蕴含着不同时代受着各个层面的外来影响的人们对各种文化现象的选择、保存和创造性诠释。文化孤立主义常常混迹于后殖民主义的文化身份研究，但它们之间有根本的不同。后者是在后殖民主义众声喧哗、交互影响的文化语境中，从历史出发为自身的文化特点定位；文化孤立主义则是不顾历史的发展，不顾当前纵横交错

---

① 阿尔蒙多·尼兹（Armando Gnisci）：《作为非殖民化学科的比较文学》，罗 ̇ 译，《中国比较文学通讯》1996 年第 1 期，第 5 页。

的各方面因素的相互作用，只执着于在一个封闭的环境中虚构自己的"文化原貌"。由此出发，就有可能导致一种文化上的封闭性和排他性：只强调本文化的优越而忽略本文化可能存在的缺失；只强调本文化的"纯洁"而反对和其他文化交往和沟通，唯恐受到"污染"；只强调本文化的"统一"而畏惧新的发展，以至对外采取文化上的隔绝和孤立政策，对内压制本文化内部求新、求变的积极因素，结果是导致本文化的停滞、衰微。其实，即便是处于同一文化内部，不同群体和个人对于事物的理解也都不尽相同，因为人们对事物的认识总是与其不同的生活环境相连，忽略这种不同，只强调同一文化内部的"统一"，显然与事实相悖，强求统一，其结果只能是强加于人，扑灭生机；为保卫这种顽固的孤立和隔绝而引发战争也并非不可能。

加之以20世纪后半叶，后结构主义各种思潮将人们习惯的深度模式解构了：现象后面不一定有一个本质，偶然性后面不一定有一个必然性，"能指"后面也不一定有一个固定的"所指"；中心被解构了：原先处于边缘的、零碎的、隐在的、被中心所掩盖的一切释放出新的能量；在文化研究的范围内，这些思潮起了消解中心，解放思想，逃离权威，发挥创造力等巨大作用，但也导致了某种离散和互不相关，使人类社会失去了必要的凝聚力。

综上所述，可以看到随着21世纪的到来，人类文化发展面临两方面的危机：一方面是文化的多元发展受到威胁，文化的多样性日益削弱，这势必导致世界文化资源无可挽回的流失；另一方面是文化本土主义所造成的文化孤立和隔绝不是引向文化对抗就是引向文化衰微，而思维模式的变化又大大加深了社会意识的分崩离析。

90年代前几年，我的思绪一直萦绕着以上这些问题。它们陆续反映在我接连发表的一些文章中，如《迎接新的文化转型时期》（《季羡林教授八十华诞论文集》，1992）、《世纪转折时期关于比较文学的几点思考》（《中国比较文学》1995年第2期）、《文化相对主义与"和而不同"原则》（《中国比较文学》1996年第1期）《比较文学的国际性与民族性》（《中国比较文学》1996年第4期）、《后殖民主义时期的比较文学》（《社会科学战线》1997年第1期）、《文化相对主义与跨文化文学研究》（《文学评论》1997年第4期）等。其中《比较文学的国际性与民族性》一篇被香港《中文大学人文学报》第1期和《南方文坛》转载，后来又被译成意大利文，在罗马大学的《比较文学研究学报》上发表。

如何推动这一矛盾向有益于人类的方向发展将是21世纪人文科学的最重要的任务之一，而比较文学无疑将在其中扮演一个十分前沿的角色。1997年，我将关于这方面的思考写在《比较文学与21世纪人文精神》（《中国比较文学》1998年第1期）中。我认为文化危机和科学的新挑战呼唤着新的人文精神。所谓"新"，不仅是指所面对的问题新，而且是指人类当前的认识方法和思维方式也和过去很不相同了。经历过20世纪认识论与方法论转型的新人文精神与18世纪以来的旧人文精神最大的不同，就在于它不是什么固定的、一成不变的"原则"；也不是以少数人建构起来的、被称为"人文精神"的既成概念去强加于他人；更不是由少数"先觉者"去"启"多数"后觉者"或"不觉者"之愚"蒙"。新人文精神也不同于20世纪30年代白璧德所倡导的"新人文主义"。白璧德以克己、自律为核心，既反对以培根为代表的、超乎伦理的客观科学主义，也反对以卢梭为代表的、率性而行、不受道德规范的极端个人主义。21世纪的人文精神将继承过去人文主义的优秀部分，强调首先要把人当做人看待，反对一切可能使人异化为他物的因素；强调关心他人和社会的幸福，关怀人类的发展和未来。它接受科学为人类带来的便利和舒适，但从人的立场出发，对科学可能对人类造成的毁灭性灾难保持高度警惕；它赞赏后现代思维方式对中心和权威的消解，对人类思想的解放，但同时也企图弥补它所带来的消极方面——零碎化、平面化和离散。新人文精神用以达到这些目的的主要途径是沟通和理解：人与人之间、科学与人文之间、学科与学科之间、文化与文化之间的沟通和理解；在动态的沟通和理解中，寻求有益于共同生活（我们只有一个地球）的最基本的共识。

关于如何解决保持差异和多元共存的问题，中国的"和而不同"原则也提供了很重要的启迪。"和而不同"原则认为事物虽各有不同，但决不可能脱离相互的关系而孤立存在，"和"的本义就是要探讨诸多不同因素在不同的关系网络中如何共处。在中国，儒家立论的基础是人和人的关系，道家立论的基础是人和自然的关系，都是在不同的领域内探讨如何和谐共处的问题。"和"的主要精神就是要协调"不同"，达到新的和谐统一，使各个不同事物都能得到新的发展，形成不同的新事物。

这种精神既保障对个人的尊重和个人的平等权利，同时又要求个人有同情和尊重他人的义务；既保障不同个人——社群——民族——国家之间的各种差异，又要求彼此对话、商谈、和谐并进、共同发展。只有这样，才能既保存人类文化的多样性，又避免本位文化的封闭和孤立，乃至引向战争和衰亡。这就是21世纪人文精神的主要内容。

新人文主义为比较文学提供了空前广阔的发展空间，也提出了比过去任何时期都更重要的任务。比较文学是一种文学研究，它首先要求研究在不同文化和不同学科中人与人通过文学进行沟通的种种历史、现状和可能。它致力于不同文化之间的相互理解和沟通，并希望相互怀有真诚的尊重和宽容。比较文学的根本目的就在于促进文化沟通，避免灾难性的文化冲突以至武装冲突，改进人类文化生态和人文环境。这种21世纪的新人文精神正是未来比较文学的灵魂。

一个新的开始

我十分清醒地意识到比较文学要完成它在文化转型时期的历史使命，就必须实现其自身的重大变革。这种变革首先是从过去局限于欧美同质文化的窠臼中解放出来，展开多方面异质文化中文学交往的研究。我想，这种研究应该从两种异质文化最初接触之时开始。

1990年，我们邀请美国著名历史学家史景迁（Jonathan Spence）来北大讲学，他的讲座的题目就是"从理论学术著作和虚构文学两方面探讨中国形象在西方的历史演变"。他从1585年西班牙人门多萨（Mendoza）应罗马教皇之请撰写的《大中华帝国史》一直讲到安德烈·马尔罗（Andre Malraux）的《人的命运》和博尔赫斯的《歧路园》，他认为文化间的交叉构成了人类历史的丰富性，这种交叉有时出于真实，有时出于想象。他甚至认为对另一种文化的最敏感的洞察往往出于对这种文化的误读和想象。他还指出制约着西方的中国形象的，主要不是中国的现实，而是西方自身的需要和问题。1990年2月3日我在《文艺报》发表的《世界文化总体对话中的中国形象》一文介绍了史景迁的看法，并提出应该研究这些"中国形象"，"以一种'互为主观'的方法重新认识自己，这不仅对中国文化重构而且对世界文化的发展都具有十分重要的意义"。这篇文章后来又发表于广东的《传统与现代》和加拿大出版的《文化中国》。

自此之后，我一直关注这方面的问题，接连参与或主持了三次有关的国际会议。第一次是中山大学主办的"狮在华夏——文化双向认识的策略问题"国际讨论会（同名论文集1993年由中山大学出版社出版），第二次是在北京大学召开的"独角兽与龙——在寻找中西文化普遍性中的误读"国际讨论会（同名论文集中、外文版1995年由北京大学出版社出版），第三次是在南京大学召开的"文化的差异与共存"国际讨论会（同名论文集中、外文版1997年由译林出版社出版)。我关于这个问题的思考集中表现在我1994年夏发表于《中国文化研究》的《文化差异与文化误读》中。经过许多事实的考辨,我认为所谓世界文化的相互同化、融合、一体化都是某种"中心论"的变形,"只有差异存在,各个文化体系之间才有可能相互吸取、借鉴,并在相互参照中进一步发现自己……由于文化的差异性,就不可避免地会产生误读,所谓误读就是按照自身的文化传统、思维方式、自己所熟悉的一切去解读另一种文化。一般说来,人们只能按照自己的思维模式去认识这个世界。他原有的'视域'决定了他的'不可见'和'洞见'。我们既不可能要求外国人像中国人那样理解中国文化,也不能要求中国人像外国人那样理解外国文化,更不能把一切误读都斥之为'不懂'、'歪曲'……总之,文化之间的误读在所难免,无论是主体文化从客体文化中吸取新意,还是主体文化从客体文化的立场反观自己,都很难不包括误读的成分,而从历史来看,这种误读又常是促进双方文化发展的契机,因为恒守同一的解读,其结果必然是僵化和封闭。这里所讲的文化误读既包含解读者对不同文化的深入探究,也不排斥因异域陌生观念而触发的'灵机一动',关键全在解读者的独创性发现。"这篇文章引起了不少读者的共鸣,很快就被《新华文摘》(1995年第9期)所转载,又被译载于香港大学和北京大学合办的英文刊物《新视野——比较文学年刊》(*New Perspective—A Comparative Literature Yearbook*, 1995年第1期)上。

  两种文化的接触除了各自互相解读之外就是直接对话。对话的首要条件就是双方都能理解和接受,可以达成沟通的话语。话语并不等同于语言,它是交往中的一套"游戏规则"。例如踢足球时,如果一方用乒乓球的规则,足球游戏就无法进行,因为足球游戏只能以相互认同和沟通的足球规则为前提。1990年伊始,我就写了一篇文章,题目是《展望90年代——以特色和独创进入世界文化对话》(《文艺争鸣》1990年第3期)。我认为西方盛极而衰的文化体系需要找到一个参照系,一个"他者",以便用一种"非我的""陌生化"的眼光来重新审视自己,以突破过去的"自我设限",寻求新的发展。第三世界在挣脱了殖民主义的枷锁之后,也急需在新的基础上,在与西方的平等对话中,更新自己的古老文化传统,完成自己的文化现代转型。因此,东西方的文化对话是当代的一种历史要求。然而,第三世界所面临的是发达世界早已长期构筑完成的一套概念体系,也就是一套遍及于政治、经济、文化各个领域的、长期占统治地位并被广泛运用的话语。事实上,这套话语经过数百年积累,汇集了千百万智者对于人类各种问题的思考(这种思考正是在殖民地物质财富生产者所创造的财富的基础上才得以进行），不能说没有价值；然而，危险的是，如果第三世界只用这套话语构成的模式去诠释和截取本土文化，那么，大量最具本土特色和独创性的活的文化就会因不能符合这套模式而被排斥在外。如果像有些人所主张的去"发掘"出一种绝对属于本土的话语，我想，这种话语根本就不存在，因为文化总是在与其他文化的相互作用中发展的；即便有这样的"完全本土"的话语，也不能为对方所理解而达到沟通的目的。

我认为要进行真正的对话，就必须找到一个中介，"这个中介可以充分表达双方的特色和独创并足以突破双方的旧体系，为双方提供新的立足点来重新观察自己，为'更新'和'重建'构成前提和可能"。这个中介就是人类面临的共同问题。要解决这类共同问题就不可能在一个封闭的文化体系中来寻求答案，而要在各种文化体系的对话中寻求新的解释；在这种新的解释中，各种文化体系都将作出自己独特的贡献，共同的话语也就在这个过程中形成。这样的对话既回响着不同民族悠久的历史传统的回声，又同时受到现代人的诠释和检验。例如现代中国人的诠释就既不是先秦，又不是汉唐，也不是宋明的已经成为陈迹的文化诠释，而是在这个基础上发展起来的，容纳了清末洋务运动经验教训，经过五四科学民主洗礼以及70年来马克思主义批判陶冶的现代诠释。现代西方人的诠释也不是辉煌一时的古希腊文明、18世纪理性主义、20世纪生命哲学的文化诠释，而是经过解构，濒于困境和危机，正在向他种文化体系寻求突破和更新的西方现代诠释。我认为我们即将进入的世界文化对话就是这样一种现代人的对话。

要以特色和独创进入世界文化对话，就必须在世界文化语境中对自己的文化有一个深入了解，并使之转换为现代性话语。我尝试首先从诗学（文论）的研究入手。我特别感到有必要把各大文化体系中的主要诗学概念汇集起来，这将是比较诗学最基础的工作。中国诗学、阿拉伯诗学、印度诗学、欧美诗学号称世界四大诗学体系，但所有的以"世界诗学"为名的论著都几乎从未涵盖过这四个不同体系的诗学。于是，我们决定作一次汇通古今中外诗学术语概念的尝试。1993年，北京大学比较文学研究所、北京大学古典文学教研室和美学教研室以及中国社会科学院外国文学研究所和文学研究所的部分研究人员合力编写的第一部《世界诗学大辞典》终于面世（辽宁春风出版社出版）。这部辞典一百八十余万字，收词条近三千，包括中国、印度、阿拉伯、欧美、日本五大部分，每一部分又分为：一般美学、文学概念，创作方法与形式技巧，文体，文论流派，主要文论家，主要文论著作六部分。写作中，除照顾到世界各大体系外，还特别关注古典诗学与现代诗学的贯通：一方面容纳了大量传统诗学、文体学、文学修辞学的内容；另一方面又力求充分反映现代哲学、语言学、符号学、美学等理论相通的现代诗学的最新成果，希望能通过不同体系的诗学术语概念的汇通和比较，达到互相映照、互相生发的目的。例如在对欧美地区的一些现代诗学术语进行诠释时，往往引出中国诗学中一些类似的概念进行比照，并引证了中国文学作品中的一些实例。这部辞典虽然还不能完全达到我们所期望的，但"虽不能至而心向往之"，这毕竟是一个有希望的开始。

在这个基础上，从1994年起，我开始给研究生开设了比较诗学的课程。我试图在与西方诗学的对话中，探讨中国传统诗学中"言、意"，"形、神"，"物、我"，"文、质"，"情、理"，"隐、显"，"虚、实"，"刚、柔"，"正、变"等范畴的变化和发展，并思考中国传统诗学在文学理论范畴方面对未来世界文学理论可能作出的贡献。这部讲稿近期内可望整理成书。我认为在范畴论之后，还应进一步研究中国传统文论的方法论。中国的诗话和评点传统与西方的分类体系建构传统无疑形成了尖锐的对峙。而今，西方重理性分析的体系建构传统在经历其极盛时期，并对人类作出重大贡献之后，正在分崩离析；中国重个人体验的诗话评点传统肯定会成为强有力的"他者"，有助于西方文学思想的重建。目前，中国古代文论的现代转换已成为学术界十分关注的话题。预计不远的将来，这方面一定会有较大的突破。

18年来我从事比较文学的学习、教学和研究，深深感到如果我们把比较文学定位为"跨文化与跨学科的文学研究"，它就必然处于21世纪人文精神的最前沿。因为文学写的是人。它一方面要求写具有独立人格和特色的个人，一方面又要求这种写作能与别人沟通（现在或将来）。比较文学是一种文学研究，它首先要求研究在不同文化和不同学科中人与人通过文学进行沟通的种种历史、现状和可能。它致力于不同文化之间的相互理解和沟通并希望相互怀有真诚的尊重和宽容。文学涉及人类的感情和心灵，较少功利打算，而在不同的文化中有着较多的共同层面，最容易相互沟通和理解。从这个意义上说，比较文学的根本目的就在于促进文化沟通，避免灾难性的文化冲突以至武装冲突，改进人类文化生态和人文环境。这种21世纪的新人文精神正是未来比较文学的灵魂，也是一切文学研究和文学创作的灵魂。

目录

第一编 面向跨文化、跨学科的新时代

迎接文化多元共存的新世纪/ 3

多元文化发展中的问题及其前景/ 5

文化转型与新人文精神/ 14

互动认知：比较文学的认识论和方法论/ 27

文化相对主义与比较文学/ 32

比较文学的国际性与民族性/ 49

文化差异与文化误读/ 58

文化冲突及其未来
　　——参加突尼斯国际会议的随想/ 62

以特色和独创主动进入世界文化对话/ 67

中西诗学对话中的话语问题/ 72

朝向诗学发展的一个新阶段
　　——一次汇通古今中外诗学术语概念的尝试/ 80

欧洲中心主义与诗学
　　——重读杨周翰先生的《欧洲中心主义论评》/ 83

中西跨文化文学研究五十年/ 88

第三世界文化的提出及其前景/ 103

古今中西的百年讨论
　　——西湖之滨的一次学术聚会/ 107

文学与自然科学/ 111

文学与哲学、社会科学/ 121

诗歌·绘画·音乐/ 131

跨学科研究的新成果
　　——评乔山的《文艺伦理学初探》/ 142

中国文化人类学的重要成果/ 146

第二编　传统，在现代诠释中

继承传统，重在创新/ 153

中国文化遗产的传递
　　——在西班牙"文化遗产传递"国际研讨会上的发言/ 155

世界文化对话中的中国现代保守主义
　　——重估《学衡》/ 159

"昌明国粹，融化新知"
　　——汤用彤与《学衡》杂志/ 168

文化更新的探索者——陈寅恪/ 176

中西诗学中的镜子隐喻/ 181

中国传统文学批评的一些特点/ 191

叙述模式：中国小说从传统到现代/ 197

封建末世知识分子的一个侧面
　　——漫谈沈复和他的《浮生六记》/ 204

无名、失语中的女性梦幻
　　——18世纪中国女作家陈端生和她对女性的看法/ 214

作为《红楼梦》叙述契机的石头/ 224

文化对话与世界文学中的中国形象/ 227

不同文化中关于月亮的传说和欣赏/ 234

第三编　重新解读现当代文学与文化

关于现实主义的两场论战
　　——卢卡契对布莱希特与胡风对周扬/ 243

研究"现实"与研究"存在"/ 255

解构心态与当代创作 / 261

在理论的十字路口
　　——西方文学理论在 20 世纪 80 年代的中国 / 266

自由的精魂与文化之关切
　　——《北大校长与中国文化》序 / 271

中国女性意识的觉醒
　　——20 世纪 30 年代和 80 年代中国小说的一个侧面 / 277

传统文学和当代文学中的中国妇女 / 285

牺牲·殉道·叛逆
　　——现实和文学中的中国女性 / 289

鲁迅研究：一种世界文化现象 / 295

鲁迅的《破恶声论》及其现代性 / 299

重读鲁迅的《孤独者》/ 308

20 世纪 20 年代知识分子心态的探索
　　——论茅盾的《虹》和《蚀》/ 312

茅盾在北大 / 331

真情·真思·真美
　　——读季羡林先生的散文 / 336

中国的世纪末颓废
　　——最后一个唯美派诗人邵洵美 / 342

我与中国文化书院 / 349

第一编
面向跨文化、跨学科的新时代

迎接文化多元共存的新世纪[①]

电讯网络遍及全球,大众媒体铺天盖地,经济、科技日趋一体化。我们正是在这样的形势下进入21世纪。那么,强势文化会覆盖各地区的本土文化而一统天下吗?现存的各民族文化会不会在日益频繁的交往中"融为一体"而失去自己的特色?这正是很多人都在关注和思考的问题。

作为西方文化源头的欧洲在这方面具有独特的敏感。意大利著名思想家和作家恩贝托·埃柯(Umberto Eco)在1999年纪念波洛尼亚大学成立900周年大会的主题讲演中提出,欧洲大陆第三个千年的目标就是"差别共存与相互尊重"。他认为人们发现的差别越多,能够承认和尊重的差别越多,就越能更好地相聚在一种互相理解的氛围之中。

"承认差别"被强调提出,除了殖民体系瓦解、各种中心论逐渐消亡等社会原因外,还有更重要、更深刻的理论原因,那就是人类思维方式的重大改变。这一改变的核心主要表现为:与主体原则相对,强调了"他者原则";与确定性"普适原则"相对,强调了不确定的"互动原则"。总之是强调对"主体"的深入认识必须依靠从"他者"视角的观察和反思;一切事物的意义并非一成不变,也不一定有预定答案,而是在千变万化的互动关系中,在不确定的无穷可能性中,有一种可能性由于种种机缘,变成了现实。这种蕴藏着众多可能性的"混成"之物就是中国道家所说的"道",就是"不存在而有"。

事实上,没有"他者",就不可能认知"差别",没有"差别",也就不可能有"互动"。2000年在非洲马里的廷巴克图、西班牙的圣地亚哥、

[①] 2001年元旦为《人民日报》海外版而作。

意大利的波洛尼亚都曾召开了由国际一流学者参加的关于这一思维方式重大改变的研讨会。在这三次会议上，中国学者都作了十分精彩的、独树一帜的发言。2001年，北京还要召开第四次国际会议，在已有基础上对同样问题进行深入探讨。

在这样的情况下，中国文化势必成为一个十分重要的"他者"。因为正如一位法国学者弗朗索瓦·于连（François Jullien）所说："中国的语言外在于庞大的印欧语言体系，这种语言开拓的是书写的另一种可能性；中国文明是在与欧洲没有实际的借鉴或影响关系之下独自发展的、时间最长的文明……中国是从外部正视我们的思想——由此使之脱离传统成见——的理想形象。"他甚至写了一篇专论《为什么我们西方人研究哲学不能绕过中国？》的著名文章！

其实，中国传统文化一向重视差别。孔夫子早就说过："君子和而不同，小人同而不和。""和而不同"就是尊重差别，并在和谐、适度、互动的相互关系中，共求发展。这就是"和实生物，同则不继"的道理。只有"不同"，才能在差别的张力和互动中发展创新；如果都相同、都统一，就会泯灭生机，难以为继。另一方面，老子关于"有生于无"，"惚兮恍兮，其中有象"，"恍兮惚兮，其中有物"等极其精彩的论述则对我们今天在不确定的关系中了解互动原则和"不存在而有"的道理有着非常深刻的启示。

看来在新世纪，各个不同的民族文化都会在"他者原则"和"互动原则"的新思维下，重新认识自己，得到更新，使自己的特点更加彰显，同时为其他文化的发展作出自己的特殊贡献。当然，这并不是说，吾人无须努力，一切自会水到渠成；恰恰相反，要做到"差异共存，互相尊重"，特别是尊重和容忍那些自己不习惯、不喜欢的东西，还需要几代人的"苦修"，但是，人类既然有能力、有智力在自然科学方面取得如此巨大的成就，在保护大自然、改进自然生态方面携手共进，那么，为什么唯独在发展多元文化、保护人类文化生态方面就无能为力、束手待毙呢？我对未来充满信心。

多元文化发展中的问题及其前景

当今经济、科技甚至某些物质文化的发展越来越趋向全球一体化。在这种趋势下，作为文化重要组成部分的精神文化（哲学、宗教、伦理、文学、艺术等）走向如何呢？是否也将和经济、科技一样逐渐一体化，也就是说逐渐"趋同"呢？这类文化有没有可能，或者有没有必要持续多元发展呢？

文化多元发展的重要意义

多元文化的发展是历史的事实。三千余年来，不是一种文化，而是希腊文化传统、中国文化传统、希伯来文化传统、印度文化传统以及阿拉伯伊斯兰文化传统和非洲文化传统等多种文化始终深深地影响着当今的人类社会。

从历史来看，文化发展首先依赖于人类学习的能力以及将知识传递给下一代的能力。在这个漫长的过程中，每一代人都会为他们生活的时代增添一些新的内容，包括他们从那一时代社会所吸收的东西、他们自己的创造，当然也包括他们接触到的外来文化的影响。这个传递的过程有纵向的继承，也有横向的开拓。前者是对主流文化的"趋同"，后者是对主流文化的"离异"；前者起整合作用，后者起开拓作用。这两者对文化发展来说都是必不可少的，而以横向开拓尤为重要。对一门学科来说，横向开拓意味着外来文化的影响、对其他学科知识的利用和对原来不受重视的边缘文化的开发。这三种因素都是并时性地发生，同时改变着纵向发展的方向。三种因素中，最值得重视、最复杂的是外来文化的影响。恰如英国哲学家罗素1922年在《中西文化比较》一文中所说：

> 不同文明的接触，以往常常成为人类进步的里程碑。希腊学习埃及，罗马学习希腊，阿拉伯学习罗马，中世纪的欧洲学习阿拉伯，文艺复兴时期的欧洲学习东罗马帝国。①

可以毫不夸大地说，欧洲文化发展到今天之所以还有强大的生命力，正是因为它能不断吸收不同文化的因素，使自己不断得到丰富和更新。同样，中国文化也是不断吸收外来文化而得到发展的。众所周知，印度佛教传入中国大大促进中国哲学、宗教、文学、艺术的发展。可以说中国文化受惠于印度佛教，同时，印度佛教又在中国得到发扬光大，其在中国的成就远远甚于印度本土。在印度佛教与中国本土文化结合的过程中，印度佛教中国化形成了新的佛教宗派。这些新的佛教宗派不仅影响了宋明新儒学的发展，而且又传入朝鲜和日本，给那里的文化带来了巨大影响。显然，正是不同文化的差异构成了一个文化宝库，经常诱发人们的灵感而导致某种文化的革新。没有差异，没有文化的多元发展，就不可能出现今天多姿多彩的人类文化。

全球化与多元化的关系

虽然多元文化的现象从来就存在，但"多元化"的普遍被提出本身却是全球化的结果。全球化一般是指经济体制的一体化、科学技术的标准化，特别是电讯网络的高度发达，三者不可避免地将世界各地连接成一个不可分割的有机整体。全球化使某些强势文化遍及全世界，大有将其他文化全部"同化"和"吞并"之势，似乎全球化与文化的多元发展很难两全。其实，这只是事情的一方面；另一方面，如果没有全球化，多元化的问题显然也是不可能提出的。

首先是全球化促进了殖民体系的瓦解，造就了全球化的后殖民社会。原殖民地国家取得了合法的独立地位后，最先面临的就是从各方面确认自己的独立身份，而自己民族的独特文化，正是确认独特身份最重要的因素。二战以来，马来西亚为强调其民族统一性，坚持以马来语为国语；以

---

① 罗素：《中西文明的对比》，《中国问题》，秦悦译，学林出版社1996年版，第146页。

色列决定将长期以来仅仅用于宗教仪式的希伯来文重新恢复为日常通用语言；一些东方领导人和学者为了强调自身文化的特殊性，提出了"亚洲价值"观念等。这些都说明当今文化并未因世界经济和科技的一体化而"趋同"，反而是向着多元的方向发展。后殖民主义显然为多元文化的发展奠定了基础。

其次，经济全球化和后殖民状态大大促进了各种"中心论"的解体。世界各个角落都成了联成整体的地球的一个不可分割的组成部分。每一部分都有自己存在的合法性，过去统率一切的逻各斯中心论、"普遍规律"和宰制各个地区的"大叙述"面临挑战。人们最关心的不再是没有具体实质、没有时间限制的"纯粹的理想形式"，而首先是活生生地存在、行动、感受着痛苦和愉悦的"人本身"。人周围的一切都不固定，都是随着人的心情和视角的变化而变化的。这对于多元文化的发展实在是一个极大的解放。正是由于这一认识论和方法论的深刻转变，对"他者"的寻求，对文化多元发展的关切等问题才被纷纷提了出来。人们认识到不仅需要吸收他种文化以丰富自己，而且需要在与他种文化的比照中更深入地认识自己以求发展，这就需要扩大视野，了解与自己的生活习惯、思维定势全然不同的他种文化。法国学者弗朗索瓦·于连在他的一篇新作《为什么我们西方人研究哲学不能绕过中国？》中有一段话说得很好。他认为：

> 我们选择出发，也就是选择离开，以创造远景思维的空间。在一切异国情调的最远处，这样的迂回有条不紊。人们这样穿越中国也是为了更好地阅读希腊：尽管有认识上的断层，但由于遗传，我们与希腊思想有某种与生俱来的熟悉，所以为了了解它，也为了发现它，我们不得不暂时割断这种熟悉，构成一种外在的观点。①

其实，这个道理早就被中国哲人所认知。宋代著名诗人苏东坡有一首诗写道："横看成岭侧成峰，远近高低各不同；不识庐山真面目，只缘身在此山中。"也就是要造成一种"远景思维的空间"，"构成一种外在的观点"。要真正认识自己，除了自己作为主体，要有这种"外在观点"以外，还要参照其他主体（他人）从不同角度、不同文化环境对自己的看法。有

---

① 弗朗索瓦·于连（François Jullien）：《为什么我们西方人研究哲学不能绕过中国？》，邹琰译，《跨文化对话》第5辑，上海文化出版社2000年版，第146页。

时候，自己长期并不觉察的东西经"他人"提醒，往往会得到意想不到的发展。

当然，最后还应提到全球化所带来的物质和文化的极大丰富也为原来贫困地区的人们创造了在发展物质文化的同时也发展自身精神文化的条件。正是受赐于经济和科技的发达，人类的相互交往从来没有像今天这样频繁，旅游事业的开发遍及世界各个角落。一些偏僻地区、不为人知的少数民族文化正是由于旅游和传媒的开发才广为人知和得到发展的。尽管在这一过程中，不免会有形式化（仪式化）的弊病，但总会吸引更多人关注某种文化的特色和未来。

保持纯粹与互相影响的悖论

一方面是全球化（趋同），一方面是多元化（离异），两者同时并存，这就存在一个悖论：要保存文化的多样性，那当然是各种文化越纯粹、越"地道"越好，但不同文化之间又不可避免地互相渗透、吸取，这种互相吸收和补充，"你中有我，我中有你"，是否有悖于保存原来文化的特点和差异？这种渗透交流的结果是不是会使世界文化的差异逐渐缩小，乃至因混同而消失呢？

首先，从历史发展来看，一种文化对他种文化的吸收总是通过自己的文化眼光和文化框架来进行的，很少会全盘照搬，而多半是取其所需。例如佛教传入中国，得到很大发展，但在印度曾颇为发达的佛教唯识宗由于其与中国传统思维方式抵触过大，很快就已绝迹；又如陈寅恪所指出的：由于与中国传统伦理观念不能相容，佛藏中"涉及男女性交诸要义"的部分，"纵笃信之教徒，亦复不能奉受"，"大抵静默不置一语"。法国象征派诗歌对20世纪30年代中国诗歌的影响亦复如是。当时，兰波、凡尔伦的诗歌被大量译介，而作为法国象征主义诗歌杰出代表的马拉美在中国的影响却绝无仅有。这些都说明了文化接触中的一种最初的选择。

其次，一种文化对他种文化的接受也不大可能原封不动地移植。一种文化被引进后，往往不会再按原来的轨道发展，而是与当地文化相结合产生出新的甚至更加辉煌的结果。希腊文化首先是传入阿拉伯，在那里得到丰富和发展，然后再到西欧，成为欧洲文化的基石。印度佛教传入中国，与中国原有的文化相结合产生了中国化的佛教宗派天台、华严、禅宗等。这些中国化的佛教宗派又成为中国宋明新儒学发展的重要契机。这种文化异地发展的现象，在历史上屡屡发生。可见两种文化的相互影响和吸收不是一个"同化""合一"的过程，而是一个在不同环境中转化为新物的过程。如此在不同选择、不同条件下创造出来的新物，不再有旧物原来的"纯粹"，但它仍然是从旧物的基因中脱颖而出，仍然具有不同于他物的独特之处，因此全球化和多元化的相互作用，其结果并不是"趋同"乃至"混一"，而是在新的基础上产生新的差异。当然，这并不排斥在漫长的社会发展进程中，人们会逐渐形成某些共同的价值标准，但即使是这些为数不多的共同标准在不同的地区和民族也还有其不同的理解和不同的表现形式。

多元化进程中的一种危险：文化部落主义

但是，问题并不这样简单。有些民族由于长期被压抑，他们出于对自身的保护，就会以文化相对主义为准则，过分强调一成不变地保存自身的固有文化，结果是演变为危险的"文化孤立主义"，或称"文化部落主义"。

"文化部落主义"的基础是文化相对主义。文化相对主义承认每一种文化都会产生自己的价值体系，也就是说，人们的信仰和行为准则来自特定的社会环境，任何一种行为，如信仰、风俗等都只能用它本身所从属的价值体系来评价，不可能有一个一切社会都承认的绝对的价值标准，更不能以自己群体的价值标准来评价别的民族文化。即便是貌似公正的一些量化性调查，如关于IQ的智力调查等也都不能不带有明显的调查者自身的文化色彩和特殊文化内容。因此，文化相对主义者强调尊重不同文化的差别，尊重多种生活方式的价值，强调寻求理解，和谐相处，不去轻易评判和摧毁与自己文化不相吻合的东西，强调任何普遍假设都应经过多种文化的检验才能有效。

文化相对主义相对于过去的文化征服（教化或毁灭）和文化掠夺来说，无疑是很大的进步，并产生了重要的积极作用；但是，另一方面，文化相对主义也显示了自身的矛盾和弱点。例如文化相对主义只强调本文化的优越而忽略本文化可能存在的缺失；只强调本文化的"纯洁"而反对和其他文化交往，甚至采取文化上的隔绝和孤立政策；只强调本文化的"统一"而畏惧新的发展，以至进而压制本文化内部求新、求变的积极因素，导致一种文化孤立主义的封闭性和排他性，结果是本身文化发展的停滞。

此外，完全认同文化相对主义，否认某些最基本的人类共同标准，就不能不导致对某些曾经给人类带来重大危害的负面文化现象也必须容忍的结论。例如日本军国主义和德国纳粹也曾是在某一时代、某些地区被广泛认同的一种文化现象。事实上，要完全否定人类普遍性的共同要求也是不可能的，如丰衣足食的普遍生理要求、寻求庇护所和安全感的共同需要等等；况且，人类大脑无论在哪里都具有相同的构造，并具有大体相同的能力。历史早就证明不同文化之间的相互理解、相互吸收和渗透不仅是完全可能的，而且是非常必要的。最后，即使处于同一文化中的不同群体和个人对于事物的理解也都不尽相同，因为人们对事物的认识总是与其不同的生活环境相连，忽略这种不同，只强调同一文化中的"统一"，显然与事实相悖。总而言之，文化相对主义为文化的多元发展提供了理论根据和新的思考层面，但它本身的弱点又不能不阻碍了多元文化的发展。

另外，还有一部分人总想寻求"原汁原味"、永恒不变的本民族的特殊文化。他们无视数百年来各民族文化交往、相互影响的历史，反对文化交往和沟通，要求返回并发掘"未受任何外来影响的""以本土话语阐述的""原汁原味"的本土文化，不加分析地提倡"越是民族的就越是世界的"这类口号。其实，这样的本土文化只能是一种假设。如果我们说的不是"已成的"、不会再变的文化"遗迹"，如青铜器、古建筑之类，而是世世代代由不同人们的创造累积而成的不断重新解释、不断发展的"文化传统"，那它就必然蕴含着不同时代、受着各个层面的外来影响的人们对各种文化现象的选择、保存和创造性诠释。排除这一切去寻求本源，必然不会发现什么有价值的结果。

文化孤立主义常常混迹于后殖民主义的文化身份研究，但它们之间有根本的不同。后者是在后殖民主义众声喧哗、交互影响的文化语境中，从历史出发为自身的文化特点寻求定位；文化孤立主义则是不顾历史的发展，不顾当前纵横交错的各方面因素的相互作用，只执着于在一个封闭的环境中虚构自己的"文化原貌"。其实，即便是处于同一文化内部，不同群体和个人对于事物的理解也并不相同，强求统一与不变，其结果只能是扑灭生机，带来自身文化的封闭和衰微。

多元文化进程中的另一种危险：文化霸权主义

另一方面，某种依仗自己的经济、政治、文化优势，处处强加于人，企图以自己的意识形态一统天下的"文化霸权主义"也还实际存在。科索沃一战使人更清醒地看到了这一点。这种霸权主义也不只是存在于西方,日本大东亚共荣圈的梦想者并未绝灭。甚至在中国有着深远传统的"中国中心"主义也时有暴露。这种文化霸权主义给人类带来了难以估计的灾难。从目前世界此起彼伏的局部战争来看,文化冲突(民族、宗教、权力野心等)似乎已成为引发战争的因素之首位(西亚、非洲、中欧、俄罗斯、印度半岛皆不乏实例),于是有了亨廷顿(Samuel Huntington)教授关于西方与非西方的文化冲突将引发世界大战的预言。文化冲突的确是未来最核心的问题之一。文化冲突首先起源于文化压制。亨廷顿先生之所以紧张,首先是因为他从西方中心论出发,感到过去以西方为中心的文化建制正在衰落,随着殖民制度的崩溃,各民族文化正在彰显自己。不久前,他又指出:美国的流行文化和消费品席卷全世界,渗透到最边远、最抗拒的社会,在经济、意识形态、军事技术和文化方面居于压倒性优势,但他并不以此为满足,他认为还必须战胜"美国存在的崇尚多样性及多文化主义的思想"。他甚至得出结论说:"如果多文化盛行,如果对开明的民主制度的共识发生分歧,那么,美国就可能同苏联一道落进历史的垃圾堆!"为了维系这种"共识","增强人民之间的凝聚力",就必须制造一个"假想敌"!这虽然并不代表大多数西方人的意见,但亦可见要战胜各种"中心论",走向文化的多元发展实在还有很长的路程。①

不仅如此,更重要的是西方文化界许多人总是顽强地认为西方文化是最优越的,包含着最合理的行为模式和思维方式,最应普及于全世界。就拿比较文学学科领域来说,这种西方中心论就是十分突出的。自从1886年英国学者波斯奈特(H. M. Posnett)第一次用"比较文学"命名他的专著到1986年中国比较文学学会成立,这100年来比较文学发展的历史,几乎就是以泯灭亚、非、拉各民族文化特色为己任的历史。在比较文学极为兴盛的20世纪20年代末,著名的法国比较文学家洛里哀就曾在他那部名著《比较文学史》中指出:各民族文化将消灭在一个"大混合体"之内,欧洲文化将同化一切。

要改变这种想法远非一朝一夕之事。意大利比较文学家——罗马知识大学的阿尔蒙多·尼兹教授把对西方中心论扬弃的过程称为一种"苦修"

---

① 亨廷顿:《美国国家利益受到忽视》,美国《外交》杂志1997年10月号,译文见《参考消息》1997年10月16—18日。

(askesis)。他在《作为非殖民化学科的比较文学》一文中指出:"如果对于摆脱了西方殖民的原被殖民国家来说,比较文学学科代表一种理解、研究和实现非殖民化的方式,那么,对欧洲学者来说,它就代表着一种思考、一种从过去的殖民制度中解脱的方式。确实认为自己属于一个'后殖民世界',在这个世界里,前殖民者应学会和前被殖民者一样生活、共存。"①

可见先进的西方知识分子已经觉悟到在后殖民时代抛弃习以为常的西方"中心论"是何等困难!其实,也不仅是西方中心论,其他任何以另一种中心论来代替西方中心论的企图都是有悖于历史潮流,有害于世界文化发展的。例如有人企图用某些非西方经典来代替西方经典,强加于世界,其结果并不能解决过去的文化霸权问题,而只能是过去西方中心论话语模式的不断复制。

影响世界文化多元发展的,除了各种中心论之外,更其严重的是科学的挑战。毋庸讳言,高速发展的电脑电讯、多媒体、互联网,特别是"人类基因组计划"的实施正在极其深刻地改变着人类的思维方式、生活方式,以至生存方式,制约着人类的思考和判断。随着经济信息、科技信息的流入,同时也会发生意识形态、价值观念和宗教信仰等文化的"整体移入",以致使其他国家民族原有的文化受到压抑,失去"活性"。这将是21世纪世界文化发展的重大危机,也是全人类在21世纪不得不面临的新问题。

文学可能对多元文化发展作出贡献

在以上两种危机的钳制下,多元文化发展的前景并不乐观,但作为人文学科的一员,我们总希望能对人类较好的未来作出自己的贡献。根据以上的分析,要削弱以至消解文化孤立主义和文化霸权主义,最根本的关键可能就是普通人之间的宽容、沟通和理解。为达到这一目的,文学显然可以作出特殊的贡献。文学涉及人类的感情和心灵,较少功利打算,不同文化体系的文学中的共同话题总是十分丰富的,尽管人类千差万别,但从客观来看,总会有构成"人类"这一概念的许多共同之处。不同文化体系的

---

① 阿尔蒙多·尼兹:《作为非殖民化学科的比较文学》,罗湉泽,《中国比较文学通讯》1996年第1期,第5页。

人们都会根据他们不同的生活和思维方式对所遭遇的共同问题作出自己的回答。通过多种不同文化体系之间的多次往返对话，这些问题就能得到我们这一时代的最圆满的解答，同时为这些问题开放更广阔的视野和前景，人们的思想感情也就由此得到了沟通与理解。事实上，只有对不同文化关于同一问题的不同解答进行深入全面的分析，才有可能在一定程度上解决这一问题。中国悠久的文化传统无疑能为解决这些问题作出自己独特的贡献。

不同文化中文学的接触必然是一个取长补短的过程。但这绝不是把对方变成和自己一样，而是促成了新的发展。这种发展一方面是为对方文化注入了新的生命，另一方面，本文化也可能因此得到生长和更新。

总而言之，文学的未来很可能是建构在异质文化之间文学互识、互证、互补的过程中。这样的文学将对人类不同文化的沟通作出重要贡献。

毋庸讳言，人类正在经历一个前所未有、也很难预测其前景的新时期。在全球"一体化"的阴影下，促进文化的多元发展，加强人与人之间的理解与宽容，开通和拓宽各种相互沟通的途径，也许是拯救人类文明的唯一希望。

文化转型与新人文精神

在19世纪、20世纪之交,梁启超曾写过一篇《十九世纪之欧洲与二十世纪之中国》(1901)。他说:"今世纪之中国,其波澜俶诡,五光十色,必更壮奇于前世纪之欧洲者。哲者请拭目以观壮剧,勇者请挺身以登舞台。"① 他一向是以跨越欧亚的大视野来宏观形势的。他的预言没有错,20世纪中国的勇者、哲者以他们的智慧和勇敢已经创建了一个独立自主的、强大的中国,然而综观全景,20世纪却不是一个令人乐观的世纪。

在这100年中,一方面人类文化达到了高度的繁荣,另一方面人类文明的弱点也有了充分的暴露。百年来,人类被屠杀的数字远远超过了历史上任何一个世纪。帝国主义争夺市场的两次世界大战和不计其数的局部战争,使人类的自相残杀达到了空前的规模。高科技迅速发展带来的负面影响给人类生活造成了严重威胁:据统计,20世纪原子能泄漏事件达27次之多,核试验、核废料污染不断;日本奥姆真理教集中了日本相当优秀的高科技力量,目的却在制造有最高杀伤力的毒气;能源枯竭,环境恶化就更不用提了。精神方面对人的残害也更远甚于中世纪,仅奥斯维新集中营,便屠杀了600万犹太人!俄国的古拉格群岛、中国的"文化大革命",对人性的屈辱和迫害也都是空前的。

20世纪、21世纪之交和当年梁启超作为出发点的那一个世纪之交当然有了很大不同。我认为最大的不同就是帝国主义的瓦解和殖民制度的结束。发达国家为了追求资源、廉价劳动力和市场,把他们的企业、管理、名牌商标等和平转移到发展中国家,以获取更大利润,解救国内经济危

---

① 梁启超:《自由书》,《饮冰室合集》第6卷,中华书局1989年版,第59页。

机。他们需要的是没有罢工和没有动乱的和平、稳定环境，因此由经济引起战争的可能性不是最大。从目前世界此起彼伏的局部战争来看，文化冲突（民族、宗教、权力野心等）似乎已成为引发战争的因素之首位（西亚、非洲、中欧、俄罗斯、印度半岛皆不乏实例），于是有了亨廷顿教授关于西方与非西方的文化冲突将引发世界大战的预言。

这里对亨廷顿教授的预言先不置评，但他所提出的文化冲突问题的确是未来最核心的问题之一。

文化冲突首先起源于文化压制。亨廷顿先生之所以紧张，首先是因为他从西方中心论出发，感到过去以西方为中心的文化建制正在衰落，随着殖民制度的崩溃，各民族文化正在彰显自己。对我们、对任何不带偏见者来说，这种彰显实在太重要了，因为没有差异就不会有发展。保存并发扬文化的多样性正是世界文化之幸、人类之幸。就举西方文化的发展为例，无论是非洲音乐对当代通俗音乐的影响，日本绘画对凡·高、莫奈的影响，中国建筑对欧洲建筑的影响……，都可以充分说明当代欧洲艺术的发展确实得益于我们这个世界仍然存在的文化差异。不同文化的差异构成了一个文化宝库，经常诱发人们的灵感和创造性而导致革新。如果不再有这些差异，也就不再有激发人们灵感和创造性的文化资源。

然而，世界文化的多样性发展正在受到多方面的威胁。最明显的威胁就是顽固存在的各种文化中心论，首先是西方中心论。西方文化界许多人总是顽强地认为西方文化是最优越的，包含最合理的行为模式和思维方式，最应普及于全世界。在比较文学学科领域内，这种西方中心论更为突出。不少西方比较文学家都认为"混合"各民族文学及其传统，形成一种统一的、以欧洲文学为模本的世界文学正是未来文学发展的趋势。直到今天，要改变这种想法，改变他们对欧洲文化优于任何其他文化的看法，也不是一件容易的事。因此，意大利比较文学家——罗马知识大学的阿尔蒙多·尼兹教授把对西方中心思想的扬弃这一过程称为一种"苦修"。其实，也不仅是西方中心论，其他任何以另一种中心论来代替西方中心论的企图都是有悖于历史潮流，有害于世界文化发展的。

危害世界文化多元发展的除了各种中心论之外，更为严重的是科学的挑战。毋庸讳言，高速发展的电脑电讯、多媒体、互联网、信息高速公路正在极其深刻地改变着人类的思维方式、生活方式，以至生存方式。如果说19世纪、20世纪之交，科学把人类引入到一个以原子为核心的物理世界，那么，在20世纪、21世纪之交，科学正在把我们引入一个崭新的以

"比特"（bit，信息的基本单位）为核心的信息世界。信息网络使人们进入了一个"数字化生存"的时代。一切都可化作数字，通过电脑进行运算。这种运算不仅是数值运算，而且也包括逻辑判断和思维推理，因而大大促进了体力劳动向脑力劳动的转化，并取代了大量人类的脑力劳动。据估计，全世界汽车马力的总和是人类体力的100倍，而全球两亿台计算机的处理能力则是全人类计算能力的33万倍！[①] 多媒体作为互联网的终端，融合了电话、电视、电脑三种主要传媒的功能于一体，用声音、图像、文字和数据以及活动影像等多种媒介来传送信息，为经济、政治、教育、文化、艺术、医疗、商务、金融、娱乐等社会生活的各个领域提供服务，制约着人类的思考和判断。

信息交往首先要有双方都能解码的信息代码。目前网络上通行的是英文。这种以某种语言为主导的跨国信息流肯定会压抑他种语言文字，从而限制人类文化的多样性发展。随着经济信息、科技信息的流入，同时也会发生意识形态、价值观念和宗教信仰等文化的"整体移入"，以致使其他国家民族原有的文化受到压抑，失去"活性"。

由于文化多元发展遇到的种种阻碍和挫折及其远非乐观的前景，一部分有识之士感到自身民族文化被淹没以至消亡的可能，奋起突出彰显本民族文化，这对于保护和发展世界文化的多样性无疑具有极为重要的战略意义。遗憾的是在这一潮流中，封闭、孤立、倒退的文化孤立主义或称文化部落主义也随机而生。文化孤立主义无视数百年来各民族文化交往，相互影响的历史，反对文化交往和沟通，要求返回并发掘"未受任何外来影响的""以本土话语阐述的""原汁原味"的本土文化。其实，本土文化必然蕴含着不同时代、受着各个层面的外来影响的人们对各种文化现象的选择、保存和创造性诠释。企图排除历时性和并时性影响（超越时间和空间）去寻求本源，结果必然发现葱头剥到最后原来是空的。

过分强调"原汁原味"，就有可能导致一种文化上的封闭性和排他性：只强调本文化的优越而忽略本文化可能存在的缺失；只强调本文化的"纯洁"而反对和其他文化交往和沟通，唯恐受到"污染"；只强调本文化的"统一"而畏惧新的发展，以至对外采取文化上的隔绝和孤立政策，对内压制本文化内部求新、求变的积极因素，结果是导致本文化的停滞、衰

---

① 参见安秋顺、黄晓宏：《网络服务社会的主角——internet》，《信息系统工程》1997年第3期。

微。其实，即便是处于同一文化内部，不同群体和个人对于事物的理解也都不尽相同，因为人们对事物的认识总是与其不同的生活环境相连，忽略这种不同，只强调同一文化内部的"统一"，显然与事实相悖。强求统一，其结果只能是强加于人，扑灭生机；为保卫这种顽固的孤立和隔绝而引发战争也并非不可能。

综上所述，可以看到随着21世纪的到来，人类文化发展面临两方面的危机：一方面是文化的多元发展受到威胁，文化的多样性日益削弱必然导致世界文化资源无可挽回的流失；另一方面是文化本土主义所造成的文化孤立和隔绝不是引向文化对抗就是引向文化衰微。文化危机和科学的新挑战呼唤着新的人文精神。所谓"新"，不仅是指所面对的问题新，而且是指人类当前的认识方法和思维方式也和过去很不相同了。

20世纪后半叶，人类正经历着认识论和方法论的重大转型，即从逻辑学范式过渡到现象学范式。逻辑学范式，是一种内容分析，通过"浓缩"将具体内容抽空，概括为最简约的共同形式，最后归结为形而上的逻各斯或黑格尔的绝对精神。从这种范式出发，每一个概念都可以被简约为一个没有身体、没有实质、没有时间的纯粹的理想形式，一切叙述都可以简化为一个封闭的空间，在这个固定的空间里，一切过程都体现着一种根本的结构形式。例如许多文学作品的叙述都可归纳为：原有的"缺失"发展到"缺失得以补救"或"缺失注定无法补救"这样一个结构。许多这样的叙述结构结合成一个有着同样结构的"大叙述"或"大文本"，体现着一定的规律、本质和必然性。

第二种范式与逻辑学范式不同，它研究的对象不是形式，而首先是"身体"，一个活生生地存在、行动、感受着痛苦和愉悦的身体，周围的一切都不是固定的，而是随着这个身体的心情和视角的变化而变化。因比，现象学研究的空间是一个不断因主体的激情、欲望、意志的变动而变动的开放的拓扑学空间。从第二种范式出发，人们习惯的深度模式被解构了：现象后面不一定有一个本质，偶然性后面不一定有一个必然性，"能指"后面也不一定有一个固定的"所指"；中心被解构了：原先处于边缘的、零碎的、隐在的、被中心所掩盖的一切释放出新的能量；历史被解构为事件的历史和叙述的历史两个层面，事件被"目睹"的范围是很小的，我们多半只能通过叙述来了解历史，而叙述的选择、详略、角度、视野都不能不受主体的制约，所以说一切历史都是当代史，也就是当代人所诠释的历史。

当然，在现实生活中，这两种范式往往同时存在而运用于不同的领域，正如牛顿力学和量子力学可以运用于不同的领域一样。在文化研究的范围内，第二种范式起了消解中心，解放思想，逃离权威，发挥创造力等巨大作用，但它也导致了某种离散和互不相关。

经历过20世纪认识论与方法论转型的新人文精神继承了过去人文主义的优秀部分，强调首先要把人当做人看待，反对一切可能使人异化为他物的因素；强调关心他人和社会的幸福；关怀人类的发展和未来。它接受科学为人类带来的便利和舒适，但从人的立场出发，对科学可能对人类造成的毁灭性灾难保持高度警惕；它赞赏第二种思维方式对中心和权威的消解，对人类思想的解放，但同时也企图弥补它所带来的消极方面——零碎化、平面化和离散。新人文精神用以达到这些目的的主要途径是沟通和理解：人与人之间、科学与人文之间、学科与学科之间、文化与文化之间的沟通和理解；在动态的沟通和理解中，寻求有益于共同生活的最基本的共识。如果说过去的形而上学、"绝对精神"追求的是最大的普遍性，那么，新人文精神则是将这种普遍性压缩到最低限度，而尽量扩大可以商谈、讨论和宽容的空间。这种普遍性又不是一成不变、由某些人制定的，而是在不同方面"互为主观"（尽量站在对方的立场考虑，类似中国传统的"将心比心"）的基础上达成的。

"互为主观"是德国哲学家哈贝马斯提出的。他力图弥补上述第二种范式的不足，设法使离散、零碎化的世界重新凝聚起来。他的基本出发点之一是任何人都必须通过社会，其特点才能得以实现，但一旦陷入社会的网络就必须臣服于这一网络的普遍原则（有如参加一种游戏就必须遵守一定的游戏规则），这就使个人特点和意愿不能不受到一定的限制和压抑以至于被异化。为了解决这一矛盾，就要一方面提倡个人有说"是"或"否"的权利，另一方面又要提倡个人对自我中心的克服；既要同等尊重每一个人的尊严，又要保护这些个人赖以生存的联系网络。哈贝马斯提出"正义"原则保障对个人的尊重和个人的平等权利；同时提出"团结"原则，要求个人有同情和尊重他人的义务。他认为这是可以维系社会又可以得到普遍认同的最基本原则。只要不断通过交往、商谈、"互为主观"等途径就可以不断扩大宽容的空间。他还强调这些原则可以在不同的层面展开，可以限于制定互惠、互利规则的功利层面，也可以用于共同探求一种更好生活的伦理层面或其他更为抽象的层面。

关于如何解决保持差异和多元共存的问题，中国的"和而不同"原则也提供了很重要的启迪。"和而不同"原则出自《左氏·昭公二十年》。大约在公元两千多年前,齐国的大臣晏婴和齐侯曾经有过一段很有意思的对话。齐侯对晏婴说:"唯据与我和。""据"指的是齐侯侍臣,姓梁,名壬据。晏婴说:"梁丘据不过是求'同'而已,哪里谈得上'和'呢?"齐侯问:"'和'与'同'难道还有什么不一样吗?"这引出晏婴的一大篇议论。他认为"不同"是事物组成和发展的最根本的条件。例如做菜,油盐酱醋必须"不同",才能成其为菜肴;又如音乐,必须有"短长疾徐""哀乐刚柔"等"不同",才能"相济相成"。晏婴说,像梁丘据那样的人,你说对,他也说对,你说不对,他也说不对,有什么用呢?此后,"和而不同"成了中国传统文化的核心观念之一。孔子说:"君子'和而不同',小人'同而不和'。"① 周代史官史伯提出:"和实生物,同则不继。以他平他谓之和,故能丰长而物归之。若以同裨同,尽乃弃矣。故先王以土与金、木、水、火杂,以成百物。"②"以他平他",是以相异和相关为前提的,相异的事物相互协调并进,就能发展;"以同裨同"则是以相同的事物叠加,其结果只能是窒息生机。因此,首先要承认不同,没有不同,就不会发展;但"不同",并不是互不相关,各种不同因素之间,必须有"和","和"就是事物之间和谐有益的相互关系。"和"在中国是一个古字,见于金文和简文。"和"在古汉语中作为动词,表示协调不同的人和事并使之均衡(并非融合为一)。如《尚书·尧典》:"百姓昭明,协和万帮"(这里强调的是"万帮",而不是融为"一帮")。古"和"字还有"顺其道而行之",不过分,得其中道的意思。如《广韵》:"和,顺也,谐也,不坚不柔也",《新书·道术》:"刚柔得适谓之和,反和为乖"。其中"和"都是和谐适度的意思。

"和而不同"原则认为事物虽各有不同,但绝不可能脱离相互的关系而孤立存在,"和"的本义就是要探讨诸多不同因素在不同的关系网络中如何共处。在中国,儒家立论的基础是人和人的关系,道家立论的基础是人和自然的关系,都是在不同的领域内探讨如何和谐共处的问题。"和"的主要精神就是要协调"不同",达到新的和谐统一,使各个不同事物都能得到新的发展,形成不同的新事物。中国传统文化的最高理想是"万物并育而不相害,道并行而不相悖"。"万物并育"和"道并行"是"不

---

① 《论语·子路》。
② 《国语·郑语》。

同","不相害""不相悖"则是"和"。"和"的另一个内容是"适度","适度"就是"致中和",既不是"过",也不是"不及",而是恰到好处,因适度而达到各方面的和谐。庄子认为,天道有适度的盛衰次序,人道社会也会有一些大家都会自然遵循的普遍原则。他说:"顺之以天理,行之以五德,应之以自然",就可以"太和万物"①,使世界达到最完满的和谐。作为儒家核心的道德伦常观念,强调"父慈子孝""兄友弟恭""君义臣忠"等双方面的行为规范,力图找到两者之间关系的和谐和适度。所以说:"礼之用,和为贵","礼"是共同遵守的原则和规范,它必须在和谐、适度的前提下才能真正实现。这种在"适度"的基础上,不断开放、不断追求新的和谐和发展的精神,为多元文化共处提供了不尽的思想源泉。

　　这种精神既保障对个人的尊重和个人的平等权利,同时又要求个人有同情和尊重他人的义务;既保障不同个人、社群、民族、国家之间的各种差异,又要求彼此对话、商谈,和谐并进,共同发展。只有这样,才能既保存人类文化的多样性,又避免本位文化的封闭和孤立,乃至引向战争和衰亡。这就是21世纪人文精神的主要内容。

　　新人文主义为比较文学提供了空前广阔的发展空间,也提出了比过去任何时期都更重要的任务。如果我们把比较文学定位为"跨文化与跨学科的文学研究",它就必然处于21世纪人文精神的最前沿。因为文学写的是人,它一方面要求写具有独立人格和特色的个人,一方面又要求这种写作能与别人沟通(现在或将来)。比较文学是一种文学研究,它首先要求研究在不同文化和不同学科中人与人通过文学进行沟通的种种历史、现状和可能。它致力于当前不同文化之间的相互理解和沟通并希望相互怀有真诚的尊重和宽容。文学涉及人类的感情和心灵,较少功利打算,而在不同的文化中有着较多的共同层面,最容易相互沟通和理解。从这个意义上说,比较文学的根本目的就在于促进文化沟通,避免灾难性的文化冲突以至武装冲突,改进人类文化生态和人文环境。这种21世纪的新人文精神正是未来比较文学的灵魂,也是一切文学研究和文学创作的灵魂。

　　在新人文精神的前提下,比较文学主要是研究不同文化中文学之间的互识、互证和互补。

　　互识就是相互认识。如果没有相互认识的兴趣就谈不上比较文学。美国著名比较文学家厄尔·迈纳教授指出:"需要了解是比较诗学之母",这

---

① 《庄子·天运》。

种需要常表现为好奇。他说:"我们完全有理由在圈定的牧场上养肥自己的羊群,和几个牧民朋友一起抽旱烟;但也有另一些人不惜长途跋涉而去更遥远的地方,这也是合乎人性的行为。在那里,人们发现的不再是羊,而是骆驼、鱼和龙。这一发现会被我们带回到当地牧场,会使我们考虑如何使骆驼、鱼和龙与羊相互协调一致,并对如何向牧场上的伙伴们解释作一番思索。"① 厄尔·迈纳说得很对,比较文学就是从想了解他人和他种文学的愿望开始的。这种愿望使我们扩大视野,得到更广泛的美学享受。

这里可以举一个欣赏月亮的例子。在中国诗歌中,月亮常被作为永恒和孤独的象征,而与人世的烦扰和生命的短暂相映照。李白最著名的一首《把酒问月》写道:"今人不见古时月,今月曾经照古人。古人今人若流水,共看明月皆如此!"今天的人不可能看到古时的月亮,相对于宇宙来说,人生只是一个微不足道的瞬间,然而月亮却因它的永恒,可以照耀过去的、现在的和未来的人们。千百年来,人类对于这一"人生短暂和宇宙永恒"的矛盾完全无能为力。正是这种无法解除的、共同的苦恼和无奈,通过月亮这一永恒的中介,将"前不见"的"古人"和"后不见"的"来者"联结在一起,使他们产生了超越时间的沟通和共鸣,达到了某种意义上的永恒。

日本文学也有大量关于月亮的描写,但日本人好像很少把月亮看做超越和永恒的象征,相反,他们往往倾向于把月亮看做和自己一样的、亲密的伴侣。有"月亮诗人"之美称的明惠上人(1173—1232)写了许多有关月亮的诗,特别是那首带有一个长序的和歌《冬月相伴随》最能说明这一点。他先写道:"山头月落我随前,夜夜愿陪尔共眠。"显得十分亲昵。最后,他又写道:"心境无翳光灿灿,明月疑我是蟾光。"亲密到把看月的我变为月,被我看的月变为我,而没入大自然之中,同大自然融为一体。

西方诗歌关于月亮的描写往往赋有更多人间气息。如法国诗人波特莱尔的一首《月之愁》:"今晚,月亮做梦有更多的懒意,/像美女躺在许多垫子的上面,/一只手漫不经心地、轻柔地/抚弄乳房的轮廓,在入睡之前……有时,她闲适无力,就向着地球/让一串串眼泪悄悄地流呀流,/一位虔诚的诗人,睡眠的仇敌,/把这苍白的泪水捧在手掌上,/好像乳白石的碎片虹光闪亮,/放进他那太阳看不见的心里。"② 波特莱尔的月亮不像

---

① 厄尔·迈纳:《比较诗学》,王宇根等译,中央编译出版社1998年版,第5页。
② 夏尔·波特莱尔(Charles Baudelaire):《恶之花》,郭宏安译,漓江出版社1992年版,第84页。

李白的月亮那样富于玄学意味，也不像明惠禅师的月亮那样，人与自然浑然合为一体。在波特莱尔笔下，月亮是一个独立的客体，它将苍白的泪水一串串流向大地，流到诗人的心里；而在月下想象和沉思的诗人则是一个独立的主体。

总之，三位不同时代、不同文化的诗人用不同的方式欣赏和描写月亮，却同样给予我们美好的艺术享受。如果我们只能用一种方式欣赏月亮，无论排除哪一种方式，都不能使我们对欣赏月亮的艺术情趣得到圆满的拥有。比较文学讲究不同文化中间文学的互识，就是要在比较中，加强对不同语境中不同文学的欣赏和认识。

如果说"互识"只是对不同文化间文学的认识、理解和欣赏，并不需要改变什么，说明什么，那么"互证"则是以不同文学为例证，寻求对某些共同问题的相同或不同的解答，以达到进一步的共识。例如不同文化体系的文学中的共同话题是十分丰富的，尽管人类千差万别，但从客观来看，总会有构成"人类"这一概念的许多共同之处。从文学领域来看由于人类具有大体相同的生命形式和相关形式，如男与女、老与幼、人与人、人与自然、人与命运等，又有相同的体验形式，如欢乐与痛苦、喜庆与忧伤、分离与团聚、希望与绝望、爱恨、生死等等，以表现人类生命与体验为主要内容的文学就一定会有许多共同的层面，如关于"死亡意识""生态环境""人类末日""乌托邦现象""遁世思想"等。不同文化体系的人们都会根据他们不同的生活和思维方式对这些问题作出自己的回答。这些回答回响着悠久的历史传统的回声，又同时受到当代人和当代语境的取舍与诠释。只有通过多种不同文化体系之间的多次往返对话，这些问题才能得到我们这一时代的最圆满的解答，并向这些问题开放更广阔的视野和前景。

文学理论（诗学）也是一样，比较诗学的当务之急就是总结不同文化体系长期积累的丰富经验，从不同语境，通过对话来解决人类在文学方面遭遇的共同问题。举例来说，文学研究首先碰到的就是"什么是文学"这一根本问题。中国从作为传统文学主体的抒情诗出发，对文学的传统界定首先是强调人类内在的"志"和"情"，"诗者，志之所之也"（《诗大序》），"诗者，吟咏情性也"（《沧浪诗话》）。"志"和"情"不是凭空产生，志之动是感于物，情之生是触于景，所以说"应物斯感"，"景乃诗之媒，情乃诗之胚，合而为诗"（《四溟诗话》）。这种心物感应、情景交融不是简单的反映或模仿，而是按照"天人合一"的途径，人与自然共同显现着某种宇宙原理。所以说,"诗者,天地之心"(《诗纬》),"言之文也,天地之心"(《文心雕龙》)。总之,在中国传统诗学看来,从人的内在的心态、感情出发,达到与天地的沟通,这就是文学的本体。西方文学源于史诗和戏剧,比较强调文学对生活的反映。所谓"诗是一种摹仿艺术"(亚里士多德:《诗学》),是"一种再现,一种仿造,或者形象的表现"(锡德尼:《为诗一辩》)。但西方诗学决非停留于此。后来,华兹华斯强调"诗是强烈感情的自然流露"(《抒情歌谣集》);雪莱强调"诗则依据人性中若干不变方式来创造情节,这些方式也存在于创造主的心中,因为创造主之心就是一切心灵的反映"(《为诗辩护》)。20世纪,尼采进一步指出,诗人由于表达宇宙精神的"梦境"与"狂热",也就"达到了和宇宙本源的统一"。(《悲剧的诞生》)整个过程可以说从对外在世界的反映进入到一种内在的沟通。其他印度文化、阿拉伯文化、非洲文化对这一问题都有自己独到的见解。要解决这一问题就不可能在一个封闭的文化体系中来寻求答案,而要在各种文化体系的对话中寻求新的解释;在这种新的解释中,各种文化体系都将作出自己独特的贡献。所谓"互证"就是要在互相参证中找到共同问题,证实其共同性,同时反证其不同性,以达到进一步的沟通和理解。

"互补"包括几方面的内容。首先是在与"他者"的对比中,更清楚地了解并突出自身的特点。当两种文化相遇,也就是进入了同一个文化场(cultural field),两者便都与原来不同而产生了新的性质,两者之间必然会发生一种潜在的关系,正如中国古代哲人所说,我们谈到"龟无毛""兔无角",正是和"有毛""有角"的东西对比的结果。这种对比使龟和兔的特点更突出了。如果没有这种对比,"无毛""无角"的特点就难于彰显。其次,"互补"是指相互吸收,取长补短,但绝不是把对方变成和自己一样。例如在日本文化与汉文化的接触中,日本诗歌大量吸取了中国诗歌的词汇、文学意象、对生活的看法,以至某些表达方式,但在这一过程中,日本诗歌不是变得和中国诗歌一样,恰恰相反,日本诗歌的精巧、纤细、不尚对偶声律而重节奏、追求余韵、尊尚闲寂、幽玄等特色就在与中国诗歌的对比中得到进一步彰显和发展。另外,如美国诗人惠特曼对现代中国一代浪漫主义诗歌的影响,庞德对李白诗歌的误读,都说明了同样的问题。再次,"互补"还表现为以原来存在于一种文化中的思维方式去解读(或误读)另一种文化的文本,因而获得对该文本全新的诠释和理解,正如树木的接枝,成长出既非前者,亦非后者的新的品种,但这并不是

"融合"，而是原有文化的一种新发展。例如朱光潜、宗白华等人以西方文论对中国文论的整理，刘若愚、陈世骧等人试图用中国文论对某些西方文学现象进行解释，这就是近来人们常常谈到的"双向阐释"。最后，"互补"还包括一种文化的文本在进入另一种文化之后得到了新的生长和发展。例如鲁迅介绍易卜生时，曾经提出娜拉式的出走不仅不能使社会改良进步，连"救出自己"也是行不通的。在《娜拉走后怎样》的讲演中，他指出："自由固不是钱所能买到的，但能够为钱而卖掉。"娜拉表面上似乎是"自由选择"，"自己负责""救出自己"了，但由于没有钱，她追求自由解放，"飘然出走"，其结局只有两种可能：一是回家，二是堕落。因此，首先要夺得经济权，要有吃饭的保障、生活的权利。但是，"有了经济方面的自由也还是傀儡，无非被人所牵的事可以减少，而自己所牵的傀儡可以增多罢了"。这也还说不上是真正的自由。他希望人们不要空喊妇女解放、自由平等之类，而要奋起从事"比要求高尚的参政权以及博大的妇女解放之类更烦难、更剧烈的战斗"，这就大大加深了娜拉这个形象的思想内容。研究易卜生而不研究娜拉在中国的被解读，就不是对易卜生的完整研究。

不同文学的互补、互证和互识构成了比较文学的主要内容，促进了异质文化之间的沟通和理解，在异质文化之间文学互补、互证、互识的过程中，语言的翻译是非常重要的关键，它不仅决定着跨文化文学交往的质量，而且本身形成了独特的文学体系，也是比较文学研究的不可或缺的重要组成部分。

20世纪后半叶，文学的跨学科研究如文学与哲学、文学与宗教、文学与人类学、文学与心理学、文学与其他艺术等方面已有长足的进步，面对21世纪新人文精神的发展，文学的跨学科研究可能会更多地集中于人类如何面对科学的发展和科学的挑战。

首先是科学的发展为文学提供了许多前所未有的新观念。19世纪，进化论曾全面刷新了文学理论、文学批评以及文学创作的各个领域，20世纪，系统论、信息论、控制论、热力学第二定律以及熵的观念对文学的影响也绝不亚于进化论之于19世纪文学。以热力学第二定律为例：从热力学第二定律所引出的耗散结构和熵的观念也逐渐渗透到社会科学和文学研究领域之中。熵是混乱程度的测量标准。在一个封闭的体系中，层次较高的、较有秩序的位能做功，能量耗散，而产生层次较低的、较无秩序的位能。也就是从有鲜明特点的状态过渡到一种特点不突出的混沌状态。这是一个不可逆的、能量越来越少的过程，也是测量混乱程度的"熵"越来越大的过程。熵的增大打破了一切秩序，淹没了一切事物的区别和特点，使一切趋向于混沌、单调和统一。按照这种理论，全世界可做功的总能量会越来越少，在这个过程中，一切都会变得陈旧、已知；新鲜的、未知的、按特殊秩序排列的事物越来越罕见，这就是熵越来越大的状态。例如一个人，如果他把自己变成一个"隔离体系"，既不摄取食物，又不通过感官来吸收外界的信息，并有所反应，真像庄子所说的那个没有七窍，不能"视听食息"的"浑沌"，他的熵就会越来越大，在一片无秩序的混沌中，无动无为，终至静止、平衡、永远衰竭、死寂。要防止熵量的增加，就必须突破隔离封闭的体系，不断增加信息量，不断改变主体的结构，以适应新的情况。

熵的观念在美国小说中引起很大反响，著名的美国作家，如索尔·贝娄、厄普代克、梅勒等都曾在他们的作品中多次谈到熵的问题，著名的美国后现代作者托马斯·品钦（Thomas Pynchon）的一篇短篇小说题目就是《熵》，实际上，《熵》正像是他后来的许多作品的一个序言。他的作品，如后来的《万有引力之虹》等，无不笼罩着熵的阴影。女作家苏珊·桑塔（Susan Sontag）在她的名作《死箱》中，描写一切事物都在瓦解衰竭，趋向于最后的同质与死寂。这种担忧与恐惧在当代美国作家的许多作品中都可找到，特别是他们精心描绘的那种某事或某人从充满活力的创造性的运动逐渐走向无力与死亡的无意义重复动作的情形确实令人触目惊心。事实上，如果我们不力求突出不同文化的特点，这也可能成为统一、混沌、衰竭的世界文化发展的远景。在美国，作家被视为"反熵英雄"，因为他们始终挣扎着反抗社会运作的趋于统一化，他们的作品如果不是陈词滥调，就会带来一定的信息，信息就是"负熵"。正是作家的刻意创新，不断降低熟悉度，追求陌生化使他们成为"反熵英雄"。

另一方面，科学的发展向人类提出了许多崭新的问题，除前面提到的电脑传媒对人类思维方式、生活方式的改变以外，生物学的突破性进展，对于基因的排列和变异的研究，对于克隆技术关于生物甚至人的"复制"技术的实现，体外受精、"精子银行"对于传统家庭关系的冲击，以及人类在宇宙空间存在的心态所引起的种种道德伦理问题等，这一切都对人文科学提出了新的挑战，而这些问题无一不首先显示在文学中。千奇百怪的科幻小说、科幻电影预先描写了科学脱离人文目标，异化为人所不能控制的力量时人所面临的悲惨前景。比较文学跨学科研究将促进对科学发展的人文研究，进一步发扬以人的幸福和文化的和平多元共处为根本目的的21世纪人文精神。

总之，无论是提倡在对话和商谈的过程中实现不同文化的文学之间的互识、互证和互补，或是在科学与人文的对立中维护科学为人类服务的根本目的并沟通文学与其他人类思维方式等方面，比较文学都会为21世纪的人文精神作出自己的新贡献，并在这一过程中开辟自己的新领域，并获得新的发展。

互动认知：比较文学的认识论和方法论

希望跳出自我，从外界来观察自身，一直是人类的一个梦想。18 世纪的英国诗人彭斯（Robert Burns，1759—1796）就曾在他的一首诗中写道：

啊！我多么希望有什么神明能赐我们一种才能
可使我们能以别人的眼光来审查自我！

中国古代诗人苏轼（1037—1101）也曾发出过同样的感慨，他说：

横看成岭侧成峰，远近高低各不同；
不识庐山真面目，只缘身在此山中。

他的意思是说，山的形态总是和观山者所处的地位和角度有关，人们要真正认识山的全貌只能站在山之外。

如何才能取得这种外在于自我的角度呢？最重要的就是要有一个"他者"，也就是一个"参照系"，在与"参照系"的比照中重新认识自我。这种"参照系"有时是明显外在的，例如以人造丝为参照，我们可以说出真丝的特点；但更多的时候，这种参照是潜藏隐在的。如中国哲学家王阳明所指出，人们说"龟无毛，兔无角"，那正是和潜在的"有毛""有角"的东西相比照而显出了"无毛""无角"的龟、兔的特点。由此可见，要成为可以比照的"参照系"，首要条件就是要有差异。差异不仅是重新发现自我、认识自我的外在参照，同时也是构筑人类和谐、宽容的生活，发展多元文化的必要条件。

欧洲的杰出理论家恩贝托·埃柯1993年访问中国时，在北京大学发表演说。他提出："了解别人并非意味着去证明他们和我们相似，而是要去理解并尊重他们与我们的差异。"他强调他的北京之行，不是像马可波罗那样，要在中国寻找西方的"独角兽"（Unicorn），而是要摒除一切成见来了解中国的龙。他在1999年意大利波罗尼亚大学建校900周年纪念会上，又再次强调：人们发现的差别越多，能够承认的差别越多，就能生活得更好，就能更好地相聚在一种相互理解的氛围之中。他认为发现和承认差别一方面是可以和他人更好地和谐相处，另一方面，也是有更多的"参照系"，可以从更多方面认识自己。

从这个意义上来说，历史悠久、典籍丰富、长期独立发展的中国文化，对西方来说正是一个保持着最大差异，最能在比照中作为"他者"，帮助西方从多方面重新认识自己的最佳"参照系"。正如法国汉学家弗朗索瓦·于连所说："中国的语言外在于庞大的印欧语言体系，这种语言开拓的是书写的另一种可能性；中国文明是在与欧洲没有实际的借鉴或影响关系之下独自发展的、时间最长的文明……中国是从外部正视我们的思想——由此使之脱离传统成见——的理想形象。"①

事实上，最近几年来已经出现了一些颇有创意的、以中国文化为"参照系"反观西方文化的著作。中国，作为一个最适合的"他者"，日益为广大理论家所关注。美国著名汉学家安乐哲（Roger Ames）和著名哲学家大卫·霍尔（David Hall）合作写成的三本书陆续出版，引起了不小的轰动。第一本《通过孔子而思》（Thinking Through Confucius）通过孔子思想对西方文化进行再思考；第二本《预期中国：通过中国和西方文化的叙述而思》（Anticipating China: Thinking Through the Narratives of Chinese and Western Culture），第三本《从汉而思：中国与西方文化中的自我，真理与超越》（Thinking from the Han: Self, Truth and Transcendence）都是用一种互动认知的方式讨论了中西方文化中的自我、真理和超越以及更深层的思维方式等问题。2000年刚刚出版的斯蒂芬·显克曼（Stephen Shankman）所写的《赛琳②和圣贤：古代希腊与中国的知识与智慧》（The Siren and the Sage: Knowledge and Wisdom in Ancient Greece and China）对希腊和中国的认知方式作了互有回应的双向阐释。重要的是这些著作大都不再用主客二分

---

① 弗朗索瓦·于连：《迂回与进入》，杜小真译，三联书店1998年版，第3页。
② 赛琳：希腊神话中人面鸟身的女神，智慧的象征。

的方式把中国和西方作为独立于主体的固定对象来进行分析，而是肯定中国或西方文化都不是一成不变的，它必然根据"个体"（主体）的不同理解而呈现出不同的样态，因此，理解的过程必然是一种"互动认知"的过程，也就是重新建构的过程。

五四以来，中国国内学术界，以西方为参照系来重新认识中国文化的学术著作也很不少。特别是颇有家学渊源，而又长期留学国外深受西方文化熏陶的前辈学者，在这方面曾经作出过相当卓越的贡献。例如冯友兰继承中国传统哲学，参照西方哲学发展源流，建构出一套新的哲学体系，既不同于传统中国，也不同于西方，而是他个人融会西方经验，对中国传统哲学所作的新的诠释。他关于"负的思维方式"的解析就很有启发。他举例说，画家以线条描月或以颜色涂月，其所画之月，在他画的地方；还有另一种画月的方法，只在纸上画云，于所画云中留一圆的或半圆的空白，其空白即是月。"画家的意思本在画月，但其所画之月正在他所未画的地方"①，画其所不画，也是一种画。这种负的思维方式在中国应用极广，如孟子说："不屑于教诲者，是亦教诲之而已矣。"不教诲就是一种教诲的负面方式。这种负面思维方式在传统文学创作中，更其常见，以至成为中国诗学的一种主流。中国诗学讲究"超以象外""不落言诠"，以"不著一字，尽得风流"为最高境界，就是力求"以直接可以感觉者，表显不可感觉、只可思议者，以及不可感觉也不可思议者"。也就是说，诗人所想使人得到的，并不是他所说的，而是他所未说的。例如晏几道的词："当时明月在，曾照彩云归"，诗人想说的既不是明月，也不是彩云，而是字面上未能表现出来的当年和一位美丽姑娘诀别时的无限情怀。

当代中国学者在互动认知的背景上对中国文化特点的研究也有很多新的成果。例如庞朴教授关于"三极"观念是中国传统智慧的一个基本点的论述就是如此。他认为早在公元前4世纪前后，中国的一本古书《关尹子》就曾记载了"蜈蚣吃蛇，蛇吃青蛙，青蛙吃蜈蚣"的三物循环相克的有趣现象。后来古书上的这种思考发展为司马迁的历史观的一个重要方面。司马迁指出：下一代常常因克服上一代的短处同时又铸成了自己的短处，这种短处又有待于更下一代参照更上一代的经验来加以解救，如此循环往复，永无休止。除了这种三极相克的理论，另一种相生相成的理论也是以"三极"为核心的，那就是《易经》提出的"天、地、人"。天有化

---

① 冯友兰：《新知言》，《贞元六书》，华东师范大学出版社1996年版，第869页。

生的能力，地有养育的能力，人正确地参与其间，就形成了天人合一的、和谐发展的局面。庞朴认为，"三"同时也是中国方法论的一个核心。那就是"执其两端，而用其中"的中庸原则。这个"中"，非此非彼，而是对两者的超越，是"第三极"。老子说："万物负阴而抱阳，冲气以为和。"万物都是由"阴"和"阳"两方面所构成，但只有在第三者"冲气"的作用下，才能"和"，才能"生物"，创造生命活力，使"阴""阳"二者的潜力成为现实。因此"三"在中国是一个十分重要的数字。《史记·律书》说："数始于一，终于十，成于三。"为什么说"成于三"？就是因为只有"三"才能使孤立的"一"和"二"相结合而产生新事物。所以老子说："一生二，二生三，三生万物。"亚里士多德在他的《形而上学》第14卷第1章中说，所有的哲学家都以二元对立作为第一原则，中国则似乎总想找到包含对立、超越对立、制约对立、代表对立的和谐，也就是在一、二之后找到了"三"，并以之作为思考问题的第一原则。

以上两例都是对于中国古代文化的深层次的研究，这样的研究显然不大可能出现在20世纪之前。无论是明代人还是清代人都不可能采取这样的研究角度，也不可能作出这样的研究结论。原因就是他们不可能像上述两位学者那样有一个广阔的西方文化背景作为参照系，无论是隐在的（如第一例），还是明确说出来的（如第二例）都是如此。应该说，这种对于中国古老文明的新的归纳和诠释都只有在广泛吸收了西方文化，并在中西文化相比照的语境中才能作出。

因此，近年来，在多元文化蓬勃发展的形势下，互动认知成为学术界一个相当热门的话题。80年代以来，欧洲中心论以"普遍主义"的形式，改头换面，重新向全世界推展，引起了许多学者的思考。1987年，在布鲁塞尔召开了第一届跨文化国际研讨会，建立了常设机构——跨文化研究院，开始邀请亚洲学者和非洲艺人去欧洲实地考察并评点欧洲文化。1991年在中国广州中山大学召开了第一次中欧跨文化国际讨论会，以"互动认知的策略"为中心议题，会后出版了论文集《狮在华夏——文化双向认识的策略问题》。1993年，跨文化研究院组织了包括意大利、西班牙、比利时、法国、德国等多位著名学者组成的学术考察团，沿丝绸之路对中国文化进行考察和评点，以取得第一手经验，最后在北京大学举行了有关"文化误读"的国际学术讨论会，出版了中、法文版的《独角兽与龙：在寻找中西文化普遍性中的误读》论文集。第三届中欧跨文化国际讨论会是1996年在南京大学召开的，会议主题为"中欧文化对话中的差异与共存"。会后出版了同名论文集。这次会议除学术讨论外，最重要的成果是决定由法国跨文化研究院、法国人类进步基金会、中国文化书院跨文化研究院和南京大学比较文学与比较文化研究所共同合作，开创三项实际工作：1. 出版中欧跨文化对话刊物，现已出版中文本 5 卷，法文本 1 卷，准备第二年春天出新千年特大号；2. 编写中法合作的《远近丛书》，选定中法一般读者都感兴趣的日常生活问题，如生死、自然、梦、夜、味、美、身体、智慧、童年、家等，每本皆由一位中国作者和一位法国作者结合自己个人的人生经历和文化底蕴，合作写成。现已完成 7 本，并在中国和法国发行。3. 着手研究某些关键词在不同文化中的不同含义。第一批选定五个词语：经验、自然、真、善、美，中方写作已完成。原拟只在中法文化之间进行探索，现在又发展为研究某一词在中国、法国、印度、阿拉伯四种文化中的不同含义和不同解读。另外，"互动认知"网刊已在"北大在线"网站开通，即可通过因特网与更多的地区进行联系。

  总之，互动认知正在全面刷新人类对世界的认识。在即将到来的 21 世纪信息社会及其所产生的知识社会，不同地区、不同群体之间的相互理解和沟通将成为人类行为的基础，而互动认知也必将成为人类认识主观世界和客观世界的最重要的认知方式之一。互动认知本来就是比较文学和比较文化研究的基本认识论和方法论，这种认知方式的全面发展必将使比较文学和比较文化的研究，发展到一个崭新的阶段。

文化相对主义与比较文学

什么是相对主义和文化相对主义？

相对主义有很长久的历史，它虽没有统一完整的理论形式，但作为一种认识论和方法论原则，它很早以来就表现于某些哲学体系，并被广泛利用于历史学、伦理学、美学和自然科学之中。

"相对"和"绝对"是反映事物性质的两个不同方面的哲学范畴。一般说来，"相对"指有条件的、暂时的、有比较关系的、有限的；"绝对"指无条件的、永恒的、无须比较的、在各种情况下都适用的。相对主义强调现实的变动性、不稳定性，否定事物的确定性，只承认人类认识的主观形式和对历史条件的依赖性，而不承认可能的客观真理和事物的客观规律性；在对待事物或认识过程中存在矛盾时，相对主义只重视矛盾双方的转化和相互过渡，而对矛盾双方的界限及其区别和对立则较少注意。

古希腊哲学家赫拉克利特（Heracleitus）提出，人不能两次踏进同一条河流，也就是只承认运动和变化。希腊智者派哲学家如普罗塔戈拉（Protugoras）等把相对主义作为具有普遍意义的认识论和方法论原则。他们认为人是万物的尺度，并以感觉为基础，把认识主体（即人）的内在差别及其变化看做认识的根据，从而抹杀了认识的客观内容和客观标准，以致得出了否认客观世界的存在及其可知性的结论。

相对主义对后来哲学的发展一直具有重大影响。罗马的怀疑论者在揭露认识的不完全性和条件性时，对一切知识的可靠性都持相对的否定态度；英国经验主义者休谟（David Hume）怀疑经验之外的世界的客观存在并作出世界不可知的结论，贝克莱（George Berkeley）提出"存在即是被感知"的命题；后来的实用主义、马赫主义等也都是以认识的相对性为基础，建构了自己的理论体系。

中国的老庄哲学也是以相对主义为其重要的思想原则和认识原则的。庄子明显地以相对主义的思想原则来对待当时的天人之辩和名实之辩。庄子认为事物无时无刻不在变移；虚满、生死都只是一时现象，其形态绝不固定，并以此否定事物的规定性。在他看来，小草茎与大屋柱、美与丑、宽大与狡诈等都无多大区别。他指出人爱吃牛羊肉，鹿爱吃草，蜈蚣爱吃蛇，乌鸦爱吃老鼠……所谓味的正邪无不依认识主体的感觉经验而定，而主观感觉又不能不受自己存在的条件的限制，也就是不能不"囿于物"。"井蛙不可语于海者，拘于虚也；夏虫不可语于冰者，笃于时也；曲士不可语于道者，束于教也。"[①] 总之，"彼亦一是非，此亦一是非"，以有限的生命追求无限的知识是不可能做到的。

总之，相对主义认为知识是随着心智的局限性和认知条件的变动而改变的，因此不可能有绝对正确的知识；人只能通过心智的思维和知觉的方式来认识客观世界，因而只能把握一物对他物的关系，而不能把握对象的实在本性。推而论之，某个人、某个集团认为是正确和善的东西，在他人或其他集团看来也可能是错误和恶的。真和善的标准不能不依存于人的主观心智和社会环境，因此也只能是相对的。

无论古今中外，相对主义在当时的历史条件下对于破除传统保守思想，抵制宗教独断专横，反对教条主义都起过良好的促进作用；但它割裂相对与绝对、主观与客观的辩证关系，亦有自身的局限。

文化相对主义是以相对主义的方法论和认识论为基础的人类学的一个学派，这个学派强调人类学更应属于人文科学而不是自然科学，坚持人类学应以"发现人"为主要目标。他们认为：每一种文化都会产生自己的价值体系，也就是说，人们的信仰和行为准则来自特定的社会环境，任何一种行为如信仰、风俗等都只能用它本身所从属的价值体系来评价，不可能有一个一切社会都承认的、绝对的价值标准。在文化相对论者看来，过去的社会学、人类学往往用民族自我中心的偏见来解释不同民族文化的行为方式和行为理由，即以调查者自己群体的价值标准来评价别的民族文化，这本身就是站不住脚的；但是，另一方面，文化相对论者又不得不承认完

---

① 《庄子·秋水》。

全中立和超然的观察立场也是不可能的。这一悖论始终是文化相对主义者不能不面对的一个重要问题。

美国著名的文化人类学家赫斯科维奇（Melville J. Herskovits）认为人们各有不同的文化系统，无论是人类学家还是社会学家都是这些系统中某一文化的产物。他从他的文化中继承了一整套原始的、关于世界和其他问题的下意识的假设。这些假设不仅影响到他的本土文化的日常生活，而且也影响到当他作为一个社会科学家去研究其他文化时的种种看法，即便是貌似公正的一些量化性的调查，如关于 IQ 的智力调查等，也都不能不带有明显的调查者自身的文化色彩和特殊文化内容。因此，文化相对主义者强调尊重不同文化的差别，尊重多种生活方式的价值；强调寻求理解，和谐相处，不去轻易评判和摧毁与自己文化不相吻合的东西；强调任何普遍假设都应经过多种文化的检验才能有效。赫斯科维奇指出，文化相对主义有三个不同的方面：方法论方面、哲学方面和实用方面。作为方法论，文化相对主义坚持一种科学原则，研究者尽可能最大限度地保持事物的客观性，他不会去评价他所描写的行为模式或者想法去改变它。他更多的是设法去理解在这种文化中建立各种关系的行为准则，而绝不以另一参照系的框架去对之进行解释；文化相对论作为哲学来看，与文化价值的性质有关，同时也与一种从形成思想与行为的文化力引发出来的认识论有关；从实用方面来看，就是将以上的哲学原则与方法论广泛应用于各种跨文化场域。这三个方面相互关联：方法论总是与一定的哲学认识论有联系，而按照一定的方法论原则收集起来的数据和资料又会促进新的认识论和方法论的形成和发展。①

文化相对主义是近代社会的产物，在文化相对主义产生以前，对待不同文化曾经有过三种不同的态度。第一种是认为自己的文化最优越。例如古代中国统治者就认为自己位居中央，对于与自己文化不同的人，一概视为异端，或称为未开化的野人，或称为类同禽兽的蛮夷，必征服之、同化之，以致灭绝之而后快。当年白种人占领南北美洲，对当地土著文化采取的也是这种态度。孟夫子提倡"用夏变夷"，引经据典地推崇"戎狄是膺，荆舒是惩"也与此相类。第二种是从自己的文化观念出发，承认其他文化的某些方面的价值，或加以吸收，或因猎奇而欣赏，或作为珍稀而收藏并

---

① 参阅 Melville J. Herskovits, *Cultural Relativism, Perspectives in Pluralism*, Random House, 1972, pp. 32 – 33.

据为己有。鲁迅曾经指出:"赞颂中国固有文明的人多起来了,加之以外国人……其一是以中国人为劣种,只配悉照原来模样,因而故意称赞中国的旧物;其一是愿世间人各不相同以增自己旅行的兴趣,到中国看辫子,到日本看木屐,到高丽看笠子,倘若服饰一样,便索然无味了,因而来反对亚洲的欧化。这些都可憎恶!"①这第二种,其实是一种文化掠夺的态度。第三种则是经过冲突后,吸收他种文化,以补自己之不足,如中国对印度佛教的吸收、18世纪欧洲的中国热、古代日本对中国文化的学习等等。

近代社会,特别是以电脑电讯为主的第三次工业革命以来,人们关于其他文化的知识逐渐丰富,又由于帝国主义时代告终,殖民体系土崩瓦解,原帝国主义国家的文化影响力相对减弱,各个新的独立国都在致力于寻回并发扬光大自身原有的文化,这些新的发展迫使原有的强势文化不能不改变自己的思考方向。在这种情况下,文化相对主义就有了很大发展。文化相对主义相对于过去的文化征服(教化或毁灭)和文化掠夺来说,无疑是很大的进步,并产生了重要的积极作用;但是,另一方面,文化相对主义也显示了自身的矛盾和弱点。例如文化相对主义承认并保护不同文化的存在,反对用自身的是非善恶标准去判断另一种文化,这就有可能导致一种文化保守主义的封闭性和排他性,只强调本文化的优越而忽略本文化可能存在的缺失;只强调本文化的"纯洁"而反对和其他文化交往,甚至采取文化上的隔绝和孤立政策;只强调本文化的"统一"而畏惧新的发展,甚至进而压制本文化内部求新、求变的积极因素,结果是导致本文化的停滞,以致衰微。此外,完全认同文化相对主义,否认某些最基本的人类共同标准,就不能不导致对某些曾经给人类带来重大危害的负面文化现象也必须容忍的结论。例如日本军国主义和德国纳粹也曾是在某一时代、某些地区被广泛认同的一种文化现象。事实上,要完全否定人类普遍性的共同要求也是不可能的,如丰衣足食的普遍生理要求、寻求庇护所和安全感的共同需要等等;况且,人类大脑无论在哪里都具有相同的构造,并具有大体相同的能力,历史早就证明不同文化之间的相互理解、相互吸收和渗透不仅是完全可能的,而且是非常必要的。最后,处于同一文化中的不同群体和个人对于事物的理解也都不尽相同,因为人们对事物的认识总是与其不同的生活环境相连,忽略这种不同,只强调同一文化中的"统一",显然与事实相悖。总而言之,文化相对主义为跨文化研究奠定了基础,开

---

① 鲁迅:《灯下漫笔》,《鲁迅全集》第1卷,人民文学出版社1957年版,第314—316页。

辟了许多新的研究层面，同时也提出了许多亟待解决的新的问题，这些问题已为许多文化相对论者所重视而提出了相应的修正。

文化相对主义与跨文化传通

文化相对主义的重要理论家赫斯科维奇指出："文化相对主义的核心的核心是尊重差别并要求相互尊重的一种社会训练。它强调多种生活方式的价值，这种强调以寻求理解与和谐共处为目的，而不去评判甚至摧毁那些不与自己原有文化相吻合的东西。"[1] 这就不仅强调了不同文化各自的价值，同时也强调了不同文化之间的相互理解与和谐共处。根据这一说法，跨文化研究，首先是关于跨文化传通（intercultural communication，或译跨文化交往）的研究，就成了文化相对主义的重要内容。

所谓"传通"，一般是指 A 通过 C 将 B 传递给 D，以达到效果 E。A 是信息发出者，B 是信息，C 是通向信息接受者 D 的途径，E 是所引起的反应。有时某种传通并不是有意识的，也可能在不知不觉中传递了不想或不愿传递的信息，并没有要影响别人的意向；在这个意义上，"传通"就包括了人们互相影响的全部过程。但一般的文化传通研究是指一方（信息源）有意向地将信息编码，并通过一定的渠道传递给意向所指的另一方（接受者），以期唤起特定的反应或行为。完整的传通必须是意向所指的接受者感受到信息的传递，赋予信息以意义（破译编码），并受其影响而作出反应。

当信息的发送者是一种文化的成员，而接受者是另一种文化的成员时就形成了跨文化传通。跨文化传通研究主要是指在不同文化之间的一种双边的、影响行为的过程的研究。由于文化是人的生存环境，文化决定着人们表达自我的方式（包括感情流露的方式）、思维的方式、行为的方式、解决问题的方式等等，也就是说，文化限定了每一个作为传通者的个体或集团，其传通行为和赋予意义的方式在很大程度上受着文化的制约。来自不同文化的人在传通行为和赋予意义的方式方面，其差异是很大的，在一种文化中编码的信息要在另一种文化中被理解（解码）必然受到多方面的制约，这种差异和制约主要表现在以下三方面：

1. 感知

感知是指对外来信息（包括一切外界刺激）的感受和理解，亦即一种

---

[1] Melville J. Herskovits: *Cultural Relativism, Perspectives in Pluralism*, pp. 1–2.

对外来信息进行选择、评价和组织，使之转化为有意义的、经验的内在处理过程。文化，限制并规定着这一过程的进行，历史地形成各种感知定式（perceptual sets），极大地影响着人们如何对外来信息赋予意义，作出判断。

对感知发生重大影响的文化因素有信仰系统、价值系统、心态系统以及世界观与社会组织等等。所谓信仰系统并非单指宗教信仰，而是泛指一般对生活的信念。这种信念有些由直接经验，有些由外来信息，有些由推理而形成。例如我们相信物质由原子组成，这并非来自我们的直接经验，而是来自大量实验信息；我们相信如果不对原子武器严加控制，结果必将导致地球毁灭，这是源于推理。由于科学发达，这类人类共同的信念会越来越多，但在日常生活中，不同的文化因素仍然起着很大作用。例如英国贵族在猎狗追杀猎物时会感到极大的快意，佛教徒却会认为捕杀无辜是最大的罪过而感到不安，这就是由于文化信念的不同所造成的感知的不同。

价值观念决定着人们评价和判断事物的标准，诸如用途大小、好坏程度、审美价值、满足需要的能力以及享受的提供等都与价值评价标准有关。文化价值一般是规范性的。它告诉本文化的成员什么是好的和坏的，什么是对的和错的，什么是真的和假的，什么是积极的和消极的；文化价值系统规定了什么是值得为之献身的，什么是值得维护的，什么会危及人们及其社会制度，什么是学习的正当课题，哪些是荒谬可笑的，什么是使得个人达成群体团结的途径；文化价值观也指明了文化中的什么行为是举足轻重的，哪些是应当尽力避免的。总之，价值观"是人们在作出抉择和解决争端时，作为依据的一种后天培养起来的规则体系"①。美国《跨文化传通》一书曾刊载一个有关文化价值的分类比较表，这种分类比较虽不尽准确，且难免文化偏见，但仍可供参考。该表根据特定价值观在某种文化的价值系统中的地位将文化价值分为：首要的，即值得为之战斗和献身的；第二等，必不可少的；第三等，不太重要的；第四等，可忽略的。表中 W 代表西方文化，E 代表东方文化，B 代表美国黑人文化，A 代表非洲文化，M 代表穆斯林文化。其表如下：

---

① 萨姆瓦（Carry A. Samovar）等：《跨文化传通》，陈南、龚光明译，三联书店1981年版，第52页。

文化价值分类比较表①

价　　值	首要的	第二等的	第三等的	可忽略的
个　　性	W	B	E	M
母　　性	B E	M W	——	——
感　　恩	E A	M B	W	——
和　　睦	E	B	W A	M
金　　钱	W A B	M	E	——
谦　　逊	E	B A M	——	W
守　　时	W	B	M E	A
争　　先	W	B	——	E A M
外 侵 性	W B	M	A E	——
尊　　老	E A M	B	——	W
好　　客	E A	B	M W	——
男女平等	W	E B	A	M

　　信仰和价值观对心态系统的内容和发展具有重大作用，实际上，所谓心态包括三个组成部分，即认知或信仰的成分、情感或评价的成分、强度或期望的成分。心态的强烈的程度依赖于对自己的信仰和评价标准信赖的程度。这三种因素相互作用，产生一种让我们能够立即对外界事物作出反应的心理状态。例如斗牛被西班牙人看做人兽之间的勇力竞赛，被认为是一种锻炼勇气、技艺和身体敏捷的运动；观看斗牛的人则是在体验着人类对于动物的绝对优势和人战胜自然的辉煌，因而产生一种对斗牛士热烈崇拜的心态。但在崇尚仁爱的中国人看来这只能是一种不忍目睹的、不公平的野蛮行为；在一些提倡动物保护的北美人看来，这种有意识地拖垮和屠宰公牛，也是残酷而不道德的。

　　世界观是指一种文化对于诸如上帝、人、宇宙、自然以及其他与存在概念有关的哲学问题的取向。世界观帮助人们找到自己在宇宙中的地位，它体现着一种文化最为重要的基础。例如美洲土著的世界观是把自己放在跟自然并列的位置上，他们认为人与客观自然的关系是平行的，是一种平等互重的伙伴关系。另一方面，欧美人把人类看做世界的中心，至高无上的大自然的主宰；他们把宇宙看做自己通过科学技术的力量来实现其希求和愿望的被征服的对象。这就决定了印第安人和欧美人完全不同的信念、价值观和心态。

---

① 萨姆瓦等：《跨文化传通》，第54页。引用者略有删节。

社会组织形式一方面是指由地理界域所限定的国家、部落、民族、种姓和宗教派别之类；另一方面，也指这种文化中各成员的社会地位和所扮演的不同角色。不同文化的社会组织形式同样也影响着该文化的成员如何去感知世界，并与其他文化进行交往。

信仰、价值体系、心态系统、世界观、社会组织形式都是影响人们感知世界、形成意义和观念的重要文化因素，正是这些文化因素导致跨文化传通的复杂情况。

2. 语言过程

从最基本的意义上说，语言是一种有组织结构的、约定俗成的符号系统，用以表达各种事物和一定文化社群或地域社群的人的经验和感情等。这种符号系统与其所指代的内容之间并无精确的必然联系，而多出自一定群体的任意命名。因而词语的含义受到各种各样不同解释的影响和制约；甚至有人认为词语的意义在于人，而不在于词语本身。各种文化都给词语符号打上了自己本身的、独特的印记，不同文化的人们对同一词语也会产生不同的反应。例如"狗"一词，在不同的文化中虽有不同的语音，它所指的却都是同一种动物，但这个词在欧美一般人中所产生的第一个反应断然不会是狗肉火锅、美味佳肴，而是可爱的家养宠物。这种词语的附加意义和衍生意义为跨文化传通带来了很大困难，并经常产生难以避免的误读。

语言是传达信仰、价值观念等的基本文化手段，它不仅是传通的途径和人们进行思维的工具，而且也在观念和思想的形成中起着重要作用。事实上，思维方式决定着语言的构成，语言又反过来推动着思维方式的形成和发展。举例来说，英语的动词有着非常复杂多样的时态、人称、单数、复数的变化，这反映了西方世界一整套周密细致的逻辑分析体系，他们认为通过严密的分类和演绎推理，就可以通过理性，得到真理；汉语动词没有这样复杂的区分，中国的思维方式讲究综合直观，得意忘言。文化的思维模式影响着该文化的语言和其他传通方式，语言和其他传通方式又反过来影响着我们对他种文化的人们的反应。世界各民族之间的相互理解与和睦关系之所以受到阻碍，不仅是由于语言的复杂多样，更是由于思维模式的差异。要进行深入一步的跨文化传通，必须认识到多种思维模式的存在，并学会理解和容忍各样的思维模式。

3. 非语言过程

语言过程是交流思想观念的主要手段，非语言过程有姿势、面部表情、目光的凝视、衣着、饰物器具、姿势动作、时间、空间和辅助语等等。语言和非语言表达都是传通的符号系统，都是后天习得并将作为文化经验的一部分而沿袭下去。

非语言传通在跨文化传通中占有很重要的地位，它往往从一开始就决定着交往的成功与否。例如目光的接触就是可资借鉴的一个例子。在美国，人们交往时，总要保持充分的目光接触，否则就不礼貌；在日本却没有这种讲究，而习惯在上级面前低头垂目；传统中国人对于比自己尊贵的人也多"不敢仰视"；美洲印第安人至今还教导自己的孩子，直视年长者是不敬重的表示。再如美国人用大拇指和食指合成圆圈表示OK，一切圆满，同样的手势在日本表示金钱。这些都表现非语言手段在跨文化传通中占有的重要地位。对于这些非语言因素的忽略往往造成跨文化传通的阻碍。

时间观念和其他文化成分一样，在纷纭多样的文化之间也存在着巨大的差异。大多数西方文化是依据线性时间的说法来考虑时间的。人们严格遵守过去—现在—未来的时间顺序，强调日程、阶段时间和准时，以时钟为记录时间的工具。某些美洲印第安人则根本不重视时间，他们认为各种东西，包括人、动物和植物都有自己的时间系统，而时间本无所谓过去、未来，只有现在，在他们的语言中甚至没有时间、延迟、等待之类言词。某些拉丁美洲人则认为时间并不神圣，它不是人们的主宰，迟到是期望中的事。

空间和距离的因素在不同文化的交往中也是十分重要的。不同文化的人们在处理空间关系时，确实有着不同的方式。例如北美人习惯于无墙壁遮掩的大前院，透过玻璃窗，屋子里的情形可以一览无余。中国四合院则四面围墙，进了大门还有二门，窗上多有窗帘，最不喜欢别人窥视。所谓"人际空间学"就是专门研究人与人的交往中空间的安排，出席者之间的距离及其身体的取向等问题的。例如阿拉伯人和拉丁美洲人交往时，较之北美人，身体更为靠近；美国人在集群交往中，习惯于跟那些对面的人而不是身边的人进行交谈，领导人总是习惯于和周围的人保持一定的身体距离，并被安排在首席；中国人则比较习惯于和身边而不是和对面的人交谈，座次的安排也和东南西北等方位保持着密切的固定关系。

如上所述，文化的多样性和传通方式的差异正是跨文化传通中最大的困难和潜在的问题。然而，最富挑战性的也许不在多样性本身，而在于我们接受多样性的兴趣和执着。进行成功的跨文化传通不仅要对上述各种文化差异有较深入的掌握，更重要的是还要抱有对跨越文化障碍，进行成功传通的诚实而真挚的愿望。

文化误读

　　文化相对主义是将事物和观念放到其自身的文化语境内去进行观照的一种方式，它赞赏文化的多元共存，反对用产生于某一文化体系的价值观念去评判另一文化体系；承认一切文化，无论多么特殊，都自有其合理性和存在价值，因而应受到尊重。文化相对主义认为，文化差异是现阶段普遍存在的现实，正是这些差异赋予人类文化以多样性。事实上，正是由于差异的存在，各个文化体系之间，才有可能相互吸取、借鉴，并在相互比照中进一步发现自己。正如苏轼所说，"不识庐山真面目，只缘身在此山中"，必须从外部、从另一种文化的陌生角度来观察自己，才能看到许多从内部无法看到的东西。

　　由于文化的差异性，当两种文化接触时，就不可避免地会产生误读。所谓误读，就是指把文化看做文本，在阅读异文化时很难避免误解。人们总是按照自身的文化传统、思维方式和自己所熟悉的一切去解读另一种文化，一般说来，他只能按照自己的思维模式去认识这个世界。他原有的"视域"决定了他的"不见"和"洞见"，决定了他对另一种文化如何选择，如何切割，然后又决定了他如何解释。因此，我们既不能要求外国人像中国人那样"地道"地理解中国文化，也不能要求中国人像外国人一样理解外国文化，更不能将一切误读都斥之为"不懂""歪曲""要不得"。其实，误读不仅难以避免，而且往往在文化发展中起着很好的推动作用。可以举茅盾当年对尼采的误读来作为一个例子。茅盾对尼采的许多学说都有自己的看法。例如尼采提出人类生活中最强的意志是向往权力，而不只是求生。按照当时某些德国人的解释，这就意味着：我愿成为其他民族的主宰者。有权力的人对于较低级、没有权力的人们，应该并无任何良心的悲悯。茅盾的解读却是："惟其人类有这'向权力的意志'，所以不愿作奴隶来苟活，要不怕强权去奋斗。要求解放，要求自决，都是从这里发出；倘然只是求生，则猪和狗的生活一样也是求生的生活。"① 作为德意志强大

---

① 雁冰：《尼采的学说》，《我看尼采——中国学者论尼采》，成芳编，南京大学出版社2000年版，第117页。

帝国的一员，尼采强调的"向权力"，显然是指占领和征服；作为弱国中一员的茅盾却从反占领、反征服的角度来解读了他，并达到了认同。这样的误读显然一方面丰富了主体文化，另一方面又从完全不同的角度扩展了客体文化的应用范围和解读方式。在谈到五四新文化运动时，我们显然不能不谈到尼采；在全面讨论和总结尼采思想时，如果忽略他在第三世界的影响和如何被读解，尼采研究也是不完整的。

当然并不是所有的文化误读都会产生积极作用，相反，有时误读会造成相当严重的后果。20世纪20年代初，梁启超先生曾到欧洲游学，亲自体察了欧洲文化现状。回来后写了一本《欧游心影录》，说是西方濒临严重的精神危机，几乎已是朝不保夕，因此，大声疾呼，要以中国的"精神文明"去拯救西方的"物质疲惫"。结果是并未拯救了别人，倒是国内崇奉国粹，热心复古的浪潮大大盛行起来，延缓了中国文化现代化的进程。

总之，文化之间的误读难于避免，无论是主体文化从客体文化中吸取新义，还是主体文化从客体文化的立场上反观自己，都很难不包括误读的成分。而从历史来看，这种误读又常是促进双方文化发展的契机，因为恒守同一的解读，其结果必然僵化和封闭。这里所讲的文化误读既包含解读者对不同文化的深入探究，也不排斥因异域陌生观念而触发的"灵机一动"。关键全在于解读者的独创性发现。当然，这并不能成为对他种文化浮光掠影、不求甚解的借口。如果没有对不同文化的深入理解和刻苦学习，没有对文化知识的深厚积累，所谓"灵机一动"也是很难想象的。何况不同文化的交往已有很长的历史，开掘新的矿藏，需要更深、更艰苦的发掘，如果尚未认真地"读"，就谈不上"误读"。

由于全球信息社会的来临，各种文化体系的接触日益频繁，由于西方发达国家进入后工业社会在精神方面的自省，并急于寻找他种文化参照系以反观自身，也由于东方社会的急剧发展逐渐摆脱过去的边缘从属地位，急于更新自己的文化，在现代语境中重新发现自己，东西文化传通将在21世纪进入一个崭新的繁荣阶段。在这种频繁而复杂的交流中，如何对待文化误读问题将是一个会引起更大关注和值得进行深入讨论的重大问题。

文化共处的基本原则

19世纪与20世纪两百年的历史已经证明，用某种文化来吞并或"统一"另一种文化都不大可能，其结果从来是灾难性的。西方文化终于不能同化东方文化，也不能综合各种文化造成所谓新的"世界文化"。文化相对主义的提出使我们不能不承认我们面临的是一个文化多元共生的现实。承认这个现实，就要既承认文化的独立存在，即其相对性，又要有不同文化之间的交往和商谈，从中达成某种标准和共识；同时还要重视本民族文化的更新、变异和发展。对于处理这一复杂问题，中国传统文化中的"和而不同"原则或许是一个可以提供重要价值的文化资源。

"和而不同"原则可以在以下几方面补文化相对主义的不足：

1. 事物虽各有不同，但绝不可能脱离相互的关系而孤立存在，"和"的本义就是要探讨诸多不同因素在不同的关系网络中如何共处。在中国，儒家立论的基础是人和人的关系，道家立论的基础是人和自然的关系，都是在不同的领域内探讨如何和谐共处的问题。

2. "和"的主要精神就是要协调"不同"，达到新的和谐统一，产生新的事物，这一事物又与其他事物构成新的不同。例如不同的原料构成一道菜，这道菜又与其他许多菜一起构成一桌筵席。最后，所有的不同并不消失，而是构成更大、更完美的和谐。文化发展也是如此，中国的儒家要求"制礼作乐"，即要求制定标准，以创建和维持社会的和谐（有为）；中国的道家则要求废止人为体制，提倡"顺应自然"——保持社会与自然原有的和谐（无为）。"有为"与"无为"，这原是两种不同的思想流派，后来，经过近千年的发展，西晋的哲学家郭象提出"制礼作乐"本身就是顺应自然的，并不需要"有为"，去强迫他人接受，因此，也可以说是一种"无为"。郭象的这个说法，儒家和道家都可以接受，但它已不全是原来的儒家思想，也不全是原来的道家思想了，这就达到了儒家和道家的新的和谐。中国传统文化的最高理想是"万物并育而不相害，道并行而不相悖"，"万物并育"和"道并行"是"不同"，"不相害""不相悖"则是"和"。这种不断开放、不断追求新的和谐的精神，正可补文化相对主义的封闭发展之不足。

3. "和"的主要内容是"适度"，"适度"就是"致中和"，既不是"过"，也不是"不及"，而是恰到好处，因适度而达到各方面的和谐。公元前3世纪，一位中国诗人描写一位美女说，增一分则太高，减一分又太矮；再加粉则太白，再加胭脂又太红。总之是身材容颜，恰好适度，达到了各方面的和谐，这就是"中和"。怎样才算"适度"呢？庄子指出，在大自然中，天在上，地在下，在一年之内，春夏在先，秋冬在后。无论天地还是春夏秋冬，都不会因过度或不及而影响相互之间的顺序和发展。儒家指出:"礼之用,和为贵。""礼"是共同遵守的原则和规范,它必须在和谐、适度的前提下才能真正实现。"适度"而不过分也可以补文化相对主义过分执着于本土文化的不足。

然而,在如此众多的不同文化中,"和而不同"原则如何才能被不同文化群体所接受并加以实现呢?将"和而不同"视为一种普遍原则,是否有悖于文化相对主义的根本原则呢?事实上,文化相对主义是在反对文化普遍主义的基础上发展起来的。后者以西方文化为标准,将其他不同文化视为畸形、蒙昧或野蛮,文化相对主义超越了对别种文化高低优劣的划分,从而超越了文化等级的偏见,也超越了所谓开化与不开化、蒙昧与文明的对立。但文化相对主义发展到极端,就会以自己的文化为最优,盲目死守自己的文化标准,排斥压制其他文化,以致发展为有碍于人类文化发展的原教旨主义。为了人类多元文化的共存、互补、互识,为了更好地处理人类的相互关系,是否能找到一些"最少侵犯不同文化群体的利益,最大容忍不同文化群体特点"的最低限度的人类共同认可的某些普遍原则呢?

德国哲学家哈贝马斯从当代西方文化趋势出发,也提出了并力图解决类似的问题。他在最近的著作中所思考的一个中心问题就是如何才能找到社会的共识,找到某些普遍原则,作为社会合作的道德基础。他的基本出发点之一就是任何人的行为都必须通过社会才能得以实现,但一旦嵌陷于社会的网络,就必须臣服于这一社会网络的普遍原则,个人特点和意愿不能不受到压制,乃至异化。哈贝马斯提出最低限度的"正义原则"以保障对个人尊重的平等权利,同时提出最低限度的"团结原则",要求个人有同情和尊重他人的义务,使宽容的空间不断变得更大,可以说是殊途同归。

跨文化文学研究

我们正经历着一场比以往任何一次都更加深刻宏伟的文化转型,过去得到广泛认同,以为无可置疑的公开常规或默认常规都已受到挑战而变得不再确定。文学研究面临着民族文化复兴和多元文化共存的种种复杂的新矛盾和新问题,必须迎接挑战,提出新的理论和解决问题的办法。在这一形势下,以跨文化、跨学科的文学研究为核心的比较文学必将走在文学研究的前沿。

现在看来，21世纪初，比较文学发展的总趋势可能集中表现在以下五方面：

1. 异质文化之间，文学的互补、互证、互识。

从文化相对主义出发，东西方都有不少人认为不同源的异质文化不大可能真正沟通和互相理解，因为各自都无法摆脱自身的文化框架和思维方式。东方主义和后殖民主义更进一步指出过去西方对东方的解读，多是将西方文化强加于东方文化，是西方文化霸权宰制的结果。这在某些方面可能符合历史事实，但如果将这一点无限夸大，认为要从这种宰制中得到解脱，就只能全面恢复本土文化的本来面貌，那就只能引向倒退和新的封闭。况且，纯而又纯的本土文化其实并不存在。中国文化早就吸取了佛教文化、西域文明以及周边各民族文化的多种因素，构成了今天的中国文化。生活于信息社会的现代中国人，要像未被西方文化"污染"的古代人那样去思考和生活更是不可能；另一方面，要求中国人完全像西方人那样思考和生活也同样不可能。

不同文化的并存和相遇，必然产生冲撞。如何才能使这种冲撞不仅不致引向灾难性冲突，而且还能使不同文化彼此受益？一些西方学者已经预言西方和非西方的文化冲突必将导致大规模战争，酿成新的人类悲剧。如何才能避免这种悲剧，已成为人们普遍关注的问题。事实上，解决这一问题的关键就在于不同文化之间的相互理解和沟通并相互怀有真诚的尊重和宽容。文学涉及人类的感情和心灵，较少功利打算，而在不同的文化中有着较多的共同层面，最容易相互沟通和理解。如果比较文学定位于"跨文化与跨学科的文学研究"，比较文学就居于文化沟通的最前锋。从这个意义上说，比较文学的根本目的就在于促进文化沟通，避免灾难性的文化冲突以至武装冲突，改进人类文化生态和人文环境。这种21世纪的新人文精神正是未来比较文学的灵魂。

2. 比较文学向总体研究发展。

由于多元文化和跨文化传通手段的发展，比较文学将越来越趋向于一种多文化的总体研究：围绕一个问题或一种现象在多种文化体系中进行相互比照和阐释。例如"德与欲的冲突""代沟""人与人性""可见世界与不可见世界""记忆与遗忘"等问题都曾长期困扰着人类，成为不同文化中的许多文学作品反复探索、咏叹的共同主题。21世纪随着各种文化边界的突破，这些问题将在全球意识的观照下，综合各种文学文本的记忆和智慧重新得到研究，并进行新的开拓。

从多种文化的文学文本来研究某种共同的文学现象,往往会得出意想不到的结论,同时又反过来加深对不同文化的认识。举一个很小的例子来说,在文学理论中,镜子是一个遍及各民族文学的比喻。西方文学常用镜子比喻作品,强调其逼真。柏拉图认为艺术家就像旋转镜子的人,"拿一面镜子四面八方地旋转,你就会造出太阳、星辰、大地、你自己"。镜子可以是动态的,如司汤达说:"一部小说是一面在公路上奔驰的镜子。"镜子也可以有时间的维度,如卡夫卡说毕加索的艺术"是一面像表一样快走的镜子,记下了尚未进入我们意识范畴的变形"。歌德曾希望他的作品"成为我灵魂的镜子";雪莱则指出"诗歌是一面镜子,它把被歪曲的对象化为美"。中国人却总是用镜子来比喻人心,强调其纯正和无偏。老子说:"涤除玄览",高亨注:"览、鉴古通用……鉴者镜也……玄鉴者,内心之光明,为形而上之镜。"庄子说:"圣人之心静乎!天地之鉴也,万物之镜也。"中国诗学强调真心,也用镜子作比喻,如说:"若面前列群镜,无应不真……镜犹心,光犹神也。"印度佛教则多用镜子来比喻世界的空虚和无限。如佛教有"宝镜无限之说";《高僧传》载法藏和尚取十面镜子"八方安排……面面相对,中安一佛像,燃一炬以照之,互影交光,学者因晓刹海摄入无尽之意"。总之,西方常用镜子来强调文学作品的逼真和完全,中国常用镜子来强调作者心灵的虚静、澄明,印度则用镜子来强调世界的虚幻和无尽。这种着眼点的差异又反映着各种文化的不同特点:西方传统思维方式强调主、客观的分离,认识世界是对外在于主体的对象进行综合分析,故强调反映的逼真;中国传统思维方式则以为主客观原属一体,"尽心、知性、知天",认识世界只需从内心去探求,故必有一虚静、澄明的心镜;印度佛教追求的是认识现世的虚幻和对轮回的超越。小小的镜子的比喻同时反映了三种不同文化的差别。

从以上的例子可以看出,多种文化的比照和对话的结果绝不是多种文化的融合,恰恰相反,这种比照和对话的结果正是使各民族文学的特点更加得到彰显,各个不同文化体系的文化特色也将得到更深的发掘而更显出其真面目、真价值和真精神。

3. 比较文学研究将更加深入文化内层。

20世纪,文学研究经历了从外缘研究转向文学本体研究,又从文学本体研究转向文化研究这样两次重要转型。显然,在21世纪,文学与文化的相因相成将成为文学研究的重要内容。以跨文化文学研究为核心的比较文学,将以不同文化体系中文学研究的成果为文学与文化的研究提供丰富的资源而成为文学与文化研究的重要途径;对文学与文化关系的深入研究又必然为比较文学研究开创新的局面。

文学是表现文化现象最敏锐的部分，是研究文化现象最重要的资源；另一方面，只有深入了解一种文化才能对其文学有比较全面和深刻的认识。20世纪后半叶，德国关于"异"（fremde）的文化讨论和有关描写"异"的文学就是一个很好的例子。自从尼采宣布"上帝死了"以来，两次世界大战给人们带来了难于弥补的精神创伤，人们普遍感到世界和心灵的空虚，而西方文化传统中的原罪意识又常迫使他们去寻求一种外在的拯救和寄托，这样的文化背景就产生了一系列描写"异乡""异国"的作品。如50年代德国最著名的诗人之一高特福里特·本（Gottfried Benn）就写过一本诗集，题名《柏劳》（Palau），柏劳是南太平洋中的一个小岛，那里没有现代化，没有时空观念，只有神话、非理性和神秘，这些都与当时西方文化的失落感密切相关。在西方文化繁荣时期，情况与此相反，人们寻求的不是"异"而是"同"，他们最想发现的是与他们自己的文化相同，而足以证实其文化的"普遍性"的东西。"求同"是想达成一种意识形态的统一，"求异"则是为了追寻足以逃避现实的乌托邦。从意识形态到乌托邦，形成一道从繁荣到失落的文化的光谱，而这一时期的文学作品都是从不同角度反映着这一文化光谱的不同光区。这只是举例而言，对于以"跨文化文学研究"为核心的比较文学学科而言，文学与文化的关系自然是核心的核心。

4. 翻译在比较文学学科中被提到空前重要的地位。

在异质文化之间文学的互补、互证、互识的过程中，语言的翻译是非常重要的关键。它不仅决定着跨文化文学交往的质量，而且译作本身形成了独特的文学体系，也是比较文学不可或缺的重要组成部分。如今由于异质文化交往的发达，比较文学的翻译学科不能不面对语言差异极大的不同文化体系，文学翻译的难度也大大增加。关于翻译的研究随之成为比较文学学科当前最热门的话题之一。事实上，翻译不仅是文化接触的中介，而且也反映着不同文化之间极其深刻的差异。距离遥远的跨文化文学研究为翻译研究的进一步发展开辟了广阔的前景。

5. 比较文学将更向跨学科方面发展。

文学的跨学科研究从来就是比较文学的一个重要领域，20世纪以来，无论是文学与哲学、文学与心理学、文学与社会学、文学与宗教、文学与其他艺术等各方面都有新的开拓，特别是文学与自然科学之间的跨学科研究引起了文学研究界广泛重视。本世纪初，进化论和弗洛伊德心理学曾全面刷新了文学理论、文学批评以及文学创作的各个领域，二战后，系统论、信息论、控制论、热力学第二定律以及熵的观念对文学创作的影响及其在文学研究中所起的作用更是有增无减。预计在 21 世纪，这方面的研究会有更大发展。

结　语

　　总之，文化相对主义虽有自身的弱点，但它支持了一个文化多元共存的新时期。在这一新时期，曾经长期封闭，备受压抑，但却极富特色，并为全世界最多人口所拥有的中国文化与中国文学将在全世界处于举足轻重、十分重要的地位。在文化多元共存的基础上，必将实现多种文化的互看、互识、互补、互利，在这一过程中，中国将向世界呈现自己，并积极参与对人类新文化的创造，世界期待着从中国文化视野出发写成的《世界文学史》《世界文艺思潮史》，中国也期待着从他种文化视野出发写成的《中国文学史》《中国文艺思潮史》。这样持久的平等对话与交往无疑将为比较文学和各国文学研究提供最广阔的发展前景。

比较文学的国际性与民族性

60年代以来,一些比较文学家曾提出:"比较文学就是从一种以上的民族文学的眼光或结合一种或另一种甚至几种知识学科,对任何文学现象所作的研究。"[①] 这里所说的民族文学指的大体是西方文化体系内部的各民族文学;直到70年代,著名的《比较文学与文学理论》一书的作者乌尔利希·韦斯坦因(L. Weistein)教授仍然认为东西异质文化间的比较文学是不可行的,比较文学只能在同一文化体系内进行。

20世纪下半叶,比较文学学科有了很大发展,80年代以来,许多有识见的比较文学家都在力求突破西方中心论和殖民主义意识形态。特别是从亚、非、拉第三世界的视角来看,随着后殖民阶段的到来和后结构主义理论的广泛影响,比较文学这一学科正在呈现出空前未有的蓬勃生机,预示着未来的更大发展。西方中心论的隐退带来了多元文化的繁荣,提供了比较文学发展的新的可能性;后殖民主义的深入人心,促使各民族力求返本归原,充分发掘本民族的文化特点,大大丰富和发挥了自己的民族性;与此同时,世界进入信息时代,高速信息网络、电子邮件等使快速的跨文化传递成为现实,全世界各种文化的地区和人民,都可以在同一时间接受到同一信息,以至任何自我封闭、固守一隅、逃避交往的企图都可以受到成功的抵制。这一切使比较文学可以不再局限于同质的西方文化体系内部,而在欧美、非洲、亚洲、拉丁美洲的异质文化的对比和共存中获得了空前未有的广阔空间。

目前我们首先感到的是文学和比较文学的非殖民化问题。回首20世

---

① Owen Aldridge: *Comparative Literature: Matter and Method*, Illinois University press, 1969, p. 1.

纪,可以看到它集中反映了以往几个世纪建立起来的殖民体制和专制政体造成的灾难和祸害:两次世界大战、屠杀犹太人、古拉格群岛、"文化大革命"、恐怖主义……人类死伤无数。现在殖民体制虽已结束,但殖民主义在人类思想和心灵上的影响却仍然根深蒂固,亟待清除。我认为作为欧洲文艺复兴发源地的意大利的比较文学家——罗马知识大学的阿尔蒙多·尼兹教授在他的《作为非殖民化学科的比较文学》一文中率先提出这个问题具有十分重大的意义。他指出:对原来的西方殖民国家来说,比较文学学科代表一种理解、研究和实现非殖民化的方式。

对于一向持有优越感和权力意志的身份卡的欧洲知识分子来说,认识到自己属于一个"后殖民世界",要学会和过去殖民地的普通人民一样生活、共存并不容易,这一方面靠自我批评,另一方面也还要靠对方的合作和善意。他说:

> 不能仅靠我们的力量,以我们的哲学传统下的心理状况为基础,就能实现这种"苦修";相反,这只有通过比较、倾听他人,以他人的视角看自己之后,才可能实现。通过这些手段,我们最终才会向他人,也向我们自己学习那些我们永远不能通过别的方法发展的东西。如今,这一切无需离家就可以实现,因为其他人已前来与我们相会。他们的目的不是武力征服,或以文化优越性压人一头,而是希望平等尊严地生活在我们当中。①

尼兹教授认为,在不可避免地被定义为"后殖民"的世界,欧洲知识分子要摆脱自身的殖民倾向,就意味着接受与其他民族文化平等共存的逻辑。"这个逻辑建立在欧洲与摆脱欧洲殖民的人平等互利的基础上。"他特别强调:"对于一个欧洲知识分子来说,这确实是今天最迫切、最重要的精神任务和批评任务。"②

尼兹教授的意见显然代表了正在欧洲发展壮大的比较文学的最新动向,他热切地呼唤着亚、非、拉各地知识分子,特别是比较文学学者的回应。

从曾经被殖民或半殖民地区的视角来看,当前最重要的问题,就是在

---

① 阿尔蒙多·尼兹:《作为非殖民化学科的比较文学》,罗湉译,《中国比较文学通讯》1996年第1期,第5页。
② 同上书,第6页。

后殖民的全球语境下，如何对待自身的传统文化的问题。由于这些地区的传统文化长期以来受到西方文化的灌输和扭曲，一旦从殖民体制压制下解脱出来，人们首先想到的自然是如何恢复发扬自身的固有文化，使其传播四海。这种倾向完全合理，无可非议。但与此共生的往往是一种极端的民族情绪，特别是对历史悠久、文化灿烂、传统深厚的民族来说，更容易滋长这种情绪。在沉醉于这种情绪的人们看来，既然自己的文化已经被压制了几百年，如今为什么不应该扬眉吐气，"独逞雄风于世界"？他们认为西方中心的隐退就意味着另一中心如东方中心取而代之。显然，这样的思维方式不可能创造出任何新事物，以"东方中心论"来代替过去的"西方中心论"，只能是在新的时代和环境下，对过去西方中心思想的变形和复制，即一种文化对另一种文化的压制。事实上，一种文化能否为其他文化所接受和利用，决非一厢情愿所能办到的。这首先要看该种文化（文学）是否能为对方所理解，是否能对对方作出有益的贡献，引起对方的兴趣，成为对方发展自身文化的资源而被其自觉地吸收。今天，东西方文化的接触只能是和过去完全不同的，以互补、互识、互用为原则的双向自愿交流。这种交流正是后殖民时代比较文学的基础。

关于如何对待后殖民时期的本土传统文化以发展比较文学，除了上述调整心态的问题之外，还有两个十分重要的问题需要思考，其一是如何理解传统文化，用什么样的传统文化去和世界交流？其二是如何交流，通过什么方式交流？

我们所说的文化并不等于已经铸就的、一成不变的"文化的陈迹"，而是在永不停息的时间之流中，不断以当代意识对过去已成的"文化既成之物"加以新的解释，赋予新的含义；它是正在进行着的当前整个社会的表意活动的集合，包括意义的产生、传达以及各种释义活动，因此，文化应是一种不断发展，永远正在形成的"将成之物"。显然，先秦、汉魏、盛唐、宋明和我们今天对于中国文化都会有不同的看法，都会用不同时代当时的意识对之重新界定。我们今天用以和世界交流的中国文化也不是所谓"固有的"、原封不动、只待发掘出来的"宝贝"，而首先是我们用当代意识对这些既成之物——包括哲学典籍、文学艺术作品、既成的经济法律制度等加以诠释和利用。毋庸置疑，在信息、交通空前发达的今天，所谓当代意识不可能不被各种外来意识所渗透。事实上，任何文化都是在他种文化的影响下发展成熟的，脱离历史和现实状态去"寻根"，寻求纯粹的本土文化既不可能也无益。即便中国从来不是殖民地，当代中国人也很难完全排除百余年来的西方影响,复归为一个纯粹传统的中国人,正如宋明时代的人不可能排除印度文化影响,复归为先秦两汉时代的中国人一样。因此我们用以和世界交流的,应是经过当代意识诠释的、现代化的、能为现代世界所理解,并在与世界的交流中不断变化和完善的中国文化。

至于如何交流,用什么方式交流,这里存在着一个难解的悖论。要交流,首先要有交流的工具,也就是要有能以相互沟通的话语。所谓话语,也就是双方都能认同和理解的一套言谈规则。文化接触首先遇到的就是用什么话语沟通的问题。若完全用外来话语沟通,本土文化就会被纳入外来文化的体系之内,失却本身的特点,许多宝贵的、不符合外来体系的独特之处就会被排除在外而逐渐泯没;如果完全用本土文化话语沟通,则不仅难以被外来者所理解,而且纯粹的本土文化话语也很难寻求,因为任何文化都是在外来文化的不断影响和交流中发展的。只有正确理解这一悖论,才能实现真正的文化接触。法国理论家皮尔·布狄厄(Pierre Bourdieu)在他的《文化生产场》一书中提出的折射理论对思考这一问题颇有启发。他认为社会现象在文学中的反映不可能直接发生,而必须通过文学场的折射。文学以它的历史、特点以及约定俗成的默认成规等构成一个文学生产场,场外的社会现象只能通过折射而不能直接在这个场内得到反映,因为它必然因文学场的作用而发生变形,正如一支筷子在水中的折射变形一般,不可能和在场外全然一样。将这一理论运用到文化的接触和对话中,可以说甲文化与乙文化相接触也必然产生这种折射现象。属于甲文化的群体或个人进入乙文化时,必然带着他自身的文化场——思维方式、默认成规等,而使甲文化在他的研究和陈述中发生折射而变形。例如当中国文化进入外国文化场时,中国文化必然经过外国文化的过滤而变形,包括误读、过度诠释等;同样,外国文化进入中国文化场,也必然受到中国文化的选择并透过中国式的读解而发生变形。其实,历史上任何文化对他种文化的吸收和受益都只能通过这样的选择、误读、过度诠释等变形,才能实现。常听人说唯有中国人才真正能了解中国,言下之意,似乎外国人对中国的了解全都不值一顾。事实上,根本不需要外国人像中国人那样了解中国,他们只需要按照他们的文化成规,择取并将他们感兴趣的部分改造为他们所需要的东西。法国的伏尔泰、德国的莱布尼兹都曾从中国文化受到极大的启发,但他们所了解的中国文化只能通过传教士的折射,早已发生了变形,而这种变形又正是他们可以得到启发的前提。今天我们再来研究伏尔泰和莱布尼兹如何通过其自身的文化框架,来对中国文化进行了解和利用，又可以为我们提供一个崭新的视角，来对自己熟悉的文化进行别样的理解。这样，就在各自的话语中完成了一种自由的文化对话。这里所用的话语既是自己的，又是已在对方的文化场中经过了某种变形的。历史上不同文化之间的互利、互识多半是通过这样的方式来进行。例如古代中国在自己的文化场中，用自己的话语与印度佛教对话，结果是创造了中国佛教的禅宗。英国哲学家罗素认为，不同文化之间的交流过去已被多次证明是人类文明发展的里程碑。希腊学习埃及，罗马借鉴希腊，阿拉伯参照罗马帝国，中世纪的欧洲又模仿阿拉伯，而文艺复兴时期的欧洲则仿效拜占庭帝国。显然，上述希腊、罗马文化吸收了其他文化之后，仍然主要是希腊、罗马文化，但又不同于接触他种文化之前的希腊、罗马文化。正如中国作家鲁迅所说，吃了牛羊肉，也不见得会类乎牛羊。由此看来，世界文化的未来发展也不会造就洛里哀所预言的那种文化"大混合体"①，而仍是具有不同特点的各民族文化的共存。

以上所说，只是过去文化接触的历史现象，当然也还可以更自觉地寻求其他新的途径。例如可以在两种话语之间有意识地找到一种中介，这个中介可以充分表达双方的特色和独创，足以突破双方的现有体系，为对方提供新的立足点，来重新提出追问，并得出新的结论。例如共同解决人类面临的问题就可以是一种中介，尽管人类千差万别，但总会有构成人类这一概念的许多共同之处。从文学领域来看，由于人类具有大体相同的生命形式（男与女、老与幼、人与人、人与自然、人与命运等）和体验形式（欢乐与痛苦、喜庆与忧伤、分离与团聚、希望与绝望、爱恨、生死等），以表现人类生命与体验为主要内容的文学一定会面临许多共同问题，如文学中的"死亡意识""生态环境""人类末日""乌托邦现象""遁世思想"等。不同文化体系的人对于这些不能不面对的共同问题，都会根据他们不同的历史经验、生活方式和思维方式作出自己的回答。只有通过这样的多种文化体系之间的对话，这些问题才能得到我们这一时代的最圆满的解答，并向未来开放回答这些问题的更广阔的视野和前景。在这种寻求解答的平等对话中，可能会借助旧的话语，但更重要的是新的话语也会逐渐形成。这种新的话语既是过去的，也是现代的；既是世界的，也是民族的。在这样的话语逐步形成的过程中，世界各民族就会达到相互的真诚理解。

从后殖民时代的今天回顾过去，百年来比较文学的发展固然有很多问

---

① 参阅洛里哀：《比较文学史》，傅东华译，上海书店1989年版，第352页。

题，但仍创立了伟大的功勋，应很好继承，特别是近年来美国以文学理论为核心，法国以形象学、心态史为重点的比较文学的新发展更是值得认真总结。正如西方文化500年来为人类文化的发展作出了辉煌贡献，我们任何时候都不能以反对西方中心论为由，对之加以忽视和否定，否则就会导致人类文化的全面倒退。我们只能在这个已有的、雄厚的基础上前进。其实，这一基础也是属于全人类的，因为它是以殖民地所提供的物质财富为基础，并吸收了这些地区的某些精神资源才得以形成。那种排斥任何西方影响，执迷于重返本土的"文化部落主义"不仅在理论上不可取，而且在实践上还可能成为"文化战争"的根源，威胁人类未来的发展。

回顾近二十年来比较文学发展的历史，文学理论成为比较文学的核心并不是偶然的。20世纪80年代初，耶鲁大学的比较文学系系主任保罗·德·曼（Paul de Man）认为，"比较文学研究的核心无疑是理论"。他曾在1979年提出："根本没有任何理由能证明，为什么此处提出的对普鲁斯特的这种分析，在技术上稍作调整之后，不能运用到弥尔顿或但丁或荷尔德林身上。"① 应该补充说，许多中外批评家的实践证明，如果某一理论真正是有价值的，也同样可以运用到中国作品或其他文化的作品里。有价值的理论确实有其普遍性，前美国比较文学学会会长查尔斯·伯恩海默（Charles Bernheimer）在总结最近二十年来理论对各地区文学研究的影响时说：

> 受福柯的影响，与权力的控制机制相联系的话语分析，替换了感到过于独立自足的修辞研究；受巴赫金的影响，语言更多地被视为一套套差异巨大的话语，它们是在社会差异和冲突中产生，而且就是社会差异和冲突本身的产物，而不是索绪尔所说的自足的结构；受法兰克福学派，尤其是本雅明（Walter Benjamin）的影响，物质社会实践被视为复杂的心理诗意动能的表现；而较年轻的批评家们也发挥出极大的影响力，他们表明了文学形式如何植根于总体历史与意识形态结构之中，这里仅举几位杰出者：爱德华·赛义德（Edward Said）、G.斯皮瓦克（Gayatri Spivak），促发了人们对目前正迅速发展的殖民和后殖民研究的兴趣；杰姆逊表明马克思主义分析能富有成效地把后结构主义的洞见运用于文学和文化批评；斯蒂芬·葛林伯雷（Stephen

---

① Paul de Man: *Allegory of Readings*, Yale University press, 1979, p. 16.

Greenblatt）让学生搜索档案，以寻找能为文学文本提供新的惊人的历史语境的材料。①

查尔斯·伯恩海默提到的上述各种理论在中国文艺界也都并不陌生，它们大部分曾被译成中文，并曾用以解释中国文学现象，形成海峡两岸都曾盛行一时的中国比较文学的"阐发研究"。这种现象是否有悖于中国比较文学的民族性呢？在这样的"阐发研究"中，应该说，生搬硬套、削足适履的现象确实存在，盲目崇尚西方，惟新是骛的殖民心态也并非完全没有。但是，总的看来，这些理论的涌入，为中国文学研究打开了新的思路，提供了新的视角，有助于发掘新材料，提出新问题。从理论上说，这些西方理论进入中国语境，受到中国文化框架的过滤和改造，又在中国的文艺实践中经过变形，已经中国化，而不再是原封不动的原来的西方理论；事实上，如果我们摆脱东西方二元对立的既定思维模式，从全球化的新角度来看，那么，无论某一理论出自何方，只要它合理、有用，能解决实际问题，便都可以采纳利用。产生于西方资本主义社会的马克思主义在东方工业尚不发达的国家起了如此翻天覆地的作用，就是一个最雄辩的例证。

当然，以上所说的还只是问题的一方面，另一方面，在过去的殖民体制下，殖民地、半殖民地国家民族的文化创造性不可避免地被西方殖民主义的文化霸权所压抑，这大大影响了用非西方文化来阐释西方文化的可能。在后殖民状况下，多元文化的发展必然会带来各民族文化的现代化和新的繁荣。这就使得产生于非西方文化土壤的理论也有可能用来阐发西方文化，作出有益贡献而被西方所利用。这种双向阐发，正是文化对话的又一种方式，必然会对人类文化发展作出新的贡献。最近，出现一种很有意思的文化现象：过去研究东方文化的学者，如汉学家，多少被视为神秘人物，处于边缘地位，与比较文学不搭界；从事比较文学的学者或由于非西方语言太难，或由于心理上的原因，对于非西方文化多半采取或敬而远之，或不屑一顾的态度。但近年来，这种情形有了改变。一些著名的比较文学家开始关注东方文化的状况和发展，如比较文学耆宿，法国的艾琼伯（Rene Etiemble）在20世纪80年代末完成了他的巨著《中国的欧洲》；国

---

① Charles Bernheimer: *Comparative Literature in the Age of Multiculturalism*, The John Hopkins University press, 1995, p.7；王柏华译，《中国比较文学通讯》1996年第3期，第8页。

际比较文学学会前会长厄尔·迈纳于 90 年代初发表了他的《比较诗学——东方与西方》；前国际比较文学学会会长佛克玛教授在他主编的《比较文学史》中，谈到现代主义和后现代主义时，也加进了有关东方的内容；而一些著名的汉学家也开始进入比较文学领域，例如几乎在同一时期，对中国传统小说和现代文学深有研究的加拿大汉学家米列娜·多列热诺娃（Milena Dolezelova-Velingerova）也发表了她的几乎与厄尔·迈纳教授的书同名的专著《诗学——东方和西方》。所不同的是前者集中于西方与日本，后者集中于西方与中国。一些卓有成就的中年汉学家如斯蒂芬·欧文（Stephen Owen）、武夫冈·顾宾（Wolfgang Kubin）等也都或明或暗，或多或少在自己研究中国文学的著作中注入了比较文学的理论和方法。1993年，美国比较文学学会会长查尔斯·伯恩海默在题为《世纪转折点上的比较文学》的关于美国比较文学十年的总结和未来发展的报告中，特别强调："比较学者应对所有民族文化之间的巨大差异保持敏锐的体察，因为正是这种差异为比较研究和批评理论提供了基础。"他要求比较文学学生扩大语言视域，争取能至少涉及一门非欧洲的语言，并更多地考虑"一种母语在创造人的主体性，构建认识论的模式、幻想、群体生活的结构，锻造民族性的特质，表达对政治和文化霸权的抵抗和接纳的态度时所扮演的角色"。这一切都形成了很好的语境和机遇，促使我们更好地总结和发掘自己民族文化（文学，特别是诗学）传统的特色，在双向阐发中使其成为推动世界文化向前发展的重要资源。

由以上的分析可以看出，文学理论和方法最具有国际性，而国际性的基础又正是民族性。对不同民族的文化和文学理论的研究最容易把比较文学学者凝聚在一起并进行有效的对话。因此，文学理论理所当然地在比较文学学科中占据着核心的地位。当然，这里所说的"理论"是指有关文学本身的、在抽象层面上展开的理论研究。它与文学批评不同，它并不诠释具体作品的成败得失；它与文学史也不同，并不对作品进行历史评价。但文学文本永远是理论的基础。文学理论研究文学文本的模式和程式，以及文学意义（文学性）如何通过这些模式和程式而产生。它应提供一整套能说明所有作品的共同性和差异性，以及判明其历史地位的原则和方法。文学理论不只是文学经验的综合，也不只是以往文学演化的总结，而是在这个基础上研究其可能的抽象样式，并试图说明这些样式如何控制文学文本的生成和表意。它一方面汇集文学的知识，将其汇入现代哲学、语言学、符号学、美学、传播学等理论所构成的理论系统；一方面又利用这些理论所取得的新成果。它不仅研究文学所反映的一定文化历史内容，而且更重要的是研究特定的文化历史内容如何在文学作品中得到反映，即如何被"形式化"。在这里更重要的是形式的运作，包括形式、技巧的使用，以及在不同时代、不同文化体系中文学意义产生的方式和程式。

当代文学理论进一步发展所面临的问题就是如何总结世界各民族文化长期积累的经验和理论，从不同角度来解决人类在文学方面所碰到的问题。在各民族文学理论交流、接近、论辩和相互渗透的过程中，无疑将熔铸出一批新概念、新范畴和新命题。这些新的概念、范畴和命题，不仅将在东西汇合、古今贯通的基础上使文学理论作为一门理论科学，进入世界性和现代性的新阶段，而且在相互比照中，也会进一步显示各民族诗学的真面目、真价值和真精神。在这一过程中，新世纪的比较文学肯定会得到全面的、新的发展。

伯恩海默教授在他的报告中指出："目前文学研究中的进步潮流所导致的多文化的、全球的、跨学科的倾向本质上是带有比较特征的。"比较文学的这一特征将使这门学科在人文科学研究中保持其前沿地位。总之，在这世纪之交的文化转折时期，比较文学这一学科不是岌岌可危，而是面临着更远大、更光辉的发展。中国比较文学界已作好各方面的准备，迎接这一伟大新阶段的到来。

文化差异与文化误读

"物之不齐，物之情也"，人类历史证明，不管多少人曾经企图进行文化吞并、文化征服、文化融合，然而，文化差异始终存在。历史上，对待这种差异性，曾经有过三种不同的态度：

第一种是对凡与自己文化不同的人，一概作为异端，或称为"未开化的野人"（西欧），或当做类同禽兽的"蛮夷"（中国），必征服之、同化之，以至绝灭之而后快。当年白种人占领南、北美洲，古代中国人对付周边少数民族都曾采取这种态度。

第二种是承认其价值，但只是作为珍稀的收藏、猎奇的点缀，或某种可供研究的历史遗迹。实际上是排斥其在现实生活中的作用，抽空其生命，崇拜其空壳。如今，在世界各地，或多或少大抵都能看到古埃及灿烂文化的遗迹，然而，影响着现实生活的活的埃及文化在哪里呢？数十年前，中国文化也曾险遭同样的命运。鲁迅早在20世纪20年代就曾尖锐地指出："赞颂中国固有文明的人多起来了，加之以外国人……其一是以中国人为劣种，只配悉照原来模样，因而故意称赞中国的旧物；其一是愿世间人各不相同以增自己旅行的兴趣，到中国看辫子，到日本看木屐，到高丽看笠子，倘若服饰一样，便索然无味了，因而来反对亚洲的欧化。这些都可憎恶！"① 多年前，鲁迅怀着深切的悲哀，问道："但看国学家的崇奉国粹，文学家的赞叹固有文明，道学家的热心复古，可见于现状都不满了。然而，我们究竟正向着哪一条路走呢？"② 如果我们混同了已成遗迹的（无论曾经多么辉煌）、定型了的"传统文化"和不断变化的、对"传统

---

① 鲁迅：《灯下漫笔》，《鲁迅全集》第1卷，人民文学出版社1957年版，第314—316页。
② 同上。

文化"进行诠释的"文化传统"之间的根本区别（这种"文化传统"现在还在继续生成、发展，它是现代人对过去文化的诠释，它属于现代），如果我们以"复旧"充新生，以中国文化的偶像化抵消中国文化的现代化，那么，埃及文化的今天就是中国文化的明天！

第三种态度是一种文化相对主义的态度。这是将事物置于其自身的文化语境内去考察的一种方式。它赞赏不同文化的多元共存，反对用产生于某一文化体系的价值观念去评判另一文化体系，承认一切文化，无论多么特殊，都自有其合理性和存在价值，都应该受到尊重。这种态度显然比前两种态度来得宽容合理，但再进一步追问：千差万别的文化有没有普遍认同的东西呢？在众声喧哗的多元文化中是否仍会出现某种共同规律，某种"理性一元性"或"是非标准"呢？在即将到来的21世纪，不同文化是逐渐趋同，还是越来越强调差异而相互疏离呢？人类有没有可能超越民族文化中心主义，达到另一种更高境界，或者说人类发展到某一阶段，同一文化体系内部各个集团之间的文化差异会不会比不同文化体系之间的差异更为突出呢？比方说，同一文化体系中的大众文化与精英文化之间的差异是否有一天会超过不同文化体系之间的差异呢？这些都是文化相对主义所面临和必须回答的问题。

但是，无论如何，文化差异总是现阶段普遍存在的现实。正是这些差异赋予人类文化以多样性。历史已经证明中国文化自有其保存自身、不被"同化"的魅力，在全球现代化的过程中，中国文化的更新也自有其不同于其他文化更新方式的文化特殊性。所谓世界文化的相互同化、融合、一体化只会带来人类文化的枯萎与没落。

事实上，正是由于差异的存在，各个文化体系之间才有可能相互吸取、借鉴，并在相互参照中进一步发现自己。关于文化间的"异"的研究一直是一个很吸引人的题目。18世纪时，西方关于"异"的概念只是指异国他乡，即远离本土的陌生空间，充满了神秘的"异乡情调"。随着通讯交通的发达，这种"异域"越来越缩小，只有极少数地区还具有其神秘的"异"的吸引力。在歌德和艾克曼的谈话中，他曾强调中国人和德国人一样同是人类，对他来说，中国已不是什么神秘的"异国"，而是一种隐喻，如他所创造的"中国花园"就是寄托着他的理想的乌托邦。到了现代社会，作为乌托邦的异国的功能也逐渐缩小，人们开始切切实实地理解不同文化的差异性，而将"异国"作为帮助自己发现自己的"他者"。只有从外部，从另一种文化的陌生角度来观察自己，才能看到许多从内部不能看到的东西。例如郭沫若在读了斯宾诺莎的泛神论后说:"我在中学的时候,便喜欢读《庄子》,但只喜欢文章的汪洋恣肆,那里所包含的思想是很茫昧的。待到一和国外的思想参证起来,便真是到了一旦豁然贯通的程度。"① 这就是从异地文化反观本土文化而产生的启悟现象。

由于文化的差异,当两种文化接触时,就不可避免地会产生误读。所谓误读就是按照自身的文化传统、思维方式和自己所熟悉的一切去解读另一种文化。一般说来,人们只能按照自身的思维模式去认识世界。他原有的"视域"决定了他的"不见"和"洞见",决定了他将如何对另一种文化进行选择、切割,然后又决定他将如何对其加以认知和解释。正如一篇寓言所说,当一只青蛙试图告诉它的好友——无法离开水域的鱼——有关陆地世界的情景时,鱼所理解的"鸟"只是一条长了翅膀腾空而飞的鱼,鱼所理解的"车"也只能是鱼的腹部长出了四个轮子,它只能按照自身的思维模式去认识这个世界。因此,我们既不能要求外国人像中国人那样"地道"地理解中国文化,也不能要求中国人像外国人那样理解外国文化,更不能把一切误读都斥之为"不懂""歪曲""要不得"。其实,误读往往在文化发展中起很好的推动作用。如果一部文学作品,只有一种解读方式,永远不会让人产生误读,那么,这部作品就不再有生命力。例如一部《红楼梦》,曾经被解读为宫廷索隐、作者自传、色空观念、阶级斗争、男女情史、僧道传法等等,这种现象恰恰证明这部作品具有无穷的生命力。有的作品沉寂多时,突然又红火起来,其原因就在于有了不同的解读。所有这些不同的解读显然都不能不包含一定程度的误读。

对于不同时代的文化现象的解读如此,对于不同文化体系之间的著述或作品的解读,就更是这样。可以举茅盾当年对尼采的误读来作一个例子。茅盾对于尼采的许多学说都有自己独特的看法。例如尼采提出人类生活中最强的意志是向往权力而不只是求生。按照某些德国人的解释,这就意味着"我愿成为其他民族的主宰者",有权力的人对待权力较少或没有权力的人,应该"像我们对待蚁虫一样,击毙它,并无任何良心的悲悯"。茅盾的解读却是:"惟其人类有这'向权力的意志',所以不愿做奴隶来苟活,要不怕强权去奋斗。要求解放,要求自决,都是从这里出发;倘然只是求生,则猪和狗的生活一样也是求生的生活。"② 作为德意志强大帝国的

---

① 郭沫若:《创造十年》,《沫若文集》第7卷,第59页。
② 雁冰:《尼采的学说》,《我看尼采——中国学者论尼采》,第117页。

一员，尼采强调的"向权力"显然是指占领和征服；而作为弱国一员的茅盾却从反占领、反征服的角度来解读它。这样的误读显然一方面丰富了主体文化，另一方面又从完全不同的角度扩展了客体文化的应用范围和解读方式。在谈到中国五四新文化运动时，我们显然不能不谈到尼采；在全面讨论和总结尼采思想时，如果忽略他在第三世界的影响和被解读的情形，这样的尼采研究也是不完整的。当然，并不是所有的文化误读都会产生积极作用，相反，有时候，误读会造成相当严重的悲剧性后果。

  总之，由于全球信息社会的来临，各种文化体系的接触将日益频繁；东西方文化交流将在 21 世纪进入一个全新的阶段。在这种将是十分复杂而频繁的交流中，如何对待文化差异和文化误读问题将是一个会引起更大关注和值得进行深入讨论的重要问题。

文化冲突及其未来
——参加突尼斯国际会议的随想

正当美国的亨廷顿教授断言西方与非西方的文化冲突难于避免，甚至将导致第三次世界大战，并以近东的伊斯兰文化和远东的儒家文化为假想的敌手时，在具有伊斯兰传统的北非国家突尼斯却召开了一个别开生面的研究不同民族文化如何相互理解、多元共存的国际讨论会。会议由欧洲跨文化研究院和突尼斯地中海文化中心联合主办，地点在美丽的地中海海滨小镇哈玛默特。到会者有来自法国、德国、意大利、西班牙、马里、塞内加尔、黎巴嫩、日本、中国海峡两岸的人类学家、宗教学家、哲学家、文学理论家、诗人和宗教领袖——神父、佛教法师。会议主题是"从不可见到可见"，意在从各种不同文化角度讨论不可见之神在不同的宗教中如何成为可感、可见，这实在是不同宗教共同的根本问题；另一方面，也讨论文学特别是诗如何从少量可见的"字"引向广阔的不可见的意义空间。我在此无意介绍会议的全面情况，只想谈谈我自己。

我发言的题目是"意义的追寻"。我认为中国人早在公元前3世纪或更早就已经提出"书不尽言，言不尽意"的问题。既然"言不尽意"，那么，圣人的意思，人们又如何得知呢？《易经·系辞》说："圣人立象以尽意，设卦以尽情伪，系辞焉以尽其言。"圣人于是创立八卦符号（变动不居的卦象）来表达各种意义，又作系辞，用语言对卦象加以详细解释，以便人们能通过语言了解卦象，通过卦象，了解其所蕴藏的意义。这就是中国人通过言、象来追求意义的最早雏形。言、象是符号，意是符号所表现的，因语境不同而千变万化，永无穷尽的意义。我大致介绍了庄子得意忘象、得象忘言的理论，王弼关于尽意莫若象、尽象莫若言的补充，以及魏晋"言尽意论""不用舌论""言不尽意论"多种学派的辩论；也谈到佛教禅宗"我向尔道，是第二义"的主张，他们强调"只可意会，不可言传"，话一说出，就受到语言的限制和切割，不再是原意。最后，归结到中国诗歌和诗学对"言外之意"，亦即对尽量扩大字词与读者体味之间的意义空间的追求，并举了一些实例加以说明，如"曲终人不见，江上数峰青"，"千山鸟飞绝，万径人踪灭。孤舟蓑笠翁，独钓寒江雪"之类。总之是从可见的极少字词引向无穷的不可见的意义。

这些议论在中国也算不得很新鲜，但却引起了不少到会学者的兴趣，特别是一些人类学家。最令我高兴的是一些学者以此为例，论证如果以"多种文化并存"取代过去的"文化封闭"或"文化吞并"，势必带来21世纪人类文化的新发展。从其他一些讨论中，我也深深地感到，21世纪，由于信息和传播媒介的空前发达，更由于人类新观念的空前开阔，长久以来的东、西（即中、外）和古、今（即传统与现代）的二分法很有可能不再有意义。中国知识界讨论古、今和中、外的关系已有一百多年的历史，现在看来，这些界限在21世纪也许将不再存在。最"古"的也可能是最"新"的，例如我国最古老的《易经》，目前已成为世界文化讨论中"最新"的内容；一些原以为是"最新"的事物和思想，也许瞬间就变为"陈旧"，如许许多多"一次性消费"的"文化"。这种变化或多或少是源于历史观念的变化。现代历史被二分为"事件的历史"和"叙述的历史"，"事件的历史"绝大部分人都不可能亲身经历，我们所能接触的只可能是"叙述的历史"。叙述必有叙述者，"叙述的历史"也必包含当代叙述者自身的视角、取舍和阐释，因此，也可以说，一切历史都是当代的历史。这样一来，线性的、历时性的历史长卷遂即展现为并时性的、诸事纷呈的复杂画面。古代的东西可以以今天的形式表现出来，旧的未必即过时，新的也未必就一定好。

东、西的关系亦复如此。东方的未必就好、就有用，西方的也未必就坏、就无用，反之亦然。如果我们把小小的地球看做一个整体，排除狭隘的民族主义情绪，摆脱殖民地、半殖民地心态，那么，只要有益于发展自己文化的东西，都可拿来利用，不必拘泥于它的原创者是属于哪一个民族，不必计较它来自东方还是西方，更不必算计自己是"出超"还是"入超"。有些人总在考虑我们正在讨论的问题是自己提出来的还是西方人提出来的。在我看来，只要问题本身对我们当前的建设有意义，谁提出来并不重要，况且，作为一个大国，我们当然需要参与讨论从世界角度提出来的一些重大问题，如这次在突尼斯讨论的"从不可见到可见"的问题，它确实是有关宗教和文学的一个普遍问题。从话语方面来说，有些人很强调屏除西方的一套名词概念和话语，从自己的本土文化中，重新建构一套新的话语。理由是西方的话语并不适于阐释中国本土的一切。在我看来，这一意愿虽好，却不能不说只是一种空想。首先，所谓本土文化是指哪一时期的文化呢？80年代？50年代？30年代？鸦片战争之前？其次，话语只能产生于较长时期的对话之中，自说自道，恐怕很难产生现代意义上的话语，想要人为地去营造一种本土文化的话语，恐怕更不可能。因为，如果是指当代文化话语，那么，在我们的成长过程中，现代精神、西方精神已深深渗入了我们的心智和血液，例如我们都是从学校而不是从私塾培养出来，学的都是声光化电而不只是诗云子曰……期待从我们身上发掘纯粹的本土文化，实属不可能。况且，即便有了这样一种在封闭中营造出来的话语，我们又如何用它去和别人对话，去在世界上发挥我们的影响呢？具有反讽意味的是"话语"这个概念本身就是西方传统语言学解体和法国福柯理论发展的产物！我的意思当然不是说现在的话语就已经完美无缺，事实上，世界各地，话语都在飞速地发生变革。我们当然应该在与外来文化的对话中，将本土文化与外来文化结合起来，不断更新我们的话语。

突尼斯会议提出的另一个发人深思的问题，就是关于文化相对主义的讨论。由于日本人类学家稻贺繁美教授提交了一篇关于拉什迪《撒旦诗篇》日文译者五十岚一被杀害的讨论文章，会议遂转向了讨论文化相对主义的极限问题。文化相对主义就是把某种思想或事物放到其自身的文化语境中去观照和评价，反对用他种文化的标准来加以干扰和判断。例如关于人类尸体的处理，西藏用天葬的方式，把亲人遗体撕成碎块喂鹰；埃及却将死人制成木乃伊，以求永存。古代中国人坚持"父母在，不远游"，必须"承欢膝下"，孝养父母，以尽其天年；非洲一个部落却将老年父母砍杀，以释放其灵魂，帮助他们转世。在文化相对主义者看来，这些都无可非议，无法评判，而且应该得到他种文化的理解和尊重。问题在于永远如此相对下去，各民族文化之间又如何能够沟通并得到提高呢？我想，非洲杀父母的部落一旦认识了并无灵魂这回事，他们可能就不会再屠杀他们的父母。但是，不杀父母是他种文化的标准，认同这一标准是否违背文化相对主义呢？这就是文化相对主义的两难境地。

我认为把文化相对主义绝对化是不可行的。这样只会导致各民族文化之间的隔绝和封闭，显然与"通过对话沟通，在共同的语境中，多元共存"的总趋势相悖。过去,西方文化霸权,以自己的文化标准强加于人,当然是错误的,但人类总有可以认同的准则。例如,人类的某些需要是普遍性的,著名的人类学家列维-斯特劳斯说:"人类大脑无论在哪里都具有相同的构造……具有相同的能力。"我同意荷兰佛克玛教授提出的关于评断经验理论的三种标准,即与经验现实相适应的标准;与其他理论相契合的标准;研究者普遍认同的标准。这些标准当然都不是绝对的,但可以普遍有效和有用。另外,由于信息、传播事业的发达,各民族文化之间的接触越来越多,不同文化群体之间的共同性也可能逐渐大于同一文化群体中的不同集体。例如当今中国醉心于 MTV 的青年群体,他们与同样醉心于 MTV 的西方青年群体的共同点显然要大大多于与国内老战士群体的共同点,至于与明、清时代的中国青年相比,其差异就更不用说了。

参加突尼斯会议的非洲塞内加尔女学者玛梅·库瓦娜做了一个很有趣的报告,她谈的是"妇女是非洲象征的承传者和保护者"。她的报告使我想起了一个问题,那就是一定要把文化传统与传统文化的产品区别开来。

建筑、绘画、雕塑、音乐、文学作品,以至饮食、服饰都体现着一定的传统文化,同时也有其时代性,是某一时期,某种传统文化凝聚而成的"产品",是"已成之物",而我们所说的文化传统却是看不见、摸不着、不断发展变化、不断生成更新的"将成之物",是不断形成着各种文化产品并不断对历史和现实进行着新的阐释的一种根本动力。我认为分清"活的文化传统"和已经凝固的"传统文化产品"是非常必要的。例如在美国的旅游商店可以看到许多本土印第安人的文化产品,但这并不能说明印第安本土文化很发达,相反,印第安传统文化显然正在衰落,它已经不大能赋予印第安民族以新的创造的活力。这就是为什么鲁迅一再批判"国学家的崇奉国粹,文学家的赞叹固有文化,道学家的热心复古"的原因。

文化传统总是隐蔽在一个民族的心灵深处,而在不知不觉中形成了不同民族之间的差别。活的文化传统不断在变,但绝不是按照那种"肯定—否定""正确—错误"的模式在变,而是像一棵大树,不断吸取外在的阳光、空气和水;不断调整自己,以适应外部环境的变化;它的枝叶不断伸展,"今日之树"已不复是"昨日之树";当然,也有"无边落木萧萧下"的时候,但"落叶归根",又为同一棵树孕育着新的生命。固定"昨日之树"而不精心培植"今日之树"的民族是一个没有希望的民族。例如追求"和谐"是东方各民族共同的传统精神。印度诗哲泰戈尔在《人生的亲证》中谈到,在印度,文明的诞生是始于森林,这种起源和环境形成了与众不同的特质。印度文明被大自然的浩大生命所包围……这种森林生活的环境并没有压抑人的思想,减弱人的活力,而只是赋予人们一种特殊的倾向,使他们的思想在与生气勃勃的大自然产物的不断接触中,摆脱了想在其占有物周围建起界墙以扩展统治的欲望。他的目的不再是获得而是去亲证,去扩展他的意识,与他周围的事物契合……古代印度林栖贤哲们的努力正是为了亲证人类精神与宇宙精神之间的这种伟大和谐。追求"普遍和谐"更是中国文化的基本精神。中国传统文化的儒、道、释(主要是中国化的佛教禅宗)三家哲学无不贯穿着"自然本身的和谐""人与自然的和谐""人与人之间的和谐""个人本身各方面的和谐"等基本精神。

  但我认为目前最重要的不是不断重复这些精神,事实上,我们不大可能再去做冥想、"坐忘"的庄子,或做陶渊明那样的隐士,也不大可能去做印度林栖的贤哲(当然也不排斥有的人可以这样做),最要紧的是赋予这些极可宝贵的传统精神以现代内容,使之能为改进备受工业文明戕害的、人类共居的地球和人类社会关系作出新的贡献。

  即将到来的 21 世纪将是一个文化多元共生的时代。19 世纪和 20 世纪两百年的历史已经雄辩地证明不同文化之间的吞并和"统一"都不可能。我们应以更加博大的胸怀来容忍和欣赏不同民族传统文化的特点,在沟通和理解中,共同进步。任何民族,无论多么弱小,都有权发扬自己的文化传统,从自己的文化传统中吸取活力,在整个世界文化的交响乐中,和谐地唱出自己的声部。亨廷顿教授的文化冲突导致世界大战论,当然也就可以不攻自破。

以特色和独创主动进入世界文化对话

一百多年前,马克思、恩格斯早就预言:"过去那种地方的和民族的闭关自守和自给自足状态已经消逝,现在代之而起的已经是各个民族各方面互相往来和各方面互相依赖了。物质的生产如此,精神的生产也是如此。"① 这一预言正在无可阻挡地变为现实。在这世界即将进入20世纪90年代之际,更可以清楚地看到,国际形势正在发生着转折性变化:从紧张转向缓和,从对抗转向对话,较长时间的和平成为可能,各国之间的关系更为密切。事实上,对话可能会代替对抗成为民族交往的主要形式。

对话,当然包括经济、政治、军事各方面,而文化将是其中尤其重要的一个组成部分。文化本身就是一种力量或权威,用来界定和认知我们周围的一切现象。如善—恶、美—丑、贵—贱、尊—卑;秩序—混乱、理智—疯狂、正常—反常、健康—病态等等。同一文化系统的成员在判定这些现象时达到基本一致而形成文化力,文化力的发展通过认同和离异两种相辅相成的作用来完成。"认同"表现为与文化主体基本一致的阐释,如我国传统的"述而不作""我注六经",其作用在于巩固和维护文化力已经确定的种种界限,使某种文化得以凝聚和稳定,与此同时,某些异己的因素就不得不因此受到排斥和压抑。"离异"表现为批判和扬弃,表现为在一定时机打破、扩张和改变界限,把被排斥的兼容进来,把被压抑的能量释放出去。在离异基础上的阐释是一种在视野融合基础上的对传统文化的重新建构,如我国文化发展中经常出现的"变古乱常""六经注我"。认同和离异,这两种作用的交互进行就促成了文化力的发展。

---

① 马克思、恩格斯:《共产党宣言》,《马克思恩格斯全集》第4卷,人民出版社1958年版,第470页。

不同文化的接触实质上是一种力量的较量，结果是强文化力对于弱文化力的征服。托多洛夫（Tzvetan Todorov）在他的《美洲的征服》一书中用大量数据指出西班牙人对美洲印第安人的征服，主要不是由于其军事、经济实力，而是由于后者本身弱文化力的局限。托多洛夫认为"良好的理解力是建立权力的最佳手段"，印第安人由于固守旧文化，丧失理解他人的能力，也就丧失像日本那样更新重建自己文化的机会，以致虽然拥有辽阔肥沃的土地、曲折漫长的海岸线，也不能逃脱民族衰亡的历史命运。另一方面也有一些民族由于缺乏自身文化的凝聚力，又不能在历史转折时期对传统文化作出新的诠释，以致"全盘外化"，受强文化力的渗透、异化而中断了自己的民族文化传统，一些曾为殖民地的民族，其文化被宗主国文化所代替而成为历史的陈迹就是一例。

20世纪90年代的世界，除了经济、政治的较量而外，将是一场激烈的文化力的角逐，在这一角逐中，现有文化力场与文化生态都会发生重大变化，这就是人们所预期的文化转型期。文化力场以经济、政治、社会、军事为背景和后盾，这使第三世界文化与发达世界文化相比，一开始就处于不利地位。几百年来，发达世界文化总是处于中心，而第三世界文化总是处于边缘，前者主动，后者被动；前者进取，后者跟进；前者制造理论，后者应用理论；前者处于优越地位，以世界文化中心自居，可以随意择取他种文化，使之"为我所用"，后者则处于退守地位，怀着被吞并的焦虑，力图保存自己，排斥外来文化，以致不能及时吸取他种文化的优点，失去更新和发展的机会。另一方面，发达国家利用几百年掠夺第三世界获致的经济繁荣和社会富裕，充分发展了自己的文化，壮大了自己的文化力，在哲学、社会科学、人文科学各方面达到了系统完整的成熟阶段，又以这一强大文化优势君临第三世界，将第三世界置于一种无法解脱的两难处境，即要么就是尽快掌握发达世界几百年来形成的理论、概念、语言，接受他们的框架，应用他们的模式；要么就是永远处于边缘地位，闭关自守，保存国粹。中国延续几十年的"全盘西化"与"本位文化"循环往复的争论就是这一两难处境无法解脱的历史再现。

第二次世界大战后，世界进入信息时代，垄断崩溃，殖民体系瓦解，科技发展大大缩小了全球各民族之间的距离，人类对宇宙、对自身的认识能力有了极大提高，特别值得提到的是20世纪以来，占主导地位的欧美哲学、社会科学理论自身发生了变化，这些变化显然有利于世界向多元、沟通、宽容、平等对话的方面发展，这一切为第三世界解决以上两难处境提供了新的机会和可能。

首先，从理论上来说，西方长期占主导地位的主观与客观的两分法受到了挑战。自从现象学原则被普遍接受以来，人们普遍承认"存在是包含主体在内的存在，意识是包括意识对象的意识"。没有意识对象，意识就不成其为意识；没有意识主体，意识对象也就不存在。因此，一切都随主体所在的时空的变化而变化。例如人类对于原子微观世界的了解就是通过人类实验设计来完成的，实验设计尚未涉及的无限领域就不能成为意识对象而存在。所有体系、中心既然都是人设定的，就不可能不随主体意识而转变。正如美国诗人史蒂文森的诗："我把一只坛子放在田纳西/它是圆的，置在山巅/它使凌乱的荒野围着山峰排列，于是荒野向坛子涌起，匍匐四周，再不荒莽。"（《坛子的轶事》）一切中心和体系都是人为的建构，都是从无垠的宇宙按人的意愿而截取的细部。认识这一点至关重要，它促成了发达世界文化自我中心的解体，并为承认文化的多元发展提供了前提。

西方马克思主义者哈贝马斯进一步指出任何体系的构成，首先要"定位"，定位就是"自我设限"，也就是有所规范，无边无际就无法构成体系。但体系一经完备就会封闭，封闭就是老化的开始。解决这一矛盾的唯一途径就是沟通，即找到一个参照系，在与参照系的比照中，用一种"非我的""陌生的"眼光来重新审视自己，这就是哈贝马斯所说的"互为主观"。这样，就跳出了原有体系的"自我设限"，有可能扩大自我，来承受和容纳新的体系。这种开放、融合正是对原有体系的批判。一种体系与多种其他体系的沟通网络的建立，及其相互间的融会贯通，结果就是原体系的重建，也就是新体系的诞生。这就是批判——沟通——重建的发展之路。哈贝马斯的理论摧毁了"欧洲中心论"，促成了早已烂熟的西方文化体系的"解构"，迫使发达世界向其他文化体系，特别是向遥远异域的第三世界文化体系寻求沟通，寻求参照系以突破自己，解脱困境，达成新的发展。

再从第三世界的实际情况看，随着政治、经济的发展，第三世界许多国家在文化方面也急于挣脱过去的边缘、从属地位，向中心移动，寻求与发达世界文化的平等沟通。在这一沟通过程中必然遇到的最大难题就是沟通工具——语言。沟通的基础是理解。要达到相互理解，就必须有一种双方都能接受的话语。当第三世界文化进入世界总体文化时，它所面临的就是发达世界已经长期构筑完成的一套概念体系，也就是一套占统治地位的话语。从文学方面来说，那就是从新批评派、结构主义、精神分析学、接受美学到解构主义、文化多元主义等所形成的一套思维过程和表达这一过程的话语。这套话语以其经济、政治实力为后盾，已在全世界广为传播，甚至在某种程度上已形成为一种"以公认的规范为背景的、可以达致认同的话语"，正如英语在一定范围内成为流通语言一样。第三世界文化要进入世界文化对话，达到交往和理解的目的，就必须承认这一事实并熟知这套话语。事实上，这套话语经过数百年积累，汇集了千百万智者对于人类各种问题的深邃思考，确具科学价值，其成就与失误都能给后来者以参考和启发。然而，危险的是，如果第三世界完全接受这套话语，只用这套话语构成的模式来诠释和截取本土文化，那么，大量最具本土特色和独创性的活的文化就可能因不符合这套模式而被摈弃在外，仍然不能进入世界文化中心，最多只能从个别侧面丰富那一套成熟的模式。所谓世界文化对话也仍然只是一个调子，而不能达到沟通和交往的目的。

看来要进行真正的对话就必须找到一个中介，这个中介可以充分表达双方的特色和独创性并足以突破双方的体系，为双方提供新的立足点来重新观察自己。为"更新"和"重建"构成前提和可能，我认为这个中介就是人类面临的共同问题。尽管人类千差万别，但从宏观来看总会有构成"人类"这一概念的许多共同之处，例如人的认识能力的进化（中国、印度、希伯来、希腊等重大文明都出现在大体相同的"轴心时代"），人与科学的关系（除少数蛮荒之地，人类不得不同时进入信息时代）等。从文学领域来看，由于人类具有大体相同的生命形式（如人与人、男与女、老与幼、人与自然、人与命运、个人与集体等）和体验形式（如欢乐与痛苦、喜庆与忧伤、分离与团聚、希望与绝望、爱与恨、生与死等），以表现人类生命与体验为内容的文学就必然面临许多共同的问题。

例如对于"什么是文学"这一根本问题，各种文化都有自己的回答。各民族文化对这一问题的回答都是一个开放性的过程，都各有自己的思维方式和表达这些方式的独特的"话语"。对话，就是要针对这同一个问题，各自用自己的方式作出自己的答案。这些答案既回响着悠久的历史传统的回声，又同时受到现代人的诠释和检验。因为一切文化传统都不是固定的既成之物，而是活在现代人意识和现代时空之中的正在形成的活的产品。20世纪90年代我们必得进入的世界文化对话就是这样一种现代人的对话，或者说各种文化体系在现代诠释中的平等对话。这种对话一方面必须充分发挥各种文化长期形成的特色和独创；另一方面又必须充分了解他种文化，找到新的参照系，以便对自身进行新的审视，通过"互为主观"，突破旧体系，完成文化现代化，达到新体系的重构。而人类共同面临的种种问题就是进行这种对话的必要中介。任何个别文化体系对这些问题的回答都只能是一方面，只有通过世界总体文化对话，这些问题才能获致我们这一时代的最圆满的回答，并向未来开放回答这些问题的更广阔的视野和前景。

在这样的形势面前，如果不能在现代诠释中充分呈现自己文化的特色和独创，积极参与这一世界文化力角逐，一个民族的文化，即便丰富多彩、源远流长，也只能被同化，失却光芒以至衰亡；如果惧怕被吞没而外在于这场角逐，一种文化就会因封闭、僵化而枯竭，成为类似装饰美国旅游商店的所谓"印第安文明"，也就是那种鲁迅早就诅咒的专供外国人猎奇观赏的"国粹"。这就是第三世界文化进入20世纪90年代所面临的严峻选择。

鲁迅早就"在刀光火色衰微中，看出一种薄明的天色，便是新世纪的曙光"。他曾大声疾呼："曙光在头上，不抬起头，便永远只能看见物质的闪光。"① 鲁迅说的是20世纪之初，而我们目前面临的90年代却是21世纪的前奏。让我们在这转折时期高瞻远瞩，以强者姿态站在悠远的历史回声之前，以特色和独创进入正在进行的世界文化对话，为世界文化总体发展作出贡献，并在决定着未来生存的这场文化力角逐中成为胜者。

---

① 鲁迅：《随感录第五十九·圣武》，《鲁迅全集》第1卷，第425页。

中西诗学对话中的话语问题

我们处在一个全球性文化转型时期，东西文化沟通已成必然趋势。我们正是在这样一个语境中来讨论中西比较诗学的。诗学是一个随着人类历史发展而逐渐深化的复杂概念。我们可以依据不同的历史阶段和不同文化体系的特点来对之加以界定，但却很难对什么是诗学这一问题作出简单的封闭式的回答。今天的回答可以从过去的基础上产生，但又全然不同于过去，未来的回答无疑又将不同于今天，因此在谈到诗学时，不能不持有一种世界的和历史的观点，这就是比较诗学的观点。

西方诗学源出于古希腊。当时诗学一词广泛用于一般文学理论的意义，如亚里士多德的文学理论名著《诗学》就是第一次系统研究文学理论的尝试，也是用哲学方法研究文学理论的开始。罗马时期以来，贺拉斯的名著《诗艺》强调形式完美，在当时比《诗学》有更大影响，诗学一词也逐渐用于狭义，着重讨论诗歌和修辞。文艺复兴之后，亚里士多德的《诗学》才又成为具有广泛影响并经常被引证的经典。18世纪，德国"文学科学"学派已广泛地将诗学一词重新使用于广义的文学理论，但真正把诗学一词恢复为文学理论最一般术语的是俄国形式主义学派和后来的现代形式文论，尤其是结构主义与符号学学派。雅可布森（Roman Jacobson）在1956年发表的名作《结束语：语言学与诗学》中提出：诗学主要讨论这个问题：是什么使一个语言信息变成艺术作品？正由于诗学的主要对象是语言艺术与其他艺术，语言艺术与其他语言行为之间的特异性质，诗学在文学研究中当之无愧地占据主导地位。第二次世界大战以后，新批评派、法国结构主义、精神分析学、原型批评理论、文学阐释学、解构主义、符号学文学研究、西方马克思主义、女性主义文学批评等文艺思潮相继发生，这些思潮的快速变化曾引来"各领风骚五百天"之讥,但它们都在西方诗学中留下了痕迹,这些"积淀"构成了西方诗学的重要组成部分。

东方诗学并没有和西方的"诗学"这一名词完全对应的概念,但东方的中国、印度、阿拉伯都有自己的诗学体系和诗学发展源流。例如中国,早于亚里士多德一百多年,孔子就已提出"兴于诗,立于礼,成于乐"和"思无邪"以及"兴""观""群""怨"等诗学观念,从文学与道德、文学与社会的关系来界定文学的意义;老子、庄子则提出"虚静""自然""心斋""坐忘""得意忘言"等观念,阐明超脱功利目的,追求绝对自由,与自然合一的审美特征。佛教传入中国,以其空寂出世的教义与老庄冲淡无为的精神相结合,成为中国传统诗学的一个重要源头。魏晋南北朝是一个文学自觉的时代,诗学蓬勃发展,出现了"意象""风骨""神思""隐秀"和"声无哀乐""传神写照""气韵生动"等新命题。刘勰的《文心雕龙》熔儒、释、道三家为一炉,承前启后,成为我国第一部有系统的文学理论巨著。正如鲁迅所说:"东则有刘彦和之《文心》,西则有亚里士多德之《诗学》,包举洪纤,为世楷模。"[①]《文心雕龙》之后,中国诗学论著层出不穷,逐渐形成了中国诗学的独特体系。这一体系以天人相通,与自然冥合为最高境界,以研究语言所构成而又超出于语言本身的意象空间为核心,并研究构成这种空间的不同途径和人们对于这种空间的领悟;这一体系的表达,则以融合诗人对诗意的了然于心,诗论家对诗的本质的冥想,以及哲人对"超言绝象"的"天地之心"的体验为特点。中国优秀的"诗话"作者往往兼有诗人、诗论家和哲人三种品质,而诗话则是这种表达的最好形式。唐宋以来,司空图的《二十四诗品》和严羽的《沧浪诗话》极大地丰富了这一体系,而明、清的王夫之和叶燮又进一步对这一体系进行了总结和提高,加上大量出现的小说理论和戏剧理论,中国传统诗学进入了自己的成熟阶段。

显然,西方诗学着重对语言符号本身进行实体分析,以概念准确,推理明晰为上。中国诗学却强调对"言外之意"进行一种非语言的意会,重在类似性感受和浑然妙悟。两者并不相同,但它们所企图回答的问题却往往是共同的,诸如文学是什么?诗是什么?文学的功能是什么?文学与自然的关系是什么?等等。我们从各个不同文化地区的诗学中,几乎都能找到对这些问题的关注和回答。

---

① 鲁迅:《题记一篇》,《鲁迅全集》第8卷,人民文学出版社1981年版,第18页。

西方诗学很重视从文学与世界（包括内在世界和外在世界）的关系来界定文学，认为文学是模仿，是在"大街上移动的一面镜子"（现实主义），是"灵魂和内在世界的总体反映"（浪漫主义），是"心灵扭曲和存在荒诞的揭露"（现代主义），是平面化、零碎化生活的散碎摄影（后现代主义）等等；从作者方面来说，他们认为文学是"被压抑欲望的满足"，是作者寻求"灵魂的净化"，是作者的"发泄"或"解脱"。近年来，接受美学为界定"什么是文学"开辟了新的层面。他们认为文学本身是读者经验的产物，文学的语义、形式、审美潜力都要在读者无限连续的阅读中重新被发现和再确认，因此，文学也是"社会群体共同具有的某些观念和价值标准的体现"。注重实体分析的西方诗学很强调文学是一种特殊语言形式。从希腊时代开始，亚里士多德就曾通过讨论文学语言与演说语言的不同来说明什么是文学。现代西方诗学更是认为文学就是由语言构成的一种传播模式，是表现、储存、传达美学信息的符号系统。这种语言经常隐含多层附加的、创新的语义，它不像一般语言只在连续的、线性的系列中呈现其意义，而是在断裂、不连续或并置中取得特殊的效果。同时，这种语言结构的意义又必须在与其他大量文本的参照互证中才能得到圆满的实现。

中国诗学大体也是沿着以上思路来界定文学的。中国诗学认为文学是人与世界的沟通，所谓"诗为天人之合"（刘熙载，《艺概》）。外在的一切，如"天地之际，新故之迹，荣落之观，流止之几，欣厌之色"若与内在的"人心""相值而相取"就成为诗（王夫之，《诗广传》）。诗通过与"天"相通的"人"，显示着宇宙的"道"，所以说，"诗者，天地之心"（《诗纬》）。中国诗论很早就注意到诗是诗人内心郁积的一种发泄，所谓"诗可以怨""发愤著书""怨毒著书"都是这个意思。中国诗学还强调诗是内心情志的抒发，如"诗言志""情动于中而形于言"等。中国诗论家还认为，诗与非诗的区别，就在于作品能不能对读者产生一种感发作用。著名诗论家王夫之说："诗言志，歌咏言，非志即为诗，言即为歌也。或可以兴，或不可以兴，其枢机在此。"也就是说诗歌是否成其为诗歌，就看它是否能引起读者广泛的联想（感兴）。他还强调作品的意蕴和价值的实现与读者的接受直接有关，如说"作者用一致之思，读者各以其情而自得"（《薑斋诗话》）。至于用语言的特殊性来界定文学，中国也有很长的历史。《典论·论文》最早提出"诗赋欲丽"，梁元帝萧绎的《金楼子·立言篇》强调"至如文者，惟须绮縠纷披，宫徵靡曼，唇吻遒会，情灵摇荡",都是以语言的特殊性来界定诗。刘勰则更是明确指出历史著作往往是以"实录无隐之旨,博雅弘辨之才"为上,而文学语言却必须"义生言外",以能显出"文外之重旨"为贵。在《文心雕龙》中,他特写"隐秀"一章来论证这个问题。中国诗论的形式主要是诗话,诗话的一个重要内容是"就诗论诗",也就是在大量其他文本的参照中来进行诗的释意,以说明诗歌语言的多义性和不稳定性。明、清小说评点家对于小说语言的审美特性更是进行了大量细致入微的研究,他们都是把文学看做一种具有特殊语言设计的艺术。

综上所述,可以看出中西诗学虽然侧重方面、出发点、表现方式等都不尽相同,但思路却大体一致。其他文化地区的诗学也一样。如印度诗学的味论、韵论、修辞论、曲语论、程式论,阿拉伯诗学的"批评八型"(历史型、传统型、比较型、施教型、哲学型、语言型、修辞型、阐释型等)虽各不相同,但提出的问题和解决问题的思路却总有一致的地方。这大概是由于人类原有共同的生命形式和体验形式所致。

既有共同关注的问题,又有观察和解读这些问题的不同视点、方法和无可取代的独到之处,那么,中西诗学的汇通、对话,并在互相照亮和启发的过程中得到新的不同发展就将势在必行。

毋庸讳言,近百年来中国传统诗学并未得到实质性的发展,中国现代诗学的成就往往表现为对西方诗学的吸收,或以西方诗学为借鉴对中国诗学理论和文学现象进行系统整理、发掘和新的诠释,或以新的视角从中国传统诗学中提出许多重要而过去被忽视的部分和因素。这无疑为中国诗学的发展提供了新的契机和基础。朱光潜、宗白华、罗根泽、朱自清、钱钟书等都是在这方面作出过重要贡献的大师。但是,无可否认,中西比较诗学中的一个根本问题却始终未能得到根本解决,这就是中西比较诗学中的话语(discourse)问题。

要沟通、要理解,就必须有一种双方都能接受而又能相互解读的话语。目前,第三世界所面临的,正是多年来发达世界以其雄厚的政治、经济实力为后盾所形成的,在某种程度上已达致广泛认同的"文化话语",正如英语在很大范围内已成为流通语言一样。第三世界文化要消解边缘和中心的对立,要进行和发达世界的文化对话,就必须掌握这套话语。然而,如果第三世界只用这套话语所构成的模式和规则来衡量和诠释本土文化,那么,大量最具本土特色和独创性的活的文化就有可能因不符合这套话语的准则而被屏除在外。况且,若果真如此,则第三世界与发达世界的对话仍然只是同一话语、同一语调，仍然只是一个声音的独白，无非补充了一些异域的资料，而不是能够达致理解和沟通的两种不同的声音。

那么，能不能用完全属于本土的话语来和他种文化进行对话呢？首先，文化并不等于亘古不变的文化的"陈迹"，不是"已成之物"，而是在永不停息的时间之流中，不断以当代意识对过去的文化"已成之物"加以新的解释，赋予新的含义，因而是一种不断发展、永远正在形成的"将成之物"。先秦、两汉、盛唐、宋明和我们今天，对于中国文化都会有不同看法，都会用其当代意识对中国文化加以重新界定。而今天我们的当代意识本身就融合了大量的西方观念，包括声、光、化、电的科学知识，社会、经济、政治的基本观点，马克思主义、苏联影响等等。要寻找一种完全纯粹、与西方全然无关的本土文化话语几乎是不可能也是不明智的。

在中西诗学的对话和沟通中，既不能用西方话语，也不能用"本土"话语，如何才能走出这一困境？途径之一似乎是寻求一个双方都感兴趣的"中介"，一个共同存在的问题，从不同角度，在平等对话中进行讨论。例如"什么是文学"这一诗学核心问题，无论中、西都曾进行过长时期探索，虽然侧重点、具体内容和表述方式都不尽相同，但思路却大体一致，都是从作家、读者、外在世界与作品本身四个方面来界定"什么是文学"。这种对于共同问题的不同侧面的探讨正是中西诗学对话的出发点。其他如"言、意"——语言和意义，"载道与缘情"——社会与自我，"物、我"——主体与客体，"形、神"——形式与内容，"虚、实"——真实与虚构，"正、变"——继承与发展，等等，都可以作为中西诗学对话的中介。当然有些范畴并非完全对应，如中国诗学中的"形、神"与西方诗学中的"形式与内容"就不完全对应，但这并不妨碍比较诗学就这一范围进行不同层次的探讨。

总之，中西诗学对话的共同话题是十分广泛的，这样的对话有几个特点：

第一，对话双方都是从历史出发，从自己的文化传统出发，并不以某一方的概念、范畴、系统来截取另一方。双方都是以对方为参照来重新认识和整理自己的历史；在这一重整过程中既能发现共同规律，又能发现各自文化的差异，并使这种差异为对方所利用，以至促成其新的发展。这就是为什么西方著名的比较文学家克罗德奥·归岸（Claudio Guillen）要说："只有当两大系统的诗歌互相认识、互相观照，一般文学中理论的大争端始可以全面处理。"① 也就是美国汉学家海陶韦（James R. Hightower）所说，西方诗学对中国诗学的发现可以帮助我们替文学找到新的定义，而这定义当然比以前一小部分人的文学经验更令人满意。

第二，由于对话引入了时间轴而不只是并时性的平面比照，中西诗学对话就有了历史的深度。过去，西方诗学数百年的发展在几十年之间同时涌入中国，挤成一个平面，这就产生一种"压缩饼干效应"：每一种思潮都很难在中国舒展、深化。各种思潮尚未被充分理解，转瞬即已"过时"，这就不能不产生两种倾向：一种是对这些"各领风骚五百天"的西方文学思潮不屑一顾，将自己封闭起来；另一种是忙于追赶，惟新是骛，满口新词语而所得甚肤浅。中西诗学对话全面开放了中西诗学的历史，对话可以沿着时间轴前后滑动，既不受新、旧观念的时间限制，亦不受东西疆域的局限。这样，将中国学术界一百多年来所进行的"中西之争"与"古今之辨"合为一体，正是"神州之外，更有九州，今世之后，更有来世"②。也就是鲁迅所梦想的"外之既不后于世界之思潮，内之仍弗失固有之血脉，取今复古，别立新宗"③。

第三，由于历史的全面开放，中西诗学双方相互选择和汲取的范围大大扩展，不一定新的就是好的，也许旧的倒能在某些方面给予新的启发。在中西文学、美学史上，很不乏这类纵跨千年，横贯万里而相互对话和汲取的实例。20世纪20年代初，当以美国诗人惠特曼为代表的自由体诗歌在中国风靡一时，滋养了郭沫若等一代浪漫派诗人之时，一千多年前的中国古诗却为美国的新诗运动提供了新的契机。新诗运动中最有影响的诗人庞德（Ezra Pound）指出，中国诗"是一个宝库，今后一个世纪将从中寻找推动力，正如文艺复兴从希腊人那里寻找推动力"④。30年代，当从西方移植的话剧形式在曹禺等人的努力下发展到高峰时，德国戏剧大师布莱希特（Bertolt Brecht）却受到中国古典戏曲和梅兰芳表演艺术的影响，写出了《论中国人的传统戏剧》和《中国戏剧表演艺术的陌生化效果》等重要论文，提出他的"间离效果""陌生化"等理论，在很大程度上改变了欧洲戏剧发展的方向。其他如法国18世纪的"中国热"、美国20世纪以

---

① 转引自叶维廉：《比较诗学》，台湾东大图书公司1983年版，第7页。
② 陈寅恪：《王静安先生遗书序》，《金明馆丛稿二编》，上海古籍出版社1980年版，第220页。
③ 鲁迅：《文化偏至论》，《鲁迅全集》第1卷，第192页。
④ 转引自赵毅衡：《远游的诗神》，四川人民出版社1984年版，第11页。

白璧德（Irving Babbitt）为代表的人文主义对中国儒家的认同等都是很好的实例。

中西诗学对话是时代的产物，是当代文化转型时期的必然结果。在文化封闭发展时期，这样的对话是不可想象的，而当代，横向的联系远远超过了纵向的制约，横向的、同一时代各地区内文化的共同性往往不弱于纵向的、历史发展带来的不同地区内文化的差异性。中国当代青年在思想观念、趣味爱好等方面与西方同龄人的共同点恐怕远远超过他们和明、清（遑论唐宋）时代年轻人的共同之处，这大概总是可以承认的事实。目前正在进行的各地区文化横向开拓无论在深度和广度方面都远远超越了过去的任何一次。这是因为当代人除了在很偏僻的地区外，都是在国际交往的环境中成长起来，知识初开就进入通用于世界各国的中、小学教育体制，之后，又在铺天盖地的电影、电视传播网络中受到熏染，这些条件是过去任何时代不曾出现的，它为各文化体系之间的对话和相互理解提供了现实的基础。

最后，还要提到对话本身是一个复杂概念，它包含着多层面的内容和多元化的理解。平等对话并不排斥有时以某方体系为主对某种理论进行整合，也不排斥异途同归，从不同文化体系出发进行新的综合性体系建构；它有时是有关重大问题的思考，有时也只是一些管窥蠡测的意见互换。对话中也可能由一方提出某种设想以便展开讨论。只要能成为一种富于启发性而对话双方都有话可谈的话题，由谁提出并不重要。狭隘虚假的妄自尊大或唯我中心，无论出自何方都是平等对话的大敌。

总之，现代意义的诗学是指有关文学本身的、在抽象层面展开的理论研究。它与文学批评不同，并不诠释具体作品的成败得失；它与文学史也不同，并不对作品进行历史评价。它所研究的是文学文本的模式和程式，以及文学意义（文学性）如何通过这些模式和程式而产生。它应提供一整套能说明所有作品的共同性和差异性，以及判明其历史地位的原则和方法。诗学不是一门只研究经验的学科，它的目标不只是文学经验的综合，不只是以往文学演化的总结，而是在这个基础上，研究其可能的抽象的样式并试图说明这些样式如何控制文学文本的生成和表意。这是一门理论学科，它一方面汇集有关文学的知识，将其汇入现代哲学、语言学、符号学、美学、传播学等理论所构成的理论系统；一方面又广泛利用这些理论所取得的新成果。它不仅研究文学所反映的一定文化历史内容，而且更重要的是研究特定的历史文化内容如何在作品中得到反映，即如何被形式化。在这里，更重要的是形式的运作，包括形式、技巧的使用和转化，以及在不同时代、不同文化体系中文化意义产生的不同方式和程式。

当代诗学进一步发展所面临的问题就是如何总结世界各民族文化长期积累的经验和理论，从不同角度来解决人类在文学方面所碰到的问题。在各民族诗学交流、接近、论辩和融合的过程中，无疑将熔铸出一批新概念、新范畴和新命题。这些新的概念、范畴和命题不仅将在东西融合、古今贯通的基础上，使诗学作为一门理论科学进入真正世界性和现代性的新阶段，而且在相互比照中，也有助于进一步显示各民族诗学的真面目、真价值和真精神。

朝向诗学发展的一个新阶段
——一次汇通古今中外诗学术语概念的尝试

中国诗学、印度诗学、阿拉伯诗学、欧美诗学号称世界四大诗学体系，但所有以"世界诗学"为名的论著都从未涵盖过四个不同体系的诗学。然而这四个不同体系的诗学迟早总会相遇，目前就正是一个大好时机：一方面欧洲中心论解体，西方社会急于寻求一个参照系——一个"他者"，以便从不确定和解体中重新认识自己；另一方面，殖民体系崩溃所形成的第三世界也急于从过去西方的文化、语言霸权中解放出来，从边缘向中心靠拢，寻求新的定位。在即将到来的21世纪，各个民族文化都将是世界文化的一个不可或缺的组成部分，各个民族都将在世界文化的语境中，以当代意识对自己的文化进行新的诠释，各民族文化的汇通和相互汲取、比照将成为21世纪文化发展的主流。

事实上，各民族文化之间的对话在第二次世界大战之后就已广泛开展，70年代和80年代兴起的新历史主义、后殖民主义思潮为各民族文化的进一步汇通和相互理解提供了新的理论前提，然而，要真正理解和汇通，仍然存在许多难题。例如要达到相互理解，就必须有一种双方都能接受的"话语"（不仅指语言）。要一起打排球，双方就必须有一套共同遵守和使用的"话语"（如规则、评判标准等）。如果一方用排球话语，一方用太极拳话语，对话就无法进行，也不可能有理解和沟通。第三世界所面临的正是多年来发达世界以其雄厚的政治、经济实力为后盾所形成的，带有某种"霸权"色彩而又已达致广泛认同的"文化话语"，正如英语在很大范围内已成为流通语言一样。第三世界文化，要进行和发达世界的文化对话，就必须掌握这套话语。但是，如果第三世界只用这套西方"话语"所构成的模式和规则来衡量和诠释本土文化，那么，大量最具本土特色和独创性的活的文化就有可能因不符合这套"话语"的准则而被摒除在外；果真如此，则第三世界与发达世界的"对话"，仍然只是发达世界的单一语调，最多是增加了一些异域的实例，并不能达致真正的沟通。另一方面，第三世界也不能用属于过去的、已经陈旧的本土"话语"来对谈，这不仅是由于对方难于理解，更重要的是当代的本土文化就是以当代意识对过去文化传统或文化遗迹进行新的释义和予以新的编码、赋形，而当代意识本身已包括本土文化与外来文化的不断沟通。一个当代青年人与他的西方同龄人的相似之处无疑会多于他与中国明清时代同龄人的共同点。纯而又纯的本土文化是不存在的，除非在极少数完全封闭的偏远的角落。

既不能完全利用外来文化的"话语"，又不能只利用本土文化"原有"的"话语"，解决这一悖论正是达成不同文化体系相互理解和沟通的首要问题。解决这一问题有很多不同的途径，从术语概念入手恐怕是一个很重要的方面。例如比喻、象征、寓言，虽然在不同文化体系中，其具体内容和地位各不相同，但作为文学的一种重要手法和表现形式却都是一样。那么，比喻、象征、寓言就可以成为一种"中介"，构成不同文化的对话。另一种情况是某些术语概念仅为一种文化所有，这就需要在全球意识的语境中加以新的诠释。例如在中国诗学中占有特殊地位的"兴"，刘勰在《文心雕龙》《比兴》篇中说："起情，故兴体以立；附理，故比例以生。"传为唐代贾岛所作的《二南密旨》指出："感物曰兴，兴者情也，谓外感于物，内动于情，情不可遏，故曰兴。"总之，心与物适然相会，使人感发而兴起，就是"兴"。这一概念在其他文论体系中颇为少见，在中国文论中却是一个十分重要的问题。这类概念就需要在与他种文学理论的比照中，作出能为当代人所接受而又不失原意的当代解释。

北京大学比较文学研究所、古典文学教研室、美学教研室和社会科学院外文所部分研究人员合作的《世界诗学大辞典》[①]就是基于这样的认识，力图将世界各大诗学体系的基本术语概念首先汇集在一起。全书一百八十余万字，分中国、印度、阿拉伯、欧美、日本五大部分，每一部分又分：一般美学文学概念、创作方法形式技巧和文体、文论流派、主要文论家、主要文论著作六部分。写作中除照顾到世界各大体系外，还特别注意古典诗学和现代诗学的贯通：一方面容纳了大量传统诗学、文体学、文学修辞

---

① 乐黛云、叶朗、倪培耕主编：《世界诗学大辞典》，春风文艺出版社1993年版。

学的内容；另一方面又力求充分反映与现代哲学、语言学、符号学、美学等理论相通的现代诗学的最新成果。编写者力求能够通过不同体系的诗学术语概念的汇通和比较，达到互相映照、互相生发的目的。例如在对英美地区的一些现代诗学术语进行诠释时，往往引出中国诗学中一些类似的概念加以比照，并引证了中国文学作品中的很多实例。这样的诠释比较容易引起读者的联想和兴趣。

目前，当代诗学发展面临的重要问题就是如何总结东西方文化长期积累的理论和经验，从不同角度来解决人类在文学方面所遇到的共同问题。东西方诗学的交流、比较、沟通和融合，一方面将有助于进一步照亮不同体系诗学各自的真面目、真价值和真精神，另一方面也将会熔铸出一批新概念、新范畴、新命题。这些新的范畴、概念和命题将显示出东西交汇、古今贯通的特色，从而有助于推动诗学作为一门理论学科进入真正世界性和现代性的新阶段。从这个意义上来说，《世界诗学大辞典》的编撰无疑是一次很有意义的尝试。

欧洲中心主义与诗学
——重读杨周翰先生的《欧洲中心主义论评》

杨周翰先生做学问既高瞻远瞩又论证缜密，他经常在中国语境中研究西方文学问题，也经常在西方语境中研究中国文学问题，他追求的是公正、符合事实的学术论断，很少作带有个人偏见或民族偏见的价值评判。他的这种研究方法始终令我心仪。先生的绝笔之作《欧洲中心主义论评》就是这种研究方法的一个典型范例。

《欧洲中心主义论评》是先生 1988 年 9 月至 1989 年 6 月在美国人文科学研究中心担任客座研究员时用英语写成的，全文三万余字，是先生查阅了大量第一手资料，总结了自己多年思考的问题，深思熟虑而写成的精品。这篇文章不仅体现了先生渊博的学识、深邃的思想，而且充分显示着先生一再强调的对研究外国文学的人来说尤为重要的"一个中国人的灵魂"。

先生从不把"欧洲中心主义"看做一个贬义词，更不会用它做一根打人的棍子。他首先说明所谓欧洲中心主义不过是一种从"欧洲的角度思考问题的方法，欧洲人不能不从一种欧洲视角去看待他者"。因此，他们很自然地在研究中国诗时，对符合他们传统的"抒情诗、浪漫诗、象征诗、感伤诗以及诡怪诗"更感兴趣，而对于中国诗歌的现实主义倾向、社会批评和历史主题的诗歌则较为忽视，这是很自然的事。但是，作为中国人，就必须有一个中国人的灵魂，绝不能以欧洲人的观点作为自己的观点，而应该从中国人的观点出发，全面呈现自己的传统，否则中国文学的独特体系就会被冲淡，使人们误认为世界上只有一种体系，那就是欧洲文化体系。长此以往，多元的文化生态就会遭到破坏以至泯灭。而文化的一元化必然导致文化发展的停滞，因为没有互为他者的相互参照，没有从多种视角深入认识自己的可能，也就没有不同文化之间的互补、互证和互识，就不会有新文化的创建。

先生进一步以巴罗克和文学史分期问题作为个案深入探讨了以上问题。

巴罗克对中国读者来说是一个比较陌生的术语，直到20世纪六七十年代，这个概念在《中国大百科全书·外国文学卷》中也未曾提及。但巴罗克从作为一种华丽、奇崛、精雕的风格概念扩展为特定时期的一种文化特征，在17世纪的欧洲却极为盛行并一直流传至今。正如韦勒克所说："巴罗克提供了一个术语，这个术语已经帮助我们那一时代的文学，还将会帮助我们使大部分文学史摆脱对源于政治史和社会史分期办法的依赖……正是这一术语准备了综合的条件，令我们的注意力摆脱简单的累积观感和事实，并且为撰写作为艺术的文学的未来历史铺平了道路。"① 杨先生认为，"巴罗克研究不仅有助于解释文学史的发展，而且对深入理解一种特殊的文学表现形式是非常必要的。这种表现形式有它的时代性，也有它的普遍性……作为文学描述术语和批评术语，巴罗克给我们提供了一个新的角度。"② 因此，有必要对巴罗克进行深入研究并介绍到中国。

杨先生首先指出巴罗克（baroque）一词的词源很可能是从葡萄牙语巴罗珂（Barroco）一词演变而来，它原来是珠宝商用来称呼形状不规则的珍珠的术语。作为艺术风格，巴罗克最早是指文艺复兴后期意大利建筑的一种特点，它一反中世纪建筑匀称、平衡、合理的原则，追求新奇怪谲，如椭圆形的窗、螺旋形的柱、尖圆顶、多角形、棕榈叶和许多无意义的花饰等，给人一种不规则、不稳定的感觉，看不出部分与整体之间明朗的关系，引起视觉幻象和戏剧性效果。在绘画和雕塑方面，巴罗克表现为感情夸张，对比强烈，形象扭曲，呈现强烈的痛苦感情和精神上的紧张状态。在文学方面，巴罗克则表现一种忧郁、沮丧、悲哀、怜悯，混淆现实于幻觉的心态，情感放纵，追求神秘；意象趋于怪谲、华丽，着意触动人的感官，节奏和情节富于戏剧性，多用奇思妙想，矛盾的诡词，夸张、奇特的比喻，等等。

在对西方的巴罗克有了深刻全面的研究和了解之后，杨先生进一步考

---

① 韦勒克：《文学研究中巴罗克的概念》，《文学思潮和文学运动的概念》，刘象愚选编，中国社会科学出版社1989年版，第51—52页。
② 杨周翰：《巴罗克的涵义、表现和应用》，《国外文学》1987年第1期。

察评述了一些著名汉学家将巴罗克风格应用到中国传统诗歌中的情形。20世纪60年代以来，不少学者都认为八九世纪可以标明为中国文学的巴罗克时期。例如刘若愚1969年发表的《李商隐：中国九世纪的巴罗克诗人》认为李商隐追寻奇崛，甚至怪诞，刻意追求高峰效果以及华丽和精雕的倾向，都属于巴罗克特征。美国1970年出版的《中国文学新解》声称中国9世纪的诗人们蓄意以他们的敏感性去歪曲世界。他们尤其关心事物的变幻无常……感官世界以其斑斓的万象吸引了他们，并以一种变幻不定、无休无止的幻影使他们入迷。1973年发表的博士论文《中国巴罗克传统中的孟郊诗歌》也称从750年到850年的100年为中国文学史上的巴罗克时期。总之，他们认为这一时期，以李商隐、孟郊、贾岛、卢仝、韩愈为代表的中国诗坛出现了一个新的类似17世纪欧洲"正统巴罗克"的潮流，这种潮流一方面追求奇幻的感官幻觉，一方面崇尚超越的玄学思考。

杨先生深入研究了这一问题。他首先以李商隐的《锦瑟》和理查德·克拉肖（Richard Glashaw）的《圣·特里沙颂》、孟郊的《峡哀》第三首和约翰·邓恩的《暴风雨》为例，作了非常深入的比较分析，指出这些诗作虽有不少表面的类似，但其所显示的诗人心态和文化背景是很不相同的。他又进一步揭示了17世纪的欧洲与9世纪的中国在社会历史与思想传统方面的差异，结论是："中国9世纪的政治斗争并未改变中国历史的进程，而17世纪则是欧洲历史上的一道分水岭，一种从旧秩序向新秩序的转变。如果巴罗克是17世纪欧洲的独特产物，那么，与17世纪的欧洲如此不同的中国9世纪如何能产生巴罗克呢？只有牢记中国文人的历史背景与心态，才能更好地理解李商隐的困惑和孟郊的孤凄的实质。他们都以完美的艺术表达了自身的情感，但他们不是巴罗克诗人。"[1] 杨先生认为，把西方的文学概念强加于非西方的材料，这就注定了欧洲中心主义的缺失，如果欧洲人能摆脱这种缺失，试图从中国的角度来理解中国文学，学会中国人理解和欣赏自己文学的方式和方法，那么，他们就会发现一个不同的世界。这种发现将会扩展他们的视野，也会有助于他们对自己的文学特点达到更深入的理解。先生说："我一直在强调差异和独特性，但是我绝不是对类同，即不同文学与文化间的互相重叠的领域视而不见。只是我相信差异比类似更能促进互相了解。"[2]

---

[1] 杨周翰：《欧洲中心主义》，《中国比较文学》1989年第3期。
[2] 同上。

在深入讨论巴罗克的个案之后，杨先生又进一步探讨了是否有可能按西方有关文学史分期的观念来对中国文学史进行分期。这首先接触到一个问题，即世界各民族文学是否有可能如经济、政治那样按统一的规律进行统一分期？也就是说，如果认为西方文学大体是按照古典主义、新古典主义、浪漫主义、现实主义、象征主义以及巴罗克等阶段来发展的话，中国文学是否也有类似的平行发展呢？汉学家佛洛德夏姆（Frodsham）认为，既然像"封建的"和"资本主义的"这些西方的标记已经套在了非西方社会的历史上，那么，人们又为何不能把西方的文学概念应用到中国诗歌的历史上呢？按佛洛德夏姆的说法，在中国，浪漫主义倾向始于楚辞，到李白时达到其顶峰，李贺是最后一位浪漫主义诗人，浪漫主义转入象征主义时，又出现了以韩愈、孟郊、卢仝为代表的巴罗克流派。

杨先生利用第一手资料，广泛研究了各种分期方法的理论与实践，以大量实例指出用任何西方文学史分期的方法套用于中国文学史分期都是漏洞百出的，但是西方学者关于分期理论及其所存在问题的讨论对我们却深有启发。如西班牙比较文学学者归岸所提出的，在任何时期都存在着一种主流，也存在着无数潜流。因此，一段历史时期不应该被一元地理解为一个未分裂的整体，而应理解为一个多样或一群共存和平行流动着的时间过程。杨先生同意这种意见，他指出：首先，在同一时期多种倾向的相似性和多样性总是同时并存的，可以从某些相似方面，把几种倾向归纳为一种潮流，但这并不能概括这些倾向的不同方面；其次，即使找到一种突出的主流，也还有许多也许具有更大生命力的潜流在发展，况且文学史本身就不是板块似地而是线性地发展。一个时期代替另一个时期往往并非对前一时期的全面否定，而更多的是一种容纳和继承。如果我们把分期的历时客体设定为动态的、多元的，那么，接受多重的分期概念就不那么困难了。杨先生认为，文学是特定社会的文化活动整体的一个组成部分，因此文学史分期的理想的标记应建立在一种整体的文学史观上。由于这种整体、动态、多元的分期，标名几乎不可能，因此文学史家常常被迫采用"年代学术语"，把一般历史分期强贴在文学史分期之上。但是，有时纯粹的"年代学"分期倒是会获得丰富的含义，如英国的伊丽莎白时期，中国的"盛唐""魏晋"。

通过这两个个案，从西方看中国、从中国看西方的比较分析，杨先生又进一步进行了综合的考察。他详尽地引用大量资料分析、描述了17世纪以来欧洲人对中国的看法：从模糊的、惊奇的、赞美的到贬斥的、辱骂的，又再回到赞美的。这一切显然并不反映中国自身的变化，而更多的是反映了欧洲在不同发展阶段的自身的需求，这也是欧洲中心主义的一种表现。杨先生认为产生这种现象并不奇怪，因为任何人都会受到历史和自身文化的限制。欧洲中心主义的不同发展阶段不管以一种对中国的赞美形式或者诋毁形式出现，都揭示了两个不同的描述策略，即夸张和类比：把中国描绘成一块拥有巨大财富和完善政府的国土，就像把它描绘成野蛮和独裁统治的国土一样是夸大其词。所谓类比则是指用同一模式在不同文化之间强行比附。无论是夸张还是类比都势必损害不同文化的独立性。但是，对一种具有强大文化力的文化来说，这种损害并不足以真正破坏其独立性。甚至政治霸权对这种独立性的影响也是微乎其微，抗战时期日本对中国的军事政治统治并未能改变中国文化就是一例。当然，这并不是否定不同文化之间的相互影响，只是说这种影响常常是自由的、有选择的，而非强制的。例如日本诗歌大量采用了中国诗歌中"垂柳""菊""月"等意象，而对中国诗中常见的"猿啼""蛾眉""断肠"之类却接受甚少。这种选择原因十分复杂。总之，如果欧洲人能摆脱欧洲中心论的成见，而试图换一个角度来了解中国，就会在中国文化中发现一个远为丰富和本色的世界。

  杨先生又进一步指出，文化并无上下高低之分，不存在等级现象。例如不能认为西方传统的逻辑、分析思维方式就一定优于中国常见的"非逻辑浑然直觉领悟"的思维方式。杨先生引用理查兹（I. A. Richards）《孟子论心》中的话说："务必警惕的危险是我们通常倾向于把一种结构强加于可能根本不具有这种结构的思维方式……中国思想现在正日益接受和吸取整个西方发达的逻辑技巧，但如果它不抛弃中国古代的思想，那么，它将以一种更平衡的方式，获得更完美的结果。"杨先生最后总结说："在中国文学研究领域里，人们已认识到把欧洲概念强加于中国文学是不妥当的。"他满怀激情地号召"撤除中心"，呼唤一种以各自文化为特点进行交流对话，互相印证、互相参照、互相补充的新阶段的比较文学。

  综上所述，先生的绝笔之作《欧洲中心主义论评》显然并不只是对"欧洲中心主义"的"论评"，而是先生多年来对中西文化和文学关系深思熟虑的结晶，也是先生对自己多年倡导的中国比较文学学科的性质、特征、内容和方法的最后规定和总结。先生离开我们，转瞬十年已逝，所幸中国比较文学学科正沿着先生开辟的道路，健康向前发展，无论是队伍之壮大，成果之丰硕，老、中、青三代同人之努力都足以告慰于先生在天之灵。

中西跨文化文学研究五十年

时代巨变与文化转型

20世纪50年代以来,统治世界二三百年的殖民体系分崩离析,独立的亚、非、拉各民族国家构成了从未有过的、蓬勃发展的第三世界;作为20世纪前半叶帝国主义特征的垄断经济和帝国主义战争已逐渐被世界各国经济紧密联系的发展趋势所代替;另一方面,20世纪后半叶,人类经历着认识论和方法论的重大转型,在逻辑学范式之外,现象学范式也得到了广泛应用。逻辑学范式将一切思想和叙述概括为最简约的共同形式,如"正——反——合"的发展过程,这个过程包罗万象,构成了具有一致性的"大文本"或"大叙述"。现象学范式与逻辑学范式不同,它研究的对象不是抽象的、概括的形式,而首先是具体的人,它强调对具体经验到的东西采取尽可能摆脱概念前提的态度,"回到直觉和回到自身的洞察"。原来的"大文本"或"大叙述"被解构了;原先处于边缘的、零碎的、隐在的以及被"大文本"或"大叙述"所掩盖的一切,释放出新的能量。虽然它也导致了某种离散和互不相关,但它所起的消解中心、解放思想、逃离权威、发挥创造力等的巨大作用,的确对世界文化的多元发展起了不可低估的作用。加以高科技传媒的飞速发展,文化的交流和传播一般来说已较难受到阻遏。这一切都为文化的多元发展创造了极好的条件。

然而,另一方面,当前文化的多元发展也受到多方面的威胁。最明显的威胁首先是顽固存在的各种文化中心论:首先是西方中心论;而某些"东方中心论"又重复着西方中心论的老路。另外,原有利于文化多元化的文化相对主义也可能转变为封闭、排他的文化部落主义：只强调本文化的优越，而忽略他文化的优点以及自身可能存在的缺失；只强调保持本文化的"纯洁"，而反对和其他文化交往，甚至采取文化上的隔绝和孤立政策，结果是本文化的停滞、衰微，以至绝灭。加以世界进入信息社会，以某种语言文字为主导的跨国信息流很可能会压抑他种语言文字，从而限制人类文化的多样性发展；特别是信息的流向远非对等，而是多由发达国家流向发展中国家。随着经济信息、科技信息的流入，同时也会发生意识形态、价值观念和宗教信仰等文化的"整体移入"，以致使其他国家民族原有的文化受到压抑，失去"活性"，最后使世界文化失去其多样性而"融为一体"！历史已经证明任何"文化吞并""文化一体化"的企图都会削弱文化的多样性，带来灾难性的结局。

经济、科技全球一体化和保持文化多元化的矛盾将是全人类在 21 世纪不得不面临的新现实。如何根据各民族文化的丰富资源，化解这一矛盾，使世界文化沿着健康的方向发展，是人类进入 21 世纪首先要考虑的问题，而异质文化之间的相互对话和沟通，以达到互相真诚理解和宽容的目的，实在是促进这一矛盾转化的关键之关键。千百年来，世界知识分子为达到这一目的，进行了不懈的努力，特别是在 20 世纪后半叶（第二次世界大战后），由于上述经济、政治、文化、思想各方面的急遽变化，这方面的研究和探讨更是蓬勃发展，硕果累累。跨文化研究（或比较文化研究）是促进异质文化间对话和沟通的最重要的一种手段，必将在 21 世纪文化研究界占有极其重要的地位。在这世纪末的深处，展望和迎接即将到来的新的千年，系统整理已然逝去的 20 世纪后半叶中国跨文化研究的成果，探讨其存在的问题，把握其跳动的脉搏，显然是面向新世纪的一项十分必要而极有意义的工作。

新中国成立初期的跨文化研究

中国自 20 世纪以来，已逐渐培养出一批博古通今、学贯中西、具有世界水平的一流学者，如王国维、陈寅恪、钱钟书、冯友兰、汤用彤、朱光潜、吴宓等。他们和他们的学生，特别是他们所建构的学术环境（尤其是清华大学）为中国的跨文化研究奠定了最初的基础。

在新中国成立初期的 15 年里，余荫所及，还出现了相当一批很有分量的跨文化研究学术专著。其中如季羡林的《中印文化关系史论丛》、齐思和的《中国和拜占庭帝国的关系》、贺昌群的《古代西域交通与法显印度巡礼》、朱谦之的《中国古代乐律对于希腊之影响》、王光祈的《东西乐制之研究》等，都是一时难以企及的学术精品。在这一段时间里，各种报纸杂志有关跨文化研究的讨论始终不断。如朱谦之的《十八世纪中国哲学对欧洲哲学的影响》、张铁东的《中英两国最早的接触》、何兆武的《广学会的西学与维新派》、范存忠的《〈赵氏孤儿〉杂剧在启蒙时期的英国》、朱光潜的《基督教与西方文化———一种重新估价的尝试》等等，都是材料翔实，立论有据，文风朴实，与同一时期大量存在的、以为"真理"在手因而盛气凌人的行文作风全然不同。

但是，这一时期最突出的文化现象还是向苏联"一边倒"，大量强制性地灌输苏俄文化。应该说，这对于帮助中国走出封建文化，培养一代新人起了一定作用；但这种强制性文化灌输的负面影响也不容低估。特别是作为苏共中央文件下达的、极左教条主义的日丹诺夫的三个报告更是如此。如他的《关于"星"与"列宁格勒"两杂志的报告》将文学定位于"对人们进行政治教育"的理论就对中国文学创作和文学评论在很长时期内都成为一种独断的遏制；他的《在关于亚历山大洛夫著〈西欧哲学史〉一书的讨论会上的演词》，提出哲学就是要"以新的、有力的意识形态武器来武装我们的知识分子、我们的干部、我们的青年"，从此，哲学研究不再有自由思想，一切马克思主义之外的西方哲学都被当做资产阶级的腐朽意识"扔进了历史的垃圾堆"；他的《在联共（布）中央召开的苏联音乐家会议席上的演词》大反西方音乐的"形式主义"，为中国艺术的发展从根本上划定了条条框框。我国人文学科长期缺乏独创性，比较停滞，不能不说与此有关。

与此同时，从批判胡适的实用主义，清算他与西方文化思想的关系开始（1954），中国对20世纪前半叶传入的、除"苏式"马克思主义以外的西方思想影响进行了全面扫荡。这种在文化方面的灌输和扫荡带有很强的政治强制性，既不同于本世纪初的自由介绍、自由选择，也不同于过去宗主国向殖民地进行文化灌输的旧模式，其经验教训仍是今天的跨文化研究中一个必须认真总结和深入研究的课题。

1957年"反右运动"之后，20世纪以来曾经蓬勃发展的跨文化传输和跨文化研究渐趋沉寂，大批判文章铺天盖地。但在60年代初期，也还有一些可读的文章，即便是批判文章也如此。如贺麟的《朱光潜文艺思想的哲学根源》从7个方面总结了朱光潜文艺思想的哲学基础，其学术词汇虽有某些过度"意识形态化"之嫌,然而毕竟不同于寻常之辈,在批判中却也能显示出作者的深厚学养;再如徐典绪的《论太平天国的拜上帝会与基督教的关系》虽然囿于时见,"爱""憎"分明,然其所述拜上帝会对基督教的曲解与改造,则充分显示了接受者的传统文化在中西文化之影响中会留下怎样深刻的印痕。

60年代,在跨文化研究方面不能不提到的是1961—1964年前后史学界围绕世界历史的撰写问题展开的对"欧洲中心论"思想的反思与批判。周谷城先生在《历史研究》1961年第2期上发表了题为《论世界历史发展的形势》的文章,提出世界历史"既不应以欧洲为中心,更不应以亚洲为中心";此文在史学界产生了很大的反响,西南师范学院历史系连续召开研讨会,围绕该文着重讨论了在世界历史研究中如何击破"欧洲中心论"及建立世界史新体系的问题,《文汇报》对此进行了追踪报道。吴于廑先生发表于《江汉学报》1964年第7期上的《时代与世界历史——试说不同时代关于世界历史中心的不同观点》,堪称此一讨论的总结性文章。文章开宗明义,指出一部名副其实的世界史,必须体现世界的观点,即排除地域或种族的偏见。吴先生对古代与近代各种世界历史著作进行了批判性的审视和比较,对现代世界史上"近东""中东""远东"等词汇的使用及以势力强弱对比为依托的撰写策略进行了深刻反思,提出新的世界史必须具有两重标准:一是它必须体现与世界历史的一致性,二是必须说明世界历史由闭塞的、非整体的达到整体性的发展。文章高屋建瓴,代表了当时的史学水平。

文学方面的跨文化研究则有钱钟书先生的《通感》(1962)、《读拉奥孔》(1962)和《论林纾的翻译》(1964)。这些论文都是在世界文艺理论的语境中,以中国诗学为本,参较他国学术,广征博引,缜密入思,具有常人难以企及的广度和深度,开创了"以中释西""以西释中"的"双向阐释"的先河。《论林纾的翻译》通过分析林纾译本前后两个时期的不同表现,总结出不少有关译事的珠玉之论,堪称现代译介学的典范之作。

此外,较多的是有关鲁迅对于中西文化汇通的研究。50年中,最早出现的探讨外国文学对于鲁迅创作之影响的文章,是冯雪峰发表于《新华月报》1949年第12期的《鲁迅创作的独立特色和他受俄罗斯文学的影响》。另外,值得一提的,还有曹未风的《鲁迅与外国文学》、乐黛云的《"五四"以前的鲁迅思想》。它们都是在鲁迅研究中,自觉以跨文化眼光来审视鲁迅作品的内容和思想特色。前者将鲁迅与外国文学的关系分为三个不同的发展阶段，宏观把握中有微观分析；后者则深入探讨了五四以前鲁迅先生的思想递嬗及其与外国文学的关系，具体剖析中见总体归纳。

在新时期的前夜

1977—1979 年，短短三年，正是即将到来的改革开放大潮的前夕。在此期间，跨文化研究的文章迅速增加，其中不少论文在研究的领域、范围、对象等方面都具有开拓性和创造性，昭示着一个新时代的来临。如邢贲思的《哲学与宗教》（1978）、陈元晖的《严复和近代实证主义哲学》、冯天瑜的《利玛窦等耶稣会教士在华学术活动》、杨宪益的《译余偶寄——安徒生神话里的皇帝的新衣》等等。这些文章多少暗示了意识形态领域的松动迹象，但相比于数量方面的收获，质量方面显然不尽如人意。

作为跨文化研究里程碑的学术巨著是 1979 年出版的钱钟书先生的《管锥编》4 卷。

《管锥编》的最大贡献在于纵观古今，横察世界，从"针锋粟颗"之间，突显出互为参照的各种重要文化现象。全书围绕《周易正义》《毛诗正义》等 10 种中国传统文化原典，引用 800 多位外国学者的 1000 多种著作，结合中外作家 3000 余人，阐发自己对世界各种文化现象的看法。他特别强调"打通"二字，即突破时间、地域、学科、语言等各种界限和壁垒，以新的学术视野来进行新的学术研究。他提出："心之同然本乎理之当然，而理之当然，本乎物之必然，亦即合乎物之本然也。"[①] 也就是说，"人文科学的各个对象彼此系连，交互映发，不但跨越国界，衔接时代，而且贯串着不同的学科"[②]。但他并不赞成建立什么"庞大的体系"，他说"往往整个理论系统剩下来的有价值的东西只是一些片段思想"而已，因此，他认为不必用很多精力去建立什么庞大体系，以为可以用它来限制和约束客观世界，实际却无法做到。他认为应着重在深邃、鲜明的个人真实体验。他的这些思想，继承了中国从具体事物出发的传统观念，又与前面谈到的现象学思维方式相关联，为后来的中国跨文化、跨学科研究和其他学术研究提供了很好的思考基础。

同年出版的还有杨绛的《春泥集》、王元化的《文心雕龙创作论》、李

[①] 钱钟书：《管锥编》第 1 册，中华书局 1979 年版，第 50 页。
[②] 钱钟书：《诗可以怨》，《七缀集》，上海古籍出版社 1994 年版，第 133 页。

泽厚的《批判哲学的批判》等等。这些著作都是在多种文化对话的基础上立论，内力浑厚，绝非一两年时间便可成就，显然是孕育了相当长的时期，不仅具有独特的学术价值，而且能让人捕捉到一种难能可贵的冷静和洞穿历史的智慧。

综观50年来，前30年之跨文化研究，其成就显然应该更大。所以受到局限，主要是闭门锁国的直接结果；加以在学术领域过度政治化和意识形态化的情况下，跨文化研究总要"涉外"，危险更大。例如朱谦之先生的《十八世纪中国哲学对欧洲的影响》发表后，很快被批判者冠以"反马克思主义"和"反爱国主义"的帽子；徐中玉先生的《文学的民族意义、全人类意义和人民性的关系》则被视为"右派分子"向党射出的"蒙着糖衣"的"毒箭"。在这种风气下，一批学贯中西、学养深厚的学者不敢轻易涉猎跨文化研究，更谈不上作思想深层的参较辩驳了，这对于我国的跨文化研究事业，不能不说是一大损失。

20世纪80年代：横向开拓

文化发展总是通过"认同"和"离异"两种作用来进行的。"认同"表现为与主流文化一致的阐释，是在一定范围内向纵深发展，是对已成模式的进一步开掘，同时表现为对异己力量的排斥和压抑，其作用在于巩固主流文化已经确立的种种界限和规范，使之得以发达和凝聚。我国汉代的"罢黜百家，独尊儒术"，"定于一尊"就是一例。"离异"则表现为在一定时期内，对主流文化怀疑，甚至否定，打乱既成规范和界限，对被排斥和曾经被驱逐到边缘的加以兼容，把被压抑的能量释放出来。在这种时期，人们要求"变古乱常"，以横向开拓为特征。横向开拓也就是一种文化外求，外求的方向除同一文化地区的边缘文化（俗文化、亚文化、反文化）和不同学科之间相互借鉴吸收外，最重要的就是外求于他种文化，如文艺复兴时期西欧文化对希腊文化和希伯来文化的借助；汉唐之际中国对印度、西域文化的吸收等。20世纪80年代就是这样一个以文化外求，横向开拓为主的时代。事实上，可以说中国大陆的整个80年代都是沟通中外，以他种文化为镜，反思本民族文化，以求奋进，以求新生的跨文化研究蓬勃开展的时代。

80年代，人们首先面临的就是如何走出几千年的旧传统和数十年来形成的"新传统"，真正"面向世界，面向未来"！首开风气之先的是金观涛等人主编的数十本《走向未来》丛书。这套丛书深入浅出、比较全面地介绍了西方最新思潮,以及西方学者正在思考的问题。这一切对闭门锁国达30年之久的30岁左右的青年人来说,都是既新颖,又刺激,在很大程度上激发了他们研究中国文化和西方文化的兴趣。

接着是中国第一个民办教育团体——中国文化书院举办了第一届中西比较文化函授班(两年毕业)。他们编写了比较文学、比较教育学、比较心理学、比较哲学、比较史学、比较法学、比较美学、比较宗教学、比较伦理学、比较方法论、马克思主义文化学、中国文化概论、日本文化概论等14种教材。这个函授班盛况空前,正式参加学习的学员一万余人,包括新疆、西藏等边远地区。教学除通过教材和函授班进行外,还组织了电视远距离教学和多次按地区组织面授,最后,大部分学员写了有关比较文化的毕业论文,其中有的还发表于报纸杂志。在推广和普及跨文化研究方面,这个函授班无疑留下了不可磨灭的纪念。中国文化书院还组织编写了《神州文化丛书》100本,其中包括了《中印文化交流史》(季羡林)、《伏尔泰与孔子》(孟华)、《中国文化在朝鲜半岛》(魏常海)、《中国文化在日本》(严绍璗)、《中国文化在俄罗斯》(李明滨)、《利玛窦与徐光启》(孙尚扬)等重要跨文化研究著作。

80年代中后期,跨文化研究越来越向理论的深度发展。改进传统思维方式,更新知识结构的迫切需要大大促进了译介西方理论,并激励人们联系西方理论,反思中国实际问题。特别是三联书店组织出版的甘阳、刘小枫等人主编的数十本《学术文库》、数十种《新知文库》、十余本《文化:中国与世界》丛刊更是为提高中国学术界的理论水平,进一步促进跨文化研究立下了不朽功勋。

事实上,正是《走向未来》丛书、中国文化书院中西比较文化班和以《文化:中国与世界》为核心的青年学术群体,以及稍后由王元化在上海创办的《新启蒙》杂志和其他一些赞成并倡导"面向世界,面向未来"的学术力量合力掀起了横向开拓、以跨文化传输与研究为主体的中国大陆的"文化热"。

所谓"文化热"的出现绝非偶然,这首先是"四个现代化"提出后的一种积极反响。当时有识之士普遍感到现代化不能只限于经济和科学技术层面,更重要的是应该与文化深层的现代化相配合,其中包括价值观念、思维方式的更新,对我国新旧传统的历史反思等。为达到这一目的,不能不寻求新的参照系,因此急于介绍近世西方思想文化的进展,力求在世界语境中探讨我国现代新文化建设的路向。与此同时，人们普遍认识到被称为"十年浩劫"的"文化大革命"，其起因正是数十年来形成的极"左"教条主义与几千年腐朽的封建旧传统之间共谋的结果。要彻底改变现状，铲除两者盘根错节的影响，就必须横向开拓，借助外来文化的力量。于是，近世西方思潮如存在主义、现象学、分析哲学、科学哲学、新历史主义、女性主义、后殖民主义、西方马克思主义、结构主义、解构主义、阐释学以及文学方面的各种理论在 80 年代被大量引进，人们再一次掀起了"向西方寻求真理"的热潮。

作为跨文化研究前锋的比较文学

学术研究在拓展着新的视野，寻求新的方法，建构新的理论。在跨文化研究领域中，比较文学首先吹响了新时期的号角。仅仅 1981 年一年间就出现了很多倡导比较文学的文章，如《什么是比较文学》（李赋宁，《外国文学》）、《钱钟书与比较文学》（张隆溪，《读书》）、《浅谈比较文学》（陆凡，《文史哲》）、《漫谈比较文学与中国现代文学研究》（乐黛云，《大学生丛刊》）、《比较研究与比较文学》（刘介民，《文艺报》）等等，倡导比较文学的文章一时如雨后春笋。比较文学作为一门长久被遗忘的、既旧且新的学科引起了学术界的广泛兴趣。

在比较文学研究的实践方面也取得了巨大的收获，20 世纪 80 年代初期，出现了一些重要专著与论文：如钱仲联的《佛教与中国古代文学的关系》（1980）、季羡林的《中印文化关系史论文集》（1982）、唐弢的《西方影响与民族风格——中国现代文学发展的一个轮廓》（1982）、杨周翰的《攻玉集》（1983）、金克木的《比较文化论文集》（1984）、王瑶的《中国现代文学与外国文学的关系》（1986）等。卢康华、孙景尧的《比较文学导论》（1984）则第一次使中国比较文学取得了理论与体系的形态，开始了它的学科与理论的建设阶段。另外如钱学森、刘再复的《文艺学·美学与现代科学》（1985）开创了跨学科研究的新方向，王佐良的《论契合：比较文学研究集》（1985）讨论了异质文化之间文学的契合，曾小逸编的《走向世界文学：中国现代文学与外国文学》（1985）等初步总结了五四以来中国文学与外国文学的关系。这一时期，比较文学很快成为"显学"，各种著作风起云涌，但也有一些在开创中难于避免的缺点。例如在中外文学关系的研究方面，"X 与 Y"（某中国作家与某外国作家）和"X 在 Y"

（某外国作家在中国或某中国作家在外国）的模式逐渐形成而且泛滥。这类文章也有颇具深度的，如戈宝权的《普希金与中国》、阿英的《易卜生作品在中国》等。但大部分由于研究方法、视角及模式较为单一，对于双方的精神、情感、气质、心理等方面的内在契合较少有深层的开掘。1987年出版的《中国比较文学年鉴》（北京大学出版社）全面追述了中国比较文学发展的历史及其在80年代上半叶复兴的各种资料与历程。

80年代后期，中国大陆的比较文学研究，较前期更为活跃，也更成熟。学术专著的出版呈现出明显的加快趋势。许多出版社都纷纷把目光投向比较文学和比较文化研究领域，湖南文艺出版社率先出版了一套比较文学研究丛书，该丛书12本，分3集。第1集是《比较文学导论》《比较文学原理》等基本理论建设，第2集是"中日""中印"等中外文学关系，第3集是外国学者论中国文学。与此同时，出现了北京大学比较文学丛书和河北人民出版社的比较文化丛书。一批颇有分量的比较文学专著相继出现，如乐黛云的《比较文学原理》（1987）、严绍璗的《中日古代文学关系史稿》（1987）、王晓平的《近代中日文学交流史》（1987）、郁龙余的《中印文学关系史》（1987）、陈思和的《中国新文学整体观》（1987）、刘海平的《中美文化在戏剧中交流——奥尼尔与中国》（1988）、曹顺庆的《中西比较诗学》（1988）、李达三和刘介民的《现代中西比较文学研究》（1988）、王丽娜的《中国古典小说名著在国外》（1988）、温儒敏的《新文学现实主义流变》（1988），以及陈惇、刘象愚的《比较文学概论》（1989）、饶芃子的《中西戏剧比较教程》（1989）等等。比较文学研究遂成风气，贯穿了整个80年代的文学研究领域，并刺激了其他学科向跨文化研究的方向发展。

当然，比较文学研究仅仅构成80年代中国跨文化研究的很小的一部分。整个80年代，跨文化研究在各个学科都得到了广泛的开展。周谷城的《中外历史的比较研究》（1981）开风气之先，接着出现了许多有关文、史、哲、宗教、艺术等各方面的比较研究的篇章和专著。周一良的《中外文化交流史》（1987）、郎绍君的《艰难的必由之路——近代中国引入西方美术的回顾与思考》（1987）、陈平原的《在东西方文化碰撞中》（1987）、金丹元的《比较文化与艺术哲学》（1989）等等都是一时之选。

与此同时，中国人类学的研究也达到了一个新的高度，这与当时国内学术界对西方学术的重视是分不开的。当时，我国大量翻译的西方学术著作中，也包含了许多有关人类学的西方学术名著，如弗雷泽（J. G. Frazer）

的《金枝》、列维-布留尔（Levy-Bruhl）的《原始思维》、列维-斯特劳斯（Levi-Strauss）的《野性的思维》等。西方的人类学理论进入中国后，不再只限于田野调查或对实证性民族心理结构的分析，而是将西方人类学的成果运用到对我国传统文化的研究和解读中去，在我国形成了一个更加宽广的学术视野，即新兴的文化阐释学或文化人类学。1989年出版了萧兵的《中国文化的精英——太阳英雄神话比较研究》，对东西方神话中有关太阳神世系的神话进行了人类学方法的探讨，引起了强烈的反响。作为中国文化人类学代表的《中国文化的人类学破译》8卷则主要写成于20世纪90年代。这部数百万字的丛书用现代的、世界的眼光重新诠释中国原典，使其真正成为人类共享的思想、文化资源。《诗经的文化阐释》（叶舒宪）、《楚辞的文化破译》（萧兵）、《庄子的文化解析》（叶舒宪）、《老子的文化解读》（萧兵、叶舒宪）等都是追求跨文化的融会贯通，超越东西方文化的简单价值判断，竭力探寻人类共有的、具有相对普遍适应性的原型、象征模式，一方面使长期以来限于单一范围内的传统训诂——文献学研究在世界范围内重新寻找到自己的位置，另一方面又借文化人类学的普遍模式的演绎功能使传统考据学所不能彻底认知的远古文化"密码"在跨文化的比较分析和透视下得到一定程度的破解。《破译》所进行的研究既发掘了自身文化的特点，又促进了不同文化之间的沟通理解和互补互利。它正是20世纪后50年跨文化研究结成的一个硕果。

最后，倡导由"黄色文明"（中国传统文明）奔向"蓝色文明"（现代化的海洋文明）的大型电视专题片《河殇》奏响了80年代横向开拓的终曲。

20世纪90年代：全球化与本土化

20世纪80年代的横向开拓，对西方学术文化资源的大量引进，激起了人们的忧虑和反思。中国数千年古国文明会被覆盖淹没吗？西方学术文化资源真能解决中国的实际问题吗？再进一步考虑，在经济全球化、科技一体化的不可避免的大趋势下，如何才能保持文化的多元发展？中国传统文化能立足于世界现代文明之外而始终不变，永远保持"原汁原味"吗？如果不能，又如何使之在原有基础上，适应现代需要，发展为新的中华文明？归根结底，还是讨论一百多年的古今中外的关系问题。不同的是90年代的讨论不能不在全球化和多元化的新形势下进行，因此，大部分讨论都与跨文化研究直接有关。

为回答以上问题，90年代初期出现了目标相同而表现形式不同的两种潮流。一是引进西方后现代主义的平面化、零碎化观念，冲击一体化、中心化的独断专行。他们认为今天文明所面临的是"现代主义文化的国际风格正被多元化的、平面化的、具有本土色彩的后现代性所取代"（张颐武：《第三世界文化与中国文学》），而"我们正置身于杂语喧哗中"（王一川：《从单独独白到杂语喧哗》），这是国际大趋势，而为了"在国际化的过程中如何不失去本来文化的同一性"，"加大文化研究的力度，从理论和实践上看出相应的对策"，无疑成为"知识界面临的一项重要任务"（王逢振：《文化交流中文化的同一性》）。他们的目标是通过对一体化、一元化的对抗达到保存多样性、独特性和自身特点的目的。

另一种潮流是1992年前后悄然兴起的"国学热"。他们的目标也是保存自身文化的特色并使之发扬光大。但他们中间的一部分人认为，要达到这一目的，只能从过去的传统文化中寻找资源，甚至认为人类文化所有的精华都已存在于我们的民族文化之中，无须外求；而外来的东西并不能解决我们自身的问题，引进也无益。这样，就必然会逐渐引向排外和封闭，不能很好吸收已经适应了现代化、现代社会的外来文化资源。结果不是走向狭隘的民族主义，就是走向使自身文化在封闭中萎缩的文化部落主义。因此，必须把"现代对传统的超越复归"与"传统文化的现代化转化"二者结合起来。正如郑敏在其《解构思维与文化传统》一文中所说："创新的过程必然是从传统出走，但也必然又对传统多次回归……当创新之灵出走而忘返，追随异国他乡文化而去，我们需要对它呼唤，呼唤它回归母体，将它的'新'带给母体……这正是21世纪汉文化传统创新与回归的使命。"

要完成这种创新与回归，就必须"真正把中国传统文化放在整个世界文化发展的总趋势中来考察，使中国文化的真精神和当前时代的要求接轨"（汤一介语），也就是要在全球意识的观照下发展自身的民族文化。所谓在"全球意识观照"下，就是要关注全人类正在关注的大问题，考虑自身的民族文化对解决这些大问题能提供哪些独特有用的资源和贡献。这样，这个过程就会成为一个双向发展的过程：一方面，自身文化将有益于世界文化的发展；另一方面，自身文化在成为世界新文化的一个重要组成部分的同时也会相应地改变和更新，发扬自己的优长而得以现代化并重现辉煌。

显而易见，这是一个坚持多元化而不是趋向一体化的过程，一旦不同文化之间的差别泯没，也就不会再有"独特的资源和贡献"可言。因此，"文化交流是在开放、对话的精神指导下，达到更高形态的综合乃至融合而非走向一体化"（钱钟文语）。也就是一方面要保持自身主体性的"不同"，另一方面，又要与其他"不同"文化和谐共处，"并育而不相害"，"并行而不相悖"，在相互渗透、参照中"达到新的和谐统一，产生新的事物"（乐黛云语）。

90年代初期还有一种新趋势，就是一批资深的西方哲学教授转而研究中国哲学，将中西哲学的沟通和对话推上了一个新的台阶。如张世英明确提出，对于以西方哲学为专业的学者来说，就是要注意以中国为参照系解释西方哲学；对于以中国哲学为专业的学者来说，就是要注意以西方为参照系解释中国哲学。……应该与外国学者直接对话，让外国学者了解国学，同时也让国学与西方思想相互撞击、相互摩擦，以期互相吸收、互相融合。张世英在90年代初期发表的《西方哲学史上主体性原则的发展和中国哲学史上关于人的理论》（德文，发表于《维也纳年鉴》第20卷）、《中西哲学史上的形而上学》《萨特的"虚无"与王阳明的"人心"》《朱熹与柏拉图、黑格尔》《尼采与李贽》《海德格尔的形而上学与陶渊明的诗》《天人合一与主客二分》都是他所提倡的上述主张的实绩。

出版于1991年的《中西人论的冲突——文化比较的一种新探求》（杨适）也是一本具有开创性的专著。正如作者在前言中所说的，该书"着重研讨中西文化、人论和中西历史中实际存在的人的状况……进而探讨中西分异的历史条件和根源，包括起源和演进的具体规律性；最后，从上述全部研讨中展望未来可能的发展和我们可以努力的方向"。全书仔细分析了以"宗法人伦"为中心的中国人论和以"人与自然""灵魂与肉体""个人与整体"相分离为特点的西方人论，比较全面地论证了"西方文化中重视个人个性的自由发展和在此基础上建立相互关系的社会集体性，而中国文化中重视人与人间的人伦联系的整体性和在此基础上建立个人个性"，而不是偏废一方。他认为至今"西方传统的异化自由和中国传统的异化人伦仍在彼此冲突中各显其自身的优缺点"。

另外，也有一批原来研究中国文化的学者努力在全球化和西方的语境中来重新审视和诠释中国文化，如王元化、庞朴、汤一介等。

在这个基础上，一批新的有关跨文化研究的、有较高质量的专著陆续出版。如《文化的冲突与融合》（张岱年、汤一介编）、《从"西化"到现代化》（罗荣渠）、《多元共生的时代》（王宁）、《中西美学与文化精神》（张法）等都在不同方面对跨文化研究有着新的推动和启发。特别是一些系统出版的"以书代刊"形式的丛刊更为跨文化研究提供了广泛讨论和多元发展的园地，如1990年开始出版的《东西方文化评论》丛刊（刘小枫、王岳川编），90年代中后期出版的《国际汉学》（任继愈编）、《汉学研究》（阎纯德编）、《法国汉学》（李学勤等编）、《跨文化对话》（乐黛云等编）等等。这类丛刊都以更灵活、更及时的方式在跨文化研究方面起了不容忽视的作用。

作为跨文化研究前锋的比较文学，这一时期更是硕果累累。如曹顺庆的《中外文论比较史（上古）》、《比较文学史》，朱立元的《中西古代艺术类型差异之探源》，童庆炳等的《中西比较诗学体系》，范伯群等的《1898—1949中外文学比较史》，李万钧的《中西文学类型比较史》，严绍璗等的《中日文化交流史大系》10卷本，叶舒宪的《从比较文学到比较文化》，谢天振的《译介学》，以及多种新编比较文学教材等，都为跨文化文学研究的发展开辟了新的生长点。

新形式：面对面对话

20世纪90年代，在跨文化研究方面出现的一个新现象是欧美各国对异质文化的研究也越来越感兴趣，相互直接对话的愿望逐渐形成热潮。1991年在广州中山大学召开了"文化双向认识的策略问题"的国际会议，法国、比利时、意大利、西班牙、日本等多国学者与中国学者一起面对面地就对待跨文化研究的一些根本问题进行了讨论，提出了"文化的双向认识是一种双向的而又多次往复的诠释过程"，就"双向文化人类学"的哲学认识论导向达成了多方面的共识。这次会议的主要论文收集在1993年出版的《狮在华夏——文化双向认识的策略问题》（王宾、李比雄编）一书中。

1993年在北京召开了"在寻找中西文化普遍性中的误读"国际会议。欧洲最负盛名的学者之一恩贝托·埃科（Umberto Eco）为大会作了题为"他们寻找独角兽"的主题发言。他指出两种不同文化的相遇，有三种不同的可能：一、文化征服：A文化成员认为B文化成员非正常人类，对其文化采取教化（按A文化模式改造B文化）或毁灭（如欧洲文化对待美洲、非洲文化的方式）；二、文化掠夺：A文化可能在政治、军事上征服B

文化，但赞赏其智慧，对其文化成品加以霸占和掠夺；三、文化交流：埃科认为这是一种互相影响和尊重的双向流程，欧洲和中国的最初接触就是如此。埃科特别强调了两种文化接触时往往产生的"误读"现象。他认为任何人接触他种文化之前，"都有一个关于这个世界的先入为主的观念，它们来自其自身的文化传统"。例如马可波罗到东方来寻找西方传说中的美丽动物"独角兽"，却误认为在东方，那就是丑陋的犀牛。他不可避免地从他自己的文化框架出发来理解中国和东方。埃科指出，文化接触中的这种"歪打正着"的误读却常常为异质文化中的人们带来十分珍贵的启发。例如德国科学家莱布尼兹在探求伏羲的数学意识时，却对现代逻辑发展作出了贡献。

围绕着埃科的发言展开了热烈的讨论。法国著名人文学者雅克·勒高夫、阿兰·莱伊，著名生物学家安东尼·当香等发表了《作为总体文化中符号及界限的墙》《从文化的多样性到人类的普遍性》《中西对话：潜能的问题》等作品，提出了相同或不同的看法；中国学者也提交了多篇高质量的论文，参加讨论，如汤一介的《在有墙和无墙之间》、周星的《异文化间浪漫的误读》、孟华的《"移花接木"的奇效——从儒学在17、18世纪欧洲的流传看误读的积极作用》、乐黛云的《文化差异与文化误读》、孙小礼的《莱布尼兹与中国的易图和汉字》、孙尚扬的《明末中西文化交流中的误读及其创造性》等。这些论文都收集在北京大学出版社出版的《独角兽与龙》（中、法文版）一书中。

紧接着，1996年在南京大学召开了"文化：中西对话中的差异与共存"国际学术讨论会，进一步研讨了跨文化研究中的对话和话语问题。会议论文收入法文版的 *Culture:diversité et coexistence dans le dialogue Chine-Occident* 一书。1997年5月又在北京大学召开了以"未来十年中国和欧洲最关切的问题"为题的第四次跨文化国际学术讨论会，讨论了"生物学发展与伦理""电脑网络对人类生活的影响"等问题。

几次国际跨文化研究会议的实际成果就是中法合办的《跨文化对话》丛刊的出版，议定该丛刊将以法文和中文在两地先后发行。这些面对面的"前沿碰撞"常常在看来相去甚远的不同意见中擦出思想的火花，都是对跨文化研究的直接推动。

当然，这只是20世纪90年代跨文化研究中的一脉，事实上，90年代以来，在国内外的各种国际学术讨论会上，东西跨文化研究已经成了相当集中和突出的主题。

展望未来

然而，20世纪最后一年的世界形势使许多人原来的思路因而轰毁。看来和平发展并非唾手可得，跨文化研究也不可能毫无阻力地在和平中自然实现。从目前世界此起彼伏的局部战争来看，文化冲突（民族、宗教、权力、野心等）似乎已成为引发战争的因素之首位（西亚、非洲、中欧、俄罗斯、印度半岛、朝鲜半岛、巴尔干半岛皆不乏实例），于是有了亨廷顿教授关于西方文化与非西方的文化冲突将引发世界大战的预言。亨廷顿及其所鼓吹的"文明冲突论"使人们意识到"文化交流绝不仅仅是一个纯文化问题"，其背后是结结实实的政治、经济和意识形态的对话和冲突。然而，暴力和强权越是猖獗，世界各民族之间的沟通和理解越是重要。90年代中期之后，跨文化研究作为一种文化策略日益受到重视。"是增强不同文化间相互理解和宽容而引向和平，还是因为文化隔离和冲突而导向战争，决定着21世纪人类的命运。"（乐黛云：《文化相对主义与"和而不同"原则》）跨文化研究，作为不同文化之间互相沟通和理解，避免冲突和暴力的最重要的途径之一，一定会在未来的新世纪得到空前的繁荣和发展。

第三世界文化的提出及其前景

第二次世界大战以来，世界发生了极其深刻的变化。电子工业取代了过去的电汽机和更早的蒸汽机，这场迅猛空前的工业革命使世界很快进入了信息时代；曾经取代了资本主义自由竞争的帝国主义垄断经济已被战后的多元经济所代替；帝国主义瓜分世界所形成的殖民体系土崩瓦解，随之而来的是亚、非、拉各民族国家的独立。由于这些变化，"地球更小了"，世界各部分的交往更其频繁和密切。马克思、恩格斯早就预言："过去那种地方的和民族的闭关自守和自给自足状态已经消逝，现在代之而起的已经是各个民族各方面互相往来和各方面互相依赖了。物质的生产如此，精神的生产也是如此。"① 这一预言已经成为现实。第三世界的概念就是在这些深刻变化的基础上形成的。

第三世界文化的提出则要更晚一些。

几百年来，第三世界文化与发达世界文化相比，一开始就处于不利地位。发达世界文化处于中心，而第三世界文化总是处于边缘，前者主动，后者被动；前者进取，后者跟进；前者制造理论，后者应用理论。前者处于优越地位，以世界文化中心自居，可以随意择取他种文化，使之为我所用；后者则处于退守地位，或怀着被吞并的焦虑，排斥外来文化，以致失去更新和发展的机会，或缺乏凝聚力，"全盘外化"而中断了自身的文化传统。加以发达国家利用几百年掠夺第三世界获致的经济繁荣和社会富裕，充分发展了自己的文化，在哲学、社会科学、人文科学各方面都达到了系统完整的成熟阶段，长期以来，发达世界以这一强大文化优势君临第

---

① 马克思、恩格斯：《共产党宣言》，《马克思恩格斯全集》第4卷，第470页。

三世界，扼制了第三世界文化的发展。第二次世界大战后，随着第三世界在政治、经济方面的进步，第三世界许多国家在文化方面也急于挣脱过去的边缘、从属地位，向中心移动。20世纪60年代以来的拉丁美洲"文学爆炸"，近二十年来具有世界威望的诺贝尔文学奖大部分为第三世界作家所获得，第三世界电影愈来愈引起世界影坛的关注，这些都说明了这种发展趋势。

另一方面，第一世界内部也在发生着变化。从维柯的《新科学》到德里达的解构主义，人们越来越认识到一切中心和体系都是人为的建构，是人类对混沌、无秩序的宇宙的命名和赋形，是从无垠的宇宙按人的意愿而截取的细部。认识这一点至关重要，它促成了发达世界文化自我中心的解体，为承认文化的多元发展提供了前提。德里达首先提出过去以为理所当然的二元对立模式并非不可消解。他指出这种模式都是以一个名词对另一个名词的压制和统治为基础的，这种压制和统治粗暴而专横，全无理由。因此，也没有理由一定维持这种关系而不加以倒转和颠覆。例如过去的男性中心社会由男子主外、女子主内的二元对立方式构成，对这种构成方式的颠覆和重组，就会大大地解放女性的聪明才智，形成一个更加健全公平，也更有活力的新局面。这种重组不是二元地位的转换，而是根本取消一方对另一方的压制以寻求一种新的建构。第一世界与第三世界的二元对立也是如此。法兰克福学派的新起之秀哈贝马斯进一步提出任何体系的构成，首先要"定位"。"定位"，一方面是"自我设限"，也就是有所规范，无边无际就无法构成体系；另一方面还要在与其他事物的关联中找到自己的位置，从与他物的差异中确定自己的特征，这就是寻找"参照系"。长久以来，东方就曾经作为西方的"参照系"而存在。有时作为一片停滞、盲目无知、不可理喻的国土，以比照西方的进步、理性、文明；有时又作为神秘、智慧、道德教化的乌托邦，以抒发西方人对自身的不满，并寄托他们对未来的追求。哈贝马斯还提出，体系一经完备，就不再发展而形成封闭，而封闭是老化的开始。要防止封闭，就必须用一种"非我的""陌生的"眼光来"重新审视自己"，也就是与参照系"互为主观"，跳出原来的"自我设限"，与其他体系沟通。这就是原体系的重建和新体系的诞生。以上这些理论都促成了西方旧文化体系的"解构"，迫使发达世界向其他文化体系，特别是向遥远异域的第三世界文化体系寻求沟通，寻求参照以突破自己，解脱困境，达成新的发展。

由此可见，无论是国际政治经济的发展还是发达世界文化本身的需要都给第三世界文化的发展提供了一个可贵的契机,而第三世界文化本身就是在与第一世界文化的相互参照中提出来的,它本身就是一个开放的概念,而不同于过去封闭的"本位文化"或单纯的"本土文化"。第三世界文化的特点首先就是对过去第一世界/第三世界二元对立模式的颠覆与重构,它本身就是作为新的"世界文化"的一部分而存在的。在"世界文化"的新建构中,每一种文化都将重新认识自己并充分发挥自己的特长。弗·杰姆逊在他那篇著名的《处于跨国资本主义时代中的第三世界文学》中强调指出:"建立适当的世界文学的旧话题又被重新提出。这是由于我们自己对文化研究的概念的分解而造成的,我们清楚地认识到自己周围的庞大世界的存在。"他认为:"在今天的美国重新建立文化研究,需要在新的环境里重温歌德很早以前提出的'世界文学'。而任何世界文学的概念都必须特别注重第三世界文学。"① 这就是说,在重新建构的世界文学的结构中,第一世界文学将注重了解过去并不重视的"实际存在,而不是作为'非我'想象而存在"的第三世界文学,而第三世界文学也不再像过去那样作为一种"臣属"来"接受"第一世界文学,而是按照自己的选择和需要来重新加以解释和选择。这就是在新的理解和沟通的基础上建立起来的新的"世界文学"。

　　新的理解和沟通需要新的话语。当第三世界文化进入世界文化时,它所面临的正是发达世界已经长期构筑完成的一套概念体系,也就是一套占统治地位的话语。从文学方面来说,就是从新批评派、结构主义、精神分析学、接受美学到解构主义、新历史主义等思潮所形成并积淀下来的一套思维过程和表达方式。这套话语以发达世界的经济、政治实力为后盾,已在全世界广为传播,甚至在某种程度上已形成一种"以公认的规范为背景的、可以达致认同"的话语,正如英语在一定范围内成为流通语言一样。第三世界文化要进行与第一世界文化的对话,势必承认这一事实,熟知这套话语。事实上,这套话语经过数百年积累,汇集了千百万智者对于人类各种问题的深邃思考,确有其科学价值和先进之处,无论其成就与失误都能给后来者以参考和启发。充分掌握这套话语,对第三世界文化发展来说,十分必要。然而,如果只用这套话语构成的模式来理解和诠释本土文化,大量最具本土文化特色和独创性的部分就可能因不符合这些外来模式而被摒除在外。这样,第三世界与发达世界文化的接触就不能形成对话,

---

① 弗·杰姆逊:《处于跨国资本主义时代中的第三世界文学》,《当代电影》1989年第6期。

而仍然是发达世界单方面的一种独白。

要进行真正的对话就必须找到一个中介。这个中介可以使双方的特色和独创性得以充分发挥，并足以突破双方原有体系，为"更新"和"重建"构成前提和可能。例如共同解决人类面临的问题就可以起到这样一种中介的作用。拿文学来说，大到"何谓文学"？"文学何为"？小到文学的比喻、虚构，都是各民族文学面临的共同问题。对于回答这些问题，各民族文学都有各自的思维方法和表达方式。这些方法和方式既回响着悠久的历史传统的回声，同时又受到现代人的诠释和检验。杰姆逊所讲的"世界文学"就是这样一种充分发扬各民族文学特点，围绕着共同面临的问题而进行的"众声喧哗"的"交谈"和对话。在这种"交谈"和对话中，无论是发达世界还是第三世界都会充分发扬自身原有的特长，互为参照，"互为主观"，同时又对自己过去的文化有所颠覆，而以当代意识进行新的取舍和诠释。

20世纪60年代在拉丁美洲勃兴的魔幻现实主义就是一个很好的例子。如果说"如何反映现实"是各民族文学共同遭遇的问题，那么，拉丁美洲作家就是以十分独特的方式作出了自己的回答。在拉丁美洲的魔幻现实主义作品中，到处是漂泊的鬼魂、怪异的预兆、荒诞的细节、奇特的象征，这些作品充分表现了印第安人相信万物有灵和生死并存的二元世界的传统精神，而这一切又都透过现代意识的分析和观察，并大量吸收了西方现代主义的表现方法，如快速组合、时空倒错、拼接技巧、内心独白、意识流等等。这些作品属于拉丁美洲，同时又属于全世界。它们以十分独特的声音参加了关于回答"如何反映现实"这一问题的"众声喧哗"的"对话"，那就是使现实魔幻化。我国电影《红高粱》《黄河谣》也是以它们独特的方式作出了自己的回答，因此获得了世界声誉。

由此可见，绝不能把第三世界文化理解为封闭的、孤立的本位文化或本土文化，更不能仅仅理解为对早已存在的固有文化陈迹的重新发掘。第三世界文化是当代世界文化的一个重要组成部分，它在全球性当代意识的诠释中存活。只有充分理解发达世界文化，自觉具有当代意识并热爱和深知自己文化传统的人才能促进第三世界文化的深入发展。

古今中西的百年讨论
——西湖之滨的一次学术聚会

前不久，杭州大学、《学术集林》丛刊、中国文化书院三个单位在美丽的西湖之滨联合举办了"中国文化：20世纪的回顾与21世纪的展望"国际学术讨论会。这是曾经在夏威夷和哈佛大学等地召开过的"文化中国"国际学术讨论会的继续。参加这次会议的多是对中国文化具有浓厚兴趣，并参加过多次类似会议的资深学者，如海外知名教授李亦园（台湾"中央"研究院）、许倬云（匹兹堡大学，书面发言）、杜维明（哈佛大学）、成中英（夏威夷大学）、郭颖颐（夏威夷大学）、陈方正（香港中文大学）等；海内学者则有沈善洪、王元化、汤一介、庞朴、孙长江、李锐、秦川、李慎之、萧箑夫、朱维铮、袁伟时、陈俊民、沈昌文、刘祖慰、刘梦溪、陈来、乐黛云等。还有一些卓有贡献的中青年学者如朱学勤、许纪霖、王守常、吴光、陈村富、通口胜（日本创价大学）、伍晓明（英国苏塞克斯大学）等。

三派合力，推动文化发展

到会学者一起回顾了近百年来中国学术文化的发展，认为百年学术文化讨论的中心不外乎"如何对待传统文化"、"如何对待西方文化"、"如何建构中国新文化"，也就是有关"古今中西"的大问题。事实上，五四时期以陈独秀、李大钊为代表的激进主义派，以胡适、丁文江为代表的自由主义派，先是以严复、杜亚泉，后是以梁漱溟、张君劢等为代表的文化保守主义派，都是以这三个问题为核心，对中国社会的急剧变化和世界文化大动荡作出了不同的思考和回应。直到今天,中国学术界正在讨论的也还是这三大问题,所持意见也不时体现着以上三派的不同看法。然而,过去,由于种种原因,后两派常被作为资产阶级思想或封建主义而受到批判。目前,激进主义因其发展到极端而给社会带来的危害,又被某些人士全盘否定,认为激进不如改良,改良不如保守,甚至历次革命运动不论青红皂白,也都在一概否定之列。会上一些学者作了全面回顾,指出激进派冲击旧传统,开创文化新局面,建立了不朽功勋;文化保守主义在保存民族文化传统,使之得以继往开来方面,起着无可估量的作用;而自由主义派则往往提出新问题和新的思考层面,不断冲击僵化和教条的倾向,维护了文化的多元发展。正是这三种力量的张力与搏击,合力推动着历史前进,形成中国百年学术文化发展的主流。

"古今中西"之争,必然涉及"古今"与"中西"的关系。过去,有些人认为"中西"的问题就是"古今"的问题,例如中国要现代化,首先就要向已经现代化的西方学习;另一些人则认为中国应走自己的路,首先要研究的是几千年中国文明所创造的永久价值,使之古为今用,自我更新,与西方无关。到会学者对这两种看法进行了分析,认为现代化首先是在中国传统基础上的现代化,不一定要走西方的路。现代化虽发端于西方,但如何实现其高科技、工业化、城市化、世俗化等内容,各个国家都可以在其自身文化基础上寻求不同的途径。但是,另一方面,中国自身文化的更新,也不可能离开当今世界文化发展的大背景,不可能不吸取其他文化的经验教训。有的学者指出这些看法本可以较早成为普遍的共识,但救亡图存,变法改制的紧张形势,往往反应为文化心态的不平衡和两难;有时为冲决封建罗网而主张"全盘西化","废弃传统";有时又愤于奴化危机而高呼"保存国粹","唤醒国魂",目前是走出这种心态,做到"汇通中西,熔铸古今"的时候了。

在过去有关"古今中西"的百年讨论中,还有一个社会实践与纯学术研究的关系问题。也就是人们经常提到的是"救亡""启蒙"压制了学术的自由发展,还是"为学术而学术","为艺术而艺术",对社会进步起着消极作用。到会学者一致认为中国知识分子自古以来对自己的民族和文化都抱着一种社会责任感和历史使命感。数十年来,历尽沧桑,不同的人生阅历使不同的人有了不同的选择,目前应充分尊重这种选择,无论是希望由"边缘"进入"中心",还是甘愿远离"中心"而"边缘化",只要对民族文化有某种意义,都应该肯定;而要判断一种意愿或做法是否有意义,又绝非短期所能做到。因此,最好坚持自己的选择,同时又完全尊重别人的选择,"和而不同",努力做到"极高明而道中庸"。

中国文化是未来世界文化的丰富精神资源

会议讨论得最热烈的是对于未来的前瞻,特别是讨论作为一种精神资源,中国文化究竟能对世界文化发展作出哪些可能的贡献。谈得最多的,当然是关于儒家文化的开发。一位著名学者谈到儒家"亲亲而仁民;仁民而爱人",由近及远,不断扩大的人生道路,正是一条融合自我与群体,协调人类与自然,通人心与天道的坦途。面对复杂的多元世界,儒家传统可以提供个人与个人、社会与社会、国家与国家、地区与地区,乃至人类与自然、人心与天道和平相处的"安宅"与"大道"。他认为要做到这一点,就必须对儒家的某些消极方面彻底批判,而对于其积极方面大力发扬。例如"三纲"和"五常"。前者强调的"君为臣纲,父为子纲,夫为妻纲"是一方统率并压制另一方的关系,坚持的是权威主义、等级主义、男性中心主义;后者所规定的则是一种双向的、需要共同遵守的规则:"父子有亲,君臣有义,夫妻有别,长幼有序,朋友有信",君义臣忠,父慈子孝,兄友弟恭,对双方都有要求,以收相互制约之效。因此,他认为应将二者区分开来,采取完全不同的态度。他希望对儒家学说进行全面整理和重新诠释。他的主张引起了热烈的讨论,有些学者认为"三纲"和"五常"本来就有内在矛盾,只是在历史上一直被掩盖着,现在应该加以区别分殊,否则,对于文化遗产就只有全盘否定或全盘接受。还有一些学者认为,近百年来,儒家提倡的"和为贵"原则早已被"斗争哲学"所取代,眼前又被以功利主义为核心的商业文化所挤压,儒学复兴的前途并不乐观。对于这一复杂问题,大家并未得出一致结论。

有些学者特别重视《周易》提出的"以通变合和为典范的创新思维",认为这一思维模式必将对世界文化发展作出重大贡献,因为,目前西方流行的四种思维模式:以科学方法为典范的理性思维,以诠释传统为典范的历史思维,以绝对精神为典范的超越思维,以空无清虚为典范的静止思维(源于印度),都已显示了自身无法弥补的缺陷。《周易》的思维方式是把所有分歧看成一个和谐整体,在这个整体中穷尽其各种关联,并探讨其相反相成、相生互制等动态关系;在时间过程中掌握其历史源流,又在其现存结构中透视其未来。这样,就可以合和上述的四种思维方式,使历史内省与理性外观互补相成；绝对精神的上帝与绝对不可本质化的空无也可在更深的层面上达到"有"和"无"的相互转化。这种西方思维方式与中国周易思维方式结合的可能性，一方面会使中国思维深入西方，另一方面也会将西方思维投入中国，使中国思维具有世界化的内涵，从而进入现代化的新阶段。

前景并不悲观

美国萨缪尔·亨廷顿教授的"文明冲突"论，一年来已引起国内热烈的讨论，会上一些学者进一步指出，亨廷顿教授的问题就在于他仍然坚持把西方的道路"中心化"，认为"非西方"文化都是异己的、不合理的，因而是危险的。这也反映了两种不同的思维方式。中国传统文化强调的是"和而不同""一致百虑""殊途同归"，认为一切事物都要靠不同方面、不同意见的"相成""相济"形成"和"的局面，方能生存发展；如果拒斥不同，强求一律，结果只能是单调枯涸，一事无成。因此，"君子和而不同，小人同而不和"的道德箴言一直流传至今。有学者不赞同"21世纪是中国的世纪"这类说法，认为那种一族称霸，或一种文明称霸的时代已经过去，它留给我们的只是20世纪血腥争夺的痛苦回忆，21世纪应是"和而不同"的多元的世纪。

展望未来，有的学者提出我们应该超越已持续百余年的"古与今""中与西"二元对立的讨论，换一个角度，想想人类共同的未来，考虑人类将如何开发各种文化资源来解决人类共同面临的问题，如人类将如何处理人与人的关系、人与神的关系，人类将如何面对大自然给予的环境，如何看待"时间"轴线上的变化与常态，以及人类将怎样抒发与表达内心的情绪并化为行动等等。这些问题自古以来，支配了我们的生活，也提供了人类创造的原动力，但两千年来，还从未动员过如此广泛众多的不同文化力来加以考察、总结和寻求其可能的发展前景。这些文化力包括以希腊、罗马、犹太文化为核心的西方文明；以儒、释、道、伊斯兰教为核心的非西方轴心文明；各地原住民思想和文化小传统，如神道教、毛利人和爱斯基摩人的智慧，以及近百年反思所产生的新思想等。文化既是人类在生活中缔造的，文化也仍只有在实在的生活中才有意义。中国传统文化中"和而不同""通变合和""一致百虑""殊途同归"等思想必将作为宝贵的精神资源，为开创一个多元发展、和谐共生的新世纪作出应有的贡献。

文学与自然科学

由于现代科学的深入发展，人们不断发现过去不曾注意到的不同领域所具有的共同属性，而且现代科学提供了手段（如电脑），使得对这些共同属性和相互关系的研究成为可能。马克思早就预言："自然科学将来会统括人的科学，正如人的科学也会统括自然科学，二者将来会成为一种科学。"① 事实上，自然科学与社会科学正在出现一种整一化的趋势。这种趋势表现为两个方面：其一是研究的综合性。人们开始把孤立、割裂的门类重新联结在一起，把事物的各部分、各方面、各种因素综合起来考察，力求从中找出其共同性、规律性及其相互联系的结构、功能和方式，从而得出宏观的结论。其二是研究的整体性。世界各种事物的运动过程不再被认为偶然孤立部分的总和，某些性质和特点在孤立的个体中并不能找到，它们只存在于其特定的总体的相互联系之中。因此，不能把动态的、有机的整体仅仅分割为静止的、已死的部分的机械相加来进行研究，必须从作为整体各部分的相互依赖、相互制约来揭示事物的特征和规律。

早在20世纪50年代，在讨论比较文学的定义和功能时，美国学者就已经提出："我们必须进行综合，除非我们要让文学研究永远处于支离破碎和孤立隔绝的状态。要是我们有志于加入世界的精神生活和情感生活，我们就应该时时把文学研究中获得的见解和成果汇集起来，并把有意义的结论呈献给其他学科、整个民族和整个世界。"② 比较文学不仅应该是联系

---

① 马克思：《1844年经济学——哲学手稿》，朱光潜译，《朱光潜全集》，安徽教育出版社1989年版，第461页。
② 雷迈克：《比较文学的定义和功能》，《比较文学研究译文集》，上海译文出版社1985年版，第208—214页。

各地区文学的纽带,而且是"连接人类创造事业中实质上有机联系着,而形体上分离的各个领域的桥梁"。比较文学被定义为:"超越一国范围的文学,并研究文学跟其他知识和信仰领域,诸如艺术(如绘画、雕塑、建筑、音乐)、哲学、历史、社会科学(如政治学、经济学、社会学)、其他科学、宗教等之间的关系,简而言之,它把一国文学同另一国或几国文学进行比较,把文学和人类所表达的其他领域相比较。"①

此后,探讨和研究文学与其他学科的关系一直是比较文学的一个重要组成部分。

18世纪曾经刷新了自然科学各个领域的进化论也曾使文学理论、文学批评、文学史以至文学创作、文学观念发生了极大的变化。1914年,列宁指出:"从自然科学奔向社会科学的强大潮流,不仅在配第时代存在,在马克思时代也是存在的。到20世纪,这个潮流是同样强大,甚至可说更加强大了。"② 事实正是沿着这一方向发展的。系统论、信息论、控制论以及热力学第二定律、熵的观念对于文学的影响绝不亚于进化论之于20世纪的文学。

系统论、信息论、控制论都强调在广泛联系中,把事物作为一个整体来进行宏观的研究。系统论的创始人之一贝塔朗菲指出:"系统就是处于一定的相互关系中,并与环境发生关系的各组成部分(要素)的总体(集)。"③ 系统论要求把事物作为某个系统的要素来研究。任何事物必属于某一系统,脱离这一系统必然落入另一系统。而系统的整体功能并不等于它的各个组成部分的功能的总和,整体大于各部分的总和,它具有各个组成部分所没有的功能。任何物质都不是组成它的原子在孤立状态下的性质的机械积累,任何一个生物体的整体功能也不能归结为那些单个细胞性质的简单相加,电子计算机也不是单个继电器开关性能的"积分"。但它们又都是整体的一部分。正是这种部分与整体的对立统一决定着现实世界的生活,这就是作为系统论根本原则的"整体性悖论"。系统论的主要研究对象是抽象的结构和运动形式,它撇开具体内容和特征,抽象出部分与整体之间的关系,将形式分离出来。由于这种高度形式化和抽象化,就有可能利用数学公式、微分方程、几何曲线等数学手

---

① 雷迈克:《比较文学的定义和功能》,《比较文学研究译文集》,第208—214页。
② 列宁:《又一次消灭社会主义》,《列宁全集》第25卷,人民出版社1975年版,第43页。
③ 贝塔朗菲:《普遍系统论的历史和现状》,《科学译文集》,科学出版社1980年版,第51页。

段来进行逻辑演绎推理和大量统计定量分析。因此，从方法论来说，系统论的特点是数学化。系统论的原则和方法应用到不同领域就产生了不同类型的系统科学。例如，研究符号系统的符号学，研究动物和机器内部控制和通讯一般规律的控制论，研究有利害冲突的双方在竞争中制胜对方最优策略的博弈论，等等。

文学研究作为一门科学也可以引进系统论的原则和方法，特别是系统论的普遍联系和有机整体的观念、结构的观念和动态的观念。把文学作为一个普遍联系的有机整体来研究，不但开阔了研究者的视野，而且往往得出一些很有意思的新的结论。例如传统的文学研究方法往往把作家、作品、读者这一有机的信息传播和反馈系统割裂开来分析，或只作线性的单向联系。人们习惯于分析作家的身世、经历、社会地位、政治态度及其在作品中的反映；美国新批评派一度只强调分析作品本文，只分析本文的文学性，而与作者、读者绝缘。20世纪50年代苏联的文学批评则特别注重作品对读者的思想意义、认识意义和教育意义，这些孤立的单向的研究不能说没有意义，但这些局部的部分功能相加，其总和决不等于作者——作品——读者这一系统的总的功能。从系统论来看，作者在特定的主观和客观条件制约下写出了作品，作品作为一个符号系统，将作者意识到的或尚未意识到的信息传递给读者，读者并不是消极地接受这些信息，而是在特定的主观和客观条件的制约下根据这些信息来进行再创造。由于读者的"期待视野"不同，他从作品所接受的信息也就各异。读者对于作品的这种反馈作用十分重要，它不但决定着作品的社会价值及审美价值可能实现的程度，而且还直接影响着作者的下一步创作。作者在创作时不能不考虑到读者的"期待视野"，以形成自己对读者的估计和期待，也就是形成作者自己写作时的"期待视野。"将作者⟷作品⟷读者这一以作品为中介构成作者与读者交流的复杂过程作为一个具有多向关系的总的系统来考察，与只限于考察某一局部或局部关系是很不相同的。

60年代西方文学结构主义的盛行可以说也是将自然科学领域中的系统论引入文学研究的结果。在系统论之前，人类认识世界有两种方法：一种是建立在相似类比的基础上（如甲和乙相似，认识甲就可推断出乙的特性），另一种是建立在差异分类的基础上（按事物的不同特点分门别类加以研究），系统论与这两种方法都不同，它把对象看做一个大系统而力图从中找出把各部分联结在一起构成统一体的密码（code）。正是这种密码才使符号具有意义。结构主义者认为人类文化本身就是一组符号系统，而个体的特别行动本身是不会有符号意义的，它必然按照某种"密码"组织在某个符号系统中，结构主义者就是要发现隐藏在各个系统中的这种密码，找出其深层结构。系统论所提供的这种结构的观念为文学研究打开了新的局面，例如，法国的索里欧（Etienne Souriau）认为，戏剧是由六种特殊功能通过五种组合句法构造起来的，这样可以构成《二十一万个戏剧场面》。他正是把全部戏剧作为一个大系统来研究，探索了各种可能性，得出了前人未曾得出的结论。苏联的弗拉基米尔·普洛普将俄国民间故事作为一个大系统来进行分析，发现故事中的人物虽是可变的，或是王子，或是市民，或是老百姓，但其功能（即对发展故事有重要意义的行动）总共不超出31个，序列也往往是相同的。例如甲外出，乙被要求遵守某项禁令，丙侦察动向，丙了解了情况，丙企图欺骗乙，乙上当帮了丙的忙……其次序也总是按照准备阶段、复杂阶段、转移阶段、斗争阶段、返回阶段、公认阶段来发展。在小说方面，茨维坦·托多洛夫对意大利名著《十日谈》的100个故事也进行了系统分析。他把叙述结构分为四个层次：最基本的层次是词类，名词代表人物，动词代表动作，形容词代表属性。某一人物做什么动作或具有什么属性，就构成第二个层次——命题。几个命题合成序列（即比较完整的情节），这是第三个层次。最后一个层次是故事，故事是由多个情节系列构成的。托多洛夫把《十日谈》的100个故事"解构"，即按以上叙述结构来加以分解，然后"重组"，找出了这些复杂故事的基本模式。美国批评家罗伯特·斯各尔斯（Robert Scholes）进一步提出小说的模式理论，按虚构世界与经济世界之间的三种可能关系而构成了整个小说系统的三种模式，虚构世界胜于经验世界是浪漫小说模式，虚构世界等于经验世界是历史小说模式，虚构世界不如经验世界是讽刺小说模式。这些文学研究的新观念都是系统论的结构观念进入文学研究领域的结果。

这种着重局部与整体之间的有机联系，在各种关系的改变和运动中寻求模式的方法本身就是一种动态观念的结果，它所研究的对象是运动中的功能而不是线性的，是因果关系、必然性和偶然性等定性分析的静态描述。

信息论也是更新文学观念的一种重要理论。"信息"指的是人们在适应外部世界的过程中和外部世界进行交换的内容。这种交换之所以有价值，就是由于它本身的不确定性。如果某一事物对发送者和接受者来说都已确知无误，交换就没有必要，信息也就失去意义。信息可以用不同的编码方式转换成某种信号，通过一定的通道加以传递，信息源→编码器→传输信道→译码器→信宿（信息的归宿），形成了信息流动的系统。文学艺术家进行创作就是把自己的思想感情变为他人可以接受的信息。文艺欣赏也就是把这些信息按照自己的理解，还原为自己可以接受的内容，达到信息传播的目的。在这一全过程中，作家实际上起着编码器的作用，这种作用有两个层次：第一层次是把来自生活（信息源）的种种感受加上自己的主观变形或折射转换成信息，在头脑中贮存，这是第一次编码；第二层次是把已经贮存的各种信息转换为读者可以理解的符号，即作品，这是第二次编码。第一次编码受到作者主观认识能力的局限，第二次编码受到作者客观表达能力的局限。传输信息就是诗歌、小说、戏剧、绘画、雕刻等具体作品本身。欣赏者实际上起着一个译码器的作用。这种译码也有两个层次：首先是将信息译为自己可以理解的意义，如果欣赏者根本不懂作为信息载体的某种语言，或对于音乐、美术、雕刻全无理解能力，编译就不可能进行，信息流动也即停止；其次理解之后，欣赏者还要根据其文化水平、社会经历、知识积累、审美情趣、个人爱好等的不同，在理解的基础上进行第二次编译，然后才能达到真正欣赏的目的。从总体来看，这种信息的传播和接受又在一定程度上使客观生活与原来略有不同，因而丰富了客观生活，这就是信息传播过程对信息源的反馈。因此，一些伟大的作品往往造就了一代风尚，这在历史上并不乏其例。

　　信息论将信息分解为多级水平的符号。例如文学作品可以分解为：音位（phonemics）、语位（morphemics）、语构（syntactics），此三者构成语言（语言层次），语言产生语义（语义层次），语义在人们头脑中形成意象（意象层次），意象与一定文化形态有关（文化层次），文化之上还有形而上的、更抽象的层次（形而上层次）。音乐也是一样，音乐的最基本层次是声素结构，声素构成音符结构，音符构成调式结构，调式构成曲式结构，曲式又构成一定的情感结构。既然信息可以分解为多层次，接受者就必然在不同层次上选择自己所能接受的信息。例如不懂英语的读者，英文小说对于他就只是没有意义的音符和字符，他的接受能力在语言层次上就终止了。音乐也是如此，对于完全不懂音乐的耳朵，它对音乐的接受就只能终止于对物理声音的感知。信息论把一切信息的传导（如作者→作品→读者）都作为信息量进行统计学的定量分析，这种对文学艺术接受能力的多层次的量的分析也许可能对于争辩甚久而始终无法解释的审美趣味等问题给予科学的界定。

　　信息论关于"最优化"的原理对于文学艺术也有密切关系。文学艺术作为一种信息,它的本质是不确定性,如果一部作品所播送出来的信息全是确定无误的已知的东西,那么,这就是一部无人愿看的陈旧无物的作品;相反,如果这些信息是全新的,与读者原来的"期待视野"全然不同,读者就会感到陌生而不能理解。如何才能在信息的新颖度和可理解性之间,找到一个最优的选择呢?从理论上来说,信息论可能通过大规模的、系统的统计数据,在定量分析的基础上对此作出回答。

在翻译问题上,信息论也提供了重要的理论和方法。众所周知,有些作品可以不失原意地翻译成另一种语言,也就是说可以将一组信息编码的符号系统基本上不失原意地改变为另一组信息编码的符号系统,另一些作品则不能。一般说来,小说、神话较易于翻译,诗歌、戏剧则较难。从信息论看来,这是因为语义型信息是易于转换的,而审美型信息也是较难改编的。往往故事可以完整地传达,某些微妙的反讽、情趣,特别是风格则很难传达。诗歌中的审美信息远较语义信息为多,因此更难完全传达,诗歌翻译往往只能是一种再创造。目前电脑的翻译也只是语义信息而已,它是在传递相同的信息量的严格需要之外的多余的符号数。这种多余的信息量既不能脱离创作主体,也不能脱离审美主体而存在,它往往是在编码中有所暗示,而在译码时得到不同的实现和充实。要在信息的新颖度和可理解性之间找到最优方案,对于多余信息量的定量分析是很重要的一环。

信息论是一门以数学为基础,以数字为基本表达方式的科学,将信息论引入文学艺术研究就意味着文学艺术研究的数学化,这种数学化是否可能做到并有积极意义呢?马克思本人对于数学是十分推重的,拉法格曾在他的回忆录中记述道,马克思认为,一种科学只有成功地运用数学时,才算达到了真正完善的地步。在电子计算机高度发达,各门学科正在走向整一化的现阶段,从已经开始的将数学引入文学艺术研究的初步实践来看,这种研究方法将有广阔的前途。例如已经广泛发展的通过计算机用统计学的方法进行文体风格和个人艺术特征的辨析就已经取得了可喜的成就。科学家们通过不同作者用词的频率、词长、句长、词序、节奏、韵律、特征词等等的综合分类统计来确定难以描述和定性的不同作者的风格特色,判断作品的真伪。1985年,深圳大学中文系和电脑中心联合制作了《红楼梦》电脑多功能检索系统,将《红楼梦》全书存入电子计算机,在这个基础上,张卫东、刘丽川同志运用统计学的方法对《红楼梦》前80回和后40回的语言风格要素和风格手段进行了比较研究。120回《红楼梦》输进电子计算机时,采用的是国家标准总局发布的国家标准《信息交换用汉字编码字符集（基本集）》，该集拥有汉字6763个，分为两级字库，第一级字库含3755个常用汉字，第二集字库含3008个次常用汉字。深圳大学的《红楼梦》电脑多功能检索系统在这两级字库之外，还用了240个非常用汉字。240个字中只有10个字既出现于前80回，也出现于后40回，余下230个字中，210个字只出现于前80回，只有20个字仅出现于后40回。出现频率在2次至16次之间的生僻汉字只见于前80回的是49个，只见于后40回的是5个。可见前80回与后40回作者的用字习惯很不相同，加以大量统计材料所显示的后40回作者造句用词的"京味儿"及其深厚的北京方言基础都雄辩地说明，《红楼梦》这部书不可能只出自一个作者的手笔，后40回也不可能像最近一些学者推测的为江南女子杜藏芳所写。[①] 钱学烈利用同一电脑检索系统写成的《试论〈红楼梦〉中的把字句》，第一次有可能对这部近代汉语代表作中的"处置式""把"字句和"将"字句进行了穷尽的统计和分析，论证了近代汉语"处置式"的发展以及这两种句式在口语中的消长，及其在前80回与后40回中的不同表现。文章还对《红楼梦》中出现的表行为方式把字句、施事把字句、否定式把字句、不完全把字句等特殊句式进行了具体分析并穷尽其例句，得出了前人不可能得出的结论。看来仅此两例已足以说明信息论、统计学、数学化为文学语言研究所开辟的广阔前景。

除上述系统论、信息论、控制论而外，从热力学第二定律所引出的耗散结构和熵的观念，也逐渐渗透到社会科学和文学研究领域之中。热力学第二定律告诉我们在某一能量转变成另一种能量的过程中，全部能量做功的能力减少了。这是因为能量以两种形式出现：一种是位能，如电能、热能、机械能等，另一种是动能。动能由被无秩序的运动所激发的分子所产生，位能可被用来产生动能。例如摩擦生热，这是从较高层次的机械能做功（即释放能量）后转化为较低层次的热能。在机械能转变成热能的过程中，能量消耗了，全部能量做功的能力也就减少了。这就导致了熵是混乱程度的测量标准。在一个封闭的体系中，层次较高的、有秩序的位能作功耗散，产生层次较低的、较无秩序的、混乱的位能，这是一个不可逆的、能量愈来愈少终至衰竭的过程，也是测量混乱程度的熵愈来愈大的过程。熵的增大打破了一切秩序，也就是淹没了一切事物的区别和特点，而使一切趋于单调、统一和混沌。著名科学家罗伯特·维纳在他的《人的人类使

[①] 参阅《深圳大学学报》（人文社会科学版）1986年第1、2期。

用法》一书序言中曾经描述说:"当熵增加时,宇宙以及宇宙中所有封闭的体系都自然地趋向退化,并且失去它们的特性,从最小可能性的状态移向最大可能性的状态,从差异与形式存在的组织与可区分的状态到混沌与相同的状态。在吉柏斯(Gibbs)的宇宙里,秩序的可能性最小,而混沌则具有最大的可能性。但是当整个宇宙趋向衰竭时(如果真有那么一个宇宙),则有些局部的交界地区的方向与整个宇宙的方向相反,而且其中有一种有限与暂时的趋势,即组织渐渐增加的生命在这一交界区最为得其所哉。"[1] 这就是说从整个世界发展趋势来看,由于能量的耗散,全世界可以做功的总能量越来越减少,在这个过程中一切都会变得陈旧、已知。新鲜的、未知的、偶然的、有特质即按特殊秩序排列的事物越来越罕见,这就是维纳所说的"从最小可能性的状态移向最大可能性的状态,从差异与形式存在的组织与可区分的状态到混沌与相同的状态"。也就是不可抗拒的熵越来越大的状态。例如一个人,如果他把自己变成一个"隔离体系",既不摄取食物,又不通过感觉器官来吸收外界的信息,并有所反应,真像庄子所说的那个没有七窍(两耳、两鼻、两眼、一口),因而也就不能"视听食息"的"浑沌"[2],他的熵就会越来越大,在一片无秩序的混浊中,无动无为,终至静止、平衡、永远衰竭、死寂。

熵的观念在美国小说中引起很大反响,最著名的美国作家如索尔·贝娄(Saul Bellow)、厄普代克(John Updike)、梅勒(Norman Mailer)都曾在他们的作品中多次谈到熵的问题,著名的美国后现代主义作家品钦(Thomas Pynchon)的第一篇短篇小说题目就是《熵》,实际上《熵》正像他后来的许多作品的一个序言。他的作品,如后来的《万有引力之虹》等无不笼罩着熵的阴影。女作家苏珊·桑塔(Susan Sontag)在她的名作《死箱》中所描写的一切事物都在瓦解、衰竭,趋向于最后的同质与死寂,这种担忧与恐惧在当代美国作家的许多作品里都能找到。特别是他们精心描画的那种某件事物或某个人从有生命的充满活力和创造性的运动发展成逐渐走向无力与死亡的无意义重复动作的过程确实令人触目惊心。而美国作家因此被视为有可能阻止这种倾向的"反熵"英雄。著名社会学家勃拉克默尔(R. P. Blackmur)分析说,社会的运作趋向于统一化,艺术家是挣扎反抗这种统一的运作的英雄,像是在橘子果酱里的挣扎,因为艺术家将统

---

[1] 罗伯特·维纳:*The Human Use of Human Being*, London, 1954;参见伍轩宏译文,《中外文学》第12卷,第8期。

[2] 《庄子·内篇·应帝王》。

一化的运作视为生命最后的麻痹。麻痹是动力的扩张，但我们宁可相信它是事物的衰竭状态。艺术家可以起反熵的作用，因为他们的作品只要不是陈词滥调，就会带来一定的信息，信息就是负熵，信息打破旧的统一和沉寂，减低了混沌的程度，也就是减低了熵量。正是作家刻意创新，不断降低熟悉度，追求"陌生化"的倾向使他们成为"反熵的英雄"。

要防止熵量的增加，就必须突破隔离封闭的体系，不断增加信息量，不断与外界交换能量，不断改变主体的结构以适应新的情况。比利时物理学家、诺贝尔奖金获得者普利高津（Ilya Prigogine）把时间的不可逆观念引入物理、化学研究，对不平衡态进行了考察，提出了耗散结构的新概念，而过去的经典力学则把所有的物理规律与时间都视为可逆的，不区分过去与未来，没有时间的因素，任何时候都可以得到相同的结果。例如氢二氧一任何时候，只要有一定的条件都可化合为水，同样，水也可以再分解为氢二氧一。这是可逆的平衡态。普利高津指出在自然界中大量存在的是掺有时间因素的不可逆的不平衡态。例如一滴墨水在水中扩散，冷水已和热水混合成温水，要再回复原样，几乎完全不可能。前一种情况即氢和氧化合成水的情况是客观上不随时间变化的定态，扰动随时间变化而衰减，就能恢复扰动以前的状态，这种状态就是一种稳定性平衡结构；后一种情况即墨水在水中扩散等则是宏观上随时间变化的动态，扰动随时间发展而增大，怎样也无法恢复扰动以前的状态。这就说明这种状态与外界交换物质和能量的潜力很大，体系将越来越偏离原来的状态，这就是不可逆的不平衡态。

比较文学的研究对象不是 A→B→C 的线性演化史，而是把文学作为一个有生命力的开放性体系来进行研究。它不仅研究其他文学系统对某种文学系统的影响，即作用于非平衡态的参数，还要研究新质的产生、革命和突变。不仅研究文学间的渗透，而且也研究自然科学、社会科学、其他艺术乃至环境时代的影响所造成的不平衡态，以及这种不平衡态如何打破无序的平衡态而产生新的有序性的不平衡态，这种新的不平衡态既继承着原来的旧质，又开始了新的阶段。无论是创作主体还是审美主体都要力求突破自身的封闭，力求成为一个善于结合新机、释放能量、变成新质的新颖、独创的开放性体系。

从以上的分析，可以清楚地看到，自然科学的新发展对于文学研究是有深远意义的，尽管这方面的研究还正在开始，其远大前程已不容置疑。这是因为作为自然一部分的"人"与自然本身原来就有一种一致性，科学家们把这种现象称为"数学的和谐",这种和谐在各门学科中都是相通的。例如画家们公认为最佳比例的黄金分割:1比1.618,这不仅是画家创造出来的构图原则,也是自然生物的最优选择。植物叶脉的分布,动物身上的色彩和图案,舞蹈演员的肩宽和腰宽、腰部以上和以下的比例,以至数学家为工农业生产制定的优选法,提出配料的最佳比例等,大体也都符合黄金分割的比例。我们还可以举出无数实例来证明这种人与自然的多样性与共性的统一。况且自然科学与文学研究本身都是人类思维的一种形式,其中本来就有共通之处。因此,研究自然科学的新成就、新方法,并将其应用到文学领域中来,肯定会为文学研究与文学创作打开新的局面,作出新的贡献。

另一方面,科学的发展向人类提出了许多崭新的问题,除前面提到的电脑传媒对人类思维方式、生活方式的改变而外,生物学的突破性进展,对于基因的排列和变异的研究,对于克隆技术关于生物甚至人的"复制"技术的实现,体外受精、"精子银行"对于传统家庭关系的冲击,以及人类在宇宙空间存在的心态所引起的种种道德伦理问题等,这一切都对人文科学提出了新的挑战,而这些问题无一不首先显示在文学中。千奇百怪的科幻小说、科幻电影预先描写了科学脱离人文目标,异化为人所不能控制的力量时人所面临的悲惨前景。比较文学跨学科研究将促进对科学发展的人文研究,进一步发扬以人的幸福和文化的和平多元共处为根本目的的21世纪人文精神。

当然这并不是说自然科学可以混同于文学研究,恰恰相反,作为自然科学,主要的思维方式是抽象思维,是感性材料的"蒸发",即抽象和概括,这只是马克思所归纳的人脑掌握世界的四种方式之一种,另外还有"艺术的""宗教的""实践—精神的",它们可以互相阐发,但却不可互相代替。① 这是我们在研究自然科学与文学之关系时必须十分注意的。

---

① 参阅马克思:《〈政治经济学批判〉导言》,《马克思恩格斯选集》第2卷,人民出版社1972年版,第103—104页。

文学与哲学、社会科学

文学与社会有着千丝万缕的联系。50年代，美国新批评派强调研究本文（text）的文学性，把通过作者经历和意图来了解作品的方法称为"意图谬误"（intentional fallacy），把通过读者的感受来了解作品的方法称为"情感谬误"（affective fallacy），试图把文学研究和周围社会的联系与影响割裂开来，这样做不仅大大缩小了文学的研究范围，而且也很难得出合乎实际的结论，因为文学与社会存在着各方面的联系。

首先，作者必须对语言进行选择、组织、赋予新意而形成作品。作品中的世界正是由语言组成的作者心目中的世界的投影或外射。如果这是一部有创造性的作品，这些经过选择而组合在一起的语言就会丰富（或改变）作为文字符号贮存库的世界。这个从"可由文字符号再现的世界"（客观）、"作者心目中的世界"（主观）、"作品中的世界"（主、客观对话、交谈的结果），到"作为文字符号贮存库的世界"（客观）的过程就是作品产生、形成并作用于世界的过程，这一过程可以看做一个"再现的模仿轴"。

另一方面，作品的产生有赖于作者运用语言的方式和力量，实际上，这种方式和力量一方面决定于他对世界的看法，另一方面决定于写作前他的语言储备、知识水平、文化教养以及对前人艺术成果的汲取和消化。然后，通过语言的力量，创造出作品。作品必须通过读者的语言吸收能力才能对读者发生作用。读者由于其语言储备、知识水平、文化修养、欣赏习惯的不同，对作品的理解、接受水平也各异。读者接受作品之后，他必有所反应，即在心理、道德、美学各方面发生一定变化，也就是说使他的行动范围所及的世界发生了一定的变化。这个从向作者提供语言和其他创作源泉的"客观世界",到由语言建构起来的"作品的世界",到读者通过作品语言所接受的"语言世界",到读者读某一作品而引起某些变化以至影响其行动的"行动世界",这是一个从作者到读者的沟通的过程。这一过程可以看做一个"沟通的修辞轴",即通过语言的力量,使作者和读者信息沟通的轴心。

任何一部作品都可以在"再现的模仿轴"和"沟通的修辞轴"所组成的坐标中找到自己的地位,而这一坐标的终端都是"世界",也就是作者和作者生活的自然环境和社会环境。由此可见,像新批评派那样把作品从它所存在的坐标中孤立起来加以分析的方法是片面的,必须把文学和与之关联的各个方面联系起来。

在文学与世界的关联中,关系最密切的当然是文学与思想哲学的关系。关于这个问题,过去的理解有两种偏离。第一种是把文学当做哲学思想的一种表现形式,把文学看做某种思想的图解或形象化。我国"文化大革命"时期所谓"领导出思想,群众出题材,作家出技巧"的说法是这种偏向最极端的例子。主题先行,有了主题思想,再寻求故事或题材来加以"表现"的创作方法也是这种偏向的结果。在文学批评方面,这种偏向表现为以某种主题思想概括全书,如说《红楼梦》是描写"色即是空",《战争与和平》是宣扬不抵抗主义,《威尼斯商人》是攻击犹太人等,这类分析都是有意无意把文学作品作为某种思想的单一载体,而忽略了文学本身的特点和复杂性。

另一方面,也有不少人否认文学与哲学的关联,认为伟大的作品不一定有伟大的思想,即便是莎士比亚、但丁这样的不朽作家,也未必有什么不朽的思想。许多名诗、名著无非是重复人的生死和命运无常之类的老生常谈。他们认为把一部作品简化为一句理论性的话,甚或断章取义地对作品加以利用,对于作品的理解都有极大的破坏性,它会使作品本身的艺术结构分崩离析而强套上"外在的价值标准"。况且,思想往往容易过时,而作品却仍有生命力。如易卜生《玩偶之家》所表现的女子不甘为玩物的思想现在也许远不如当时重要,但它的艺术魅力却始终不衰。可见作品之有价值与否并不一定和作者的思想直接相关。

实际上,文学和思想哲学有许多共同点。例如,和音乐、美术不同,文学必须通过语词来表达,思想哲学亦如此。文学家和思想家所用的语词都不仅要人听到或读到,而且要他们依据上下文进行解释。只有对词语进行解释并理解,文学和哲学才能起作用。这种解释和理解都不完全是主观的,也不完全是客观的,而是相互交流和对话的结果,一旦失去了这种实际交流中的平等互换关系,思想和文学就都会失去其活力,这就是说思想和文学都只能在这种语言的交流中存在。但思想家和文学家又是很不相同的。

首先,思想家强调的是定义的精确、科学的论述;文学家强调的却是想象、比喻和象征。其次,思想家关心的是某种思想的含义,这种含义必须保持严格的一致性,并表现为确定的主张,即表现为知识、见解或信仰等;文学家所关心的却不是思想本身,而是思想的具体化,即致力于表明某种思想如何影响了生活,致力于烘托拥有某种思想的人的举止、行为和感情。文学家引起人们对某种思想的关注,而不是对这种思想本身进行论证和分析。再者,文学艺术作品中的"思想"或人生见解都不是哲学著作中那种"冰冷"的思想,而是情感与理智的融合,带有浓厚的感情色彩和作者的爱憎,这是通过作者的生命而起作用的思想。读者从每一节奏、每一意象中都可具体而隐约地感到作者心灵的活动。哲学著作则绝大部分是不掺杂思想家感情成分并力求客观的纯理智的思考。最后,思想家要进行论证,他要求对象接受或拒绝并阐明道理,文学家则不要求读者对其中的思想作出逻辑评价,而是纯粹的欣赏和共鸣。

由于近代脑科学的发展,人们已经能区分大脑两半球的不同功能。1981年诺贝尔生理学、医学奖获得者罗杰·渥尔考特·斯佩里关于这一问题的实验是非常有意义的,他证实"左半球同抽象思维、象征性关系和对细节的逻辑分析有关,它具有语言(包括书写语言)的、理念的、分析的、连续的和计算的能力……在一般功能方面,它主要是分析,犹如计算机一样";"右半球则与知觉和空间有关,处理单项的事物而不是数理的排列,它具有音乐的、绘画的、综合的、整体性和几何—空间的鉴别能力。"① 这一关于大脑两半球的新发现恰好为思想哲学与文学的不同找到了科学根据:哲学和文学是源于不同脑半球的不同功能的两种不同思维方式的产物。

哲学思想可以离开文学而存在,文学却不可能完全离开哲学思想而独立。文学家是人,是思考着的人,他必然受到某一时代的哲学思想的影响,他也必然对所遭遇的一切进行思考。表现伟大思想的文学作品不一定

---

① 张尧官、方能御:《1981年诺贝尔生理学、医学奖获得者罗杰·渥尔考特·斯佩里》,《世界科学》1982年第1期,第47-48页。

就伟大，但不可否认，伟大的作品必然在某些方面包含着深刻的哲学思考。在研究某一特定时期某种思想如何激发人们的行为过程时，文学艺术是很重要的传播媒介，因此也是很重要的研究对象。

文学与心理学在20世纪被认为是最有血缘关系的学科。文学家与心理学家都注意观察人的内心世界，心理学的进展总是给文学和文学研究带来新的变化。例如弗洛伊德精神分析学的建立就对文学的各个领域进行了全面的刷新，弗洛伊德认为一切心理活动都以无意识的存在及其活动为基础。无意识是人类心理最原始、最基本的因素，深藏于人的心理内层，如火山内炽热的岩浆，高度活跃，具有无穷的生命力。它为人类精神活动提供了取之不尽、用之不竭的源泉，是任何一种意识的最初的胚芽和种子，正如遗传基因包含了有机体日后发育的一切特征。个人心理因素、民族传统精神（心理结构）都以无意识的海洋作为它们的总仓库。世代相传的民族意识和个人心理都可分解为无意识的因素，分藏在各个人的无意识之中。无意识在人类意识活动中占有很大比重。如果说意识活动像一座冰山的峰顶，那么，无意识就是在水平线下的庞大冰山底座。无意识有它的原始性，与"继发性思考法则"不同，它不完备，无明确分野，无连贯性，无因果关系，非逻辑性，它是最直接与大脑神经冲动发生联系的分子，因此优先从大脑神经获得能量而最有生命力。无意识是一片互相渗透牵连的、连绵无穷的"精神内海"，是在人们内心深处运行的火苗，它从人体内的神经组织及与外界生活的相互交往的刺激中得到潜能，时刻想冲破意识的网罗求得自我实现。弗洛伊德把这种无意识的冲动算为"本我"（id）。但这种原始本能势必受到人为地强加于人们的社会习俗和道德责任的制约，形成"超我"（super ego）与本我的尖锐冲突。而"自我"（ego）则依据"趋利避害"的现实原则，平衡"超我"与"本我"的力量，权衡轻重，采取行动。"自我"既受到"本我"的无止境地满足欲望的冲击，又为"超我"所压制，不能不时时顾忌到社会、道德的谴责，又为现实世界的客观条件所阻挠，不能不考虑现实性和可能性，因此经常生活在痛苦的矛盾和挣扎之中。在弗洛伊德看来，人类的意识深处都是一片动荡的、黑暗的"精神内海"。

弗洛伊德学说对文学的影响首先表现在对"人"的重新认识上。西方文学作品对"人"的价值的认识有一个演变的历史。在荷马史诗中，英雄人物都是出身高贵，品德优越，聪明睿智，体魄强健，意志坚强，武艺超绝，能战胜一切困难，精神力量与实际能力高度统一的真正的英雄。希腊悲剧开始描写人的崇高伟大常常敌不过命运的播弄而遭到毁灭；希腊喜剧则接触到人与社会的矛盾，表里不一，高贵的地位和外表掩盖着渺小卑微的灵魂。中世纪文学在基督教笼罩下更是强调人生而有罪，必须谦卑地做一个受惩罚的上帝的奴仆。文艺复兴时期，文学重新歌颂和肯定人性的特征，人的感情、智慧和欲望；18世纪理性主义以启蒙主义的理性和从压抑中解放的个性来对付封建时期的蒙昧主义；浪漫主义则崇尚人的感情；19世纪文学作品的主人公多半是崇高理性与人的感情相统一或相矛盾的产物。弗洛伊德学说在关于人的认识和评价方面引起了极大震动。人既不是充满着高贵理性与感情、超凡入圣的英雄，也不是绝对卑鄙的恶徒，而是充满着自我矛盾的一种生物，他心中藏着一座充满了黑暗、盲目、无意识冲动的地狱，"自我"总是受到冲击和压制。他的生的力量可以创造人间奇迹，也往往毁于黑暗的欲望而遭到悲惨的命运。在弗洛伊德学说的影响下，作品中的人物在很大程度上世俗化，散文化，非英雄化，充满着病态、畸形、古怪、混乱的特征。人格遭到肢解而丧失其完整性，个人主义的发展加深了个人与社会的对立。

　　精神分析学表现在文学方面，首先就是超现实主义的兴起。1924年布勒东（Breton）起草第一篇《超现实主义宣言》，要求把人的意识从逻辑和理性中解放出来。1929年第二次宣言又提出作家应"旋转下降"，进入探索"自我"的隐秘的领域，以便使精神力量获得重生。他们认为："超现实就是纯粹的、无意识的精神活动。"布勒东自己还曾经对在催眠状态中无意识的写作进行了试验。他认为理智、道德、宗教都束缚了人的精神和本能需要，只有梦幻和精神错乱，真正摆脱理性的控制和监督，才能进行真正的创作。这种创作受思想的启发，但不受理性的控制，排除审美或道德的考虑，主张只有无意识、梦境、幻觉、本能才是创作的源泉。他们的诗歌多半表现"无理性认识"，实行"无意识书写"，即快速地录下脑子里涌现的杂乱无章的一切，躲开意识的监视，追求梦的压缩。他们反对资本主义压迫，否定传统的写作方式，追求超越于资产阶级文明和艺术，对欧美文学和艺术发展有一定影响。

　　由于弗洛伊德学说刷新了对人的评价和认识，它对现代派小说的影响也是很大的。现代派小说家认为写实主义和浪漫主义所依赖的那种理性和逻辑秩序在很大程度上把世界和人的本质简单化了，也就是歪曲了。他们认为过去小说营造的单线条叙事结构已不可能表现目前已被认识的社会和人的复杂性。著名女作家弗吉尼亚·沃尔芙抱怨现实主义传统经常用编织情节的办法歪曲了生活的一般性质,因为这种单线叙述的情节不能表现人的头脑在日常生活中每时每刻接触到的千变万化的印象,描绘不出现实生活的复杂性,反而制造了一种假象,似乎生活的发展方式就和他们所编造的情节发展方式一样。在现代派小说家看来,传统的写实主义作家往往把他们高超的技巧和勤奋的创造都用于一些微不足道的转瞬即逝的细节,并把这些细节视为真实持久的现象,而不大能揭示人的内心深处闪过的火焰给人带来的信息。现代派作家强调突破传统方法的束缚,为现代社会和现代人的复杂性找到一种恰当的表现形式。意识流的手法就是在这样的探索中形成的。意识流手法强调在理解和描写人的心理和意识时,突出意识和潜意识的交织;注意人的外部活动和内心活动的关系,也就是"自我"与"超我"和"本我"的矛盾及其与外界的抗争;意识流手法特别注意各种因素的相互联系和作用,尤其是过去的经验(意识到的或未意识到的)对"感觉的现在"的影响,把现实看做过去经验与现在活动的统一。因为既然人的意识是由有理性的自觉的意识和无逻辑、非理性的无意识构成,既然人的意识深处存在着一个自发和混乱的"精神内海",因而无意识便会自己浮现出来与现在的意识和活动交织,这就会形成一种与真实时间不同的、主观感觉中的时间观念,也就是所谓心理时间。意识流手法致力于在作品中表现一种把时间的发展系列在内心中重新加以组织的心理时间。总之,意识流的方法使作品出现了复杂的层次,在一种新的透视的(非平面的)基础上形成了立体的经验结构和叙述结构,为作品提供了一种在复杂的基础上掌握和表现复杂的现代意识、现代感受和现代经验的可能。正是这种意识流的手法使读者有可能进入充满了黑暗与混乱的人的意识深处,使这种黑暗与混乱得到真实的表现,并且不是通过叙述者的中介,而是使读者直接看到人物的内心。这些内心深处的意识有时是清晰的,有时是混乱的,有时符合语言规范,有时则突破了一切语言的规律。乔伊斯的《尤利西斯》和普鲁斯特的《追忆逝水年华》就是成功地大量运用意识流手法的巨著。前者继承了传统的内心独白的方法,引进了无意识的混乱,使这种独白发生了质的变化。在乔伊斯的作品中,作为传统小说主要构成部分的行为和动作只起一个框架的作用,主要内容都是意识和无意识的混乱而无目的的流动,形成一座气象万千的森林,或者说一片纷乱陆离的迷宫。普鲁斯特的《追忆逝水年华》多卷巨著则是一种主观的自我精神分析。他认为只有意识中的经验才是真实的东西。意识流的理论和实践在很大程度上是精神分析学说在文学方面运用的结果。

弗洛伊德的心理学说不仅在文学创作方面引起了质的变化，在文学理论和文学批评方法方面也引起了很大的革新。例如将"情结"（complex）概念引入文学批评。所谓"情结"就是一种"无意识复合体"，是无意识从集而多次表现出来的集结，按照弗洛伊德的学生荣格（Carl Gustav Jung）的说法，就是人类世世代代普遍性心理经验长期积累的一种沉淀。艺术创作本身就是一个"自主情结"（autonomous complex），是一种长期积累的创作欲，要求疏导和发泄无意识中受压抑的、无法实现的"本我"。在优秀的作品中，原型（archetype）凝聚着人类从远古时代以来长期积累的巨大心理能量，其情感内容远比个人心理经验强烈深刻得多，因此，可以震撼人们内心最深处而引起强烈的共鸣。在弗洛伊德和荣格看来，艺术是唯一的小径，可以摆脱"超我"和现实的束缚，使幻想通向现实，艺术家通过艺术去缓和自己所受的压抑，把自己转移到希望的幻想生活中去。在文学批评中谈论得最多的是"俄狄浦斯情结"（Oedipus Complex）。弗洛伊德本人对这一情结的发现极为重视，曾把他的墓志铭定为："心理学家西格蒙德·弗洛伊德，俄狄浦斯情结的发现者。"这一"情结"的内容是指一种同性相拒的倾向，即女儿把母亲看做限制她的意志的一个权威人物，母亲的任务便是教育她遵守社会所公认的关于性自由的禁制，在某种情况下，母亲也是她的敌手。在儿子看来，父亲是他所不甘服从的社会势力的化身，父亲阻挠着他的意志的实行，妨碍他早期的性快乐和对财产的拿用。母子关系则是更为纯真的，不为任何自私的意念所干扰。我国名著《红楼梦》中，主人公贾宝玉与其父贾政之间的紧张和仇恨，与其母王夫人之间的诚挚而较少利害关系的母子之情可以作为一个例证。当然，"俄狄浦斯情结"是无意识的，在意识中，它仅表现为各种形式的亲昵、爱抚的愿望以及同性父母不在时的快乐表情。随着年龄的增长和"超我"的逐渐形成，这种无意识被压入意识深处，但这个最原始的情结却在文学中不断出现：从希腊悲剧中的俄狄浦斯王终于应验了神示，杀父娶母，挖出双眼开始，很多文学作品在不同程度上以不同方式展现着这一情节。例如莎士比亚名剧《哈姆雷特》中，王子所以犹豫不决，迟迟不采取行动为父报仇，就由于他对母亲的眷恋和同情，不忍立即除去她之所爱，而在无意识中，他对父亲的死并不真正悲伤；英国著名作家劳伦斯的名著《儿子与情人》也写了儿子对父亲的冷漠甚至仇恨，以及母子之间的强烈感情和这种感情对于已经成熟的儿子的爱情婚姻的压制和妨碍。台湾学者颜元叔认为中国薛仁贵和薛丁山的故事也是"俄狄浦斯情结"的一种表现。先是薛仁贵射伤薛丁山，后是薛丁山误杀其父薛仁贵，中间穿插了许多薛丁山与其母王宝钏相依为命的情节和薛仁贵误以母子之情为男女关系的暗示。这种阐发是否可以成立，还有待于进一步分析。

最后，关于"潜本文"的研究也是精神分析学引入文学批评的一种新的尝试。弗洛伊德认为人的生活太艰难了，充满了太多的痛苦，太多的失望，不能没有减轻这些痛苦的办法。这就是"力比多转移"（Libido displacements），即把本能的冲动、"本我"的欲求转移到不会被外界挫败的方向上去。艺术就是拒绝欲望的现实与满足欲望的幻想之间的缓冲地带。艺术家则是能借助于他的创作，使自己的"力比多压抑"转移到作品中去的人，他和常人不同的地方就是他能在一种幻想的生活中去满足和放纵他的欲望，并把他的欲望铸造成一个崭新的现实——小说世界。弗洛伊德认为艺术家和精神分裂者都是突然中断与现实的联系而进入到一个虚幻的世界里去，所不同的只是前者可以找到返回现实的方法，不会被禁锢在僵化的幻觉世界中。艺术作品为什么有魅力？就因为其他人和艺术家一样也有苦闷，但他们不能自己制造出如此丰富的幻想世界。因此，作品不但是对于艺术家的补偿，同时又是一种社会性的治疗手段和一种使公众摆脱苦闷的出路。总之，作者所创造出来的使自己得到解脱的幻觉世界既是作者幻觉的对象，又是可供读者鉴赏的对象。这样，作品本文就有两个层次：一个是已经构造出来的可以作为对象的本文，另一个是作者的潜意识，这种潜意识升华并转移为前一个层次，是一个潜在的本文。按照弗洛伊德学说，这种"潜本文"肯定是存在的，但分析起来很不容易。弗洛伊德在1924年所写的《从精神分析论诗与艺术著作》中，曾分析过达·芬奇所画的圣母像，谈到画中出现的两个婴儿形态的天使，他认为这一幅画的"潜本文"就是达·芬奇本人的"恋母情结"。达·芬奇是私生子，他的父母早就离异，他画圣母，画婴儿天使都是他对父亲冷漠，对母亲深情的无意识的表现。中国当代女作家冯宗璞的许多作品，如《红豆》《弦上的梦》《核桃树的故事》都写到一种无法实现的爱情的怅惘和痛苦，其潜本文就是作者经历中所遭受到的未能满足的爱情的伤痛。鲁迅所写的著名短篇《药》，其潜本文之一就是鲁迅由于父亲的死所留下的憾恨，这种憾恨化为无意识中对中医中药的反感。显然这些作品都是作者痛苦的移位和升华。

综上所述，可见心理学与文学有着极其密切的关系，心理学的进展对文学创作、文学批评各方面都引起了根本的革新。

文学和社会学也是密不可分的。首先，文学是社会的产物，文学所写的内在、外在世界都是社会的一部分。作家是社会的一分子,他占有一定的社会地位,他的思想受到社会思潮的影响和冲击,他预期着得到社会的某种承认或报偿。文学对社会有一定的功能和作用,作者和读者之间以语言符号构成的作品为中介,相互沟通信息,任何作品都期待着知音,希望达到交流的目的。从历史来看,文学作品的产生总是和某一社会发展阶段相关联,如诗歌与祭祀有关,小说的发展与都市化的进程相关联。作为媒介本身的语言本身就是社会的产物,离开了社会就没有语言,语言有其社会性并随着社会的变化而变化。同时文学表现手段如象征、韵律等也都是在一定社会条件中才会产生的文化表现形式。例如蝙蝠在西方世界以其在黄昏出没的生活习性及其似鸟亦似兽的生理特征,被看做黑暗与魔鬼的象征;在中国,却因蝠、福同音而被视为幸福的记号。总之,文学从各个方面反映社会,但绝不是简单的立竿见影式的反映。如上所述,这种反映有着极为复杂的、动态的内容,很多情况下不能从表面文字而要在字里行间、文字背后去追寻。列宁认为托尔斯泰的作品是俄国革命的一面镜子,但托尔斯泰的主要作品并不是从正面反映俄国革命,而是从反面、从字里行间、从革命的影响及其在社会上引起的动荡和不安、变革等方面来进行多方位的动态反映,这和镜子与物的关系是根本不同的。美国新批评派以"意图谬误"和"情感谬误"的观点来切断文学与社会的联系,进行封闭的"文学性"研究,因而是片面的,认为文学既不能如镜子那样反映社会因而就全面否定反映论,也是片面的。

既然如上所述文学与社会不可分离,两者之间的关系就应成为社会学研究的组成部分。实际上,文学作品往往最详尽地保存着某一时代的生活情趣和社会风习。文学作品是研究食品、服饰、风俗民情的宝藏,是研究文化史不可或缺的资料源泉。20世纪以来,社会学与文学相结合的研究题目大量出现,例如《19世纪美国小说中房东与房客的关系》《20世纪小说中的美国华裔》《小说中的20世纪农民》《从中国当代文学看中国当代社会》等。即便是貌似杂乱无章、荒诞无稽的荒诞派、后现代主义小说也反映着一定的社会思潮,是值得研究的社会现象。当然,在进行这类研究时,必须善于分析作品中哪些内容是出自作者对现实的观察和客观的反映;哪些是作者的虚构及其个人欲望的表现;哪些纯系作者偏见。作者从一定社会地位出发而形成的偏见也应是一种社会学资料。

"作家社会学"考察作家的出身、社会经历对其创作实践的影响,研究作家社会地位变化的历史和趋向。作家的阶级出身固然对他的创作有一定影响，但不一定就真正打上了"不可磨灭的阶级烙印"。许多作家背叛了自己出身的阶级，为另一阶级服务，如鲁迅。18世纪欧洲宫廷诗人或写歌颂宫廷小说的作家往往出身微贱，他们不能不歌颂，因为他们以此为生。在欧洲，很多共产党作家也都不是平民出身；19世纪俄国重要作家则大多出身贵族，他们有土地、有农奴、有闲暇。事实上，作家出身背景与他在作品中所表现的思想倾向，有时有关系，有时也并无多大关联。一个作家的言论、看法和活动与他作品的社会寓意也不能混为一谈。在信仰、言论与文学创作之间，在创作理论与创作实践之间都有极大差别。

　　一本书的成功、流传、再风行或一个作家的声誉都是一种社会现象。作家的创作一般来说很难撇开他在经济上依存的读者群众。过去的贵族赞助人常常是一个要求作家屈从自己趣味、自己阶级习惯的"横暴苛刻的读者"。经济独立的作者可以在一定程度上摆脱这种干涉和压力，但他毕竟不能完全不考虑读者的反应和趣味，这种反应和趣味又是变化无穷的。如果说歌德的《少年维特的烦恼》曾经风靡一时，引起一代青年读者的共鸣与模仿，今天却很难再引起同样的热情。20世纪30年代中国象征派诗歌和新感觉派小说似乎早已被人遗忘，但近年来似乎又开始风行。这种趣味的变化是否有规律可循呢？这种读者的社会学也是社会学中一个值得研究的课题。

诗歌·绘画·音乐

　　文学、绘画、音乐、雕塑……各种艺术都有自己独特的发展历史，有不同的内在结构，有不同的表现方式，但是，无可否认，它们都是人类思想感情的抒发和呈现。因此，无论在西方或东方，各种艺术形式互相阐发的现象都是常见而多种多样的。

　　这种互相阐发的关系首先表现为各种艺术之间的补充和配合。我国最古老的诗歌总集《诗经》所收的305篇长诗、短诗都是可以合乐歌唱的，有的还可配以"舞容"。汉武帝设立了乐府机关，专门收集各地民歌。刘勰论乐府诗歌说："诗为乐心，声为乐体。"也就是说诗是音乐的心灵，声调旋律是音乐的形体。《文心雕龙》的《明诗》和《乐府》两章详细地讨论了音乐和诗歌这种互相补充和配合的关系。在西方也很容易找到这样的例子，例如海涅和缪勒就曾为舒曼和舒伯特的音乐提供了美丽的歌词，他们的诗因此也比许多更为卓越的诗得到远为广泛的传播。西洋歌剧和中国戏曲中诗与音乐的相得益彰就更不用说了。

　　在中国，诗和画从来就是互相配合的，诗甚至可以直接进入画面，成为绘画空间的一个组成部分。一幅优雅的图画，题上一首意境幽远的小诗，加上几枚朱印，熔诗书画于一炉，这正是中国艺术所追求的美学境界。西方诗集和小说也常常配以精美的插图。1949年，德国浪漫派诗人和小说家诺瓦利斯（Novalis）的名作《赛斯的新来者》在纽约出版时，同时印有60幅瑞士画家保罗·克勒（Paul Klee）的自然风景素描，英国批评家斯蒂芬·斯宾德（Stephen Spender）在序言中说：

　　　　一个奇异的内心世界，一个纯艺术和纯观赏的世界，意象派诗的世界，一个强烈而热情、却又诙谐而细致的想象的世界。印在这里的画……是诺瓦利斯的世界在保罗·克勒的世界里的一种反映。①

当然这并不是说诗与画的配合、诗与音乐的配合就一定成功。恰恰相反，许多第一流的诗歌不可能入乐，许多最好的画也并不是诗集或小说的插图，这里只是说明一种可能性。

有时候，各种艺术之间的关系不仅表现为互相参与和配合，而且表现为互相孕育和启发、一种艺术从另一种艺术获得灵感。法国诗人马拉美的名诗《牧神的午后》就是在伦敦国家美术馆看了布歇（F. Boucher）的一幅画后受到启发而创作的；英国诗人济慈也是从洛兰（C. Lorrian）的画构思了《希腊古瓮颂》的细节。曾获得诺贝尔文学奖的 T. S. 艾略特，在他的名作《诗的春天》中强调说：

  我认为诗人研究音乐会有很多收获，我相信，音乐当中与诗人最有关系的性质是节奏感和结构感……使用再现的主题对于诗像对于音乐一样自然。诗句变化的可能性有点像用不同的几组乐器来发展一个主题；一首诗中也有转调的各种可能，好比交响乐或四重奏当中不同的几个乐章；题材也可以作各种对位的安排。②

在中国，这种互相启发和给予灵感的现象更为明显。因为中国艺术美学的基础就是：谈诗则"诗言志""诗缘情"，谈音乐则"情动于中而形于声"，谈画则"外师造化，中得心源"，无论诗歌、绘画、音乐，其最高境界都不只是文字、线条色彩、旋律节奏的外在的美，而是在这一切后面的"情"和"心"，即所谓内在的"气韵生动"。这样，诗、画、乐之间互相启示、诱发的例子便举不胜举。

各门艺术之间还常有技巧交换，功能和效果互相取代的现象。诗画的相通互借，古今中外皆然。古希腊诗人西蒙奈底斯（Simonides）早就说过："画为不语诗，诗为能言画。"③ 达·芬奇也曾在他的《画论》中称画是"嘴哑的诗"，诗是"眼瞎的画"。我国诗画论中也有很多类似的说法。

---

① 转引自玛丽·盖塞：《文学与艺术》，《比较文学译文集》，张隆溪译，北京大学出版社1981年版，第121页。
② 艾略特：《艾略特散文选》，同上书，第126页。
③ 转引自钱钟书：《中国诗与中国画》，《七缀集》，上海古籍出版社1985年版，第6页。

例如张舜民《画墁集》卷一《跋百之诗画》就明确提出:"诗是无形画,画是有形诗",南宋孙绍远搜罗唐以来的题画诗,编为《声画集》;宋末画家杨公远自编诗集《野趣有声画》,诗人吴龙翰在所作"序"中更进一步提出:"画难画之景,以诗凑成,吟难吟之诗,以画补足。"① 陆机作《文赋》曾以绘画的美来说明诗歌中的音乐之美("音声之迭代,若五色之相宜")。南北朝时,宋人范晔开始分别宫商,辨识清浊,把音律运用到写作上来。刘勰在《文心雕龙》中也专辟"声律"一章,把"声有飞沉,响有双迭"等音乐技巧引入诗歌创作。在西方艺术中,常见一种艺术技巧向另一种艺术渗透,如绘画进入诗歌,叙事进入音乐,雕刻进入绘画等。例如布朗(C. Brown)在他的专著《音乐与文学》中就大量分析了音乐与文学的共同因素和互相渗透,特别是很有说服力地举了很多实例说明美国诗人和小说家艾肯(C. Aiken)如何在他的诗中让我们听见了这种缥缈飞逝的心灵的音乐的全部协奏。众所周知,T. S. 艾略特更是在他的诗中,自觉地、积极地引进了音乐技巧。加德纳(Helen Gardner)把 T. S. 艾略特的《四个四重奏》看做"都有自己结构的五个乐章"。第一乐章"包括陈述和反陈述",类似于"严格奏鸣曲式一个乐章中的第一和第二主题"。第二乐章"以两种不同方式处理同一主题",加德纳把它的效果说成是"像听同一旋律用不同的两组乐器来演奏,或者配上不同的和声,或者听见了这个旋律被改为切分节奏,或者被作成各种复杂的变奏"。第四乐章被看成一个"简短的抒情乐章"。第五乐章则"再现诗的主题,并有对个别人以及对整个主旨的具体发挥,然后达到第一乐章中的矛盾的解决",而诗中意象和象征的反复出现和不断变化形式又"正如音乐中一个乐句的变化的形式反复再现一样……好像我们听见一个乐句用另一种乐器演奏出来,或转成另一个调,或与另一个乐句糅合在一起,或以某种方式转化变换一样"。②

在各门艺术形式之间,不仅技巧可以交换,功能和效果也是可以交错发生的。尽管韦勒克对于这种交错的功能和效果存有很多保留,但他仍然承认:"文学有时确实想要取得绘画的效果成为文字绘画,或者想要取得音乐的效果而变成音乐。有时诗歌甚至想成为雕刻似的……可以在某种程度上传达类似希腊雕刻的效果:由白色的大理石或石膏引出的那种清冷,

---

① 转引自钱钟书:《中国诗与中国画》,《七缀集》,第6页。
② 转引自玛丽·盖塞:《文学与艺术》,《比较文学译文集》,第126—127页。

那种安宁、静谧以及鲜明的轮廓和清晰感。"他也承认:"人们无法否认贺拉斯'诗歌像绘画'的公式所取得的成功……18世纪人们对于作品如画般的效果的沉迷是很难消除的;从夏多勃里昂到普鲁斯特的现代文学中许多描写含有绘画的效果,能够引导人们看文字背后那些经常出现在同时代绘画中的场景……在我们总的文化传统内,作家确实在自己的作品中表达了古代寓意画的、18世纪风景画的,以及惠斯勒(Whistler)等人的印象主义绘画的效果。"① 韦勒克也承认:"我们听一首莫扎特的小步舞曲,看一幅华托(A. Watteau)的风景画,读一首阿那克里翁体的诗都会感到心情舒畅,精神愉快。"② 当然这种舒畅和愉快由于来自不同的感受(或听、或视、或读)也不可能完全相同,但在"舒畅"和"愉快"的意义上则是共同的。

中国艺术从来就讲究"诗情画意",以"诗情"作画更是常见。如宋代画院考试时就曾以"野水无人渡,孤舟尽日横","踏花归来马蹄香"等作为考题。这类考题要求考生按诗作画,将诗的构思改为画的布局。如"踏花归来马蹄香"一句,要画出"归来",在画面的空间里画出时间,画出"马蹄香",把嗅觉化为视觉,并不容易。一位考生以夕阳和野花为远景,画出一位书生骑着一匹缓步走来的马,马蹄周围盘桓着几只舞蝶。这样总算把动态的时间系列和存在于一定空间的香味都一并体现在二度空间的画的平面里了。当然,这只是一个浅俗的例子。实际上由于中国画所追求的都不是外在的"形似",而是"妙合无垠""情景合一"的最高境界。于诗,"诗乃模写情景之具,情融乎内而深且长,景耀乎外而远且大","情景合一而得妙语";于画,"画到神情飘没处,更无真相有真魂"(郑板桥)。总之,都是要突破表现手段("景"和"相")的有限,而超越于思想感情之无垠,即所谓"函绵邈于尺素,吐滂沛乎寸心"③。诗要"情溶乎景",就要具备诗的达意传情的功能。正如苏轼评论燕肃的画时所说的:"燕公之笔,浑然天成,灿然日新,已离画工之度数,而得诗人之清丽也。"④

最后,各门艺术的汇通和一致性还表现为一种思潮,或一个流派,如

---

① 韦勒克·沃伦:《文学理论》,刘象愚等译,三联书店1984年版,第132—133页。
② 同上书,第134页。
③ 陆机:《文赋》。
④ 苏轼:《东坡题跋》,转引自《中西比较美学文学论文集》,四川文艺出版社1985年版,第388页。

果它是强有力的,就很容易在不同的艺术部门中找到自己的成就和反响。例如:"比较洛兰(Claude Lorrian)的风景画和拉辛(Jean Racine)戏剧中的对话,可以更突出 17 世纪诗人和画家都主张的形式美概念以及自然的理想化的剪裁。夏多勃里昂(François René de Chateaubriand)作品中那详细的描写、诗意浓厚的语言和忧郁的情调,都可以在吉罗德-特里松(Anne Louis Girodet-Tricson)、德拉洛歇(Hyppolyte Delaroche)、大卫(Jacques Louis David)和杰拉尔(François Pascal Simon Gerard)等人的绘画作品中找到印证,他们都为发展那种追求异国情调,追求'没有灵魂的形体美'的浪漫精神作出了一些贡献。要理解兰波(Arthur Rimbaud)《灵光集》中的'神秘'一诗那种'晦暗、隐秘和不可解的东西',在高更(Paul Gauguin)的画《雅各与天使搏斗》当中就有一把钥匙,而凡·高作品中那种心理冲突在爱弥尔·维尔哈伦(Emile Verhaeren)的诗中也可以找到。"①

再举一个更为普遍的例子。韦勒克指出,曾经遍及于欧洲建筑、绘画、音乐、雕刻的"哥特式、文艺复兴、巴罗克、罗可可、浪漫主义、比德迈尔式、现实主义、印象主义、表现主义,这样一个以艺术风格来表示的分期序列显然影响了文学史家,从而进入了文学中"②。根据这样的分类原则,德国的奥斯卡·瓦尔泽尔(Oskar Walzel)得出结论说:"莎士比亚的戏属于巴罗克式,因为他的戏缺乏沃尔弗林(H. Wöifflin)在文艺复兴绘画中发现的那种对称的结构。一些次要的角色组合不对称,不同的重点落在戏的不同部分。这些特点说明莎士比亚的技巧与巴罗克的技巧是相同的。而高乃依(P. Corneille)和拉辛却围绕一个中心人物构筑悲剧,并根据亚里士多德传统的悲剧理论将重点分配在戏的各幕,因此他们的戏是文艺复兴式的。"③ 20 世纪以来,这类把文学艺术作为整体来分类和研究的著作很多,除了《各门艺术的互相阐发》《音乐与文学:各门艺术的比较》外,还有《从艺术看文学》《文艺复兴风格的四个阶段:文学和艺术中的演变 1400—1700 年》等。

中国自古以来类似的材料很多,但却缺乏系统整理。目前能看到的最好的研究就是钱钟书关于唐代以来的南、北二宗在绘画、诗歌、文风、宗教等各方面不同风格的分析。钱钟书指出,"中国画史上最有代表性"的、最主要的流派是"南宗文人画"。他引董其昌《容台别集》卷四说:"禅

---

① 玛丽·盖塞:《文学与艺术》,《比较文学译文集》,第 129—130 页。
② 韦勒克·沃伦:《文学理论》,第 138 页。
③ 同上书,第 140 页。

家有南北二宗，唐时始分。画之南北二宗，亦唐时分也；但其人非南北耳。北宗则李思训父子着色山水，流传而为宋之赵干、赵伯驹、伯骕，以至马、夏辈。南宗则王摩诘始用渲淡，一变构研之法，其传为张璪、荆、关、董、巨、郭忠恕、米家父子，以至元之四大家……"① 王世贞在他的《艺苑卮言·附录》中也说："吴、李以前画家（北宗）实而近俗；荆关以后画家（南宗）雅而太虚。"《隋书·儒林传》叙述经学也说："大抵南人约简，得其英华，北学深芜，穷其枝叶。"《文镜秘府论》称"司马迁为北宗，贾生（贾岛）为南宗"，假托贾岛写的《二南密旨》则以钱起的"竹怜新雨后，山爱夕阳时"等句为南宗，卢纶"谁知樵子径，得到葛洪家"等句为北宗。《世说新语·文学》第四则有"南人学问精通简要"，"北人学问渊综广博"的概括。总之，钱钟书引用大量材料说明了南北二宗的不同艺术风格贯穿在绘画、诗歌、书法、文章等各个方面。

  关于各门艺术之间的差别，西方艺术理论作了很多探索。最著名的当然是莱辛的《拉奥孔——论绘画和诗的界限》。莱辛首先是从诗与画所使用的媒介手段不同来立论的："绘画用空间中的形体和颜色，诗用在时间中发出的声音。"② 前者是自然的符号，后者则是人为的语言、文字或韵律。从这一点出发，在空间中并列的物体和它们可见的属性是绘画特有的题材；在时间中持续的动作则是诗的题材。因此，他认为绘画长于模仿那些并列在空间的物体，即使表现动态，也要选择那些最富于生发性的顷刻，使前前后后都可以从这一顷刻中了解得最透彻。而诗歌则长于描写那些持续于时间的动作，如果描绘任何物体或任何个别事物，也只是通过那物体或事物在动作中所起的作用，而且一般只涉及它的某一个特点：

  对于一个事物，荷马一般只取它的某一个特点。一条船在他的诗里有时是黑色的船，有时是空的船，有时是快的船，至多是划得好的黑色船。他就止于此，不再进一步去画一幅船的图画，如果画家想把这幅画里的材料都搬到他的画布上，他就得画出五、六幅才行。③

换句话说，绘画直接描写事物本身的美，而"诗则把美所引起的热爱和欢欣描写出来"。例如"荷马显然有意要避免对物体美作细节的描绘，从他

---

① 钱钟书：《中国诗与中国画》，《七缀集》，第8页。
② 伍蠡甫主编：《西方文论选》，人民文学出版社1964年版，第420页。
③ 同上书，第421页。

的诗里,几乎没有一次偶然听到说海伦的胳膊白,头发美——但是荷马却知道怎样让人体会到海伦的美……能叫冷心肠的老年人承认,为她进行花了许多血和泪的战争是很值得的,还有什么比这段叙述能引起更生动的美的印象呢?"①

其实,莱辛的这些理论并未超越亚里士多德的《诗学》第一章。亚里士多德强调"所有的艺术都是模仿,只是有三点差别,即模仿所用的媒介不同,所取的对象不同,所采的方式不同"。西方美学讨论各门艺术的不同正是从"模仿"这一根本点出发的。而他们讨论的对象又多半是史诗和情节画,即故事叙事诗、戏剧和表现圣经故事和希腊神话的油画。前者总是表现一个完整的过程,如亚里士多德所说:史诗应"环绕着一个整一的动作","悲剧是对于一个完整而具有一定长度的行动的模仿"。② 而后者则多数带有插图性质,由脱离了形象就失去意义的色彩和线条所构成。这种强调差别的研究又是与欧洲文化传统重分类、求明晰,以人的活动为中心的特点不可分的。

中国的艺术理论也曾重视诗、画的差别,所谓"宣物莫大于言,存形莫大于画",和上述亚里士多德和莱辛的议论颇相似。中国传统美学对于评论诗和画所采取的标准也有不同。评画时,多以"虚"和与"虚"相连的风格为上;评诗时则着重"实"和与"实"相类似的风格。虽然王维是大诗人,他的诗和他的画又具有同样风格,而且他在旧画传统里,无疑占着第一把交椅,但从旧诗传统来看,中唐以来众望所归的首席却是有"诗圣""诗王"之称的杜甫。钱钟书根据这种现象总结为:

> 在中国文艺批评的传统里,相当于南宗画风的诗不是诗中高品或正宗,而相当于神韵派诗风的画却是画中高品或正宗。旧诗或旧画的标准分歧是批评史里的事实。我们首先得承认这个事实,然后寻找解释、鞭辟入里的解释,而不是举行授予空洞头衔的仪式。③

的确,在中国艺术理论中大量存在着"诗画一律","诗中有画,画中有诗"之类的论述,但对于诗画的区别却谈得很少。这原因大约是中国传统艺术理论的出发点是"表情","情动于中而形于外",利用什么手段并

---

① 伍蠡甫主编:《西方文论选》,第423页。
② 同上书,第62、76页。
③ 钱钟书:《中国诗与中国画》,《七缀集》,第27页。

不太重要，只要能达到"情景合一"的最高境界；而艺术理论家们所讨论的对象又多是山水诗和水墨画。山水诗篇幅短小，所表现的情景也往往只是顷刻之间，很少在持续的时间上展开。水墨画并不依靠复杂的色彩，线条的作用也相对减小。晕染的墨色和具有不同质感的线条对实际的色彩和线条来说已经具有某种抽象意义，可以直接传达内心的感受而有一定的感染力。这种很少研究诗画区别的现象大约也与中国传统的重整体功能，讲求"大象无形，大音希声"，强调人与自然的和谐有关吧。

以上关于文学与各种艺术的汇通与差异都是从传统美学的角度来讨论的。如果从当代美学的发展来看，就会发现一种各个艺术门类互相突破、取代，以扩大其表现力的趋势。还在20世纪初，美国新人文主义者欧文·白璧德就已经在他的《新拉奥孔》中对各种艺术类型的彼此混淆而不满，他认为这是浪漫主义所引起的混乱的结果。但在现代派文学艺术中，这种趋势却一发而不可收。T. S. 艾略特在一篇讲演里说："要写诗，要写一种本质是诗而不是徒具诗貌的诗……诗要透彻到我们看之不见诗，而见着诗欲呈现的东西，诗要透彻到在我们阅读时，心不在诗而在诗的'指向'。'跃出诗外'，一如贝多芬晚年的作品'跃出音乐之外'一样。"① 这种"跃出"一种艺术载体，要求在另一种载体中得到的现象，钱钟书称之为"出位之思"，叶维廉则称之为"超媒体"。

批评家约瑟夫·弗朗克（Joseph Frank）对这一现象作了很有创造性的研究。他认为："由T. S艾略特、庞德、普鲁斯特和詹姆斯·乔伊斯为代表作家的现代文学，正在向空间形式的方向发展。这就是说，读者大多在一个时间片刻里从空间观念上去理解他们的作品，而不是把作品视为一个系列。"② 总之，读者不是像过去那样，一页继一页，一个行动接着一个行动地从作品得到一个完整的印象，而是在读完作品时，需要把作品中所写的各种印象拼合起来，从表面上孤立的片段和一组组词汇，从一个暗示的、集中的情景联系中看到整体。如弗吉尼亚·沃尔芙的《达洛威夫人》就是一个很好的例子。这本书描写1923年6月里的一天，人们在伦敦的几个区里流连，可以闻到大都市的各种气味，听到公共汽车和飞机的喧声、乞丐的吵闹声，看到商店里的顾客、公园里的游人和大街上熙攘的人群。读者好像和作者一起在几家人家进出，有医生的诊所，还有几家商店。沃

---

① 马塞森（F. O. Mattiessen）：《T. S. 艾略特的成就》，转引自叶维廉：《比较诗学》，台湾东大图书公司1983年版，第208页。

② 约瑟夫·弗朗克：《文学中的空间形式》，《比较文学译文集》，第124页。

尔芙就在这样的时间和空间的限制下描写了克拉丽莎·达洛威和其他几个人物。连接时间、空间和人物的不是延续的时间和思想，而是在小说中不断反复出现的某些象征和意象：议院塔上大钟的钟声、太阳的意象、从莎士比亚作品中摘来的诗句、花的象征、未说明身份的人物等等，这一切综合成总的效果，读者必须善于把这些象征和意象与作品中主要的两个人物联系起来，和这些人物一起在时间上来回移动，才能对作品真正地欣赏和理解。

在现代派诗歌中更是大量运用了这类"并置"和"对比"的方法，正如电影中的蒙太奇，被摄下来的毫无秩序的片段，经过剪辑，产生了呼应、悬念、对比、暗示、联想等效果，构成一个整体。现代派诗歌大师庞德所提倡的"漩涡主义"（vorticism）就是认为，诗人着意捕捉的，是那外在客观事物转化或突然变成一件内在主观事物的瞬间。这种事物"切断了联想之锁"，像两束光的互相照射，让意象独自出现，读者必须主动运用其想象以探索两者之间的关系。亦即排斥联系语和说明文字，让事物及经验自行演出，以便其中蕴藏的信息透过意象自行传达。如庞德1913年所写的《巴黎地铁车站》：

> 人群中这些脸孔的魅影，
> 湿黑枝头的花瓣。

脸孔、魅影、花瓣的并置暗示地铁车站的阴暗潮湿和人群熙攘所造成的一种不真实的幻影的感觉，这种感觉又从花瓣的脆弱和枝头的湿黑反射出来。

再如T. S. 艾略特的诗：

> 路灯说
> 四点，
> 这就是门上的号码。
> 记忆
> 你有这钥匙，
> 小灯在楼梯上投下一个光束。
> 登吧。
> 床已铺开，牙刷插在墙上，

> 把你的鞋放在门口，睡吧，准备生活。
> 刀子的最后一扭。①

一个个画面的连缀似乎毫无逻辑可言，其实是一种新的自由联想方式。"在这种自由联想中事物仿佛获得了不同寻常的秩序和认识。诗中的路灯似乎是在衡量着时间的过程，每一盏路灯投出光束，照在它自己的意象上，让记忆从它一般的联系中解脱出来，给意象一种新的合成意义。这些意象全集中于生活中恐怖的扭曲面——种种扭曲面的事物……最后一盏灯将说话者带回了白天的秩序——回到现实了——他的住处、责任和走马灯般的生活。然而他无能为力，无路可逃，这是记忆最后的痛苦一扭，在诗中比喻成刀子的最后一扭。"② 现代派诗歌就这样打破了过去把诗歌看做一个连续时间序列的惯例，而逼迫读者在一个时间的片刻里如欣赏绘画那样从空间上去理解作品，再把它们按自己的方式联系起来。

突破诗歌的形式，取得音乐的效果，也是现代派诗歌所自觉追求的。现代派诗人致力于创造"音乐性的诗"，也就是真正具有音乐效果的诗。艾略特说：

> 词的音乐可以说是在一个交叉点上：它的产生首先来自与前后各个词的关系，与它的内容其余部分的关系；而且还来自另一种关系，即在那特定上下文中这个词的直接意义与它在别的上下文中所有的其他意义之间的关系，与它的或多或少的联想之间的关系……我在这里的目的是要特别指明，一首"音乐性的诗"就是这首诗具有音乐型的声音，构成这首诗的词汇具有音乐型的第二层意义，而这两种音乐型是统一不可分割的。③

这就是说，诗歌借助音乐来表达的可能性不仅在于依照音乐形式的原则来组成诗歌结构，如《四个四重奏》按贝多芬作品132《A小调四重奏》的五乐章格式组成，而且还可以使诗"具有音乐型的声音"。这种声音来源于词义的两重性，一个词一方面在特定的上下文中有特定的意义，另一方面在另外的上下文中又有另外的意义。人们在读诗时，一方面用头脑去理

---

① 艾略特：《大风夜狂想曲》，《四个四重奏》，裘小龙译，漓江出版社1985年版，第28页。
② 同上书，第25页，裘小龙注。
③ T. S. 艾略特：《艾略特散文选》，《比较文学译文集》，第127页。

解，一方面根据自己过去的经验用心灵去感受，正如庞德所说，诗的意象就是在一刹那间呈现出"知性的"与"感性的"二者的复合体。这种由词义的两重性所构成的"具体性"与"暗示性"的结合同时作用于读者的"知性"和"感性"所形成的意象重复交错地在诗里出现，就获得了一种更深的、扩展的意义，犹如音乐中不同曲调的多次反复变奏，构成了音乐的交响。能具有这种效果的诗也就是艾略特所说的"音乐性的诗"。至于如魏尔伦的《小提琴的呜咽》、爱伦坡的《钟声》或表现一种乐器的音色，或模拟一种乐声，则只是在更明显的较低的层次上取得音乐的效果。

在中国，早在20世纪20年代初，闻一多就曾提出诗歌的音乐美、绘画美、建筑美，企图从一种艺术中体现出另一种艺术特点，这和中国文化传统中所谓"诗中有画，画中有诗"并不是一回事，这里谈的不是"诗中有画"，而是诗的某些部分就是画。但是这一构想并未在文学创作中获得充分实践。

美国学者玛丽·盖塞在她那篇很有启发性的《文学与艺术》中总结说："这种研究以全部艺术为领域，从单个艺术品之间的偶然联系直到整个文化时期文学艺术作品互相渗透的极为复杂的情形，可以有无数值得研究的题目。研究各门艺术的这种方法也绝不是牵强的。严肃的艺术家和批评家都随时意识到，文学与艺术间存在着'天然的姻缘'，而且几乎毫无例外地承认，这种姻缘本身就包含着构成比较分析之基础的对应、影响和互相借鉴。有时候，艺术家本人就意识到自己的主题、布局技巧、形式安排和思想的发展方式其实属于另一门艺术的范畴……对于比较学者说来，这一点的意义还在于：文学与其他艺术的关系并不是批评家的臆造，而是艺术家们自己也承认的事实。"[①] 因此，尽管西方文学批评泰斗韦勒克对"文学与艺术的关系"的研究现状极不满意，评价甚低，强调"各种艺术（造型艺术、文学和音乐）都有自己独特的进化历程，有自己不同的发展速度与包含各种因素的不同的内在结构"。但他也承认："它们（各种艺术）相互之间是有着经常的关系的，但这些关系并非从一点出发而决定其他艺术的所谓影响；而应该被看成一种具有辩证关系的复杂结构，这种结构通过一种艺术进入另一种艺术，反过来，又通过另一种艺术进入这种艺术，在进入某种艺术后可以发生完全的形变。"[②]

[①] 玛丽·盖塞：《文学与艺术》，《比较文学译文集》，第134—135页。
[②] 韦勒克·沃伦：《文学理论》，第142页。

跨学科研究的新成果
——评乔山的《文艺伦理学初探》

我们正在进入一个跨文化和跨学科研究蓬勃发展的时代。所谓"跨学科研究"也就是交叉学科或科际整合的研究，它研究不同学科间的关系和相互整合。我国著名科学家钱三强曾预言："本世纪末和下世纪初，将是一交叉学科的时代。据统计，通过学科之间相互结合而形成的交叉学科数目已占当前学科总数的百分之五十，其中百分之九十的交叉学科是在近百年出现的。"[①] 乔山同志的《文艺伦理学初探》正是系统的跨学科研究的一个新成果，它开拓了文艺学研究的一个新层面，具有重要的理论意义和现实意义。

朱光潜先生的《文艺心理学》1936年在开明书店出版，可以说是率先进行了文学的跨学科研究。在这本书的"作者自白"中，朱先生说："这是一本研究文艺理论的书籍。我对它的名称，曾费一番踌躇。它可以叫做《美学》，因为它所讨论的问题通常都属于美学范围。美学是从哲学分支出来的，以往的美学家大半心中先存有一种哲学系统，以它为根据，演绎出一些美学原理来。本书所采用的是另一种方法。它丢开一切哲学的成见，把文艺的创造和欣赏当作心理的事实去研究，从事实中归纳得一些可适用于文艺批评的原理。它的对象是文艺的创作和欣赏，它的观点大致是心理学的，所以我不用《美学》的名目，而把它叫做《文艺心理学》……我们可以说，'文艺心理学'是从心理学观点研究出来的'美学'。""从心理学观点研究出来的'美学'"，就是一种跨学科研究。

---

① 解恩泽主编：《跨学科研究思想方法》，山东教育出版社1994年版，第1—2页。

事实上，20世纪80年代以来，美学和文艺学研究大都带有跨文化与跨学科研究的特点。继1981年朱光潜先生的《文艺心理学》收入《朱光潜美学文集》而广泛流传之后，金开诚新编的《文艺心理学概论》，钱谷融、鲁枢元合编的《文艺心理学教程》相继出版。有关文艺学与其他学科的交叉研究也不断涌现，如钱学森、刘再复等著的讨论美学与现代科学的《文艺学·美学与现代科学》；许明著的讨论美学与哲学认识论的《美的认知结构》等等。

乔山同志的《文艺伦理学初探》是这类跨学科文学研究著作中最近新出版的一本（1997年9月）。如果套用朱光潜先生的话来说，这就是一本"从伦理学观点研究出来的文艺学"。全书共分四章："关于文艺伦理学的建构""文学与伦理关系的历史考察""关于文学创作与伦理""文学批评与伦理"，四章大体上都是研究"文艺学"与"伦理学"的关系的。从这本书的内容看，可以说材料十分丰富，不仅广泛引用了许多中外有关文艺学、美学和伦理学的论著，而且用了不少文学作品来说明文艺和伦理的关系。如此丰富的广征博引显然决非一日之功，而只能是长期累积的结果，因而本书也决非一般浮躁之作，而是长期思考和研究的结晶。更重要的是本书显然具有强烈的现实针对性和深刻的理论探讨的前沿性。

众所周知，我们正在经历一个经济、政治、文化的转型时期。在这一时期，理论和现实都在进行着急遽的变化和重组。从文学理论的发展来看，20世纪以来，文学理论本身经历着一个脱离社会——抽象自身——自我解构——泛社会化的过程：西方新批评派首先以所谓"意图谬误"（intentional fallacy）和"情感谬误"（affective fallacy）切断了作品和作者、作品和读者的联系，认为作品的意义只决定于作品本身；之后，结构主义摒弃作品内容，将丰富多样的作品抽空为数种结构形式；再后，解构主义认为既然语言的意义充满了不确定性，作品的内容和意义也是不确定的、支离破碎的；接受美学则进一步认为作品的意义只能决定于读者的理解和诠释。80年代以来，随着西方文化研究（culture studies）的兴起，文学作品又成为女性主义、阶级、族群研究的证据和插图，文学的审美和其他价值明显受到忽视。当然，这些文学思潮都曾为文学理论的建设留下了踪迹，作出了贡献，但也不能不看到长期以来文学理论本身正在呼唤着总结、突破和新的发展。

从社会发展方面来看，目前，世界许多学者都在探讨21世纪的前景，探讨"后现代"之后是什么，"解构"之后又待如何。德国哲学家哈贝马斯认为必须使解构、离散、零碎化的世界重新凝聚起来。他的基本出发点之一是针对只强调个人特点和利益的各种理论的弊端,指出任何人都必须通过社会,其特点才能得以实现,而一旦嵌陷入社会的网络就必须臣服于这一网络的普遍原则(有如参加一种游戏就必须遵守一定的游戏规则),这就使个人特点和意愿不能不受到一定的限制和压抑以至于被异化。为了解决这一矛盾,就要一方面提倡个人有说"是"或"否"的平等权利,另一方面又要提倡个人对自我中心的克服;既要同等尊重每一个人的尊严,又要保护所有个人赖以生存的联系网络。哈贝马斯提出"正义"原则,保障对个人的尊重和个人的平等权利;同时提出"团结"原则,要求个人有同情和尊重他人的义务。他认为这是一个既可以维系社会,又可以充分维护个人意愿而应得到普遍认同的基本原则。他坚信只要不断通过交往、商谈、"互为主观"(intersubjectivity)等途径,就可以一方面找出可以普遍接受的、类似最小公约数的共同原则,另一方面又不断扩大可以讨论的、互相宽容的空间。他还强调这些原则可以在不同的层面展开,可以限于制定互惠、互利规则的功利层面,也可以用于共同探求一种更美好生活的伦理层面或其他更为抽象的层面。如果认同哈贝马斯的见解,文艺伦理学将成为一门维护社会共同利益,对社会发展具有重要意义的学科。

再从历史上看,中国传统特别是儒家传统一向强调文艺的伦理功能,关于这一点,《文艺伦理学初探》作了详细的分析。例如《论语》中记载着这样一段话:"子谓韶,'尽美矣,又尽善也';谓武,'尽美矣,未尽善也'。"(《八佾》)其实,这里的"尽美"也是和道德价值判断联系在一起的。例如孟子说:"充实之谓美"(《尽心》下),朱熹注说:"力行其善,至于充满而积实,则美在其中,而无待于外。"看来,朱熹认为"善"从某方面说可以包含美。"尽善"所以高于"尽美",正因为"尽善"即是"尽善尽美"。中国传统文化中的儒家大都是把文艺学或美学和伦理道德联系起来的。这一点,对于当前的精神文明建设可以说具有特殊的重要意义。

当然,一门学科的建立或复兴,总是有相当大的难度的。现在乔山同志重新提出"文艺伦理学",开拓了一个文艺学研究的新方面,一定会提出许多需要进一步思考的问题,也难免会引起一些讨论和不同意见。例如从古至今,真、善、美一般都是三个相对独立的范畴,特别是审美现代性更是强调美的无目的性和非功利性,把文艺学或美学伦理道德化,甚至认为美学或可代替伦理学,如作者所引用的高尔基的一句话:"美学是未来的伦理学"。是否符合现实和未来的发展呢？高尔基这句话的意思是说"未来的伦理学"应是"美学"的，还是说"未来的美学"应是"伦理学"的呢？"审美的道德化"与"道德的审美化"显然并不一样。所有这些跨学科的问题都还有待于进一步讨论，学术文化正是在讨论和批评中不断发展的。

中国文化人类学的重要成果

文化人类学是 20 世纪获得重大发展的学科之一。如果说 20 世纪初，文化人类学还多半是从西方文化观点出发，把重点放在研究史前人类状况或将非西方文化作为原始的、不发达文化来进行研究，那么，20 世纪后半叶，由于西方中心论的衰落，特别是文化相对论的被认同和双向人类学（reciprocal anthropology）的提出，情况有了很大变化。文化相对论和双向人类学都强调尊重不同文化的差别，尊重多种生活方式的价值，强调寻求理解，和谐相处，不去轻易评判和歧视与自己文化不相吻合的东西，强调任何普遍假设都应经过多种文化的检验才能有效。因此，研究者应尽可能最大限度地保持事物的客观性，设法去理解在某种文化中建立的各种关系的行为准则，而绝不勉强以另一参照系的框架去对之进行解释。

在这一普遍发展的背景上，20 世纪 80 年代以来，中国的文化人类学也有了长足的进步。1981 年，中山大学成立了人类学系，全国性的"中国人类学学会"也在同年创建，并连续召开了三次全国性学术讨论会；1984 年，厦门大学又在原有的人类学博物馆基础上相继成立了人类学研究所和人类学系；有关文化人类学的著作和译作一时如雨后春笋。进入 90 年代，和许多新学科一样，文化人类学也开始"沉静"下来，而一批杰出的年轻学者却在这"沉静"中显示了实绩。

1989 年出版了萧兵的《中国文化的精英——太阳英雄神话比较研究》，对东西方神话中有关太阳神世系的神话进行了人类学方法的探讨。1992 年，叶舒宪的《中国神话哲学》相继从文化人类学的观点出发，研究了中西神话的原型模式，以及神话同人类其他精神形态的相互联系、渗透和转化。两本专著都是两位青年学者多年的材料积累和多年的苦心思索。他们的研究超越了文化分野,突破了学科界限,在跨文化和跨学科研究的崭新领域中,披荆斩棘,为后来者开辟着前景辉煌的新路。事实上,一切创新和进步都来源于新观点、新探索,没有新观点,就不可能发掘出新材料,也不可能对旧材料作出新诠释;没有新探索,新观点就没有实际内容。新观点的孕育和形成又全靠他种文化和他种学科以及许多偶然因素的酝酿和触发。在80年代文化人类学的传播和影响下,一支年轻学者的队伍逐渐积聚起来,人不多,但十分精干,十分执着。他们以人类学的方法重新研讨中国文化和中国文学;又以中国文学和中国文化为基础重新思考了来自西方的文化人类学的某些理论和方法,进行了很有创见、很有兴味的中西文化对话。他们以实际业绩有力地证实了当前中西文化对话的必要性、可能性及其推动中国文化研究向前发展的重要意义。

颇具高瞻远瞩的湖北人民出版社将这些显然不能赚钱的年轻人的最新成果汇集为数百万字的《中国文化的人类学破译》系列(下文简称《破译》),共8卷(已出7卷①)。这部丛书的基本特点是以传统训诂考据之学为先导,详细占有包括甲骨文、金文和地下实物在内的材料;运用文献、考古、田野三重证据,在世界文化的比照和印证中,诠释、破译中国上古文化典籍的众多疑难和问题。萧兵说:"我坚持师承乾嘉诸老的'辩章学术,考镜源流',从实证出发,以先进的科学理论为指导,用世界各古族和后进群团的文化为参照,进行我所谓'微宏观互渗,点线面兼顾'的研究……力图做到考与释并进,史与论结合……实现微观分析—综合求证—整体比较的互动。"当然,萧兵并不能一蹴而就,完全实现他的理想,有些地方甚至完全不能令人信服,但人们却可以从他笔墨的字里行间触摸到那种"虽不能至而心向往之"的学术激情。这种激情就是不断抛弃错误,永远前进的保证。

《破译》头几本面世,学术界出现了截然相反的议论。丛书第一本,萧兵的《楚辞的文化破译》刚出,就得到著名历史学家姜亮夫老先生的很高评价。姜先生说:"今乃得福州萧君,其学以初民社会学、文化人类学、民俗学,综合诸科,以寻绎屈赋,往往得其环中,以应无穷,其术绵渺善

---

① 已出的《破译》7卷为:萧兵:《楚辞的文化破译》,湖北人民出版社1991年版;叶舒宪:《诗经的文化阐释》,湖北人民出版社1994年版;萧兵、叶舒宪:《老子的文化解读》,湖北人民出版社1994年版;臧克和:《说文解字的文化说解》,湖北人民出版社1994年版;叶舒宪:《庄子的文化解析》,湖北人民出版社1997年版;萧兵:《中庸的文化省察》,湖北人民出版社1997年版;王子今:《史记的文化发掘》,湖北人民出版社1997年版。

道,盖有得于近世综合而治之科学方法,其道谅矣。以析疑辨惑,广途大道,所得至多。"姜先生还因萧兵的新著引发了对自己过去创新的艰辛之途的感慨,他回忆说:"世之读骚者往往宥于旧说,不能自振,甚者以绩溪胡氏为圭臬,视余为狂怪……"前贤尚且不免,后学如萧兵者在某些圈子里当然更不能幸免于被视为"狂怪"的命运!从这些圈子里总是不断发出各种排斥异己、扼杀新机、唯我独尊、封闭倒退、顽固自恋的谬论。其荒谬程度较之鲁迅当年的挞伐对象真是有过之无不及,而其对新生力量的杀伤力更是不容低估!难怪姜亮夫先生要语重心长地鼓励萧兵说:"君以心精力果之资,因新说以复其初,其功已伟矣;又方壮岁,愿努力以廓清此数千年瘼瘵之病,为学术立一新方向,幸矣!"①

其实,《破译》诸作者所采取的用跨文化、跨学科的视野和方法来研究中国文化和中国文学也远非始自今日。早在20世纪三四十年代,闻一多先生就曾大声疾呼:"除了我们这个角落外,还有整个世界!"②他将历来研究《诗经》的方法归结为"三种旧的读法":经学的、历史的、文学的。他将自己倡导的读法称为"社会学的",并提出希望用考古学、民俗学、语言学(这三门学科正是与传统人类学相对的文化人类学的主要内容)等方法将读者带到《诗经》的时代。③事实上,20世纪以来,如果说王国维开创了"于纸上材料之外更得地下之新材料"的"二重证据法",郭沫若相继尝试了"借助于世界眼光去透视第二重"材料的跨文化人类学思路,而闻一多明确提出了"超出了文化圈外"和学科限制的"文化人类学"方法,那么,《破译》各卷正是接续了这一传统。当年的改革派王国维、郭沫若、闻一多等似乎已为世人所容,他们的论断甚至有时也还被人作为经典引用,然而他们的年轻的后继者却还不能不感到四周的压力而忐忑于心。《诗经的文化阐释》的作者叶舒宪说:"用外国的、世界的东西来论证中国的情况,这对于坚守'夷夏之防',笃信'非我族类,其心必异'的国学传统而言,确实具有革命性的意义。"革命从来就是危险的事,难怪叶君所写的那篇《诗经的文化阐释》长序总是笼罩着浓厚的悲壮气氛。他说:"我们所处的这个由封闭到开放的历史转型期决定了我们几代学人共同的探路者的命运……探路途中,侥幸成功者和不幸迷途者乃至触雷阵亡者都同样值得敬佩和尊重。至少他们为后人标出了歧途和雷区的警戒线,

---

① 姜亮夫:《萧兵楚辞研究序》,《楚辞的文化破译》,湖北人民出版社1991年版,第2页。
② 《闻一多全集》第3卷,三联书店1982年版,第639页。
③ 参阅《闻一多全集》第4卷,第5—7页。

减少了后继者可能遭遇的危险。更重要的是他们为突破封闭与禁锢作出了实际的努力。"他认为自己属于那"生不逢其时——上无自幼诵经之家教私传，下无留学深造之机"的"垮掉的一代"，对他们来说，"哪怕是要取法半世纪前闻一多辈所达到的境界，又会有几人侥幸成功呢？"他强调："我们所能做的唯一选择似乎就是仗着'天生我才必有用'的自信力，去知其不可为而为之了吧。"① 真是读来令人心酸！

然而，无论开拓者怀着怎样的心态，到1997年，《破译》已出版了"砖头般厚"的7卷，而以《破译》为核心，聚集了越来越多的一批有志于文化人类学，决心为中国文化的世界化和现代化作出贡献的年轻学者。1996年春天，在长春东北师范大学召开的中国比较文学第五届年会暨国际学术讨论会上，这批年轻人提出了一些极有价值的有关文学的人类学报告，引起了国内外学者的浓厚兴趣。于是，大家提出了成立一个"文学人类学学会"的倡议。这个倡议1997年得到了全面发展。终于于1997年在厦门大学召开了首届中国文学人类学学术研讨会。到会的48位学者多系中青年，他们来自人类学、文学、民俗学、语言学、考古学、社会学、民族学、艺术学各个领域；台湾最著名的人类学家李亦园院士也远程赶来，肯定了"文学人类学"的新提法，并为研讨会做了主题发言。会上对"文学人类学"的内涵和外延进行了深入的讨论，大体统一于"文学人类学是用文化人类学方法探讨文学艺术，同时，通过文学艺术及其所包含的深层文化内容进一步研究文化人类学"。《破译》丛书既是中国文学人类学的第一批优秀范例，又是中国文化人类学对世界文化人类学作出的不可小视的重要献礼。

作为中国文学人类学代表的《破译》用现代的、世界的眼光重新诠释中国原典，使其真正成为当代全球文化的一部分，成为人类共享的思想、文化资源。可以说《破译》的作者已超越了东西方文化"二元对立"的传统模式，努力从人类及其文化整体的高度去审视某一文化现象。他们对《诗经》《楚辞》《庄子》《老子》的解读都是追求跨文化的融会贯通，超越东西方文化孰优孰劣的简单价值判断，竭力探寻人类共有的、具有相对普遍适应性的原型、象征等模式，如"永恒回归"（eternal return）、"自我中心幻觉""乐园追求"等等。这样做的结果，一方面使长期以来限于单一范围内的传统训诂——文献学研究在世界范围内重新寻找到自己的位

---

① 叶舒宪：《诗经的文化阐释》，湖北人民出版社1994年版，第15页。

置,同时,又借文化人类学的普遍模式的演绎功能使传统考据学所不能彻底认知的远古文化"密码"在跨文化的比较分析和透视下得到破解;另一方面,在这样的研究和诠释中,很可能逐渐会产生既非传统的西方话语,亦非传统的东方话语的新的话语,从而能在人类共同建造的思维基础上相互沟通,共同前进。这样,东西方就有可能在彼此都熟悉的语境里对话,不但能够消弭过去有关东西文化"优劣成败"的某些情绪化的争执和误解,而且可能由此寻找东西文化之间的新的契合点和生长点。

在目前的文化转型时期,文化的多元发展仍然受到来自多方面的阻力。如各种文化中心论(包括西方和东方)对异己文化的压制,文化部落主义的封闭僵化所导致的本土文化衰竭,以及信息社会难于避免的文化一体化倾向,等等。而历史早已证明,各种文化的差异正是人类文化发展的必不可少的、最宝贵的源泉。《破译》所进行的研究既发掘了自身文化的特点,又促进了不同文化之间的沟通、理解和互补、互利,它所代表的方向就是历史前进的方向,它必能因此而在历史的长河中留下自己的痕迹。

第二编
传统，在现代诠释中

继承传统,重在创新

　　继承的目的当然是为了创新。但是也有人说,所要继承的东西(传统)还没有研究清楚,哪里谈得上创新?这当然也对,但是,传统要到什么时候才能"研究清楚"?怎样才算"研究清楚"?离开了今天的特殊语境,缺少了富于个性的、不同于以往任何时代的、全新的创意,浩如烟海的"传统"又从哪里研究起?窃以为无论何时何地,创新都是第一义的,都是矛盾的主导方面;更何况我们所面临的这个世纪转折时期,其深度、广度,特别是对于人本身的身体和心灵的影响,都是前所未有的,都远远超出于过去任何一个世纪转折时期!如果说 19 世纪末,尼采已经喊出"重新估价一切",那么,20 世纪末显然就不再只是"重新估价"的问题,而是要"重新创造一切"!每一个人都不可避免地必须去迎接一个人类从未经历过的、过去的许多经验都已不再适用的崭新的信息时代!

　　然而,我们对自己所处的这个信息时代实在是知之太少,甚至全然无知;对于它所掀起的各方面极其深刻的变革,不是盲然,就是茫然!我们在自己熟悉的"学术界",沿着过去的路,贸然前行!很久以来,我们总是在传统文化和文化传统之间转来转去,却始终未能打开一片新的天地!这里原因自然很多,过于沉重的传统负累是不是也是原因之一呢?

　　记得 1978 年,国门初开,钱钟书先生在意大利的一次学术讨论会上发表演讲,他首先强调的就是要"对实证主义造反"!他说:"所谓实证主义就是烦琐无谓的考据、盲目的材料崇拜"。他指出:"在解放前的中国,清代朴学的尚未消减的权威,配合了新从欧美进口的这种实证主义的声势,本地传统和外来风气一见如故,相得益彰,使'文学研究'和'考据'几乎成为同义名词，使'考据'和'科学方法'几乎成为同义名词。"① 他认为必须从这种实证主义的传统中解脱出来，致力于理论的研究和创新。钱先生当然不是全盘否定实用主义和中国朴学的重大贡献和在历史上所曾起过的作用，但是，在当时的语境下，他更一针见血地指出了国内学术研究界的症结。钱钟书先生被公认是20世纪对中西传统知之最深、应用最好的顶尖学者之一。"文化大革命"一结束，他最先考虑的就是摒弃某些阻碍学术发展的"传统"，大力促进理论的创新。

其实，就中国传统而言，继承和创新，从来就是以创新为重。"天行健，君子以自强不息""苟日新，日日新，又日新""周虽旧邦，其命维新"等等古训所强调的，都不外乎一个"新"字。今天，在离新世纪还有数十天的时候，"继承传统，奋力创新"是我对中国学术界最深心的祝愿。

---

① 钱钟书：《古典文学研究在现代中国》，《钱钟书研究》第2辑，文化艺术出版社1990年版，第5页。

中国文化遗产的传递
——在西班牙"文化遗产传递"国际研讨会上的发言

中华民族有长达四千余年有文字记载的文明史,在有文字记载之前还有许多口耳相传的美丽神话如女娲炼石补天、大禹治水等。中华民族是一个非常重视文化遗产和历史传统的民族。周朝(约前11世纪—前256年)已经在帝王身边设立了左史官和右史官,右史记言,左史记事。史官必须十分忠实地把发生过的事件和皇帝的言论(无论好坏)记载下来,为此不惜献出自己的生命。曾经有过一段记载,当齐国的大臣崔杼杀王篡位时,史官照实记载为谋杀篡位,被崔杼所杀;他的弟弟仍然这样记载,又被杀;第三个弟弟还是照写不惧,并有别的史官宣布要接着照实写下去,崔杼只好妥协。正因为如此,自古以来,历史被认为是不可更改的,每一个人都必须遵循祖先的遗训行事,"数典忘祖"向来被认为是最严重的背叛和犯罪。那么,几千年来,这些繁复的遗训是如何被传递的呢?大体说来,有三种不同的途径:

1. 通过对古老经典的反复重新注释

孔子强调他自己是"述而不作,信而好古"。他相信而且爱好古代传下来的一切,他愿意转述它们并加以解释,而不是离开它们来自创一套。中国的许多新思想都产生于对同一部经典的不同诠释中。人们在研究和比较这些诠释时,旧的经典就在新的解释中得到了流传和发展。例如整个儒家学说就是通过《诗》《书》《礼》《易》《春秋》《乐》等经典的注释来形成和发展的。孔子曾以这"六经"作为主要教学内容教育他的三千学生;汉代(前206—公元220)设太学,根据当时的政治需要对上述经典进行新的注释。到了汉代末年,一部经书的注释可以多到百万言,这种极其烦琐的以考证、训诂说明为主的方法很难再继续；在魏晋时期（220—420），对经典的注释就以玄学义理为主；宋代（960—1279）学者抛开过去的旧注释，直接从经文中寻求意义，独立思考，并吸收佛教精华，建立了新儒家。大体说来，中国文化的发展大部分是通过对旧文献的注释，而不是离开经典，通过另外创立新体系来实现的。

2. 文化传递的谱系——"道统"和藏书楼

道统就是儒家传道的系统。孟子说："五百年必有王者兴"，就是说，每过500年，一定有一个伟大的人物出现，他将继承儒家传统，使其发扬光大。韩愈（768—824）和朱熹（1130—1200）都曾努力把儒家的圣王和圣人联系到一起，形成一个文化传递的谱系。历代都有名人学者自命为这个谱系的继承人，韩愈和朱熹就是这样的人。儒家的这种谱系对文化发展曾经起过很大促进作用，但所谓继承"道统"的人也常以"正统"自居，排斥异己学说，以至造成负面影响。佛教传入后，发展到唐朝，形成了若干佛教宗派，每个宗派为了确立其权威地位，也构造他们的传道的谱系。道教同样也是如此。

为了维护这个谱系的发展，中国历代统治者和文人对于文献资料的收集和保存都十分重视，编撰了许多规模庞大的大型文库。孔子亲自编撰的《诗经》是一部诗歌总集，《春秋》是一部历史叙事文总集，《易》《书》《礼》也都是一种文章的总汇。中国第一部按文体将诗、文统一分类收集成一个大型文集编定的是《昭明文选》（成书于526—531），它第一次将思想深刻、辞藻华丽的诗歌、散文从大量经史典籍中分离出来，将其分为39类，各类又按其内容分为很多小类，如诗再分为22类，这为后来大型文集的编撰奠定了基础。而且几乎各朝各代都还有新的按类编撰的"类书"出现。集大成的是成书于1406年的《永乐大典》。全书涉及的图书近8000种，辑成22877卷，全书按韵目分列单字，按单字依次辑入与此字相联系的各项文史记载，仅凡例和目录就有60卷，应是世界最早的百科全书之一。继《永乐大典》之后的另一部特大总集是1772年至1782年编成的《四库全书》。这部《全书》意图将现存的、有价值的图书全部收集起来，按"经""史""子""集"分类，共79337卷，全文收集了3470种图书。全部图书抄写了7份，分藏于7个不同的地方。1781年又将这3470种"入库"的图书和6819种未入库，仅存目的图书都编出简明的提要，汇集成册，供一般人阅读。

至于宗教典籍，中国也作了大量编撰和收藏。唐代以后，中国历代都把佛教典籍编撰在一起,以便传递和保存:宋、元、明、清各代的《佛藏》都收入佛典千部以上,现在的《中华大藏》已编成部分,也收入了1万余卷。道教也编有《道藏》,如明朝《正统道藏》收入典籍5305卷。自古以来,中国各种学说在很大程度上都是靠谱系和典籍的编撰而得以传递和保存。此外,还有族谱和家谱、方志等,也都是传递文化遗产的重要资源。

由于图书众多,中国自古就有藏书楼的制度。据文献记载,周朝(建立于约前11世纪)已建有藏书楼,称"藏室",传说老子曾为"藏室之史",也就是当时的图书馆馆长。中国历代皇帝都十分重视藏书楼的建立,例如汉代开国皇帝刘邦(前256—前195)建立的石渠阁,收藏中央图籍档案,周围用石头筑成河渠,渠中放水,以防火防盗;又筑天禄阁,专门收集各地方所献图书,中国第一部分类藏书目录《七略》(主要编者刘歆卒于公元23年)就在这里写成。历代王朝还有专门收藏珍贵文物的"秘阁",有专门官吏负责管理,使许多珍本图书、古画墨迹得以保存。除了官方的收藏,还有许多民间的、私人开办的藏书楼,例如毛晋(1599—1659)创办的汲古阁。毛晋为了买书,不惜倾家荡产。当时曾有民谣说:"三百六十行生意,不如卖书给毛家府邸。"据历史记载,他为买书,一年就卖掉300亩土地,他收藏的图书达8.4万余册。毛晋不仅喜欢藏书,还喜欢用木刻出版书籍。他用来印书的刻板,多达10余万块。

3. 仪式和风俗

"礼"是中国文化一个很重要的组成部分。它指的是维护社会秩序的各种典章制度、礼仪规范,并外化为人与人交往中的各种礼节仪式,文化就通过这些仪式代代相传。不遵照这种礼节仪式就被认为是僭越和背叛。例如孔子强调按礼仪,只有天子可以用64个人在庭中跳舞,有些诸侯也这样做,在孔子看来,这是绝对不能容忍的。礼仪往往和风俗、节日结合在一起,例如中元节(阴历七月七日)是迎接祖先回家的日子,有非常繁复的礼仪,如首先要沿路插香,引导祖先回家,每顿饭都要敲磬、奏乐,然后按长幼尊卑向祖先行礼;送祖先回去时要在河里放荷花灯,要在河滩上痛哭新逝的亡人。这些仪式不仅传递着中国敬祖的传统,而且也为活着的人树立了行为规范。

许多少数民族的风俗礼仪保留了更多文化信息。例如每年阴历四月四日是贵州苗族最盛大的节日。这一天,苗族男女都要盛装去一个特殊的地方跳一种特殊的舞步,叫做"跳场"。据说这是为了纪念多年前为领导苗民反抗而被杀害的苗王。那时苗王的尸体被用来示众，不许埋葬，以致长出了很多蛆虫，苗民只好用一种特殊的芦苇把苗王身上的蛆虫拂下来，用脚踩死，这就是流传至今的"跳场"。在这个节日，苗族人民还要唱记载苗族被逼往深山的古老的历史，即"苗族古歌"和一些古老的情歌。苗族少年男女也通过唱歌找到自己的伴侣。

再如彝族的丧葬仪式分为"教路""招灵"和"送灵"三步。"教路"是按先祖迁徙的路径，通过一站一站的地名给死者的灵魂指明回到老家也就是"升天"的途径。祖先迁徙的过程就这样被后人所牢记。"招灵"是把死者的灵魂从坟地上招回来，附在竹根上，念一些和家族史和死者历史有关的"经"和一些复杂的咒语，做成"祖灵"，再请回家，供起来。"送灵"则是用复杂的步骤先驱走恶鬼，再协调神明，然后，"告示祖先"，"宴请祖先"，送走亡灵，驱邪除鬼，等等。这个过程配上种种复杂的仪式，一再传递了民族迁徙的记忆。

另外，一些普遍的禁忌也是与文化的传递有关的。例如中国长期以来，在阴历四月四日禁忌举火，只能寒食。相传这是晋文公（生活于公元前6世纪）为纪念他的好友介子推而规定的。晋文公流亡时曾得到介子推无私的帮助，介子推甚至割自己腿上的肉，救了晋文公的命。晋文公恢复王位后，为报答介子推，要让他做大官，介子推不愿意做官，就和母亲躲进了深山。晋文公为了逼迫他出来，甚至放火烧山，介子推始终不屈服，终于和母亲一起烧死在山上。晋文公十分后悔，就规定烧山这一天为寒食节，不准任何人生火。这一禁忌所包含的文化意蕴显然是十分丰富的。还有关于"人日"的禁忌。中国传统规定新年第七天为"人日"，这一天的禁忌是不能对人用刑。按记载："正月一日为鸡，二日为狗，三日为羊，四日为猪，五日为牛，六日为马。正旦画鸡于门，七日贴人于帐"，每年的最初七天中，"一日不杀鸡，二日不杀狗，三日不杀羊，四日不杀猪，五日不杀牛，六日不杀马，七日不行刑"，这些都是禁忌，同时传递着"七"这个神秘数字的文化信息。

世界上，许多文化都曾有其高峰时期，也有其衰落时期，而能以在将近五千年的历史长河中始终保持一致，连绵不断，持续发展的也许唯有中国文化。产生这一现象的原因还需要进一步研究，但上面谈到的文化传递方式无疑是原因之一。

世界文化对话中的中国现代保守主义
——重估《学衡》

18 世纪末、19 世纪初，保守主义、自由主义、激进主义作为一个不可分离的整体出现在西方。正是对法国大革命的不同反应构成了这种一分为三的局面，这种分野一直继续到今天。从长远历史发展来看，保守主义意味着维护历史形成的、代表着连续性和稳定性的事物；保守主义者认为长期延续成长、积淀下来的人类的理性和智慧远胜于个人在存在瞬间的偶然创造，因此不相信未经试验的革新。他们主张在原有基础上渐进和改良，不承认断裂、跃进和突变。曾为马克思主义者的德国著名知识社会学家卡尔·曼海姆（Karl Mannheim）认为保守主义曾对"社会的历史成长的理念"，作出过很大贡献。事实上，保守主义、自由主义、激进主义三者往往在同一框架中运作，试图从不同途径解决同一问题，它们在同一层面上构成的张力和冲突正是推动历史前进的重要契机。保守主义的思想言行构成了历史的一部分，要完整地了解历史，不能不对保守主义作一番认真的研究。

20 世纪初勃兴于中国的新文化运动与世界文化思潮紧相交织，成为 20 世纪世界文化对话的一个重要组成部分，自然也出现了保守主义、自由主义、激进主义这样的三位一体。以李大钊、陈独秀为代表的激进派尊崇马克思，以胡适等为代表的自由派找到了杜威、罗素，以《学衡》杂志为代表的现代保守主义者则服膺新人文主义宗师白璧德。他们思考和企图解决的问题大体相同（如何对待传统，如何引介西方，如何建设新文化等），而又都同样带着中国文化启蒙运动的特色。这些特色大体表现为：第一，带有强烈的民族主义热情，振兴民族，救亡图存成为压倒一切的动机。激进派的否定传统、保守派的固守传统都是首先出于这一考虑。第二，因此，中国的文化启蒙与西方的启蒙运动不同，后者首先肯定个人的价值，强调要有健全的个人，才有健全的社会；前者却首先要求社会变革，先要有合理的社会，才会有个人的作为。激进派强调革命，鲁迅等人强调改造国民性，保守派强调重建"国魂"，都不是以个人为本位。第三，中国的文化启蒙在很大程度上是在国际帝国主义的压迫下产生的，相对来说并非内部酝酿成熟的产物，因此缺乏内在的思想准备。无论激进派、自由派、保守派都不曾产生足以代表自己民族，并可独立自成体系，无愧于世界启蒙大师的伟大人物。第四，中国启蒙运动发生在第一次世界大战引起的西方衰敝时期，西方文明的矛盾和弱点已暴露无遗，中国的激进派、自由派和保守派都向西方寻求真理，但都想绕开这些矛盾和弱点。激进派的反对资本主义，自由派提倡的"好人政府"和整理国故，保守派倡导的东西文化结合，都与这一意向有关。

总之，在五四新文化运动中，保守派和自由派、激进派一样，思考着同样的问题，具有共同的特点，实际上三派共同构成了 20 世纪初期的中国文化启蒙。过去我们对从严复、林纾到《国故》《学衡》杂志的中国保守主义研究得很不够，往往因他们和激进派与自由派的一些争论，把他们置于整个文化启蒙运动的对立面而抹杀了他们对中国文化启蒙的重要贡献。本文试图在世界文化对话的广阔背景上，首先对中国现代保守主义的代表《学衡》杂志作一些探讨，以补过去之不足。

《学衡》杂志创刊于 1922 年 1 月。这时，五四新文化运动已告一段落，人们开始回顾和检讨这一运动的得失。《学衡》杂志本身就是对五四新文化运动最切近的反思的产物。《学衡》自 1922 年至 1926 年按月正规出版，出到第 60 期，以后时断时续直到 1933 年第 79 期终刊。为《学衡》撰稿者不下百人，但真正有影响，足可称为灵魂和核心的则是吴宓（1894—1978）、梅光迪（1890—1945）、胡先骕（1894—?）、汤用彤（1893—1964）、柳诒徵（1880—1956）等。吴宓 1917 年从清华学校赴美留学，1921 年获哈佛大学文学硕士学位，回国后，应梅光迪之邀，任教于南京的东南大学；梅光迪 21 岁以庚款赴美，1919 年获哈佛大学硕士学位，1920 年返国，1921 年出任东南大学西洋文学系主任；胡先骕原是植物学家，曾在美国加州大学伯克利分校就学，回国后又赴哈佛大学进修人文学科；汤用彤 1918 年赴美，1922 年获哈佛大学哲学硕士学位，同年回国后任东南大学哲学系教授。以上四位都曾受到当时哈佛大学比较文学系教授、新人文主义大师白璧德的深刻影响。柳诒徵则为历史学家，曾在江阴南菁书院、南京钟山书院受业，后曾游学日本，著有《中国文化史》等。围绕这一核心，经常在《学衡》发表文章的还有王国维（20篇），东南大学的景昌极（23篇）和缪凤林（24篇），留美学生张荫麟（14篇）和郭斌龢（8篇），留法学生李思纯（3篇），也有国学保存会会员林损（12篇）等。

《学衡》核心人物大多出身名门，又都曾留学国外，对西方文化有较深认识，回国后又大都在大学任职，出生年龄则大体在1890年前后。从家庭出身、年龄结构、求学经历、社会地位等方面来分析，以《学衡》为中心的这批知识分子和五四新文化运动领导人李大钊、陈独秀、胡适、鲁迅等都相去不远。他们在同一层面上考虑问题，这并不奇怪，但何以又选择了不同的途径呢？

原因恐怕不能简单归结为接触面不同，因而所受影响不同，例如，梅光迪原就读于芝加哥西北大学，所读的书不少，但恰是读了白璧德的《现代法国批评大家》一书后，就大为叹服，遂入哈佛大学，以白璧德为师；吴宓原来也是在维金尼亚大学就读，因慕白璧德，受梅光迪之邀，转入哈佛的；汤用彤原在汉姆林大学学哲学，后来转入哈佛大学，专修佛教与梵文、巴里文，这显然也是受了白璧德的吸引，因为白璧德一向重视并钻研佛教，又精通梵文、巴里文，并一向强调中国人应特别重视研究印度文明。由此可见，首先并不是白璧德塑造了《学衡》诸人的思想，而是某些已初步形成的想法使他们主动选择了白璧德。

白璧德所倡导的新人文主义是20世纪现代保守主义的核心。白璧德首先强调人文主义（humanism）与人道主义（humanitarianism）根本不同，后者指"表同情于全人类"，"以泛爱人类代替一切道德"；前者则强调人之所以为人的规范和德性，强调使人不同于禽兽的自觉的"一身德业之完善"，反对放任自然，如希腊的盖留斯（Aulus Gellius）早就界定："Humanitas（人文）一字被人谬用以指泛爱，即希腊人所谓博爱（philanthropy）。实则此字含有规训与纪律之义，非可以泛指群众，仅少数入选者可以当之。"① 白璧德的主张实际是对于科学与民主潮流的一种反拨。他认为16世纪以来，培根创始的科学主义发展为视人为物，泯没人性，急功近利

---

① 徐震堮：《白璧德释人文主义》，《国故新知论》，中国广播电视出版社1995年版，第22页。

的功利主义；18世纪卢梭提倡的泛情主义演变为放纵不羁的浪漫主义和不加选择的人道主义。这两种倾向蔓延扩张使人类愈来愈失去自制能力和精神中心，只知追求物欲而无暇顾及内心道德修养。长此以往"人类将自真正文明，下堕于机械的野蛮"，白璧德认为当时已到了"人文主义与功利及感情主义正将决最后之胜负"①，而这场决战将影响人类发展的全局。

为战胜"科学主义"导致的功利物欲，新人文主义强调人类社会除"物质之律"外，更重要的是"人事之律"。20世纪以来，"人事之律受科学物质之凌逼"，使人类沦为物的奴隶，丧失真正的人性，"今欲使之返本为人，则当复昌明'人事之律'，此20世纪应尽之天职"。这种"人事之律"为人类长期历史经验和智慧锤炼积淀而成，是一种超越的人性的表征。白璧德认为人类须常以超越日常生活之上之完善之观念自律。苟一日无此，则将由理智之城下堕于纵性任欲之野蛮生活。

为抵制不加规范、任性纵欲的卢梭式的感情主义，人文主义强调实行"人文教育，即教人以所以为人之道"，这种教育"不必复古，而当求真正之新；不必谨守成说，恪遵前例，但当问吾说之是否合乎经验及事实。不必强立宗教，以为统一归纳之术，但当使凡人皆知为人之正道；仍当行个人主义，但当纠正之，改良之，使其完美无疵"。②白璧德将人生境界分为神性、人性、兽性三等，神性高不可攀，兽性放纵本能，沉溺于物欲。人性则是每一个人经过努力都可以达到的，但若放弃教育和规范，听任自然，人性就会沦为兽性。因此最重要的是用"一切时代共通的智慧"来丰富自己，鼓舞向善的意志而对自我进行"克制"，以便从一个"较低的自我"达到一个"较高的自我"以保持并提高人性。

由于白璧德用以规范人性的是全人类共同创造的普遍性永久价值，因此，能从世界文化汇通的高度来讨论传统问题。他认为，中国文化传统与西方文化传统"在人文方面，尤能互为表里，形成我们可谓之集成的智慧的东西"。他指出孔子的"克己复礼为仁"和自亚里士多德及其他希腊哲人以降的西方人文主义者是一致的"，"凡能接受人文主义的纪律的，必趋于孔子所谓的君子或亚里士多德所谓的"持身端严者"。他又认为"佛教的本来形式特别接近我所谓的现代精神，也便是实证与批评的精神。"因此，他"年轻时曾用功研读梵文和巴里文，以求能在本源上了解佛家佛

---

① 白璧德：《中西人文教育说》，《国故新知论》，第48页。
② 吴宓：《白璧德中西人文教育说·吴宓附识》，《国故新知论》，第40页。

法"。他希望中国也有人研究巴里文,"不仅是为了解过去的中国各方面,也为了发现如何能使这一古老信仰仍为一股活的力量,对现代产生影响"。他主张在中国学府"应把论语与亚里士多德的伦理学合并讲授";在西方学府"也应该有学者,最好是中国学者来教授中国历史与道德哲学",这正是"促进东西方知识界领袖间的了解的重要手段"。他甚至希望能促成一个"人文国际",以便在西方创始一个人文主义运动,而在中国开展一个"以扬弃儒家思想里千百年来累积的学院与形式主义的因素为特质"的"新儒家运动"。①

应该说《学衡》诸人是很自觉地将新人文主义理论运用于中国实际的,梅光迪明确指出:"在许多基本观念及见解上,美国的人文主义运动乃是中国人文主义运动的思想源泉及动力。"② 又说:"(白璧德的著作)对我来说是一个崭新的世界,更是一个被赋予新意义的旧世界。"③ 吴宓也说:"受教于白璧德及穆尔先生,亦可云:'曾间接承继西洋之道统而吸收其中心精神。宓持此所得之区区以归,故更能了解中国文化之优点与孔子之崇高中正。'"④ 正是由于吴宓、梅光迪等人吸收了这些新的因素,以中国文化作为参与世界文化对话的一个方面,他们与激进派和自由派的论辩也就与过去的传统保守主义不同,而带有了现代的、国际的性质。

例如在对待传统问题上,《学衡》首先提出了反对进化论"新必胜于旧,现在必胜于过去"的观点,他们认为人文科学与自然科学不同,不能完全以进化论为依据。《学衡》重要成员,留法学生李思纯援引当代德国哲学家斯宾格勒在《西土沉沦论》(现译《西方的没落》)中阐明的理论,提出斯宾格勒的四阶段文化发展模式——"生""住"(稳定、发展)、"异"(吸收他种文化而变异)、"灭"(衰亡)同样适用于中国,以说明今天的文化不一定就必然优于过去的文化。⑤ 吴宓更明确地指出:"物质科学,以积累而成,故其发达也,循直线以进,愈久愈群,愈晚出愈精妙。然人事之学,如历史、政治、文章、美术等,则或系于社会之实境,或由于个人之天才,其发达也,无一定之轨辙,故后来者不必居上,晚出者不必胜前。因之,若论人事之学则尤当分别研究,不能以'新'夺理也。"⑥

---

① 本段引文皆出自白璧德:《中西人文教育说》,第40—48页。
② 《梅光迪文录》,《从文学革命到革命文学》,《中外文学月刊》,台湾1974年版,第75页。
③ 同上。
④ 吴宓:《空轩诗话》,《吴宓诗及其诗话》,陕西人民出版社1992年版,第250页。
⑤ 参见李思纯:《论文化》,《学衡》1923年第22期。
⑥ 吴宓:《论新文化运动》,《国故新知论》,第80页。

因此，他强调"并览古今"，而反对局限于"新"。

根据新人文主义理论，《学衡》派认为历史有"变"有"常"，"常"就是经过多次考验而在经验中积累起来的真理，这种真理不但万古常新，而且具有普遍性世界意义。早在1917年，当梅光迪就读于美国哈佛大学时，他就曾关于这个问题和胡适进行过激烈辩论。胡适曾从进化论出发，认为人类的历史就是弃旧图新的历史，梅光迪却认为历史应是人类求不变价值的纪录。他说："我们今天所要的是世界性观念，能够不仅与任一时代的精神相合，而且与一切时代的精神相合。我们必须理解，拥有通过时间考验的一切真善美的东西，然后才能应付当前与未来的生活。这样一来，历史便成为活的力量。也只有这样，我们才有希望达到某种肯定的标准，用以衡量人类的价值标准，判断真伪与辨别基本的与暂时性的东西。"① 吴宓在他那篇《中国的新与旧》中也谈到类似的观点，并强调"只有找出中华民族文化传统中普遍有效和亘古长存的东西，才能重建我们民族的自尊。"②

不难看出，《学衡》与五四前的国粹派已有显著不同：国粹派强调"保存国粹"，重点在"保存"。严复追求的是"保持吾国四五千载圣圣相传之纲纪彝伦、道德文章于不坠"。林纾也以"存此一线之伦纪于宇宙之间"为己任。如上所述，《学衡》强调的却是发展。《学衡》的宗旨是"论究学术，阐求真理，昌明国粹，融化新知，以中正之眼光，行批评之职事"③。《学衡》派的目的不只是"保存国粹"，而且是"阐求真理"；方法也不是固守旧物，而是批评和融化新知，这就是发展。《学衡》派突破一国局限，追求了解和拥有世界一切真善美的东西，就更不是国粹派所能企及的了。

在引介西学方面，《学衡》杂志标举两项标准，这就是梅光迪所说的：其一是被引进之本体有正当之价值，而此价值当取决于少数贤哲，不当以众人之好尚为依归；其二是被引进的学说必须适用于中国，即与中国固有文化之精神不相背驰，或为中国向所缺乏，而可截长以补短者，或能救中国之弊而有助于革新改进者。④ 从第一点出发，《学衡》派特别强调对西方学说进行比较全面系统的研究，然后慎重择取。若无广博精粹之研究，就

---

① 梅光迪：《我们这一代的任务》，《中国学生》月刊第12卷第3期。
② 吴宓：《中国的新与旧》，《中国学生》月刊第16卷第3期。
③ 《学衡杂志简章》，《学衡》每期卷首。
④ 参阅梅光迪：《现今西洋人文主义》，《国故新知论》，第34—35页。

会"知之甚浅,所取尤谬",结果只能是"厚诬欧化","行其伪学"。因此,梅光迪尖锐抨击当时"丛书杂志之多而且易,如地菌野草",有些人"西文字义未解,亦贸然操翻译之业,讹误潦乱,尽失作者原意,又独取流行作品,遗真正名著于不顾,至于摭拾剽袭……西洋学术之厄运,未有甚于在今日中国者"。①

从第二点出发,《学衡》引进西学,首先强调其与中国传统精神契合的部分。他们认为真正属于真善美的东西必然"超越东西界限,而含有普遍永久的性质"。因此,对于西方文化正如对于东方文化一样,必须摒除那些"根据于西洋特殊之历史、民性、风俗、习尚,成为解决一时一地之问题而发"的部分,而寻求具有普遍性、永久性的"真正的"西方文化。这种西方文化不仅不违背中国传统文化,而且会促进后者的发扬光大。正是在这个意义上,胡先骕提出"欲以欧西文化之眼光,将吾国旧学重新估值"②。以此为基础再引进中国缺乏的和能救中国之弊而有助于改革的西方思潮。

《学衡》的以上主张显然突破了传统保守主义"中学为体、西学为用"的模式。严复曾提出:"中学有中学之体用,西学有西学之体用,分之则并立,合之则两亡。"③认为西方以"自由为体,民主为用",合之中国则"民智既不足以举之,而民力民德又弗足以举其事",因此不可能"中体西用"。④但他用来代替"体用之说"的"标本之说"也并未真正超越"体用"的范畴,他说:"标者何?收大权,练军实,如俄国所为是已,至于其本,则亦于民智、民力、民德三者加之而已。"⑤仍然是"体"和"用"的关系。林纾也曾大力提倡西学,但其目的则是维护中学。他强调的是"外国不知孔孟,然崇仁、仗义、矢信、尚智、守礼、五常之道,未尝悖也"。既然"西人为有父矣,西人不尽不孝矣",因此,"西学可以学矣"。⑥

直到《学衡》杂志诸人才真正提出"世界将来之文化,必东西文化之

---

① 梅光迪:《论今日吾国学术界之需要》,《国故新知论》,第141页。
② 胡先骕:《论批评家之责任》,《国故新知论》,第283页。
③ 《严复集》第3册,中华书局1986年版,第560页。
④ 同上书,第1册,第11—15页。
⑤ 同上书,第1册,第14页。
⑥ 林纾:《致蔡鹤卿太史书》,《中国新文学运动史资料》,张若英编,光明书局1934年版,第101页。

精髓而杂糅之"①。也就是说这是一种"超越东西界限而含有普遍永久价值"的文化。正如吴宓所说："中国之文化以孔教为中枢,以佛教为辅翼;西洋之文化以希腊罗马之文章哲理与耶教融合孕育而成。今欲造成新文化……则当以以上所信之四者,首当着重研究,方为正道。"② 在这样的基础上产生出来的新文化既不同于原来的东方或西方文化,又保存着原来东西方文化各自的特点。这就是吴芳吉所强调的"复古固为无用,欧化亦属徒劳,不有创新,终难继起。然而创新之道,乃在复古、欧化之外"③。这才开始超越了"体用"的模式。

总而言之,《学衡》派在继承传统问题上以反对进化论,同激进派和自由派相对峙,同时以强调变化和发展超越了旧保守主义;在引介西学方面则以全面考察,取我所需和抛弃长期纠缠不清的"体用"框架而独树一帜。《学衡》派选择了这样一条现代保守主义之路并不是偶然的,首先这和当时的世界文化形势有关。第一次世界大战造成了西方社会普遍的沮丧和衰落。斯宾格勒的《西方的衰落》一书(1918 年第 1 卷出版)宣布了欧洲中心论的破灭,引起了人们对非欧文化的广泛兴趣,人们开始感到中国传统文化对世界具有了新的意义。梁启超的《欧游心影录》进一步加强了这种印象。《学衡》主将之一柳诒徵提出了"中学西被"的问题。他认为"交通的进步渐合世界若一国"。由于西方人感到吸取他种文化的需求,而中国人也认识到提高国际地位"除金钱、武力外,尚有文化一途",中国文化的"西被"已提到日程上来。④ 当然这并不是说"间闻二三数西人称美亚洲文化,或且集团体研究,不问其持论是否深得东方精神,研究者之旨意何在,遂欣然相告,谓欧美文化迅即败坏,亚洲文化将取而代之"⑤。然而在西方人看来,中国文化毕竟已成为世界文化的一个组成部分,而这又在一定程度上反激起中国人深入研究中国文化的意愿则是事实。

另一方面,《学衡》杂志出现于五四新文化运动高潮将近三年之后。在检讨和反省的过程中,人们开始感到文化发展总是渐变的,正如吴宓所说："举凡典章文物,理论学术,均就已有者层层改变递嬗而为新,未有

---

① 胡稷咸:《批评态度的精神改造运动》,《学衡》第 75 期。
② 吴宓:《论新文化运动》,《国故新知论》,第 89 页。
③ 吴芳吉:《再论吾人眼中之新旧文学观》,《国故新知论》,第 241 页。
④ 参阅柳诒徵:《中国文化西被之商榷》,《国故新知论》,第 417 页。
⑤ 汤用彤:《评近人之文化研究》,《国故新知论》,第 98 页。

无因而立者。"① 这就需要用新的建树来替代过时的、应淘汰的旧物，而这个过程又有赖于较长时间的新旧并存，以供比较、试验、选择。猛然宣布对某种文化的禁制，往往会造成梅光迪所说的"以暴易暴"，并不一定能达到建设新文化的目的。因此，《学衡》派不同意自由派的"弃旧图新"，更不同意激进派的"破旧立新"，而认同于以"存旧立新""推陈出新"或"层层递嬗而为新"相号召的新人文主义。

另外，也许还应提到一点，《学衡》派诸人与政治保守派不同，他们是真正的文化保守主义者，他们绝不维护社会现状，也不想托古改制，而以文化启蒙为改造社会的唯一途径，这使他们和风云突变的政治运动保持了一段"知识分子的距离"，他们以追求绝对真理为己任，鄙弃"顺应时代潮流"，反对"窥时俯仰""与世浮沉"。认为"真正豪杰之士"倒是"每喜逆流而行"。② 当激进派投入革命，自由派鼓吹"好人政府"时，《学衡》派诸公却始终坚持在文化教育岗位上，也许对于人文教育的看重与执着也正是他们汇入世界现代保守主义潮流的另一个原因。

五四新文化运动已经过去 70 年，《学衡》派当年发出的声音实在微乎其微，但在世界文化对话的交响中，它毕竟发出了自己独特的声音，那是中国的声音，也是五四新文化运动的声音。当人们大谈文化断裂，全盘西化或保古守旧，"体用情结"时，是否也应参照一下《学衡》杂志，这一远非和谐，然而独特的音响？

---

① 吴宓：《论新文化运动》，《国故新知论》，第 80 页。
② 梅光迪：《评今人提倡学术之方法》，《国故新知论》，第 135 页。

"昌明国粹，融化新知"
——汤用彤与《学衡》杂志

代表五四新文化运动另一潮流的《学衡》杂志，从一开始就打出"昌明国粹，融化新知"的旗帜，并触目地印在《学衡》杂志的封面上，一直坚持到最后，这绝不是偶然的。

《学衡》杂志创刊于1922年1月，按月出版，至1926年底出到60期，1927年停刊1年，1928年1月复刊，改为双月刊，至1929年底出至72期，1930年再度停刊1年，1931年1月复刊，此后时断时续直到1933年终刊。11年来一以贯之，皆由吴宓担任总编辑，皆在中华书局出版，团结了相当一批固定的学人作者如柳诒徵、王国维、胡先骕、汤用彤、梅光迪等，也团结了一批相当固定的读者。这种一贯性和稳定性在五四以来众多的期刊中实属罕见。

创办《学衡》杂志的理想可以一直追溯到1916年在清华大学成立，并由汤用彤定名的"天人学会"。1911年汤用彤和吴宓分别由北京顺天学校和西安宏道学校考入北京清华学校。当时清华的学制、教科书、教师都大力模仿美国。这使当时的学生一方面能直接受到西方文化的熏染，一方面也产生了继承和发扬中国文化的志气和宏愿。据吴宓回忆，1911年至1913年，清华学校曾把"国文较好、爱读国学书籍"的七八名学生选出，特开一班，由学问渊博、名望很高的姚芒父、饶麓樵等国学大师专门讲授中国文化。当时参加这个班的除吴宓、汤用彤外，还有闻一多、刘朴等人。

1912年，汤用彤和吴宓曾共同合写长篇章回小说《崆峒片羽录》，

"全书大旨，在写吾二人之经历及对于人生道德之感想"①，但不久他们即感到只写小说还不能满足他们参与社会、献身中国文化的宏愿。1915年2月16日，吴宓已在日记中谈到要从编辑出版杂志入手，"然后造成一是学说，发挥国有文化，沟通东西事理，以熔铸风俗，改进道德，引导社会"。"发挥国有文化，沟通东西事理"，这就是后来《学衡》杂志所标举的"昌明国粹，融化新知"的最早提法。而对风俗、道德、社会的改革则一直是汤用彤、吴宓和其他《学衡》派诸公的共同目的。

吴宓等人办杂志的愿望并没有得到很快实现，倒是在1915年冬，成立了以汤用彤、吴宓所在的清华丙辰级同学为核心的"天人学会"。吴宓在1916年4月3日给好友吴芳吉信中说："……会之大旨：除共事牺牲，益国益群外，则欲融合新旧，撷精立极，造成一种学说，以影响社会，改良群治。"② 20世纪30年代，吴宓在其《空轩诗话》中，又曾回忆说："天人学会最初发起人为黄华（叔巍，广东东莞），会名则汤用彤（锡予，湖北黄梅）所赐，会员前后共三十余人。方其创立伊始，理想甚高，情感甚真，志气甚盛。"③

"融合新旧，撷精立极"以"影响社会，改良群治"，《学衡》杂志的主旋律"昌明国粹，融化新知"再次出现在天人学会的宗旨之中。可见《学衡》杂志的酝酿远非一日之功。

1912年，吴宓接到在南京东南大学任教的梅光迪来信，谈到已和中华书局订约，将创办月出一期的杂志，并已定名《学衡》，总编辑则非吴宓回来担当不可。当时吴宓在美国哈佛大学尚可领取公费一年，并已和北京师范大学有约，回国后在该校担任教授，月薪300元。接梅光迪信后，吴宓即毅然返国，接受了月薪仅160元的东南大学教职。看来最吸引他，并促成他的决心的就是《学衡》杂志。

1922年1月，酝酿多年的《学衡》杂志终于创刊了。《学衡》杂志的宗旨更具体化为："论究学术，阐述真理，昌明国粹，融化新知，以中正之眼光，行批评之职事，无偏无党，无激无随。"在"昌明国粹"方面，他们的理由有三：第一，新旧乃相对而言，并无绝对界限，没有旧就没有新。第二，人文科学与自然科学不同，不能完全以进化论为依据。不一定"新"的就比"旧"的好，也不一定现在就胜于过去。第三，历史有

---

① 吴宓：《如是我闻·跋》，转引自吴学昭：《吴宓与汤用彤》，《国故新知：中国传统文化的再诠释》，北京大学出版社1993年版，第23页。

②③ 吴宓：《空轩诗话》，《吴宓诗及其诗话》，第210—211页。

"变"有"常","常"就是经过多次考验,在人类经验中积累起来的真理。这种真理不但万古常新,而且具有普遍的世界意义。

"融化新知",主要是指融化西方的新思想、新方法、新知识。《学衡》派"引介西学"的热情,完全不亚于激进派。他们十分强调吸收西方文化的重要性,如梅光迪所说:"吾人生处今世,与西方文化接,凡先民所未尝闻见,皆争奇斗妍于吾前。彼土圣哲所惨澹经营,求之数千年而始得者,吾人乃坐享其成。故今日之机缘实吾人有史以来所罕睹。"① 但是,《学衡》派对于西学的融化吸收,与当时的一般鼓吹西化者有两点明显的不同:其一是特别强调对西方学说进行比较全面系统的研究,然后慎重择取。《学衡》创刊第1期,梅光迪就在他的论文《评提倡新文化者》中指出:"国人倡言改革,已数十年,始则以欧西之越我,仅在工商制造也,继则慕其政治法制,今且兼其教育、哲理、文学、美术矣",而教育、哲理等"源于其历史民性者尤深且远",若无广博精粹之研究,就会"知之甚浅,所取尤谬"。这样的"欧化",只能是"厚诬欧化","行其伪学"。因此,他不能容忍某些人"西文字义未解,亦贸然操翻译之业,讹误潦乱,尽失作者原意,又独取流行作品,遗真正名著于不顾,至于摭拾剿袭,之为模拟,尤其取巧惯习,西洋学术之厄运,未有甚于在今日中国者"。② 《学衡》同人大多认为要引介西学就必须穷其本源,查其流变。吴宓一再强调希腊罗马古典文化和基督教乃西洋文化的两大源泉,为研究西洋文化所万不可忽略。两者之间,吴宓又特别强调前者。他认为:"物质功利决非彼土(西方)文明之真谛,西洋文化之精华,惟在希腊文章哲理艺术。"③ 由于这种体认,《学衡》杂志不仅大力鼓吹希腊文、拉丁文的学习,而且用很大篇幅翻译介绍古典名著,如柏拉图五大语录、亚里士多德伦理学都曾在《学衡》杂志上翻译连载。其二是特别强调引进西学须与中国文化传统相契合,必须适用于中国之需要,"或以其为中国向所缺乏,可截长以补短者,或以其能救中国之弊,而为革新改进之助者"④。要达到这一目的,就不能"窥时俯仰","惟新是鹜",他们鄙弃所谓"顺应世界潮流",认为真正"豪杰之士"倒是"每喜逆流而行","真正学者,为一国学术思想之领袖,文化之前驱,属于少数优秀分子,非多数凡民所能为

---

① 梅光迪:《现今西洋人文主义》,《国故新知论》,第34页。
② 梅光迪:《论今日吾国学术界之需要》,《国故新知论》,第141页。
③ 吴宓:《沃姆中国教育谈》,《学衡》1923年第23期。
④ 梅光迪:《现今西洋人文主义》,《国故新知论》,第35页。

也",而平民主义之真谛并非"降低少数学者之程度,以求合于多数",而是"提高多数之程度,使其同享高尚文化"。① 若"以多数人所不能企及之学问艺术为不足取",而"人类之天性殊不相齐",那么,文化就不能更新。②《学衡》派同人理想的新文化应是既不同于原来的东方文化,也不同于原来的西方文化,正如《学衡》杂志核心人物之一,吴宓挚友吴芳吉所说:"复古固为无用,欧化亦属徒劳,不有创新,终难继起。然而创新之道,乃在复古、欧化之外。"③ 也就是说既不能全盘西化,又不能志在复古,而要在"昌明国粹,融化新知"的前提下,有所"创新"才能"继起"。

汤用彤关于发展中国文化的思考与《学衡》杂志同人大体一致。他在美国哈佛大学仅用两年多时间完成了一般要三四年方可卒业的课程,1922年获哈佛大学哲学硕士学位后,立即返国。返国后发表的第一篇文章就是登载于当年12期《学衡》杂志的《评近人文化之研究》。在这篇文章中,汤用彤针对时弊指出了文化研究中的三种不良倾向:第一种是"诽薄国学者",他们"以国学事事可攻,须扫除一切,抹煞一切",更有甚者,"不但为学术之破坏,且对于古人加以轻谩薄骂,若以仇死人为进道之因,谈学术必须尚意气也者"。④ 第二种是"输入欧化者",他们的缺点是对西方文化未作全面系统之研究,常以一得之见,以偏概全。例如"于哲理则膜拜杜威、尼采之流;于戏剧则拥戴易卜生、肖伯纳诸家",似乎柏拉图尽是陈言,而莎士比亚已成绝响。汤用彤对这种割断历史、惟新是骛的现象十分不满。更有一些人,"罗素抵华",则"拟之孔子","杜威莅晋",又"比之为慈氏",则更是令人愤慨。汤用彤说:"今姑不言孔子、慈氏与二子学说轩轾;顾杜威、罗素在西方文化与孔子、慈氏在中印所占地位,高下悬殊,自不可掩。此种言论不但拟于不伦,而且丧失国体。"⑤ 第三和是"主张保守旧文化者",他们有的胡乱比附,藉外族为护符,有的"以为欧美文运将终,科学破产,实为'可怜'",有的甚至"间闻二三数西人称美亚洲文化,或且集团体研究,不问其持论是否深得东方精神,研究者之旨意何在,遂欣然相告,谓欧美文化迅即败坏,亚洲文化将取而代之"。⑥

---

① 梅光迪:《论今日吾国学术界之需要》,《国故新知论》,第138—140页。
② 胡先骕:《论批评家之责任》,《国故新知论》,第288—289页。
③ 吴芳吉:《再论吾人眼中之新旧文学观》,《国故新知论》,第241页。
④ 汤用彤:《评近人之文化研究》,《国故新知论》,第97页。
⑤ 同上。
⑥ 同上书,第98页。

汤用彤认为这三种人的共同缺点就是"浅"和"隘"。"浅"就是"论不探源",只看表面现象而不分析其源流。汤用彤举关于中国何以自然科学不发达的讨论为例:"不少人认为由于中国不重实验,轻视应用,故无科学。"其实西方的科学发达并不全在实验和应用,恰恰相反,"欧西科学远出希腊,其动机实在理论之兴趣……如相对论虽出于理想而可以使全科学界震动;数学者,各科学之基础也,而其组织全出空理"。因此,科学发达首先要有创造性的思想和理论。中国科学不发达首先"由于数理、名学极为欠缺",而不是由于"不重实验,轻视应用"。其实中国倒是一向"专主人生,趋重实际"的。① 只看到西方人对实际应用的改革,而未能深究其对理论之兴趣正是未曾"探源立说",以致流于庸浅。"隘"就是知识狭窄,以偏概全。例如有些人将叔本华与印度文化相比附。汤用彤指出,叔本华"言意志不同佛说私欲,其谈幻境则失吠檀多真义,苦行则非佛陀之真谛。印度人厌世,源于无常之恐惧,叔本华悲观,乃意志之无厌"②。如果不是受制于"隘",就会看到"每有同一学理,因立说轻重主旨不侔,而其意义即迥殊,不可强同之也"。由于"浅""隘",就会"是非颠倒","真理埋没",对内则"旧学毁弃",对外亦只能"取其一偏,失其大体"。结果是"在言者固以一己主张而有志取,在听者依一面之词而不免盲从"③,以致文化之研究不能不流于固陋。

汤用彤强调指出:"文化之研究乃真理之讨论",必须对于中外文化之材料"广搜精求","精考事实,平情立言"④,才能达到探求真理的目的。他自己始终遵循以上原则,力求摆脱"浅"和"隘"的局限。汤用彤在《学衡》杂志存在的十年间,始终与《学衡》杂志保持着联系,并身体力行,致力于克服文化研究中的"浅"和"隘",围绕"昌明国粹,融化新知"的宗旨,不懈地进行"真理之讨论"。不仅如此,就是在《学衡》杂志停刊后的十余年中,汤用彤的学术文化研究也仍然以这一宗旨为指导原则,并对之进行了更深入、更精微的探索。

首先,为什么要"昌明国粹"?汤用彤和当时许多文化研究者看法不同,不是从狭隘的民族自尊自大出发,单纯强调中国文化如何灿烂辉煌,因为这里并无客观标准,任何民族都可以对自己的文化作出如此评价;他

---

① 汤用彤:《评近人之文化研究》,《国故新知论》,第98页。
② 同上书,第99页。
③ 同上书,第100页。
④ 同上。

不是片面地对中国传统文化进行价值评判,认定优劣,随意取舍,而是科学地分析了历史的延续性,断定一切新事物都不可能凭空产生,无源无流,兀然自现。他认为研究文化学术,必不能忽略"其义之所本及其变迁之迹",因为"历史变迁,常具继续性,文化学术虽异代不同,然其因革推移,悉由渐进",必"取汲于前代前人之学说,渐靡而然,固非骤溃而至"。① "昌明国粹",就是要在这种"推移渐进"的过程中,找出延续而被汲取的优秀部分。所说"优秀"并非个人爱好的主观评价,而是历史的择取。汤用彤举例说,魏晋玄学似乎拔地而起,与汉代学术截然不同;但"魏晋教化,导源东汉。王弼为玄宗之始,然其立义实取代儒学阴阳家之精神,并杂以校练名理之学说,探求汉学蕴摄之原理,扩清其虚妄,而折中之于老氏,于是汉代经学衰而魏晋玄学起"②。显然,魏晋玄学与东汉学术有了根本的不同:汉代虽已有人谈玄,如扬雄著《太玄赋》等,但其内容"仍不免天人感应之义,由物象之盛衰,明人事之隆污。稽查自然之理,符之于政治法度,其所游心,未超于象数。其所研求,常在乎吉凶"③;而魏晋玄学则大不同,"已不复拘拘于宇宙运行之外用,进而论天地万物之本体。汉代寓天道于物理,魏晋黜天道而究本体,'以寡御众,而归于玄极'(王弼:《易略例·明象章》);'忘象得意,而游于物外'(王弼:《易略例·明象章》)。于是,脱离汉代宇宙之论(cosmology or cosmogony)而留连于存存本本之真(ontology or theory of being)"④。总之,"汉代偏重天地运行之物理,魏晋贵谈有无之玄致"。汉学所探究,"不过谈宇宙之构造,推万物之孕成;及至魏晋乃常能弃物理之寻求,进而为本体之体会。舍物象、超时空,而究天地万物之真际。以万有为末,以虚无为本"⑤。

为什么会有如此重大的转变呢?根本原因就是新眼光、新方法的出现,也就是"融化新知"的结果。汤用彤指出:"研究时代学术之不同,虽当注意其变迁之迹,而尤应识其所以变迁之理由。"他认为变迁的一般理由有二:"一则受之时风,二则谓其治学之眼光、之方法",而以后者尤为重要。因为"新学术之兴起,虽因于时风环境,然无新眼光、新方法,

---

① 汤用彤:《言意之辨》,《汤用彤学术论文集》,中华书局1983年版,第214页。
② 同上。
③ 汤用彤:《魏晋玄学流别略论》,《汤用彤学术论文集》,第233页。
④ 同上。
⑤ 同上书,第234页。

则亦只有支离片段之言论，而不能有组织完备之新学。故学术新时代之托始，恒依赖新方法之发现"。① 文化发展的重大转折，必然由于新眼光、新方法的形成。这些新眼光、新方法，有的由于本身文化发展或时风环境孕育而生，有的则受到外来文化的影响。获得新眼光、新方法就是"融化新知"。在汤用彤看来，"融化新知"从来就是推动文化发展之关键。他进一步举魏晋玄学之取代东汉学术为例，指出玄学"略于具体事物而究心抽象原理。论天道则不拘于构成质料（cosmology）而进探本体存在（ontology）。论人事则轻忽有形之粗迹而专期神理之妙用"②。为什么学术研究的重点会从"有言有名""可以说道"的"具体之迹象"突变而为"无名绝言而以意会"的"抽象本体"呢？汤用彤认为其根本原因就是"言意之辨"这种新眼光、新方法得到普遍推广，"而使之为一切论理之准量"。言和意的问题远在庄子的时代就已被提出，而何以到魏晋时代又被作为新眼光、新方法而被提出呢？汤用彤认为这就是由于当时时代环境对于"识鉴"，亦即品评人物的需求。品评人物不能依靠可见之外形，"形貌取人，必失于皮相"，因此，"圣人识鉴要在瞻外形而得其神理，视之而会于无形，听之而闻于无音"。③ 言不尽意，得意忘言。魏晋时期的言意之辨就与庄子时代很不同，而以言和意之间的距离引发出"迹象"与"本体"的区分。正是这种有无限潜力的新眼光、新方法形成了整个魏晋玄学体系。汉代学术始终未能舍弃"天人灾异，通经致用"等"有形之粗迹"，就因为"尚未发现此新眼光、新方法而普遍用之"。总之，学术变迁之迹虽然可以诱因于时代环境之变化，但所谓"时风"往往不能直接促成学术本身的突变，而必须通过新眼光、新方法的形成。因此，以发现并获得新眼光、新方法为目的的"融化新知"就成为推动文化发展，亦即"昌明国粹"的契机和必要条件。

在"融化新知"的过程中，外来文化的影响也起着非常重要的作用。关于原有文化如何"融化"外来文化这种"新知"，汤用彤也有独到的见解。他反对当时盛行的"演化说"，即认为"人类思想和其他文化上的事件一样，自有其独立发展演进……完全和外来的文化思想无关"；他也不同意另一些人所主张的"播化说"，即"认为一个民族或国家的文化思想都是自外边输入来的，以为外来思想可以完全改变本来文化的特性与方

---

① 汤用彤：《言意之辨》，《汤用彤学术论文集》，第214页。
② 同上。
③ 同上书，第215页。

向"。汤用彤认为"演化说"和"播化说"都是片面的。他强调外来文化与本地文化接触,其结果必然是双方都发生改变。"不但本有文化发生变化,就是外来文化也发生变化。"因为外来文化要对本地文化发生影响,就必须找到与本地文化相合的地方,就必须为适应本地文化而有所改变。例如印度佛教传到中国,经过了很大改变,成了中国佛教。在这个过程中,印度佛教与中国文化相合的能得到继续发展,不合的则往往昙花一现,不能长久。"天台、华严二宗是中国自己的创造,故势力较大;法相宗是印度道地货色,虽然有伟大的玄奘法师在上,也不能流行很长久。"可见"一个国家民族的文化思想实在有他的特性,外来文化思想必须有所改变,合乎另一文化性质,乃能发生作用"①。

汤用彤指出,外来思想的输入往往要经历三个阶段:其一,"因为看见表面的相同而调和"。这里所讲的"调和",并非折中,而是一种"认同",即两方文化思想的"某些相同或相合"。其二,"因为看见不同而冲突"。外来思想逐渐深入,社会已把这个外来分子看做一严重事件。只有经历这一因为看到不同而冲突、而排斥、而改造的过程,"外来文化才能在另一文化中发生深厚的根据,才能长久发生作用"。② 其三,"因再发见真实的相合而调和"。在这一阶段内,"外来文化思想已被吸收,加入本有文化血脉中了"。③ 外来文化已被同化,例如佛教已经失却其本来面目而成为中国佛教,而中国文化也因汲取了佛教文化而成为与过去不同的、新的中国文化。两种文化接触时所发生的这种双向选择和改变就是"融化新知"的必经过程。

关于"昌明国粹,融化新知"的探索和实践贯穿于汤用彤毕生的学术生涯,他的学术著作和所培养的学生遍及中国哲学、西方哲学、印度哲学等各个学术领域;他自己也终于成为我国近代极少数精通并能融会中国、西方、印度的哲学和宗教于一炉的杰出学者之一。

---

① 汤用彤:《文化思想的冲突与调和》,《汤用彤学术论文集》,第190页。
② 同上。
③ 同上。

文化更新的探索者——陈寅恪

论者多以寅恪先生为中国文化之承传者、固守者、史料集成者。这固然不错,然而仅仅以此涵盖先生之学术襟怀,伟大一生,则不但远远不够,甚且未得先生之真精神。

寅恪先生13岁留日,求学欧美诸国,历经24载,精通十数国语言,他抱负宏大,学术视野深远,不仅远远超出始终封闭于中国文化体系之内的张南皮,就是他所尊崇看重的许多同代人恐怕也难望其项背。

先生致力于中国文化之研究,首先着眼于中国文化之更新。先生毕生崇奉并热爱文化,但他对中国文化的态度从来不是"国学家的崇奉国粹,文学家的赞叹固有文明,道学家的热爱复古"(鲁迅),恰恰相反,寅恪先生治学的出发点首先是:"近二十年来,国人内感民族文化之衰颓,外受世界思潮之激荡。"① 在这种形势下,中国知识分子将何以自处?又将以何种努力才能使中国文化摆脱"衰颓"之困境而在"世界思潮之激荡"之中获得新生?先生自己说:"不敢观三代两汉之书而喜读中古以降民族文化之史。"② 何以作如此选择,先生自己作了回答:

> 李唐一族之所以崛兴,盖取塞外野蛮精悍之血,注入中原文化颓废之躯,旧染既除,新机重启,扩大恢张,遂能别创空前之世局。故欲通解李唐一代三百年之全史,其民族问题为最要之关键。③

---

① 陈寅恪:《陈垣元西域人华化考序》,《金明馆丛稿二编》,上海古籍出版社1980年版,第239页。
② 同上。
③ 陈寅恪:《李唐氏族之推测后记》,《金明馆丛稿二编》,第303页。

原来先生集中研究两晋南北朝隋唐之史，就因为这是一个多民族文化相互吸收、启发、融合、激荡的复杂时期，而这吸收、启发、融合、激荡之结果乃是有唐一代300年之"崛兴"。既然当时国人又处于"内感民族文化之衰颓，外受世界思潮之激荡"的困境，先生集中研究这一段历史的深意不是不言自明吗？要振兴民族文化之衰颓，就必须借助于外来"野蛮精悍"的新鲜血液，而要"重启新机"，又首先必须"排除旧染"，除去不符合时代需要的旧的一切。充满生机的外来之血改造了原有的旧的躯体，注入了新的活力，使生命复苏，这才能"扩大恢张"，"别创空前之世局"。这里，外来文化与本土文化的关系是血液、活力与躯体的关系，显然不是"体用"关系所能概括的。

先生大量著作都在考察各民族文化的奔突碰撞，以及从这种碰撞中激发而生的新文化。虽然谈的是历史，却正是认识现实的极好借鉴。

先生特别强调两种文化的接触绝不是简单的认同或同一。相反，这里必有差异，必有有意或无意的误读或误释。正是这种差异和误读、误释所产生的张力，互相突破原有体系，双方都发生改变从而获得更新、重建。佛教传入中国，先是用"格义"的方法，以中国观念解释佛教名词。"援儒入释"，然后有"华严宗圭峰大师宗密之疏盂兰盆经以阐扬行孝之义；作原人论而兼采儒道二家之说"。① 这就用中国文化改造了原来的佛教文化。与此同时，佛教也改造了中国儒道，先生《论韩愈》指出：

> 退之首先发现《小戴记》中《大学》一篇，阐明其说，抽象之心性与具体之政治社会组织可以融会无碍，即尽量谈心说性，兼能济世安民，虽相反而实相成，天竺为体，华夏为用，退之于此以奠定后来宋代新儒学之基础，退之固是不世出之人杰，若不受新禅宗之影响，恐亦不克臻此。②

"天竺为体，华夏为用"即指以"谈心说性"为体，"济世安民"为用。佛教的心性之说改造和丰富了儒家的"诚意正心"，这才出现了宋明理学数百年兴盛的文化局面。这种不同民族文化在碰撞中的相互吸收改造就是文化发展的契机。可是先生并非拘执于"中学为体，西学为用"，他

---

① 陈寅恪：《支愍度学说考》，《金明馆丛稿初编》，上海古籍出版社1980年版，第154页。
② 陈寅恪：《论韩愈》，《金明馆丛稿初编》，第288页。

所关注的首先是文化的更新，苟能达到更新的目的，体用之类关系亦可因情况之不同而以多种形式呈现。

吸取外来文化，促进本土文化更新的过程总是通过后人对前人，亦即对原有文化的重新诠释来实现的。这种诠释往往并不符合作者原意，甚且不符合历史事实，因而被"国粹家"们嗤之以鼻；寅恪先生却认为只要这样诠释是后人根据其当代意识对前人的总结和发展，那就值得肯定，其本身就是一种文化的更新。先生在谈《大乘义章》时强调说：

> 就吾人今日佛教智识论，则五时判教之说，绝无历史事实之根据。其不可信，岂待详辨？然自中国哲学方面论，凡南北朝五时四宗之说，皆中国人思想整理之一表现，亦此土自创佛教成绩之一，殆未可厚非也。尝谓世间往往有一类学说，以历史语言学论，固为谬妄，而以哲学思想论，未始非进步者。如《易》非卜筮象数之书，王辅嗣、程伊川之注传，虽与《易》之本义不符，然为一种哲学思想之书，或竟胜于正确之训诂。①

文化，本不是"既成"之物（things become），而是活在当代人的不断重新诠释中的"正在形成"的东西（things becoming）。把文化仅仅理解为固定的、可以存放于博物馆的文化陈迹，实在是一种误解，寅恪先生早就指出了这一点。他认为中国文化就是在历代智者吸取了他们那一时代所能接触到的外族文化的新鲜血液，对原有文化重新进行诠释、改造的过程中发展起来的，当然，这种诠释必须在充分理解前人的基础上进行。先生特别强调"对于古人之学说，应具了解之同情"，对于"其所处之环境，所受之背景，非完全明了，则其学说不易评论"。必须"神游冥想，与立说之古人，处于同一境界，而对其持论所以不得不如是之苦心孤诣，表一种之同情，始能批评其学说之是非得失，而无隔阂肤廓之论"，绝不可"随一时偶然兴会"，"若善博者能呼卢成卢，喝雉成雉"。同时，先生又指出："古代哲学家去今数千年，其时代之真相，极难推知。吾人今日可依据之材料仅为当时所遗存的最小之一部"，"残余断片"而已。因此一切对古人之诠释都不过是今人之意志。先生说，所有"加以联贯综合之搜集及系统条理之整理，则著者有意无意之间，往往依其自身所遭际之时代，所居处

---

① 陈寅恪：《大乘义章书后》，《金明馆丛稿二编》，第165页。

之环境,所熏染之学说,以推测解释古人之意志。由此之故,今日之谈中国古代哲学者,大抵即谈其今日自身之哲学者也"①。所谓"所遭际之时代,所居处之环境,所熏染之学说",就是论者的"当代意识"。20世纪以来,中国一切有成就的学者无不受西方学说之熏染,而对其时代、环境有全然不同于古人的了解。寅恪先生对冯友兰《中国哲学史》给予很高评价,重要原因之一就是"此书作者,取西洋哲学观念以阐明紫阳之学,宜其成系统而多新解"②。在论及王观堂之学术贡献时,先生又强调指出,观堂"取外来之观念与固有之材料互相参证。凡属于文艺批评及小说戏曲之作,如《红楼梦评论》及《宋元戏曲考》、《唐宋大曲考》等是也"③。先生认为此亦"足以转移一时之风气,而示来者以轨则",而使观堂之书成为"吾国近代学术界最重要之产物"。④ 总之,不论言及唐宋,言及现代,先生都明确指出,当代人必以当代意识诠释古人之作,诠释古人之作又努力不与古人处于同一境界。而当代意识又必然包含横断面之各民族文化之间的相互渗透、吸收和影响,凡"真能于思想上自成系统,有所创获者,必须一方面吸收输入外来之学说,一方面不忘本来民族之地位。此二种相反而适相成之态度,乃道教之真精神,新儒家之旧途径,而二千年吾民族与他民族思想接触史之所昭示者也"⑤。尽管先生自谦"思想囿于咸丰、同治之世,议论近乎曾湘乡、张南皮之间",以上有关诠释循环的现代思想,中外文化相反相成的精辟见解又岂是曾湘乡、张南皮所能企及的?先生纵谈古今,横议中外,将古今中外汇为一炉的宏伟学术气魄更不是"中体西用"之类陈旧观念所能范围的。

两种文化接触,当然有无法相合而遭弃绝之部分,也必有本土原无、纯由外来文化移植而产生新文化的现象。关于前者,先生举《莲花色尼出家因缘》为例,详加论述。指出佛藏中涉及"男女性交诸要义","大抵噤默不置一语","纵为笃信之教徒","亦复不能奉受",至于《莲花色尼出家因缘》述及母女同嫁一夫,而此夫又系原母之子,此类情节,与中国"民族传统之伦理观念绝不相容","惟有隐秘闭藏,禁绝其流布"。⑥ 关于

---

① 陈寅恪:《冯友兰中国哲学史上册审查报告》,《金明馆丛稿二编》,第248页。
② 陈寅恪:《冯友兰中国哲学史下册审查报告》,《金明馆丛稿二编》,第250页。
③ 陈寅恪:《王静安先生遗书序》,《金明馆丛稿二编》,第219页。
④ 同上。
⑤ 陈寅恪:《冯友兰中国哲学史下册审查报告》,《金明馆丛稿二编》,第252页。
⑥ 陈寅恪:《莲花色尼出家因缘跋》,《寒柳堂集》,上海古籍出版社1980年版,第154—155页。

后者，先生则以中国小说为例，多次谈及中国小说来源于佛经之神话物语。"盖中国小说虽号称富于长篇钜制，然察其内容结构，往往为数种感应冥报传记杂糅而成"①，特别是关于诘经方法的讨论更是发人深思。先生指出："天竺诘经之法，与此土大异"，"天竺佛藏，其论藏别为一类外，如譬喻之经，诸宗之律，虽广引圣凡行事，以证释佛教说，然其文大抵为神话物语"，儒家经典则"必用史学考据，即实事求是之法证之"。正是由于"南北朝佛教大行于中国，士大夫深受其熏习"，才产生了"裴松之《三国志注》、刘孝标《世说新书注》、郦道元《水经注》、杨衒之《洛阳伽蓝记》等，颇似当日佛典中之合本子注"②的新的诘经方法和文体。在两种文化接触中所产生的这种弃绝或移植的现象当然更谈不上是"体用"之关系。

寅恪先生属于世界，属于他的时代。他毕生所追求的是在世界思潮激荡之中的中国文化更新之途。他所吸取于世界的不限于某个人或某种思潮，而是"超越时间地域之理性"，是跳动着的整个脉搏。"神州之外，更有九州，今世之后，更有来世"③，我们应把先生关于两种文化汇合的理论放在世界文化纵横发展的脉络之中来解释。

---

① 陈寅恪：《忏悔灭罪金光明经冥报传跋》，《金明馆丛稿二编》，第257页。
② 陈寅恪：《杨树达论语疏证序》，《金明馆丛稿二编》，第232—233页。
③ 陈寅恪：《王静安先生遗书序》，《金明馆丛稿二编》，第220页。

中西诗学中的镜子隐喻

一

类比是人类认识世界的重要途径。一个比喻，如果偶尔提及，那只是在特定时间和空间说明某一问题；如果在某一领域被多次提到，并成为反复说明某种理论的依据，那么，它本身就成为构筑这一理论的组成部分。在这种情况下，研究这种比喻就成为理解这种理论的一个方面。在中西诗学中，镜子属于这样一种比喻。

西方从柏拉图开始，就用镜子作为比喻来说明文学艺术的模仿特性。他认为艺术家就像旋转着镜子的人一样，"拿一面镜子四面八方地旋转，你就会马上造出太阳、星辰、大地、你自己、其他动物、器具、草木……"①。在他看来，绘画、诗歌、音乐、舞蹈、雕塑都是模仿，有如镜子中的景象。在柏拉图之后，镜子这个隐喻在诗学领域内长期被沿用，并派生了多方面的意义和用法。

沿着柏拉图的思路，镜子被许多西方诗学家用来比拟映照出周围世界的艺术作品。相传曾是古罗马著名修辞学家西塞罗的名言，喜剧是"生活的摹本，习俗的镜子，真理的反映"② 这句话曾被广泛引用；荷马的史诗《奥德修纪》被称为"人类生活的明镜"③；莎士比亚被认为"应该受到这

---

① 柏拉图：《理想国》，《文艺对话集》，新文艺出版社1957年版，第112页。
② 这句话曾广泛被引用，相传出自古罗马演说家、修辞学家西塞罗（前106—前43）之口。参阅 G. G. 史密斯编：《伊丽莎白时期批评文选》第1卷，第369—370页。
③ 亚里士多德：《修辞术》，《亚里士多德全集》第9卷，人民大学出版社1994年版，第503页。

样的称赞:他的戏剧是生活的镜子"①。

但是,镜子隐喻毕竟是用两维的平面来反映多维的生活,当19世纪长篇小说兴起,反映的生活更为复杂时,镜子的隐喻就被赋予了动态的性质。例如法国著名作家司汤达就说:"一部小说是一面在公路上奔驰的镜子"②,意思是说文学应在运动中反映生活。卡夫卡在讨论毕加索的画时更指出毕加索的艺术"是一面像表一样'快走'的镜子","记下了尚未进入我们意识范畴的变形"。③

然而,文学艺术毕竟不只是反映客观世界,它与作者的思想感情密切相关。16世纪英国诗人马洛已开始指出诗歌不仅反映周围的客观现实,同时也反映了诗人主观的心灵,他说:"诗就像永不凋谢的花朵,从诗中我们可以看到人类智慧的最高成就,就像镜子中反映的一样。"④浪漫主义的前驱,德国诗人歌德进一步借少年维特之口,喊出:"啊!要是我能把它再现出来,把这如此丰富、如此温暖地活在我心中的形象,如神仙似的哈口气吹到纸上,使其成为我灵魂的镜子,就像我的灵魂是无所不在的上帝的镜子一样,这该有多好啊!"⑤这里,歌德强调的是作品不仅反映外在世界,而且也反映作者的灵魂,而作者的灵魂又像镜子一样,映照着上帝的意志。英国浪漫主义诗人雪莱进一步指出:"诗是生活的惟妙惟肖的意象,表现了它的永恒的真实。"他认为一个史实故事也可能像镜子一样反映现实,但那往往是模糊的,不够鲜明的,而且会以它的平淡歪曲了本应是美的对象;"诗歌也是一面镜子,但它把被歪曲了的对象化为美"⑥。雪莱赋予镜子隐喻新的含义:这不是一面普通的镜子,而是能够把被歪曲的对象化为美的镜子,它只反映生活中的美好方面。列宁在谈到"托尔斯泰是俄国革命的一面镜子"时,他也是在不只一般反映而且反映某些本质方面这个意义上来应用镜子隐喻的。列宁提出问题说:"把这位艺术家(指托尔斯泰)的名字与他所显然没有了解,显然避开的革命联在一起,初看起来,也许显得是奇怪和勉强的。分明不能正确反映现象的东西,怎能叫它作镜子呢?"列宁指出,托尔斯泰的作品里"反映出革命的某些本质的方

---

① 塞缪尔·约翰逊:《莎士比亚戏剧集·序言》,《西方文论选》,上海文艺出版社1963年版,第527页。
② 转引自《诗与诗学百科全书》,普林斯顿大学出版社1986年英文版,第640页。
③ 转引自冯宪光:《艺术毕竟是一面映照人生的镜子》,《文艺报》1990年6月30日。
④ 转引自艾布拉姆斯:《镜与灯》,北京大学出版社1989年版,第363页。
⑤ 同上书,第60页。
⑥ 同上书,第196页。

面","的确是我们革命中的农民的历史活动所处的各种矛盾状况的一面镜子"。① 可见列宁所用的镜子隐喻也不只是反映浅层的现象,而且有深入反映本质的作用。

无论是反映周围生活,反映作者主观思想感情,还是反映美,反映本质,西方诗学都常用镜子来比喻作品。作为镜子,首先被强调的特征是逼真,不仅是表面的逼真,而且是实质的逼真;不仅逼真地反映外在世界,而且也逼真地反映内在心灵;不仅是静态的反映,也是动态的反映。

二

镜子,在中国诗学中也是一个贯穿始终,经常被用来说明文学艺术本质的隐喻。但是用法与西方很不相同。比柏拉图早一百多年,老子就已经用了镜子这个隐喻,他用镜子来比喻人心。《道德经》第十章:"涤除玄览,能无疵乎!"高亨注说:"览、鉴古通用……玄者,形而上也,鉴者镜也……玄鉴者,内心之光明,为形而上之镜。能照察事物,故谓之玄鉴。"② 老子认为人心就像镜子一样,必须洗涤除尘,免去瑕疵。比柏拉图晚一百年左右,庄子进一步指出:"至人之用心若镜,不将不迎,应而不藏,故能胜物而不伤。"③ 他认为人心能和镜子一样公正完美地反映周围的事物,而镜子所以能起这种作用就因为它的不偏不隐。庄子又说:"水静则明烛须眉,平中准,大匠取法焉。水静犹明,而况精神!圣人之心静乎!天地之鉴也,万物之镜也。"④ 只有保持一颗圣人才有的明静的心,才能细致、正确地理解世界万物,所以说:"抱大圣之心,以镜万物之情"⑤。

自从佛教传入中国,镜子的比喻又多了一层含义,那就是"空"和"虚"。东晋时期的长安僧肇(385—414)认为:"夫至人虚心冥照,理无不统。怀六合于胸中,而灵鉴有余;镜万有于方寸,而其神常虚。"⑥ 这显然和庄子所说的"至人之用心若镜"一脉相承。但他所强调的不仅是镜子"不将不迎"的"正",和"应而不藏"的"真",而是首先强调了镜子的

---

① 列宁:《列甫·托尔斯泰是俄国革命的镜子》,《马克思、恩格斯、列宁、斯大林论文艺》,北京大学中文系内部编印,1972年,第111、117页。
② 高亨:《老子正诂》,古籍出版社1956年版,第24页。
③ 庄子:《应帝王》。
④ 庄子:《天道》。
⑤ 《淮南子·齐俗》。
⑥ 《肇论·涅槃无名论·妙存第七》。

"虚"。正因为镜子本身的空无一物，它才有"怀六合"，"镜万有"的可能；如果它先有了某种映像或污迹，就不能如实地反映世界了。

唐末，洞山良介禅师在他所传的《宝镜三昧》中更进一步认为镜（心）、形（物）、影（镜像）三者都是虚幻，他说："如临宝镜，形影相睹。汝不是渠，渠正是汝。"① 形不是影，影却正是形。如果"以镜照镜"，虚幻的形影就会至于无限。《楞严经》和《华严经》都谈到佛教讲经场所，常在四面八方安置许多圆镜，"方面相对"，"使其形影，重重相涉"，"交光互影，彼此摄入"，以说明世间万物都是一理在镜像中的反映，有如"月映万川"：作为"理"的"月"，只有一个，作为事象，映于"万川"的月影却可以无限。《宋高僧传》记载法藏和尚为了说明同一道理，曾取十面镜子，"八方安排，上下各一，相去一丈余，面面相对，中安一佛像，燃一炬以照之，互影交光，学者因晓刹海（瞬息万变的世界）摄入无尽之意"②。

类似的比喻道家也有。唐末道士谭肖所著《化书·道化第一》就说："以一镜照形，以一镜照影，镜镜相照，影影相传；是形也，与影无殊，是影也，与形无异。"总之，形影相照，全属虚幻。

三

中国诗学受佛、道的影响极深。当诗论家用镜子作为隐喻时，也是一方面强调其"静"，一方面强调其"虚"。明代诗论家谢榛就曾以镜子来比喻诗人之心。他说：

> 夫万景七情，合于登眺，若面前列群镜，无应不真。忧喜无两色，偏正唯一心，偏则得其半，正则得其全。镜犹心，光犹神也。③

除"静"之外，镜子的"真"与"正"也作为特征被强调出来。只有一颗纯真而正直的诗人之心才能描绘出客观和主观的"万景七情"。用镜子来比喻诗人之心的"静"与"真"和"正"，这样的用法在中国诗学中经常出现，直到20世纪，著名现代诗人郭沫若，还在类似的意义上用了镜子

---

① 普济：《五灯会元》，中华书局1984年版，第784页。
② 赞宁：《宋高僧传》，中华书局1987年版，第89页。
③ 谢榛：《四溟诗话》，人民文学出版社1961年版，第71页。

的比喻。他说:"我想诗人的心境譬如一湾清澄的海水,没有风的时候,便静止着,如像一张明镜,宇宙万汇的印象都涵映在里面……"①

不仅明静,还要虚空。明代哲人王阳明的弟子徐爱曾说:"心犹镜也,圣人心如明镜,常人心如昏镜。""昏镜"就是镜中已有他物而不能"空明",因此,王阳明说:"圣人之心如明镜,只是一个明,则随感而应,无物不照,未有已往之形尚在,未照之形先具者……只怕镜不明,不怕物来不能照。"有了"已往之形"或"先具之形",镜子就成了"昏镜",必须在"磨上用功","磨镜而使之明"。② 从诗学上来说,就是必须要有像明镜一样"虚"和"空"的心镜,才能写出好诗。因此,陆机强调创作之始,首先就要"收视反听",才能"耽思旁讯",才能"精骛八极,心游万仞"。③ 意思是说,只有不视不听,心不外驰,才可沉思广求,以至精神驰骛于八极,心灵浮游于万仞。苏东坡在《送参寥诗》中也说:

欲令诗语妙,无厌空且静。
静故了群动,空故纳万镜。

像镜子一样"静"和"空"的心境是审美创作的重要条件。

综上所述,中国诗学通常不是用镜子来比喻作品,而是比喻作者的心。如果说西方诗学的镜子隐喻强调的是逼真、完全、灵动,中国诗学的镜子隐喻是强调空幻、平正、虚静。

另外,中国典籍对镜子还有另一种用法,根据这种用法,镜子既不是喻作品也不是喻作者之心,而是比喻向作者提供作者自我形象的周围环境。墨子在他著名的论文《非攻》中,很早就说过:"君子不镜于水而镜于人,镜于水,见面之容,镜于人则知吉与凶。"唐太宗也常说:"夫以铜为镜,可以正衣冠;以古为镜,可以知兴替,以人为镜,可以明得失,朕常保此三镜以防已过。"④ 这和当代精神分析学代表人物拉康所说的"镜像阶段"当然有本质的不同,但用镜子隐喻来说明客体对主体的映照这一点却是相似的。拉康认为六个月至两岁半之间的儿童通过自己在镜子中的影像认识自己。最初,他把镜子中的影像看做一个现实事物,后来把它看做

---

① 郭沫若:《论诗三札》,《沫若文集》第10卷,人民文学出版社1959年版,第205页。
② 王阳明:《传习录》,《王阳明全集》,上海古籍出版社1992年版,第20、12页。
③ 陆机:《文赋》。
④ 转引自《太平御览》,中华书局1960年影印版,第3177页。

他人的影像，最后才把它与自己身体联系起来，主体形成了自己基本的人格同一性，因此，拉康说：

> 镜像阶段是一个戏剧，根据对空间的确认，这个戏剧的内在动力逐渐把儿童从身体的不完整形象导向我们称为他的身体的整体性的外科形状学的形式。①

后现代主义文学进一步认为主体"我"这个概念正是由语言和社会赋予的，恰如镜子给儿童提供了自己的形象，动物没有语言，他们就很难知道自己是什么模样。人总是在语言和对他人（社会）的模仿中形成自己的自我。这和中国的"镜于人""镜于古"也有某些相通之处。

钱钟书先生把中国和西方关于镜子隐喻的多层含义综合在一处，作了极富启发性的描述。在他的一篇早期论文中有这样一段意味深长的话：

> 我们对于世界的认识，不过是一种比喻的、象征的，像煞有介事的诗意的认识。用一种粗浅的比喻，好像小孩子要看镜子的光明，却在光明里发现了自己。人类最初把自己沁透了世界，把心缴进了物，建设了范畴概念。这许多概念慢慢地变硬、变定，失掉本来的人性，仿佛鱼化了石。到自然科学发达，思想家把初民的认识法翻了过来，把物来统治心，把鱼化石的科学概念来压塞养鱼的活水。②

"小孩子要看镜子的光明，却在光明里发现了自己"，这既包含拉康的"镜像阶段"的意味，也包含了中国的"镜于人""镜于古"的意味。关于鱼化石的比喻进一步说明了各种通过语言表现出来的规范和模式原是人造的，开始时只是一种诗意的认识，后来却反过来"僵化"，"固定"了人的"自我"。"孩子在镜子里发现自己"应有两层含义：一层是说原属于"非我"的"客观"的一切概念其实是人类自造的；另一层是说人类通过语言建设起来的"范畴概念"，有如镜子为人类的自我提供了模式。因为人类自我的形成无法离开语言和对他人的仿效。由此可见，孩子在镜子中所发现的自己，既是自己又不是自己，它包含着他人眼光中的自己，也包含他

---

① 转引自《拉康结构主义精神分析学》，台湾远流出版公司1988年版，第130页。
② 钱钟书：《中国固有的文学批评的一个特点》，《文学杂志》1937年8月，第4期。

人认为自己应该是如此的自己。这里，镜子所比喻的，就是形成和塑造（通过仿效）自我的语言和社会。

四

如上所述，中国和西方虽然用法不同，但都有把镜子喻为映照人类自身的客观世界的。前面所谈西方多以镜子喻作品，中国多以镜子喻人心，也无非是大体而言，事实上中国也有以镜子喻作品，西方也有以镜子喻人心的，但其用法也往往截然相异。例如意大利著名画家达·芬奇就曾明确指出：

> 画家的心，应该像一面镜子，永远把它所反映事物的色彩摄进来。前面摆着多少事物，就摄取多少形象。明知除非你有运用你的艺术对自然所造出的一切形状都能描绘（如果你不看它们，不把它们记在心里，你就办不到这一点）的那种全能，就不配做一个好画师。

他还强调：

> 画家应该研究普遍的自然，就眼睛所看到的东西多加思索，要运用组成每一事物的类型的那些优美的部分。用这种方法，他的心就会像一面镜子，真实地反映面前的一切。①

显然达·芬奇也是用镜子来比喻艺术家的心。但这和中国的用法全然不同，他强调的不是镜子的空、幻，恰恰相反，而是它反映复杂色彩、形象、类型的能力。中国诗学中也有用镜子来比喻作品而不是比喻作者之心的，如严羽《沧浪诗话》："诗者，吟咏情性也……如空中之音，相中之色，水中之月，镜中之象，言有尽而意无穷。"谢榛《四溟诗话》认为："诗有可解、不可解，若水月镜花，勿泥其迹可也。"这里虽然用镜子比作品，但所强调的仍然是"空幻"。明代诗论家胡应麟在《诗薮》中说：

> 譬如镜花水月：体格声调，水与镜也；兴象风神，月与花也，必

---

① 达·芬奇：《笔记》，《西方文艺理论名著选编》，北京大学出版社1985年版，第161页。

水澄镜朗，然后花月宛然，讵容昏鉴浊流，求睹二者？

胡应麟把文学作品分成两部分，一部分是"体格声调"，即声调、格律、辞藻、章句等所构成的诗的"载体"（水与镜）；另一部分则是体现在这一载体之中的"兴象风神"，即诗人想要传达给读者的形象、兴味、联想、寓意、精神等等（月与花）。胡应麟认为前者必须清朗、澄明，才能将后者加以呈现，虽用镜子比喻作品的形式，但强调的是明静，而不是西方诗学用镜子隐喻时通常强调的完全、逼真。

再拿"以镜照镜"来说，也可以看出全然不同的用法。例如德国新教教义的先驱者爱克哈特（Meister Eckhart，1260—1327），德国著名的诗人、戏剧家黑贝尔（Friedrich Hebbel，1813—1863），爱尔兰伟大诗人、剧作家叶芝（William Butler Yeats，1865—1939）等都曾用过"以镜照镜"的比喻。但他们都不是像佛典、道籍那样用这个例子来说明"理"和"事"的深奥玄理，而是用来说明并无创造力的相互模仿，例如叶芝说："你的通信人引我的话说辛格先生的作品过于文饰，满是以镜照镜反映出来的形象，他是正确的。"① 中国文论中也有类似叶芝的用法，清代李元复的《常谈丛录》就曾批评司空图的《诗品》以诗体谈诗艺难以充分说明，他说："《诗品》原以体状乎诗，而复以诗体状乎所体状者，是犹以镜照人，复以镜照镜。"② 但是，大部分中国诗家却在佛、道典籍的基础上用"以镜照镜"来比喻一种复杂交错的意境。正如钱钟书所说："己思人思己，己见人见己，亦犹甲镜摄乙镜，而乙镜复摄甲镜之摄乙镜，交互以为层累也。"③ 他举了许多实例，最明显的如张问陶《船山诗草》第14卷《梦中》："己近楼前还负手，看君看我看君来"，王国维《苕华词·浣纱溪》："试上高峰窥皓月，偶开天眼觑红尘，可怜身是眼中人。"其实，日本镰仓初期的禅师明惠上人关于月亮的一首和歌也是同样的意思："心境无翳光灿灿，明月疑我是蟾光"，就是"我"以纯洁的心面对明月（甲镜摄乙镜），"我"是甲镜，"月"是乙镜；第二句，"明月疑我是蟾光"，明月因"我"明静如月的心境而误以为"我"就是月亮本身。作为乙镜的明月摄取了"我"（甲镜）的面对明月（甲镜之摄乙镜），而"我"（甲镜）又进一步理解了月亮对我的理解。这就有了三层意思：甲镜摄乙镜，乙镜摄"甲镜之摄乙镜"。这正是佛

---

① 转引自钱钟书：《补遗》，《谈艺录》，中华书局1984年版，第371页。
② 李元复：《常谈丛录》，《谈艺录》，第371页。
③ 钱钟书：《管锥编》，第115页。

家所讲的"镜镜相照,影影相传"。这就不是叶芝所讲的反复模仿,而是钱钟书所讲的互为层累,层层相映,引向更为深邃的缥缈虚无。

五

为什么西方总是用镜子来强调文学作品的逼真、完全、灵动,而中国却往往用镜子来形容作者心灵的空幻、平正和虚静呢?为什么即使是西方艺术家也同样用镜子来比喻心灵,中国诗学家也同样用镜子来比喻作品时,其所强调的内容仍然如此不同呢?甚至用同一个比喻"以镜照镜"来比喻诗学现象时,其美学之间的距离仍然如此遥远呢?

这可能与传统的中西思维方式的不同有关。一般说来,西方传统思维方式往往强调主观与客观的二元对立。主体独立于客观世界并为它赋形和命名。认识世界是一个对外在于主体的客观对象进行观察、分析、切割、反映和综合的过程。人要超越自身,只有依靠外在的力量,如上帝的拯救。因此,西方诗学所强调的也就是如何逼真、完全、灵动地反映这一认识和超越的过程;中国传统思维方式认为主体与客体世界原属一体,所以强调"反求诸己",强调"尽心、知性、知天","天道"本来就存乎人心,穷尽人心,乃知天理,对世界的认识不假外求,而只要从内心去发掘。人要超凡入圣,也无须从外在的力量去探求,而只要从人内在的本性去领悟。因此,最要紧的是一颗空灵、虚静、澄明的心。中国诗学所强调的也就不是如何去视、听、观察、反映世界,而是"收视反听,耽思旁讯",也就是说,"不视不听,静思以求"。

另一方面,中国古人还常常用一种"负"的方式来进行思维。近人冯友兰先生认为:"真正形上学的方法有两种,一种是'正'底方法;一种是'负'底方法。'正'的方法是用逻辑分析法讲形上学;'负'底方法是讲形上学不能讲。讲形上学不能讲,也是一种讲形上学的方法。"[①] 例如画月,用"正"的方法画,则他不用线条或色彩来画月亮本身,而是在纸上"烘云",即画许多云彩,而在所画的云彩中留一圆形或半圆形空白。他画的月亮正在他所不曾画的地方。这种"负"的方法是中国传统的一种思维方式。在古远的《道德经》中,老子就举了很多例子,谈"无"的作用。例如说:"埏埴以为器,当其无,有器之用。"意思是用陶土制成饮食

---

① 冯友兰:《新知言》,《贞元六书》,华东师范大学出版社1996年版,第869页。

的器皿，真正起作用的并不是陶器本身，而是陶器所构成的空间。中国传统诗学强调的也是"不涉理路，不落言筌"，"不着一字尽得风流"等，也就是说中国传统诗学主要关注的不是语言实体本身，而是语言所构成的各个层次的空间。因此，当用镜子来做比喻时，中国诗学首先强调的就是镜子的虚幻和空无一物。

综上所述，我们是不是可以说中西诗学关于镜子隐喻的不同用法正是反映了中西思维方式和中西诗学着重点之不同呢？

中国传统文学批评的一些特点

　　传统的西方文学批评多注重由明确的概念和命题构成的体系，强调分类分析。他们采用的思维方式大体是逻辑学范式。根据这种范式，人们通过浓缩，对内容进行越来越简约的概括，并认为这种用语言概括出来的内容就是对意义的准确反映。正如罗兰·巴特所说，它（指分析的结果）就是"对存在之我（指正在被分析的对象）的浓厚阴影的逐渐征服"（《写作的零度》），也就是对"我"的一切特殊条件如"我"所处的特殊时空、特殊视角、特殊个性等（我之"浓厚阴影"）一概加以省略，使"我"变为"透明"。因此逻辑学所描述的空间是一个相对稳定的、封闭的空间，西方传统的文学批评也多是在一定的、封闭的体系内发生和发展。

　　直到20世纪，另一种思维范式——现象学范式——才逐渐在学术研究中取得重要地位。现象学范式强调的首先不是经过简约和概括的"体系"（结构），而是一个活生生地存在、行动、感受着痛苦和愉悦的"身体"。这个"我"被特殊时空中的不同的激情、欲望、意志等"浓厚的阴影"所包围，不能被简约，也并不透明；由于其瞬息万变，也很难用变化相对缓慢的语言来加以准确和圆满的表达。所以说现象学所描述的空间是一个不稳定的、随主体的变化而千变万化的拓扑学空间。在这样的思维方式指导下，文学批评也就更多向开放的、众声喧哗的、不确定的方向发展。

　　中国传统的思维方式和这种现象学的范式颇为相近。中国古人很早就注意到自然万物总是随主体所处的时间、地位、心情的变化而变化的。著名诗人苏东坡在《题西林壁》一诗中说过："横看成岭侧成峰，远近高低各不同；不识庐山真面目，只缘身在此山中。"就是说由于主体的视角不同，所见之山形也就各异。中国哲人认为每个人都是生活在自己的时间里,个人在不同的时间里与周围的环境构成一种"情景",这种"情景"随个人的心情、周围景物的变化,以及个人与其他人和物的关系的变化而变化。没有作为主体的人的体验,外在的一切就不能构成意义。由此出发,中国著名哲学家王阳明提倡"心外无物"。有一次,他的一个朋友指着谷中花树问他:"此花树在山中自开自落,于我心中亦何相关?"王阳明说:"你未见此花树时,此花与汝心同归于寂。你来看此花时,则此花颜色一时明白起来,便知此花不在你的心外。"① 也就是说,主体不在时,外在的一切对主体来说,也都归于寂灭。王阳明还指出,要界定一个事物,不能依靠其本身,而要依靠其他的相关事物。例如要说明龟和兔的特点,就必须依靠和它不同的东西。如说"龟无毛,兔无角",就是用有毛的牛、羊之类来界定龟的无毛的特点,用有角的鹿、羚之类来界定无角的兔的特点。至于语言不能完全表达意义(言不尽意),必须透过语言去追寻失落了的意义,则是从老子、庄子开始,两千多年来人们不断在讨论的问题。这些哲理都成为中国文学批评理论最根本的原理。

例如,在中国古代文论中,"情"(主体)与"景"(客体)的相触相生是讨论得最多的核心问题之一。南宋的范晞文最早提出了情景相触这一命题。他在《对床夜话》中提出"景无情不发,情无景不生",故"情景相触而莫分也"。"情"和"景"相触,才产生了意义和艺术,如果"情"和"景"并不相触,那也就如王阳明所说"同归于寂"。只有内在的"情"与外在的"景"相触相生,才能产生独特的生活体验,构成了人的特殊存在和艺术的特殊表现。因此,要讨论艺术文学,就必须从每一个人在特定时空中的自己的人生体验出发,而不是从已经形成的概念、体系出发。中国的文学批评正是在这样的哲学基础上产生的。

从以上的思维方式出发,中国传统的文学理论、文学批评和文学赏析三者往往合为一体,其表现形式往往不是长篇大论的"体系性"著作,而更多是精练、深邃、具有广泛概括性的、类似格言的精彩片段。最初,这些片段往往出现在哲人语录或作品序跋、注释之中。前者如孔夫子说:"小子何莫学乎诗?诗可以兴,可以观,可以群,可以怨",短短几句话,无须什么系统论证,就将文学的社会功用讲得十分"系统";后者如《诗大序》:"诗者,志之所之也,在心为志,发言为诗。情动于中而形于言,

---

① 王阳明:《传习录·语录三》,《王阳明全集》(上),上海古籍出版社1992年版,第107—108页。

言之不足故嗟叹之，嗟叹之不足故咏歌之……"文字不多，却相当全面地从理论上说明了文学的产生及其发展根据，也提出了评论文学作品的准则和赏析文学作品的基本依据。

魏晋时期，一部分文人进一步感到用一般逻辑语言说诗，已不能完美地表达自己的感受，他们开始以诗的形式来阐明文学问题。先行者是陆机，他以绚丽的、押韵、对仗的赋体写成《文赋》，来表达自己对文学的理解。到了唐代，"以诗论诗"的形式更是有了长足的发展。杜甫的《戏为六绝句》，前三首论作家，后三首论文学创作规律，如"不薄今人爱古人，清辞丽句必为邻"，"别裁伪体亲风雅，转益多师是汝师"，以及在其他诗中谈到的"读书破万卷，下笔如有神"，评论李白的诗"笔落惊风雨，诗成泣鬼神"等，都是在极小的篇幅中，从个人的感受出发，总结了极为丰富的评价标准和理论原则。此后，用诗的形式论诗的诗人兼评论者不下数十家，如以阐述理论见长，写《论诗十绝》的戴复古和重在品评作家作品、摘赏佳句、写《论诗三十首》的元好问。前者关于诗和禅以及语言的讨论如："欲参诗律似参禅，妙趣不由文字传"，后者关于情景关系的辨析如："眼处（"景"）心生（"情"）句自神，暗中摸索总非真"，都是以最少的语言讲述了最深最多的文学道理。

与此同时，一种新的文学评论文体也在宋代兴起，这就是创自欧阳修的"诗话"。这种文体一经出现，立即繁荣昌盛。据统计，在宋代 300 余年历史中，有名目可查的诗话就有 140 余种。欧阳修说自己写集"诗话"是为了"以资闲谈"。这说明"诗话"并没有什么重大目的，而是十分随意，宽松活泼，三两友朋相聚，或谈诗人的创作心得，或记文人的闲情逸事，或对某一诗歌、诗句、诗眼加以鉴赏评说，或通过某一片断的文学现象作深入的理论探讨，总之是在直觉体验的具体批评和美学鉴赏中透露出理论的信息。事实上，从宋代直到清末，中国文学理论的许多争论、辨析和发展都是通过"诗话"这种形式来实现，"诗话"所涉及的问题和内容也都是十分广泛复杂的。

例如王夫之的《薑斋诗话》，就都是在三五百字的简要论述中完成许多极其精彩的论断。这里有"作者用一致之思，读者各以其情而自得"的重要理论；有借"昔我往矣，杨柳依依；今我来思，雨雪霏霏"为例，关于"以乐景写哀，以哀景写乐，一倍增其哀乐"的分析；有通过"高台多悲风""蝴蝶飞南园"对"情语"和"景语"的论述；有在游历名山大川中的感受和诗情；有对起承转合，"千章一法"的批判；甚至也有对整个文学发展史的画龙点睛的品评……①当然，诗话这种形式，由于其过分简约，往往只有断语而难以展开深入论证，各段之间也没有什么联系，不能构成严整的"体系"，但总的说来，作者的思想和观点还是一以贯之的；各个零碎的片段聚合起来，仍然可以看出作者的"思想脉络"。

和"诗话"相类，中国传统的小说理论最初也是通过序跋、笔记等非系统的、零散的形式来发展的，到了17、18世纪，小说评点成了小说理论和小说批评的主要形式。所谓小说评点，一般包括以下几部分：(1)"序"：阐明该部小说的价值和意义，以及评点这部小说的缘起；(2)"读法"：带有总纲性地说明该作品的重要特色和阅读该作品时应注意的问题；(3)"总评"：每一回的前面或后面有总评，一般是评论这一回中有关的艺术技巧及其成败得失，有时也旁及其所反映的社会问题；(4)"眉批"：写在直排的书页顶端；(5)"旁批"：写在书页之旁；(6)"夹批"：写在字行当中。这几种批注都是对作品的人物、事件、叙述、描写作出具体的评论和分析。

小说评点的形式决定评论文字和小说本身是穿插进行的，读者可以同时一面读作品，一面读评点（也可看做某位"读者"的"读后感"）。这种"评点"可以经常提醒读者注意欣赏一些容易被忽略的地方，可以让读者暂时离开故事情节，站在故事外面对故事中所发生的一切进行品味和思索，得到戏剧中常有的那种"间离效果"。小说评点可以一方面总结作者的创作经验，指出其独到之处，一方面引导读者欣赏阅读，对作品细部进行具体分析；也可以从作品描写的具体得失中提炼出理论的规律。小说评点一般都是从艺术形象的具体刻画出发的，因此能将艺术鉴赏、人物评价和理论分析紧密结合在一起。

小说评点的这种"有触即发"的特点，使评点本身形成一种自由放任、"嬉笑怒骂皆成文章"的活泼机智而短小精悍的文体。评点者往往潇洒地涉笔成趣，左右逢源，舒展自如。精彩的小说评点的片断有时候是插科打诨开玩笑；有时候是严肃地为人物的遭遇一洒同情之泪；有时候是借题发挥，"借他人之酒杯，浇自己的块垒"，借古讽今，对社会不良风尚讽喻调侃；有时候又驰骋想象，浮想联翩；有时候长篇大论；有时候惜墨如金。由于这些特点，小说评点自我国明代中叶，李卓吾开风气之先，评点

---

① 王夫之：《薑斋诗话》，《薑斋诗话笺注》，人民文学出版社1981年版，第4、10、80、81、91、104页。

《水浒传》以来，我国的主要小说如《三国演义》（毛宗岗评点）、《西游记》（陈士斌、汪澹漪评点）、《金瓶梅》（张竹坡评点）、《红楼梦》（脂砚斋评点）等几乎没有未经评点的。这种评点小说的传统一直延续至今。新近关于新派武侠小说金庸作品的评点和畅销就是一例。

诗话和小说评点是中国文学批评的主要形式，这并不是说中国文学批评就没有其他形式了。恰恰相反，系统讨论"文学理论"的大部头著作《文心雕龙》、"系统"品评作家作品的钟嵘的《诗品》、"系统"研究诗歌风格的《二十四诗品》等等都曾为中国文学的发展作出了相当完整的、系统的理论总结；只是这类"系统"的著作在数量上远不及"诗话"多，其形式在后世也并未得到更多的继承和发展；而且无论是《文心雕龙》还是《诗品》《二十四诗品》，在其内部组织方面也有相当多段落只是"诗话"式写法的累积；就是《文心雕龙》这一理论系统最强的专著，除少数理论章节外，也可以看做按一定架构组织起来的诗话的汇集，正是这些章节卓越地体现了中国文学批评的特点。至于叙事文学方面，直到五四之前，则更是除了"评点"之外，别无"系统的"理论著作出现。

在中国文学发展过程中，诗话和小说评点的精神和传统却一直不衰。值得特别提出的是在20世纪，"诗话"与小说评点的形式相结合，发出了辉煌的异彩，出现了朱光潜的《诗论》、宗白华的《美学散步》和钱钟书的《谈艺录》《管锥篇》等一批继往开来、汇通中西的不朽名作。这些著作都是以类似"诗论"和"小说评点"的方法来实现文学批评的。如《谈艺录》和《管锥篇》，纵观古今，横察世界，以突显零碎的"针锋粟颗"来讨论重大的文学问题。钱钟书说，我有兴趣的是具体的文艺鉴赏和评判，如果尽舍诗中所含，而别求诗外之物；不屑眉睫之间，而上穷碧落下及黄泉，以冀弋获。此可以考史，可以说教，然而非谈艺之当务也。《管锥篇》4册，主要写于"文化大革命"十年动乱时期。全书781则，围绕《周易正义》《毛诗正义》《左传正义》等10种古籍，引用800余位外国学者的1000多种著作，结合中外作家3000余人，以这10种原典为中心，"即触即发"地阐述自己读这些古代原典时的所思所感，包括心得、体会、各种联想和推论。钱钟书从不企图用什么人为的"体系"去强加于并不受任何"体系"约束的客观世界。他认为用很多精力去建立庞大的"体系"是无益的。历史上，"往往整个理论系统剩下来的有价值的东西只是一些片段思想"① 而已。因此,他认为"谈艺"最重要的就是要去发现那些隐于"针锋粟颗,放而成山河大地"的珍贵的片段思想。

总之,如上所述,"诗话"和小说评点等文学批评形式不是孤立产生的,它是中国思维方式长期累积的结果。这种形式作为西方传统文学理论完整、明晰、讲求"体系"的文学批评形式的"他者",必将为未来世界文学的发展提供有益的思考。

---

① 钱钟书:《读拉奥孔》,《七缀集》,第34页。

叙述模式：中国小说从传统到现代

叙述，在中国有着久远的历史，所谓"左史记言，右史记事"①，早在春秋时代（前722—前481）就已经开始，中国小说即产生于这一丰沃的土壤，"记言"演变为大量"街谈巷语，道听途说"之记载②，如各种随笔、志怪、传奇、小说、野史；"记事"则演变为众多历史演义小说，后来又加入了佛教醒人喻世的讲经故事。中国传统小说的叙事模式与它所由产生的这些源头有很密切的关系。诸如全知的叙述角度、以事件为中心的叙述结构、连贯的时间顺序、作者与叙述者的合一、客观训世的叙述调子，莫不与此相关。本文拟从以上几个方面考察中国小说叙述模式从传统到现代的转变。

中国传统小说，或记录神怪异闻，或演述名人逸事，或铺叙各类史实，因此绝大多数是以全知观点，通过第三人称叙述。叙述者知道全部故事的过去、未来和人物的所思所感，有时还要直接阐明故事的教训和含义。也就是托多洛夫所说的"叙述者所知大于人物所知"。但这种叙述角度并非一成不变，特别在长篇小说中，单一的叙述角度常使作品显得单调、不亲切，因此在中国长篇小说中常常采取一种第三人称限制叙事的技巧。即从某一人物的角度来叙述，然后随即换成另一人物的另一角度或叙述者的全知角度。例如《水浒》第10回"林教头风雪山神庙"："李小二正在门前安排菜蔬下饭，只见一个人闪将进来，酒店里坐下，随后又一人闪入来。看时，前面那个人是军官打扮，后面这个走卒模样，跟着也来坐下。"走卒本不能和军官同坐，李小二不能不犯疑。这段简短叙述，一方

---

① 《汉书·艺文志》。
② 同上。

面是从李小二眼中看来，一方面也是从李小二心理出发，是他对两个来人身份的猜测。中国文学批评家金圣叹早就注意到这种视角的转移。他说："'看时'二字妙，是李小二眼中事。一个小二看来是军官；一个小二看来是走卒。先看他跟着，却又看他一齐坐下，写得狐疑之极，妙！妙！"① 较晚的《红楼梦》更是大量采取了这类技巧，如从林黛玉的视角展现荣国府，从刘姥姥的视角展现大观园等。这不仅描写了环境和事件，也描写了观察环境和事件的人物，但这只是局部的，贯穿全书的还是全知全能的说书人。

在中国传统小说中从某一人物的视角叙述到底的例子很少，除某些情节单纯的短篇文言小说以"我"之所见所闻来叙述外（如苏轼的《子姑神记》《天篆记》等和一些志怪小说）。直到清人沈复的自传体抒情小说《浮生六记》出现，中国才有了以"我"为视角所构成的完整的小说世界，但这只是一个少有的特例。20世纪初，1902年至1906年在《新小说》和《绣像小说》两种最著名小说杂志发表的全部作品中，用全知叙述角度的作品仍占89%，而第三人称限制性叙事仅占7%，第一人称叙事则仅占5%。②

五四运动后，小说作品视角的选择有了很大不同。在1922年至1927年《小说月报》《创造》《莽原》《浅草》《沉钟》五种杂志所发表的272篇小说作品中，用全知叙述角度的作品降到30%，而第一人称叙述增至38%，全篇一贯的第三人称限制性叙述增至31%。这些数字表明中国小说叙述角度的重大变化。

叙述角度的变化绝不只是简单的叙述人称的改变，而是叙述者与人物之间的关系的改变。在全知视角即叙述者所知大于人物所知的情况下，叙述者在作品之上，他可以把人物作为棋子来任意安排自己的布局。在自知视角（第一人称叙述）和旁知视角（第三人称限制性叙述）的情况下，叙述者所知与人物所知相等，他受到人物的局限，不能写人物所知所感以外的事，叙述者就是人物之一：有时是主要人物，如鲁迅的《伤逝》《故乡》；有时是次要人物，如鲁迅的《祝福》《孔乙己》《在酒楼上》。视角的改变对于小说这种文体的发展有着多方面的意义。这种意义在用不同视角叙述同一故事的艺术实践中显得特别清楚。

---

① 金圣叹：《评水浒》，《第五才子书施耐庵水浒传》第9回，中华书局1975年影印本。
② 根据北京大学中文系陈平原博士论文统计资料，以下所引数字资料同此。

宋话本《错斩崔宁》是以全知观点，第三人称叙述的一个故事，主人公因出言不慎导致杀身之祸，并冤死一男一女，最后由于偶然机缘，冤狱终得昭雪。在叙述中，叙述者时常介入他所构造的小说世界，大发议论，说明"君子慎言""善恶有报"等教训。既然是说故事就要求有头有尾，矛盾终于得到解决，罪恶受到惩罚，世界又恢复了合理秩序，读者亦大可心安理得。现代小说，台湾朱西宁的《破晓时分》所写的故事与此大体相同，但这里已没有全知的叙述者，全部故事通过一个有血有肉、能爱能憎的活生生的当事人——一位青年衙役叙述出来。这个第一天来上班的青年衙役原是一个花钱买了这份差事的老实农民，仅仅一天的经历已足以使他怀疑自己是否能目睹这类惨绝人寰的冤狱而无动于衷，也就是是否能心如铁石而继续吃这碗昧心饭？冤案之后的"恶有恶报"的情节也被删去。读者会带着同样的问题与不安，感到世事的不公，甚至想想自己是否需要做一点什么来改变这不公平的黑暗世界。

由于视角的改变，读者不再被动地听凭全知全能的叙述者的摆布，而要自己去判断：这样一个第一天当衙役的年轻农民的所闻所见、所思所感究竟哪些对，哪些不对。这样，读者在阅读时参与小说世界的感觉就大大加强了。加以叙述者不再是一个超越作品的不可捉摸的权威，而是一个有个性、有弱点的活的人物，这就大大缩短了读者与叙述者的距离，而更感到叙述的真切。最后，由于叙述者是一个具体人物而不是超然的力量，他有自己的生活，这生活在故事告一段落后还要延续下去，例如读者还会思考这位青年衙役是白丢了买差使的钱返回农村以保存自己良心的清白呢，还是像其他老衙役一样，终于练出了一副漠然无动于衷的铁石心肠？这就使作品摆脱了"善恶有报""由因到果"的封闭性结尾，而引入了发人深思的开放性结局。

由于中国传统小说大部分从"志人""志怪""讲经""史传"发展而来，因此多以事件为叙述结构的核心，"有头有尾"，故事说完，作品也就结束。篇幅虽短，往往也是一种"微型"的长篇，或一种长篇的压缩。也有以某种框架把几个故事连缀在一起的，例如最早的小说作品之一，唐传奇《古镜记》就是以古镜的经历和神通为线索把几个故事串联在一起。后来的长篇小说在这个基础上发展起来，但已不是简单地以事件为叙述结构中心，而是让各种事件围绕着某种观念的核心，交错连贯发展，如《金瓶梅》中的"爱欲"，《西游记》中的"试炼"，《水浒》中的"官逼民反，替天行道"，以及《红楼梦》中的"情"，《儒林外史》中的"礼"，等等。

直到《浮生六记》，中国才出现了不以事件为中心的叙述结构。在这部作品中，有头有尾的"事件"退隐为说明某种心情的背景并分散到各个部分。全书分为"闺房记乐""闲情记趣""坎坷记愁""浪游记快"等等，"乐""趣""愁""快"成了叙述结构的中心。可见逐步突破以事件为中心的叙述模式，是中国小说发展本身的要求，但这种发展的进程很慢，20世纪初，自1902年至1906年在《新小说》和《绣像小说》中发表的作品仍有95%以事件为叙述结构的中心。直到五四时期，这种情况才有了根本转变。

鲁迅的作品大部分不是以事件为中心，《狂人日记》以狂人的心态为中心，《阿Q正传》以阿Q的性格为中心；《故乡》写一种心情，《幸福的家庭》写一个生活片段……即使有些作品仍以事件为叙述结构中心，作者的目的也不再是故事本身，而是或塑造人物性格（如《孤独者》《在酒楼上》等），或提出某个问题（如《药》《祝福》等）。

由于以事件为叙述结构中心，在中国传统小说中，叙述结构与事序结构基本上是一致的，即大部分按事件发生的顺序来叙述，"有头有尾，一一道来"。当然也有不少例外，例如古老的唐代小说《白猿传》就是先写主人公妻子失踪，合谋刺杀白猿，然后才追叙白猿的生活和性格。《浮生六记》更是打乱了历史顺序，有自己内在的叙述时间，这种时间不是按事实而是按作者的思绪来安排，而整个叙述时间又都是"倒装"的，是事后的追忆。鲁迅用"倒叙"或"交错叙述"的叙述次序写成的作品很多。《祝福》《伤逝》《孤独者》《孔乙己》都是用"倒叙"的方法，《故乡》《药》等则主要用交错叙述。据统计，1922年至1927年间发表的272篇小说中，用倒装叙述和交错叙述的，占总数的30%。

事序与叙述的关系不仅是一个简单地"顺叙""倒叙"的问题。从"历时性"叙述，转为"并时性"叙述的追求说明现代小说发展的一种趋势。现代小说作者力图摆脱传统的"从头说起"的"说故事"叙述模式，力求在一瞬间表现更多的情感、思想和生活场景。在鲁迅小说中可以找到不少这样的例子，如《幸福的家庭》通篇写的就是作家一方面应付油盐柴米生活琐事，一方面构思浪漫小说的这一瞬间；《狂人日记》基本上没有统一的事序，或者说把"历时性"的因果、逻辑、时序降到了最低限度，这在传统中国小说中是很少见的。

如果说上述叙述角度、叙述结构中心、叙述顺序的变化可以从传统中国小说的发展中找到自己发展的轨迹，只是在五四前后有了大量的、突出的改变，那么，叙述者与作者的分离，叙述调子的多样性却是五四小说才有的新发展。

在中国传统小说中，作者与叙述者都是一致的，单纯一些的短篇小说固然如此，就是层次复杂的长篇小说也是一样。如《红楼梦》第一个叙述层次的叙述者是说"此开卷第一回也……我虽不学无文，又何妨用假语村言敷衍出来，亦可使闺阁昭传，复可破一时之闷，醒同人之目……看官，你道此书从何而起？"这里有一个假想的说书人；第二个层次的叙述者是石兄，他宣称："我这石头所记，不借此套，只按自己的事体情理"；第三个层次的叙述者则是"演说荣国府"的冷子兴等人。无论哪一个层次的叙述者都是作者的代言人，都与作者的观点保持严格的一致。

现代小说与此不同，叙述者和作者的观点往往并不一致，有时甚至截然相反。例如鲁迅的《狂人日记》，第一个叙述层次的叙述者是写那篇文言文小序的"余"。由小序所引出的狂人日记的叙述者是狂人。"余"和"狂人"的观点与作者的观点都不完全相同。小序中的"余"对于狂人的病愈并"赴某地候补矣"（即到某地等待做官）并无异议；而作者对于这个曾经看穿"吃人"的历史，呼唤"救救孩子"，反叛社会的"狂人"终于"躬行生前所憎恶的一切"，恭候当官，显然充满了无言的辛酸。小序中说："撮录一篇供医家研究"，读者也明白作者意思并非真的供"医家"研究，而是引起对社会疗救的注意。在主要叙述层次中，叙述者许多貌似狂乱的话语更是包含着与字面不同甚至相反的作者的潜台词。如"赵家的狗，何以看我两眼"，"把古久先生的陈年流水簿子踩了一脚"，"他们这群人，又想吃人，又是鬼鬼祟祟"，还有"吃死肉"的"海乙那"的眼光和模样等，叙述者狂人都是本着他迫害狂患者的心态去叙述，每一句话又都可以分析出作者全然不同的潜台词，作者与叙述者显然是分裂的。鲁迅的另一些作品，这种分裂也许不如此明显，但仍然可感。如《祝福》的叙述者"我"用"说不清""不知道"搪塞着不公平的社会向他提出的尖锐问题。最后，他在祥林嫂的痛苦和死亡面前，只想一走了之，"福兴楼的清炖鱼翅，一元一大盘，价廉物美……然而鱼翅是不可不吃的"；祥林嫂的悲剧所引起的不安竟一夜就无影无踪："我在这繁响的拥抱中，也懒散而且舒适，从白天以至初夜的疑虑，全给祝福的空气一扫而空了，只觉得天地圣众，歆享了牺牲和香烟，都醉醺醺的在空中蹒跚，预备给鲁镇的人们以无限的幸福。"① 这里不难听到与这位懒散而不负责任的叙述者完全不同的作者反讽的声音。

在现代小说中，有些叙述者与作者的观点甚至完全相悖，作者正是用这种叙述方法来达到某种特殊的美学效果。例如吴组缃的名作《官官的补品》，叙述者是这位地主大少爷"官官"，他滔滔不绝地叙述着、谈论着、辩解着，无非是说自己如何在上海和女友逛街遭车祸，如何吃人奶补养是价廉物美、天经地义的事，奶妈的贫穷是如何理所当然，奶妈的丈夫被"误认"为革命者而遭枪杀也是合情合理、罪有应得，等等。作者显然是站在叙述者的对立面，让他自己暴露自己，淋漓尽致。这种作者与叙述者观点的相悖造成了强烈的讽刺效果，深化了作品的含义，是中国传统小说很少用到的。

由于作者与叙述者始终一致，叙述的调子也就比较单一。中国传统小说大都回响着记录者或说书人的调子。作者参与作品的方式往往只有一种，就是通过叙述者直接介入他所创造的小说世界，即使《红楼梦》那样复杂精巧的作品，也不免由于全知叙述者的突然出现而造成了读者与小说世界的"间离"。例如第5回："正思从哪一件事，哪一个人写起方妙？却好忽从千里之外，芥豆之微小小一个人家……倒还是个头绪"；第15回："却不知宝玉和秦钟如何算账，未见真切，此系疑案，不敢创纂"。这些都使读者不能完全沉浸于小说，而被提醒不过是在看故事。这种千篇一律的说书人的调子在《浮生六记》和后来的现代小说中几乎消失，而换成叙述者多种多样的调子，如在《浮生六记》中，《闺房记乐》是一种哀婉追怀的调子，《闲情纪趣》是一种恬淡闲适的调子，《坎坷记愁》是一种愁惨无奈的调子，等等。鲁迅的小说几乎每篇都有自己独特的调子，如《狂人日记》的激越、《孔乙己》的悲悯、《药》的沉重、《祝福》的愤懑、《明天》的凄凉、《伤逝》的憾恨、《孤独者》的同情、《在酒楼上》的感慨等等。

叙述调子的多样化首先是由于那个凌驾于小说世界之上的全知全能的叙述者——说书人——的退隐，以及由之而来的"呈现"代替了"讲述"。作者不再直接介入他的小说世界，"讲述"自己的观点，而是把他所要讲的东西融会在他所创造的人物、背景、对话、情节之中，由它们向读者"呈现"自己。也就是说，作者参与小说的方式变了，他的声音不再是通过权威的唯一的说书人而是通过不同的叙述调子表现出来。

---

① 鲁迅：《祝福》，《鲁迅全集》第2卷，第22页。

构成这种调子的因素是多种多样的。有时是由于叙述的距离，作者构筑某种叙述的框架，在一定的距离之外来观察所叙述的内容，赋予整个叙述以某种情调。如鲁迅《伤逝》的开头："如果我能够，我要写下我的悔恨和悲哀，为子君，为自己"；《孤独者》的开头："我和魏连殳相识一场，回想起来倒也别致，竟是以送殓始，以送殓终。"前者为整个作品规定了一种追怀和悲凉的基调，后者则形成了贯穿全篇的愤懑和自嘲。

叙述调子有时来自叙述的频率，即同一事件或同一话语被重复叙述的次数和密度。例如《祝福》中的祥林嫂向人诉说，"我真傻，真的……我单知道下雪的时候野兽在山坳里没有食吃，会到村里来，我不知道春天也会有……"紧接着下一页，祥林嫂重复着同样的话，再翻过一页，祥林嫂又说着同样的话。这几句话出现的高频率使整个叙述充满了一种孤独、落寞、极度悲伤而不能自拔的情调。另外，作为叙述者的作品中人物的情绪、性格、遭遇，当然也决定着叙述的调子。

如上所述，可以清楚看到五四前后，中国小说的叙述模式确实经历了一个十分重要的巨大变化。这一变化涉及叙述角度、叙述结构、叙述顺序、叙述调子、叙述者与作者的关系、叙述者与人物关系、叙述的距离、叙述的频率等等各个方面。人们普遍认为五四是中国现代文学的发端，鲁迅是现代小说的奠基人，上述叙述模式的重大变化说明了这一论断的正确。五四以前和五四以后，中国小说确实有了不同的面貌，叙述模式的不同是这种面貌不同的重要组成部分。产生这种变化的原因，诚如鲁迅所说，是外国文学传入的影响，他说："我所取法的，大抵是外国的作家。"[①]但如上面所说的，这种变化也是中国小说这种文体自身发展的要求，这种发展变化已经在酝酿之中，外国文学有如触媒，提供了榜样，这就决定性地促成了中国小说叙述模式的根本变化。

---

① 鲁迅：《致董永舒（1933年8月13日）》，《鲁迅书信集》上卷，人民文学出版社1976年版，第398页。

封建末世知识分子的一个侧面
——漫谈沈复和他的《浮生六记》

吴敬梓死（1754）后十年，《浮生六记》的作者沈复出生（1763）。在清朝康熙、雍正、乾隆到嘉庆的由盛而衰的一百多年里，许多不朽的小说出世于中国，《儒林外史》《聊斋志异》《红楼梦》《镜花缘》等都是这一时期的作品。相比之下，《浮生六记》显然不是这一时期中最杰出的小说，俞平伯为此书作的序中说它只是一个"小玩意儿"①，甚至是否能算得上小说也成问题，俞平伯就称它为"一篇好的自叙传"。在各种《中国小说史》中这本"小玩意儿"也很少占有什么地位，绝大多数的小说史对这本书连提都没有提到。范烟桥的《中国小说史》只用了不到一页的篇幅说："凡六卷，……专述家庭儿女间琐事。"但是，凡是注意到这本书的都对它有很好的评价，俞平伯说它虽是个"小玩意儿"，可"全书无酸语，无赘语，无道学语"，"处处有个真我在"，"作者虽无反抗家庭之意，而其态度行为已处处流露于篇中。"林语堂的英译本序言中也说这本书"表示那种爱美、爱真的精神和那中国文化最特色的知足常乐，恬淡自适的天性"。正是这个原因，本书真实地反映了乾嘉时期我国封建社会即将全然崩溃时的一种知识分子的典型。由于它写的是"真我"，写的是"爱美、爱真的精神"，我们比较容易分析它，把握它的特性。如果说《儒林外史》很生动地描写了当时几种不同类型的知识分子形象，那么《浮生六记》恰恰是成功地补上前者所没有写到的另一种知识分子类型。

《浮生六记》的作者沈复，字三白，他不是什么斯文举子，而是个习

---

① 俞平伯：《浮生六记序》，《浮生六记》，上海开明书店1947年版，第13页。

幕经商、能书会画、生于小康之家的小知识分子。《浮生六记》只剩下了"四记"。第一卷《闺房记乐》写的是沈复和他的妻子陈芸的恋爱史，情思笔致真率质朴，表现了一对夫妇在必然产生悲剧的时代和环境里对幸福和自由的追求及从中得到的短暂的快乐。第二卷《闲情记趣》，记的是作者和他的妻子爱美的习性，笔墨之间高洁隽永，写出了在污秽的现实生活中一对胸怀豁达、淡泊名利、与世无争的夫妇偷得的闲情别致。第三卷《坎坷记愁》，宛转悱恻，历述其夫妇不容于父母兄弟之故，深刻地再现了封建末世知识分子家庭间之隐痛以及他们夫妇死别的悲惨情景。第四卷《浪游记快》，简洁明快，描绘出在艰难的生活中作者仍能陶醉于大自然的造化之中。可惜"六记"的另外两记已佚，《中山记历》是记漫游琉球群岛的故事；《养生记道》是写静心养生之道。这也反映了中国某些知识分子在穷途潦倒之际，通常所走的道路。

《浮生六记》中的两个主角，一个是作者沈复自己，一个是作者的妻子陈芸，他们都是当时的"小知识分子"。从这本书的内容看，沈复并不是一个饱读经史、身通六艺的名士；芸只因幼时口诵《琵琶行》，而后"于书篇中得《琵琶行》，挨字而认，始识字"的。但他们有一个共同点就是追求个人幸福，向往得到一点自由和对美的享受，但又不敢冲破封建礼教的束缚，而终成悲剧中的人物。林语堂说："我在这两位无猜的夫妇的简朴生活中，看他们追求美丽，看他们穷困潦倒，遭不如意事的磨折，受奸佞小人的欺负，同时一意求浮生半日闲的清福，却又怕遭神明的忌，……两位平常的雅人，在世上并没有特殊的建树，只是欣爱宇宙间的良辰美景，山林泉石，同几位知心友过他们恬淡自适的生活——蹭蹬不遂，而仍不改其乐。他们太驯良了，所以不会成功……而他们的遭父母放逐，也不能算他们的错，反而值得我们的同情，这悲剧之发生，不过由于芸知书识字，由于她太爱美，至于不懂得爱美有什么罪过。"① 在中国封建社会将要全面瓦解的时期，这类悲剧可以说太多了，几乎知识分子中的各个阶层都有人争取幸福、自由、美好的生活，最后以失败而告终。《红楼梦》中的贾宝玉生在富贵的书香之家，本可无忧无虑地过一辈子，可他偏要为追求个人幸福和爱的自由，拼了性命，而最后仍不得不遁入空门。富贵如贾宝玉尚且如此，而小康之家的沈复又何能冲破封建的藩篱？

沈复和芸一生中最快活的一段时间或许可以说是他们寄居在萧爽楼的

---

① 林语堂：《浮生六记·英译本序》，《天下月刊》（英文版），1935年，第75页。

那一年半。这年沈复30岁,正是孔夫子说的"三十而立"的应该"自立"的年纪,沈复却因其父怒逐芸,而不能不迁居友人鲁半舫家中的萧爽楼,以卖画绣绩为生。这时他们经常和几个朋友于萧爽楼喝茶饮酒,"终日品诗论画"。作者说:

> 萧爽楼有四忌:谈官宦升迁,公廨时事,八股时文,看牌掷色。有犯必罚酒五斤。有四取:慷慨豪爽,风流蕴藉,落拓不羁,澄静缄默。①

这四忌四取大概反映了作者的人生态度,从一个侧面反映了当时中国知识分子的一种典型,他多少继承了魏晋知识分子的某些传统;但终因时代不同、所处的社会地位不同而不能真正如魏晋名士那样无所顾忌,也不能如陶渊明那样"不为五斗折腰"了。

沈复13岁时遇到了芸,"两小无嫌,得见所作(芸作的诗)",就深深地爱上了这个"形削长项,瘦不露骨,眉弯目秀,顾盼神飞",能吟诗作画的芸,并向他的母亲提出:"若为儿择妇,非淑姊不娶。"(芸字淑珍,长沈复十个月,故称"淑姊")可见他追求个人幸福和爱美的迫切心情。沈复深爱其妻,与芸一起生活,"情来兴到,即濡笔伸纸,不知避忌,不假装点"(俞平伯序),大胆坦白地写出了他的真我真情。在他们的洞房之夜,沈复写道:"合卺后,并肩夜膳,余暗于案下握其腕,暖尖滑腻,胸中不觉怦怦作跳。"写他们两人谈《西厢记》之后:"遂与比肩调笑,恍同密友重逢,试探其怀亦怦怦作跳,因俯其耳曰:'姊何心春乃尔耶?'芸回眸微笑,便觉一缕情丝摇人魂魄;拥之入帐,不知东方既白。"这样的描写婉转轻绮,真可谓"乐而不淫"。

沈复虽始终深爱其妻,但在明明是他父亲错怪了芸的时候,他却不能挺身而出说明真相,反而只能"肃书认罪",致使芸为其父所逐,不得已与芸寄居友人处。沈复在追求个人幸福上终不能冲破封建礼教的束缚。沈复爱芸,然也不能不受当时知识分子通习的影响,而于粤经商有了一些钱之后就寻花问柳了。对于这点,他似乎也意识到不对,就故意把他所喜欢的妓女喜儿说成是:"余择一雏年者,身材状貌有类余妇芸娘。"这两点都表现了沈复这样的知识分子的弱点:一是反抗性不强,二是总有几分虚

---

① 沈复:《浮生六记》,甘肃人民出版社1994年版,第24页。

伪性。

　　自古以来，中国知识分子不做官似乎没有出路，但官又不是人人可做的，不仅没有那么多官可做，而且做了官也往往会因种种原因失官，甚至掉脑袋。在知识分子中也有一些看不起做官的，那总是少数。看不起做官，也有种种不同情况，或因家资富厚，或因失意于前，或曰看透世缘，或曰玩物丧志。而沈复之不谈"官宦升迁"，一因其社会地位，二因其所禀性情。从《浮生六记》中我们可以看到，沈复一生无非是希望求得一恬淡自适、安宁幸福的家庭生活。这并不是一个过高的奢望。但社会的压力、父母的压力，使他的小小要求也无法实现。托尔斯泰在《安娜·卡列尼娜》一书开头就说："幸福的家庭都是一样的，不幸的家庭各有各的不幸。"但不幸的家庭也并非始终不幸，更非全无快乐可言，这就在于能否自知，能否自己排遣。由于沈复能"淡泊以明志"，又有幸遇到了芸这样的女子和她如此真诚细腻的爱，岂不是很幸运吗？因沈复和陈芸的结合，他才能通过这本小书写出他如何在不同的境遇下得到的快乐。我们分析一下沈复感到快乐的情况有三种：第一种情况大体上可以说在尚不知忧虑之中，从他所感兴趣的事里求得快乐。沈复与芸初婚之际是他们真正快乐的日子，《闺房记乐》记："自此耳鬓相磨，亲同形影，爱恋之情不可以言语形容者。"这年六月他们夫妇居于"我取轩"中，芸"因暑罢绣，终日伴余读书论古，品月评花而已"，"自以为人间之乐，无过于此矣"。沈复记芸喜吃臭豆腐和虾卤瓜，当芸强劝他尝了虾卤瓜之后，他们有一段很有趣的对话："余曰：'始恶而终好之，理不可解。'芸曰：'情之所钟，虽丑不嫌！'"我们也不能不为这对夫妇的幸福和快乐所感染。第二种情况是和明友游山玩水，纵情于大自然之美而得到的快乐。此于《浪游记快》中所载甚详。沈复在21岁时曾与其第一知交顾金鉴游扬州，《记》中说，乘游兴"因拉舟子同饮，或歌或啸，大畅胸怀"。"酒瓶既罄，各采野菊插满两鬓"，归家"历述所游，芸亦神往者久矣"。另一次游苏州南园，得芸之调度安排，他和朋友饱赏美景，饮酒作乐，以至"杯盘狼藉，各已陶然，或坐或卧，或歌或啸"。这种在大自然中"或歌或啸"不仍是魏晋知识分子的遗风吗？当沈复夫妇被逐出家门，寄居友人华氏家中时，他因访故人去上海，归途顺便游虞山剑门，有"一山中分，两壁凹凸，高数十仞"，时沈复年三十九，仍"兴发，挽袖卷衣，猿攀而上，直造其巅"，他说："此余愁苦中之快乐也。"中国知识分子颇有喜游名山大川者，借以怡情适欲，以开阔胸襟，以睹宇宙之神奇，而自愉其神。故至南北朝而有山水诗、山水画之兴起。大自然造化之工，可使人胸襟开阔，乐以忘忧。苏东坡的《前赤壁赋》记其所得于大自然者，"唯山间之明月，江上之清风，目遇之而成色，耳得之而成声"，表达了中国知识分子自求其乐的一种方式。第三种情况是于愁苦中求得暂时的欢乐。芸23岁就不为她的公公所喜，28岁又不为她的婆婆所喜，30岁时又得罪了沈复的兄弟，但都是因为她的好心而不能被了解。30岁曾被逐而寄居于友人之萧爽楼，38岁再次被逐而居于华大成家，一直到她41岁死去。沈复和陈芸婚后至他们23岁不过短短5年，而以后的18年都是在愁苦中度日。在漫长的愁苦岁月中何以自遣，何以于苦中求乐呢？一是由于这对夫妇能淡泊自处，所求甚微，用芸的话说就是"布衣菜饭，可乐终身"；二是因他们的结合，由于爱情之深而排除了许多不堪忍受的痛苦。《闲情记趣》中记，在沈复30岁被其父逐居其友人鲁半舫家时说："余寄居其家之萧爽楼，一年有半。楼共五椽，东向，余居其三。晦明风雨可以远眺。庭中木犀一株清香撩人。有廊有厢，地极幽静。移居时，有一仆一妪，并挈其小女来。仆能成衣，妪能纺绩，于是芸绣，妪绩，仆则成衣，以供薪水。"这时期沈复自己则与朋友"写草篆，镌图章，加以润笔，交芸备茶酒供客"。这时期沈复夫妇与一群淡泊名利、厌弃官宦的知识分子"终日品诗论画"，他们把这段"适居萧爽楼"的日子看做他们"正作烟火神仙"的岁月。在芸死后的第二年，沈复的父亲也去世了，他的弟弟为霸占家产又对他相逼，这时他对他的弟弟说："此次奔丧归来，本人子之道，岂为争产业？大丈夫贵乎自立，我既一身归，仍以一身去耳！"这正是沈复这样的知识分子"慷慨豪爽"一面的表现。在他行将弃家远遁前，曾与友人夏揖山游东海永泰沙，感于民风之纯朴与大海之潮声，而纵情忘礼，其记说："揖山兴致素豪，至此益放。余更肆无忌惮，牛背狂歌，沙头醉舞，随其兴之所至，真生平无拘之快游也。"沈复之所以肆无忌惮地狂歌醉舞，难道真的快乐吗？也许可以得到暂时的欢乐，但是在一种麻木的状态下得到的快乐，它并不是像魏晋名士们那样所得到的豪放的欢乐。这是人们在悲痛之余，让自己放松一下，以求在暂时的虚假的欢乐中掩盖自己内心真正的痛苦。知识分子苦中求乐可以有种种方式，也可以有不同的襟怀，沈复虽能淡泊其志，而仍不能忘情，这难道对他不是悲剧之因吗？

如果说沈复是当时一个恬淡自适、落拓不羁的知识分子的典型，通过《浮生六记》给我们以深刻的印象，那么陈芸就更加是使我们难以忘怀的形象了。芸是中国封建社会行将崩溃时知书识礼、安贫自乐、追求个人幸福、追求更美好的人生、具有真情实感、有了一些觉醒的妇女中的一员。她比沈复更有决断，更向往自由，实际上她正是沈复的精神支柱，所以沈复在写到与芸死别后有这样一段话：

> 呜呼！芸一女流，具男子之襟怀才识，归吾门后，余日奔走衣食，中馈缺乏，芸能纤悉不介意。及余家居，惟以文字相辨析而已。卒之疾病颠连，赍恨以没，谁致之耶？余有负闺中良友，又何以胜道哉！①

一个知书识礼、有其真性情又有点爱美、追求个人幸福的女子，在当时礼教名分无所不在的社会里，能不遭人忌吗？能不因其善良而不受人欺吗？能不因其所受封建传统思想的束缚而不屈从于对追求个人幸福的妇女更为残酷压迫的封建家长制吗？能不在为其夫纳妾的事情上毕露出其封建女性的弱点吗？能不在与沈复结合的 23 年中得到过一些暂时的幸福和欢乐而终于不得不饮恨而死吗？芸在沈复笔下是一个美丽而贤惠，有真情实感，且有男子之襟怀才识的女性。通过《浮生六记》，我们确实感到中国封建社会中的女性知识分子有时比男人更坚强。她们比知识分子中的男人遭受的压迫更深，因而向往个人幸福、追求自由也就更为强烈。

芸在尚未与沈复结婚之前，初识之际，就能突破封建男女授受不亲的藩篱。《闺房记乐》记沈复 13 岁去芸家，"是夜送亲城外，返已漏三下，腹饥索饵，婢妪以枣脯进，余嫌其甜。芸暗牵余袖，随至其室，见藏有暖粥并小菜焉。余欣然举箸，忽闻芸堂兄玉衡呼曰：'淑妹速来！'芸急闭门曰：'已疲乏，将卧矣，'玉衡挤身而入，见余将吃粥，乃笑睨芸曰：'顷我索粥，汝曰"尽矣"，乃藏此转待汝婿耶？'芸大窘避去，上下哗笑之！"结婚之后，芸也不顾忌人言之可畏，处处表现了对沈复的爱恋之情，他们两人在"家庭之内，或暗室相逢，窄途邂逅，必握手问：'何处去？'"初起还不敢在大庭广众中同行并坐，后因长久习惯也无所顾忌了。当芸与别人坐着谈话时，见沈复来了总是站起来，把身子挪到一边让沈复和她并排坐下，对这一点"彼此皆不觉其所以然者，始以为惭，继成不期然而然"。所以沈复对他们 23 年婚后生活作了这样的结论："鸿案相庄廿有三年，年愈久而情愈密。"在封建社会，男女之间有真正爱情的并不多见，如不是

---

① 沈复：《浮生六记》，第 38 页。

有对个人幸福追求的愿望，哪能有如芸这样的爱一寒士沈复之深情呢？

"大门不出，二门不迈"是封建社会知书识礼的妇女的美德，但是知书识礼的芸偏偏不想遵守这类法规，她不仅想在家庭中突破封建的藩篱，而且向往走出家门，认识社会，欣赏自然。《闺房记乐》中有一段记载芸希望去看水仙庙的庙会的故事，她竟然敢女扮男装与沈复一起出游。当芸听沈复说庙会的盛况后，她说："惜妾非男子不能往。"沈复出主意让她女扮男装，她非常高兴，并装束学步，但又变卦说："妾不去矣，为人识出既不便，堂上闻之又不可。"这表现了她的矛盾心情，但终因其想自己生活的强烈愿望而去"遍游庙中"了。在沈复夫妇居萧爽楼后第二年的6月18日，他们曾一起游了太湖，这也是由芸提出而实现的。芸听沈复说他要去吴江，就私下对他说："吴江必经太湖，妾欲借往一宽眼界。"经过一番筹划，他们果然同观了太湖风光，芸说："此即所谓太湖耶？今得见天地之宽，不虚此生矣。想闺中人有终身不得见此者。"于舟上"芸欣然畅饮，不觉酩酊"。芸一女子不安于终身囚禁于闺房之中，她渴望了解大自然之美，"一宽眼界"，及见太湖之广宽，自然眼界大开，她不以未守闺训为意，而惋惜的是许多闺中女子终身不得见此天地。这种追求个人幸福，意欲了解宇宙人生的表现，难道不正是反映当时封建社会瓦解，在苏杭地区市民阶层的某种要求摆脱封建束缚的觉醒吗？

芸的一生之所以成为悲剧，正由于她是一个知书识礼，有一点知识，追求个人幸福又希望别人幸福的妇女。芸在一个封建家庭中，本是很注意"事上以敬，处下以和，井井然未尝稍失"的，但不幸的是封建家庭是摧残人的善良品德的场所，是无事生非、制造罪恶的渊薮，是扰乱个人安宁、破坏个人幸福的地狱。芸识字能写，曾遵照她公公的意旨，代她婆婆给公公写信。这件事引起了家庭中的闲言，婆婆就不再让她代笔了，但公公对为什么有这种变化不了解，而错怪了芸，沈复本想说明一下情况，可是芸为照顾大局不让他去说明，并说："宁受责予翁，勿失欢于姑也。"芸为了帮助其公公实现纳妾的愿望，为他物色了姚氏女，引起了她婆婆的不满。芸好心为沈复的弟弟启堂借贷作保，启堂反诬芸，而且怀恨在心，这事引起了沈复的父亲发怒而第一次把芸逐出家门。在封建大家庭中，像芸这样有点知识的妇女，往往是好心不得好报。芸对这种种封建压迫是无力公开反抗的，沈复也只能偷偷地安慰她。她忍受了这种种不合理的待遇，这也正说明封建制度虽在崩溃，但一个未能摆脱封建意识束缚的女子仍然不得不屈从于封建势力。

芸受封建意识束缚更严重的是表现在她为沈复纳妾的事情上。照沈复所记，芸似乎是出于爱沈复和"爱美"而想为他找一个"必美而韵"的妾。这样演出了一幕芸遇憨园，结为姊妹，希望能促成憨园与沈复结合，终于失败而成疾的悲剧。本来在中国封建社会纳妾是常事，但为什么芸这个追求个人幸福的女子也要做这样的蠢事？从《浮生六记》的记述看，这正是芸深爱自己的丈夫的表现。她以为如果为自己的丈夫找到一"美而韵者"为妾，不仅是她应尽的为妻的责任，而且会使沈复感到更幸福。芸把"美而韵"作为她为沈复选妾的标准，这真正可看到芸作为一个知识分子的兴趣所在。而这事本身却表现了芸仍然深受封建意识的束缚。但是，从芸为沈复选憨园为妾事也可以看到她性格的一个侧面。憨园是一"美而韵"的妓女，为使沈复得到她，芸不顾人们的非议而与憨园结为姐妹，且采取果断措施说服了憨园。但痴心的芸终因不了世情，当憨园为有权有力者夺去时，她竟忧愤成疾，终于不治，并在临死前仍呼"憨园何负我!?"如果芸稍明了封建社会的现实情况，就会认识到像沈复这样一个寒士哪会有幸得到"美而韵"的妓女为妾呢？这又不能不说明芸是一个有"真性情"的女子。沈复深深地爱着芸，而芸更是无私地爱着沈复。芸安贫乐贱，总是处处为沈复着想，她为沈复生活得美满愉快而想尽各种办法，她想出法子布置居室；帮助沈复修剪花木，制作花屏；为沈复与朋友饮酒"品诗论画"而"拔钗沽酒，不动声色"；为沈复和他的朋友出游想出别人意想不到的好主意。《闲情记趣》中有二段记述极有情趣：

> 贫士起居服食，以及器皿房舍，宜省俭而雅洁。省俭之法，曰"就事论事"。余爱小饮，不喜多菜。芸为置一梅花盒，用二寸白磁深碟六只，中置一只，外置五只，用灰漆就，其形如梅花。底盖均起凹楞，盖之上有柄如花蒂，置之案头，如一朵墨梅覆桌；启盖视之，如菜装于花瓣之中。一盒六色，一二知己可以随意取食，食完再添。另做矮边圆盘一只，以便放杯箸酒壶之类，随处可摆，移掇亦便。即食物省俭之一端也。
>
> 夏月荷花初开时，晚含而晓放。芸用小纱囊撮茶叶少许置花心，明早取出，烹天泉水泡之，香韵尤绝。①

---

① 沈复：《浮生六记》，第26页。

芸是一何等聪明而又贤惠的妻子!《坎坷记愁》开头一段中有这样一句:"女子无才便是德,真千古至言也!"这显然是沈复在悲痛之余的气话。芸有德又有才,而正因为她有才,才使其美德得以光辉,得以感人。芸之感人,常常是由于她处处为别人着想,而忘记自己,她能毫无顾惜地把珠花送给别人,她能为顾全大局而忍受误解。特别是在她临终之前,全然没有想到她自己,她安慰沈复,回述了他们所曾经有过的短暂的幸福,她说:"忆妾唱随二十三年,蒙君错爱,百凡体恤,不以顽劣见弃。知己如君,得婿如此,妾已此生无憾。若布衣暖,菜饭饱,一室雍雍,优游泉石,如沧浪亭、萧爽楼之处境,真成烟火神仙矣。神仙几世才能修到,我辈何人敢望神仙耶!"并且再三嘱咐沈复说:"堂上春秋高矣,妾死,君宜早归。"①

《坎坷记愁》一开头就提出了一个问题:"人生坎坷,何为乎来哉?往往皆自作孽耳。余则非也。"《浮生六记》所描写的沈复和陈芸这两个我国封建社会末期的知识分子,仅仅是追求个人幸福,热爱美好的生活,他们不想妨害别人,更不曾有意去伤害别人,为什么得到的是坎坷艰难的生活,而终成悲剧?过错当然不在他们。他们所要求的并不高,在寄居于陆氏荒凉废园之侧时芸曾对沈复说:"他年当与君卜筑于此,买绕屋菜园十亩,课仆妪,植瓜蔬,以供薪水。君画我绣,以为诗酒之需。布衣菜饭可乐终身,不必作远游计也。"这种恬淡自适、与世无争的生活态度,为什么也不能为世所容?沈复或者也看到了一点其中的奥妙,他除了用他的性格与世不合外("多情重诺,爽直不羁,转因之为累"),还认为他们之所以遭受"人生坎坷"是因为经济不能独立,他说:"余夫妇居家,偶有需用不免典质,始则移东补西,继则左支右绌。谚云:'处家人情,非钱不行。'先起小人之议,渐招同室之讥。"

沈复为了生活,多次做幕僚,而他并不适合做这种事,没有爬上去;又几次经商,往往失败,这也不是当时知识分子的出路,而卖画又赚不了几个钱,不免常常在"经济危机"之中。看来,在封建社会末期,像沈复这样的知识分子是没有出路的,注定要过"坎坷"的生活。但是,人总是要活下去的,那么何以自我排遣呢?这只能靠对"人生"的看法来解救自己。沈复和陈芸靠着恬淡自适的人生观,以求在夫妇两人的相互慰藉下求得暂时的,有时甚至是偷偷摸摸的欢乐和幸福。

① 沈复:《浮生六记》,第37页。

《浮生六记》向我们揭示了中国封建社会末期知识分子的一个侧面，一对夫妇如果能有共同的淡泊自适、知足常乐的人生观，生活也许可以变得有些情趣，也许可以苦中求乐，他们结合在一起在任何苦难中都有巨大的生命力，总可以得到一点安慰，有一个定点，有一个归宿。

无名、失语中的女性梦幻
——18世纪中国女作家陈端生和她对女性的看法

陈端生（1751—1796）出身书香名门，她的祖父陈兆仑是雍正进士，当时被奉为一代文章宗师，是著名的《紫竹山房文集》的作者；她的父亲陈玉敦也是举人，曾任山东沿海地区登州府的地方官。母亲汪氏，是在云南为官多年的汪上堉的女儿。这些都使陈端生自幼受到很高的学术熏陶，并比一般女性有更开阔的眼界和更广泛的知识。

《再生缘》是陈端生少女时代的作品，前16卷写于十八九岁，也就是1768年至1770年间，其中第1卷至第9卷写于北京外廊营旧宅，第9卷至第16卷写于山东登州父亲官邸。1770年陈端生母亲病逝，1771年其祖父亦病亡，陈端生全家从登州回到原籍杭州。按当时礼制，陈端生应守母丧及祖父丧各3年。因此在1770年至1772年间不能谈嫁娶，端生结婚时已是23岁，较之一般妇女多在20岁以前结婚，实为晚嫁。据陈寅恪先生考证①，端生丈夫名范菼，也是世家子弟，他在1780年的一次科举考试中，据说因作弊被严惩，判往新疆伊犁，与边疆士兵为奴。15年后，遇赦回，在回归途中时，陈端生病故，未及相见。据郭沫若考证，范菼是10年后遇赦，当为1790年，而端生亦于同年去世。从陈端生在《再生缘》第17卷65回首节的自序来看，她的婚姻生活是愉快的："幸赖翁姑怜弱质，更忻夫婿是儒冠。挑灯伴读茶声沸，刻烛催诗笑语联。"② 范菼突然被发配边疆，对陈端生是沉重的打击，以至"从此心伤魂杳渺，年来肠断意尤煎"，

---

① 参阅陈寅恪：《论再生缘》，《寒柳堂集》，第1—96页。
② 郭沫若：《〈再生缘〉前17卷和它的作者陈端生》，《光明日报》1961年5月4日。

"日坐愁城凝血泪，神飞万里阻风烟"。① 这些人生遭际使陈端生停笔12年，直至1784年，才又续写《再生缘》，这时她已是历尽沧桑的中年女性，过去不到3年写了16卷，如今1卷写了整1年，正如她自己所说，早已不是"拈毫弄墨旧时心"了。

《再生缘》是一部女人写给女人看的关于女人的作品，是当时勃发的众多女作家所写的许多长篇弹词中的一部。弹词是一种讲唱文学，导源于唐代的"变文"，"变文"多以说唱相兼、散韵结合的形式讲述宗教故事，以七字句为主。弹词在变文的基础上吸收了南方地区的流行曲调，演唱时以三弦、琵琶、月琴等弦索乐器伴奏，有讲有唱。讲词为口语散文，唱词则多为七字句韵文，也有十字句，或加三言衬字的。内容则多为细腻繁复的言情故事，也有一部分写历史，如明代杨慎所写的《二十一史弹词》。明代弹词已相当盛行，如明代文人田汝成所著《西湖游览志余》所载："其时，优人百戏，击球、关扑、鱼鼓、弹词、声音鼎沸。"到了清代，弹词则更是蓬勃发展，大大超过了其他说唱文体。

最令人感兴趣的是清初出现了一批女作家所写的弹词鸿篇巨制，少则数十万字，多则百余万字。影响较大的，如明末清初由佚名的母女二人所写的《玉钏缘》32卷，陶贞怀的《天雨花》30卷（成书于1651年前），陈端生的《再生缘》17卷（主要部分完成于1770年），朱素仙的《玉连环》38卷（成书于1805年前），郑澹若的《梦影录》48卷（成书于1843年前后），邱心如的《笔生花》32回（完稿于1857年左右），程蕙英的《凤双飞》52回（成书于1899年前后）。

明末清初，弹词已非常流行，陶贞怀在她的《天雨花》曲词中说："弹词万本将充栋，此卷新词回出尘"，清初已有"弹词万本"，可见盛况之一斑。至于弹词兴盛的原因，陶贞怀有一段分析，她在"自序"中说：

  盖礼之不足防而感以乐，乐之不足感而演为院本，广院本所不及而弹词兴。夫独弦之歌，易于八音；密座之听，易于广筵；亭榭之流连，不如闺闱之劝谕。又使茶熟香温，风微月小，良朋宴座，促膝支

---

① 《再生缘》第17卷卷首谓："悠悠十二年来事，尽在明堂一醉间。"说明在孟丽君醉酒的第16卷写完后，停笔12年。应是从1772年算起，因在1771年从登州返回杭州途中，还曾提笔修改，如她在第17卷卷首回忆往事时所说："归棹夷犹翻断简，深闺闲暇复重编。"（见《再生缘》，中州书画社1982年版，第924页。下引《再生缘》原文均据此本，不一一注出）1772年至1784年为12年。

颐，其为感发惩创多矣。

陶贞怀认为弹词之流行正是因为这种体裁最适合在闺阁之间，亦即女性之间畅叙抒怀，它只用三弦、月琴伴奏，比复杂的音乐演奏简单易行，又不须像戏曲那样在大庭广众中演出，而更像在家庭密友间促膝谈心，还可以一边听故事，一边谈感想，互相修改启发，成为被囚禁在家庭之中的妇女极为难得的相互倾诉和沟通的重要途径。因此，弹词多产生于南方，特别是江浙一带，又特别是苏州、杭州等文化发达、才人辈出，女性有较高文化程度和知识水平的城市。弹词绝大部分写的是女人的幻想和感受，是女人在女人中寻求知音的一种媒介。

18岁的陈端生就是在这样的背景下开始创作《再生缘》的，她还有一本《绘影阁诗集》已失传不可考。陈端生的时代比曹雪芹（1715？—1763？）稍晚，与西方第一位女小说家奥斯丁（Jane Austen，1775—1817）大体同时。《再生缘》比奥斯丁20岁时开始写的第一部小说《理智与感伤》（1811年出版）要早20余年（就写作时间而言），比夏绿蒂·勃朗特（Charlotte Bronte，1816—1855）所写的《简·爱》（成书于1847年）就更早了。

《再生缘》的故事虽然曲折复杂，但从根本来说，正是被囚禁在深闺洞穴中的女性梦幻，如作者所说"朝朝敷衍兴亡事，日日追求幻化情"。陈端生把自己的写作称为"妙笔仍翻幻化文"，又说："闲绪闲心都写入，自观自得遂编成。"这说明她的写作绝无什么经世致用的目的，也非为名为利，而完全是为了自己的梦想和情绪的抒发。她并不认为这样勤奋写作（两年80万字的速度）会有什么"用"，只感到写作本身为她自己和她母亲带来很多乐趣。陈端生的母亲汪氏也是一位知识妇女，并深爱弹词。她还常指点陈端生的创作（"慈母解颐烦指教，痴儿说梦更缠绵"）。汪氏是陈端生的第一个读者，也是她写作的动力（"原知此事终无益，也不过，暂博慈亲笑口开"）。陈端生对待自己的写作非常投入，非常认真，也是非常艰苦的。她常常工作到深夜，常常"灯前成卷费推裁"，尽管"玉漏催人慵欲睡"，还要挣扎着"银灯照影半还挨"。她很以自己的创作自傲，决不阿世媚俗，谋取别人的欢心，而是"不愿付刊经俗眼，惟将存稿见闺仪"。然而，《再生缘》写成之后，就已广为流传，尤其在家庭闺阁之中更是如此，正如作者自己所说："惟是此书知者久，浙江一省遍相传"，"闺阁之音频赏玩，庭帏尊长尽开颜。"可见其特别在女性中获得了广大的读者。

《再生缘》故事始于十三省都督之子皇甫少华与元戎侯爵之子刘奎璧都求婚于才貌双全的 15 岁少女孟丽君。孟丽君之父孟尚书决定以比箭的方式择婿，各射三箭，一箭射垂杨，一箭射金钱眼，一箭射挂着蜀锦宫袍的红绳。刘奎璧以一箭之差败于皇甫少华，孟丽君成了后者的未婚妻。刘奎璧不服输，多次阴谋陷害皇甫少华，又借身为皇后的姐姐的权势，终于使皇甫全家抄家问斩。少华及其母、姐潜逃，孟丽君被逼改嫁刘奎璧，不从，遂女扮男装逃离家庭，参加科举考试，中了状元，官至兵部尚书及丞相，并揭穿了刘氏家族的阴谋，使皇甫一家不仅官复原职，而且晋升高官。故事写到第 8 卷（29 回：征东将，奏凯回朝，30 回：刘国丈，全家下狱，31 回：奖功臣，并赐良姻，32 回：娶皇妃，更联美眷），其实已有了一个程式化的结局，但陈端生却不就此停笔，而是用了其余 9 卷的大部笔墨，描述了整个男权社会逼迫孟丽君回归无名、失语的女性世界和孟丽君用尽心机，保卫自己，反抗逼迫的尖锐斗争，从而展开了一个广阔的叙述空间。皇甫少华和皇帝本人与孟丽君同朝共事，虽未完全确认，但早已觉察了她的女性面目。少华多次用尽计谋，企图逼迫孟丽君就范，以便"同偕花烛"；而皇帝本人也深深堕入情网，一方面逼迫她承认是女性，另一方面又逼迫她承认不是孟丽君而是别方女子，以便他自己能将她娶入深宫，封为皇妃。孟丽君为能保卫自己开创出来的独立自由生活，劳心焦思，左推右挡，冒着"惑乱阴阳，盗名欺君"的死罪，始终不愿回到社会、传统、文化为她设定的女性唯一的归宿——生殖与满足男性。然而，不幸她终于未能逃脱皇太后的圈套，在一次无法拒绝的极为特殊恩宠的赐宴之中，她被药酒迷醉。宫女奉皇后（皇甫少华之姐）之命，乘醉脱靴，暴露了孟丽君的三寸金莲，并盗去她的红绣软鞋。宫女为皇帝所截，三寸红绣鞋落入皇帝之手。皇帝即将孟丽君秘密送回府第，随即微服造访，要孟丽君承认自己的性别，但不要承认是孟丽君，只说是来自他乡的未婚女子，否则就要将她打入天牢，治她欺君死罪。孟丽君的父母、翁姑、兄弟、乳母、密友无一例外，都加入逼她"就范"的行列。孟丽君孤单奋战，走投无路，无法冲决四面八方的天罗地网，终于在绝境中吐血昏迷。陈端生所写《再生缘》17 卷就写到这里。

《再生缘》显然是一部未完之作。作者在第 17 卷卷末明白写道："知音爱我休催促，在下闲时定续成"。然而从写作第 17 卷的 1784 年到她离世的 1796 年，足有 12 年（如果算她卒于 1790 年，也有 6 年之久），陈端生始终未能再续一回。在这期间,她的生活并无什么特殊变故,未能续写的原因恐怕只能从陈端生的思想个性和故事发展本身的逻辑去寻找。

陈端生自幼能诗善画,她所创造的孟丽君"七岁吟诗如锦绣,九年开笔作诗文。篇篇珠玉高兄长,字字琳琅似父亲",以及她出走时自绘真容等情节都多少有一些作者自况的意味。更重要的是她从来厌弃男性中心社会为女性设置的角色,所谓"已废女工徒岁月,因随母性学痴愚",她讨厌女人本分的针线活,鄙弃传统母性的"痴愚",看不上平庸的同辈男性,但在现实生活中她却别无选择,唯一能使她暂时逃避的,就是创作中的梦幻。极有讽刺意味的是陈端生的祖父曾写《才女论》一文,认为女性"讽习篇章","多识典故","大启灵性",对于"治家相夫课子皆非无助",而且可使女子变得"温柔敦厚",因此得出结论:"才也而德即寓焉",这比"女子无才便是德"之说自然进了一步。陈端生和她妹妹陈长生都以文学才华闻名于当世,与其祖父的这种开明思想不能说无关,但这位祖父对于弹词之类,却深恶痛绝。他认为"村姑野媪惑溺于盲子弹词,乞儿说谎,为之啼笑",比起诗教来,"譬如一龙一猪,岂可同日语哉?"然而,正是他的孙女陈端生对于弹词不仅深为"惑溺",而且成为古今弹词第一大家,可见陈端生的反传统精神。

陈端生强调孟丽君"篇篇珠玉高兄长",正说明她对于男尊女卑,"女子无才便是德"之类既成社会秩序的逆反心态。孟丽君离家出走并不只是为了逃婚,而且也是为要实现她一生的抱负。第10回卷头诗云:"洁身去乱且潜逃,跋涉艰难抱节高。定要雄飞岂雌伏,长风万里快游翱。"离开了囚禁女性的家庭洞穴,她并无留恋和遗憾,而是"长风万里"的"雄飞",结束了女性雌伏的宿命。她一心追求的是尽管"纸鸢线断飘无际",还是要"愿教螺髻换乌纱"。她终于如愿以偿,以她的聪明才智取得了最高社会地位——状元和最高政治地位——宰相。作者特别强调她做事"刚断","事事刚明有主张","真练达,实精明"。她请十天病假,就堆下了千千万万的本章,代理的孟梁二相(孟丽君生父和岳父)"竟一件件办理不清"。她政绩斐然,深为皇帝所倚重,以至当面对她说:"千秋世界全凭尔,一国山河尽仗卿。"不仅孟丽君如此,书中女性也多强于男性,17岁的卫勇娥杀了贼首,占山为王:"道寡称孤如帝王,礼贤下士作英雄,部前将士心俱服,都说道,定要真龙夺假龙"。作为全书转折点的远征朝鲜一战也是由女将军皇甫长华起决定作用的,长华作为皇后,也还常说:"做女儿的提刀斩将,纵马擒王,哪里受得起这等的暗气来?"显然并不怎么把皇帝放在眼里。皇甫少华的母亲尹氏也厉害。她准备"拼将万剐与千刀,搅海翻江闹上朝,哪怕君王规矩重,且骂顿糊涂天子赴阴曹"。孟丽君的父亲更是著名的"惧内"。总之,在全部故事中,女性都是能干、有才学、主动、进取、决定着胜败,而男子则无能,才学不如女人,被动、优柔寡断、被摆布、被愚弄,包括皇帝在内;甚至经常流泪的也不是女性而是男人。

作为男性中心社会秩序核心的"君为臣纲,父为子纲,夫为妻纲"(三纲)在《再生缘》中也全部被颠倒淆乱。皇帝原是绝对权力的象征,但在陈端生笔下被还原成一个充满情欲的凡人,他深深爱恋孟丽君的才貌,曾穿着书生微服,深夜到内阁探望她,只感到"高谈阔论真博学","风流态度好摇心","朕竟不觉销魂矣,剪烛依依到几更",又于黄昏时分将孟丽君私自召入深宫企图留宿,费尽心机,"盼一朝来望一朝,满怀只望度春宵"。当时孟丽君如鸟落樊笼,只有顺从或寻死两途,如她自己在心里的独白:"咳!若是别个呢,此刻是脱不过的了。无非玉洁冰清者,执意寻死,杨花水性者,侍御承恩。"但她对自己的聪明才智充满自信:"至于我郦明堂(孟丽君假名)是还有个脱身之计,不至到这等无能。"实际上,皇帝多次被她玩弄于股掌之上,受她的摆布。

孟丽君对未婚夫皇甫少华的态度,有一个发展过程。当她刚中解元,路过一座庙,见到少华题壁的手迹时,还十分眷恋,以至"留连不舍偷垂泪,无奈嗟吁出庙中"。但她立即警醒自己:"饶幸乡场夺了魁,也算得高才女子胜须眉。眼前因此私怀事,抛却诗书理太亏。"在她心目中,结婚、生子已不是女子唯一的归宿,女人也应有许多别的事可做。后来,皇甫少华由于孟丽君的选拔提携,官封征东元帅,任"招讨"之职,"招讨敬师如敬父……惟共恩师诉别离"。这时,孟丽君已有意"不欲于归皇甫门"了。皇甫少华凯旋归来,娶了仇人刘奎璧之妹——也是自己的救命恩人——刘燕玉为第二房妻室(对孟丽君仍虚位以待),孟丽君就更断绝了重修旧好的念头。这一决定的基础是:"世人说做了妇道家,随夫荣辱……丽君虽则是裙钗,现在而今立赤阶。浩荡深恩重万代,唯我爵位列三台。何须必要归夫婿,就是这王室王妃(皇甫少华得胜后封王)岂我怀?况有那宰臣官俸鬼鬼在,自身可养自身来。"在陈端生看来,女性一旦有了自己的事业和经济来源,就可摆脱"夫为妻纲"的命运,按自己的意愿生活,就是孟丽君的母亲也认为:"我女儿好好的做着朝廷宰相,要他家逼生逼死的断送了丽君的一品前程!"况且"从来男子少真语,莫叫他，娶了人去变了心"。少华越逼迫，越想把丽君重新禁锢于女人的"位置"，丽君就越是反感，越是挣扎，尽管他乞求、用计、流泪，丽君就是不肯依从，反而觉得少华"迂腐愚痴太可憎"。她看重的是那种"无拘谨处""相携笑语"的平等关系，而不是什么"欲成花烛"的燕婉私情。她所追求的是："从今索性不言明，蟒玉威风过一生"，"何必嫁夫方妥适，就做个一朝贤相也传名"。对于年轻多情的皇帝她也并非全不动心，她被他的"处处留情帮衬"所感动，甚至也说过"天子日表美丰神，休言我貌实难及，殊胜东平（即皇甫少华）你故人"。但是，一当皇帝谈到"在相位，手握大权宜正己，作王妃，便当婉顺合君心"时，她便声称"愿甘死罪断难从"，最后是急火攻心，"吐血如潮"。她珍惜已往获得的自由胜于一切。在她面前，一切"夫为妻纲""夫唱妇随""从一而终"，都遭到了无情的践踏。

至于父母兄长之情，孟丽君固然尊重，但在危及她的自由和生存时，她也毫不犹豫，决然舍弃。例如她母亲在朝廷上当面揭穿冒名而来的假孟丽君，而指明当朝丞相就是自己的女儿时，孟丽君翻脸不认人，威胁当朝要脱袍挂冠，辞官而去，以至父母当众大受折辱，父亲被指为"惧内愁狮吼"，母亲被责为"擅议宰臣该重罪，目无君父乱朝纲"，全家被罚了半年俸禄。孟丽君当然不无内疚，但她决不为什么"父为子纲""在家从父"的古训或单纯的亲情而放弃自己的理想。

陈端生这种激烈的反男权中心，反三纲五常的女性逆反心理，受到很多人的批评和反对，甚至同时代的一些杰出女性也不能真正理解。例如1821年将《再生缘》手抄本付印的香叶阁主人侯芝就曾将《再生缘》改写为《金闺杰》，并在题词中批评孟丽君"齿唇直逞明枪利，骨肉看同敝屣遗。僭位居然翁叩首，裂眦不惜父低眉，倒将冠履恣还小，灭尽伦常罪莫提"。另一部长篇弹词《笔生花》的作者邱心如（1805—1873）也指摘孟丽君"辱父欺君太觉偏"，并翻其意而作《笔生花》。

陈端生的确超越了她的同代人，她所创造的孟丽君为社会所不容，只可能有一个她所不愿见到的悲剧结局。郭沫若认为作者预想的结局应是孟丽君吐血而死，皇甫少华大闹朝廷，少年皇帝恼羞成怒，把他们投入天牢①……其实皇帝冒大雨，微服私访孟丽君时已说得很清楚：如果孟丽君不从"君命"，结果只能是"法纪难逃性命无，不但尽将卿弃市，还把你，

---

① 参阅郭沫若：《〈再生缘〉前17卷和它的作者陈端生》。

全家藉没罚为奴"。孟丽君为自己前途的设计原是:"混过几年辞了主,也只好,脱袍卸蟒返林泉",她早已准备和传统女性的生活一刀两断,所以说:"劬劳恩往来生报,伉俪情缘后世言。"可见一切大团圆的结局都是和作者原意相悖的。然而,就是这样一种最低设计,在男性规定着一切女性规范的男权社会也是不可能的。吐血身亡正是这位才华绝世的美丽少女为坚持自由理想,不愿回归男性规定的生活范式所必然付出的代价。

  在男性统治的社会中,关于女性的一切,都只有男性的规定和解释。女性不是传宗接代的工具,就是满足男子欲望的对象。几千年来,中国女性除了男性给予的命名和规定外,只能生存于一种黑暗、隐秘、无名、喑哑的世界,她们甚至根本没有能以解释和表述自己的话语,女性的全部生活都必然服从于男性所设计的父子秩序。杀敌立功的花木兰的最后结局是"穿我旧时裙,着我旧时裳",待字闺中,成为"某人妻"。梁祝故事中的祝英台最后殉情固然有为爱情宁死不屈的一面,但她所追求的理想幸福也还是在男性所规定的秩序之内——成为"某人妻"和"从一而终",她的一生都是在"发乎情,止乎礼义,不及于乱"的男性法规的框架之内。唯有孟丽君,她的理想绝不是"着我旧时裳",成为"某人妻",更不是"从一而终"的"生不同室死同穴",她所追求的是超越于男性法规的男女并驾齐驱,是女性聪明才智得以和男性一样充分发挥的平等机会,是像男性那样挣脱家庭桎梏而远走高飞的可能性。这是少女陈端生的梦,也是她创作孟丽君的女性的幻想。

  然而,在男权社会中,女性自我只能处于一种无名、无称谓、无身份、无表述话语的状态,她要表述自己的梦,就只能借助于男性所创造的一切:名分、称谓、身份、话语等等。首先,她必得假扮成一个男人,取得作为社会主体的起码权力,她必得呕心沥血不暴露自己的女性性别;其次,她只能利用一部分男性法规来反对另一部分男性法规,在夹缝中求生存。例如她以"哪有老师嫁门生"的法规来抵制必得成为"某人妻"的婚姻的圈套;用天子不能戏弄外臣的法规来抗拒皇帝多次的威逼利诱;既然男权社会不相信女子才学可以远在众男性之上,否认女子也可以"连中三元,官拜丞相","调停中外,燮理阴阳",那么,孟丽君正好用这种逻辑来掩盖自己的真正性别。总之在男权压制、女性完全无法表述自己的情况下,女作家陈端生只能利用男子的经历、男子的判断和男子的声音来曲折迂回地表述女性的梦幻。这也就是郭沫若所说的:"挟封建道德以反封建秩序……挟爵禄名位以反男尊女卑,挟君威而不从父母,挟师道而不从丈夫，挟贞操节烈而违抗朝廷，挟孝弟力行而犯上作乱。"① 总之，孟丽君只能用假装的男性身份来存活，她只能用男性的名、称谓和话语来构筑自己的梦，而这种男性的身份、名、称谓和话语又必然导致对男性秩序的认同与回归。孟丽君终于连"隐居林泉"的最低设计也不能达到，她身犯"瞒蔽天子，戏弄大臣，搅乱阴阳，误人婚配"的四重"杀剐"大罪，这就是一个女性梦想逃出男权秩序，追求男女并驾齐驱、公平竞争而不得不冒犯的罪名。

《再生缘》的不朽价值正在于它全面揭露了在男权社会强大压力下，女子无名、无称谓、无话语的喑哑世界，揭露了在强大的男权压迫下，女性只能作为一个"空洞的能指"，被男性所定名、所指称、所解释并赋予特性的现实。它第一次在重重男性话语的淤积中曲折地表明了女性对男尊女卑定势的逆反心理，以及女性与男性并驾齐驱，公平竞争的强烈的意愿。它第一次拨开了"男婚女嫁"，"从一而终"，女性永不可能逃出家庭洞穴的陈规定势，而幻想着女性所向往的独立自主，建功立业的全然不同于传统的别样的生活。

可惜所有续写《再生缘》的作者都未能突出原著这一特殊价值。香叶阁主人侯芝在改写《再生缘》而成的《金闺杰》的序中说："《再生缘》一书，作者未克终篇，续者纷起执笔"，但都是"既增丽君之羞，更辱前人之笔"的狗尾续貂。其实侯芝本人也不能例外，无论是《金闺杰》，是梁楚生所续三卷，是各地方戏曲改编本，还是著名话剧作家丁西林所写的话剧《孟丽君》，无一例外，都写成了一个大团圆的结局，故事都以孟丽君回归男权社会秩序，俯首听命于"洞房花烛"而告终。这正说明男权的绝对统治，而女性的一个梦、一点意愿也无法得到表述。

正是由于同样的原因，这部将近千页的皇皇巨著虽在民间流传不衰，却被正统文学史所全然漠视。难怪百余年后，陈寅恪先生写《论再生缘》时不能不感叹说："陈端生以绝代才华之女子，竟憔悴忧伤而死，身名湮没，百余年后，其事迹几不可考见。"他以一位举世闻名的杰出学者而认同于陈端生的通俗弹词，他说："论诗我亦弹词体"，并为陈端生"彤管声名终寂寂"，而"怅望千秋泪湿巾"。② 是他，最先给了《再生缘》极高的评价。他指出："端生心中于吾国当日奉为金科玉律之君父夫三纲，皆欲

---

① 郭沫若：《〈再生缘〉前17卷和它的作者陈端生》。
② 陈寅恪：《论再生缘》，《寒柳堂集》，第75、77页。

藉此等描写以摧破之","端生此等自由及自尊即独立之思想,在当日及其后百余年间,俱足惊世骇俗"。在形式方面,他指出:"弹词之文体即是七言排律,而间以三言之长篇巨制。"又说:"弹词之作品颇多,鄙意《再生缘》之文最佳,微之所谓'铺陈终始,排比声韵'、'属对律切',实足当之无愧,而文词累数十百万言,则较'大或千言,次犹数百'者,更不可同年而语矣。"① 他认为《再生缘》之文,"在吾国自是长篇七言排律之佳诗,在外国亦与诸长篇史诗同一文体"②,足以和印度、希腊及西洋之长篇史诗媲美。紧随陈寅恪之后,郭沫若进一步指出:"如果从叙事的生动严密,波浪层出,从人物的性格塑造,心理描写上来说……陈端生的本领比之十八九世纪英、法的大作家们,如英国的司各特(1771—1832),法国的司汤达(1783—1842)和巴尔扎克(1799—1850),实际上也未遑多让。他们三位都比她要稍晚一些,都是在成熟的年龄以散文的形式来从事创作的;而陈端生则不然,她用的是诗歌形式,而开始创作时只有十八九岁,这应该说是更加难能可贵的。"③ 可以毫不犹豫地说,《再生缘》的研究还刚刚是开始。

---

① 陈寅恪:《论再生缘》,《寒柳堂集》,第64页。
② 同上。
③ 郭沫若:《〈再生缘〉前17卷和它的作者陈端生》。

作为《红楼梦》叙述契机的石头

石头是水的对立面，是坚贞不屈的象征，所谓"以水投石，莫之受也，以石投水，莫之逆也"。中国历史文献关于石头的记载很多，《晋书·武帝本纪》载："大柳谷有圆石一所，白昼成文"；《十国春秋·吴高祖世家天佑八年》载：有巨石"长七尺，围三丈余，七日内渐缩小，后只七寸"。《红楼梦》的想象显然都和这些记载有关。但石头的变异往往不是吉兆，它往往象征天下大乱，亲人离叛，特别象征"绝嗣"和后继无人。如《观象玩占》指出："石忽自起立，庶士为天下雄"；"石生如人形，奸臣执政，一曰君无嗣"；"石化为人形，男绝嗣"。另外，古人相信石的本体是土，云的根苗是石，如《物理论》认为："土精为石。石，气之核也。气之生石，犹人经络之生爪牙也。"《天中记》则说："诗人多以云根为石，以云触石而生也。"《红楼梦》中，贾宝玉与林黛玉的"木石前盟"（水生木，木克土），贾宝玉与薛宝钗的"金玉良缘"（土生金，金克木），贾宝玉与史湘云的"云石关系"（云触石而生）等都说明石头在《红楼梦》中有非常复杂的象征意义。

事实上，脂评本系统的 12 种版本中就有 8 种被命名为《石头记》，足见石头在《红楼梦》中的重要地位。那么，《红楼梦》中的顽石故事与主体故事之间的关系，以及石头在叙述中所起的作用又是怎样的呢？

《红楼梦》中有一个描写现实世界的主体故事，还有一个从幻想世界引入现实世界的顽石故事。《红楼梦》从顽石故事开头：大荒山青埂峰下，有一块女娲炼就的巨石，无才补天，所以幻形入世。从脂评中可以看到原书的结局应是："青埂峰下重证前缘，警幻仙姑揭情榜。通部情案，皆必从石兄挂号，然各有各稿，穿插神妙。"可见《红楼梦》以石头开始，又是以石头的"返本还原，归山出世"而告终结。

那么，这个顽石故事和主体故事是怎样联系起来的呢？联系的方式有二：在脂评本中，石头变成了"通灵宝玉"，在神瑛侍者入世时，夹带于中，来到世上。甲戌本84页，宝钗看宝玉的玉时，作者写道："这就是大荒山青埂峰下那块顽石的幻象。"顽石幻化为"通灵宝玉"，最后又幻化为顽石。在这种连接中，石头本身并不是主人公，不是"剧中人"，而是主体故事中所描写的悲剧和喜剧的旁观者和见证。在程刻本中，情形就不同了：顽石到赤霞宫游玩，变成了神瑛侍者，又入世变为贾宝玉，蠢物变灵物，灵物又变人。顽石不是旁观者而是当事人。顽石的经历就是贾宝玉的经历。

看来第一种连接方式更接近作者原意。首先，顽石故事贯穿全局，并不只存在于开头和结尾；第二，正如脂评所说："通部情案，皆必从石兄挂号"。有些与贾宝玉自身无关的情节如二尤故事、鸳鸯抗婚等，作者总尽量让佩戴着"顽石幻象"的贾宝玉在场；第三，从脂评判断，原书后半部多写南方甄府之事（甲戌本第2回脂评："甄家之宝玉，乃上半部不写者，故此处极力表明，以遥照贾家之宝玉。"又庚辰本第71回脂评："好！一提甄事，盖真事欲显，假事将尽"）。而这块通灵宝玉先是被窃（甲戌本第8回脂评："塞玉一段又为'误窃'一回伏线"），后来被凤姐拾得（庚辰本第23回脂评："妙！这便是凤姐扫雪拾玉之处"），最后又由甄宝玉送回（庚辰本第17回脂评："《邯郸梦》中伏甄宝玉送玉"）。正是这块通灵宝玉目睹了南北两地甄、贾二府的生活，成为"真事欲显，假事将尽"的情节转折的关键。

顽石故事与主体故事，现实世界与幻想世界的交错联结使《红楼梦》的叙述方式显得十分复杂。这里有一个持全知观点的叙述者，他全知前因后果、过去未来，通晓青埂峰、赤霞宫、太虚幻境的神话世界，也了解甄府、贾府的来龙去脉。除他之外，还有一个更直接的叙述者，那就是"蠢物顽石"。他有时用作者参与的观点，直接出面，用第一人称来叙述，例如庚辰本17至18回："说不尽这太平气象，富贵风流，此时自己回想当初在大荒山中，青埂峰下，那等凄凉寂寞，若不亏癞僧、跛道二人携来到此，又安能得见此世面？本欲作一篇《灯月赋》、《省亲颂》，以志今日之事……"（脂评：自"此时"以下，皆石头之语，真是千奇百怪之文。）"蠢物顽石"有时又用作者观察的观点，来记载自己的所见所闻。如甲戌本第6回："诸公若嫌琐碎粗鄙呢，则快掷下此书，另觅好书去醒目；若谓聊可破闷时,待蠢物(脂评:妙谦,是石头口角)逐细言来。"

这个叙述者(石头)既不是故事主人公,如许多用第一人称叙述的小说,又不完全在故事之外,如许多用第三人称写的小说,它紧紧依附于主人公(贾宝玉和甄宝玉),是他们的象征和化身,用他们的思想观点来观察一切,并使他们和他们自己并不了解的前生与来世联结起来。

这种很特殊的叙述的复杂性使《红楼梦》的结构有如一个多面体,由于不同层面的光线的折射,人们对作品的主题也就有了不同的理解。多年来,关于《红楼梦》的主题,有人说是写清朝政治,有人说是写色空观念,有人说是写作者自传、爱情悲剧、"四大家族"、阶级斗争……这些说法见仁见智,都有一定道理,但都不全面。如果从顽石故事与主题故事的联结来考察,就可以看到顽石不甘于荒山寂寞,羡慕丰富多彩的人间,于是幻形入世,享尽尘世的富贵荣华,也历尽了凡人的离合悲欢,终于感到大荒山青埂峰下,虽然凄凉寂寞,但却自由自在,无牵无挂,并无烦恼;人世间虽有许多赏心乐事,但瞬息万变,苦随乐生。顽石枉入红尘,不如还是归去。顽石的入世和出世正表现了作者对人生的一种看法和感受,而主体故事所展现的种种悲剧则反映了整个社会对渴望自由和幸福的无辜人们的残酷压迫及其本身无可挽回的衰亡与没落。从这个主题出发,反观《红楼梦》的结构,就可以发现正是石头联结着出世的幻象世界和入世的现实世界,而成为整个情节发展的契机。

曹雪芹一生对石头情有独钟,他的《题自画石》一诗,隐约透露了他以石头为契机,构思《红楼梦》的消息。这首诗是这样写的:

爱此一泉石,玲珑出自然。溯源应太古,堕世又何年?
有志归完璞,无才去补天。不求邀众赏,潇洒做神仙。

(摘自富竹泉著《考槃室札记》手稿)

可见石头在曹雪芹心中所占的地位。

文化对话与世界文学中的中国形象

今天世界的纷争多与文化有关。"文化冲突"与"文化共处"的讨论正在世界范围内展开。是增强不同文化间的相互理解和兼容而引向和平，还是因文化隔离和冲突而导致战争，将决定着 21 世纪人类的命运。事实上，在当前的信息社会，不同文化的接触实不可免，经济贸易、各种传播媒体正在把地球联结成一个密不可分的整体；另一方面，在这种形势下，许多人又都怀着一种自身文化可能被泯没的大恐惧，形成一股返本寻根、固守本土文化的思潮。如何使这两股相悖的潮流能以产生积极成果而不是走向大规模对抗，实是当前刻不容缓的一大课题。

其实，19 世纪和 20 世纪 200 年的历史已经雄辩证明不同文化之间的吞并和"大一统"都不大可能。曾经十分强大，所向无敌的"欧洲中心"，终于不能吞并或同化其势力范围内的不同文化，也不能"综合"各种文化而形成所谓"世界文化"。那种认为其他文化全属野蛮，或企图用自己的文化模式一统天下的"绝对中心论"正在消亡；继之而起的是文化相对主义。文化相对主义承认文化的相对性，主张任何文化都有其存在的合理性，不应横加干涉。这与绝对中心论相比，无疑是一种进步。但文化相对主义本身却包含着一组难以解决的悖论，这就是文化相对论与理性一元论的对立。理性一元论者认为经过长期的历史发展，人类总有一些共同的理性标准，如列维-斯特劳斯所曾指出，人类大脑构造相同，并经历着同样的进化阶段，人类就有可能持同样的理性认识。根据这种认识，人类有可能认同于一些最基本的原则，这些原则也许与某种本土文化的某些方面并不相符，但应改变的是后者而不是前者。例如德国纳粹和日本军国主义的复活，就不能因其目前只是某种文化的某种局部现象就不引起全世界人民的关注；又由于人类共居于同一个地球，对于生态危机、核扩散等威胁全球的问题就不能不以人类共同的理性标准来进行分析和考察。如果过分强调文化的相对性，就会导致文化隔绝、封闭和停滞。

与文化相对主义相异，多元文化论承认各种文化的不同是人类文化发展的基础，但并不认为这些不同在本质上不能相通。正因为有相通之处，才有可能通过对话来相互理解和沟通，从而达到不同文化之间相互吸取、促进和利用的目的，也才有可能以他种文化为镜，更好地认识自己。事实上，人类对异域文化的好奇、想象、探索已经有很长的历史。80年代以来，在法国兴起的形象学和在德国流行的关于"异"的探讨都是企图从形象入手，对不同文化之间的交流和误读进行研究；这种研究一方面可以增进对他种文化的了解，另一方面，也可以反观自身文化的变化发展。我国在这方面的研究还刚刚起步，本文仅试图对几百年来外国人对中国人的看法，特别是外国文学中的中国形象作一个简单的梳理。

形象的形成往往体现着与历史学、社会学、人类学密切相关的一个时代的社会想象。它有时表现为一种"求同"的强烈的意识形态倾向，即有意识地表现自身文化的普世性，力求将他种文化纳入自身的文化模式；有时又表现为一种"求异"的乌托邦思想的寄托，将异国他乡描述为理想的天堂，以反对对自身处境的不满。前者总是希望在他种文化中找到和自己相似的东西，例如马可波罗来到中国，总想寻找作为西方美与幸福的象征的"独角兽"（Unicorn），以致指鹿为马，以为中国的犀牛就是"独角兽"的化身；当他们找不到他们想象中的与自己同一的东西，他们就会认为他种文化是不开化，是野蛮。"求异"的倾向则力图向其意识形态极力保持的社会秩序的"一致性"质疑，以至颠覆。他们努力寻找的，是与本土文化全然不同的美好理想的寄托，例如作家赫塞描写亚洲时，总是充满幻想，寻求一种能够超越西方物质主义局限的文明之源。在求同的意识形态普世化与求异的乌托邦幻想之间存在着一道或倾向于前者或倾向于后者的程度不同的光谱。正如法国思想家保罗·吕格尔所说，社会想象是"认同合并作用"和"颠覆作用"之间的一种张力。

另一方面，对于作为"他者"而被观察和"投射"的对象——异文化——本身来说，这种"被看"的过程也至为重要。因为只有通过这一过程，才能更好地认识自己。中国早有"不识庐山真面目，只缘身在此山中"的说法，英国诗人彭斯（Robert Burns）也曾祈望有一天"能以别人的眼光来审察自己"。当代理论家哈贝马斯更提出"互为主观"是突破封闭体系，发展前进的必要前提。对于今天我们重构自己的文化传统，参与世界文化的总体对话来说，认清中国形象几百年来在国外的发展变化，显然具有特殊重要的意义。

西方关于中国形象的第一本著作可以说是西班牙人门多萨（Mendoza）1585年应罗马教皇的要求撰写的《大中华帝国史》。这部上溯到唐尧时代，把中国描写为极其强大、发达、一体化大帝国的编年史，在7年中竟以7种欧洲主要语言，出版了46版，可见欧洲当时对中国信息极感兴趣之一斑。接着，是在中国居住了27年（1583—1610）的意大利耶稣会士利玛窦所写的《中国文化史》。在这本书中，他第一次企图用自己文化体系的观念来解释属于全然不同的文化体系的另一种文化。他强调中国繁复的敬祖仪式并不是宗教偶像崇拜，而只不过是一种伦理观念，目的是使中国文化有可能被一神教的基督教文化所认同；他又认为耶稣被钉死在十字架上的形象很可能引起一向强调"仁"的中国知识分子的困惑，因此多以圣母玛利亚怀抱圣婴的形象来代替受难的耶稣形象，以便和儒家的"仁""孝"找到结合点，以至当时许多中国人都以为基督教的上帝是一个妇女！在这本书中，利玛窦虽然仍然强调中国的稳定和强大，但已用主要章节论述了明代朝廷的贪得无厌、社会上的纵欲淫乱，以及穷人的受欺压和绝望。利玛窦之后，西班牙水手品托（Pinto）的《游历者》和耶稣会士白晋（Bouvet）为法王路易十四撰写的《中国史》又进一步把对中国的美化、理想化、粉饰和浮夸推向了极致。这正是为树立一个值得仿效的榜样而建造的乌托邦（当然也包含为教会的中国活动筹款的目的）。总之，18世纪是欧洲最倾慕中国的时代。中国工艺品导致了欧洲巴罗克风格之后的洛可可风格，中国建筑使英法各国进入了所谓"园林时代"；中国的陶瓷、绘画、地毯、壁饰遍及各地，直接、间接地推动了欧洲工业革命；更重要的是当时欧洲新思潮——自然神论——也从中国宗教生活与伦理准则的自然感受中找到了认同。18世纪20年代一本题为《中国——欧洲的榜样》的书就是以自然神论为其研究主题的。从此，中国文化深深地渗入了欧洲文明，成为其不可分割的一个组成部分。

然而，不可否认，与此同时也正发展着一种否定排斥中国文化的潜流。18世纪法国启蒙思想家孟德斯鸠在他那本著名的《论法的精神》中，考察了大量有关中国的材料，得出结论说，中国既不属于三权分立的共和制，也不属于以荣誉观念为基础的君主制，而是属于以恐怖镇压为基本手段的专制政体。中国虽有很多法律，但都不是从保障人民权益出发，而是为维护其最高统治，强加于人民的约束。伏尔泰对中国做了很多肯定的论述，他的《世界史》就是从中国开始的。他把中国看做历史的开端，因为只有中国具有悠久而延续不断的历史：中国语言很早就固定下来，形成了完整、统一的文化，远胜于其他早兴而已崩溃的文明。然而，伏尔泰也尖锐地指出了中国的弱点，诸如中国法律、礼仪、语言、服饰的一成不变，善于发明而不能持久研究并使其得到应用以推进事物发展，以及难于掌握的文字体系和对过去的景仰常使中国的前进步履维艰，等等。比伏尔泰的《世界史》成书晚7年的布朗杰（Nicolas Boulanger）的《东方专制制度的起源》第一次提出中国的地理环境固然有利于中国文化的延续，但也造成了中国与外部世界历史发展的隔绝，使中国的停滞落后不可避免。稍后的亚当·斯密则从劳动力的低下、普遍的贫困和统治者的全然无所作为论述了中国经济发展的不可能。

以上这些著名思想家都是把中国纳入他们所分析的世界图式，作为世界的一个组成部分来研究的。到了黑格尔，情况就不一样了。他也曾对亚洲，特别是中国深感兴趣，并试图把中国纳入他的思想体系之中，但他遇到了很大困难，只好提出中国还处于"人类意识和精神发展进程开始之前，并一直外在于这一过程"。于是中国在黑格尔的庞大哲学体系中，就被置于历史之外，也就是他所说的："中国人转过身去，背对着海洋"，因此被当做"非历史"而"置之不论"了。在黑格尔看来，这种闭关自守使中国无法分享"海洋赋予的文明"，因而成了"永无变动的单一"，在这个"单一"之中，没有"个人意志的自我反省和'实体'（即消灭个人意志和权力）所形成的对峙"，也就是缺少"客观存在与主观运动"之间的对峙；而道德的原则被当做立法的条例，法律本身又具有一种伦理的形态，以致应该完全属于个人独立的"内在性"不能在中国得到成熟，人们把自己看做家庭和国家的儿女，只有天然义务和天生的血统关系，而无个人选择，也无个人意愿和独立人格；同时，一切人民在皇帝面前一样卑微，一个"自由理想的精神王国"也就无由产生，科学也仅仅属于经验性质而难于上升到理论层次；加以作为辅助的佛教鄙视个性，弃绝人生，中国就更难得到发展。这就是黑格尔心目中必须排除在世界历史之外的"未入流"的中国！黑格尔关于中国的论述实在是极端的意识形态性的强求同一，不能同一就斥为异端，采取视而不见的态度！

19世纪中叶以来，虽有太平天国农民运动重新燃起西方认为中国有可能成为一个基督教帝国的梦想；连马克思也放弃了农民一向落后的看法，对太平天国运动产生了极大兴趣,但是,从总体来说,世界文化对话中的中国形象仍然未能越出伏尔泰、黑格尔的界定。直到 20 世纪初,韦伯(Max Weber)和斯宾格勒(Spengler)重新研究中国。韦伯于 1915 年出版了他研究中国的第一本著作《中国宗教——儒家和道家》,1920 年又开始写一部关于中国文人的著作。韦伯认为左右近代社会的决定性因素不是阶级结构,而是官僚政治的统治形式。中国人为什么一定要生来就接受皇帝至高无上的权力呢?曾受到良好教育和训练,通过了科举考试的中国文人为什么不能成为反对这种统治形式的主力?韦伯认为中国知识分子一方面反对朝廷的腐败,特别是宦官宠妃专权,同时又反对强化的法律制度,而地位和学术的竞争又使他们很难形成有力的整体;因此,3000 多年的统治形式得以存续。韦伯更多地从宗教、文化、知识分子等方面来研究中国,但并未能真正回答他所提出的问题。

真正重新将中国作为世界历史重要组成部分来观察的是在第一次世界大战后以《欧洲的衰落》一书震撼世界的斯宾格勒。斯宾格勒认为他对欧洲中心论的洞察,其意义正如天文学上从托勒密地心说到哥白尼日心说的转变!他认为中国完全有权利按自己的方式界定自己的文化,无须借助西方的价值系统。同时,他指出任何文化都有发生、兴旺、衰落的过程,中国文化无疑已处于自身的衰落阶段,如果中国不能像其他社会一样更新,并重新确定自己文化的规范,中国人就会成为"漂浮不定","没有精神",失却自身文明的一群人。斯宾格勒的理论为 20 世纪后半叶西方中国研究的勃兴开辟了广阔的前景。

如果说学术著作由于中国的遥远和复杂难懂不能不掺进大量作者主观推理和想象,那么,在虚构文学中,这种情况就更其明显了。在这里,我们更可以清楚地看到遥远的异国他乡是如何作为一种与自我相对立的他者而存在,凡自我所渴求的、所构想的以及在现实中无法满足的都会幻化而投射于对方。16 世纪以来,英国作家克里斯多夫·马罗(Christopher Marlowe)的名作《帖木儿》、意大利作家阿利瓦本尼(Arivabene)的戏剧《伟大的尧》、英国浪漫主义诗人柯勒律治(Samuel Coleridge)的《忽必烈》都曾夸张地描写了中国的强大、奢侈、专制和智慧,虽然他们不免把中东、蒙古、中国混为一谈。值得一提的是法国作家格莱特(S. Gueullette)写于 1723 年的《中国故事集——达官冯皇的奇遇》,这是一部典型的"流浪汉小说",仿照了《一千零一夜》的说故事的传统,冯皇用"四十六夜"向信奉伊斯兰教的中国新皇后宣讲灵魂转世,如果不能说服皇后，中国就要改信伊斯兰教。尽管这不过是一些随心所欲的虚幻故事，但在欧洲却影响了许多读者心目中的中国形象。哥德斯密斯的成名作《世界公民：或一个住在伦敦的中国哲学家的来信》就是以冯皇和住在伦敦的中国哲学家连济的 90 封信作为结构来展开的。这部作品特别强调了中国是一个理性和富于同情心的国度，并以此批判英国人的冷酷无情、虚伪和腐败。

第一次较认真写中国缺点的小说是渥柏尔（Horace Wolpole）的《象形文字故事集》（1785）。他所呈现的中国是迷信、拘礼、墨守成规、懒惰、无法理解。这部作品与较早的笛福（Daniel Defoe）所著《鲁宾逊思想录》（1720）一起造成了中国在西方文学中主要的负面形象。有意思的是大约 100 年后，正当黑格尔把中国抛在历史进程之外时，大诗人歌德却在 1827 年前后发表了许多有关中国的言论，翻译重写了许多中国诗词，大声疾呼中国文化是世界文化十分宝贵、十分重要的组成部分。他认为德国人应向中国人靠拢并努力去理解中国文化。正是中国文学激发了他关于"世界文学"的构想。歌德是第一个预见到中国文化的普遍性和世界性的作家。

在歌德之后，以中国为题材的 20 世纪作品有了完全不同的面貌。庞德（Ezra Pound）在他的《诗篇》中把中国和西方联结在一起，致力于把中国纳入他的诗体形式的人类文明的历史图景。一批描写中国现实生活的作品产生了：谢阁兰（Victor Segalen）的《雷内·雷》（1913）通过一位在清朝皇室担任教师，同时为多方面充当密探的年轻法国人的经历，描写了当时的宫廷生活和辛亥革命的山雨欲来；法国著名作家马尔罗（André Malraux）的《人的命运》（1933）生动地描写了 1927 年大革命在上海的悲壮历程和最后失败，特别探索了中国革命者如何对待革命过程中的"牺牲"；英国小说家巴拉德（J. G. Ballard）的《太阳帝国》以作者亲身经历为基础描写了日本占领下上海龙华集中营的恐怖生活。以上这些作家都曾在中国有过较长时间的停留，他们的作品反映了他们对中国社会的实地观察，但那仍然是出于另一种文化观点。另外，还有很大一部分作品写中国，而与中国现实生活并不密切相关，中国是作为世界文化对话中的一种象征而出现的。例如卡夫卡的《万里长城》（1915），正如他的《审判》和《城堡》一样，修建长城的人不知道究竟是谁在驱使他们吃尽千辛万苦，永远无法完成修建长城的苦役。虽然作品也强调了中国的悠久和无常，但全文更多的是一个普遍的象征，使人联想起第一次世界大战中，青年们盲目地走向战场。布莱希特的《四川好人》广泛地探索善恶之间的关系。1981年诺贝尔奖金获得者卡内蒂（Elias Canetti）的《迷惘》（1935）写一位十分博学的汉学家为了保存他毕生营造的汉学图书馆，苦苦挣扎，最后领悟到唯一的可能是与这些极其珍贵的书籍一起自焚。阿根廷著名作家博尔赫斯（J. L. Borges）的《路径盘错的花园》（1942）描写一位为德国特务机关服务的中国人预谋去暗杀一位隐居的学者。这位学者终身致力于研究云南总督多年前构造的一本比《红楼梦》更为复杂的小说和一座包罗过去、未来、日月星辰的"迷宫"。作者感兴趣的显然不是中国的现实，而是从中国所孕育出来的优雅、韧性和一种想使全部可能的过去同时聚合在一起的欲望。无论是写中国现实，还是写一种中国精神，以上这些作品都是把中国作为世界的一部分，或揭示人类共同面临的官僚体制、革命、战争等严重问题；或探索善恶、意义、过去和未来等全人类都正在苦苦思索的困惑。这与17、18世纪的作品单纯把中国作为一个与"我"相对的"他"来理解有了很大的区别。

从以上这样一个非常简略的历史追溯，可以清楚地看到有关中国形象的描写，从最富于意识形态意味的"求同"到最富于乌托邦意味的理想的寄托，从最遥远的完全相异到对人类共同困惑的求索，排成了非常丰富复杂的光谱，而这光谱的貌似无常的变幻又时隐时现地与社会的变化相关。例如，17世纪最初20年出现了赞扬中国的第一个高潮，当时欧洲正处于三十年战争前夜，那是暴虐横行，人们对现实极为不满的年代。西方对中国极感兴趣的另一个高潮则是以第一次世界大战后西方普遍感到的沮丧和绝望为背景。这种时刻，人们最需要通过"他者"，创造一个"非我"来发泄不满和寄托希望。富于创见的作家和思想家总是要探寻存在于自己已知领域之外的异域。长期以来，中国正是作为这样一个极富魅力的"异域"而被探索的。目前，世界正处于一个社会变动和文化转型的伟大时期，系统研究世界文化对话中的中国形象是一个极富挑战意义的、正待开垦的领域。事实上，一个研究中国的新的高潮正在掀起。我们应积极参与这一已经进行了400余年的文化对话，以一种"互为主观"的方法重新认识别人，也重新认识自己，这不仅对中国文化的重构，而且对世界文化的发展都具有十分重要的意义。

不同文化中关于月亮的传说和欣赏

世界各地都有说不尽的关于月亮的诗文和民间传说。月亮永远是人类欢欣时分享快乐的伴侣，也是忧愁时诉说痛苦的对象。但是，不同文化却对月亮有不同的描述，他们对月亮的欣赏角度和欣赏方式也往往是各不相同的。

在中国文化中，月亮首先是超越时间和空间的孤独的象征。千百年前，一个美丽的少女，吃了长生不死的灵药，她感到身轻如羽毛，一直飞升到月亮之中。在那里，她永远美丽年轻，陪伴她的只有玉兔和吴刚。玉兔永远重复着捣药的动作，年轻力壮的吴刚则被罚砍树，砍断了又重新长上，年复一年，永无休止。总之，时间消逝了，不再有发展，空间也固定了，不再有变化。然而这个名叫嫦娥的少女却并不快乐，她非常寂寞，正如一首诗中所写的："嫦娥应悔偷灵药，碧海青天夜夜心。"

在中国诗歌中，月亮总是被作为永恒和孤独的象征，而与人世的烦扰和生命的短暂相映照。李白（701—762）最著名的一首诗《把酒问月》是这样写的：

> 白兔捣药秋复春，嫦娥孤栖与谁邻？
> 今人不见古时月，今月曾经照古人。
> 古人今人若流水，共看明月皆如此！
> 唯愿当歌对酒时，月光长照金樽里。

今天的人不可能看到古时的月亮，相对于宇宙来说，人生只是一个微不足道的瞬间，然而月亮却因它的永恒，可以照耀过去的、现在的和未来

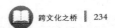

的人们。千百年来，人类对于这一"人生短暂和宇宙永恒"的矛盾完全无能为力。但是，我们读李白的诗时，会想起在不同时间和我们共存于同一个月亮之下的李白，正如李白写诗时会想起也曾和他一样赏月的、在他之前的古人。正是这种无法解除的、共同的苦恼和无奈，通过月亮这一永恒的中介，将"前不见"的"古人"和"后不见"的"来者"联结在一起，使他们产生了超越时间的沟通和共鸣，达到了某种意义上的永恒。

  李白终其一生总是把他对永恒的追求和月亮联系在一起。他的另一首诗《月下独酌》写道："花间一壶酒，独酌无相亲。举杯邀明月，对影成三人。"在深夜绝对的孤独中，他只有永恒的月亮和自己的影子做伴。虽然三者之间也曾有过快乐的交会，但那只是短暂的瞬间："我歌月徘徊，我舞影零乱。醒时同交欢，醉后各分散。"李白所向往的是永远超越人间之情，和他所钟爱的月亮相会于遥远的星空银河之上，即这首诗的结尾所说："永结无情游，相期邈云汉。"传说李白死于"江中捞月"。他于醉中跃进江里，想要拥抱明月，他为明月献出生命，也就回归于永恒。

  日本文学也有大量关于月亮的描写，但日本人好像很少把月亮看做超越和永恒的象征，相反，他们往往倾向于把月亮看做和自己一样的、亲密的伴侣，有时甚至把月亮置于自己的保护之下，而对它充满爱怜。例如13世纪的道元禅师（1200—1250）曾经写道："冬月拨云相伴随，更怜风雪浸月身。"有"月亮诗人"之美称的明惠上人（1173—1232）写了许多有关月亮的诗，特别是那首带有一个长序的和歌《冬月相伴随》最能说明这一点。"序"是这样写的：

    元仁元年（1224）十二月十二日晚，天阴月暗，我进花宫殿坐禅，乃至夜半，禅毕，我自峰房回到下房，月亮从云缝间露出，月光洒满雪地。山谷里传来阵阵狼嗥，但因有月亮陪伴，我丝毫不觉害怕。我进下房，后复出，月亮又躲进云中，等到听见夜半钟声，重登峰房时，月亮又拨云而出，送我上路。当我来到峰顶，步入禅堂时，月亮又躲入云中，似要隐藏到对面山峰后，莫非月亮有意暗中与我做伴？步入峰顶禅堂时，但见月儿斜隐山头。

这时，他写了两句诗：

    山头月落我随前，夜夜愿陪尔共眠。

接着，他又写道：

> 禅毕偶尔睁眼，但见残月余辉映入窗前。我在暗处观赏，心境清澈，仿佛与月光浑然相融。

最后，他写出了最为脍炙人口的两句诗：

> 心境无翳光灿灿，明月疑我是蟾光。

日本著名作家川端康成在他的诺贝尔文学奖获奖演说中，引录了这首诗，并分析说：

> 这首诗是坦率、纯真、忠实地向月亮倾吐衷肠的31个字韵，与其说他是所谓"与月为伴"，莫如说他是"与月相亲"，亲密到把看月的我变为月，被我看的月变为我，而没入大自然之中，同大自然融为一体。所以残月才会把黎明前坐在昏暗的禅堂里思索参禅的我那种"清澈心境"的光误认为是月亮本身的光了。

川端康成还指出，这首和歌是明惠进入山上的禅堂，思索着宗教、哲学的心和月亮之间，微妙地相互呼应，交织一起而吟咏出来的，它是"对大自然，也是对人间的一种温暖、深邃、体贴入微的歌颂，是对日本人亲切慈祥的内心的赞美"。

明惠的诗和川端康成的分析为我们提供了另一种与李白的诗完全不同的观赏月亮的视角和意境。

希腊神话中的月神塞勒涅（Selene）也是一位美丽的女神。她身长翅膀，头戴金冠，每天乘着由一对白马牵引的闪闪发光的月车在天空奔驰，最后，隐没在俄刻阿诺斯（Aceanus）河里。在希腊女诗人萨福的笔下，塞勒涅是一个美丽的少女，手执火炬，身后伴随着群星。月神爱上了美少年恩底弥翁（Endymion），恩底弥翁是一个生命短暂的凡人，因为塞勒涅爱他，神就使他青春永驻，但他必须长睡不醒。月神每天乘车从天空经过，来到她的情人熟睡的山洞，和这个甜睡中的美少年接吻一次。神话中说，正是由于这种无望的爱情，月神的面容才显得如此苍白。在这个神话中，美少年恩底弥翁得到了永恒，他付出的代价是无知无觉，和嫦娥一样远离人世。人类总想摆脱时间，追求永恒，其结果往往是悲剧性的；即使他们成功了，他们得到的永恒也不是幸福，而是成为异类，永远孤独。塞勒涅和嫦娥的故事都说明了这一点。

希腊月神和希腊神话中的其他神祇一样，都是有爱、有恨、有嫉妒、有仇恨，精神上过着类似于凡人的世俗生活。西方诗歌关于月亮的描写往往也赋有更多人间气息。下面是法国诗人波特莱尔的一首《月之愁》：

> 今晚，月亮做梦有更多的懒意，
> 像美女躺在许多垫子的上面，
> 一只手漫不经心地、轻柔地
> 抚弄乳房的轮廓，在入睡之前。
>
> 她的背光滑如缎，雪崩般绵软，
> 弥留之际，陷入了长久的痴愣，
> 她的眼在白色的幻象上留恋，
> 那些幻象花开般向蓝天上升。
>
> 有时，她闲适无力，就向着地球
> 让一串串眼泪悄悄地流呀流，
> 一位虔诚的诗人，睡眠的仇敌，
>
> 把这苍白的泪水捧在手掌上，
> 好像乳白石的碎片虹光闪亮，
> 放进他那太阳看不见的心里。①

这样来描写月亮，在东方人看来，多少有一点儿亵渎。波特莱尔的月亮不像李白的月亮那样富于玄学意味，也不像明惠禅师的月亮那样，人与自然浑然合为一体。在波特莱尔笔下，月亮是一个独立的客体，它将苍白的泪水一串串流向大地，流到诗人的心里；在月下想象和沉思的诗人也是一个独立的主体。在另一首散文诗《月的恩惠》中，诗人幻想着月亮来到了自己的身边：

---

① 夏尔·波特莱尔：《恶之花》，郭宏安译，漓江出版社1992年版，第84页。

于是，她轻柔地走下云梯，
悄无声息地穿过窗玻璃进来。
然后露出温厚的母爱躺在你身上，
又在你的脸上
抹上它的色彩。①

在这首诗中，月亮是独立的客体，又是诗中行动的主体，人和自然的关系无论多么亲密，始终是独立的二元。这也许正说明了东方天人合一的思维方式与西方传统的二元对立的思维方式的不同。

在中国，月亮的别称是"太阴"，属女性，与属男性的"太阳"相对应。她代表柔和、温情，有时也代表退隐、孤寂和凄怆。在世界各地的文化中，月亮代表女性似乎有一定的普遍性；但也不尽然，在阿拉伯文学中，月亮往往也用来描写男性，如下面的两首诗：

骏马带我在原野奔驰，
女人们正随意地谈论我。
大姑娘问道：
"你们是否认识那小伙？"
年轻的回答：
"是的，欧麦尔打从身旁过。"
早对我神魂颠倒的小妮子接着说：
"我们怎会不知道他呢，
难道月亮会在天空隐没？"
　　　　　欧麦尔·本·艾比·阿拉比（644—711）

脸如十五的月亮，
眼似旷野的羚羊，
明明是个小伙子
娇媚却似位姑娘。
　　　　　艾布·努瓦斯（762—813）

---

① 夏尔·波特莱尔：《恶之花》，钱春绮译，人民文学出版社1996年版，第472页。

似乎在阿拉伯文化中，月亮也常常被用来比喻俊美的男子。

总之，不同时代、不同文化的诗人用不同的方式来欣赏和描写月亮，却同样给我们以美好的艺术享受，如果我们只能用一种方式来欣赏月亮，岂不是我们的重大损失？无论排除哪一种方式，我们都不能对欣赏月亮的艺术情趣得到圆满的拥有。我正是想用不同文化的人们对月亮的欣赏作为例子来说明不同文化可以通过一种"中介"达到互相了解和认识。诗和传说中的月亮就是这样一种"中介"，它可以使不同文化的人们欣赏并拥有另一种文化，而得到本民族文化中不能得到的艺术享受。

第三编
重新解读现当代文学与文化

关于现实主义的两场论战
——卢卡契对布莱希特与胡风对周扬

20世纪30年代后半叶,有关现实主义的两场著名论战,一场发生在东欧,一场发生在中国,虽然相距遥远,但却紧相关联,并都曾在不同方面对现实主义的发展作出过重要贡献。关于欧洲的那场论战已有很多阐述,关于中国的论战则由于种种原因尚未很好总结,知之者亦不多。本文试图把这两场论战放在一起进行一些初步的比较探讨和研究。

一、同根异树

1933年,德国希特勒上台后,卢卡契流亡苏联,1934年被任命为苏联科学院院士。1933至1939年一直是莫斯科出版的《文学评论》与《国际文学》的主要撰稿人。布莱希特则流亡丹麦,并在1936至1939年间主持在莫斯科出版的德国流亡者统战组织"人民阵线"的机关刊物,德文杂志《发言》(Das Wort)。1937至1939年间卢卡契与布莱希特的论战就是以《发言》为主要阵地展开的。

先是卢卡契的《论表现主义的兴衰》一文,于1933、1934年在《文学评论》和《国际文学》相继发表,不仅对当时在德国盛行的表现主义进行全面批判,而且指责表现主义为法西斯主义准备了土壤。1937年9月,他又在《发言》中发表文章,以表现主义作家G.贝恩支持过纳粹,进一步论证表现主义必然引向法西斯主义。这一批评在左翼文化界引起了强烈反响,包括著名理论家恩斯特·布洛克在内的三十余名作家、批评家先后卷入了论战。1938年,卢卡契在《发言》第6期上发表了带总结性的《现实主义辩》。这篇文章引起了流亡法国的著名左翼作家安娜·西格斯的不满,她与卢卡契之间相当尖锐的通讯辩论一直持续到1939年3月。布莱希特未公开参加论战,但从1937至1941年间,他针对《发言》上的讨论,写了很多笔记,内容冠以"表现主义要注意实效""现实主义理论之形式主义性质""人民性与现实主义"等标题,显然是直接针对卢卡契的论点的。布莱希特1956年逝世,直到1967年,联邦德国苏尔坎普出版社出版布莱希特20卷文集时,这些颇具真知灼见的材料才第一次问世。这些材料的问世在世界许多国家和地区都产生了强烈反响,形成了新的研究卢卡契和布莱希特的热潮,对这场已经过去而又远未过去的论战也产生了再讨论的兴趣。①

胡风和周扬的论战开始于1936年。周扬(1908—1989)自日本留学归来,1932年即担任左翼作家联盟党团书记,主编左联机关刊物《文学月报》,是左联实际领导人。胡风(1902—1985)曾于1929至1933年留学日本,和周扬一样受到当时在日本的普罗文学运动与苏联文学的影响并参加了日本共产党,于1933年被捕并被逐出日本。胡风回国后,即投身左翼文艺运动,曾担任左联宣传部长、行政书记,并于1935年编辑秘密丛刊《木屑文丛》,介绍苏联社会主义现实主义和反映苏区人民斗争的小说。

1936年1月,周扬继1933年发表《关于"社会主义的现实主义与革命的浪漫主义"——"唯物辩证法的创作方法"之否定》之后,又在《文学》杂志上发表了长篇指导性论文《现实主义试论》,其中批评了胡风关于典型的理解。胡风于《文学》2月号发表了《现实主义的"修正"》为自己申辩。周扬又写了《典型与个性》,胡风则写了《典型论的混乱》,进一步批评周扬并全面论述他对现实主义的看法。由于1937年抗日战争的全面爆发,论争暂告停息,但问题并未解决。后来,日本占领了中国大片土地,中国分裂为西南地区的蒋介石政权和广大敌占区后方的红色政权。1944年,胡风主编的大型文学刊物《希望》在国统区创刊。《希望》发表的文章大体代表了胡风的论点。1948年共产党领导的《大众文艺丛刊》对《希望》的文艺倾向进行了总的清算。胡风在同年9月写成的专著《论现

---

① 参阅 Agnes Heller 编:《卢卡契的再评论》(*Lukacs Reappraised*),哥伦比亚大学出版社1983年版;David Pike:《卢卡契与布莱希特》(*Lukacs and Brecht*),北卡罗林那大学出版社1983年版;韩国有潘星完所写《卢卡契与布莱希特关于现实主义的论战》,发表于1980年夏季号《创新与批评》,译文见社会科学院情报所编:《外国文艺思潮》第2集,陕西人民出版社;中国有叶廷芳著:《从两种不同的审美观看布莱希特与卢卡契之争论》,载1985年《现代美学》第3期。

实主义之路》对这种清算进行了全面反击。1949年全国解放，胡风又于1954年3月写了《关于几个理论性问题的说明材料》，6月又写了《作为参考的建议》，一方面为自己辩护，一方面建议切实改进文艺工作。1954年12月，周扬写了《我们必须战斗》，展开了对胡风的批判，并把文艺论战变质为政治斗争。胡风终于被定罪为反革命集团头领，1955年逮捕入狱，直到1980年9月才重获自由并宣布平反。

这两场论战发生于相距遥远的空间，相互之间并无直接联系，然而它的产生和发展都出自同一根源，有许多共同的层面。首先，两场论战都发生在左翼文艺阵营内部，论辩的双方都是有成就、有代表性、有广泛影响的左翼文艺战线的领袖人物，他们长期以来都是在现实主义的旗帜下从事文艺工作的，也都曾企图用自己所理解的马克思主义来指导文艺。

其次，两场论战都是在苏共文艺政策改变的正面或负面的影响下产生并发展的。1931年至1933年间，苏联共产主义学院所属刊物《文学遗产》首次全文发表了马克思、恩格斯致斐·拉萨尔的信，恩格斯致保·恩斯特的信和致玛·哈克奈斯、敏·考茨基的信。1933年，苏联首次出版由卢卡契等人辑注的《马克思、恩格斯论文学：新资料》，为研究和了解马克思的美学和文学思想，特别是关于现实主义和典型塑造等问题打开了新的局面。卢卡契的名篇《作为文艺理论家和文艺批评家的弗里德里希·恩格斯》（1935）和他的关于《伟大的现实主义》一书的构思就是在这些新的资料的启发下形成的。

在中国，瞿秋白在1932年首先编译了恩格斯的三封文艺书简并发表在他主编的刊物《现实》上；1933年鲁迅在他的文章《南腔北调集·关于翻译》中从日文转译了恩格斯致敏娜·考茨基信中关于论述社会主义倾向的文学一段，并认为这种论述明确解答了当时众说纷纭的"题材的积极性问题"。

1934年，苏联第一次作家代表大会召开，强调社会主义现实主义对于浪漫主义的兼容，强调文学必须写英雄人物，歌颂光明，鼓舞和教育人民，等等。卢卡契本人从1935年起就在苏联作家协会从事理论教育和社会宣传工作。苏联文艺界的这些变动必然引起他的思考。在中国，由于革命文艺界一直追随苏联文艺政策，影响也很直接。1933年11月，左翼文学领导人周扬在《现代》第4卷第1期发表了《关于"社会主义的现实主义与革命的浪漫主义"——"唯物辩证法的创作方法"之否定》，1936年又在《文学》第6卷第1号发表了指导性的《现实主义试论》，都是紧紧跟随苏联文艺政策的转变的。

还有一个因素，就是二三十年代以来，与现实主义很不相同的文学潮流如表现主义、超现实主义，或统称之为现代主义在欧洲有了很大发展，在中国也有强烈反响。特别是1927年北伐革命失败后，一批青年人深感没有出路而苦闷彷徨。他们于1928年创办了文学半月刊《无轨列车》，大量译介日本的新感觉派和法国的保罗·穆杭（Paul Muran）的作品。被查禁后，又于1929年创办《新文艺》月刊；1932年创刊的大型综合刊物《现代》倾向虽不单一，但主流是提倡现代主义的；紧接着，戴望舒主编的《现代诗风》，卞之琳、梁宗岱等人主编的《新诗》月刊（1936）以及许多标榜"纯艺术"的刊物相继出现，这标志着现代派在中国的新发展。对他们来说，现实主义已成为"过时的墓碑"。面对这一文学现实，无论是中国还是欧洲，左翼文学都必须作出自己的解释和回答。

另外，无论在中国还是欧洲，一场无法预料而又咄咄逼人的战争已经迫在眉睫。左翼文艺界不得不面临如何团结更多作家投入反法西斯斗争的严重问题。总之，两场论战有着共同的背景，面对着类似的问题，但又很不相同。

二、分歧在哪里？

尽管两场论战有以上种种共同点，但论战的焦点却不相同。东欧的论战主要集中在如何发展现实主义的问题。卢卡契坚持现实主义的精髓在于整体性和典型性，他认为："每一种伟大艺术，它的目标都是要提供一幅现实的画像，在那里，现象与本质、个别与规律、直接性与概念等的对立消除了，以至两者在艺术作品的直接印象中融合成一个不可分割的整体。一般是作为个别和特殊的规律出现的，本质是在现象中显现，并且人们能感受到的，规律表现为特殊地推动所描写的特殊事件运动的原因。"[①] 有价值的作品必须反映这种现象与本质、个别与规律、直接性与概念之间的不可分割的联系，这就是作品的整体性。同时艺术作品总是力求在有限的描写对象中揭示出其内涵的无穷性，也就是说，"所有的规定性都是作为行动着的人物的个性特征，作为所表现环境的特殊性质等等而出现的"[②]。这

---

① 卢卡契：《艺术与客观真实》，范大灿译，《马克思主义文艺理论研究》第2卷，文化艺术出版社1984年版，第429页。

② 同上书，第433页。

就是作品的典型性。

由此可见卢卡契心目中的现实是一个有条有理，按一定规律行事的稳定的现实。它要求接近于 19 世纪现实主义大师们所呈现的那个现实。布莱希特所看到的现实却是一个发展中的、尚未完全成形和尚未完全被理解的、紊乱、烦扰、支离破碎、实际存在的 20 世纪的现实。他指出，有些作家"觉察到资本主义造成的人的空虚化、非人化、机械化并与之斗争，而他们自己似乎也成为这空虚化过程的一部分"，他们"把人写成受事件驱赶的匆匆过客"，他们"与物理学一同'进步'……离开人的严格的因果关系，转向统计学，即他们放弃把单个的人作为严格的因果联系，而是只把他们当做许多较大的群体单位来谈论……否定观察家的权威和对他的信赖，动员读者反对自己，提出纯属主观的主张，实则表现自己，如纪德、乔伊斯、德伯林（Alfred Doblin）"①。显然，论战的症结就在于对现实看法的根本不同。

既然现实已经改变，既然"时代是流动的……方法消耗着自己，魅力在消失，新的问题在出现，要求着新的方法。现实在改变，要表现现实，则表现方式必须改变"②。因此不可能像卢卡契所期望的那样"牵住昔日的大师，创作丰富多彩的精神生活，慢吞吞地叙述，以控制事件的发展速度，把个人重新推到事件的中心位置"等等。布莱希特认为卢卡契这类"条条训诲，变成了喃喃呐呐，其主张之不可行乃是显而易见的事"③。他指出现实主义要发展，这里没有回头路。现实主义作家应该做的不是流连忘返地与"好的旧事物相连接"，而是宁可与"坏的新事物相连接"，跟上时代，设法改造它。因此，判断一部作品是不是优秀的现实主义作品，"不能单看它像不像那些现成的、已经被称作现实主义的作品，而是要看它是否真正反映了当前的生活，即要把它对生活的表现与被它所表现的生活本身相比，而不是与另一部作品的表现相比"。因此，"我们不可拘守于那些'行之有素'的叙事规则，备受推崇的文学典范，永恒的美学法则，我们不应从某些特定的现成作品中推导出现实主义，而要使用一切手段，不管旧的还是新的，行之有素的，还是未经尝试的……"布莱希特尖锐地质问："假如我们今天的小说家屡屡听到：'我们的祖母就完全不是这样叙

---

① 布莱希特：《工作手册》，叶廷芳译，《布莱希特论现实主义和现代主义》，《外国文学动态》1984 年第 5 期。
② 同上。
③ 同上。

述的'……就算这位老太太是现实主义者，必须承认我们也同样是现实主义者，难道我们就非同我们的祖母们一模一样的讲法不可？"布莱希特大声疾呼："请不要用旧的名称来伤害年轻人罢！不要只准许艺术手段的发展到1900年为止，从此就不准再发展了！"①

关于文学如何作用于社会，卢卡契和布莱希特的看法也不同。卢卡契希望读者接受作者所呈现的世界，他所关怀的是读者能否按照他的设计，通过个别去看到一般，通过现象去识别本质，通过偶然去认识必然。在他看来，现实主义作品应是一种工具或形式，引导读者通过这种形式去认识世界。因此，对作者来说，最重要的问题不是描写自己如何去感知这个世界以及自己感知的变化，而是描写自己感知到的独立存在的内容。布莱希特却认为这种内容并无独立存在的绝对性。因为"艺术是人们交流的一种形式"。艺术只有在社会实践和社会职能的角度上，也就是通过对读者的作用才有意义。离开了读者共同作业，就没有现实主义作品，而读者对作品的理解又受着时代的、环境的限制，因而千变万化。所以更重要的不是作者描写了什么具体内容，而是作者如何感知现实，读者又如何感知作者的感知。布莱希特认为读者不应像卢卡契希望的那样沉浸于作者所造成的幻觉，而应和作者一起去感知和评判作者所描述的世界，用"间离效果"来取代过去盲目的感情共鸣。现代主义的意识流、内心独白、蒙太奇、大胆抽象、快速组合、拼贴技巧等等正是以传达作者的感知为目的的，因此，自有它存在的理由和价值。

由此可见，卢契卡与布莱希特争论的焦点正是现实主义要不要发展的问题。

胡风和周扬的论战却集中在如何保住现实主义已经取得的胜利，不致因服从某种政治需要而变质僵化。

1936年1月，周扬发表了他的论文《现实主义试论》，提出了"新的现实主义"的概念，认为"新""旧"现实主义的根本不同就在于世界观。他说："新的现实主义的方法必须以现代正确的世界观为基础。正确的世界观可以保证对于社会发展法则的真正认识，和人类心理与观念的认识。"② 在他看来，以巴尔扎克、托尔斯泰为代表的旧现实主义"并没有达

---

① 布莱希特：《工作手册》，叶廷芳译，《布莱希特论现实主义和现代主义》，《外国文学动态》1984年第5期。

② 周扬：《现实主义试论》，《中国现代文学史参考资料·文学运动史料选》第2册，上海教育出版社1979年版，第338—339页。

到生活的真实之全面的反映","止于批评,并没有丝毫积极的建树",原因就"是由于世界观的桎梏和缺陷"。① 当时的另一些批评家如孟式钧在其关于现实主义的论文中曾提出:"实践的研究是认识上最重要的契机,所以对现实作着严密的观察,现实性自会将你的世界观削弱、压溃而教给你和你的意见不同的东西。"辛人也说:"只要一个作家有才能,有生活的经验,他的作品便常常是紧紧地固贴着现实,反映现实的发展的。"周扬认为这些都是"对客观的盲目的力量给予了过分的夸大","没有看到这个世界观的分裂是如何撕裂了艺术的经纬,引到了现实主义中的矛盾"。他宣称:"要达到现实的真实的反映,单凭才能和经验是断断乎不够的",必须"确保和阐扬"一个"完整的、各部一致的、没有内在矛盾的世界观",才能把握住"现实的本质方面"。而"未来的艺术就是把广大的思想上的世界观和最高度的丰富的艺术形式结合起来了的东西"。② 这个定义强调了世界观和艺术形式,但恰恰忽略了最重要的"生活"本身。

关于典型问题,周扬认为:"典型的创造是由某一社会群里面抽出最性格的特征、习惯、趣味、欲望、行动、语言等,将这些抽出来的,体现在一个人物身上,使这个人物并不丧失独有的性格。"③ 也就是说每一个典型人物都要体现出他那一社会群的特征、习惯、趣味、欲望、行动、语言。这就成为中国文艺界"左倾"时期"一个阶级一个典型"的理论基础:你要写资产阶级典型吗?那他就必须体现这一阶级唯利是图的本质;你要写无产阶级典型吗?那你就首先要写它的大公无私,而作品中的每一个人物又都必须是典型。这就使中国文艺创作在很长一段时间里很难摆脱公式化、概念化的桎梏。既然是先按正确的世界观加以"抽出",然后又按一定的艺术形式加以"体现",这样创造出来的作品就难免成为某种社会科学理论的"插图"。

不仅如此,周扬还认为作者必须用"丰富的想象力把实际上已经存在或正在萌芽的某一社会群共同的性格综合、夸大,给予最具体真实的表现"。周扬认为:"在这种意义上,新的现实主义不但不拒绝,而且需要以浪漫主义为它的本质的一面。"④ 这种综合、夸大、"浪漫主义"实质上就

---

① 周扬:《现实主义试论》,《中国现代文学史参考资料·文学运动史料选》第2册,上海教育出版社1979年版,第337页。
② 同上书,第341页。
③ 同上书,第342页。
④ 同上书,第343页。

有可能容许一些作家按某种社会科学的定论("正确的"世界观)把某一社会群的共性片面夸张到极端。例如无产者不会有什么不可改变的根本缺陷,只可能是"高、大、全",资产阶级则万变不离其宗,只可能是坏人等;即便这些"特点"还不存在,也可以用还在"萌芽"阶段,将来"会存在"为借口,加以夸张的描写。

胡风从一开始就强调文艺与生活的关系,在1936年7月写完的那本题名为《文学与生活》的书中,他一再强调:"不从活生生的生活内容来抽出有色彩、有血液的真实,只是演绎抽象的观念,那结果只有把生活弄成死板的模型、干燥的图案。不能把握活的人生,那就当然不会创造出活的文艺作品了。"① 他强调文艺作品里表现的真理是从现实生活提炼出来的,因此最重要的是要有丰富的生活知识和生活经验,同时在这些知识和经验里"流贯着作者的感情、欲求、理想"。其实,早在1935年,他就指出创作既不是客观地"冷静地记录下他的观察",也不是借客观事物来"表现自己的灵魂",而是"从认识的主体(作者自己)用整个的精神活动和对象物发生交涉"而产生的结果。"伟大的作品都是为了满足某种欲求而被创造的。失去了欲求,失去了爱,作品就不能够有真的生命。"② 而这些都不能简单地说成是"世界观问题"。他坚持文学与生活的"血缘关系",认为"作品底价值应该是用它所反映的生活真实的强弱来决定的,这种对于文艺的理解叫做现实主义"。③

关于典型,胡风认为最根本的不是"抽出"和"体现",而是用"想象和直观来熔铸他从人生里面取来的一切印象"。因此,有时候,并没有"抽取"共同特点这一作用,而"只在某一环境里发现了一个新的性格,受到了感动,于是加以创造的加工,结果也就造成了一个典型的性格"。④ 对胡风来说,所谓典型就是"较强地表现了那个社会群底本质的共同性底一侧面,代表了性格上把这一侧面露出得较浓的许多个体"。因此,"艺术家可以从一个特定的社会群里创造出几个典型"。⑤

胡风承认"典型的创造需要'丰富的想象力'……但仅仅用想象力却不一定能够创造出典型来。因为它也会创造出《西游记》、《封神榜》、

---

① 胡风:《文学与生活》,《胡风全集》第2册,湖北人民出版社1999年版,第324页。
② 胡风:《文艺笔谈》,《胡风全集》,第240页。
③ 胡风:《文学与生活》,《胡风全集》,第338页。
④ 胡风:《密云期风习小纪》,《胡风全集》第2册,第373页。
⑤ 同上书,第374页。

《一千零一夜》"。他指出现实主义艺术家的"想象""决不是'天马行空'的想象,而须是被深刻的思维所渗透了的东西。现实主义者艺术家底直观(艺术的感性能力)决不像幼儿接触外界时的直观一样,而须是在现实生活里受过了长期的训练,被对于现实生活的认识所支持的"。①

　　直到1954年,胡风在他的《对文艺问题的意见》中提出妨碍中国文学发展的所谓"五把理论刀子",仍然把要求作家"具有完美无缺的共产主义世界观",要求作家"思想改造好了才能写出好作品",只能写重大题材、工农兵生活,写革命胜利的"通体光明",不能写落后、黑暗、创伤等等作为压制创作的主要因素来加以抨击。

　　在当时的政治形势下,周扬与胡风的讨论已不能通过自由论争得出结论,等待着胡风的不是真理而是二十余年监禁。

三、异中之同与同中之异

　　从以上的分析可以看到30年代末期在东欧和中国发生的这两场论战虽然距离遥远,内容殊异,但若认真观察,仍能看到一种内在的一致性。卢卡契和胡风在很多方面有相同的意见。首先,他们都主张描写不以人的意志为转移的、个别与一般、个性与典型相统一的,表现了规律性、普遍性、典型性的客观生活。卢卡契反对自然主义和"移情说",认为前者是主观地选择并复制了自然的一角,使它从整体中孤立出来而失去一切灵活性和生动性;后者则是"把人的思想、感情搬到想象出来的、不可知的外在世界之中",两者都不可能达到"本质与现象在艺术上的统一",而"这种统一愈是强烈地抓住生活中的活生生的矛盾,抓住丰富多彩的矛盾统一,抓住社会现实的统一,现实主义就愈加伟大,愈加深刻"。②胡风也强调:"说文艺是生活的反映,并不是说文艺像一面镜子,平面地没有差别地反映生活底一切细节。能够说出生活里的进步的趋势,能够说出在万花缭乱的生活里面看到或感觉到的贯穿着过去现在以及未来的脉络者,才是有真实性的作品。"③他坚持"文艺并不是生活的复写","文艺也不是生活的奴隶"。他提出必须反对两种倾向:"第一是自然主义的倾向"。这种

---

① 胡风:《密云期风习小纪》,《胡风全集》第2册,第372—373页。
② 卢卡契:《现实主义辩》,《卢卡契文学论文集》第2集,中国社会科学出版社1981年版,第13页。
③ 胡风:《文学与生活》,《胡风全集》第2册,第318页。

作品所写的"不过是生活现象的留声机片,失掉了和广大的人生脉搏的关连;既没有作者底向着人生远景的情热,又不能涌出息息动人的人生真情"。第二是"公式主义的倾向","不顾实际生活的千变万化",而"从一个固定的抽象的概念引申出"一种态度和看法,"无论在什么场合都把这个固定的看法套将上去",全然不能"把握活的人生"。卢卡契也曾明确地提出:"艺术作品的倾向,是由艺术作品所描写的世界的客观联系表现出来的……而不是赤裸裸地、公开地表现为主观评论和主观结论的作者的主观见解。"①

其次,卢卡契和胡风都强调艺术反映生活的那种"不以艺术家意识为转移的独立性"。虽然创作时设想好的人物形象和故事情节都是在作家头脑中产生的,但它们有它们自己的辩证法。"如果作家不想破坏他的作品,他就必须摹写和彻底贯彻这种辩证法"。因此"巴尔扎克描写的那个世界所固有的辩证法引导他作为作家得出的结论,不同于构成他自觉世界观基础的那些结论"。② 胡风也相信:"真实的现实主义的创作方法,能够补足作家底生活经验上的不足和世界观上的缺陷。"③ 他以日本作家志贺直哉为例说明:"如果一个作家忠实于艺术,呕心镂骨地努力寻求最无伪、最能够说出他所要把捉的生活内容的表现形式,那么,即使他像志贺似地没有经过大的生活波涛,他底作品也能够达到高度的艺术真实。"④

卢卡契和胡风的这些共同点和他们所处的政治环境有关。卢卡契在沃尔西·伊什特万等人整理的《自传对话录》中回忆说:"我度过了世界上规模最大的逮捕运动之一,在这个运动的末了……被拘留了两个月,这只能叫做幸运。"而他"那时已经全面反对斯大林的意识形态而不局限于美学"。⑤ 这种矛盾使他一方面与现代主义作斗争,一方面依靠当时苏联文艺界也无法否定的现实主义大师们来抑制苏联文艺界"常常出现把艺术压低到直接的日常鼓动水平的倾向"。他公开批评了美国进步作家厄普顿·辛克莱把艺术当做直接宣传的观点,指出:"这种宣传不是来自所描写的事实本身的逻辑,而是止于发表作者的主观见解。"⑥ 而这些对苏联文艺政策的批评终于导致了1939年11月至1940年3月苏联文艺界对卢卡契的围

---

① 卢卡契:《艺术与客观真实》,范大灿译,《马克思主义文艺理论研究》第2卷,第437页。
② 卢卡契:《艺术与客观真实》,范大灿译,《马克思主义文艺理论研究》第2卷,第382页。
③ 胡风:《密云期风习小纪》,《胡风全集》第2册,第427页。
④ 同上。
⑤ 卢卡契:《卢卡契自传》,李渚清、莫立知译,社会科学文献出版社1986年版,第43页。
⑥ 卢卡契:《艺术与客观真实》,范大灿译,《马克思主义文艺理论研究》,第437页。

剿。这次围剿就是集中于世界观与创作方法的矛盾,文学艺术发展的自身规律,以及文学的党性和人民的联系等问题。同样的矛盾使胡风提出了与卢卡契类似的论点,招致了同样的命运,但更为悲惨。

布莱希特、卢卡契、胡风都曾以实现和发展现实主义为己任,但他们强调的层面不同,对现实主义的贡献也就各异。

卢卡契首先强调的是世界(社会)的客观的整体性。他相信:"任何情节都迫使作家把他的人物引到连他自己也不可能认识到的境地。作家一旦发现了这种情况,他还必须使他的人物继续向前发展,不受他自己直观的限制。"他要求作家的灵魂"确实成为世界的一面镜子",而不"只是对这个支离破碎的世界的歪曲的反映,就如同被打碎的镜子的小碎片那样"。因此,对作家来说,最重要的就是"他是否能在他那经过周密思考的创作过程中,用浓笔重彩和完美的笔触把他的人物作为一面世界的镜子刻画出来;他是否能找到把那些零散的碎片组织成天衣无缝的整体的'艺术'手法"。而要做到这一切,"最大程度上有赖于艺术家的智力和道义上的能力的强弱和大小"。①

胡风首先强调的不是客观世界而是作者的主观世界与客观世界"拥合"的能力;不是作者的智力和道义而是他的感性和热情。这与他学生时代就受到日本现代派理论家厨川白村的影响是分不开的。他把厨川所写《苦闷的象征》称为"没头没脑地把我淹没了的书"②。胡风把文艺看做"心灵欲求"的体现与厨川认为人的生命力受到压抑而产生文艺是完全一致的。因此胡风多次"强调艺术作品不仅是趋向于理智,而且趋向于感觉"。他引苏联作家梭波列夫的话说:"没有大的感情就不能有艺术……去了势的文学,公平无私的不能使读者也不能使作家自己兴奋的那种冷淡的文学,就不必要。"③他认为对于创作来说,作者的强烈的爱憎、主观的战斗的信念和欲求才是最重要的。因为现实本身就"流贯着人民的负担、觉醒、潜力、愿望和夺取生路这个火热的,甚至是痛苦的历史内容;没有要求也就不能感受到",所以"首先需要作家本人把人民底负担、觉醒、潜力、愿望和夺取生路这个火热的,甚至是痛苦的历史内容化成自己的主观要求。由于自己有着征服黑暗的心,因而能血肉地突进实际的内容去认识

---

① 卢卡契:《致安·西格斯》,《马克思主义文艺理论研究》第 6 卷,文化艺术出版社 1986 年版,第 412 页。
② 胡风:《文艺笔谈》,《胡风全集》第 2 册,第 269 页。
③ 同上书,第 57 页。

和反映黑暗；由于自己有着夺取光明的心，因而能血肉地深入具体的过程去认识和反映光明"。① 可见胡风是把作者的主观战斗要求、作者的爱憎和情热放在首位的。这种对于作者感知方式的重视，对于作者作为创作主体作用的强调使得胡风在某些方面离开卢卡契而接近布莱希特。

和卢卡契、胡风相比，布莱希特更强调读者的参与对现实主义的重要意义。他指出："现实主义包含着相对主义的因素，因为现实主义的现实描写只有被读者理解时，才能形成现实的核心。从这个意义上说，现实主义只是相对地说是现实的。"② 他甚至进一步强调说："对真理的认识是作家和读者的共同过程，甚至是共同作业。"③ 总之，布莱希特把艺术看做"人们交流的一种形式，因而艺术从属于一般地规定人的交流的因素。正是这些因素在传统的艺术概念方面掀起革命的变革。因此布莱希特反对从亚里士多德以来就盛行的把观众或读者引入幻觉的理论，而提出"间离说"，要读者或观众和作者一起感知，并对作者所描写的东西，和作者站在同等地位来欣赏和评判。

如果说美国理论家艾布拉姆斯在《镜与灯》中提出的关于作品与世界、作家、读者的关系所形成的三角形架构可以在很大程度上概括文学理论各个方面的话，那么，卢卡契、胡风、布莱希特正是在这三个方面为现实主义的发展作出了不同贡献。

关于现实主义的两次论战距今已半个世纪。无论在东欧还是中国，卢卡契和胡风曾以昂贵的代价抵制的错误思潮都已成为历史的陈迹，但这两次论战对现实主义发展的贡献将永载史册。

---

① 胡风：《论现实主义的路》，《胡风评论集》（下册），人民文学出版社1985年版，第298页。
② 布莱希特：《工作手册》，转引自潘星完：《卢卡契和布莱希特关于现实主义的论战》，《外国文艺思潮》第2集。
③ 同上。

研究"现实"与研究"存在"

我最初接触米兰·昆德拉的作品是在1985年。那时他的书正在美国掀起一阵规模不小的热潮。《新闻周刊》载文说"昆德拉把哲理小说提高到了梦态抒情和感情浓烈的一个新水平",《华盛顿邮报》指出昆德拉是"欧美最杰出的和始终最为有趣的小说家之一",《华盛顿时报》则认为新出版的《生命中不能承受之轻》是20世纪最伟大的小说之一,昆德拉借此"坚实地奠定了他作为世界上最伟大的在世作家的地位"。美国的高档报刊《纽约客》《纽约书评》等也都纷纷发表了类似的评论。西方世界对昆德拉的激赏并不是那种常见的"阵热"。早在1968年,当昆德拉的第一部作品《玩笑》在巴黎出版时,著名作家、共产党人路易·阿拉贡就在他那篇引起世界性轰动的前言中宣称这本书是"本世纪最杰出的小说之一",而最近又传来了昆德拉被正式提名诺贝尔文学奖候选人的消息。

昆德拉的小说以它深邃的哲理思考和非常新颖的结构方式,特别是那种寓沉痛和辛酸于幽默调侃的笔调深深地吸引了我。当时不止一次在心里重复:"这些作品真该译成中文才好!"没有想到为时不过五年,昆德拉的主要作品《玩笑》《为了告别的聚会》《生活在别处》《生命中不能承受之轻》、短篇集《欲望的金苹果》等都相继在中国出版,如果再加上台湾同胞翻译的《笑忘录》,可以说这位"世界上最伟大的在世作家"的小说珍品几乎已全部译成中文,并在中国知识分子中获得了相当广大的读者。

昆德拉小说之所以与众不同,这和他对于小说这种文体的理解与过去完全不同密切相关。昆德拉认为,"小说惟一存在的理由就是去发现惟有小说才能发现的东西。"① 这个"东西"就是人的"具体存在",亦即人的"生命世界"。昆德拉把现实和存在相对地分开来。他认为:"小说不研究现实,而是研究存在。""现实"和"存在"究竟有什么不同呢?现实是已经实现的可能性,是既成事实。它和人的关系是主体和客体的关系,犹如眼睛面对一幅画,或演员站在布景当中。而"存在"却是将成未成,是一种尚未实现而即将实现的可能性,它随着客观世界的发展和主体内在世界的千变万化而凝聚成万千不同的现实。生活中总是有众多可能性,现实本来可以如此,却常常由于极细小的主观或客观原因而变成完全是另一个样子。"存在"不是已经发生的"既成之物",而是人存在于其间的一种可能的场所。在这种场所中,人与世界的关系是一体共生的关系,也就是说,人和世界相互作用,即将发生一件从未发生过的事,这是人和社会在某种时机偶然相遇的结果。昆德拉认为世界是人存在的维度(他说,有如"蜗牛和它的外壳"),描写现实的小说呈现的是一种历史境状,它写的是特定时间里的某种社会状况,如关于法国大革命的小说,关于农业集体化的小说,昆德拉称之为"一种小说化的历史编纂的小说";另一种小说也可能写历史,但那是"审视人类存在的历史维度"的小说。它所关注的首先不是历史,而是在某种可变的历史环境中的人的存在的可能性,是人的"具体存在",人的"生命世界",也就是那些对个人命运来说有决定意义,而对于构成历史的现实来说却全然不值一顾的,不断在遗忘中湮灭的大量细节。②

例如1968年,苏军进入捷克后,对捷克人的统治是由官方组织的对狗的屠杀为先导的。这一细节对任何史学家、政治学家都毫无意义而全然被忘记。昆德拉在他的《为了告别的聚会》中却以这一插曲提示了全书的历史气候而被认为"具有很高的人类学意义"。在昆德拉看来,小说的作用不在于呈现一个社会历史片断,而在于理解、分析、考察被投入这一历史漩涡中的人的动作、行为、态度的各种可能。例如卡夫卡作品中的小说世界就不是一个真实存在的客观世界,而是一种尚未真正实现的可能性。因此,昆德拉认为,"小说家既不是历史学家,也不是政治家,而是'存在'的勘探者",小说的目标就是要详加考察人的具体的"存在"。昆得拉提出人的"存在"必须"勘探",正是因为这种"存在"太被漠视,太久被遗

---

① 昆德拉:《贬值了的塞万提斯的遗产》,《小说的艺术》,孟湄译,三联书店1992年版,第4页。

② 参阅《昆德拉关于小说艺术的谈话》,《小说的艺术》,第20—43页。

忘了。笛卡尔曾经宣称人是"大自然的主人和所有者",然而,现代人却发现他们正是各种力量(技术、政治、历史)的奴隶和占有物。相对于这些力量,"人的具体存在,他的'生命世界'既没有价值,也没有趣味,它黯然失色,从一开始就被遗忘!"①

只有小说以它自己的方式,通过它自己的逻辑,依次发现了"存在"的各种不同的维度。而小说的历史就是小说家不断开发人的"存在"的历史。诸如薄伽丘企图通过人的行动来认识人的存在,狄德罗发现人的行为及其结果受众多外在因素的制约,因而行动与自我之间往往有一道鸿沟(例如宿命论者雅克只想开始一场爱情艳遇,行动的结果却招致残废终生);理查逊离开行动的可视世界,试图在不可见的内心生活中去勘探人的"存在",普鲁斯特和乔伊斯沿着这条道路引入了时间的维度。既然每一时刻都是一个小小的世界,而这个小小的世界在后面的一刻立即被无可挽回地遗忘,我们又如何在这转瞬即逝的时刻中抓住"人的存在"呢?卡夫卡则从另一个角度提出了全然不同的问题:在一个外在的规定性已经变得过于沉重,从而使人的内在动力无济于事的世界里,人的可能性是什么呢?我们既然不能不被外界(环境、规律、条件等等)所决定,被一些谁也无法逃脱的境况所决定,"人的存在"又有什么意义?如昆德拉所说:"到了我们的世纪,周围的世界突然自己关闭了",世界变成了无可逃遁的陷阱。或者如他在《玩笑》英文版序中所说:"受到乌托邦声音的迷惑,他们拼命挤进天堂的大门。但当大门在身后砰然关上之时,他们却发现自己是在地狱里"。

人类逃不出时间和空间的限制,逃不出客观条件的限制,更逃不出主观知识发展阶段的限制。人类越想超越这些无法超越的局限,就越显得渺小和可笑。因此,昆德拉引用犹太谚语说:"人们一思索,上帝就发笑!"那种自以为能超越一切局限,"从未听过上帝笑声,自认掌握绝对真理"的人是与小说无缘的。因为"小说的精神是复杂性的精神,每一部小说都对读者说:'事情并不像你想象的那样简单'","小说又是个人发挥想象的乐园,那里没有人拥有真理,但人人有被理解的权利"。昆德拉说:"人类渴望一个善与恶能够被清楚地区分的世界,因为他有一个天生的不可遏制的欲望,就是在他理解之前作出判断。宗教和意识形态都建立在这种愿望上。他们只能这样来对付小说,那就是把小说的相对的和模糊的话语翻译

---

① 昆德拉:《贬值了的塞万提斯的遗产》,《小说的艺术》,第16页。

成他们自己绝对肯定的、教条的话语。他们要求，总得有某人是正确的：或者安娜·卡列尼娜是一个头脑狭隘的暴君的牺牲者；或者卡列宁是一个不道德的女人的牺牲者。"① 这就使得小说的智慧（不确定性的智慧）难于被接受和了解。

由于对于小说特点的这种不同凡响的新的认识，昆德拉在艺术表现方面也有了许多新的创造。他认为小说家最巧妙的艺术就是通过构思，把不同的情感空间并列在一起，然后通过每一情感空间进行"存在"的追问。一个主题就是对存在的一种追问。强调主题的统一性和情节的一致性，使昆德拉的作品不像某些现代主义作品那样专注于对瞬间的穷尽性探索和无休止的随意性意识流动；也不像某些后现代主义作品那样热衷于无目的、无确定意义的摄影式反映。他"永远直接走向事情的中心，将一切可有可无的展现、描写、解释"从主体"剥离"，单刀直入，对特殊的词和主题词进行研究。昆德拉说："小说首先是建立在若干个基本的词之上，这就像勋伯格的'音符序列'。在《笑忘录》中，'序列'是这些：遗忘、笑、天使、曲言、边界，在小说进程中，这几个主要的词被分析、研究、定义、再定义，并因此而改变成存在的范畴。小说就建立在这几个词之上，有如一座房屋被它的栋梁所支撑。"② 不仅整个小说如此，就是人物本身也由若干关键词所组成。这些词成为人物的"存在编码"。例如在《生命中不能承受之轻》中，特丽莎的存在编码是肉体、灵魂、晕眩、软弱、田园诗、天堂；萨宾娜的存在编码是女人、忠诚、背叛、音乐、黑暗……在不同的感情空间，在另一个人的"存在编码"中，这些词都有不同的意义。这些"存在编码"不是被抽象地研究，而是在情节与境况中逐步被揭示出来。如果说现实主义作品要求人物应有完全的独立性，作者的观点应尽量隐没，让人物自己与读者对话，尽量促使读者把虚构的人物当做现实，昆德拉却力图让读者看到他的人物不是对一个活人的模拟，而是一种创造，是一个想象出来的人，是一个实验性的自我。作者正是要通过他把自己对存在的疑问追究到底。因此昆德拉认为小说故事不能离开贯串于其中的主题，但一个主题却可以在故事之外独自得到发展，昆德拉称这种现象为"离题"，并指出"离题并不削弱小说结构的秩序，而足使其更为强有力"。

为了达到从多方面勘探"存在"这一目的，昆德拉提倡用音乐的"复

---

① 昆德拉：《贬值了的塞万提斯的遗产》，《小说的艺术》，第6页。
② 《昆德拉关于结构艺术的谈话》，《小说的艺术》，第76页。

调"方式来写小说(与巴赫金的复调小说不是一个概念)。昆德拉的复调就是多条线索同时并进而又相互对照,相互呼应,形成音乐式的"对位"。例如布洛赫的小说《梦游人》将长篇小说、短篇小说、报导、诗、论文五条根本不同的线索结合在一起。昆德拉认为"把非小说性的类,合并在小说的复调法中,这是布洛赫的革命性创举"。但他也指出这五条线索还缺乏平衡和有机联系。昆德拉说:"对于我,小说对位法的必要条件是:1. 各'线'的平等;2. 整体的不可分割。"① 即各条线索必须均衡发展,并为同一主题所统率,正如"在同一主题的平台上","一架缝纫机与一把雨伞的相遇"。各条线索的文体风格也应是和谐一致的。小说哲理议论绝不同于一般哲学论文。昆德拉说,他的思考"从第一个字开始就采用游戏、讽刺、挑斗、实验或疑问的语气……它后面有许多思考、经验、研究,乃至激情,但语气从不是严肃的:它是挑斗性的。在小说之外,不可设想这一论文"。这就是他称为"独具小说特点的论文"。② 有时候,昆德拉的小说甚至不是建立在一个故事的提纲而是建立在一篇论文之上,例如《生命中不能承受之轻》的第六章。它包容了斯大林儿子的历史、一个神学思考、亚洲的一个政治事件、弗朗兹在曼谷死去,以及托马斯在波希米亚下葬等多条线索,其间并无时间顺序,也无因果关联,而只是被"什么是'媚俗'"这一永恒的疑问(主题)紧紧联系在一起。

以上所有"剥离""存在编码"、哲学追问、复调、对位等都是为了使读者通过虚构的人物始终保持探究其"存在状况"的兴趣,而不至于认虚构为现实,失去观察和探究的距离,而这一切又都服务于一个总的策略和设计,那就是"把极为严肃的问题与极为轻浮的形式结合在一起"。因为,"一个轻浮的形式与一个严肃的内容的结合,把我们的悲剧(我们在床上发生的和我们在历史的大舞台上表演的)揭示在他们可怕的无意义中"。③ 这样,昆德拉就成功地完成了哲理与故事、梦与现实的结合,或者说创作了一支把哲学、叙事和梦合为一体的复杂交响乐。这支交响乐的主旋律不免过于悲观,但构成这一主旋律的许多"动机"和乐章却"绕梁三日",久久回旋往复,难以忘去。

其实,昆德拉在他的小说中对于"存在"的追问,大部分是形而上的,这使他的作品带有某些"元小说"的意味。特别是关于人生的重和

---

① 《昆德拉关于结构艺术的谈话》,《小说的艺术》,第72页。
② 同上书,第73页。
③ 同上书,第95页。

轻，关于肉体、灵魂、爱情、青春、软弱、晕眩等等存在状况的探究都是远远超出于一时一地，更不是某种特定的政治环境所能范围的。我想我们最好按照昆德拉的指引来读他的作品。他说："惟有在这种超民族的语境中，一部作品的价值，也就是说，它作出的发现意义，才能被充分地看出和理解。"① 他始终坚持："如果一个作家写的东西只能使本国人了解，那么，他不但对不起世界上所有的人，更对不起他的同胞，因为他的同胞读了他的作品只能变得目光短浅。"② 让我们更好地理解昆德拉，更完美地享受和欣赏他的艺术吧！

---

① 昆德拉：《贬值了的塞万提斯的遗产》，《小说的艺术》，第4页。
② 昆德拉：《生活在别处·序言》，景凯旋、景黎明译，作家出版社1989年版，第3页。

解构心态与当代创作

世界正在全面进入一个文化转型时期，其规模之巨大，影响之深远，大大超过了欧洲的文艺复兴或中国的魏晋思想解放时期。文化转型是20世纪科学发展的结果。正如英国科学家 W. C. 丹波尔在他的《科学史及其与哲学和宗教的关系》中所说："近代以来在牛顿研究成果基础上经过改造而在18、19世纪风行一时的哲学上的决定论，今天已不再像以前那样得到物理学的证明了，人所称道的老的科学定理今天已证明或者是我们插入自己的自然界模型中的公理，或者是概率的陈述。"① 所谓"哲学上的决定论"就是指因果、规律、秩序、必然等决定了事物的发展。世界万物都有一定的法则可循，有中心，有边缘，有果必有因，一切现象后面都有决定这种现象产生的本质；一切偶然性后面都有一个必然性，偶然性只是必然性的某种表现。总之，世界以至宇宙都是按照一定的规律、秩序，发生、发展、衰亡的。这种规律、秩序从何而来？中世纪神学认为是由于神的意志，这就是"目的论"。16世纪以后科学空前发达，否定了神的意志，而代之以客观世界本身的规律，一切由客观世界本身的规律决定，这就是"决定论"。它所强调的是宏观自然的确定性。

然而，"知识之球愈大，则其与未知世界的接触面也愈大"。相对论和20世纪现代物理学认为一切体系和中心都是相对的，都只是一种人为的设想，都是从无垠的宇宙，无限的时间之流，按照人类现有的认识能力而截取的细部。例如关于原子微观世界的系统解释虽然是经过了无数实验"实证"了的"客观存在"，但这些实验却都是通过一定时空中，人类大脑的

---

① W. C. 丹波尔：《科学史及其与哲学和宗教的关系》，李珩译，商务印书馆1994年版，第618页。

"主观认识能力"设计出来的,与人类实验尚未涉及的未知领域相比,实在微乎其微。正如人们用一根蜡烛照亮了有限的时空,却无法证实未照亮的时空一定和已照亮的时空类似。这就是丹波尔所指出的,过去人类对世界的认识只有两条途径:一条是人类自己设想的"自然模型",一切公理和"实证"都是从这种"设想"推演而来,这就是逻辑演绎;另一条途径则是大量例证的归纳,即"概率的陈述",但是即便一百次试验都得出同样的结果,人们也无法证明第一百零一次也仍然如此,否则自然界就不会有"突变"或"变异"。总之,在20世纪物理学中,模糊、混沌已在某种程度上成为一种主旋律,不确定性代替了确定性,非决定论代替了决定论。人们普遍认为任何体系和中心都不是绝对的、不可更改的,任何真理、定律不可能"放之四海而皆准",更不可能"亘万古而不变"。认识这一点至关重要,它促成了发达世界文化自我中心的解体,也就是以欧洲为中心的文化建构的无可挽回的破碎,这就为认识第三世界各民族文化的多元发展提供了前提。所谓文化转型时期就是在一定时期内对过去主流文化的一统天下加以否定和怀疑,打乱和颠覆既成的规范和界限,使过去被排斥的得以兼容,被压抑的得以发挥其能量,被驱逐到边缘的得以向中心移动。文化外求,横向开拓代替了过去的体系建构和纵向聚合。

在这样的形势下,解构主义、新历史主义、后殖民主义就成了当前文化转型时期的三大重要思潮,而这三大思潮的核心简要说来就是一种"解构心态"。这种"解构心态"如诗人郑敏所阐明的,就是承认无权威、无中心、无体系,认同一切经过"擦抹",失去清晰面目的众多力量的共存。解构心态反对永在的、一元的传统玄学思想,反对以一种力量压倒和代替其对立面,成为新的权威;也不认为能像黑格尔所主张的综合两种对立面而产生出第三种力量;它强调一切力量和因素都不会完全消灭,而是在发展中带有一种被擦抹后的模糊,仍在还能辨认的状态中同时存在,互相干扰,达到无中心和无限多元的状态。①

这种解构心态的蔓延引起了全世界哲学、社会科学、人文科学特别是文学观念的更新。它虽源于西方发达世界,却不受经济发展状态的限制,成为原殖民地国家、第三世界反对欧洲中心论和种族歧视的利器;它使曾经被驱逐到边缘,几乎只成为发达世界的玩赏品与装饰品的各民族本土文

---

① 参阅郑敏:《解构主义与文学批评》,《结构—解构视角:语言、文化、评论》,清华大学出版社1998年版,第4—20页。

化得以在全新的视野和诠释中充满活力，得到新生；它最大的功绩在于解除了长期统治人们思维的传统一元推理方式对人们打开思路的局限和障碍，冲击了追求一个权威，一种绝对正确的标准，一个答案的单线式思维；它的多元、多中心、动态多变的多维思路使人们跳出传统思想体系，从更高、更广阔的视角去思考、去发现过去未曾见到的众多可能的答案，产生新的怀疑，使旧的获得新意，承认世界没有什么是永恒，只有不断演变的事物，因而敢于开拓新思想，不断调整自己对主观、客观的认识，从追求稳定到适应变化，从追求单一到适应多元，从追求绝对到适应相对，总之是彻底改变旧观念以求内在地适应这个本来就不确定的世界。

事实上，这种以解构心态为核心的观念的重大改变已渗透在极其敏感的我国当代创作中。它明显地表现在两个方面，其一是不确定性、模糊性、间断性、异端、多元、散漫、反叛、曲解、变形、去中心、零散化、对一切秩序和构成的消解，永远处于一种动荡、否定和怀疑中；其二是内在性，文学不再具有超越性，不再对精神、价值、终极关怀、真理、美善之类超越的价值感兴趣并不倦追求，承认无深度概念（即本质与现象、必然和偶然、能指与所指的重叠），承认"主体的内缩"，不再希冀改造或征服，而只求对环境、对现实、对变动的内在适应，在琐屑的环境中习惯甚至沉醉于形而下的愉悦。

例如在当代中国文坛颇为引人注目的以方方、池莉、刘震云等人为代表的新写实主义。其实，这种写实主义与传统现实主义有着本质的不同，最大的不同就在于前者并不表现规律，不进行典型化，也不追求典型环境中的典型性格，而这些正是传统现实主义的精华。新写实主义所追求的正是海德格所说的"让原初存在本真地呈现出来"。它着重表现普通中国人的生活境遇和生存状态。刘震云的《单位》《一地鸡毛》所写的就是普通人在单位和家庭中的各种甜酸苦辣，而且要保持"原汁原味"，将单位的各种关系的错综复杂和家居不可避免的鸡零狗碎表述得淋漓尽致。正如作者自己所说："生活是严峻的，不是要你去上刀山、下火海，严峻的是那日复一日，年复一年的生活琐事。"（《磨损与丧失》）鸡毛蒜皮、平肩琐屑，这就是生活的真实。雷达评池莉的小说《烦恼人生》时说：人不是生活在哲理中，不是生活在戏剧中，不是生活在井然有序的事件中，生活无故事。人生活着，便是挨过无数点滴的、琐屑的、流动的、时而欢欣、时而沉闷、时而理智、时而下意识的时光。人的生活由恒河沙数般的瞬间组成——生活过程就是艺术。总之，存在就是时间，存在于世中，时间流逝，真实可感。这一切都反映了一种内在的、实证的、形而下的荒诞感和对生存状态的无所适从。

当前阅读市场上独领风骚的以王朔为首的调侃文学亦复如是。《我是你爸爸》《玩的就是心跳》等作品代替了现代主义的困惑的追问《我是谁》（宗璞）和《爱是不能忘记的》等等对生活确定的回答。一切神圣的光环皆被无情地消解。王朔在《我是王朔》中说，文学比哲学高就高在它能提供一种丰满的、多重的、模糊的生活，一种不能用任何概念归纳的东西。最后你能从各个角度透视过去，莫衷一是，不可名状，这是文学的最大境界，伟大的混沌。他嘲弄那些提倡作家学者化的人说，文坛有一个特别可笑的口号叫做作家学者化，弄出一大批恶臭恶臭的，连数学公式都上来了的东西。还有一个口号叫做要使作品有哲学的深度，理由是大作家的大作品都是有哲学深度的。最后作成一种什么效果呢？……说好听点，把哲学带回到小说里来，整个本末倒置。就是在许多人心中被视为清高、神圣、伟大的写作在王朔看来也无非是一种谋生赚钱的"道儿"。他承认自己是"国内最抢手的影视编剧"，但却用当名剧作者与名妓女相比拟。他说，你能说一个人之所以成为名妓是因为她热爱自己的职业么，传说中跳出火坑最坚决、最悲壮的不都是名妓么？在北京写剧本的朋友圈子中，常常用一个粗鲁的比方形容自己：卖的。确实，除了出售的东西不同，就纯感受而言，甚至行为本身都和妓女无异。

至于以余华、格非、孙甘露等人为代表的先锋派小说就更是没有确定的价值取向，甚至也没有任何形式的确定性。在他们的笔下，时间、空间被肆意切割组合；从童年回忆到氏族家谱，从地方编年到钦定历史，无一不被那种"虚构"信笔涂改，在意义的秩序瓦解之处，那种退为"幻想"的主体把符号、事件的叙事性组合，变成了自我的"纯粹声音"。这种内容和形式的不确定性和内在性（"主体内缩"）都充分体现了一种解构心态的实质。

还有一些广为知识分子所乐见的幽默闲适小品，不避平庸琐屑的风格清淡娴雅的散文、小小说也都表现了一种对权威、中心、体系的反感和厌倦，反映出另一种颇具特色的解构心态。

当然，这并不是说新现实主义、调侃文学、先锋小说、闲适小品就能完全代表当前的文学创作。解构心态所强调的正是各种"足迹"和众多力量的共存，以达到无中心和无限多元、无限丰富的状态。事实上，真正伟大的现实主义作品，历史巨构，新的乌托邦精神目前也正在产生、酝酿、成熟，充溢着狂热信仰，以殉道、牺牲为人生终极目标的《心灵史》就是辉煌的一例，这是一部尼采所说的，与一切"墨写的谎言"相对立的"血写的书"。但愿以后有机会再来就这些倾向进行另一次对话和讨论。

在理论的十字路口
——西方文学理论在 20 世纪 80 年代的中国

20 世纪 80 年代以来，随着改革开放政策的实施，大量西方理论涌入中国，这些理论的传入不是随意的、偶然的、与本土语境无关的，恰恰相反，任何一种理论的传入都经过了中国社会实际的文化情景的筛选。回顾十年来西方文学理论的引进，大约可以看出以下几方面的特点：

第一，出于对数十年来苏联文艺理论只强调社会环境和社会效用的逆反心理，美国新批评理论以情感谬误和意图谬误（affective fallacy and intentional fallacy）从读者和作者两方面切断作品本文与社会联系的理论曾引起广泛兴趣。新批评派的细读法一反过去关于时代背景、典型人物的一般化分析，为人们提供了一种理解作品的新的途径。由于同样的原因，结构主义，特别是结构主义叙述学从另一方面起着同样的作用。它以叙述结构（narrative structure）、叙述者（narrator）、叙述接受者（narrataire）等抽象概念取代了对作品单调的社会分析，但文学批评界对结构主义的接受却是有限的。曾在台湾盛行一时的，用结构主义二元对立（binary opposition）或其他模式来分析中国作品的做法常常被大陆学者批评为"削足适履"。

第二，马克思主义在中国传播的历史可以上溯到本世纪初，从 80 年代开始，除一部分批评家仍坚持前苏联式的文学理论外，更多的批评家致力于探索几十年来马克思主义在西方的发展及其在中国更新的可能。本雅明、阿多诺、哈贝马斯的著作曾经在中国青年学者中引起很大兴趣，这种兴趣在西方马克思主义者弗·杰姆逊 1985 年来北京大学授课前后达到了高潮，他结合欧美的最新理论对马克思主义关于基础与上层建筑的关系作了多方面的新的阐释。在北京各大学的青年学者，特别是后来成为 90 年代理论骨干的当时的研究生中产生了很大影响。他的讲稿被译成中文,以"后现代主义与文化理论"的标题出版,这本书不仅在大陆风行,也曾在台湾翻印流传。

第三,有些西方新观念,中国文学传统中很少提及,更未能形成体系。这些新理论为中国当代文学批评开辟了新的空间,形成了新的热潮。弗洛伊德的精神分析学说就是突出的一例。这一学说可以说是 80 年代文学理论界翻译最多,出版最多,也最热门的理论话题。中国传统文学理论很少涉及心理分析;关于性,关于潜意识的分析就更是少见。30 年代初期,弗洛伊德理论曾被介绍到中国,也曾在文学创作中引起过一些波澜,如新感觉派小说,但由于战争和意识形态的原因很快就烟消云散了。80 年代,在弗洛伊德学说影响下进行的文学创作和文学分析都是卓有建树的。女性主义文学批评在中国更是一种全新的事物,80 年代初,河南人民出版社出版了大型妇女研究丛书(25 本),虽然编者宣称这部丛书完全是中国的,但仍不难见到西方女性主义的深刻影响。特别是体现丛书最高水平的《浮出历史地表》一书,以总结 1917 年至 1949 年女性作家的作品为主要内容,显然在很多方面都受到法国女性主义的启发。这一时期女性主义理论和作品的介绍都很多,波伏瓦(Simone de Beauvoir)《第二性》一书的翻译更是引起了一时的轰动效应。

第四,还有一些西方文学理论引起人们兴趣是由于它们与中国传统的某些文学观念很容易找到契合点,因而能够迅速得到普遍的理解与同情,如阐释学(hermeneutics)。中国自古以来就是一个很讲究注经的国度,中国大部分学问都是通过经典的注释得来。孔夫子认为自己并未创造什么,无非是叙述古人的学问并加以注释(述而不作),数千年中国文化发展中,既有"我注六经"的传统,也有"六经注我"的传统。前者强调对前人的解释,后者强调以自己的观点为准绳,引经据典来诠释自己的思想。中国学问中也早有"推末以至本"(从认识个别到认识一般),"探本以穷末"(从认识全局到穷尽细部)等说法,这和西方诠释学中的"诠释循环"(hermeneutic circle)与"诠释成规"(hermeneutic convention)等观念都较易形成沟通。西方的接受美学与中国传统文论强调美学欣赏的不定点、多角度,和读者本身的体悟也有一致之处。所谓"横看成岭侧成峰,远近高低各不同"(苏轼),所谓"作者用一致之思,读者各以其情而自得"(《薑斋诗话》)等,都与西方接受美学的基本出发点相通。正是这些相通之处使西方诠释学和接受美学在中国很少受到反对和抵制。

最后,还应提到 80 年代文学研究领域的一个重要现象,那就是比较文学的勃兴。由于改革开放的新视野，人们急于将中国文学置于一个更广阔的世界背景中来衡量。中外文学关系很快就成为一个大家十分关注的课题。大量西方文学理论的引进使人们有可能在众多理论体系的参照中来深入发现本国文学理论的特点。这就是比较文学的两大支柱：影响研究和平行研究。

正是在以上各方面理论的冲击和思考的基础上，80年代末，提出了"重写文学史"的问题，在北京和上海引起了热烈的讨论。

1989年，文学理论界发生了重大的转折，讨论的热潮骤然消失，"重写文学史"遭到了批判和讨伐，但响应的人却也寥寥无几。这种暂时的沉寂给人们带来了深入冷静思考的机会，也在一定程度上改变了人们思考的方向。

90年代初，"解构"（deconstruction）开始盛行起来。"文化大革命"中成长起来的一代人对此更易于接受。这一代人，如他们当中的一位聪明人所讲，是"从真诚地相信一切，到真诚地不相信一切"的一代。从决定论转向不确定论，从一个权威、一个标准、一个答案的一元推理方式，转向多元、无中心、多变式的多元思路，能指与所指之间绝对、单一的符合关系也受到了挑战，随着佛克玛、哈森（lhab Hassan）、利奥塔（Jean François Lyotard）等人作品的翻译，后现代主义不仅成了理论界的热门话题，而且在创作界也有了反映，产生了余华、格非、苏童等一批接近于后现代思维方式的前卫作家。后现代主义的提出引起了各方面的非议和论争，有些人理直气壮地反驳：中国的现代化还刚刚开始，哪里谈得上什么后现代？但也有很多人认为，后现代主义无非是对混乱现实的一种多变的诠释方式，中国几十年来思想的解体和混乱，尤其是"文化大革命"的荒诞，促使人们采取这样一种诠释方式，又何足为怪？况且，通过四通八达的电讯网络，世界早已连成一气，某地区的经济基础一定完全决定某地区上层建筑的说法已经不再被人们所接受。

如果说解构主义和后现代思潮，回响着某种中国悠久文化传统中老庄一派所热衷的相对、怀疑、游戏人间的音符，那么，同时产生的对于本土文化重新探索的热忱（所谓国学热）则带有浓厚的"经世致用"的儒家色彩。他们从过去得出的经验教训是：无论付出多大代价（包括正义、公平、人道），国家也必须稳定才能强盛发展。西方的许多观念，如自由、民主，对中国未必有益。他们认为必须从中国几千年经过淘汰筛选，积淀下来的文化精粹中重新找到民族的凝聚力。这一相当强劲的思潮在一定程度上得到了急于稳定社会秩序的政府的支持，但从另一方面来看，这种思潮也可以说包含着某种企图摆脱多年来在中国占统治地位的马克思主义，回到马克思主义输入以前的"原来的中国"的潜流，因为马克思主义本身就是外来的，也是西方的产物。这一寻找本土文化的热潮很快就和正在流行的西方新历史主义的影响合流。新历史主义认为历史和文学一样，也是一种本文（text），它必然受到写史人和读史者诠释的眼光和当时他们所处的社会情景的制约。人们寻找的本土文化不可能是单一逻辑的，始终不变的"已成之物"（things become），而是不断变化的，可以作多种诠释的"将成之物"（things becoming），因此，寻找本土文化也就是当代人用当代的眼光对本土文化进行重构。"当代人"的眼光当然不可能是纯粹中国本土的眼光，而是不可避免地早已融合了世界各地的知识信息的综合的眼光。新历史主义强调作为观念形态的上层建筑不只是单纯地受到当时当地经济基础的制约，同时也参与了经济基础的构成。北京大学比较文学研究所编译的《新历史主义与文学批评》一书所载葛林伯雷（Stephen Greenblatt）、海登怀特（Hayden white）、托马斯（Brood Thomas）等人的论著都深刻地触发了人们的思绪。西方80年代兴起的后殖民主义强调各种文化都有其存在的合理性，他们认为建立在种族、共同语言和共同历史基础之上的文化群体（cluster of culture）都有其特殊的文化的内聚力及其所形成的文化身份（cultural identity），他们不约而同地强调一套被这一群体所认同的文化成规（cultural conventions）。爱德华·萨义德（Edward Said）的著作《东方主义》（Orientalism）提出殖民地各民族的这种文化身份长久以来被欧洲中心主义所歪曲，殖民地土著没有权力，也没有自己的陈述（statement）和话语（discourse），他们只能被别人（殖民者）所解释，也就不能不以殖民者的话语及文化来树立自己的身份。因此，第三世界必须摆脱西方，重新寻回自己的一切。

新历史主义和后殖民主义，这两种西方思潮都有力地激发了90年代大陆学术界对中国传统文化再探讨的兴趣；当然，其中也不难发现那潜在的"大中华情结"，似乎颠覆了欧洲中心论，代之而起的，必将是"大中国中心"。在他们看来，中国文化高于一切，能开发出一切现代思想，能解决一切当代问题。他们认为，中国文化要复兴，就必须排除一切西方的术语、概念和思维方式，因为这些都是西方的话语，都是殖民主义者强加于第三世界的精神枷锁。这种趋势不能不说是一种危险的信号。它的后果只能是变相的封闭、孤立，或因文化征服而引起新的文化冲突！

最近，新华通讯社主办，内部发行，销售量很大的《参考消息》（日报），用七天的时间连载了美国哈佛大学一位教授的题为《文化冲突新说》的长文。这份官方报纸以如此大的篇幅连载一篇"学术"论文，我想很可能是由于这位教授骇人听闻地宣称，人类的未来是"西方与非西方的大对抗"，是"隶属同一文化的国家和群体与另一文化的民族进行战争"，最后"升级为世界大战"，他甚至断言"冲突焦点会集中在不屑加入西方的儒教与伊斯兰教国家和西方阵营爆发纷争"。我想很可能正是这样一些说法刺激了某些人的"大中华情结"，使他们急于凝聚和强化自身的文化力，以便和西方抗衡，最后迎接一场世界性战争!？这样的警惕本身无可非议，但我认为那位教授的论点却值得怀疑，因为，不可能把非常复杂的政治、经济、权力、偶然性等原因全都归结为文化之争。引起世界最尖锐武装冲突的伊拉克与科威特之争的原因，主要就不是文化之争。

更重要的是人类本来就有许多共同的方面，至少如列维-斯特劳斯所说，人类大脑无论在哪里，都具有相同的构造，并且……具有相同的能力。人类总有某些共同的普遍需要，如饱暖的需要、和平与安全的需要、保护自然的需要等等。其实，一个文化群体所共识的成规往往是有限的小部分，大部分存在的还是与其他群体共同的东西。如某个群体中的个体与本群体的某些个体相比，也许反而与其他群体中的个体有着更多共同之处。如今天一个18岁的青年，与一个西方的同龄人相比，其共同处，恐怕要远远超过他与一个18世纪中国同龄人的共同点。

故意无视不同文化之间的共同性，肆意夸大其差别，挑动西方和非西方的对立是一种很危险的做法。当前世界各民族都在努力以当代人的眼光重新诠释自己的文化，这种眼光本身就不可避免地包含着许多共同的、普遍存在的世界性因素。重新诠释自己文化的目的，固然在于寻找自身民族的凝聚力，重新确立自己民族的文化身份；另一方面，也许更重要的是重新发掘自己的特点，整理传统的文化财富，使之为世界其他民族所理解和共享，以便在未来文化发展的多元合唱中加进一个既特殊又和谐的音部。

目前，中国文学（包括古今），作为文化的一个组成部分，必须在与古今中外各种文化因素的联系中，得到新的诠释和理解。这已是很多文学批评家的共识，也是90年代文学研究的大趋势。在这一趋势下，在世界文学语境中对某种文学的研究、新兴的形象学研究（研究各国文学作品对异国形象的描述和解释）、跨学科文学研究（如文学与人类学、文学与大众传播、文学与社会学等）、跨文化文学研究，以及翻译研究等新兴文学研究领域无疑会得到更大发展，重写文学史的问题也无疑会重新提上日程。

自由的精魂与文化之关切
——《北大校长与中国文化》序

　　北京大学自由精神的奠基者蔡元培校长早就指出:"大学不是养成资格,贩卖知识的地方",也不只是"按时授课的场所","大学也者,研究学问之机关","大学生当以研究学术为天责",学者更"当有研究学问之兴趣,尤当养成学问家的人格"。他抱定学术自由的宗旨,在北大实施了一系列改革。正如梁漱溟先生所回忆:"他从思想学术上为国人开导出一新潮流,冲破了社会旧习俗,推动了大局政治,为中国历史揭开了新的一页。"① 梁先生特别强调这一大潮流的酿成,"不在学问","不在事功",而在于蔡先生的"器局大"和"识见远"。所以能"器局大""识见远",又是因为他能"游心乎超实用的所在"。

　　这个"游心乎超实用的所在"讲得特别好。大凡一个人,或拘执于某种具体学问,或汲汲乎事功,就很难超然物外,纵观全局,保持清醒的头脑。中国知识分子素有"议而不治"的传统,一旦转为"不议而治",那就成了实践家、政治家,而不再是典型的知识分子。法国社会学家埃德加·莫兰(Edgar Morin)认为可以从三个层次来说明知识分子一词的内涵:1. 从事文化方面的职业;2. 在社会政治方面起一定作用;3. 对追求普遍原则有一种自觉。②"从事文化方面的职业"大约就是马克思在《剩余价值论》中所讲的"精神生产";"在社会政治方面起作用"就是构筑和创造某种理想,并使它为别人所接受。卡尔·曼海姆(Karl Mannheim)认

---

① 梁漱溟:《忆往谈旧录》,中国文史出版社1987年版,第86页。
② 参阅 Edgar Morin: *Intellectuels*: *Critique du mythe et mythe de la critique*, Arguments, Vol. 4 (October 1960), p. 35.

为,理想可以塑造现实,可以重铸历史,对人类社会发展具有实际影响。"自觉追求普遍原则"就是曼海姆所说的,知识分子应保留一点创造性的不满的火星,一点批判精神,在理想与现实之间保持某种"张力"。① 也就是如连·本达(Julien Benda)所说的,"知识分子理想的绝对性禁止他和政治家难以避免的半真理妥协"②,和塔柯·帕森斯(Talcott Parsons)所说的,把文化考虑置于社会考虑之上,而不是为社会利益牺牲文化。列宁认为,"社会主义学说是在有产阶级出身的、受过教育的知识分子所制定的哲学理论、历史理论以及经济理论中长成的"③,它是知识分子长期精神生产的结果,而不是暂时的政治斗争的产物。

北大的校长们,很多都曾有过不和"政治家难以避免的半真理妥协"的经验,他们总是敢于"在理想与现实之间保持某种张力"。直到今天,每当我们困扰于计划生育的两难境地,我们总是不能不想起马寅初校长和他的《新人口论》。1957年马校长将他多年来思索的结晶《新人口论》按正规手续提交一届人大四次会议,指出控制人口十分迫切,十分必要。他语重心长地警告说:"人口若不设法控制,党对人民的恩德将会变成失望与不满。"回答他的,是百人围剿。他十分愤慨地写了《重申我的请求》一文,鲜明地表现了一个杰出知识分子坚持真理的悲壮之情。他说:"我虽年近八十,明知寡不敌众,自当单身匹马,出来应战,直至战死为止,决不向专以力压服,不以理说服的那种批判者们投降。"如果马校长当时所面对的政治家多少能听取一点不囿于眼前实利而从长远出发的真知灼见,马寅初对中国社会文化的贡献将无可估量。马寅初所以能高瞻远瞩,从某种程度来说也正因为他不是一个实行者,他只是一个知识分子,他的位置是"议而不治"。这就保证他可以摆脱一些局部和暂时利益的牵制,不需要屈从于上级,而以自己的独立思考和智慧造福于社会。

相反,北大也有一些校长,他们同时是朝廷重臣,如孙家鼐,他虽有开明的思想,也有"重振国威,兴办教育"的志向,但他毕竟是"官",所以和康有为、梁启超不同,终于不能越政府的"雷池"。严复,这位向西方寻找真理的先进中国人被袁世凯拉入政府,脱离了"议而不治"的地位,就无可避免地屈从于实际政治,卷入政治旋涡。

作为知识分子的杰出代表,北大的大部分校长都是"把文化考虑置于

---

① Karl Mannheim: *Ideologie und Utopie*, 5th ed. Verlag G. Schulte-Bulmke, 1969, p. 221.
② Julien Benda: *La Trahison des Clercs*, Bernard Grasset, 1975, p. 136.
③ 列宁:《做什么》,《列宁文选》(两卷集)第1卷,第202页。

社会考虑之上",对于文化都怀着极深的关切。90年来,再没有比中西古今之争这个百年大课题更引人注目,更得到全国关切的文化问题了。如果说孙家鼐囿于他的地位,只是把中西文化关系局限在"中学为主,西学为辅"的层次上,那么,严复提倡的却是"非西洋莫以师"。他的《天演论》之问世,如"一种当头棒喝","一种绝大刺激",以至"几年之中,这种思想像野火一样延烧着许多少年人的心和血"。[①] 严复所考虑的是更深的文化关切。他超越了"师夷长技"的"言技"阶段,并指出当时盲目移植西方政治制度的做法有如"淮橘为枳",不能真收实效,因为"苟民力已尕,民智已卑,民德已薄,虽有富强之政,莫之能行",故要"自强保种,救亡图存",不能只是"言政",还要从根本做起,即"开民智,奋民力,和民德",以教育为本,也就是从文化方面来解决问题。

胡适进一步把中西文化关系放进时间的框架来考察。他认为"文明是一个民族应付环境的总成绩,文化是一个文明形成的生活方式"。因此,"东西文化的差别实质上是工具的差别"。人类是基于器具的进步而进步的。石器时代、铜器时代、钢铁时代以及机电时代都代表了文化进化的不同阶段。西方已进入机电时代,而东方则犹处于落后的手工具时代。西方人利用机械,而东方人则利用人力。他尖锐地指出:"东洋文明和西洋文明的界限是人力车和摩托车的界限。"工具越进步,其中包含的精神因素也越多。摩托车、电影机所包含的精神因素要远远大于老祖宗的瓦罐、大车、毛笔。"我们不能坐在舢板船上自夸精神文明,而嘲笑五万吨大轮船是物质文明。"胡适认为中西文化的差别首先不是地域的差别而是时代的差别,也就是进步阶段的差别。因此中国传统文化需要进行根本改造与重建,以便从中世纪进入现代化。

梁漱溟不仅从纵的历时性角度来考察中西文化,而且第一次从西方、印度、中国三种文化系统的比较中,从世界文化发展的格局中来研究中国文化。他认为这三种文化既同时存在而又是递进发展的。西方文化取奋身向前、苦斗争取的态度,中国文化取调整自己的意欲,随遇而安的态度,印度则取"销解问题",回头向后的态度。梁先生认为西方文化已经历了它的复兴,接下去应是中国文化的复兴,然后是印度文化的复兴。三种文化各有特点,同时也代表着人类文化发展的三个阶段。中国文化应在自己的基础上向西方已经到达的那个阶段发展,因此对西方文化的态度应是

---

① 胡适:《四十自述》,《胡适文集》,北京大学出版社1998年版,第70页。

"全盘承受而根本改过"。西方文化则由于第二阶段发展不充分,出现了种种弊病,应回头向中国文化学习、补课。

从世界格局来研究中国文化就有一个相互交流的问题。汤用彤先生特别强调了文化交流中的"双向性"。他认为两种文化的碰撞绝不可能只发生单向的搬用或移植。外来文化输入本土,必须适应新的环境,才能在与本土文化的矛盾冲突中生存繁衍,因此它必然在某些方面改变自己的本来面貌;另一方面,在这个过程中,它又必然被本土文化吸收融合,成为本土文化的新成分。无论是外来文化还是本土文化都不可能保持原状而必融入新机,这就是文化的更新。汤先生以毕生精力研究了印度佛教和中国文化的关系,处处证实了"印度佛教到中国来,经过很大的变化,成为中国佛教,乃得中国人广泛的接受"。他将这一过程归结为:因看见表面的相同而调和,因看见不同而冲突,因发现真实的相合而调和三个阶段。这三个阶段既是时间的先后次序,也是一般的逻辑进程。汤先生毕生从事的魏晋南北朝佛教史和魏晋玄学的研究都可视为这一结论的印证。直到如今,这一论断仍不失为有关中外文化沟通汇合的真知灼见。

文化传统就是这样在不断吸收、变化和更新的过程中发展的。这是一个动态的过程。任何文化传统都不是固定的、已成的,而是处于不断形成的过程之中。它不是已经完成的"已在之物",只要拨开尘土就能重放光华,更不是一个代代相传的百宝箱,只消挑挑拣拣,就能为我所用。传统就是在与外界不断交换信息,不断进行新的诠释中形成的,传统就是这个过程本身。如果并无深具才、识、力、胆的后代,没有新的有力的诠释,文化传统也就从此中断。

季羡林先生最近对这个问题进行了深邃的思考和精到的发挥。他在《传统文化与现代化》一文中指出,传统文化代表文化的民族性(我认为这就是上述文化传统形成过程中积淀下来并不断发展的某些因素——笔者),现代化代表文化的时代性。一切民族文化都需随时代发展而更新。季先生认为这二者相反相成,不可偏废。现代化或时代化的标准应是当时世界上文化发展的最高水平,任何文化的现代化都必须向这一最高水平看齐。因此,现代化与开放和交流密不可分。在这个过程中,正如汤用彤先生所论证,外来文化必有改变,传统文化也必得更新。二者都不可能原封不动,否则就只能停滞和衰退。季先生认为我国汉唐文化的繁荣,其根本原因就是一方面发展了汉民族的传统文化,一方面又大力吸收了外国的物质和精神文明并输出我国的传统文明。反之,清朝末年的保守派一方面对传统文化抱残守缺，一方面又拒绝学习国外先进的东西，畏惧时代化和现代化，结果是国力衰竭，人民萎缩。未来的希望就在于赶上当前世界文化发展的最高水平，并在这一过程中对过去的文化进行新的诠释。

回顾过去历届北大校长对文化问题的看法，对我们今天有关文化问题的讨论仍是极好的借鉴。

北大的自由精神容纳了人们对真理的追求，也容纳了几十年人们对文化问题的自由讨论，同时也容纳了个人人生信念爱好的不同。"物之不齐，物之情也"。蔡元培时代的北大就容纳了许多完全不同的人物。正如马寅初校长所回忆："当时在北大，以言党派，国民党有先生（指蔡元培）及王宠惠诸氏，共产党有李大钊、陈独秀诸氏，被目为无政府主义者有李石曾氏，憧憬于君主立宪，发辫长垂者有辜鸿铭氏；以言文学，新派有胡适、钱玄同、吴虞诸氏，旧派有黄季刚、刘师培、林损诸氏。"这些人都可以保留自己独特的思想和信念，不必强求统一。正是这种不统一，才使蔡元培时代的北大如此虎虎有生气。"不同""不统一"，保存自身的特点，维持相互的差异对于事物的生存和发展十分重要。

第二次世界大战后，世界文化发展的总趋势就是全球意识背景上的文化多元发展。这是世界进入信息时代，帝国主义垄断结束的必然结果，也是20世纪后半叶无可抗拒的时代特征。特别是与进化论相对的耗散结构理论，熵的概念的提出，更是在今天的西方世界形成了一种对模式化、一元化、"无差别境界"的深刻恐惧。熵的理论认为在一个封闭系统里，能量水准的差异总是趋向于零。例如不同平面的河水，可以利用落差驱动水轮，可以发电，这是有效的、自由的能量；一旦落差消除，水面平衡，能量就转为无效和封闭。这就是说，无差别的封闭性的一种模式、一个体系、一个权威的社会绝不可能得到发展。总之，一元化只能导致静止、停滞和衰竭。能量不断耗散而趋于混沌一致的过程也就是作为衡量这一混沌程度的单位的熵日益增大的过程。只有形成开放系统不断和外界进行信息交换，力求追取独特、差别和创新，才有可能维持生命活力而不至于成为庄子所描写的那个无"七窍"，不能"视听食息"的名叫"浑沌"的怪物。如果事物越来越统一，熵越来越大，人类就会在一片无争吵、无矛盾的静止、混沌之中沉入衰竭死寂。因此，人们把刻意求新，不断降低"熟悉度"，追求"陌生化"的作家称作"反熵英雄"。四人帮统治下的北大追求所谓认识统一、思想统一、行动统一等五个统一，和蔡元培所开创的自由精神背道而驰，结果是扼杀了创造性，戕灭了生机。一切归于一致，也就归于静止衰竭。90年来，北京大学的校长们，从已故的蔡元培、马寅初、翦伯赞到仍健在的季羡林都曾为维护这种独特性、创造性、不苟同、不随俗而付出过昂贵的代价直到生命。他们是自由的精魂，他们的功业将没世永垂。

目前，一个新的历史时期正在我们眼前展开。面向世界，面向现代化，面向未来的正确方针为我们古老的民族注入了无穷的生命力；开放搞活的政策为彻底摧毁昔日"万喙同鸣，鸣又不揆诸心"的封闭体系提供了最有力的武器。正是在这样全民共振奋的形势下，北大当任校长率先提出了把北大建设成世界第一流大学的壮志宏图，果真如此，则今日北大人将无愧于往昔自由精神之前驱。

值此北大校庆90周年之际，谨以中国文化书院之名义，将这本小书奉献于已故的、在世的、方生的和未生的北大之魂。

中国女性意识的觉醒
——20世纪30年代和80年代中国小说的一个侧面

女性意识应包括三个不同的层面：第一是社会层面，从社会阶级结构看女性所受的压迫及其反抗压迫的觉醒；第二是自然层面，从女性生理特点研究女性自我，如周期、生育、受孕等特殊经验；第三是文化层面，以男性为参照，了解女性在精神文化方面的独特处境，从女性角度探讨以男性为中心的主流文化之外的女性所创造的"边缘文化"，及其所包含的非主流的世界观、感受方式和叙事方法。本文所探讨的女性意识主要在第三个层面展开。

一

中国现代女性意识的觉醒在其最初阶段主要表现为对男权的反叛，首先是对父权和夫权的反叛。她们纷纷从父亲或丈夫的家庭逃离。"我是我自己的，他们谁也没有干涉我的权利"（鲁迅《伤逝》）成了她们反叛的光荣旗帜。然而，什么是"我自己"呢？作为一个空洞的能指（signifier），这个"我自己"并没有确定的内涵，甚至没有足以形成这种内涵的语言。逃离的女性已不再是原来意义上的女儿、妻子、母亲，那么，她们又是什么呢？五四的新女性们只能从一个家庭浮现，又在另一个家庭沉没，回归于原来的角色。五四时期的小说大多反映了这一情形。

直到20世纪30年代，情况才有所变化。大都市的发展为逃离家庭的新女性提供了新的可能。她们可以拒绝家庭，投身社会，逃避寄生的命运。然而，等待她们的，也无非是成为都市文化市场橱窗中的高档商品。

丁玲的处女作《梦珂》写一个少女离乡到城市读书；由于不满于学校污浊的空气，退学到上海姑母家，并爱上了自己的表哥。后来，当她发现在那样的环境下，情场角逐原来只是一场游戏，便愤然离去，成为一名影剧明星。她的爱情被出卖：对于都市纨绔公子，爱情只是一种高档玩物；她的艺术之梦被出卖：所谓"影剧艺术"只是满足色欲的商品；她的尊严被出卖：被人像商品一样打量议价，她本身的形象成为满足男性"窥视女性"的欲望的载体。她只有把自己异化为色相市场上的商品才能活下去。女性如果不走这条路，那就只有恋爱、结婚，建立新家庭。这时，男女之间为反封建家庭而形成的共谋关系如胡适的《终身大事》所描述的已经瓦解。一旦结婚，"男子主外，女子主内"的结构模式又变得坚不可摧。无权参与丈夫生活主流（"外"）的妻子为了维护家庭，防止丈夫有"外遇"，不得不用尽心机。在凌淑华的《女人》、白薇的《悲剧生涯》等作品中，五四时期曾经作为神圣的"拯救"偶像的"爱情"已经让位给抛弃与反抛弃、出卖与反出卖、背叛与反背叛的无休止的两性之战。

　　如果不是这样的"两性之战"，女作家为了追回重新沉没于旧家庭模式的新女性的自我，就不得不设计一些不同凡响的小小的插曲。凌淑华的《酒后》写一位年轻妻子征求丈夫同意去吻一个醉倒的男性朋友，为的是冲破已规定好的"妻子的角色"，暂时回到过去作为少女可以大胆进行的恋爱追求。《花之寺》写一位诗人的妻子以一个女读者的身份给丈夫写了一封热情仰慕的匿名信，约他相会，丈夫欣然前往，却遇到了自己的妻子。这个故事说明要摆脱已经安排好的"角色"，只能借用他人之名和他人的形象。这些小插曲可以暂时显现新女性的自我，但却不能根本挽救她们在"男主外，女主内"的传统家庭模式中的再度沉没。

　　80年代，中国社会已经历了巨大变化。在社会上，妇女已不再是色相商品，她们可以找到正当的职业。"夫妻之战"也不再是家庭生活的主流，凌淑华笔下的那些小把戏也毕竟太微不足道而早已消逝。然而，女作家笔下的女性生活的两难处境却依然存在，甚至更加尖锐。张辛欣的《我们这个年纪的梦》、王安忆的《锦绣谷之恋》和《弟兄们》，张洁的《方舟》分别从不同方面揭露了女性自我在这种两难处境中的挣扎。

　　对张辛欣的女主人公来说，作校对的职业只是一种谋生手段，并不能充实她的精神生活。除此而外，她不得不服从"女主内"的家庭模式：做饭，带孩子。"日子好像就是由一顿接一顿的饭所组成"，丈夫是别人介绍的，早已没有五四时期那种缱绻的柔情，介绍人说："老谈，谈什么呢？

不成拉倒,瞧着行就办事。"① 事情就这样简单,她就这样和许许多多妇女一样过着千篇一律的,早就安排好的"日子"。如果说还有一点特殊的"自我",那就是对儿时伙伴的一缕"青梅竹马"式的回忆,然而终于发现这个阔别数十年的伙伴原来就是一个最可厌的邻居,这点回忆也就从此消散。

家庭生活对女性"自我"的吞没倒也不全是由于家务,如《锦绣谷之恋》所描写的,问题在于男女都缺乏创造和更新的勇气,甚至连"弃下它,走出去"的勇气也没有。女主人公每天早晨看着丈夫在床上摆成一个"大"字,然后醒来,"凭空地睁着眼睛","就问早上吃什么","她把泡饭锅端上煤气灶","他则坐在床沿上默默数着她头上的卷发筒"。天天如此,"他们的眼睛茫茫地走过半个幽暗的房间,茫茫地相对着,什么也没看见的看着,犹如路两边的两座对峙了百年的老屋","他们互相拆除得太过彻底,又太过迅速,早已成为两处废墟断垣"。② 漠漠相对,甚至相互践踏,这就是维持一个不能更新、创造的家庭所必须付出的代价。也许一时的婚外邂逅,如"锦绣谷之恋"所描写的,可以"汇集了人生的一切滋味,浓缩了人生的一切体验",但是,如果不想陷入更深刻、更痛苦的矛盾,如《荒山之恋》③ 中的男女主人公,那就只能任其转瞬即逝。

逃离家庭,做一个无家的自由女人怎样?在张洁的《方舟》中,一位女记者、一位女导演、一位女翻译抛下了他们的男人,生活在一起,建立了一个只有女性的孤舟。他们首先得经过那"一场身败名裂,死去活来的搏斗"——离婚,她们必得担负起男人和女人的两重工作,她们必得忍受各种闲言碎语和男人对"离婚女人"特有的淫邪的眼光,更重要的是"女人和男人不一样,她总要爱点什么,好像她们生来就是为爱点什么而活着。或爱丈夫,或爱孩子……否则她们的生命便好像失去了意义"。不幸的是为了"跳出角色",为了自由的自我,她们甚至不得不以扼杀这样的"生命的意义"为代价!正如一位女主人公所说的:"上哪儿再找回那颗仁爱的、宁静的心啊,像初开的花朵一样,把自己的芳香慷慨地赠给每一个人。像银色的月亮一样,温存地罩着每个人的睡梦。她多么愿意做一个女人,做一个被人疼爱,也疼爱别人的女人!"作者愤怒地诘问:"她不愿意

---

① 张辛欣:《我们这个年纪的梦》,《张辛欣小说集》,北方文艺出版社1985年版,第64、97页。
② 王安忆:《锦绣谷之恋》,《钟山》双月刊1987年第1期。
③ 王安忆:《荒山之恋》,《十月》1986年第4期。

'雄化',究竟是什么在强迫她?"在作者看来,即使是付出如许昂贵的代价,逃离无爱的家庭也是值得的。这就是为什么她以"方舟"为这部作品的篇名,并特别注明:"方舟并鹜,俯仰极乐",而不是全用西方"那亚方舟"的典故。①

王安忆在她的近作,写于1989年2月的《弟兄们》中,也写了三个离开男性的女人。作品一开篇就尖锐地提出了女性自我所面临的两难处境:"分明是两个人却要合为一体,合为一体却又各行其是!""相像和接近的双方极易互相吞没与融合","被融合的命运是那样不幸,而坚守自我却又须付出孤寂的代价","人怕孤独,便去寻找同类项,然而融合的命运又给人带来灭顶之灾!"这无解的悖论真如作者所说,就是"生命的核心","宇宙的黑洞"!②

三位艺术学院的女生都曾有过复杂的经历:插队落户、结婚、返城、考进大学。她们疯狂地享受着学校生活的自由,以补偿过去的长期囚禁。和她们30年代的前驱者一样(如卢隐《海滨故人》、丁玲《在暑假中》的主人公们),她们可以在"彻夜不眠的夜晚,打开心扉,将最隐秘的心思说出来"。和30年代女性不同的是她们已不再有对婚姻、对男性的幻想,不再有纱幕和神秘,有的是按照各自的经验赤裸裸地直面男性,并对他们详加探究。如果说她们的30年代前驱对男性的理解还是朦胧的、揣测的,那么80年代的女性却对男人采取了实证的、总结的态度。"她们各自讲述着与一个男人相遇至结合的经过,将此形容成一个自我灭亡与新生的奋搏的过程,她们几乎被惊呆了,如果她们不努力,不奋斗,她们便都将消灭了自我……幸亏她们三人相遇了。她们三人你拉住我,我拉住你,这才没有沉没。"作者不无揶揄地描写三位女性为突出自我,把自己命名为男性的"老大、老二、老三",而将她们的丈夫称呼为"老大家的","老二家的",以示其所属,她们度假期回来,总要一起取笑各自的男人,讲述自己的胜利。她们先是"强忍着笑,想到男人们其实早就消灭了他们的自我,被女性同化",然而"当男人消灭了他们的性别,女人们又该多么扫兴啊!她们笑着,笑着,不笑了,觉得事情很糟糕"。

她们终于结束了学校生活,回到各自家中,她们虽曾苦苦挣扎,仍想维持过去的友谊,但终于觉悟到再热烈的友谊、再自由的自我都无法厕身

---

① 张洁:《方舟》,《张洁集》,海峡文艺出版社1986年版,第11、40、16页。
② 王安忆:《弟兄们》,《收获》1989年第3期。

于夫妻之间、母子之间。最先"觉悟"的是"只要夫妻和睦快乐"的老三，她最先认识到"完全彻底的自我是不可能实现的，说说开心而已"。"实际上吞没自我的也不是男人，我们不应把矛头指向男人，说起来男人和女人都是受害者"。也许这正是作者作过一系列分析后得出的关于自我与家庭的一种见解？一种对男女互补的未来社会的暗示？

二

人们常以《红楼梦》中贾母的形象为例，来证明中国女性的权威。其实贾母们所体现的并非女权而是男权，是父亲意愿的体现者和执行者。五四女作家开始重构了母亲的形象，她们笔下的母亲往往并无权威，而是历经忧患、饱受欺凌、无限慈爱的普通女人，她们并不想左右子女的命运，而是在弱者的联盟中和女儿结成了一种心理的"母女同体"的关系。冰心写道："我在母亲怀里／母亲在小舟里／小舟在月明的大海里"，从母亲那里得到的荫庇和对现实的逃避正是冰心所追求的最高圆满。冯沅君的《慈母》《隔绝》都写了这种母亲之爱的牵引。

这样的慈母形象，直到40年代才被张爱玲的小说所彻底解构。在《金锁记》中，母子、母女、婆媳之间总是相互怀着不可名状的隔膜与仇恨。那个"多年媳妇熬成婆"的母亲为一生虚度的绝望，为所曾遭到的不义和不幸向一切人复仇。首当其冲的是自己的儿女，特别是女儿，她嫉妒、仇视女儿的青春、快乐和有可能被爱，直到用一切恶毒手段摧毁了她的未来。她通过为儿子纳妾，通过离间儿子、媳妇的关系达到对儿子的绝对控制，甚至借助鸦片来完成对儿子的弱化以维持自己强者的权威。这就彻底揭穿了关于无私母亲的神话。

如果说五四女作家笔下母亲形象的核心是爱，40年代张爱玲笔下母亲形象的核心是权，那么，80年代表现于残雪作品中母亲形象的核心则是无名的怨恨。残雪以她独特的方式，在《苍老的浮云》中把这种怨恨写到了极致。作品中的母亲因为女儿未有一个更好前途成了一个卖糖果的营业员而"恨透了她"（当然这只是表面原因）。她逢人就诅咒女儿是一条毒蛇，发誓"要搅得她永世不得安宁"。女儿也恨透了母亲。残雪用她特有的荒诞幻觉和阴森笔触，把曾经被神圣化的母女关系写得令人毛骨悚然："她恨死了她母亲，再也不能忍受了，她一天到晚对她施加压力。睡觉前把老鼠藏在她的枕头底下，把她写给朋友的信偷去烧毁，还让她穿得像个叫花子。她一出门，她就盯梢，看她是不是向谁卖弄风情，搞得她没脸见人，她反去跟她的同事们吹嘘，说她女儿正在发奋成材。"① 关于母亲的回忆也是骇人听闻："这是我母亲，她是一个不甘寂寞的人，每天夜里都要从那底下爬出来狩猎，她的脑子早被蚂蚁吃空了。你听，嘭嘭嘭嘭嘭！她要像这样跳一通夜，真是惊人的情欲，她有点粗野吧？她从来就这样，我一直感到害怕！"②

中国是一个讲究"百善孝为先"的国家，即使是作恶多端，如目莲之母，也能得到儿子的谅解和帮助。儿女对于母亲的感恩和依恋之心总是很深的，神圣母亲的形象很难破除。多少年来，母亲总是按照自己的形象塑造女儿，让她们安于母亲为她们安排的角色，女儿只能属于母亲而不能属于"自己"。这对于女性自我的成熟是极大的压抑。无论是通过爱，还是通过惩罚和复仇，神圣母亲的神话都是一种维护旧秩序的退行的力量。在这个意义上说，张爱玲和残雪笔下令人惊心动魄的罪恶母亲的形象对于女性自我意识的觉醒具有无可替代的作用。

三

五四时期出现了大量关于爱情的小说，但"性"仍然是一种禁忌。在五四女作家的心目中，情爱与性爱截然分离，只有不含肉欲的爱情才是纯洁高尚的。冯沅君的《隔绝》写一位女学生和一位有妇之夫热烈相爱，他们共同旅行独处十余天，"除拥抱密谈外，没有丝毫其他关系"。作者把这种情形解释为具有强烈欲望的男人为她所爱的女性压制自己，作出牺牲，因此是高尚的。而女人即使在热爱的情人面前，也应无丝毫情欲，才是纯洁的。性的关系在任何情况下对于女人来说都是一种"失身"，这正是男权中心社会对女人的性禁制，中国传统强调"发乎情而止乎礼义，不及于乱"。如果女性触犯了这条禁令，"始乱终弃"就是她们应得的惩罚，而男人则可以不负任何责任。对于性爱的恐怖几乎成为中国女性潜意识中最深沉的梦魇。

丁玲的《莎菲女士的日记》第一次写了女性肉体的觉醒。莎菲女士第一个明确地喊出要"满足我的冲动，我的欲望"，承认性的快乐也属于女

---

① 残雪：《苍老的浮云》，《天堂里的对话》，作家出版社1988年版，第251页。
② 残雪：《天窗》，《天堂里的对话》，第315页。

人。她敢于追问:"为什么要给人一些严厉,一些端庄呢?"为什么不去"满足那狂热的感情的激荡",既然"我的生命只是我自己的玩品"?长期以来,性的经验对女性来说都被认为是不洁的,不能被言说的。莎菲女士的宣言显然是对这一禁制的重要突破。但是,《莎菲女士的日记》在某些方面仍然是"五四"的。例如莎菲在心里虽然渴望,但在行动上却仍然只能等待对方的主动;整个作品也还不能超脱情和欲的对立——一个能以满足她的情欲的男人却不是一个值得她去倾心相爱的男性。

20世纪80年代后期,王安忆的几部作品继丁玲之后,对女性与性的问题进行了新的探索,表现了对男性中心的性观念的颠覆。

首先是颠覆了男性主动、女性被动,男性索取、女性给予的模式。《小城之恋》① 描写边远小城一个无名小剧团,一对不起眼的青年男女的故事,他们不是什么重要角色,连跑龙套也够不上;他们也谈不上什么"郎才女貌",男的矮小,女的粗笨。就在这一对完全不引人注目的男女之间,发生了强烈的性吸引,这种吸引被描写为双向的、生物性的猛烈冲动。他们不顾一切寻找远离人群的处所来满足那灼热的欲念。这里没有主动或被动,索取或给予,只有股盲目的、相互强烈吸引的大自然的蛮力。这是一次自然力与人类文化力的较量和撞击。由于文化,他们感到被孤立在人群之外,成为异类,因而污秽和不洁;由于自然,他们又无法克服那炽热的欲念,结果是文化力战胜了自然力;男人堕落,女人则因生育而得救。

《荒山之恋》是要说明性的吸引是非功利的、无法分析的。故事发生在两个相当圆满幸福的家庭之中,一家的妻子和另一家的丈夫突然相爱了。作者解释说:"重要的理由十分简单,那就是在这样的时间,这样的地方,遇到了这样一个人,正与她此时此地的心境、性情偶合了!"② 这样的性爱有极大的破坏力,不仅导致两位主人公的死亡,而且也深深伤害了其他无辜的人。

王安忆还认为性的愉悦也应属于女性。在《岗上的世纪》中,她描写一位女知识青年为了获得招工返城的机会,主动和生产队长发生了性关系。这既不道德,也无情爱可言。但是,"在那汹涌澎湃的一刹那间,他们开创了一个极乐的世纪"③,既然女性的"性"属于女性本人,她就有权按自己的意愿处理它。

---

① 王安忆:《小城之恋》,《上海文学》1986年第8期。
② 王安忆:《荒山之恋》,《十月》1986年第4期。
③ 王安忆:《岗上的世纪》,《钟山》1989年第1期。

王安忆认为，在性的方面，女性可以和男性一样采取主动，可以索取，可以享乐，可以追求，直到要求所爱的男子和自己一齐去死。这对于男权社会强加于女性的性禁制无疑是一种革命性的颠覆。

综上所述，关于作为女性归宿的"安乐家庭"的揭露，关于母亲形象和母女关系的透视，对男性中心性意识的颠覆都标志着中国女性意识觉醒的进程。女性意识觉醒之所以重要不仅因为妇女占人类总人口的一半，更重要的是因为人类过去的精神文化都是以对女性的压制为其基础，建构于将女性囚禁于"内室"的体制之上。如今，消解这种压制和囚禁，从女性观点来重估并纠正这一切，就有可能在新的男女互补的基础上来重建人类崭新的文明。

传统文学和当代文学中的中国妇女

女性这个符号在中国文化中，也像在其他文化中一样，有着极其复杂的内涵，并且一向由男性定名、规范和解释。中国古典文学中的女性主要有以下三种类型：

第一种是绝代佳人，她们是男性所追求，为满足男性欲望而存在的"美丽之物"（尤物），中国一首著名的古诗这样说："北方有佳人，绝世而独立，一顾倾人城，再顾倾人国，宁不知倾城与倾国，佳人难再得。"（《汉书·孝武李夫人传》）女性所激发的男性的欲望是如此强烈，以致男性为得到她不惜毁城毁国。因此，绝色美女总是和灾祸联系在一起。她们不仅是男人欲望的对象，也是男人失败的替罪羊。许多文学作品都描写皇帝如何沉迷于女色，最后导致国破家亡。然而男性所写的历史指责的却不是皇帝而是女人。中国文本中的正人君子多以"不近女色"为戒，他们压抑自己的欲望，将男女关系限制在"传宗接代""相敬如宾"的规范内。

第二种是贤妻良母。中国是一个以道德治国并强调"百善孝为先"的国家，因此，抚育儿女的母亲具有很大的权威。母亲被描写为对子女的成材负有极大责任。例如"孟母三迁"的故事。在著名小说《红楼梦》中，当一家之长鞭责儿子时，偏袒孙子的祖母一出现，儿子就得跪下请罪。但这绝不等于女性有什么权力，她们所维护的都是男性所制定的规范。《红楼梦》中的祖母在迫使叛逆的追求婚姻自主的孙子就范时，和她的儿子并无不同。

第三种是侠女英雄。中国小说戏剧中有许多才华盖世、武艺高强的女英雄。她们都比男性强，中国戏曲中的特殊角色刀马旦，专门扮演女将军或女战士，她们往往击败男性对手，然后和他们结婚。女扮男装在中国小说戏曲中都是很常见的。她们总是在战场上或考场上大显身手,远远超越男人并拯救对方出于困境。但是,无论是女将军还是女扮男装的英雄,在经历一番辉煌之后,都不得不重返男性为她们设定的归宿,结婚生子,再也不过问"家庭"以外的事。著名的花木兰替父从军,身经百战,累立战功,最后还是"著我旧时裳",回归女性旧轨,就是如此。

总之,中国传统文学的这三种不同的女性从不同层面揭露了男权中心社会对女性的剥夺和压抑。20世纪初,中国现代文学的诞生始终伴随着女性浮出喑哑无语的世界,寻找和呈现自己的挣扎和奋争,这种挣扎和奋争主要表现在以下三方面:

第一,女性要改变自己的生活定势,不再成为满足男性欲望和繁殖后代的工具,最切近的选择就是逃离家庭。在中国现代文学的早期作品中,许多作品描写了中国现代女性意识的觉醒,这种觉醒首先表现为对夫权和父权的反叛,女性纷纷从父亲或丈夫的家庭逃离,"我是我自己的,他们谁也没有干涉我的权利"(鲁迅:《伤逝》)。这就是她们反叛的光荣旗帜。然而,什么是"我自己"呢?作为一个"空洞的能指",并没有确定的内涵,甚至没有足以形成这种内涵的语言。逃离家庭的女性已不再是原来意义上的女儿、妻子、母亲,那么,她们是什么呢?当时的"新女性"们只能从一个家庭浮现,又在另一个家庭沉没,回归于原来的角色。著名现代作家鲁迅所写的《伤逝》就深刻描写了这种情形。

直到30年代,情况才有所变化。大都市的发展为逃离家庭的新女性提供了新的可能。她们可以投身社会,逃脱寄生的命运。然而,她们仍然很难成就自己的事业,大部分也只能成为都市文化市场橱窗中的一只花瓶;女性如果不走这条路,就只有恋爱、结婚、建立家庭。然而,"男子主外,女子主内"的男权中心社会结构并没有改变,一旦结婚,"男子主外,女子主内"的结构模式又变得坚不可摧。无权参与丈夫生活主流("外")的妻子为了防止丈夫有"外遇",不得不用尽心机。20年代初期曾经作为神圣的"拯救"偶像的"爱情"已经让位给背叛与反背叛,抛弃与反抛弃,出卖与反出卖的无休止的"两性之战"。

80年代,中国社会经历了巨大变化。妇女已不再是色相商品,她们可以找到发挥她们专长的职业,"夫妻之战"也不再是家庭生活的主流,然而,两性生活中平庸、单调和由于太熟悉而互相厌倦却依然存在。对于广大婚后女性来说,被人吞没的命运是那样不幸,坚守自我却又须付出孤寂的代价。这样的两难处境仍然是许多女性不能不面对的问题。

第二，是关于女性的自我，也就是如何取得女性的精神上的独立。中国文学从50年代到70年代塑造了一大批浓眉大眼、气势汹汹、"不爱红装爱武装"的男性化的女性人物，"男人能做的一切，我们同样能做"，这是她们的信条。这种"女性雄化"的趋势并不是偶然的，正如一位年轻女作家所说："现在社会对女性的要求更高些，家庭义务、社会工作，我们和男性承担的一样，甚至更多些，迫使我们不得不像男人一样强壮。"但这并非女性自己愿意如此，"上帝把我造成女人，而社会生活要求我像男人一样！我常常宁愿有意隐去女性的特点，为了生存，为了向前闯！不知不觉，我变成了这样"。（张辛欣：《我在哪儿错过了你？》）

进入80年代，特别是80年代后半叶，许多作品都反映了一种女性渴望把自己从男性中区别出来的热潮。这种对女性自我的认识，从性别经验的差异入手，从风格、结构、主题、文体以至文学史等各个方面，寻找出女性文本的特色，扩展为对整个女性次文化的探索。这种研究对于消解男权中心社会，启发女性的自觉，无疑起了很重要的作用。然而，这种对女性经验的分析正是以男性为参照系而得出的，始终在男、女二元结构的框架之内，因而也很难超越阳刚阴柔之类的传统分野。如果只强调女性经验和女性特殊的心理，势必将女性局限于狭小的女性天地而放弃了与男性共处的广阔空间。总之，既反对女性的"男性化"，又不愿囿于女性的"女性化"，如何才能超越这一悖论，正是中国女性研究面临的另一个重要问题。

第三，是女性和社会的关系。事实上，女性不可能生活在只有女性的环境，而是生活在男女共同组成的复杂社会之中。著名青年女作家张抗抗在《我们需要两个世界》一文中，主张首先应该关注"这个世界上男人和女人所面临的共同的生存和精神的危机"。她问道："当人与人之间都没有起码的平等关系时，还有什么男人与女人的平等？"因此，首先应该写那些"使男人和女人感到共同苦恼"的，"迫切有待解决的问题"。和张抗抗持相同观点的作家和批评家们认为，女性文学在给女性自身以启迪的同时也必须给其他所有人以启迪，这就既要有女性内容和女性意识，又要超越女性内容和女性意识，否则女性文学只是"女性的文学"，而不可能成为其他一切人的文学。

总而言之，20世纪向21世纪的转折时期也是一个世界性的文化、社会转型时期。所谓转型就是观念的全面更新，一切曾经被认为是确定不移的道理和成规都要受到重新检验和评估，并决定取舍；这将是一个横向开拓，边缘与中心、上层与下层交叉发展，多元并存的时期。女性主义的突起正是这一文化社会转型的一个重要现象。它的意义就在于对原有社会两性结构——"男主外，女主内""男尊女卑"这种社会体制的彻底颠覆。几千年来，无论在东方还是西方，这种结构体制统治了整个社会。这不仅大大压制了女性的积极性与创造性，也压抑了男性在很多方面发展的可能，这种可能只有在男女平等互补的条件下才会变成现实。

我认为对"男主外，女主内""男尊女卑"社会结构的颠覆并不是倒转过来，寻求一种"女主外，男主内""阴盛阳衰"的新模式，也不是以抹杀男性和女性特点为代价，达成一种"中性"的融合。事实上，男性和女性的不同特点恰恰显示了人类把握世界的不同途径和方式，也是人类丰富的精神能力在不同性别群体上的体现，它们原来就不是互相压制和抵消而是互相补充和相得益彰的。女性主义不应是以"摆脱"男性为最终标志，女性文学也不是以造就一个由女作家、女评论家和女读者群构成的"女性文学"网络，同男性的"社会文学"相抗衡。未来的更合理的性别结构应是"男女共同主外，男女共同主内"，只有这样，男性和女性的聪明才智才能不受拘束地得到充分自由发挥。

事实上也只有男性和女性的相互谅解和通力合作才能面对人类共同面临的复杂局面。面向2000年，中国妇女还会遇到一系列非常复杂的问题，例如转向市场经济，优化组织过程中排斥女性的问题；离婚自由增强后，男性容易找到比自己年轻的女性，女性却难于和年轻男性结合的问题；女性社会地位提高，特别是出现了一批有成就的事业型的"女强人"之后，在择偶方面，男性普遍畏惧比自己强的女性，而女性也普遍不愿找比自己弱的男性所造成的女性才智难于充分发挥的问题等。面对这些问题，女性需要不断充实和完善自己，形成一个不断进取的，丰富而美好，也更富于魅力的精神世界。同时，越来越多的女性认识到并不一定需要在与男性的对立中来发现"自我"，为了解决人类面临的复杂问题，男性和女性之间并不需要对抗，而是需要更多的合作。预期在21世纪，男女"共同主内""共同主外"的新的模式将代替"男主外，女主内""男尊女卑"的旧模式而日益普遍。我们应尽一切努力推动这一新模式的广泛实现。

牺牲·殉道·叛逆
——现实和文学中的中国女性

20世纪以来,中国妇女生活的伟大变化是世界上任何地区也难于比拟的。随着世纪初的辛亥革命和五四运动的酝酿及其发展,中国妇女的觉醒与反抗也从萌芽状态迅速走向高潮。这一过程的急遽和迅速在全世界妇女解放运动历史上也是罕见的。何以如此?这是和以下几个特点分不开的:

首先,人们常常把五四运动称为"文艺复兴",意思是说,和西欧一样,这也是一次以人文主义为中心的思想解放运动,目的在于恢复人作为人的本来面目。果真如此,西方的文艺复兴与中国的文艺复兴也有很大不同。前者所提倡的人文主义首先是要把人从"神"的控制下解放出来,以反抗由宗教法庭为代表的宗教神权为主要内容;而中国人面对的首要问题则是从统治中国几千年的专制意识形态传统中得到解放,这一传统最突出、最重要的特征之一正是它所规定的妇女的"非人"的地位。因此,凡抗击专制意识形态,倡导人文主义的先驱者,都不能不强调这一传统对妇女的非人的残酷迫害。五四运动前夜,鲁迅最早的两篇最长的白话论文《我们现在怎样做父亲》和《我之节烈观》都猛烈抨击了封建专制的伦理道德,保护妇女儿童,鼓励妇女的反叛精神。这两篇文章被看做五四思想解放运动的号角绝不是偶然的。此后,妇女解放问题一直是中国思想解放运动的一个重要内容,受到改革者和社会舆论的广泛重视。

其次,中国的妇女解放运动始终是和社会改革运动结合在一起的。当然,"男女平等"也一直是中国妇女解放运动的一个十分重要的口号,但她们不是把男人作为对立面，并不认为只有和男人作斗争才能达到男女平等，而是与男人并肩作战，在改造社会的共同事业中来达到这一目的。鲁迅在《娜拉走后怎样》的讲演和短篇小说《伤逝》中，早就指出没有根本的社会改革，妇女解放、男女平等也只能是一句空话。《伤逝》的女主人公子君十分勇敢，她的座右铭是："我是我自己的，她们谁也没有干涉我的权利"。但是，当她背叛家庭，毅然出走之后，在那样一个毫无希望的旧社会，也不可能有什么好的前途，正如鲁迅所说，她的前途只能是"堕落"或是回来。当然，这并不是说社会改革了，妇女问题也都解决了，这里还有许多妇女特殊的问题，但在中国的历史条件下，没有根本的社会改革，就谈不上任何有关女性的实质性的改革。中国妇女只可能在根本改造社会的过程中求得自身的解放，这就使中国妇女运动始终集中力量于主要社会问题而培养出一大批妇女活动家。一个困苦而动荡的社会与一个稳定发展社会的妇女问题显然是很不相同的。

再次，数千年的封建专制统治在思想、感情和心理等各方面都对中国妇女造成很深的束缚和残害。不首先摧毁这些精神枷锁，就不可能有真正的妇女解放。五四时期许多有价值的作品都体现着对这类精神压制的冲击。鲁迅的《我之节烈观》激烈反对妇女为丈夫守节的传统观念；胡适的《终身大事》鼓吹妇女反抗旧家庭，和所爱的人结婚；郭沫若的诗剧《三个叛逆的女性》歌颂了蔑视旧礼教、敢于与爱人私奔的寡妇卓文君，敢于违皇帝之命、维护个人尊严的王昭君，为祖国复仇献出生命的聂荌。当时许多文章直接而广泛地讨论"性"和"贞操"这一对妇女禁锢最为森严的禁区。茅盾吸取了尼采所阐发的希腊酒神精神，塑造了慧女士、孙舞阳等解放的"时代女性"的形象，她们声称："我们正在青春，需要各种刺激，需要心灵的战栗，需要狂欢。刺激对于我们是神圣的，道德的，合理的。"她们甚至宣称："既定的道德标准是没有的，能够使自己愉快的便是道德。"这和那些"三从四德""笑不露齿"的传统女性是多么不同！茅盾的第二部小说《虹》的主人公梅女士更明确地强调几千年来，中国的妇女都是用她们的"性"和"美"供别人享乐，今天，也应该利用它为自己的享乐和利益服务。她为了替父亲还债，毫不犹豫地嫁给自己不爱的人，然后出走，使他人财两空。茅盾的许多作品都强调了妇女不仅要从客观的社会桎梏中解放出来，而且也要从主观的传统封建意识中得到新生。他所创造的这类妇女典型在中国传统文学中是完全崭新的，对后来的文学创作有很深的影响。30年代，丁玲的莎菲女士：一个精神苦闷，企图从爱情和叛逆中寻求解脱，在性和爱情方面都大胆、主动追求的少女；曹禺在《雷雨》中塑造的繁漪：一个不顾一切道德规范，爱恋丈夫前妻之子，失恋后又疯狂复仇的女人。这些人物显然都和茅盾的女主人公一脉相承。

要破除这些长期形成的思想束缚是极其不易的，特别是在农村。在40年代的著名歌剧《白毛女》中，我们仍然可以看到女主人公渴望嫁给她并不爱，甚至仇恨的强奸者的幻想，这只能是"从一而终""一女不事二夫"这类道德强加于她的精神枷锁。

中国妇女肩负着特别沉重而又久远的历史负担，旧的模式根深蒂固，如鲁迅所说，就是开一扇窗户，搬一张桌子也不得不付出血的代价！因此，中国妇女运动自始至终贯穿着一种自我牺牲的殉道精神。从它最早的前驱秋瑾开始，就是如此。秋瑾1904年到日本留学后，写下许多鼓吹妇女解放的诗文；回国后，她在故乡办女学，训练女兵，密谋推翻清政府。1907年，她的密友徐锡麟因暗杀政府官员被判处死刑。人们力劝秋瑾逃离故乡，她却怀着殉道就义的决心，带着她的几个女兵进行自知必败的冒死一战，终于被擒获斩首于绍兴。湖南妇女向警予17岁就投身于妇女解放运动，是20年代中国第一批到法国勤工俭学的领袖。回国后，她为上海丝厂和烟厂女工的罢工运动作出了重要贡献。1928年被捕入狱，她还领导了狱中的绝食斗争，视死如归，终于被敌人所枪杀。近百年来，这类为真理、为理想、为自身解放而英勇献身的妇女英雄真是不胜枚举！中国妇女正是在这样觉醒、叛逆、奋斗、牺牲、殉道的过程中获得了自己的初步解放，逐渐成熟起来。

20世纪后半叶，第二次世界大战后，人类有了新的觉悟，世界也有了一定进步，中国50年代的新宪法和婚姻法从法律上保障了妇女解放、男女平等。应该承认一般妇女生活比过去有了相当大的改善，然而，中国妇女传统中的牺牲、殉道、叛逆精神却从未中断。

北京大学中文系的女学生，向有"才女"之称的林昭，在才华横溢的19岁只因写诗呼唤改革不合理的社会现象，号召人们警惕特权和等级制度的危害，1957年被定为"右派"，逐出学校。当时，一般说来，"右派"很少入狱，只要"承认错误"，"悔过自新"，虽然打入另册，也还能生活下去。但林昭不但不承认自己有错，而且还坚持认为整个"反右运动"是根本错误的。她甚至和其他几个"右派"相约，计划出一些小型印刷品来宣传自己的主张；她们还翻译了南斯拉夫共产党的纲领，认为那是一个值得学习的纲领。就这样，她被捕入狱。没有申诉，没有审判，一关就近二十年。她在狱中写了很多诗，有时用笔，没有笔，就用指头上的血！她始终毫不妥协地攻击一切她认为不合理的现象；直到70年代后期，有一天，她以"恶毒攻击"反革命罪被判处死刑：枪决。她的母亲和妹妹接到一个通知，要她们前去缴纳七分钱的"子弹费"。作为反革命家属，她们必须为穿透林昭胸膛的这粒子弹付钱！80年代，在同学们为她筹办的追悼会上，白菊花簇拥着她年轻美丽的遗像，两边是一副无字的对联：一边是一个触目惊心的疑问号，另一边是一个发人深思的惊叹符！此时无声胜有声，两个浓墨大写的简单符号概括着多少无法言说的历史，见证着血所换来的多少年轻人的觉醒。

50年代初期在人民大学研究俄国文学的高材生张志新，拉得一手好提琴。1969年"文化大革命"高潮中被"四人帮"逮捕，唯一的罪名是"恶毒攻击文化大革命"！她始终认为这场"文化大革命"是我们民族的一场大灾难！就为讲这样一句真话，她以生命作为代价。最后一次谈话时，人们告诉她，如果她"悔改"，还可以"宽大处理"；然而，她说，她还是愿像一支蜡烛，既然点着了，就燃烧到最后吧！当权者怕她喊出真理的声音，竟然在走出监狱之前，预先割断了她的气管！就这样，她傲然就义于刽子手的屠刀之下，留下两个年幼的孩子！1979年，在中山公园，北京的青年们为她召开了盛大隆重的追悼大会。许多年轻人在会上朗诵了献给她的诗篇。一个很年轻的诗人雷抒雁在他那首献给张志新的著名长诗《小草在歌唱》中，有这样几段：

风说：忘记她吧！
我已经用尘土把罪恶埋葬。
雨说：忘记她吧！
我已用泪水，
把耻辱洗光。
……

只有小草不会忘记，
因为那殷红的血，
已经渗进土壤。
那殷红的血，
已经在花朵里放出清香！
……

我们有八亿人民，
我们有三千万党员，
七尺汉子，
伟岸得像松林一样！
……
可是，当风暴袭来的时候，
却是她冲在前边，
挺起柔嫩的肩膀，
肩起民族大厦的栋梁！
……
如丝如缕的小草哟，
你在骄傲地歌唱，
感谢你用鞭子
抽在我的心上，
让我清醒。
昏睡的日子
比死更可悲；
愚昧的日子，
比猪更脏！

诗，当然还很幼稚，但以它的纯真表明张志新的死震撼了多少青年的心！

马明珍，一个刚满30岁的年轻女化工技师，牺牲在我的故乡贵阳，那落后而又偏僻的山城。就因为她在林彪极盛之时，竟敢撄其锋，公开宣称林彪作接班人完全错误，她当然立即就被判为"现行反革命分子"，立即枪决！她也曾被劝告悔改以保全生命，但她却坚持自己只不过说了真话，"说了人民想说的话，也许是说得早了一点"！她被绑在一辆卡车上，在押赴刑场的路上，绕城一周，游街示众。如果说在这种传统的、野蛮的"游街"过程中鲁迅笔下的阿Q还能喊出一句"二十年后又是一条好汉"，那么马明珍却一个字也喊不出来，因为怕她的声音被人民听见，她的下颚骨已被扭曲脱臼！80年代平反后，她牺牲的悲壮史实详细记载于山城的《贵阳文艺》。

时代变化了，历史在前进。这些伟大女性在我们心中所曾唤起的种种深思和激情难道真的泯没了吗？这些伟大女性用她们的头颅和鲜血构筑起来的中国妇女奋斗、牺牲、叛逆、殉道的光荣传统难道就这样被遗忘了吗？那些无穷无尽地描写女性身边琐事、男女纠葛以及女性玩世心态的作品难道真能成为当今女性文学的主流吗？我想回答应该是否定的。

鲁迅研究：一种世界文化现象

鲁迅研究已成为一种世界性文化现象。

在西方发达世界（英语世界），研究者把以鲁迅为代表的中国现代文学作为一个参照来重新认识自己。例如著名的西方马克思主义者杰姆逊在他的《处于跨国资本主义时代中的第三世界文学》这篇长文中就特别强调："在本世纪的80年代里，建立适当的世界文学的旧话题又被重新提出。这是由于我们自己对文化研究的概念的分解而造成的。我们清楚地认识到自己周围的庞大外部世界的存在。"他认为："在今天的美国重新建立文化研究需要在新的环境里重温歌德很早以前提出的世界文学，任何世界文学的概念都必须特别注重第三世界文学。"他指出，第三世界文化"在许多地方处于同第一世界文化帝国主义进行的生死搏斗之中——这种文化搏斗的本身反映了这些地区的经济受到资本的不同阶段或有时委婉地称为现代化的渗透。这说明对第三世界文化的研究必须包括从外部对我们自己重新进行估价，我们是在世界资本主义总制度里旧文化基础上强有力地工作着的势力的一部分"。

杰姆逊提出一种理论，他认为第三世界的文学本文，"总是以民族寓言的形式来投射一种政治"，关于个人命运的故事包含着第三世界的大众文化和社会受到冲击的寓言，"而这种寓言化过程的最佳例子是中国最伟大的作家鲁迅的第一部杰作《狂人日记》"。寓言精神具有很强的断续性，充满了分裂和异质，带有和梦幻一样的多种解释，而不是符号的单一的表述。在寓言中，那种对应物本身处于本文的每一个永恒的存在中而不停地演变和蜕变，使得那种对"能指过程"的一维看法变得复杂起来。例如《狂人日记》重建了一个处于我们的表面世界之下的恐怖黑暗的、梦魇般的客观现实世界。

"狂人"从他的家庭和邻居的态度和举止中发现了吃人主义,这种吃人主义发生在等级社会的各个层次,从无业游民和农民,直到最有特权的官僚贵族阶层。这种"吃人"受到中国文化最传统的形式和程序的影响和庇护。人们在绝望之中只有无情地相互吞噬才能生存下去。这种一时看清真相而产生的极端恐怖引起曾经有过类似体验的读者广泛的政治共振。杰姆逊认为这种恐怖的"寓意"所产生的"震惊"远远超出了较为局部的西方现实主义或自然主义对残酷无情的资本家和市场竞争的描写。因为鲁迅用"吃人"的寓言来戏剧化地再现了一个社会梦魇的意义,"而一个西方作家却仅仅能从个人执迷、个人创伤的纵深度来描写这种现象",杰姆逊认为这种引起广泛共振和震惊的寓言形式"超过了老牌现代主义和象征主义,甚至超过了现实主义本身","吃人"的寓言如此,作为"狂人"另一结局的"遗忘"的寓言亦复如此。"狂人"终于"赴某地候补矣",亦即重新回到幻觉和遗忘的领域,在特权阶层恢复了自己的席位。阿Q、涓生也都只能在遗忘中求生。

  杰姆逊以第三世界文学的特征——民族寓言作为参照系,反观自省发达世界的文学,指出:"西方现实主义的文化和现代主义的小说,它们在公与私之间,诗学与政治之间,性欲和潜意识领域与阶级、经济、世俗政治权力的公共世界之间,总是产生严重的分裂。"而在第三世界这种分裂被共同的民族意识所弥合,"文化知识分子同时也是政治斗士,是既写诗歌又参加实践的知识分子"。因此,"文学作品可以是政治行动,引起真正的后果"。杰姆逊说:"作为第一世界的文化知识分子,我们把我们的生活和工作的意识局限在最狭隘的专业或官僚术语之中……作为知识分子,我们可能正酣睡在鲁迅所说的那间不可摧毁的铁屋里,快要窒息了。"杰姆逊对鲁迅的解读可能正确,也可能谬误;他以鲁迅作为参照点,对发达世界知识分子和西方文化的重新认识同样也可能正确或错误,但是他把鲁迅作为世界文化的一部分,试图在世界文化语境中来理解鲁迅,将鲁迅作为"他者",并从这种与"他者"的对照中重新认识自己,则是20世纪80年代发达世界的一种新的觉悟。

  如果说以鲁迅作为一面镜子来反观西方文化的得失还只是一种潮流的开始,那么,把鲁迅创造的文化遗产作为世界文化的一个重要组成部分,参与对世界面临的共同问题的解决,则是西方世界的一种更普遍的共识。

  存在与虚无的悖论使全世界知识分子都曾感到矛盾、苦恼和困惑:人必得活着,活着就意味着一步步走向死亡,既然每个人的结局都是"复归于空无",存在的意义又为何物?人生的意义何在?一切可依靠、可信赖,并值得为之献身的，是实存还是虚无？和世界其他知识分子一样，鲁迅终其一生都以自己的生命为代价，对这一问题寻求着解答。林毓生指出，一定要把鲁迅的虚无主义同屠格涅夫和年轻时代的陀思妥耶夫斯基所表现的虚无主义认真区分开来。俄国虚无主义者对生活没有任何信仰，感觉不到任何强制和约束。

鲁迅虽然在黑暗的虚无感中为寻找生活的意义而进行着激烈的内心斗争，但却总是受到一种拯救国家，唤醒人民的义务的约束。尽管在《影的告别》中，他表示了对一切未来美好图景的绝望与怀疑，在《过客》中，他表示憎恶他所曾看到的，所曾经历过的一切，也明明知道前面并没有什么花和草，而只有坟墓，然而，他仍然觉得"那前面的声音叫我走"，"我息不下"。在绝望与希望的挣扎中，他始终相信"绝望之为虚妄，与希望同"。林毓生认为西方知识分子与鲁迅对待同样感到的"虚无"的态度之不同，是由于两种不同的文化思维方式所决定的。西方的新教伦理认为，由于"上帝的绝对的超验性"，人是与神隔绝的，不可能成为神。在加尔文教义中，过去曾经如此富于人性的"天父"已经被一种人所不能理解的超验的存在所代替，人只能对一个自己所无法认识的疏离的世界进行着盲目而孤独的苦斗，如果他不能用禁欲式的追求和创造来充实自己，他所得到的只有虚无。中国的"天人合一"理论却认为超验的意义内在于人的生活。"尽心、知性、知天"，人的本质与"天"的本质相契合，人生来就被赋予一种内在的道德与思想能量，具有能够"知天"的判断力。因此，他探求生命意义的努力就永远不是一种疏离的外在的行为。在鲁迅的深层意识中，他总有一种信念，认为生活中总还能找到一些积极与美好的东西，这一点从未动摇过。林毓生认为，如果说西方知识分子是想创造一点什么，鲁迅则是力求发现一点什么，他们的目的同样都是为了抵御那暗夜中"虚无"的袭来，只是从不同方面接近了同一个问题。

对待自我与他人，个人与社会的关系的思考也是世界知识分子共同面临的问题。前面已经谈到杰姆逊所指出西方知识分子在自我与他人、个人与社会之间的严重分裂，其实，这种分裂在鲁迅也是存在的，但不像西方知识分子那样绝对，而是充满着矛盾。鲁迅在1925年5月30日给许广平的一封信中曾坦白承认自己的思想"含有许多矛盾"，那就是"人道主义与个人主义的消长起伏"。因此"忽而爱人，忽而憎人，有时为己，有时为人"。正是由于这种矛盾，我们在读鲁迅的作品，特别是《野草》时，常常会发现两种视线：一种是从诗人身外往里看，这时我们会发现痛苦、怀疑和绝望的深渊；另一种是从诗人内心往外看，这时我们所看到的则是对身外大众无限的悲悯、责任感和同情，鲁迅正是借此以摆脱内心的绝境。然而，与那个疏离、绝望的个人相对的大众却是一个离弃了孤独者的上帝。在《复仇·其二》中，那个被钉杀的耶稣，感到"遍地都黑暗了"，"我的上帝，我的上帝，你为什么离弃我?!""上帝离弃了他，他终于还是一个'人之子'"。李欧梵指出，这种对上帝的最后的绝望曾经使存在主义者基尔凯戈尔恐惧和发抖，而对鲁迅来说却"反讽式地导致了他对自己人性地位的肯定"。孤独者与大众的对立是鲁迅作品的普遍结构。孤独者注定为大众而献身，同时注定了要同大众进行不停息的战斗，直到在"无物之阵"中衰老寿终。不论是战斗还是静止不动，孤独者永远是为迫害他的大众而死。这种个人和社会的关系既不是西方式的绝对分裂，也不是杰姆逊所拟想的简单的统一，鲁迅笔下的孤独者与大众之间的极其复杂、充满着矛盾的关系大大丰富了世界知识分子关于个人和社会关系这一问题的探索。

此外，在文学与政治的关系，文学作品的叙事技巧，两种文化体系的相互接受和影响等很多方面，鲁迅都以他十分丰富而宝贵的思想和艺术遗产，为解决人类共同面临的这些问题提出了崭新的视角、深邃的思考，成为探讨这些问题时无法忽略的重要组成部分。

鲁迅的《破恶声论》及其现代性

1901年"辛丑条约"签订至辛亥革命(1911)的10年间,到日本留学的中国学生达数千人,其中多数倾向于反清革命。他们出版了许多书报,其中10多种杂志是先后由各省留日同乡会或以各省留日同人名义出版的,内容上也偏重报道各省当时的政治、社会和文化问题,并从事科学的启蒙宣传,如《浙江潮》《河南》《江苏》《汉声》《洞庭波》《云南》《四川》等。

鲁迅于1902年4月到达日本,同年11月,许寿常、陶成章等即在东京组织了百余人的浙江同乡会,并出版了《浙江潮》月刊。鲁迅写的《中国地质略论》,翻译的《斯巴达之魂》《地底旅行》的一部分都发表在1903年的《浙江潮》上。鲁迅后来在日本完成的几篇重要论文如《文化偏至论》《摩罗诗力说》等则大多陆续发表于后来的《河南》杂志(1907年创刊,主编武人)。《破恶声论》以"迅行"的笔名发表于1908年12月出版的第8期《河南》。这是鲁迅在日本发表的最后一篇文章,约7000字,虽未写完,却是集大成之作,它是鲁迅留居日本7年来思考的结晶,是他在《文化偏至论》和其他文章的基础上对中国文化、社会改革问题更进一步思考的结果。

何为"恶声"?

"破恶声"是本篇的主旨。何为"恶声"?这得从鲁迅在《文化偏至论》中已经提出的"掊物质,排众数"的主张说起。所谓"掊物质"是反对"诸凡事物无不质化,灵明日以亏蚀,旨趣流于平庸,人惟客观的物质世界是趋,而主观之内面精神,乃舍置不一之省。重其外,放其内,取其质,遗其神,林林众生,物欲来蔽,使性灵之光,愈益就于黯淡"。鲁迅认为这正是"19世纪文明之通弊",必须加以掊击。"排众数"的"众数"在《文化偏至论》中是指三部分人:一类是"垂微饵以冀鲸鲵"的巨奸,"将借新文明之名,以大遂其私欲者";另一类是"宝赤菽以为玄珠"的"盲子",他们对自己大声疾呼的东西还不了解,就自以为得了人生真谛,借众凌寡;还有一类则是将"陈旧于殊方"的"迁流偏至之物""举而纳之中国,馨香顶礼"。这三种人合起来,就是鲁迅所说的"庸众"。在《破恶声论》中,鲁迅进一步将这些"庸众"分为两类:一类是"出接异域之文物者……效其好尚语言,峨冠短服而步乎大衢,与西人一握为笑……";另一类是"居内而沐新思潮者,亦胥争提国人之耳,厉声而呼,示以20世纪之国民当作何状"。① 对于这两种人,"聆之者"都是"蔑弗首肯,尽力任事惟恐后";加以"日鼓舞之以报章,间协助之以书籍",于是"事权言议,悉归奔走干进之徒"。鲁迅指出,这些人都是"掣维新之衣,用蔽其自私之体",例如:"为匠者,乃颂斧斤而谓国弱于农人之有耒耜;事猎者则扬剑铳而曰民困于渔父之宝网罟;倘其游行欧土,偏学制女子束腰道具之术以归,则再拜贞虫而谓之文明,且昌言不束腰者为野蛮矣"。

总而言之,这些"庸众"所发之声都是"恶声"。鲁迅说,这样的"恶声""纵唱者万千,和者亿兆,亦决不足破人界之荒凉,而鸩毒日投,益以速中国之隳败"。这种"恶声"往往是"万喙同鸣,鸣又不揆诸心,仅从人而发,若机栝,林籁也,鸟声也。恶浊扰攘,不若此也。此其增悲,盖视寂漠,且亦甚矣!"在《破恶声论》中,鲁迅进一步对两种当时比较流行的"恶声"作了深入分析:一种是甚嚣尘上的"汝其为国民"说,"慑以不如是则亡中国";另一种是人云亦云的"汝其为世界人","慑以不如是则畔(叛)文明"。

自梁启超提出"国民"这一概念以来,它一直是20世纪头10年"万喙同鸣"的中心之一。1905年,汪兆铭在刚创刊的《民报》第1期就曾发表《民族的国民》一文,鼓吹"立宪",提出颠覆"六千年来之君权专制",建立"民族主义"和"国民主义"的国家。他认为:专制国家的国

---

① 本篇引文凡未注明出处者,皆出于《破恶声论》,见唐弢编:《鲁迅全集补遗续编》(增订本),上海出版公司1952年版,第72—90页。

民只是"奴隶而已",而"立宪国之国民"才是独立自由的。似乎有了立宪或民主,一切问题就都迎刃而解。鲁迅对此一直心存怀疑,认为立宪也好,民主也好,不仅不能解决中国社会的问题,反而会以虚假的多数(庸众)压制和扼杀了必然是少数的天才或先觉之人。早在《文化偏至论》中,他就指出:"古之临民者,一独夫也;由今之道,且顿变为千万无赖之尤,民不堪命矣,与兴国究何与焉?"在《破恶声论》中,他更进一步指出:"以独制众者,古,而众或反离;以众虐独者,今,而不许其抵拒!"古时独裁者倒行逆施,老百姓还可以起来造反,如今,在"民主"的旗号下,持不同意见的少数"异类"在统治阶层强大的经济政治压力下却几乎不可能抵抗。结果是"以多数(庸众)临天下而暴独特者"!人们都"不敢自别异",只能"泯于大群,如掩诸色以晦黑。假不随驸,乃即以大群为鞭箠,攻击迫拶,俾之靡骋"。于是"随大流""抬轿子""万喙同鸣"的"庸众"越来越多,"恶声"也就越发不可阻挡。在这样的情况下,有什么自由可言呢?因此,鲁迅在《破恶声论》中说:"众倡言自由,而自由之憔悴孤虚实莫甚焉!"在鲁迅看来,所谓"国民",所谓"民族"都不过是以崇尚"多数"为名,以压制、排除异己的少数为实的一种圈套。

"汝其为世界人"听起来颇有"全球化"或"世界一体化"的味道。鲁迅关于这个问题的讨论是有其针对性的。1907年6月,吴稚晖、李石曾等人在巴黎创办了《新世纪》周刊,宣扬无政府主义,提出了反法律,反赋税,反对传统、国粹、宗教、迷信等各个方面的主张,声称人类将于20世纪开始走向大同,国家、民族和语言界限都将消除,"万国新语(即世界语)"将成为世界唯一的语言。国籍、民族将不再重要,人们都将成为"世界人"。鲁迅在《破恶声论》中指出这种"同文字""弃祖国""尚齐一",并以不如此"将不足生存于20世纪"相威胁的主张,其实质和"国民说"一样,都是要灭裂个性,压制少数。1908年,章太炎等人曾在《民报》上发起对《新世纪》的反击,《新世纪》亦有所回应,形成了关于无政府主义的一次小小的论战,《破恶声论》可以说也是这次论战的一部分。

心声与内曜

鲁迅在《破恶声论》中说:"吾未绝大冀于方来,则思聆知者之心声而相观其内曜。内曜者,破黮暗者也,心声者,离诈伪者也。有是,乃如雷霆发于孟春而百卉为之萌动,曙色东作,深夜逝矣。"鲁迅当时仍然对未来怀着坚定的信心。他认为希望就在于首先出现少数"不和众嚣,独具我见之士",他们以自己的智慧,"洞瞩幽隐",绝不人云亦云,他们遵循自己的信念,奋然前行,"举世誉之而不加劝,举世毁之而不加沮","惟所信是诣"。鲁迅心目中的这类人就是像尼采、易卜生那样"据其所信,力抗时俗,示主观之极致","意力绝世","多力善斗,即忤万众不慑之强者"(《文化偏至论》)。在这个基础上,鲁迅于《破恶声论》中又提出"白心"和"神思"两个概念。"白心"和"神思"都出自中国传统文化。

"白心"出自《庄子·天下》篇:"不累于俗,不饰于物;不苛于人,不忮于众……以此白心,古之道术有在于是者。""白心"就是以"不累""不饰""不苛""不忮"的态度,直白其心。鲁迅说:"顾蒙幪面,而不能白心,则神气恶浊,每感人而令之病。""白心"也就是直白的心声,如奥古斯丁、托尔斯泰、卢梭等人的直白之书,鲁迅赞美说:"伟哉其自忏之书,心声之洋溢者也。"因此,鲁迅强调:"善国善天下,吾愿先闻其白心。"鲁迅所说的"白心"就是"不累于俗,不饰于物;不苛于人,不忮于众"的至精至诚的心声。"不累于俗"就是"不和众嚣,独具我见","不忮于众"就是"即忤万众而不慑"。唯有这样的真心发出的心声,才能明"人生之意义",而使"个性不至沉沦于浊水"。

"神思"出自《文心雕龙》,指的是"观古今于须臾,抚四海于一瞬"的内在而真诚的丰富的想象力。在《文化偏至论》中,鲁迅曾将尼采等人所代表的"崇奉主观""张皇意力"尊崇独创的一派定名为"新神思宗",这里"神思"一词所蕴涵的,是强力意志、创造性想象力和主观战斗精神等意思。在《摩罗诗力说》中,鲁迅认为作为"心声"的诗歌就产生于"古民神思,接天然之閟宫,冥契万有,与之灵会"之时。这里所说的神思专指与万物相冥合的神秘的想象力。《破恶声论》五次谈到"神思",都是指"朴素之民"自由自在的不受任何约束和指使的创造性想象。如说:"夫神话之作,本于古民,睹天物之奇觚,则逞神思而施之以神化。"又说:"夫龙之为物,本吾古民神思所创造"等。

"白心"和"神思"结合在一起,就能发出出自内心的精诚之声。这种"心声""披心而嚼,其声昭明",可以"烛幽暗以天光,发国人之内曜"。"内曜"即内心的智慧之光,这种国人之"内曜"一旦被启发出来,就可以使"古国胜民,素为吾志士鄙夷不足道者,咸入自觉之境"。于是,"人各有己,不随风波,中国亦以立"(《文化偏至论》)。当然,能发出这种"心声"的,首先只能是少数"思虑、学术志行大都博大渊邃、勇猛坚贞,纵迕时人不惧"的"首唱之士"。虽然为数不多,但有了他们,就会如"留独絃于藁梧,仰孤星于秋昊",给人们带来希望,他们的存在会逐渐唤起"群之大觉",而做到"人各有己"。鲁迅在《文化偏至论》和《摩罗诗力说》中已经提出"张灵明""任个人"的主张,他认为救国之道"首在立人,人立而后凡事举,若其道术,乃必尊个性而张精神"。"只有国人之自觉至而个性张","沙聚之帮"才能由是转为"人国"。"人国既建,乃始雄厉无前,屹然独见于天下",这就是青年鲁迅的最高理想。

迷信与伪士

自戊戌政变(1898)至辛亥革命(1911)这段时期,有关宗教问题的讨论曾经颇为热烈,这和西方的影响也是分不开的。当时很多改革者都认为重视宗教对西方文化的发展起了很大作用,而不重视宗教正是中国传统文化的重要缺陷。改革者谭嗣同在他的《仁学》中就很强调宗教能给人"以慰藉而启悟之",可以使人对人生意义、归宿,对过去、现在、未来求得一种了解,使人有所系属和归依。康有为、梁启超、谭嗣同等改革家也都很重视发挥宗教稳定社会的功能。1906年起,章太炎也很推崇宗教,他和陶成章等人一起提出"用宗教发起信心","以增进国民道德"的宗教救国论。在他主讲的国学讲习班上,佛典被列为重要的课程之一,并大力鼓励学生学佛。青年鲁迅在章太炎的影响下,也对宗教,特别是佛学和民间宗教怀着浓厚的兴趣。

《破恶声论》用相当多的篇幅讨论了宗教问题,其中可能有些部分是直接针对1907年9—11月连载于《新世纪》的长篇论文《普及革命》中的有关宗教的一些论点的。例如该文强调宗教"束缚人之思想,阻碍人之进步,使人信仰,使人服从者也"。"信仰则迷信生,服从则奴性根"等等。鲁迅在《破恶声论》中对这类不懂得"形上需求",压制民间自然信仰,又全然不是出于真诚,而是为一己私利的浅薄之徒进行了尖锐的批评,并一概称之为"伪士",同时也讨论了宗教的本质,并为民间宗教进行了有力的辩护。

鲁迅首先谈到宗教的来源,他认为先民"见夫凄风烈雨,黑云如盘,奔电时作"就会产生一种"虔敬之感"及一种"形而上之需求","宗教即以萌蘖"。鲁迅认为"中国志士"所指责的"迷信",其实正是"向上之民欲离是有限相对之现世",而追求"绝对之至上者"的表现。人心必有所凭依,老百姓对宗教信仰的执着正是追求这种凭依的结果。其次,鲁迅认为中国的原始民间宗教以及由此派生而来的淳厚民俗和道德风尚都是十分美好的。中国以"普崇万物为文化本根……覆载(天地)为之首,而次及于万汇。凡一切睿智义理与帮国家族之制,无不据是为始基焉。效果所著,大莫可名。以是而不轻旧乡,以是而不生阶级,他若虽一卉木竹石,视之均函有神秘性灵,玄义在中,不同凡品。其所崇爱之溥博,世未见其匹也"。遗憾的是这些如歌如诗,美妙无比的灵性却被一帮"伪士"指斥为"迷信"!甚至由此而长期形成的民风民俗也被横加指责。鲁迅说:"朴素之民,其心纯白,则劳作一岁,必求一扬其精神故农则年答大戳于天,自亦蒙麻而大醻,稍息心体,备更服劳",因而有赛会,有"举酒自劳"、"洁身酬神"之举。然而,就是这种极为合理的民风民俗也被那些志士认为是"丧财废时,奔走呼号,加以禁止,而钩其财帛为公用!"鲁迅愤慨地指出:"诗人朗咏以写心,虽暴主不相犯也,舞人屈伸以舒体,虽暴主不相犯也,农人之慰而志士犯之,则志士之祸烈于暴主也!"最后,鲁迅指出"志士"们反"迷信"最有力的武器是科学,他从三个层面对这个问题进行了分析。首先,他认为有些高喊科学的人,其实是假科学之名以谋私利:"科学为之被,利力实其心"。对于这种人,鲁迅认为"其可与庄语乎,直唾之耳"。其次,他认为有些人把科学看得太简单了。这些自以为"奉科学为圭臬之辈,稍耳物质之说,即曰:磷,元素之一也,不为鬼火;略翻生理之书,即曰:人体,细胞所合成也,安有灵魂?"这类人"知识未能周,常以至浅而多谬者解释万事,不思事理神閟变化,决不为理科入门一册之所范围"。再次,鲁迅认为科学是人类神思创造之物,神话和宗教也是人类神思创造之物,它们之间本来是相通的。正如鲁迅写于1907年的《科学史教篇》的结论所说:"科学者,神圣之光,照世界者也。可以遏末流而生感动。时泰,则为人性之光,时危,则由其灵感,生整理者如加尔诺,生强者强于拿破仑之战将云。"① 可见科学和宗教神话一样,都是人类自由精神创造的产物。志士们将宗教神话诬为迷信,强调其与科学势不两立,正显示了那些"精神窒塞,惟肤薄之功利是尚"的"志士"们的私心和愚蠢。因此,鲁迅大声疾呼:"伪士当去,迷信可存,今日之急也。"

---

① 鲁迅:《科学史教篇》,《鲁迅全集》第1卷,第178页。

《破恶声论》与现代性

《破恶声论》虽然是一篇未完成的著作,但却相当全面地总结了鲁迅在日本留学七年的思想发展和成果。鲁迅在日本的时期正值明治三十五年至明治四十二年,经过明治维新,经过中日战争(1894)和日俄战争(1904)的胜利,这时的日本已进入一个相当发达的资本主义社会,同时,资本主义的弊害也已暴露无遗。鲁迅这一时期的思想就是以"矫19世纪文明之弊害"为出发点的。

鲁迅对于当时占主流地位的各种资本主义的改革方略都进行了相当彻底的否定:"将以富有为文明欤,则犹太遗黎,性长居积,欧人之善贾者,莫与比伦,然其民之遭遇何如矣?将以路矿为文明欤,则五十年来,非、澳二洲莫不兴铁路矿事,顾此二洲土著之文化何如矣?将以众治为文明矣,则西班牙、波托牙二国立宪且久,顾其国之情状又何如矣?"更其严重的是这样发展的结果是"诸凡事物无不质化,灵明日以亏蚀,旨趣流于平庸,日惟客观之物质世界是趋,而主观之内面精神,乃舍弃不之一省。重其外,放其内,取其质,遗其神,林林众生,物欲来蔽,社会憔悴,进步以停,于是一切诈伪罪恶,蔑弗乘之而萌,使性灵之光,愈益就于暗淡:十九世纪文明一面之通弊盖如此矣。"① 这些精彩的论述在《破恶声论》中得到了进一步的总结和发挥。

正是这种对资本主义的深刻认识和批判赋予鲁迅这一时期的著作以鲜明的文化现代性。资本主义经济的发展和文化现代性的形成在资本主义发展的最初阶段曾经有过一个共同的起点和根源,那就是自由追求和独立创造。这种自由追求和独立创造精神在经济活动中,体现为奋力开拓,追求最大利润;在文化方面,则体现为充满幻想的"不受约束的自我"。尽管两者在抗击封建传统时曾站在一条战线,但很快就产生了难于调和的矛盾,这一矛盾首先表现为一方面是经济领域为追求最大利润所要求的严密组织和最大限度的简单重复劳动所产生的对人的压制,另一方面是现代文化所标榜的自我实现、自由创造。这两者之间形成了难于弥补的断裂。也就是说资产阶级无止境的贪欲,使生产越来越组织化、简单化、官僚化,生产者个人被贬低到不值一提的地位,这与崇尚自由独创的现代文化形成

---

① 鲁迅:《文化偏至论》,《鲁迅全集》第1卷,第192页。

了无法调和的冲突。作为文化现代性集中表现的现代主义从一开始就是以消解资本主义经济政治和意识形态对人的压制为根本目的。丹尼尔·贝尔（Daniel Bell）曾经说："我把现代主义看成瓦解资产阶级世界观的专门工具。最近半个世纪以来，它正逐步取得文化领域中的霸权地位。"① 另一位研究现代性的思想家欧文·豪（Irving Howe）则认为现代主义"存在于对流行方式的反叛之中，它是对正统秩序的永不减退的愤怒攻击"②。青年鲁迅正是以他"对流行方式的反叛"和"对正统秩序的永不减退的愤怒攻击"成为中国文化现代性或现代主义的先驱。

在《破恶声论》中，鲁迅把他在《文化偏至论》等几篇文章中对"任个人、排众数"的提倡，和对"同是者是，独是者非，以多数临天下而暴独特者"的看法归结为"以独制众者，古，而众或反离；以众虐独者，今，而不许其抵拒"。鲁迅的意思是：过去的封建独裁、一人专政，老百姓过不下去了，还可以造反；而今以"多数"为幌子的所谓"众治"，其对个人或少数人的迫害，则更难于抵拒，连造反也不知道具体应该反谁。因此，鲁迅迫切寻求对"少数"的保护和对"庸众"的超越。鲁迅提出的"神思"和"白心"给中国传统的文化话语注入了现代性的内容。如前所述，《破恶声论》中的"神思"和"白心"都是指不受任何干扰，出自内心的自由创造的想象力。这种想象力只存在于"厥心纯白"的"朴素之民"，即"气禀未失之农人"中间，"求之于士大夫"，"则戛戛乎难得矣"。因为他们"为稻粱折腰"，"躯壳虽存，灵觉且失"，早已失去自由创造的能力。如果将鲁迅所呼唤的"心声"和"内曜"与"神思"和"白心"结合起来看，就可以发现鲁迅所寄予希望的正是尼采式的少数"精神界之战士"的强烈意志和主体精神以及他们使"朴素之民"的"神思"和"白心"得到发扬的可能性。这就和现代主义的"自我无限精神"和"意志的胜利"血脉相连，然而，鲁迅的现代主义又与西方的现代主义很不相同。如果说西方现代主义较少受某种具体目标的规范，常是无目的地提倡个人自由和放任，那么，鲁迅的现代主义却有明确的目的，那就是启"群之大觉"，"建立人国"的理想和追求。

《破恶声论》以很多篇幅讨论了宗教问题。在这些讨论中，最值得注意的有以下三点：第一，鲁迅认为民间宗教（伪士斥为迷信者）、民俗、

---

① 丹尼尔·贝尔：《资本主义文化矛盾》，赵一凡等译，三联书店1992年版，第31页。
② Irving Howe：*The Modern Thought in Literature and Art*，New York，Horizon publishing House，1967，p. 13.

神话都是出于"朴素之民"发自内心的真诚的自由（繇己）精神活动，这种精神活动是多种多样的，不应受到任何人的干扰和压制。第二，鲁迅拒斥一切自上而下的、排他的宗教。他对这类"吃宗教饭"，"惟我独正"的"正信教宗"并不认同，并指责那些所谓"破迷信之志士"实则是这类"敕定正信教宗之健仆"。第三，鲁迅强调信仰是不可能强迫的。他指出："今者更将创天下古今未闻之事：定宗教以强中国人之信奉"，如此"心夺于人，信不繇己"，只可能产生危害社会的"伪士"。鲁迅关于宗教的这些思想虽然还不一定十分成熟，但仍可看出它是和宗教观念的现代性相连的。按照卢曼（N. Luhmann）在《宗教的功能》中所说的，宗教之社会功能的现代转型在于：传统的宗教有系统整合的功能；而现代的宗教的功能则并非是系统整合的。刘小枫认为："宗教的现代化即世俗化、私人化、多元化，它们表明，要想重构传统式的、具有普遍有效性之意义——价值共识，很可能只是乌托邦或卢曼所谓的怀旧梦。"① 在这种状况下，宗教日益私人化，也就是更加个体化和主体化。这种私人化或个体化和主体化的后面是平等理念、意义知识多元化的内在支撑。鲁迅关于宗教的世俗化、私人化、多元化的议论也是和他一贯的"建立人国"的思想一脉相通的。

在《破恶声论》中，鲁迅并不是在一种二元对立的方式中来谈中外、古今的关系的，他始终致力于在世界最新发展的脉络中来考察中国文化从古至今所存在的各种问题，因此他能跻身于世界思想发展的最前沿，而使自己的讨论充满着现代色彩。

---

① 刘小枫：《现代社会理论绪论——现代性与现代中国》，香港牛津大学出版社1996年版，第467页。

重读鲁迅的《孤独者》

孤独，是鲁迅许多作品的主旋律。魏连殳是鲁迅所创造的孤独者的谱系中最突出，也是最后的一个。鲁迅笔下的孤独，既和现世社会联系在一起，又有其超越的形而上学的意义。

在《孤独者》中，孤独首先来自个人与社会之间的障壁，主人公无论何时何地都被周围的人目为"异类"："村人仿佛将他当作一个外国人看待，说是同我们都异样的"，"他确是一个异类"。异就异在：第一，全村连小学都没有，他却是出外游学的学生；第二，没有家小"也是异样之一端"；第三，大殓时，他不是和别人一样在该哭的时候，该哭的地点，口中"念念有词"地哭，而是在事毕人散之际，出人预料地突然号啕如旷野的狼嗥；第四，当人们作好了对付他的一切准备，预料他在祖母丧葬仪式问题上一定要"改变新花样"时，他却又偏偏异样地顺从，主张一切照旧。总之，他总是和周围的人们相左，这就是那沉重的孤独的来由。

孤独乃是"独异"的代价。"独异"就是"对庸众宣战"。鲁迅说，这些"独异者""必定自己觉得思想见识高出庸众之上，又为庸众所不懂，所以愤世嫉俗，渐渐变成厌世家或'国民之敌'。但一切新思想，多从他们出来，政治上、宗教上、道德上的改革也从他们发端"。① 鲁迅在1918年所说的这一番话，上承《文化偏至论》所提出的"人各有己"，必"国人之自觉至，个性张"，"沙聚之邦"才能"由是转为人国"；下启《狂人日记》以来，《药》《故乡》《阿Q正传》《在酒楼上》《孤独者》一系列作品的寓意。在《呐喊·自序》中，鲁迅将这一上下二十年横亘在他心中

---

① 鲁迅：《热风·随感录三十八》，《鲁迅全集》第1卷，人民文学出版社1957年版，第387页。

的思索化为铁屋子中清醒者与沉睡者的意象。

如果说"遗忘"与"苟活"是庸众的标记，那么，孤独便是独异者的纹章。狂人、夏瑜、《故乡》中的"我"，N先生（《头发的故事》）、吕纬甫、魏连殳、涓生都是孤独者。他们的存在有如光谱，以不同的波长呈现出独异者与庸众关系的原型。狂人、夏瑜、《故乡》中的"我"显然都把希望寄托在下一代，N先生虽不肯定"未来的黄金世界"，至少在愤世嫉俗中肯定了自己。吕纬甫则一并失去了自我，"无非是做了些无聊的事，等于什么也没做"，而他自己也明知，"这些无聊的事算什么？只要模模糊糊"。魏连殳更进一步，"我已经躬行我先前所憎恶，所反对的一切，拒斥我先前所崇仰，所主张的一切"，而涓生所选择的则是回归于铁屋中苟活的沉睡："我要向着新的生路跨进第一步去……用遗忘和说谎作我的前导。"鲁迅在《两地书》中，总结了他思考了20年的独异者与庸众的战斗。他说："这一类人物的命运，在现在——也许是在将来——是要救群众，而反被群众所迫害，终于成了单身，忿激之余，一转而仇视一切，无论对谁都开枪，自己也归于毁灭。"

魏连殳所以不同于加缪笔下的"局外人"，也不同于19世纪俄国的"零余者"，正是由于他这种强烈的社会参与意识，以及这种在群众中寻求哪怕是一线希望的热切的爱心。如果说《局外人》中的主人公莫尔索对母亲的送殓，只表现出冷漠、厌烦、无动于衷地忍受着这一场"荒诞"，那么，魏连殳却在为祖母送殓时为一个与自己并无血缘关系、劳苦一生、受尽侮蔑的、极其平凡的农村老妇痛哭失声。原因就在于他认同她的孤独，他们都是孤独者，他将"分享她的命运"，即同样在周围的敌意中死去，他预见到这一点，而又完全无力改变，同时她又是极少数爱他而又愿意他活下去的人。为了这样的人（包括房东的孙子们），他是愿意"为此乞求，为此冻馁，为此寂寞，为此辛苦"，总而言之，愿意献出一切的。如果说俄国的奥涅金、别却林（《当代英雄》）们总是因自己的优越而自己把自己视为与众不同的"异类"，他们更关心的是如何来填补自己的空虚，那么，魏连殳之成为"异类"，却是被周围的社会逼出来的。他毕身重视的只是如何从周围的群众中找到认同的可能，他对大良、二良们，从无微不至的关心爱护到最后的失望痛心就是例证。

和鲁迅的许多其他作品一样，《孤独者》的探讨也不仅限于现世社会的生活层面，而是进一步追问"生死""孤独"的形上意义。作品从送殓始，以送殓终并不只是偶然的结构设计，而是隐含着对死的意义的追问。

"和魏连殳相识一场",是从死到死,也就是说这一过程还是追溯送殓者魏连殳本人如何走向死亡的过程。通过这一过程,作者从形而上的层面,至少向读者展示了以下三点:第一,死亡纯属个人行为,它对本人来说,是永不再来的生命的终结,对别人来说却只是权力和财产再分配的可能。两次送殓场面的极其相似充分说明了这一点。第二,死亡使鲜活的思想、独特的意念通通化为乌有,正是"本味何能知?"所有历史都是后人对曾经生存者随心所欲的捏造和扭曲,这就是为什么躺在不妥帖的,配着金闪闪的肩章和红色宽条的军衣中的魏连殳要"含着冰冷的微笑,冷笑着这可笑的死尸"的原因。第三,人生的一切往往并不确定,而"必死"却是毋庸置疑。魏连殳终于在纷扰不宁中与这一"确定"相遇而"获大自在",得到了宁静和安详。孤独的魏连殳送走了孤独的祖母,孤独的"我"又送走了孤独的魏连殳,"我"无疑也将沿着他们的足迹向这唯一的"确定"走去。正是看到了这一"确定",解除了自己对生者和死者的责任,"我"这才感到轻松和坦然,正如魏连殳认定"连一个愿意我好好地活下去的人"也没有了,无论出什么事,也"再没有谁痛心"了,于是感到"快活极了","舒服极了",这种"轻松""坦然""快活""舒服"正是来自对生之执着的放弃和对死的彻悟。

在艺术表现方面,独头茧、圆月是孤独的意象,黑色则象征着复仇与死亡。独头茧是一个完全封闭的世界,"我"曾期盼魏连殳从独头茧中解脱出来,魏连殳对祖母也曾有过同样的期待,但人天生被囚禁在自己的世界中,每一个人都是一个封闭的个体,互相感受到各人肉体的痛苦固然不可能,就是精神上的沟通和感应也十分困难。孤独如独头茧的命运是早已注定了的。圆月也是孤独的。天空中永远只有一个圆月,与它相连的永远是寂静的夜。圆月的意象两次在作品中出现,一次是在"我"和魏连殳谈论死去的祖母之时,另一次是在魏连殳死后。关于独头茧和圆月的回环安排都是和从"送殓到送殓"的回环结构相联系的。黑色色调贯穿于全部作品。魏连殳是"浓黑的须眉","两眼在黑气里发光",着急起来,"他脸上的黑气愈见其黑",失意之时,他"看去仿佛比先前黑",直到死后,他"骨瘦如柴的灰黑的脸旁,是一顶金边的军帽"。特别是那个用"颜色很黑"的两块小炭作为眼睛的雪罗汉,它的易于消融,转瞬即逝更是作为时间意象,隐喻着孤独者魏连殳短暂、虚无的一生。《孤独者》中,魏连殳总是和黑色联系在一起,使人不能不想起《铸剑》中那个"黑瘦的","须、眉、头发都黑",眼睛像"两点燐火一般"的复仇的"黑色人"。魏连殳一直在向压迫他的社会复仇：对祖母的丧仪，全都照旧，使那些"咽着唾沫，新奇地听候消息"的人无热闹可看，是复仇；把器具烧给祖母，分赠女工，使"亲戚本家都说到舌敝唇焦"，是复仇；将那些达官贵胄、帮闲文人玩弄于股掌之上，也是复仇；要孩子们磕头，装狗叫更是一种变态的复仇。这些复仇的意念都在全篇关于黑色的强调中得到了凸现。

20世纪20年代知识分子心态的探索
——论茅盾的《虹》和《蚀》

一、历史的回顾

  中国自鸦片战争以来，自身的积弱和外力的入侵形成了严重的民族危机。西方的榜样和新思潮的传入在很大程度上刺激了中国知识分子探索新路，拯救国家民族的愿望并提出了新的可能性。中国现代文学的开端正是以探索知识分子改造社会的可能性及其自身的矛盾和局限为内容的。

  由于时代和社会的限制，20世纪初叶的中国知识分子已经不可能像魏晋名士那样遁迹于逍遥放达，他们既不能像《儒林外史》中的人物那样以一个行将崩溃的道德理想来维系自己的信仰，又不能像《浮生六记》中的主人公那样自慰于琐细的生活趣味而忘却振兴民族的重任。特别是大量涌入的外来思潮使他们越来越感到民族的垂危而不能不在有充分时间思考之前，作出判断和选择。这样，中国第一批现代知识分子（从鲁迅笔下的"狂人"开始）就不能不怀着救国救民的热望和彻底否定过去的精神，以一种奉献自己的悲壮气概去面向生活。

  但是，这并不意味着现代知识分子和自己的前辈之间已失去传统的联系。恰恰相反，在许多现代知识分子身上，我们都可以看到这种传统的延续。例如作为五四文学杰出代表的鲁迅，在思想、气质、人格等各方面就都受着魏晋名士嵇康、阮籍、孔融等人的明显影响，特别是在"以德抗位"，藐视权威等方面更其如此。鲁迅的密友许寿裳曾说："鲁迅的性格，严气正性，宁愿覆折，憎恶权势，视若蔑如……很有一部分和孔、嵇二人相类似。"① 鲁迅所写最能代表五四知识分子的新觉醒的两篇宣言式名著《我之节烈观》和《我们现在怎样做父亲》就显然继承着嵇康"非汤武而薄周孔"的反权威理想和孔融等人"父之于子当有何亲"的论点。鲁迅讨论了几千年来作为中国人生活规范的儒家五伦中最重要的两伦——夫妇和父子,指出"性交的结果,生出子女","父母对于子女,应该健全的产生,尽力的教育,完全的解放"②,性爱并非罪恶,生育也谈不上施恩。

茅盾也继承着同样的传统。他的文学活动可以说是从校注《楚辞》《庄子》,研究中国神话开始的,他回忆自己的中学时代说,那时"诗要学建安七子;写信拟六朝人的小札;举止要风流潇洒,气度要清华疏旷……"1936年,他还向青年作者推荐《儒林外史》,并说自己最喜欢的中国旧小说是《水浒》和《儒林外史》。③

五四现代小说的奠基人鲁迅和茅盾就是在这个基础上开始写作的。

鲁迅首先在他的短篇小说中描写了三代不同的知识分子:被公认为中国第一篇现代白话小说的《狂人日记》及其姊妹篇《药》描写了辛亥革命前作为中国革命前驱者的知识分子;《在酒楼上》和《孤独者》描写辛亥革命后进步知识分子的处境和心态;《伤逝》则探索了五四时期青年知识分子和当时社会的关系及其发展的可能性。鲁迅塑造的这些人物都十分敏感于时代的痛苦,怀着对社会和人生病态的深刻关切,反抗现实,寻求理想和自由。

"狂人"紧迫地感到中国若不改革,前途只有灭亡,因为"将来是容不得吃人的人","即使生得多,也会给真的人除灭了,同猎人打完狼子一样——同虫豸一样!"他宁愿被视为疯子也要为"救救孩子"讲出认识到的真理。《药》中的夏瑜为同样目的而献出生命,他的血对于愚昧不觉醒的人民只是一剂全无作用的"药"。吕纬甫(《在酒楼上》)过去曾"连日议论些改革中国的方法以至打起来",并为反迷信而到城隍庙去拔掉神像的胡子。魏连殳(《孤独者》)曾经是一个可怕的"新党"。子君坚持"我是我自己的,他们谁也没有干涉我的权利",勇敢地背叛了旧家庭。

然而,旧的传统势力实在太强大,正如鲁迅所说,"即使搬动一张桌

---

① 转引自曹聚仁:《鲁迅评传》,香港新文化出版社1973年版,第47—48页。
② 鲁迅:《我们现在怎样做父亲》,《鲁迅全集》第1卷,人民文学出版社1957年版,第247、252—253页。
③ 茅盾:《我的中学生时代及其后》,《印象·感想·回忆》,文化生活出版社1936年版,第90页。

子，改装一个火炉几乎也要血"①，这种深刻认识使鲁迅小说不同于清末谴责小说，他从来不认为清除几个坏人或好人，进入政府就能拯救中国，他着力描写的是先觉者、改革者的知识分子完全不能被社会所接受和了解，以及他们因此而感到的孤独和疏离。狂人，当他清醒地剖析社会时，他被认为是危险的疯子，关进笼中，"犹如鸡鸭一般"，当他放弃清醒的意识，与旧社会认同，往某地候补做官，于是被目为正常。夏瑜的牺牲完全不能被他为之献身的人们所理解，他的血在愚昧中被制成人们迷信为可治肺病的人血馒头，结果害死了另一个无辜的生命；他为从愚昧中唤醒人民而死，然而他唯一的亲人，他的母亲对他的最后希望仍是愚昧地祝愿他"显灵"。他的死，从疗救人们愚昧的意义上说也仍是一剂无益的"药"！魏连殳，曾是一个反对军阀统治的"可怕的'新党'"，死后却被人们穿上嵌红条的军衣，戴着标志军衔等级的金闪闪的肩章，旁边还有金边的军帽和纸糊的指挥刀。这个被社会扭曲了的人"口角间仿佛含着冰冷的微笑，冷笑着这可笑的死尸"②，构成了悲哀的反讽。涓生和子君在"谈家庭专制，谈打破旧习惯，谈男女平等，谈伊孛生，谈泰戈尔，谈雪莱……"③的五四气氛中成长起来。他们虽然表面上实现了自己的理想，成立了自己的小家，然而外在世界的冷漠、歧视和迫压以及内在世界所感到的孤独、无望和疏离迫使他们亲手毁弃了作为他们奋斗成果的小家庭，回到了原来的出发点，子君甚至无益地牺牲了生命，涓生虽然渴望"向着新的生路跨进第一步去"，但他并不知道这"生路"在哪里，而只能以"遗忘和说谎"作为前导。④

　　由于种种改革企图的徒劳无功，以及知识分子（包括鲁迅在内）对社会改革的深刻关切而又苦于找不到可行的出路，这就使鲁迅笔下的知识分子主人公从一开始就带有浓厚的自我探索和自我批判色彩。"狂人"发现自己也吃过人，是吃人者行列中的一员。吕纬甫承认自己"无非做了些无聊的事情，等于什么也没有做"，只是像蝇子一样"飞了一个小圈子，便又回来停在原地点"⑤。魏连殳认为自己"已经躬行我先前所憎恶，所反对的一切，拒斥我先前所崇仰，所主张的一切"，就像"亲手造了独头茧"，

---

① 鲁迅：《娜拉走后怎样》，《鲁迅全集》第1卷，第274页。
② 参阅鲁迅：《孤独者》，《鲁迅全集》第2卷，第106—107页。
③ 鲁迅：《伤逝》，《鲁迅全集》第2卷，第109页。
④ 同上书，第129页。
⑤ 鲁迅：《在酒楼上》，《鲁迅全集》第2卷，第26页。

将自己裹在里面而无法突破,他问:"你说,那丝是怎么来的?"① 他想找到这一切失败的根源,可惜无论是他还是作者都无法回答这一问题。至于《伤逝》,它的副标题就是"涓生的手记",更通篇都是一个青年知识分子对自己灵魂的批判和剖析。

总之,一切改革的尝试都像"一箭之入大海"②,全无反响。社会黑暗无边无际,有时甚至摸不清敌人究竟在哪里,因为他们打着各种漂亮旗号,不断改变面貌。鲁迅在《野草》散文诗中曾经用"无物之阵"来描述自己对黑暗社会的这种感受:

> 他走进无物之阵,……许多战士都在此灭亡,……使猛士无所用其力。
> ……
> 他终于在无物之阵中老衰,寿终。他终于不是战士,但无物之物则是胜者。
> 在这样的境地里,谁也不闻战叫:太平。
> 太平……
> 但他举起了投枪!③

这正是鲁迅在他的短篇小说中所曾描写过的三代知识分子的一个共同缩影。

鲁迅始终没有放弃对于更新、更有力量的知识分子出现的可能性的探索。在1926年的"三一八"惨案④中,更年轻一代知识分子为挽救国家危亡奋不顾身的英勇献身精神给了鲁迅极大的鼓舞,他写道:

> 叛逆的猛士出于人间,他屹立着,洞见一切已故和现有的废墟和荒坟,记得一切深广和久远的苦痛,正视一切重叠淤积的凝血,深知一切已死,方生,将生和未生。他看透了造化的把戏;他将要起来使人类苏生,或者使人类灭尽,这些造物主的良民们。

---

① 鲁迅:《孤独者》,《鲁迅全集》第2卷,第95页。
② 鲁迅:《答有恒先生》,《鲁迅全集》第3卷,第346页。
③ 鲁迅:《这样的战士》,《鲁迅全集》第2卷,第202—203页。
④ "三一八"惨案,1926年3月18日,北京人民在天安门集会抗议日本侵犯中国主权并游行,在国务院门前,段祺瑞军阀政府下令开枪射击,死47人,伤150余人。

造物主，怯弱者，羞惭了，于是伏藏。天地在猛士的眼中于是变色。①

这才是鲁迅理想的知识分子：他是叛逆的，敢于起来粉碎一切旧的镣铐，他的知识足以使他熟知过去，洞察未来，懂得以往失败的教训以及"无物之阵"的千变万化。他将唤起人类的觉醒，从而灭尽那些服从的奴隶，创造另一个全然不同的新天地。

1926年4月，鲁迅写了这篇关于知识分子战士的颂歌，8月他就离开北京去厦门。那时广东是北伐革命的根据地，鲁迅怀着很大的希望去寻求这样的猛士之群。

然而鲁迅在广东所面临的却是更复杂的斗争，一年后，由于白色恐怖，大批青年知识分子被屠戮。北伐革命的失败给中国知识分子提出了新的问题。然而，鲁迅不再写小说，这些问题反映在当时新起的作家茅盾的小说中。

二、青年知识分子心态的探索者——茅盾

茅盾（1896—1981）和鲁迅、郭沫若不同，他不仅未曾留学，而且也从未上过大学。清贫的家境和长子的责任使他在念完北京大学预科三年之后就到上海商务印书馆去做一名小职员。茅盾的父亲是一个在家行医的落魄秀才，崇拜谭嗣同，鼓吹科技，赞成维新；母亲粗通文理，爱读小说。并不富裕的经济情况和不受重视的社会地位使他从小就倾向于自我奋斗和同情被压迫人民；父母的影响使他有较开阔的眼界，从不拒斥新事物，而是采取探索态度。

茅盾首先是以文艺批评家的身份进入文坛的。在开始写小说以前，他已有近十年时间致力于研究中国社会、世界潮流、西方文艺和中国作品，对于文艺的性质和特点、创作方法和社会作用都已有一系列倾向于现实主义的自己的看法。

1927年国共合作破裂，北伐革命失败，反动派对革命者的屠杀在知识分子中引起了极大的震动。鲁迅、郭沫若和茅盾恰好代表了革命知识分子在革命转折关头的三种不同类型。白色恐怖使鲁迅感到先前的攻击社会如

---

① 鲁迅：《淡淡的血痕中》，《鲁迅全集》第2卷，第209页。

一箭之入于大海,正因为未真正威胁反动派,才作为废话而得以存留。①这促成了鲁迅投身实际革命的决心,他是在革命失败的关头参加革命的。郭沫若则不同,革命失败所引起的仇恨和激愤,使他一时看不清实际条件,恨不得一切知识分子都能在一夜之间"获得无产阶级意识"。他是因为要革命而走上了不利于革命的、脱离群众的路。茅盾又是另一种情形:革命夭折给他带来的是痛苦的思索,是暂时离开革命的漩涡,重新审视自己走过的路,是经过一段曲折回流,重新汇入革命队伍。他暂时离开了革命,为的是以后更正确地走革命的路。

茅盾和许多仍然高喊"革命正在进入高潮"的"左倾"分子不同,他客观而冷静地承认革命是失败了。不顾实际情况地"革命"下去,只能走向绝路。他说:"我实在是自始就不赞成一年来许多人所呼号呐喊的'出路'。这'出路'之差不多成为'绝路',现在不是已经证明得很明白?""我就不懂为什么象苍蝇那样向窗玻璃片盲撞便算是不落伍?"②

他又不愿把失望和怀疑藏在心里,装出一副乐观的面孔来"指引"群众。他坦白承认自己"不能积极地指引一些什么","因为我既不愿意昧着良心说自己以为不然的话,而又不是大天才能够发现一条自信得过的出路来指引给人家"。他宣称自己只能作"能够如何真实便如何真实的时代描写"。

同样实事求是的精神使他检讨了过去的文学道路。他感到新文学的读者实际上是小资产阶级知识分子,那么,新文学为什么在理论上只能以"并不能读"的"劳苦大众"作为对象(这是当时"革命文学"提倡者的主张)呢?于是,他提倡以小资产阶级为对象的文艺,以结束"为劳苦大众而作的新文学,只有不劳苦的小资产阶级知识分子来阅读"的矛盾局面。

在这样的思想背景下,茅盾于1927年9月至10月间写了《幻灭》,11月至12月写了《动摇》,1928年4月至6月写了《追求》。这三部小说有一定连续性,但主要人物并不雷同,时间略有重叠。1930年,这三部小说再版时合为一册,由作者定名为《蚀》。1928年8月茅盾离开上海去东京,于1929年4月至7月写了未完成的长篇小说《虹》。《蚀》和《虹》都是写中国青年一代知识分子的心态和生活。如作者所说,《蚀》是写"现代

---

① 参阅鲁迅:《答有恒先生》,《鲁迅全集》第3卷,第346页。
② 茅盾:《从牯岭到东京》,《小说月报》第19卷第10号,1928年版,第1139页。

青年在革命壮潮中所经过的三个时期：1. 革命前夕的亢昂兴奋和革命既到面前时的幻灭；2. 革命斗争剧烈时的动摇；3. 幻灭、动摇后，不甘寂寞，尚思作最后之追求"[①]。三部作品所涵盖的时间大约是从1926年5月到1928年春天。《虹》则是通过四川一个女学生从18岁到23岁，求学、教书，在军阀省长家里当家庭教师，最后来到上海的经历，反映出从1919年五四运动到1925年五卅运动之间中国青年知识分子思想、生活的动荡和变迁。

《幻灭》主要是写刚从巴黎留学两年归来的慧女士回到上海后找不到工作，只好与她过去的同学静女士同住，发生了复杂的爱情纠葛，后来又同到武汉参加北伐革命。静女士是因发现自己的爱人原来是军阀暗探，失望之余而投奔革命的。革命过程中阴暗的一面使她感到更加沮丧和幻灭。最后，她在伤兵医院工作，爱上一个未来主义者。未来主义者所追求的是强力的战争刺激，不久又重新出发去打仗，于是，静女士所赖以为生的这一点纯真的爱情也幻灭了。

《动摇》描写北伐革命政权占领武汉后，武汉附近一个小县城所发生的一切。——"由左倾以至发生左稚病，由救济左稚病以至右倾思想的渐抬头，终于成为大反动"和对革命者的残酷屠杀。并在这个背景下写知识分子方罗兰（革命政府商民部长）在处理革命事务，领导民众运动以及结婚恋爱问题上的左右动摇。

《追求》则是写革命失败后，一群知识分子从革命前线撤退到上海后的遭遇。他们有的把希望寄托于下一代，献身于教育事业；有的想扎扎实实做一点事，前进不了一步，半步也行（当时称为"半步主义"）；有的追求办社团，重新组织起来；有的则追求刺激，追求恋爱，甚至追求自杀。但他们最后都是一事无成，连追求自杀也因多次被救活而无法实现。

《虹》的色调远比《蚀》明朗，主人公梅女士"力求适应新的世界，新的人生"，"颠沛的经历既已把她的生活凝成了新的型，而狂飙的'五四'也早已吹转了她的思想的指针"[②]，她靠自己粉碎了婚姻的枷锁，几经曲折，接近了群众运动的核心。

在《蚀》和《虹》中，一代青年知识分子的面貌被如实地呈现出来，我们可以从中看到许多前所未有的社会现象，这一代知识分子和过去传统

[①] 茅盾：《从牯岭到东京》，《小说月报》第19卷第10号，1928年版，第1141页。
[②] 茅盾：《虹》，《茅盾文集》第2卷，人民文学出版社1958年版，第6页。

的知识分子相比，有了完全不同的心态。下面将对这一不同心态的若干特征作一些简要分析。

三、与社会统治权威全面对抗的一代"薄海民"

反映在《蚀》和《虹》中的突出现象之一，就是知识分子从旧家庭（主要是地主家庭）关系中游离出来，传统的、依附于地主经济的所谓"耕读世家"土崩瓦解了，知识分子流入城市，形成瞿秋白所说的一代"薄海民"（Bohemian）①。他们靠脑力劳动为生，流浪于各大城市。这种"自由流动资源"（free floating resource—Max Weber）的出现对中国社会文化发展起着重大作用。共产党的形成，西方文化（包括马克思主义）的传入，抗日战争的动员和宣传，以至延安根据地的建设都与这一现象有关。

由于这一社会结构的变化，知识分子与社会统治权威的关系以及他们所持的社会价值标准都发生了很大变化。魏晋以来知识分子"以德抗位"，他们对统治者的反抗往往只是部分的，消极退隐的，而且时时存在着与统治者重新合作的可能性。连鲁迅笔下的"狂人"，病后也是走上"赴某地候补"做官的老路。但茅盾笔下的青年知识分子由于时代的不同，走上了更全面、更富于行动性的彻底反叛的路，无论在政治方面、社会方面、道德文化方面都形成了全面的对抗。

他们对于占统治地位的军阀势力绝无幻想，绝无妥协的余地，他们和军阀之间的关系是过去从来不曾有过的革命者和革命对象的关系。《幻灭》中的慧和静都曾参加北伐革命；《动摇》中的方罗兰虽然左右摇摆，但他与军阀的矛盾仍是你死我活的矛盾；《追求》中的知识分子都在困苦中挣扎，想为自己找一条出路，但与反动政府合作的可能则绝对排除在外。

对政治权威的彻底否定同时也导致了对这一政治权威所维护的社会价值标准的彻底否定，传统中国是一个以家族为重，以孝悌治天下的社会。鲁迅笔下的知识分子多半还是通过与父母兄弟的关系被表现出来，如在与兄长的关系中写"狂人"，在与母亲的关系中写吕纬甫，在与祖母的关系中写魏连殳，在与叔父和父亲的关系中写子君等。"狂人"和子君表现了对孝悌观念的否定，吕、魏则表现了同一观念在知识分子思想感情上的深

---

① 瞿秋白：《〈鲁迅杂感选集〉序言》，《瞿秋白文集》第 3 卷，人民文学出版社 1953 年版，第 995 页。

远影响。在茅盾的小说中，父母兄弟的关系已从主要情节中退出，作者多半描写一群在都市流浪的青年知识分子，他们的家庭只是一个隐约的背景，例如仅仅提到静女士有一个爱她的母亲，慧女士有一对不贤的兄嫂等。父母兄弟在这些知识分子的生活中已经不占重要地位，孝悌观念对他们来说已不是什么重要的价值标准。旧家庭已不再是他们生活中的主要牵累，他们可以自由地流动，或上学，或工作，或革命。

男性中心，男尊女卑是中国传统社会的重要特征。在茅盾的作品中，男女平等的价值观以非常突出的形式表现出来。女性知识分子在《蚀》和《虹》中占了主要地位，这在中国小说史上是第一次。这也是茅盾对中国现代文学的重要贡献。

茅盾所写的"时代女性"对传统的生活方式和传统的道德教训都作了彻底否定。她们宣称："既定的道德标准是没有的，能够使自己愉快的便是道德。"她们认为在一个平庸停滞的社会，唯一能够使自己愉快的只有"刺激"："我们正在青春，需要各种的刺激，刺激对于我们是神圣的，道德的，合理的！"① 她们自称"现在教徒"②，认为"理想的社会，理想的人生，甚至理想的恋爱，都是骗人自骗的勾当"③，只能"将来的事，将来再说；现在有路，现在先走！"④ 这对于几千年来的社会秩序和压迫妇女的道德镣铐是一个强烈的反动和对抗。

这种反动和对抗更鲜明地表现在两性关系之中。这些新女性首先打破了几千年的男性中心思想，在两性关系中以男性享乐为主的旧观念。梅女士说："天生我这副好皮囊，单为的供人们享乐么？如果是这般，我就要为自己的享乐而生活，我不做被动者！"⑤ 她们公开提出性的享乐也是女性的权利，甚至夸张地把"性"作为向男性报复的一种手段。孙舞阳说："我有的是许多粘住我和我纠缠的人，我也不怕和他们纠缠，我也是血肉做的人，我也有本能的冲动，有时我也不免——但是这些性欲的冲动，拘束不了我。所以没有人被我爱过，只是被我玩过。"⑥ 她们彻底颠倒了过去男性为主的秩序，夸张地采取主动。《追求》中的新女性章秋柳甚至认为："女子最快意的事，莫过于引诱一个骄傲的男子匍匐在你脚下，然后下死

---

① 茅盾：《蚀》，人民文学出版社1954年版，第365、379页。
② 茅盾：《虹》，《茅盾文集》第2卷，第12、34页。
③ 茅盾：《蚀》，第365、379页。
④ 茅盾：《虹》，《茅盾文集》第2卷，第12、34页。
⑤ 茅盾：《虹》，《茅盾文集》第2卷，第82页。
⑥ 茅盾：《蚀》，第214—215、279、27、70页。

劲把他踢开去。"① 她们对传统的婚姻制度也采取了完全否定的态度，认为"不受指挥的倔强的男人，要行使夫权拘束她的男人，还是没有的好！"② 孙舞阳说："我老实对你说，我是自由惯了，不能做人家的老婆！"③

这种新的两性观念产生于学校和某些职业向妇女开放，妇女进入社会；特别产生于北伐革命中，男女交往频繁的局面。反过来，这类观念又加深了北伐革命时，知识分子中两性关系的随便和混乱。男人"近乎疯狂的见了单身女人就要恋爱"，"人们疯狂地寻觅肉的享乐，新奇的性欲的刺激"，作者分析说："然而这就是烦闷的反映。在沉静的空气中，烦闷的反映是颓丧消极；在紧张的空气中，是追寻感官的刺激。所谓'恋爱'遂成了神圣的解嘲。"④ 这类现象和苏联十月革命后普遍流行的"杯水主义"颇有类似之处。

由于新的两性观念的产生，在青年女性中同性恋盛行起来。《虹》详细描写了20世纪20年代中学女生同性恋的情景，《幻灭》和《追求》中也都有类似的描写。与此同时，对于妓女的看法也有很大改变。《追求》描写革命失败后，一对知识分子夫妇找不到工作，在非常困难的情况下，妻子决定"为要保持思想的独立，为要保留他们俩的身体再来奋斗，就是做一二次卖淫妇也不算什么一回事！"章秋柳认为："为了一个正大的目的，为了自己的独立自由，即使暂时卖淫也是合理的，道德的。"⑤ 在《虹》中，作者甚至接触到在伦理观念极强的中国社会极少出现的乱伦问题，描写了一对兄妹的隐约的恋爱故事。

总之，从茅盾所描写的婚姻恋爱这个角度，我们也能看到旧社会价值观念的全面崩溃。在中国知识分子中长期存在的"情"和"礼"的冲突呈现了全然不同的局面。传统的"礼"已经不再有规范作用，"性"代替"情"在知识分子生活中占据重要地位，在两性关系中，女性转而采取主动。这些现象反映了中国知识分子生活和社会变动的一个独特方面。茅盾的作品忠实记载了这些现象。他的贡献是独一无二的，不仅前无古人，后来也再没有别的作品能如此大胆而创新地探索这一时代的这一领域。

---

① 茅盾：《蚀》，第214—215、279、27、70页。
② 同上。
③ 同上。
④ 同上。
⑤ 茅盾：《蚀》，第380、381页。

四、在中西新旧之间

钱穆在他的《中国知识分子》一书中强调说:"晚清的学术界,实在并未能迎接着后来的新时代而预作一些准备与基础。换言之,此下的新时代实在全都是外面的冲荡,而并不由内在所孕育。"① 这在一定程度上反映了西方文化传入中国与魏晋时期印度文化传入中国两个时代情况的不同。事实上,由于20世纪以来中国社会自身的危机,西方文化与其政治、经济、军事力量同时俱来,而晚清学术界多作考据诠释之学,虽有谭嗣同、康有为等思想界之先驱,但由于客观条件的限制,究竟缺少自成一统的、强固的、适合于时代需要的思想体系;加以西方文化的确在许多方面高出于当时已经没落的封建帝国文化,因此当西方思潮"如狂涛般卷来",中国知识分子多处于一种无选择的被动状态,或认为西方文化一切都好,旧有文化一切都坏,或由于担忧自身文化之覆灭而拒绝审视其弱点与局限。茅盾的小说生动地反映了五四以后,中国青年知识分子对新思潮或西方思潮的追求,及革命失败后对这一追求过程的反省与怀疑。

从茅盾的小说中,我们可以看到以西方思想文化为主要内容的"新思潮"已经打开了中国的大门,使中国不再闭守一隅而带上了世界的色彩。在上海,人们"吃法国菜","打木球",跳 Tango 舞,看美国电影,中学生历史课讨论的题目是第二次世界大战将于何处爆发?在远东还是巴尔干?大学生所感受的幻灭的悲哀、向善的焦灼和颓废的冲动,是世界性的世纪末的苦闷。在武汉,革命政府录取干部考试的题目涉及墨索里尼、季诺维也夫。在闭塞的四川,梅女士的丈夫为了讨妻子欢心,"凡是带着一个'新'字的书籍杂志,他都买了来,因此,《卫生新论》,《棒球新法》,甚至《男女交合新论》之类,也都夹杂在《新青年》、《新潮》的堆里"②。

然而,西方传入的"新"东西,往往是新旧杂陈,互相抵触,正如《虹》所描写的:

> 新的书报现在是到处皆是了,个人主义,人道主义,社会主义,无政府主义,各色各样互相冲突的思想,往往同见于一本杂志里,同

---

① 钱穆:《中国知识分子》,台湾中国问题研究所1951年版,第27页。
② 茅盾:《虹》,《茅盾文集》第2卷,第77页。

样地被热心鼓吹。梅女士也是毫无歧视地一体接受。抨击传统思想的文字,给她以快感,主张个人权利的文字也使她兴奋,而描写未来社会幸福的预约券又使她十分陶醉……①

在《虹》和《蚀》中提到的西方人物和作品从托尔斯泰、易卜生、尼采、陀思妥耶夫斯基到墨索里尼、季诺维也夫……,从《侠隐纪》《察拉图斯特拉如是说》《近代科学与安那基主义》《爱的成年》《马克思主义与达尔文主义》以至《中国向何处去?》……,西方思潮于短期内大量涌入,各种"主义",不用说被消化吸收,就是较清楚的认知也还来不及就已经成为过去。许多所谓"新思潮"无非是一个并无切实内容的时髦而混沌的外壳。特别是一代青年知识分子,对自己固有的传统文化多半采取否定态度,对西方文化也缺乏深厚的系统知识。例如梅女士和徐女士"这一对好朋友谈论的时候便居然是代表着托尔斯泰和易卜生的神气;她们实在也不很了然于那两位大师的内容,她们只有个极模糊的观念,甚至也有不少的误会,但同时她们又互相承认:'总之,托尔斯泰和易卜生都是新的,因而也一定都是好的'"②。在这种情况下,由于对待外来新事物的三种不同态度,在茅盾的小说中就出现了三种不同类型的人物:

第一种是急于探索新路的青年知识分子。他们对于西方思潮并无系统、全面的理解,但他们对于新近传入的东西并非采取客观的赏析态度,而是从中汲取新思想,随即应用于行动。当梅女士所在的学校上演《玩偶之家》时,没有人肯担任重要女角林敦夫人,认为她是"恋爱了人又反悔,做了寡妇又再嫁"。梅女士的看法则恰恰相反,她认为:"全剧中就是林敦夫人最好!她是不受恋爱支配的女子",她第一次结婚是为了养活母亲和妹妹,第二次结婚是为了救娜拉。而娜拉则相反,"虽然为了救人,还是不能将'性'作为交换条件"。"这种意见,在梅女士心里生了根,又渐渐地成长着,影响了她的处世的方针"。③ 后来,她果然以"性"作为交换条件,为替父亲还债而嫁给表哥,然后离家出走,使他"人财两空"。梅女士对于易卜生不见得全面了解,但她所了解的那一小部分却成了她行动的指南。韦玉对于托尔斯泰也是如此。他"新近看了几本小说和新杂志,……这才知道爱一个人时,不一定要'占有'她;真爱一个人是要从

---

① 茅盾:《虹》,《茅盾文集》第2卷,第53—54页。
② 茅盾:《虹》,《茅盾文集》第2卷,第30页。
③ 同上书,第44—45页。

她的幸福上打算，不应该从自私自利上着想……"这便是他的"托尔斯泰的哲学"！① 这种哲学指导他为了梅女士的前途而牺牲了自己的爱情。《幻灭》中的强惟力也是如此，他按照他所理解的"未来主义"去生活，"追求强烈的刺激，赞美炸弹，大炮，革命———一切剧烈的破坏的力的表现"②，于是"做了革命党"，"进了军队"。总之，他们把接触到的外来思潮运用于实践，进行多方面的探索。改造社会，追求新路的迫切性使他们不可能停留在纯理论的探讨中，也很难作更深入的钻研。

第二种人是由于大势所趋，必须打着"新"的旗帜。在茅盾的小说中，到处都可以看到"旧材料披上新衣服"的现象。"诊病的时候，不妨带一枝温度表……那就是西学为用的国粹医生，准可以门庭如市"，"还是那些群经诸子，不过穿了白话衣，就成为整理国故，不然就是国糠国糟"。③ 梅女士所在的师范学校打着试验新式教育理论的旗号，与另一所保守的县立中学相对峙，但除了国庆节让四五百学生提着灯笼排成"中华民国万岁"六个大字而外，所谓新教育实在与旧教育并无不同。

更坏的第三种人是借着"新"的幌子，以满足一己私欲。《虹》描写的那位四川省长旧军阀惠师长就是如此。他提倡女子剪发、女子职业、通俗演讲会，甚至计划"到上海、北京聘请几位'新文化运动'健将来举行一次大规模的新思潮讲演"④，但这一切都只是为了掩盖他在女学生中物色美人的实际目的。这种借"新"事物以营私的现象在北伐革命进行中就显得更其复杂危险。《动摇》中，描写了一桩"解放婢妾尼姑"的"簇新的事业"⑤。废除几千年的婢妾制度本来是一件合理的新事物，但在这个过程中情况十分复杂。首先是在农村，由于传统势力的顽固和农民的愚昧，解放婢妾被歪曲为在"耕者有其田"之外，加上了"多者分其妻"，于是出现了保守的"夫权会"与之对抗，当抓住"夫权会"的俘虏游街时，"打倒夫权会"的口号又变成了"打倒亲丈夫，拥护野男人"。⑥ 这件事传到城市，不了解实际情况的知识分子干部竟认为这是"婢妾解放的先驱"，"妇女觉醒的春雷"！混入革命队伍的土豪劣绅则"主张一切婢妾、孀妇、尼姑都收为公有，由公家分配"，否则就是不革命。他的实际目的是"一举

---

① 茅盾：《虹》，《茅盾文集》第 2 卷，第 24 页。
② 茅盾：《蚀》，第 84 页。
③ 茅盾：《虹》，《茅盾文集》第 2 卷，第 196 页。
④ 同上书，第 150 页。
⑤ 茅盾：《蚀》，第 184 页。
⑥ 参阅茅盾：《蚀》，第 181、188 页。

而两善备：投机炫才，解决了金凤姐的困难地位（金凤姐是这位劣绅的妾——笔者），结束了陆慕游的嫖妇问题（陆慕游是这位劣绅的好友，他垂涎于一位寡妇——笔者）"。① 这就使"废除婢妾制度"这一新事物完全变了质。

总之，旧事物打着新幌子又成了胜利者。这引起了很多青年知识分子对五四以来新文化运动的怀疑。梅女士感到"一切罪恶可以推在旧礼教身上，同时一切罪恶又在打破旧礼教的旗帜下照旧进行，这便是光荣时髦的新文化运动！"她的朋友徐女士对于平日信仰的新思想也起了怀疑："人们是被觉醒了，是被叫出来了，是在往前走了，却不是到光明，而是到黑暗；呐喊着叫醒青年的志士们并没准备好一个光明幸福的社会来容纳那些逃亡客！"② 这种怀疑引起了一部分青年知识分子的颓废和消沉，但也迫使他们不再满足于一知半解而希望进行更深的探索。这就为 30 年代马克思主义在青年知识分子中的广泛传播进行了准备。

五、艺术技巧的创新

由于茅盾描写的是很不同于传统社会的中国现代社会，刻画的是完全不同于过去文人的青年知识分子和现代女性，加以他对外国文艺理论的钻研，以及受到大量传入的西方文学作品的影响，所以他的小说在很大程度上推进了鲁迅所开创的中国小说现代化的进程。

茅盾很注重，也很长于研究社会。他的作品总是对社会的分析绝对多于对个人感情的抒发。他的创作过程常常是一些他研究过的人物类型的具体化，而很少从个人感情经验出发。例如写《子夜》时，他认真搜集过材料，分析过中国工业资本家、金融资本家、商业资本家的不同，然后把他们具体化，写在小说里。他从 20 世纪 20 年代初就介绍自然主义，推崇左拉，正是因为他认为这一艺术流派注重"事事必先实地观察"，研究社会问题，然后"照实描写出来"。③ 这一特点使他的小说具有非常丰富而且比较可信的社会史料价值，但在人物的个性化和生动描写方面却不能不说存在一定缺点，特别是和一些从个别人物出发，在人物性格、动作、语言的个性化方面都取得很大成就的作家（如老舍）相比，就更是如此。

---

① 参阅茅盾：《蚀》，第 181、188 页。
② 茅盾：《虹》，《茅盾文集》第 2 卷，第 84 页。
③ 茅盾：《自然主义与中国现代小说》，《小说月报》第 13 卷第 7 号，1922 年版，第 8 页。

在《蚀》的创作中,茅盾首先谈到的也是"型",他说:"《幻灭》、《动摇》、《追求》这三篇中的女子虽然很多,我所着力描写的却只有二型:静女子、方太太,属于同型,慧女士、孙舞阳、章秋柳属于又一同型。"① 但《蚀》和《子夜》毕竟不同,这两种他称为"时代女性"的"型",并不完全是他研究社会的抽象结果,在实际创作过程中出现于他心中的毕竟不是抽象的"型",而是活生生的具体的"人"。他曾回顾说:

    我又打算忙里偷闲来试写小说了,这是因为有几个女性的思想意识引起了我的注意。那时正是"大革命"的"前夜",小资产阶级出身的女学生或女性知识分子颇以为不进革命党便枉读了几句书。并且他们对于革命又抱着异常浓烈的幻想。是这幻想使她走进了革命,虽则不过在边缘上张望。也有在生活的另一方面碰了钉子,于是便愤然要革命了,她对于革命就在幻想之外再加了一点怀疑心情……她们给了我一个强烈的对照,我那试写小说的企图也就一天一天加强。②

  这种由生活中实有的人物所激发的创作冲动有时是很强烈的。例如作者就曾回忆过有一次曾与这样一位女性同行于大雨滂沱之中,"忽然感到'文思汹涌'……在大雨下也会捉笔写起来"③。后来作者又谈到怎样眼见许多"时代女性"发狂颓废,悲观消沉,又怎样在从武汉到牯岭的客船"襄阳丸"三等舱内"发现了在上海也在武汉见过的两位女性"。④ 在小说《牯岭之秋》中,作者更是详尽地描述了这位在"襄阳丸"上相逢的密斯王,她曾是湖北妇女协会常务委员,曾在纱厂组织女工放足闹解放的,可见茅盾在他的作品中所写的"时代女性"的确在生活中实有其人,这些人甚至使他"只觉得倘不倾吐心头这一点东西,便会对不起人也对不起自己似的"⑤。这种心情显然与他写《子夜》时很不相同。

  《虹》也是一样,梅女士的成长过程,她与周围的人的关系及其变化,她的特殊地位、思想和感情都写得很具体,很生动,不同于茅盾后来的某些创作。《蚀》和《虹》都在人物的个性化具体描写方面有自己的造诣,

---

① 茅盾:《从牯岭到东京》,《小说月报》第19卷10号,1928年版,第1140页。
② 茅盾:《几句旧话》,《茅盾论创作》,上海文艺出版社1980年版,第3页。
③ 同上书,第4页。
④ 同上书,第5页。
⑤ 茅盾:《回顾》,《茅盾论创作》,第16页。

同时又不失为对社会冷静观察的结果。

这和茅盾创造性地运用各种中国传统的和西方传入的艺术技巧也有密切关系。

例如"对比"是中国传统小说常用的方法,茅盾写"时代女性"时,大量运用了对比的方法。这种对比不但通过对不同性格的描述,也通过对不同环境、衣着、细节的对照表现出来。

《幻灭》中的慧和静,《动摇》中的孙舞阳和陆梅丽(方太太),《追求》中的章秋柳和朱女士,《虹》中的梅女士和徐女士都有一种对比关系。总之是不同的两型。慧、孙、章等人的特点是浮躁浪漫,轻率放纵,追求刺激,崇尚感官的享乐,她们勇敢地冲击几千年形成的腐败社会秩序,藐视强加于妇女的一切道德镣铐,性格开朗奔放,满溢着青春活力。作为对比形象来写的另一组女子则保存较多中国传统女性的特点,温和,谨慎,极力保持内心的平衡。茅盾关于这两类女性的对比描写相当精彩。他指出:慧是肉感的,使人感到刺激、威胁和窒息,静的"幽丽"却能熨帖你紧张的神经,她匀称、和谐,有一种幽香,一种不可分析的美。慧认为"现在"就是一切,静则总是寻找人生的意义,认为无目的无希望而生活着才是痛苦;静在革命过程中总是洁身自好,不满现状,慧则以自我为中心,应付自如。在《动摇》中,陆梅丽温雅和易,并没有浪漫女子咄咄逼人的威棱;孙舞阳则"像一大堆白银似的耀得人眼花缭乱"。

陆梅丽的客厅和她自己的形象一样,"厅的正中有一只小方桌,蒙着白的桌布,淡蓝色的瓷瓶,高踞在桌子中央,斜含着腊梅的折技。右壁近檐处,有一个小长方桌,供着水仙和时钟之类,还有一两件女子用品。一盏四方形的玻璃宫灯,从楼板挂下来,玻璃片上贴着纸剪的字,是'天下为公'……"①,既洋溢着书香旧家的色彩,又烘染着当时的时代气氛,同时又衬托出陆梅丽的性格——玲珑文雅,端庄细腻。孙舞阳的住处却大不相同,在那里,"一棵梅树,疏疏落落开着几朵花,墙上的木香仅有老干;方梗竹很颓丧地倚墙而立,头上满是细蜘蛛网";"孙舞阳的衣服用具就杂乱地放着",靠窗户有一张放杂物的小桌,"闻得一阵奇特的香,小桌子上一个黄色的小方纸盒,很美丽惹眼",方罗兰揭开一看,恍然大悟地说:"哦,原来是香粉",其实不是香粉,而是当时新派人物都喜欢用的避孕药

---

① 茅盾:《蚀》,第128页。

Neolides-H. B.① 这一切都衬托着孙舞阳浮躁轻率浪漫的性格，而与陆梅丽形成鲜明的对比。

另外，人物的肖像、外貌特征也常在对比中显现出来。例如陆梅丽是洁白的，柔和温婉，在作者笔下，她总是"眼睛略带滞涩"，穿一身深蓝色圆角衫子，玄色长裙；孙舞阳的眼睛则常常"射出黄绿色的光"，穿着墨绿色长外衣，"全身洒满了小小的红星，象花炮放出来的火星"。最后，革命失败，陆梅丽和方罗兰一同逃到一个荒野的尼庵，碰上了逃来的孙舞阳。孙舞阳打扮成一个褴褛的小兵，坦然介绍着曾经目睹的屠杀惨状，而陆梅丽则"觉得头脑岑岑然发眩，身体浮空着在簸荡"，就像那个小蜘蛛，"六只细脚乱划着"，"臃肿痴肥的身体悬挂在一缕游丝上，颤栗地无效地在挣扎；……苦闷地麻木地喘息着"。② 这个复杂的蜘蛛的意象与对孙舞阳的明朗而平实的描写构成了鲜明的对比，很有助于刻画两个人物的不同性格。

总之，由于对比方法的成功运用和其他一些原因，这两类女性知识分子都给人留下了很深的印象。

茅盾在他的小说中显然很努力于汲取西方作品的艺术技巧。例如中国传统小说很少在情节、事件之外有大段心理描写。茅盾认为"心理解析的精研"是西方近代文学的重要特点之一。③《蚀》和《虹》都有很多独立的心理分析片断，有时由全知的作者直接叙述；有时由两个"自我"的冲突来表现；有时也写"下意识的精神幻象"，如静女士心中"飞速旋转的巨大黑柱"，王仲昭"脑盖骨下"的"留声机唱片"等；有时也利用微细事物来扩大描写人物的心情，如写静女士因全无出路而烦恼时，"一头苍蝇撞在西窗的玻璃片上，依着它的向光明的本能，固执地硬钻那不可通的路径，发出短促而焦急的嘤嘤的鸣声"，当她心情略为平静时，苍蝇也已不再"盲撞"，而是"静静地爬在窗角，搓着两只后脚"。④

茅盾和左拉一样很重视"实地观察"和"照实描写"，但这样的写法往往乏味并受到事实的局限，所以茅盾和左拉都很重视在繁琐的"照实描写"的背景上，用动态和象征等方法，来扩大文字的含义，启发读者的想

---

① 参阅茅盾：《蚀》，第170—173页。
② 参阅茅盾：《蚀》，第258—261页。
③ 茅盾：《近代文学体系的研究》，《中国文学变迁史》，上海新文化书社1926年版，第16页。
④ 参阅茅盾：《蚀》，第36—38页。

象。这使茅盾和左拉的作品在景色描写方面有很多相似的地方。例如下面一段是茅盾笔下的汉阳兵工厂的夜景：

> 汉阳兵工厂的大起重机，在月光下黑魆魆地蹲着，使你以为是黑色的怪兽，张大了嘴，等待着攫噬。武昌城已经睡着了，麻布丝纱四局的大烟囱，静悄悄地高耸半空，宛如防御隔江黑怪兽的守夜的哨兵。西北一片灯火，赤化了半个天的，便是三十万工人的汉口。大江的急流，澌澌地响，武汉轮渡的汽笛，时时发出颤动哀切的长鸣。①

"蹲""攫噬""高耸""赤化""长鸣"等都是一种动态。"蹲"和"攫噬"赋予起重机本来没有的"怪兽"的特点，"大烟囱"也有了"哨兵"的新的性质。哨兵和怪兽象征着北伐革命前夕，革命与反革命的紧张对立；大江和汽笛所发出来的声音被赋予一种悲壮色彩，加强了决战前夕的高压气氛。这就取得了远远超出于文字本身含义的艺术效果。

再看看左拉在《萌芽》中对于沃勒矿井的描写：

> 沃勒矿井现在象从梦境中展出来。……这个在一块洼地底层建起的矿井，有着一片低矮的砖砌建筑物，它的烟囱直立在那里，象是一个吓人的大犄角；在他看来，这个矿井好似一个饕餮的野兽，蹲在那里等着吃人。②

> 沃勒矿井象一头凶恶的猛兽蹲在他的面前，黑暗中只有几点微弱的灯光。矸子堆上的三团炭火又在高处燃烧着，仿佛三轮血红的月亮，他眼前不时浮现出长命老和他那匹黄马的影子。

> 夜渐渐深了，这时候又慢慢下起连绵不断的细雨，茫茫的黑夜笼罩在单调的雨丝中。只有抽水机缓慢粗哑的喘息声日夜不停地轰鸣着。③

这里，我们也看到那"蹲"着的"等着吃人"的巨兽的形象，听到它沉重的而缓慢的呼吸，这个贪婪的罪恶的巨兽直接象征着正在攫噬千百万工人血肉的现代工业。

---

① 茅盾：《蚀》，第75页。
② 左拉：《萌芽》，黎柯译，人民文学出版社1982年版，第5—6页。
③ 同上书，第134页。

这种写法在中国传统小说中是很少见的。从茅盾与左拉作品的比较中，我们不难发现这类技巧的源头。

正是描写复杂的现代知识分子复杂心态的客观需要，决定了艺术技巧的复杂化和更新，推动了中国小说的现代化。

茅盾在北大

1913年夏，北京大学由京师大学堂改名为北京大学后，第一次招收预科学生。预科分第一类和第二类，第一类预科，三年学习期满后，进入文、法、商本科；第二类预科则进入理工科本科。预科一成立，就在北京、上海两地同时招生。这一年，正值茅盾高中毕业，茅盾的母亲在她所订阅的《申报》上，看到这一消息，决定让茅盾北上求学。茅盾的母亲是一个见多识广的女人，从不把儿子拴在身边，茅盾小学毕业，就已离家到杭州等地上中学了。茅盾10岁时父亲早逝，全靠母亲抚育成人，母亲始终把全部精力倾注在培养两个儿子身上，她曾在丈夫遗像两侧挂过一副对联：

幼诵孔孟之言，长学声光化电，忧国忧家，斯人斯疾，
　　奈何雄才未展，死不瞑目；
良人亦即良师，十年互勉互励，雹碎春红，百身莫赎，
　　从今誓守遗言，管教双雏。

她一反过去积攒钱财，将遗产留给儿孙的传统做法，将现有的七千银元分为两份，供两个儿子读书。她认为对后辈最有用的，莫过于智力投资。

这样，茅盾于1913年7月来到上海，投考北京大学。在选择学科时，茅盾违背了父亲希望他学习理工，振兴实业的遗愿，选择了第一类预科；这是因为他"自知数学不行"，而第一类只考国文和英文。考试前，茅盾对文学已有相当充分的准备。他不仅国学基础很好，而且读过大量文学作

品，如他自己所说："中国的旧小说我几乎全部读过（也包括一些弹词）。这是在十五六岁以前读的（大部分）。"当时在上海考试，第一个上午考国文，回答有关中国文学、学术源流发展的若干问题；第二个上午考英文，无非是造句、填空、改错之类，另外，还有一场口试。茅盾回忆说，他考完后，天天看《申报》，因为被录取者将在《申报》广告栏刊登姓名。等了约一个月，茅盾的大名终于在报上被登了出来，然而不是"沈德鸿"，却是"沈德鸣"，是字形相近写错了吗？还是真有一个什么"沈德鸣"？茅盾忧喜参半，又多了几天焦虑，直到接到了正式通知。

1913年8月中旬，茅盾从上海乘船，海程三天三夜到达天津，再转北京，来到了北京大学，那时，他刚满17岁（茅盾生于1896年7月4日）。预科的新生宿舍是两层楼的洋式建筑，原属译学馆。课堂是新建的，大概有五六座，都是洋式平房，离宿舍不远。这个译学馆宿舍，楼上楼下各两大间，每间约有床位十来个。学生都用蚊帐和书架把自己的角落围成一个小房间，楼的四角是形成小房间的最好地位，茅盾到来时，四个角的好地位已被他人抢先占据了，他的床位和另一个浙江人毛子水相邻。译学馆宿舍的条件比在沙滩新建的预科简便宿舍要好得多，那边是二三十排平房，纸糊顶棚，面积很小，两人一间，除了两人相对的床位、书桌、书架之外，中间只能容一人走过；取暖靠煤球小火炉，要自己生火；而译学馆则是装烟筒的洋式煤炉，有"斋夫"（校役）管理。

北大第一届第一类预科新生约200余人，分4个课堂上课。每个课堂约有座位40至50个。当时北京大学的校长是由理科院长胡仁源（留美博士）代理。预科主任沈步洲也是留美的，教授也以洋人为多。中国教授中，教中国文学的有沈尹默、朱希祖、马氏三兄弟之一（可能是马幼渔）和沈兼士（教文字学）等。当时茅盾印象最深的是教中国历史和中国地理的教师。教中国历史的陈汉章先生是晚清经学大师俞曲园的弟子，章太炎的同学。过去京师大学堂就曾聘请他担任过教授，但他因京师大学堂章程规定，毕业后可获钦赐翰林称号，为了这个"钦赐翰林"，他宁愿放弃教授头衔，从头当一年级学生。可惜他的翰林梦被辛亥革命彻底粉碎了。辛亥革命后，北京大学履行前约，仍然请他当教授，接替沈尹默讲授历史。茅盾在《也算纪念》一文中回忆说："他从上古史讲起，重点在于从先秦诸子的作品中搜罗片段，证明欧洲近代科学所谓声光化电，都是我国古已有之，而那时候，现在的欧洲列强还在茹毛饮血的时代。甚至说，飞机在先秦就有了，证据是《列子》上说有飞车。"茅盾认为这显然是附会，因此在一次下课时，故意讽刺说："发思古之悠情，扬大汉之天声。"陈汉章听到了，晚间就派人到译学馆宿舍找茅盾去家中谈话，告诉茅盾他所以这样讲，是因为他想打破现遍及全国的崇拜西洋、妄自菲薄的颓风。他并指出代理校长胡仁源就是这样的人物。这位老先生还对康有为的《新学伪经考》很不满意，主张"古文派和今文派不宜坚持家法，对古文派和今文派的学说应择善而从"，茅盾认为"这是比较持平的说法"。

教本国地理的教授是一位扬州人，他也是自编讲义，用考证法讲地理，主要按照《大清一统志》讲，还参考各省、府、县的地方志，乃至《水经注》。茅盾已记不起他的名字，但仍能记起他讲课的内容，对他的评价是"可谓用力甚勤，然而不切实用"。沈尹默先生在他所写的《我与北大》中忆及北大的"怪人怪事"时，曾提到预科有一位教地理的桂蔚丞老先生，上课时由听差送一壶茶、一只水烟袋上讲堂。讲义、参考书秘不示人，学生只能听，不能借阅。也许这就是茅盾提到的那位迂夫子。

茅盾最欣赏的是沈尹默教授，他认为从他那里受益最多。按茅盾的回忆，他教国文，没有讲义，"只指示研究学术的门径"。他要学生博览群书，方法是先明大要，即关于先秦诸子各家学说的概况及其相互攻讦之大要，特别要读庄子的《天下》篇、荀子的《非十二子》篇、韩非子的《显学》篇。他要学生精读这些子书，并注意伪书。至于古代文论，他要学生读曹丕《典论论文》、陆机《文赋》、刘勰的《文心雕龙》，乃至清人章学诚的《文史通义》，并及刘知几的《史通》。茅盾回忆说，沈先生总是说清楚精读什么、略读什么、注意什么，由此指点门径，让学生自己在读书中思考。

茅盾晚年曾写《也算纪念》一文，谈到当时"教员中间，教外国历史、英国文学史、第二外国语的，全是洋人，笑话很多"。后来，在《我走过的道路》中，他又回忆说，当时教法语的是一个退伍的法国兵，据说是法国使馆硬荐给预科主任沈步洲的。他不懂英语，更不懂汉语，只能照着课本从字母到单字往下念，幸而用的是法国小学课本，单字附图，学生赖以得知某个字指的是什么东西。外国文学则是以英国司各特的《艾凡赫》和笛福的《鲁滨逊漂流记》为教材，两个外籍老师各教一本。教《艾凡赫》的那一位用他刚学来的北京话讲，弄得大家莫名其妙，笑话百出。这三门课第二学期都换了人。法文换了一位波兰籍教师，兼教法文和德文，用英语解释，当然比那位退伍兵好得多了。其他两门课则换了中国人。另外，教世界史的是一位英国人，他教的世界史实际是欧洲史。

茅盾最喜欢的外籍教师是一位美国人，他曾回忆说："最使我高兴的，是新来的美籍教师……他教我们莎士比亚戏曲，先教了《麦克白》，后又教了《威尼斯商人》和《哈姆雷特》等等。一学期以后，他就要我们作英文的论文。他不按照一般的英文教学法，先得学习叙述、描写、辩论等的死板规定，而出个题目，让我们自由发挥，第二天交卷"。茅盾说他当时"出手虽快，却常有小的错误"，可见他那时的英文水平已经相当不错。到预科毕业时，他已能比较自由地阅读各种英文书籍了。1962年，茅盾曾说："外国文学，我也是涉猎相当广，除英国文学外，其他各国文学我读的大半是英文译本。原因是那时候，30年前，汉文译本少，而且译得不好。"1978年，他又回忆说："五十年前的青年不得不自己去阅读大量的书籍，然后能摸索到如何解剖一部外国文学名著……他所要解读的外国文学名著当时并无可靠的译本，甚至并无译本……参考书籍在当时又只有外文的，并没有译本，所以若不精通外文就寸步难行。"茅盾这里所说的30年前和50年前，分别应是1932年和1928年，比这更早得多的1913年到1916年，无译文可读，当然就更不在话下了。茅盾后来的大量译著和研究成果显然得力于在北大打好的英语基础。

预科三年，茅盾也没有放弃传统文化方面的阅读，他三年寒假都没有回家，全部用来读经史子集，特别是史。他回忆说："寒假是一个月又半，三年是四个月又半，当时除前四史是精读，其余各史不过浏览一遍而已，有些部分，如关于天文、河渠等太专门了，我那时也不感兴趣，就略过了。"可见在北大三年，茅盾无论在中国文化、西方文学、外语等各项基本功方面都打下相当扎实的基础。

然而，茅盾自己对在北大预科三年的生活并不是很满意，他说："读完了三年预科，我还是我，除了多吃些北方的沙土，并没有新得些什么，于是我也就厌倦了学校的生活了。"这可能是因为当时的北大并不能如他所想的，使他的"感情理智以及才能"得到"平衡发展"，没有能如他对于学校生活所期待的，"发展你的才具，充实你的生活"。而北大预科教授的学术水平与教学方法也不能不使他颇感失望。他曾经说："我那时在北京大学，尽看自己喜欢的书，不听讲，因为那时的教授实在也并不高明。"加之当时北方政治黑暗，袁世凯正在密谋称帝，军阀割据的局面使得中国备受欺凌，民不聊生，青年茅盾当然会感到精神和心灵上的压抑。

茅盾在北大预科毕业前一年（1915年），《青年杂志》（后改名《新青年》）创刊了。这个刊物和它所介绍的新思想越来越受到茅盾的关注。正如他在 1946 年与韩北屏谈五四时所说的,这些新思想使他"感到刺激力很强,以前,人好象全在黑暗当中,那时才好象突然打开窗户"。

1916 年 7 月,茅盾在北大预科毕业,投身于新思潮更为活跃的上海,进了上海商务印书馆编译所,那时茅盾刚满 20 岁。

真情·真思·真美
—— 读季羡林先生的散文

初读季先生的散文是在 1956 年。那时，我正在先师王瑶教授的指导下为北京大学中文系四年级学生开设每周四学时，为期一年的中国现代文学史。那是特别强调"文学史一条龙"的年代，而今现代文学史恐怕都不会再有如此重头的分量了。我当时还真有一点"初生牛犊不怕虎"的味道，夜以继日，遍查各种旧杂志，当然是为了上课，但潜意识里也难免还有那么一点好胜之心，想在王瑶老师那本已是包罗万象的《新文学史稿》之外，再发掘出一批文学珍宝。我以为季先生早期的散文就是我重新发现的一颗璀璨的明珠，原计划课程结束后即写成文章，没想到课程结束，我的政治生命也就结束了。

奇怪的是在那些严酷的"监督劳动"的日子里，我所喜爱的文学作品并没有离我而去，倒是常常在我心中萦绕。其中就有先生在短文《寂寞》中所写的那个比喻：天空里破絮似的云片，看来像一贴贴的膏药，糊在我这寂寞的心上。那时，我一个人天天在山野牧猪，我真觉得那些灰暗的云片就要将我这颗无依无靠的寂寞的心完全糊满封死，真可以"无知无识，顺帝之则"了！我又常想起先生描摹的那棵美丽的树：春天，它曾嵌着一颗颗火星似的红花，辉耀着，像火焰；夏天，它曾织着一丛丛茂密的绿，在雨里凝成浓翠，在毒阳下闪着金光；然而，在这严酷的冬天，它却只剩下刺向灰暗天空的、丫杈着的、光秃秃的枯枝了。我问自己：我的生命还刚刚开始，难道就成了那枯枝么？幸而先生最后说，这枯枝并不曾死去，它把小小的温热的生命力蕴蓄在自己的中心，外面披上刚劲的皮，忍受着北风的狂吹；忍受着白雪的凝固；忍受着寂寞的来袭，切盼着春的来临。这些话给过我那么多亲切的希望和安慰，事隔40余年，我至今仍难忘怀。

什么是文学？我想这就是文学。1934年先生身在异国他乡抒写自己远离故土，深感寂寞的情思。先生写这篇文章时，我才3岁。谁能料到就是这篇字数不多，"非常个人"的短文能够在20多年后，在完全不同的政治环境下，引起一个像我那样的人的共鸣，并使我从它得到这么多的安慰和启迪呢？时日飞逝，多少文字"灰飞烟灭"，早已沉没于时间之海，唯有那出自内心的真情之作才能永世长存，并永远激动人心。真情从来是文学的灵魂，在中国尤其如此。出土不久并被考古学家认定为制作于公元前300年左右的郭店竹简已经指出："凡声，其出于情者信，然后其入拨人之心也厚"（《性自命出》），不正是说明这个道理吗？

中华民族是一个十分重情的民族，抒情诗从来是我国文学的主流。虽然历代都不乏道学先生对此说三道四，如说什么"有情，恶也"，"以性禁情"① 之类，但却始终不能改变我国文学传统之以情为核心。最近从郭店竹简中读到，原来孔孟圣人的时代，就有人强调"道始于情，情生于性"，又说："凡人情为可悦也，苟以其情，虽过不恶；不以其情，虽难不贵。"② 可见情的传统在我国是如何之根深叶茂！窃以为先生散文之永恒价值就在于继承了中国传统的这一个"情"字。试读先生散文4卷，虽然有深有浅，但无一篇不是出自真情。

但是，只有真情还不一定能将这真情传递于人，古人说："情动于中而形于言"，这"形于言"才是真情是否能传递于人的关键。而"情景相触"构成意境，又是成功地"形于言"的关键之关键。在先生90年代的作品中，《二月兰》是我最喜欢的一篇。二月兰是一种常见的野花，花朵不大，紫白相间，花形和颜色都没有什么特异之处。然而，每到春天，和风一吹拂，校园内，眼光所到处就无处不有二月兰在。这时，"只要有空隙的地方，都是一团紫气，间以白雾，小花开得淋漓尽致，气势非凡，紫气直冲云霄，连宇宙都仿佛变成紫色的了"。如果就这样写二月兰，美则美矣，但无非也只是一幅美"景"，先生的散文远不止此。先生随即把我们带到"当年老祖（先生的婶母，多年和先生同住）还活着的时候"：每到二月兰花开，她往往拿一把小铲，到成片的二月兰旁青草丛里去挖荠

---

① 董仲舒：《春秋繁露·制度》。
② 李零：《郭店楚简校读记》第四组简文，《道家文化研究》第17辑，三联书店1999年版，第504、507页。

菜,"只要看到她的身影在二月兰的紫雾里晃动,我就知道在午餐或晚餐的餐桌上必然弥漫着荠菜馄饨的清香"。先生唯一的爱女婉如活着时,每次回家,只要二月兰正在开花,她也总是"穿过左手是二月兰的紫雾,右手是湖畔垂柳的绿烟,匆匆忙忙走去,把我的目光一直带到湖对岸的拐弯处"。而"我的小猫虎子和咪咪还在世的时候,我也往往在二月兰丛里看到她们:一黑一白,在紫色中格外显眼"。1993年这一年,先生失去了两位最挚爱、最亲近的家人,连那两只受尽宠爱的小猫也遵循自然规律离开了人世。"老祖和婉如的死,把我的心都带走了。虎子和咪咪我也忆念难忘。如今,天地虽宽,阳光虽照样普照,我却感到无边的寂寥和凄凉。回忆这些往事,如云如烟,原来是近在眼前,如今却如蓬莱灵山,可望而不可即了。"

  著名诗人刘禹锡说:"境生象外",如果用于这篇文章,那么,"象"是那有形的、具体的二月兰之"景",而"境"则是在同一景色下,由许多物象、环境、条件、气氛、情感酝酿叠加而成的艺术创造;也就是在一片紫色的烟雾里,有老祖,有婉如,有虎子和咪咪,寄托着老人深邃情思的描写。这当然远远超出于"象"外,不是任何具体的、同样呈现于各人眼前的自然之"景"(象)所能代替的。这"境"大概也就是刘勰在《文心雕龙》中所说的"情以物兴,物以情观","物我双会,心物交融"的结果吧。

  有了这样浸润着情感的、由作者所创造的"境",已经可以说是一篇好文章或好诗了,但先生的散文往往并不止于此。正如现象学美学家杜夫海纳所说,审美客体是有深度的,这种深度的呈现是对一个新世界的开启。这个新世界的开启有赖于打开主体人格的一个新的侧面,如果只停留于日常表面的习惯性联系之中,这个新的世界就不会出现;只有主体达到审美情感的深度,审美对象的深度才会敞亮出来。《二月兰》正是在我们面前展现了一个我们过去见到二月兰时从未向我们呈现的新的世界!

  下面是先生关于二月兰怒放的一段描写:"二月兰一'怒',仿佛从土地深处吸来一股原始力量,一定要把花开遍大千世界,紫气直冲云霄,连宇宙都仿佛变成紫色"。每当读到这里,我就不禁想起鲁迅写的:"猛士出于人间","天地为之变色",想起在各种逆境中巍然屹立的伟大人格,也仿佛看到了先生的身影。

  西方文论常谈"移情作用",意谓作者常使周围环境点染上自己的悲欢。《二月兰》恰好反用其意:当"我感到无边的寂寥和凄凉","我的二月兰"却"一点也无动于衷，照样自己开花……一团紫气，间以白雾，小花开得淋漓尽致，气势非凡，紫气直冲云霄"！在"文化大革命"那些"一腔义愤，满腹委屈，毫无人生之趣"的日子，"二月兰依然开放，怡然自得，笑对春风"；十年浩劫结束，人世有了天翻地覆的变化，二月兰也还是"沉默不语，兀自万朵怒放，紫气直冲霄汉"！是的，和永恒无穷的大自然相比，人生是多么短暂，世间那小小的悲欢又是多么的不值一提！二月兰，"应该开时，它们就开，该消失时，它们就消失。它们是'纵浪大化中'，一切顺其自然，自己无所谓什么悲与喜。我的二月兰就是这个样子"。从二月兰，我又一次看到先生人格的另一个侧面。

然而，人毕竟不能无情，不能没有自己的悲欢。特别是对那些"世态炎凉"中的"不炎凉者"，那些曾经"用一点暖气"支撑着我们，使我们不至"堕入深涧"的人们，我们总是不能不怀着深深的眷恋。当他们与世长辞，离我们而去，与他们相处的最平凡的日子就会成为我们内心深处最珍贵的记忆。"午静携侣寻野菜，黄昏抱猫向夕阳，当时只道是寻常"，这些确实寻常的场景，当它随风而逝，永不再来时，在回忆中，是何等使人心碎啊！当我们即将走完自己的一生，回首往事，浮现于我们眼前的，往往并不是那些所谓最辉煌的时刻，而是那些最平凡而又最亲切的瞬间！先生以他心内深邃的哲理，为我们开启了作为审美客体的二月兰所能蕴含的、从来不为人知的崭新的世界。

如果说展现真情、真思于情景相触之中，创造出令人难忘、发人深思的艺术境界是先生散文的主要内在特色，那么，这些内在特色又如何通过文学唯一的手段——语言得到完美的表现？也就是说这些内在特色如何藉语言而凝结为先生散文特有的文采和风格呢？窃以为最突出之点就是先生自己所说的："形式似散，经营惨淡。"① 所谓"散"，就是漫谈身边琐事，泛论人情世局，随手拈来，什么都可以写；所谓"似散"，就是并非"真散"，而是"写重大事件而不觉其重，状身边琐事而不觉其轻"。写重大事件而觉其重，那就没有了"散"；状身边琐事而觉其轻，那就不是"似散"而是"真散"了。唯其是"散"，所以能娓娓动听，异趣横生；唯其不是"真散"，所以能读罢掩卷，因小见大，余味无穷。

要做到这样的"形散而实不散"实在并非易事，那是惨淡经营的结果。这种经营首先表现在结构上。先生的每一篇散文，几乎都有自己独具

---

① 季羡林：《赋得永久的悔·自序》，人民日报出版社1996年版。

匠心的结构。特别是一些回环往复，令人难忘的晶莹玲珑的短小篇章，其结构总是让人想起一支奏鸣曲，一阕咏叹调，那主旋律几经扩展和润饰，反复出现，余音袅袅。先生最美的写景文章之一《富春江上》就是如此。那"江水平阔，浩渺如海；隔岸青螺数点，微痕一抹，出没于烟雨迷蒙中"就像一段如歌的旋律始终在我们心中缭绕。无论是从吴越鏖战引发的有关人世变幻的慨叹，还是回想诗僧苏曼殊"春雨楼头尺八萧，何时归看浙江潮"的吟咏；无论是与黄山的比美，还是回忆过去在瑞士群山中"山川信美非吾土"的落寞之感的描述，都一一回到这富春江上"青螺数点，微痕一抹，出没于烟雨迷蒙中"的主旋律。直到最后告别这奇山异水时，还是："惟见青螺数点，微痕一抹，出没于烟雨迷蒙中"，兀自留下这已呈现了千百年的美景面对宇宙的永恒。这篇散文以"到江吴地尽，隔岸越山多"的诗句开头，引入平阔的江面和隔岸的青山。这开头确是十分切题而又富于启发性，有广阔的发展余地，一直联系到后来的吴越鏖战，苏曼殊的浙江潮，江畔的鹳山，严子陵的钓台。几乎文章的每一部分都与这江水，这隔岸的远山相照应，始终是"复杂中见统一，跌宕中见均衡"。

除了结构的讲究，先生散文的语言特色是十分重视在淳朴恬淡，天然本色中追求繁富绚丽的美。在先生笔下，燕园的美实在令人心醉。"凌晨，在熹微的阳光中，初升的太阳在长满黄叶的银杏树顶上抹上了一缕淡红"（《春归燕园》）；暮春三月，办公楼两旁的翠柏"浑身碧绿，扑人眉宇，仿佛是从地心深处涌出来的两股青色的力量，喷薄腾越，顶端直刺蔚蓝色的晴空"。两棵西府海棠"枝干繁茂，绿叶葳蕤"，"正开着满树繁花，已经绽开的花朵呈粉红色，没有绽开的骨朵呈鲜红色，粉红与鲜红，纷纭交错，宛如天半的粉红色彩云"（《怀念西府海棠》）。还有那曾经笑傲于未名湖幽径的古藤萝，从下面无端被人砍断，"藤萝初绽出来的一些淡紫的成串的花朵，还在绿叶丛中微笑……不久就会微笑不下去，连痛哭也没有地方了"（《幽径悲剧》）。这些描写绝无辞藻堆砌，用词自然天成，却呈现出如此丰富的色彩之美！

先生写散文，苦心经营的，还有另一个方面，那就是文章的音乐性。先生遣词造句，十分注重节奏和韵律，句式参差错落，纷繁中有统一，总是波涛起伏，曲折幽隐。在《八十述怀》中，先生回顾了自己的一生："我走过阳关大道，也走过独木小桥。路旁有深山大泽，也有平坡宜人；有杏花春雨，也有塞北秋风；有山重水复，也有柳暗花明；有迷途知返，也有绝处逢生。路太长了，时间太长了，影子太多了，回忆太重了。"这些十分流畅、一气呵成的四字句非常讲究对仗的工整和音调的平仄合辙，因此读起来铿锵有力，既顺口又悦耳，使人不能不想起那些从小背诵的古代散文名篇；紧接着，先生又用了最后四句非常"现代白话"的句式，四句排比并列，强调了节奏和复沓，与前面的典雅整齐恰好构成鲜明的对比。这些都是作者惨淡经营的苦心，不仔细阅读是不易体会到的。

每次读先生的散文都有新的体味。我想那原因就是文中的真情、真思、真美。

中国的世纪末颓废
——最后一个唯美派诗人邵洵美

颓废（decadence），拉丁文原义为"衰谢"（falling away），即一种价值的衰落或在某种极盛期之后的文学的衰退（a decay of value, or decline in literary excellence after a period of major accomplishment）。decadence 中文译为"颓废"二字，增添了原文所无的负面意义。"颓"，中文意谓倒塌、衰败，"废"意谓废弃、无用。"颓废"二字连用，见于《后汉书·翟酺传》"顷者颓废"，意思是倒塌、荒废，比原文 decadence 包含了更多的贬义，因此，"颓废"在现代中国多指意志消沉，萎靡不振，原来 decadence 在西方所指的不满现实，背弃道德成规，追求唯美艺术，重视感官刺激等涵义反而在一定程度上被淡化了。加以上海文人按照 decadence 的法文读法，将 decadence 音译为上海话，成了"颓加荡"，颓废主义就更加"为人所不齿"了。但是，从 20 年代末叶到 30 年代初期，原本意义的颓废主义在中国文学史上也曾有过昙花一现的热闹时期，只是由于中国社会太强的救国救民的"主旋律"，这些边缘的、迷醉于声色的"细枝末节"不免被湮灭，似乎世界性的"世纪末—唯美主义—颓废主义"思潮在中国全无回响，其实，事实并非如此。

早在 1909 年出版的鲁迅和周作人翻译的《域外小说集》中就有王尔德（Oscar Wilde）的作品。1915 年，他的《意中人》（*An Ideal Husband*）和《弗罗连斯的悲剧》（*The Tragedy of Florence*）连载于《青年杂志》第 1 卷和第 2 卷；1920 年《沙乐美》（*Salome*）连载于《民国日报》副刊（译作《萨洛姆》）；1921 年他的著名喜剧《同名异娶》（*Importance of Being Earnest*）由泰东书局出版；1921 年 5 月，《小说月报》开始连载他的《一个不重要的妇人》（*A Woman of No Importance*）；1922年《创造季刊》创刊号发表了郁达夫为他的《杜莲格来的画像》（*The Picture of Dorian Gray*）写的序言《淮尔特著杜莲格来序文》，接着《小说月报》也发表了述评。就在这一年，王尔德的散文诗、散文、文论和有关他的介绍遍及各种报纸杂志，最后，由商务印书馆出版了他的散文集《狱中记》（1922年12月），形成了一个介绍唯美主义—颓废主义和王尔德的热潮。1923年，*Lady Windermere's Fan*（最早于1920年被译作《扇》，连载于《民铎》杂志①），由洪深改编，载于《东方杂志》②，演出后颇得好评。朱光潜甚至认为比原作在英国的演出更为成功。③

除王尔德外，许多唯美主义颓废派的作家作品也在这一时期被介绍到中国，特别是上海。1923年9月，《创造周报》连续发表了郁达夫的长文《The Yellow Book 及其他》，介绍了唯美颓废派的核心刊物《黄面志》和这一群体的灵魂人物，画家比亚兹莱（Aubrey Beardsley）、作家道生（Ernest Dowson）和约翰·戴维森（John Davidson）等。就在这几年，其他唯美主义颓废作家如爱伦·坡（Edgar Allan Poe）、西蒙斯（Arthur Symons）、邓南遮（D'Annunzio，徐志摩译为"丹农雪乌"），以及日本的颓废作家永井荷风、谷崎润一郎都曾被介绍到中国，而且产生了某些影响。

然而，1917年至1924年的中国知识界终究是理想主义和浪漫激情占上风，即使是高举"为艺术而艺术"大旗，介绍唯美颓废派最得力的创造社也是把唯美颓废派理想化了，正如朱自清所说，他们强调的"灵肉冲突""要求自我解放"都是"依然在严肃地正视着人生"，"并在反封建的工作之下"的。④连最具颓废色彩的郁达夫，一旦被一些人包括茅盾指名为"狄卡丹"（Decadant）时，就有创造社同人出来为他辩护，如郭沫若引李初梨的话说"达夫是模拟的颓唐派"⑤，郑伯奇说"达夫是假颓废派"⑥等等。可见当时的社会和知识界都是把颓废派看成一个恶名。

直到1927年，大革命失败，这种情形才有了根本的改变。当时，屠杀

---

① 《民铎》第1卷第4号。
② 《东方杂志》第21卷第2—5号。
③ 参阅朱光潜：《旅英杂谈》，《朱光潜全集》第8卷，安徽教育出版社1993年版，第187页。
④ 朱自清：《论严肃》，朱乔森编：《朱自清全集》第3卷，江苏教育出版社1996年版，第140页。
⑤ 郭沫若：《论郁达夫》，《创造社资料》，福建人民出版社1985年版，第803页。
⑥ 郑伯奇：《忆创造社》，《创造社资料》，第859页。

遍及全国,曾经是革命策源地,并掀起过多次革命高潮的国际大都市上海立即陷入一片混乱。悲观失望、拼命主义、意志分裂、虚无颓废笼罩着整个上海知识界。在这样的情势下,先后出现了以唯美、声色、颓废相号召的文人小团体"绿社""幻社"和《狮吼》《声色》等杂志,但它们的影响还不很大,直到邵洵美建立了金屋书店,并于1929年创办了《金屋月刊》(兼出版社)之后,情况才即刻大为改观。1927年前,唯美颓废派的著作不过出版了六七本,1928年至1930年间,以金屋书店和《金屋月刊》为核心,旗帜鲜明地迅速聚集了中国的第一批唯美颓废派群体,仅仅这两年内,他们就出版了著译34种以上。

邵洵美(1898—1973),笔名邵浩文、邵浩平、绍文、郭明。他的祖父是清朝外交官邵友濂,他的母亲是大官商盛宣怀的女儿,他本人又娶盛宣怀的孙女为妻,继承着两家极其丰厚的财富。邵洵美1924年赴英国剑桥大学学画,1925年转赴法国求学。同年,他曾与徐悲鸿、张道藩、蒋碧薇等人在巴黎组织"天狗会"(取天狗食月之意)。1926年回上海,1927年出版第一本诗集《天堂与五月》(光华书局),并于同年5月接办了《狮吼》月刊。1928年,邵洵美创办金屋书店,他的代表作诗集《花一般的罪恶》和文艺论文集《火与肉》、译诗集《一朵朵的玫瑰》同时在金屋书店出版。1929年1月创办《金屋月刊》,1930年9月停刊。1930年开办时代图书公司,1932年创办《论语》半月刊,由林语堂主编,邵洵美和郁达夫也曾担任过这一职务,直到1949年才停刊。邵洵美还编译过《琵亚词侣诗画集》(1929),翻译过乔治·摩尔的《我的死了的生活的回忆》(1929)。后来又出版过《诗二十五首》。

邵洵美受到英、法世纪末象征主义、唯美派和颓废派很深的影响。他说,他从希腊的莎弗(Sapho)发现了他所崇拜的史文朋(Swinburne),"从史文朋认识了先拉菲尔派(Pre-Raphaelite)的一群,又从他们那里接触到波特莱尔、凡尔伦"。① 在英国时,邵洵美与英国提倡唯美、"纯诗"的《黄面志》诸作家,特别是乔治·摩尔(George Moore)颇有交往。他曾在《狮吼》上发表《纯粹的诗》② 一文,辨析摩尔的纯诗与法国象征主义纯诗的区别。在《诗二十五首·自序》中他总结了自己对诗歌的看法,并试图从一个中国人的眼光,以"形式的完美"为中心将西方唯美、颓废

---

① 邵洵美:《诗二十五首·自序》,时代图书公司1936年版,第6页。
② 《狮吼》半月刊复活号第4期。

的各种思潮加以整合。这种想法在邵洵美的文学活动中是一以贯之的。《狮吼》第2期被命名为"罗瑟蒂(D. G. Rossetti)专号",介绍了先拉菲尔派的主要人物罗瑟蒂,邵洵美为这一专号写了《〈胚胎〉与罗瑟蒂》一文(《胚胎》系先拉菲尔派刊物,亦译《萌芽》),还译了罗瑟蒂的小说《手与灵魂》。在《狮吼》月刊上,邵洵美写过多篇讨论史文朋的文章;在《金屋月刊》的《金屋邮箱》中,邵洵美多次介绍了帕尔纳斯(Parnasse,高蹈派),并曾在《今日》创刊号上写了《高蹈派的诗与批评》一文详细介绍了他们的主张。

以邵洵美为代表的颓废派的主要思想是要逃脱黑暗诈伪的社会,在短暂的人生,为自己寻找或创造一种足以令人陶醉的、充满刺激的世界。这世界是以身体的享乐、"不受拘束的自然"为本体的,因此,首先必须把人们从旧有的束缚人的道德中"救出来,解放出来",做一个"不屈志、不屈心的大逆之人",在爱和美中得以享受短暂的人生。他的最著名的诗篇《颓加荡的爱》(*Love of Decadence*)也许最能说明他的这种思想,他写道:

> 睡在天床上的白云,
> 伴着他的并不是他的恋人,
> 许是快乐的怂恿吧,
> 他们竟也拥抱了紧紧亲吻。
> 啊,和这一朵交合了,
> 又去和那一朵缠绵地厮混;
> 在这音韵的色彩里,
> 便如此消灭了他的灵魂。

他以情欲的眼光观照世界的一切,如法朗士所说:"一切事物都表现着爱的形式。自然万物,从禽兽以至草木,都对我表示着肉的拥抱……"另外,唯美派或患着世纪末病的诗人多半是"死"的赞美者,但邵洵美却特别强调"生的执着"和"不死的快乐"。这快乐主要是指"身体"的快乐,"肉欲"的快乐,他的作品除接受西方唯美颓废主义追求官能快感,宣泄世纪末人生苦闷的影响外,还明显地透露出中国长久以来的艳体诗和《金瓶梅》等声色小说的色彩。

邵洵美是十分追求形式之美的。他在《纯粹的诗》一文中,讨论乔治·摩尔的纯诗学和法国象征派诗人马拉美等人的诗。他认为"只有能与诗的本身的'品性'谐和的方式才是完美的形式",因此,他认为首先应从胡适那样的"只注重形式"的形式中解脱出来,不是只讲究文言或白话,而要寻求一种内在的、与内容不可分的"肌质"的形式之美。他还强调写诗根本不可能明白如话,他说:"一首诗,到了真正明显的时候,它便走进了散文的领域。"① 伟大的诗都会是一种伟大的象征,充满了各种暗示和隐喻,因此多少是曲折朦胧的。

邵洵美的创作相当充分地贯彻着他的文学主张。他的《贼窟与圣庙之间的信徒》一文,通过对法国纯诗派诗人凡尔伦(Paul Verlain)的赞美进一步系统地阐明了他的文学主张,并身体力行地加以实践,以至徐志摩曾称他为"一百分的凡尔伦";他的著名诗集《花一般的罪恶》明显地追随凡尔伦的诗作和波特莱尔的《恶之花》。邵洵美所有的诗作几乎都贯穿着同一个主题,那就是唯美、唯我,感官欲望和本能的宣泄。正如他自己所说:"人生不过是极短时间的寄旅,来也匆匆,去也匆匆,决不使你有一秒钟的逗留,那么,眼前的快乐自当尽量去享受。与其做一支蜡烛焚毁了自己的身体给人家利用,不如做一朵白云幻出十百千万不同的神秘的象征,虽然会散化消灭,但至少比蜡烛的生命要有意义得多。"②

在形式方面,邵洵美追求自由、节奏、韵律和风格的华美。可举他的代表作《花一般的罪恶·序曲》为例:

> 我也知道了,天地间什么都有个结束,
> 最后,树叶的欠伸也破了林中的寂寞。
> 原是和死一同睡着的,但这须臾的醒,
> 莫非是色的诱惑,声的怂恿,动的罪恶?
>
> 这些摧残的命运,污浊的堕落的灵魂,
> 像是遗弃的尸骸乱铺在凄凉的地心;
> 将来溺沉在海洋里给鱼虫去咀嚼吧,
> 啊,不如当柴炭去燃烧那冰冷的人生。

---

① 邵洵美:《诗二十五首·自序》。
② 邵洵美:《贼窟与圣庙之间的信徒》,《火与肉》,金屋书店1928年版,第59页。

他的长诗《洵美的梦》也充分表现了他在这方面的追求。著名诗人陈梦家说："邵洵美的诗，是柔美的、迷人的春三、二月的天气，艳丽如一个应该赞美的艳丽的女人……"《洵美的梦》对于女人的赞美，正如"一块翡翠真能说出话，赞美另一块翡翠"。

总之，邵洵美和以他为核心的世纪末唯美颓废派群体在中国文坛上萤光一现。30年代中期，抗日战争爆发，"美与爱的赞颂"也好，感官享乐也好，全都失去土壤，烟消云散。邵洵美和他的同伴们与他们的外国前辈不同，他们没有像波特莱尔、凡尔伦、道生、摩尔那样留下一批足以反映一个时代的不朽之作，但他们终究是历史的见证，他们的作品为国际大都会，十里洋场的上海留下了一幅世纪末的鲜明画像，证明了世界性的世纪末颓废思潮也曾在这里驻留，为我们今天所在的这个世纪末提供了一个有趣的参照。

至于这个曾经在上海文坛搅起一阵波澜的洋场阔少，有"美男子"之誉的邵洵美后来结局如何呢？1949年后，他曾在上海的四川中路开过一家时代书局，出版了不少宣传马克思主义早期著作的书，但作者多半是官方不认同的第二国际人物，如考茨基之流。不久他就受到《人民日报》的严厉批评，书店也垮台了。1958年继续"肃反"时，他被作为"深挖细找"挖出来的"特务"关进了监狱，原因之一就是他曾参加了"大特务"张道藩的"特务组织"，也就是前面谈到的那个在巴黎昙花一现、张扬世纪末颓废的"天狗会"；另一个原因则是由于一次风流韵事。30年代，当邵洵美的事业正是如日中天之时，一个美国女作家名项美丽（Emily Hahn）的，曾经与邵洵美有过一段情缘，后来对这件事由，邵洵美很少提及，但项美丽却不断抛出《我的中国丈夫》《中国与我》等"自传体小说"对此事大加渲染。1957年，邵洵美忽然想起这位旧情人，写了一封信，辗转请她帮助一位友人前去香港。此信不幸被海关查获，成为他的"铁杆"罪证。

曾因胡风一案牵连入狱的贾植芳先生曾与邵洵美同监，据贾先生的回忆，在难熬的饥饿中，邵洵美最常想起的就是当年他在上海国际饭店开设上海最大的西餐馆"一品香"时，每年生日他都要在那里定做一尊和真老虎一般大的蛋糕老虎，大宴宾客。在狱中，他患有严重的哮喘病，但"他生性好动，每逢用破布拖监房的地板，他都自告奋勇地抢着去干。他一边喘粗气，一边弯腰躬背，四肢着地地拖地板，老犯人又戏称他为'老拖拉机'"①。当他感到出狱绝望时，曾嘱托贾植芳先生出狱后一定要写文章为他说明两件事：一件是1933年萧伯纳来上海访问，他作为世界笔会的中国秘书，负责接待，并自己出钱宴请，大小报纸的新闻报道却提也不提他的名字，这不公平；第二件是他的文章实实在在是他自己写的，鲁迅却说他是花钱雇人代写，实在是天大的误会。

1962年，复旦大学的周煦良教授到北京开会，周扬问起邵洵美，得知其在监狱服刑时说："何必如此！如果没有严重问题，还是让他出来吧。"周煦良回上海后，向当时上海宣传部长石西民传达了周扬的口谕，邵洵美才得释放归家。② 贾植芳先生不知道邵洵美何时出狱，只知道他出狱后日子非常艰难，夫妇挤在一间小房里，"连睡觉的床也卖了，睡在地板上"。

1968年，中国最后一位颓废派唯美诗人邵洵美在贫病交加中病故。

---

① 贾植芳：《狱里狱外》，上海远东出版社1995年版，第184页。
② 参阅赵毅衡：《邵洵美：中国最后一个唯美主义者》，《百象图摘》1999年第2期，第7页。

我与中国文化书院

20世纪80年代后半叶，中国掀起了规模空前的文化讨论"热"。这绝不是一种偶然现象，而是中国现代化这一历史进程本身所提出的历史课题。在世界文化语境中对中国传统文化的评价，对中国当代文化的分析和对其未来文化的策划与希求，实在是中国现代化进程不可或缺的关键环节。所谓文化热，一般认为有三种不同路向，各以中国文化书院、21世纪研究院和以《文化：中国与世界》丛刊为核心的一群年轻人为代表。

1984年，中国文化书院在北京成立，我即是首批参加这一组织的积极成员。但中国文化书院其实是一个兼收并蓄的多元化的学术团体，我的思想毋宁说更接近于我的年轻朋友刘小枫和甘阳以及以他们为核心的《文化：中国与世界》丛刊的主要观点。我同意他们强调的：我们正面临着一个极其深广、复杂的"文化冲突"，这种冲突首先是有几千年历史的中国文化传统与正在形成的中国现代文化之间的冲突；任何一个民族实现现代化都不可避免地要使自己的旧文化（传统文化）蜕变为新文化（现代文化）。因为现代化归根结底是"文化的现代化"。为要开创中国的现代文化形态就不能离开中国传统文化的基础，更不能不认真研究传统文化形态与现代文化形态在本质上的差别和冲突；还应着重考察西方文化是如何从其传统形态走向现代形态的。西方文化经过文艺复兴、宗教改革、启蒙运动、法国革命，创造了西方文化的现代形态，而英、法、德、意、俄诸国仍然保持着他们自己的传统文化特色。因此，不能固定地、抽象地讨论中西文化差别和关系，而应集中研究如何在历史性动态发展中促使中国文化挣脱其传统形态，蜕变为现代形态。以金观涛、刘青峰为代表的21世纪研究院，其前身是《走向未来丛书》编辑部。他们提倡普及科学知识促进文化现代化,并认为目前中国现代化的最大障碍就是守旧的、超稳定性的封建中国文化结构。

以一代学术大师梁漱溟为学术委员会主席,冯友兰为名誉院长的中国文化书院一开始就提出要建设"现代化的、中国式的新文化",要在"全球意识的观照下"重新认识中国文化。他们举办的首届《中外文化比较研究函授班》,函授学员1.2万余人,遍及全国各省、市、自治区,包括西藏、新疆。40余名中老年导师多次分别到全国10多个中心城市进行面授,并与学生共同讨论。我曾于暑假参加过3次这样的面授;有些场面十分令人感动,使我至今难忘。每次参加面授的学员,大体都是二三百人,他们大多是中小学教师,中下层干部,特别是文化馆、宣传部的干部,也有真正的农民和复员军人;他们有的从很远的山区或边远小城徒步赶来,扛着一口袋干粮和装着纸笔和几本书的土布书包。他们不愿花钱租一个为他们安排好的学生宿舍床位,就露天铺张草席在房檐下或凉亭里睡觉。我常常和他们聊天到深夜,向他们学到不少东西。我发现在这些普通知识分子的心里,传统文化的根很深,这有好也有坏。例如他们大都认为"男尊女卑","男主外,女主内"是理所当然,否则就会"乱套"。我和他们讨论过多次,他们仍然认为我说的"男女共同主内,男女共同主外"根本不可行。记得那次在长沙岳麓山岳麓书院面授,我的讲题是"弗洛伊德在西方文化发展中的意义"。在朱老夫子的学术殿堂上讲弗洛伊德,心里觉得多少有些反讽意味。课后讨论,学员几乎都认为以"超我"的"道德原则"来压抑"自我"的"利害原则"和"本我"的"快乐原则"是天经地义的事,否则就会你争我夺,天下大乱。我深有感触,真正使中国传统文化现代化,谈何容易!

《中外文化比较研究函授班》一方面讲中国文化,一方面介绍半个世纪以来西方文化的发展现状。研究班编写了《中国文化概论》《西方文化概论》《印度文化概论》《日本文化概论》《比较方法论》《比较史学》《比较法学》《比较美学》《比较文学》等16种教材;除教材外,又编辑出版了导师面授的讲演稿4集:《论中国传统文化》《中外文化比较研究》《文化与科学》《文化与未来》,由三联书店出版。我在各次演讲中影响较大的是"从文学的汇合看文化的汇合"和"后现代主义与文化的未来"。

前一篇讲演直到1993年,还由《书摘》杂志重新刊载,引起一些人的注意。我想这是因为我当时(1986年)特别强调经过长期的封闭,我们急切需要了解世界,更新自己。就拿马克思主义来讲,过去我们理解的马克思主义都是通过苏联,从俄文翻译传到中国,几经删削,其实只剩了《联共(布)党史》中总结的历史唯物主义三条,辩证唯物主义四条。至于德国马克思主义究竟是什么样子,我们确实知之甚微。我们不仅对马克思主义后来在西方的发展一无所知,就是对苏联马克思主义发展现状也知道得不多。例如当时苏联关于日丹诺夫的批判,对一般知识分子来说,也还是封锁的,而日丹诺夫20世纪30年代对《星》和《列宁格勒杂志》的错误结论对中国文艺界的影响可以说真是具有灾难性!我认为我们如果不面向世界,特别是今天的世界,对马克思主义也是不能真正了解的。而西方文化也有一个从"西方中心论"解放出来,面向世界的问题。在这一篇讲演中,我谈到20世纪以来,整个世界正在走向新的综合。20世纪,人类第一次从星际空间看到地球,看到人类共居的这个蔚蓝色的小小球体;地球似乎越变越小,15小时即可到达地球的另一端,坐在电视机旁,所知顿时可达世界各个角落。马克思把人类社会作为一个整体来研究,提出社会发展的五种经济形态;弗洛伊德把人类自身作为一个整体来研究,提出意识、潜意识,"本我""自我""超我"等层次;法国学者德鲁兹认为全体人类的发展都经历过"无符号、符号化、过分符号化、解符号化"等阶段;加拿大社会学家麦克卢汉将人类进化分为"无传播""手势传播""语言传播""印刷传播""电讯传播"等过程。这些都是把世界看做一个整体,对之进行宏观的综合分析。在这种大趋势下,任何一种文学理论如果是真正有价值的,就不仅只适合一种民族文学,而且也适合他种文学;文化理论亦复如此。任何一种文化所创造的理论都将因他种文化的接受而更丰富,更有发展。不同文化不仅不会因这种汇合而失去自己的特点,反而会因相互参照和比较而使自身的特点更为突出。

我的另一篇讲演"后现代主义与文化的未来",目的也在于对一个中心,一个模式,一个权威的社会模式的冲击。我详细介绍了后现代主义所总结的深度模式的消失。也就是说一切"现象"后面并不一定有一个决定它的"本质";一切"偶然性"后面也不一定有一个产生它的"必然性";一切"能指"(符号)不一定与其"所指"(符号所代表的意义)固定相连;一切"不确定性"也不可能只产生一种"确定性"。过去,我们常常强调"要看本质,不要只看现象",因而原谅了很多现象的丑恶;又因为相信"认识必然就是自由"而把你不得不服从的种种,认为是必然,明明被强制了还以为是自由。我认为这种无深度概念的思维模式无疑对人类思想是一种极大的解放。我也谈到后现代社会对于文化领域的商品化,甚至大自然和潜意识的某些方面也都成了商品！"文化商品"成批生产，形成了固定的生活模式。如果说60年代美国的"嬉皮士"们曾抱着对生活的某种理想，反对公式化、程式化的生活，那么，七八十年代的"雅皮士"们的生活目标却是千篇一律：有一个好履历，好收入，小家庭，汽车，洋房，旅游，上饭馆……生活也成了一种"成批"生产的模式。事实上，在后工业社会，生活已经分裂成各种碎块，人们不能不服从这些碎块的存在方式和组合方式。我谈到现代主义时期，人们虽也感到荒谬、焦虑、生活的无意义、异化等等，但人还是作为一个整体来感受的，到了后现代主义社会，人的生活是由他人早已精心安排好的，正如假期旅行，下一步做什么早就有了安排，连什么时候看什么戏都是早已安排好的。在这种紧张的"赶日程"中，没有过去，没有未来，只有"现在"这一瞬，而"现在"却是零乱的、分裂的、非中心化的，就像"50部电视机同时放4部录像带"。

　　我并不认为因中国尚处于前现代经济状况，后现代主义就与我们无缘。事实上，当今任何地区都不大可能封闭、孤立，不受外界干扰，如上所述，后现代思维方式已经对我们起着很好的作用。我认为中国文化的未来就决定于我们是否能在古今中外的复杂冲突中，正确地以现代意识对中国文化进行新的诠释，所谓现代意识当然就包含了对西方文明的摄取，也包含对后现代思维方式的摄取。要改变中国，要发展经济，首先要改变中国人的精神，使他们从传统的精神负累和精神奴役中解放出来。要达到这一目的，西方新观念的冲击实不可少。当然这种冲击所引起的改变首先是中国的改变，是在中国传统社会中所引起的改变，决不会像鲁迅所讽刺的那样，吃了牛羊肉就变成牛羊的。我对那种鼓吹"返回传统"，以至"否定五四"的主张实不敢赞同；对当时盛行于文艺界的"寻根思潮"也有不同的看法。我对学员们说："只有已经'失去'，才有'寻'的必要。被卖到非洲的黑人要寻他们非洲的'根'，被放逐而流落异乡的人要寻他们的'根'，因为他们要返回自己祖先的文化；而我们就生活在这世代相传的土地上，好的、坏的、优秀卓越的、肮脏污秽的，都从那传统的根上生长出来。我们既未曾失落它，也无法摆脱它，还到何处去寻呢？而所谓文化传统，也决非什么一成不变的'根'，仿佛是什么'传家宝'，只要拨开迷雾，就能再放毫光！事实上，传统就存在于每一代人的不同诠释中，它不是一种封闭的'既成之物'，而是开放的、不断变化的、正在形成中的'将成之物'，换句话说，中国文化就存在于现代人的现代意识之中，并由现代人的诠释和运用而得到发展。如果说现代意识的核心是'全球意识'，那么，从理论上来说，现代意识本身就包含了某些西方文明，我们以现代意识来重新诠释前人逐步发展起来的传统文化本身就是一个中西文化碰撞交汇的过程。"

我也强调了中西文化交汇的过程中，难免有误读的可能，因为相互理解本身就是一个过程，绝不可能一次完成的；况且我们也不能要求西方人像中国人那样理解中国文化，反之亦然。历史上，如伏尔泰、莱布尼兹、庞德、布莱希特等都从中国文化中得到灵感并发展出新的体系，他们对中国文化的理解也不见得就那样准确、全面、深入；为什么当我们的青年人从西方理论得到一点启发而尝试运用时，就要受到那样的求全责备呢？其实，如果能从某种文化中看到某一点，有所触动而且生发开去，即便是"误解"，又有什么关系？历史上往往正是某种意义上的"误解"促进了文化的发展，否则就能是千篇一律的重复；况且谁又敢保证他的理解就一定是"正解"，就那样符合"原意"？"原意"是什么，又如何才能证明呢？

我不仅强调了文化的历史变迁，也强调了文化共时性的多元，无论中西文化都是如此。中国文化不仅有儒、释、道三家，而且还有许多民间的"小传统"。就拿对妇女的态度来说，儒家要求的三从四德模式也许被宣传得很多，但是小说戏剧中真正讨人喜欢的妇女却往往与此相反。《聊斋》中的婴宁、小翠，她们大胆、开放，敢说敢笑，能爬树，会踢球，爱演戏；穆桂英、扈三娘等"刀马旦"都是中国戏剧特有的形象；孟丽君、杜十娘更是在很多方面都胜过了男人。西方文化也是复杂多样，多层次的。19世纪以来，千百年发展起来的西方文化同时涌入了中国，本是"历时"性的过程不能不被压缩成"并时性"的"纷然杂呈"。我们既不能重复其历史过程，又不能"惟新是骛"，因为新的不一定都是好的或有用的。原则还应是拿来主义，为我所用。

我认为我的这些讲演所以受到欢迎，并不一定是因为我有什么深刻独到的见解，而是由于我说出了大家想说而又还不大好说或暂时还不大愿意说的话。

与"中外比较文化研究函授班"同时或之后，中国文化书院又和其他单位合作举办了"环境保护培训班""经济与行政管理证书班""廉政建设理论研讨班"等多种中、短期培训班，接待了数十位著名中外学者，并在全国各地组织了7次国际学术研讨会。

1989年后，随着文化热的退潮，中国文化书院的活动也开始沉寂；但是，文化书院全体老、中、青成员的心还是热的，发扬中国传统文化，创建中国新文化的宏愿把这个独特的群体紧紧凝聚在一起。1994年，中国文化书院举办了激动人心、促人奋发的十年院庆。正如院务委员会主席季羡林先生所说：

> 我们都不是"大款"或"大腕"……无法一掷几十万，摆一桌专门吃金粉的华筵……我们是一介书生，是一群秀才。俗话说："秀才人情半张纸"……我们都了解这半张纸的分量。它是从我们心灵最深处流出来的，其中隐含着不知几多心血，几多辛苦。开电灯以继晷，恒兀兀以穷年，我们无一例外；衣带渐宽终不悔，我们无一例外。这半张纸是一行行的字组成的，行间烟霞，笔底风云，它覆盖着宇宙万有，为先民继传统，为万世开太平。这半张纸正是中华文化寄托之所在。今天，我们这一群秀才就用我们这半张纸，来为我们的书院祝寿。
>
> 我们书院的同人们，以及院外的志同道合的同行们，年龄不管老少，共同的目标把我们拉到一起来了。年老的是"苍龙日暮还行雨，老树春深更着花"，年轻的则激扬文字，挥斥方遒。我们一点也不衰颓。不能说我们对现实的一切都感到满意，但是我们眼前看到了光明，我们心中蕴含着光明，为了追求这点光明，实现这点光明，我们将意气风发，勇往直前。①

季羡林先生的话大大鼓舞了每一个人。90年代后期，文化书院有了相当大的发展，聘请了相当数量的新的导师和研究员，特别是一批颇有学术声望的中青年教师加盟文化书院，给书院带来了一片盎然生机。书院在原有的机构之外又陆续成立了绿色文化分院（自然之友）、跨文化研究院、企业文化学院、教育培训学院等分支机构。我有幸承担了跨文化研究院的工作，和一些欧洲国家建立了固定联系，筹办了一套丛书——《远近丛书》和一个丛刊《跨文化对话》。

《远近丛书》和欧洲跨文化研究院及法国人类进步基金会合作，目的是想突出不同文化环境中对于同一对象个人体验的差异，借以进行沟通。我们期待在这一过程中，遥远的地域环境、悠久的历史进程、迥异的文化

---

① 季羡林：《文化的回顾与展望·序》，北京大学出版社1994年版，第1—2页。

氛围都会从这些体验和差异中由内而外地弥漫开来，相互点染。中国和法国远隔重洋，但两国的文化都被公认为是最丰富、最有情感、最具特色的。因此，我们首先选择中国和法国作为"远""近"的两端，进行跨洲跨文化的普通人的对话。每一本书由一位中国作者和一位法国作者就同一主题同时撰写，试图把两个全然不同的普通人的生活体验联结在一起，达到互相参照和沟通的目的，这种设计无论在中国还是在法国都是第一次。令人高兴的是这一设计在中国和法国都引发了许多年轻人一如年长者的兴趣。第1辑包括《生死》《自然》《梦》《夜》4本，于2000年以中、法文同时在巴黎和北京出版。在法国销路很好，很快就已再版，意大利一家出版社还买了全套书的版权。第2辑《建筑》《美丑》《味》中、法文版也已于2001年初面市。第3辑和第4辑包括《天》《智慧》《宽容》《家》《情》《身体》《游》《童年》《学》等选题，将陆续推出。

《跨文化对话》也是和欧洲跨文化研究院及法国人类进步基金会合作的。这是多次以"跨文化研究"为中心的国际会议凝聚起来的一批"志同道合"的中国学者和欧洲学者自己的园地。他们大抵不赞成在"全球意识"的掩盖下，实现所谓世界文化的"相互同化、融合、一体化"，认为这些说法多半只是某种"中心论"甚至"文化霸权"的变种；只有承认并保护文化差异的存在，各个文化体系之间才有可能相互吸取、借鉴，并在相互参照中进一步发现和发展自己。他们认为，目前，西方文化体系需要找到一个参照系，一个"他者"，以便用一种"非我的""陌生化"的眼光来重新审视自己，突破过去的"自我设限"，寻求新的发展；另一方面，第三世界在挣脱了殖民主义的枷锁之后，也急需在新的基础上，在与西方的平等对话中，更新自己的古老文化传统，完成自己文化的现代转型。因此，东西方文化对话实为当代文化发展的一项重大历史要求。

根据历次会议讨论的情形，《跨文化对话》第1期就以"未来十年中国和欧洲最关切的问题"为中心，环绕着文化冲突、生物学发展及其所导致的伦理道德问题，以及电脑网络对人类生活的影响等展开了笔谈。另外，又有一组对话，讨论了"和古代相比，人类的痛苦是增加还是减少了？对此，人类应如何面对？"目前，《跨文化对话》已出版多期，每期都有圆桌会议，相继就"经济全球化与文化多元化""文化趋同还是文化多元？""精神与信仰""关于普遍主义与后现代主义""普遍伦理"等问题进行了自由对话。《丛刊》设有"科学与人文""海外专递""中国文化发微""前沿碰撞""文化透视""说东道西""文化随笔""要籍时评""多声道""历史回眸""新论快览""信息窗"等栏目。

总之,我把《远近丛书》和《跨文化对话》作为多年来我从事比较文学研究和跨文化研究的一种可以真正有益于大众的实践。从目前来看,远景似甚乐观,这将是一个反封闭、反霸权的大众的事业,也是我将为此奉献余生的伟大的事业。